君莱 著

婚后热恋

be passionately in love

上册

图书在版编目（CIP）数据

婚后热恋/君莱著.—青岛:青岛出版社,2023.9
ISBN 978-7-5736-1440-7

Ⅰ.①婚… Ⅱ.①君… Ⅲ.①长篇小说－中国－当代 Ⅳ.①I247.5

中国国家版本馆CIP数据核字（2023）第155553号

		HUNHOU RELIAN
书	名	婚后热恋
作	者	君 莱
出版发行		青岛出版社（青岛市崂山区海尔路182号）
本社网址		http://www.qdpub.com
邮购电话		18613853563
责任编辑		郭红霞
特约编辑		孙小淋　常春红
校	对	郭金乔
装帧设计		千　千
照	排	梁　霞
印	刷	三河市良远印务有限公司
出版日期		2023年9月第1版　2023年9月第1次印刷
开	本	16开（640mm×920mm）
印	张	38
字	数	650千
书	号	ISBN 978-7-5736-1440-7
定	价	69.80元（全2册）

编校印装质量、盗版监督服务电话 4006532017　0532-68068050

目录

上册

第一章	爱如潮水	1
第二章	"傲娇"老公	40
第三章	她拒绝他	73
第四章	这是我太太	111
第五章	合法夫妻	146
第六章	亲亲老公	185
第七章	岁月静好	222
第八章	快点儿爱我	258

目录

下册

第 九 章	十年前	301
第 十 章	表 白	317
第十一章	百年好合	351
第十二章	热恋中	385
第十三章	婚 礼	420
第十四章	小"傲娇"	459
番 外 一	自恋的男人	499
番 外 二	栽进去了	529
番 外 三	相逢恨晚	572

第一章
爱如潮水

六月初,南城正值湿润的雨季。

"淅淅沥沥"下了大半天小雨的天空总算在傍晚时分放了晴,橘红色的彩霞悄然笼罩了半边天。

唐溪结束手上的工作,把修好的照片发送到苏栀的邮箱,扫了一眼屏幕右下角的时间,三点半,还有一个半小时才到工作室的下班时间。

她端起桌子上的杯子喝了口水。

苏栀手里提着两个小芝士蛋糕,推门进来,见她惬意地靠在椅背上休息,笑着问:"照片你都修好了?"

唐溪"嗯"了一声,扭头看向她说:"照片已经发到你的邮箱了,你跟客户那边联系一下,问问有没有需要修改的地方。"

苏栀是唐溪从小一起长大的闺密,大四的时候俩人合伙开了个摄影工作室,规模不大,员工加上兼职摄影师,一共不到十个人,唐溪平时只负责拍摄修图,运营、宣传、管理的事都是苏栀在做。

"行,我现在跟客户联系。"苏栀快步走到唐溪对面的办公桌前,递了一块小蛋糕给唐溪,"楼下的那家甜品店的新品,我刚下楼买的。"

唐溪接过去,拿勺子挖下一小块放进嘴里。

苏栀把唐溪发过来的照片用邮件转发给客户,又在微信上发了条消息询问客户对照片满不满意。

等客户回消息的工夫，苏栀抬起头问唐溪："今晚要不要出去玩？叫上初夏一起。"

叶初夏是两个人共同的好友。

"去哪儿？"唐溪问。

"听初夏说她公司附近有家酒吧不错，每晚去那里的帅哥挺多的。"苏栀冲唐溪挑了一下眉，虽未明说，但意思已经摆在了脸上——她想去酒吧看帅哥。

唐溪说："不去。"

苏栀听她拒绝，以为她是对去酒吧没什么兴趣，问道："那你说去哪里玩？你来定，我们听你安排。"

"我哪里也不去，你和初夏去玩吧，我等会儿直接回家。"

"这么早回家干吗？明天周六又不……"苏栀本想说明天不用上班，可以在外面多玩会儿晚点儿回去，突然想到了什么，顿了一下，神色带了一丝调侃，"怎么？你老公回来了？"

唐溪微微颔首，随手点开手机上秦骁的助理发过来的航班信息，慢悠悠地道："今天下午四点半到机场。"

如果秦骁下了飞机直接回两个人的新房的话，差不多五点半就能到家，不过唐溪觉得秦骁应该不会主动回他们的新房。

三个月前，秦家人突然向唐家人提出联姻，让唐溪嫁给秦家大少爷秦骁，彼时唐家旗下有好几个子公司因经营不当濒临倒闭，唐家正四处拉拢投资，对于秦家人的提议毫不犹豫地就答应了下来。

即便是鼎盛时期，唐家在秦家面前也只能算是小门小户，能跟秦家联姻是高攀了。

所有人都不明白秦家人是怎么看上并不起眼的唐家的，连唐溪自己都不明白秦家人为什么会选自己，不过这并不影响两家的联姻。

从秦家人提出联姻到唐溪和秦骁领结婚证，中间只隔了不到一个月的时间，婚后秦家人对唐溪很好，对唐溪只有一个要求，那就是拴住秦骁，让秦骁将心思多放在家庭上。

对于这桩由秦家长辈促成的婚姻，秦骁本人并不是很感兴趣，很少回秦家人为二人安排的婚房。他大多数时候在出差，或者住在公司附近的公寓里，像是不记得自己还有个老婆。

只有唐溪给他发消息，提醒他要回家的时候，秦骁才会像应付差事一样回趟新房。

当然，对唐溪来说，让秦骁每周跟自己回趟秦家老宅，感受其乐融融的家庭氛围，也是个任务。

苏栀露出一脸"果然如此"的表情："就知道你回去那么早肯定是你老公回来了。不是我说，溪溪，你这就有点儿见色忘友了啊，每次你老公回来你都抛下我和初夏回家陪老公，自从你结婚后，我们一次都没出去聚过，你不会真打算以后就围着你老公转，做个贤妻良母了吧？"

唐溪抬起眼睛："什么贤妻良母，我和秦骁是什么情况你还不清楚？我不过就是完成我公公婆婆交代的任务罢了。"毕竟秦父秦母对她这个儿媳妇好得没话说，她在秦家比在唐家过得舒心多了。

秦骁一年到头不着家，秦家就他这么一个儿子，秦父和秦二叔都不擅长管理公司，早些年益远集团在秦父和秦二叔的手上差点儿破产，所以集团早早地就被交给了秦骁。

秦家长辈整日赋闲在家中，没什么事可做，就盼着儿子能多回去看看。

苏栀用手支着下巴，"啧"了一声，表情暧昧地看着唐溪："真的只是完成任务吗？你老公长得那么帅，你就一点儿不馋他的身子？不对不对，你都是他的老婆了，你们应该已经做过了。哎，你老公的身体怎么样，一夜几次呀？"

唐溪无语地道："苏栀，你的思想能不能健康点儿？"

苏栀笑眯眯地说："得了吧，我还不了解你，跟我就别装了吧。"

唐溪没好气地说了声"滚"。

没多大会儿，客户回了消息，说很满意，不需要再修改。

苏栀对唐溪比了个"OK"的手势："搞定，客户说没问题。"

唐溪听到她说照片没问题，放下手里的蛋糕开始收拾东西准备下班回家。

苏栀向后靠在椅背上，手里捧着小蛋糕，"啧"了一声，摇头感慨："这就回去了？果然是新婚，一日不见如隔三秋呀。"

唐溪俯身捏住她的手腕，把她手上舀了蛋糕的勺子塞进她的嘴里："吃你的吧，吃都堵不住你的嘴。"

收拾好东西，唐溪背起包回家。

当初为了节约成本，唐溪选的工作室地址不算好，距离秦家在金融中心的益远集团有点儿远，秦家人为了方便她上班，特意选了距离唐溪的工作室更近的东郊别墅作为新房。

回到家后，唐溪径直去二楼洗澡，洗完澡后穿了件舒适的白色丝质连衣裙,又黑又长的头发被一支简单的玉簪盘在脑后,气质温婉。

唐溪的母亲出生在南城一座风景优美的古镇里,唐溪刚出生父母就离婚了,她随母亲在小镇上长到七岁,母亲去世后才被接到唐家生活。

自小长在水乡,她长相很柔美,皮肤白皙,素颜时清新淡雅,看起来脾气很温和,大概也是因为看起来性格好,才会被秦家人选为儿媳妇。

只有身边亲近的朋友才知道,唐溪并没有表面上看起来的那么逆来顺受。

唐溪回到唐家时唐父已经娶了新老婆,并且生了只比她小两岁的女儿唐渺。唐溪自小不在唐父的身边长大,唐父自然更偏宠唐渺,继母并不和善,背地里没少欺负唐溪,所以在唐家,唐溪只能乖巧懂事,以换取唐父的怜爱,让自己的日子好过些。

洗了澡,唐溪坐在沙发上看了会儿电视。

六点,放在身侧的手机响起闹铃声,唐溪拿起手机看到了闹钟的备注:发消息让秦骁回家。

关掉闹钟,唐溪打开微信,在通讯录里找到备注为"益远集团总裁秦骁"的好友,发了条消息过去。

唐溪:"秦骁,李助理给我发了你今天回南城的机票,你现在到南城了吗?"

片刻后,唐溪的手机收到回复。

益远集团总裁秦骁:"嗯。"

唐溪业务熟练地复制了上周五给秦骁发过的消息:"今晚回家住吗?"

益远集团总裁秦骁:"不回。"

被拒绝了,唐溪有些意外。她跟秦骁领证的这两个月以来,加上今天一共度过了九个周五,秦骁虽然一直对她这个老婆不冷不热,也不会主动回新房,但前八个周五她给秦骁发消息问他回不回家,他都会回来,这还是他第一次拒绝她。

他不回来刚好,她晚上和苏栀、初夏出去玩。

唐溪编辑了一条语气委屈又乖巧的消息。

"哦,好吧。"

几秒钟后,秦骁回复:"有事。"

虽然消息只有两个字,但也算是解释了不回来的理由。

唐溪:"好的。"

不该问的唐溪一句话都不会问,尽心尽力地扮演好一个"乖巧懂事"

的妻子。

结束和秦骁的聊天,唐溪给苏栀发消息。

"晚上你和初夏去的是哪家酒吧,把地址发给我。"

苏栀:"你不是要在家里陪你老公吗?怎么突然又改主意了?"

唐溪嘴里哼着小调,边往楼上走边回复消息:"他有事,今晚不回家。"

苏栀:"原来如此,看来老公还是比闺密重要,只有老公不在才会想起闺密。"

唐溪:"少废话,快把地址发给我。"

苏栀发了个地址过来,问:"你几点能到?"

唐溪:"我化个妆,八点左右到。"

苏栀:"好,等你。"

市中心一家高档酒吧内,秦骁双腿交叠地坐在沙发上,嘴里叼了支烟,眼睫低垂,眼睛盯着手机。

这会儿时间还早,酒吧没有正式营业,里面没什么人。

坐秦骁旁边的言寻抽出支烟,很烧包地凑近秦骁:"骁哥,借个火。"

他趁机低头扫了一眼秦骁的手机屏幕,看到秦骁的微信聊天页面最上面显示的是唐溪,微抬下巴,调侃道:"哟,骁哥,在和嫂子聊天呢?"

对面的季正琛也跟着打趣:"不会是嫂子来'查岗'了吧?骁哥等会儿不会又要提前回家吧?"

言寻道:"那可不行,今儿可是霖子的生日,以前哥儿几个庆生可都是要玩上一整晚,不醉不归的,对吧,霖子?"

霍远霖笑着接话:"咱嫂子长得跟天仙似的,春宵一刻值千金,给我庆生哪有回去陪嫂子重要?"

这几个人你一言我一语的,秦骁放下手机,把嘴上叼着的烟夹在指间,没理他们。

言寻提议道:"骁哥,要不把嫂子叫出来跟大家熟悉熟悉?"

秦骁垂着眸,连眼皮都没抬,淡声道:"她不来这种地方。"

言寻挑了下眉,笑着说:"也是,嫂子一看就是从小就听话的乖乖女,肯定都没进过酒吧这种地方。来,喝酒。"

言寻举起酒杯比画了一下。

霍远霖看向秦骁,见他坐在那里没动,戏谑道:"骁哥,干吗呢,喝酒了,你不会是在想老婆吧?"

秦骁抬起眼皮扫了他一眼，端起酒杯喝了口酒，对霍远霖的话不置可否。

他刚刚确实是在想唐溪，和唐溪领证后，唐溪就像家里人说的那样，温婉和顺、脾气好、不会无理取闹、不多事、长得又漂亮，安安静静地坐在那里都美得像幅画，只是脾气好得过了头，从不过问他在外面的事，只有每周五下午六点才会发消息问他回不回家。

习惯成自然，秦骁五点多的时候就下意识地想起了这事。

果然六点一过，他就收到了唐溪的微信，比闹钟还准时。

唐溪上楼化好妆，换了身黑色吊带裙，头发披散在身后，精致柔美的五官添了一抹妩媚。

她站在衣帽间的镜子前照了照，从旁边摆放包包的架子上随意地拿了一个包背上出门。

考虑到待会儿可能会喝酒，唐溪没有开车，在门口叫了辆出租车。

晚上八点，出租车停在一家名叫"嚣张"的酒吧门口。

这名字取得确实挺嚣张。

唐溪一下车就看到等在门口冲着她挥手的苏栀。

"溪溪，这里。"

唐溪抬腿走到苏栀的面前，苏栀挽住她的胳膊催促："总算来了，初夏一个人在里面等着呢。"

这个时间酒吧里已经热闹了起来，舞台上热歌劲舞，灯光迷离，台下觥筹交错，音乐声震耳欲聋。

苏栀一进门就指向叶初夏坐的方向，对唐溪说："初夏在那边。"

叶初夏坐的卡座位置偏里面。

唐溪跟着苏栀走过去，刚走到卡座前，还没坐下，叶初夏的目光就被她的包吸引。叶初夏直勾勾地盯着她的包，羡慕地道："你这包什么时候买的？我可以摸摸吗？"

唐溪把包拿下来递给她，坐到她的身边，慵懒地向后靠着，看她小心翼翼地把包捧过去的样子，好笑地道："不就是个包吗？有什么好摸的。"

"什么叫'不就是个包'？"叶初夏的神色有些激动，"这可是鳄鱼皮Birkin，女人的终极梦想，不仅贵，而且很难买，加上配货的话，到手得一百多万，你这可是背了半套房子在身上呀！"

唐溪听到价格愣了一下，不确定地道："多少钱？"

叶初夏说："一百多万。这不是你的包吗？多少钱你不知道？"

"我不知道呀。"唐溪神情茫然地把包拿回去,"这是秦骁送给我的,我看和我今天的衣服很搭就背出来了。"

唐溪对奢侈品包包没兴趣,也不怎么了解,以前背的包都是逛商场时看着顺眼随便买的,几百块到几千块不等,从来没有上过万。

不过结婚后秦骁每次周五回家都会送她一个包,都是奢侈品大牌,她知道不便宜,但也没想到会这么贵,一个就要一百多万,她和苏栀合伙开的那个小工作室一年的盈利都没有这么多。

唐溪一改刚刚对包包漫不经心的态度,指腹拂过包包外表的纹路:"你刚刚说这是什么皮?"

叶初夏说:"鳄鱼皮。"

苏栀也凑过来,学着叶初夏的样子小心翼翼地摸着这个价值半套房的鳄鱼皮Birkin,唏嘘道:"这就是有钱人的世界吗?"

三个人围着包,叶初夏是时尚杂志编辑,对奢侈品如数家珍,给唐溪和苏栀介绍:"这是普通扣的喜马拉雅,爱马仕还有一款喜马拉雅钻石扣的,价格比这个更贵。"

唐溪回想了一下衣帽间架子上的包,说:"我家里好像有一个是钻石扣的。"

"也是你老公送给你的?"叶初夏问。

唐溪"嗯"了一声。

"看来你老公对你很大方呀,这才结婚两个月,都送了两个鳄鱼皮包包了。"

唐溪没说他送了她不止两个,已经有很多个了。

"您好,请问三位小姐要点酒吗?"一个酒保拿着单子过来询问。

来酒吧当然要点酒,唐溪坐直身体,接过酒保手里的单子,点了杯酒精浓度不高的玛格丽特。

三人点好了酒,开始转移话题闲聊。

唐溪和苏栀上班就能见面,两个人主要是和叶初夏好久没见面了。

叶初夏问唐溪:"怎么样啊你?"

唐溪没懂她问的是什么:"什么怎么样?"

叶初夏挑了下眉:"婚后生活呀。"

苏栀用手指挑起唐溪的下巴,笑盈盈地插话:"这婚后生活还用问吗?看这白里透红的小脸蛋儿,都快能掐出水来了,周末就在家里陪老公不出来,不用问都知道这小日子过得有多甜蜜。"

唐溪拍开苏栀的手，抿了口酒，手指在酒杯上敲了敲，正想说什么，突然瞥见一道熟悉的身影。

她的右前方隔了四五张桌子的那排卡座的中间坐了个男人，穿了件黑色衬衣，薄唇微抿，脸部的轮廓刚硬凌厉，微侧着脸，正在听旁边的人说话。

唐溪在看清男人的脸的瞬间，心里"咯噔"一下，下意识地绷紧背脊，抬手遮住自己的侧脸。

叶初夏见唐溪的脸色不太对劲，开口问道："溪溪，你怎么了？"

唐溪压低声音说："我看见秦骁了。"

"啊？在哪儿在哪儿？"

苏栀一听秦骁在这里，脑袋左看看右看看，探寻秦骁的位置。

她只看过秦骁的照片——还是唐溪结婚证上的那张照片——没见过真人，对真人特别感兴趣。

唐溪赶紧拉住她："嘘，小点儿声，别让秦骁看见我打扮成这样在这里。"

苏栀了然地点头："对对对，你在你的老公面前走的是'乖乖女'路线。"

让秦骁看见唐溪大晚上来酒吧，她乖巧懂事的人设就要崩塌了。

"不过你老公在哪儿啊，我怎么没看见，你不会看错了吧？"

叶初夏道："是啊，我也没看见。"

唐溪怕她们俩这样左顾右盼引起秦骁的注意，小声道："我指给你们俩看，你们俩的动静小点儿，别太明显。"

她叮嘱了一句，放下手，侧头往秦骁的方向看过去，就见秦骁不知何时抬起了头，微挑着眉，深邃的目光带着审视的意味，若有似无地扫过她的脸和白皙精致的锁骨。

唐溪头皮一紧，连忙把头转回来，避开秦骁的视线。

秦骁扫了一眼那抹熟悉的身影，见她垂着头，嘴唇紧抿，神色紧张，明显是心虚了，唇角极淡地勾了一下，收回视线，眸中看不出什么情绪。

苏栀刚刚顺着唐溪的目光看到了秦骁，激动地道："天哪，你老公真帅，真人比照片还要帅十倍！"

叶初夏还是没看到秦骁在哪儿，摇着唐溪的手臂问："哪儿呢？我还没看见。"

"别问了，他好像看见我了。"

唐溪心乱如麻，想着等会儿秦骁要是问自己为什么穿成这样来酒吧，她要怎么回答才能让秦骁相信，即便自己穿着一身性感的裙子在酒吧里喝酒，自己也依旧是脾气温和、宜室宜家的好姑娘。

苏栀说："我看他没往这边看，应该没看见你吧？"

唐溪的心都提到了嗓子眼儿，垂着眸子不敢抬头，片刻后还是没忍住抬起眼睛往秦骁的方向看了一眼。

男人坐在沙发上，鼻梁高挺，骨节分明的手端着酒杯轻轻地晃了一下，下巴微抬，将杯中的酒一饮而尽。

昏暗的灯光下，他那性感的喉结滚动。像是察觉到她的视线，他突然抬起眼帘朝她这边看。

唐溪打了个激灵，慌忙又垂下头，躲避他的目光，再抬起头时，对面的男人身体微微后仰靠在沙发上，似乎是喝多了，正在闭目养神。

看他这样子，应该是没注意自己吧。

毕竟酒吧里的灯光那么暗，自己的打扮和平时也不太一样，他又喝了酒，就算往这边看了也未必一眼就认出自己。

唐溪心下稍安，对苏栀和叶初夏说："你们俩继续玩，我得先回去了。"

苏栀和叶初夏表示理解。

苏栀提议道："要不我们一起去别的地方玩？"

婚后两个月就出来玩一次，居然就在酒吧里碰到秦骁了，运气这么背，唐溪哪还有心思玩。

"不用了，我们改天再约。"

唐溪背对着秦骁站起来，拿着包往外走。

不远处，秦骁悠然地睁开眼，目光扫向唐溪离开的背影。

纯黑色的裙子贴着唐溪玲珑的身躯，裙摆只到膝盖上方，露出两条纤长的腿。

秦骁的手指在膝盖上敲了敲，旁边传来言寻的声音："骁哥，看什么呢？"

秦骁收回视线，站起身，淡淡地撂下两个字："走了。"

言寻愣了一下："骁哥这就走了？这还没尽兴呢。"

"行了吧，人家已婚，跟我们可不一样。"霍远霖拎起一个酒瓶，"我们喝。"

秦骁没理会他们几个的调侃声，径自向外走。

唐溪走到酒吧门口，直接叫了辆车回家，路上收到苏栀的消息，说在她走后不久就没在卡座上看到秦骁了，估计也离开了。

唐溪一颗心又惴惴不安起来，不确定秦骁那会儿到底有没有认出自己，纠结片刻，拿出手机，假装不知道秦骁之前在微信上说的"有事"是去酒吧，试探性地给他发消息。

唐溪："工作忙也不要忘了注意身体，早点儿休息。"

几分钟后。

益远集团总裁秦骁："嗯。"

就一个"嗯"字，他还真是将言简意赅的风格贯彻到底。

不过秦骁没说别的应该就是没认出自己，如果认出自己，肯定就知道自己也看到他在酒吧了，不会摆出一副在加班忙工作的样子。

唐溪松了口气，这才有心思想别的事情，盯着自己和秦骁的聊天记录冷哼一声。

明明就是在酒吧里喝酒，居然好意思回复自己关心他工作不要太忙，注意身体的消息，他可太会装了！

回到家，唐溪去浴室里洗澡，换回在家里穿的睡裙，刚从浴室里出来，就看到秦骁坐在卧室里的沙发上，长腿交叠，一条手臂搁在沙发扶手上，姿态随意又慵懒。

听到浴室门打开的声音，他抬眸看向她。

唐溪的心重重地一跳，担心他这是在酒吧里看见了自己，回来找自己算账的，心虚得有些磕巴："你……你怎么回来了？"

秦骁目光幽深地盯着她，似笑非笑，抿着唇没说话，也不知是懒得说话还是觉得这个问题可笑。

他的家他随时可以回来，不需要什么理由。

唐溪话一说出口就意识到自己的这个问题有点儿蠢，不符合自己独守空房、天天巴望丈夫早点儿回家、贤良淑德的妻子人设，忙补救道："你不是说你有事吗？"

因为他说有事，她才会觉得他今晚不回家。

秦骁声音低沉："现在没事了。"

唐溪："……"

现在没事了，真是好妙的回答，说了跟没说一样。

他的身上还穿着在酒吧时的那身衣服，唐溪走近他，闻到他的身上淡淡的酒气，明知故问："你喝酒了？"

秦骁"嗯"了一声。

唐溪转身向外面走："我去给你煮点儿醒酒汤。"

"不用忙。"秦骁喊住唐溪，冲她招手，"过来。"

唐溪神色一僵，果然还是被看见了，他要揭穿自己了吗？

片刻的工夫，唐溪的脑子里想了很多事情，内心波涛汹涌，面上还维持着淡淡的微笑，缓步走到秦骁的面前。

就在唐溪等着秦骁质问的时候，秦骁从身后摸出一个紫色的包递给她："给你。"

他原来不是要质问她去酒吧的事，是要送她包。

唐溪的脑海里浮现出叶初夏的话。

半套房子。

再看秦骁一个字都不多说的送包风格，唐溪仿佛在他的脸上看到了四个字：财大……气粗。

前几次不知道这包这么贵，秦骁给得随意，唐溪收得也很随意，接过来直接摆到衣帽间的架子上当摆设。

今天知道了一个包的价格，唐溪用双手接过包，想着收这么贵重的礼物应该要说点儿什么，但一时半儿又不知道说什么好，斟酌片刻，盯着秦骁的脸，郑重地道："谢谢。"

秦骁蹙眉，没懂她为什么会说"谢谢"，前几次送唐溪包的时候，唐溪说的不是"谢谢"。

他冷声道："你以前不会说谢谢。"

之前他送她包，她都是假惺惺地说好喜欢，然后对他表白，说一些夸赞他、迷恋他、爱他爱得死去活来的情话。

难怪他每次听完她的表白都一言难尽地看着她，估计是觉得她是个爱慕虚荣的女人，为了让他送包，故意拍他马屁呢。

唐溪为之前几次没见过世面的自己感到羞愧，声音诚恳地补上前几次的感谢："谢谢，谢谢，谢谢，谢谢，谢谢，谢谢，谢谢，谢谢。"

除了今天，秦骁一共跟她见了八次，送了她八次包。

秦骁："……"

唐溪说完谢谢，为了表示对半套房子的尊重，没有像往常一样直接把包拿去衣帽间里，而是坐在秦骁的旁边，把包放在自己的腿上，垂头打开包看看里面，摸摸外面，看不出包是什么材质的。

秦骁垂眸，视线落在唐溪的身上，不知道她想干什么。

唐溪对着包包研究了两分钟，转脸看向身侧的男人："秦骁。"

"嗯。"

唐溪用手指在包上点了一下，问道："这是什么皮？"

秦骁答道："稀有皮。"

唐溪"哦"了一声——秦骁看起来对包包很懂啊。

唐溪又问他："这个包和你上次送给我的那个银色的哪个更贵？"

秦骁道："没注意。"

唐溪："……"

他居然连半套房子的价格都不注意，有钱人也太任性了。

唐溪又问："你为什么每次回来都送我包？"

秦骁抬眼："不喜欢？"

"不是不是。"唐溪怕他误会，赶紧解释，"不是不喜欢，是有点儿多了。"

他每周五回来都送一个包，而且每次都是她给他发消息让他回来，弄得好像她是为了包才让他回来一样。

唐溪想到这里，越想越觉得可能秦骁就是这么想的，所以才每次回来都带个包，于是补充道："你工作那么辛苦，周末回家就是要好好休息，怎么能让你浪费时间去给我买礼物呢？"

秦骁听着她"贤良淑德"的话，脸上显得不耐烦："这是我的事情。"言外之意，浪费时间是他的事，跟她没关系。

唐溪知道他不喜欢别人管他，垂下头，咬了咬唇，掀起眼帘，露出委屈无辜的神色："我就是担心你的身体。"

秦骁似乎很吃这一套，每次她用这种眼神看他，他就算看起来要发脾气了，也会按捺住。

再冷漠的男人，都无法拒绝清纯无辜的小女孩。

秦骁的面色果然缓和了许多，只是语气依旧生硬："多吗？"

"什么？"唐溪一时没反应过来他把话题转到哪儿了。

秦骁道："包。"

唐溪想起来了，自己刚刚跟秦骁说觉得包有点儿多。

但是听秦骁这语气，他好像不觉得多。

"挺多的呀。"对上秦骁眸中的一丝不理解的神色，唐溪反问道，"不多吗？"

"不多。"秦骁理所当然地道，"你们女孩子不都是习惯用不同颜色的衣服搭配不同颜色的包，一周七天包不重样吗？"

唐溪："……"她可没有这种财大气粗的习惯。

不过秦骁说这话的语气虽然冷冰冰的,但唐溪莫名地听出一种"别的女孩子有的,他也要让她有"的意思。

见唐溪没说话,秦骁又问了一遍:"你不喜欢?"

不是不喜欢,没有女孩子会不喜欢这种精致的生活,她只是没有这种习惯。

唐溪本想说没必要,但对上秦骁深邃的眼神时,心突地跳了一下,鬼使神差地改了口:"喜欢。"

秦骁道:"嗯,知道了。"

"知道了"的意思,就是他知道她喜欢,所以以后还会买。

女人都喜欢这种被人重视的感觉,唐溪也不例外,看着秦骁冷峻的脸庞,心中泛起一丝微妙的感觉。

围绕着包包的话题好像没什么能聊的了,而且跟秦骁一个大男人讨论奢侈品包的感觉怪怪的,唐溪拎着包站起来说:"我去把包放进衣帽间里。"

卧室和衣帽间是连通的,唐溪推开中间隔着的门就可以直接进入衣帽间。

这栋房子装修的时候也不知是谁的主意,家里除了主卧、两间书房和一间健身房,剩下的房间全部被装修成了衣帽间,所以衣帽间格外大。

唐溪走进衣帽间里,把这个包和之前的包包摆放在一起,用手机拍了张照片发给叶初夏。

刚刚叶初夏特意发了条微信给她,让她把家里的包包拍给她看。

照片发过去后,叶初夏没有立刻回复,唐溪估摸着她和苏栀还在外面玩,没空看手机,从衣帽间的另外一个门出去,下楼倒了两杯牛奶。

她从小就有睡前喝牛奶的习惯,前几次周五秦骁回来住,唐溪发现他的睡眠质量不太好,牛奶有助于睡眠,所以她特意也给他倒了一杯。

唐溪回到卧室的时候,秦骁没在房间里,浴室里传来"哗啦啦"的流水声,唐溪把给秦骁倒的牛奶放到床头柜上。

手机收到一条微信消息,是叶初夏回了消息。

叶初夏:"啊啊啊,好多包包,都好好看!溪溪,你老公好会送礼物,下次出来背那个银色的包,让我见识一下。"

唐溪坐在沙发上和她聊:"好的。你和苏栀回去了吗?"

叶初夏:"我们从酒吧里出来了,没回家,在附近的酒店里开了间房,你要不要过来跟我们一起?"

紧接着她就发过来一段语音消息。

唐溪拿耳机听，是苏栀的声音："溪溪，来呀，一起玩，我把地址发给你。"

唐溪回复："不行呀，我老公回来了。"

今天叶初夏和苏栀一直在她耳边说你老公、你老公的，唐溪下意识地就打了"我老公"三个字。

消息发出去后，唐溪盯着"我老公"这三个字有点儿害羞，想撤回这条消息重新编辑，手机那端的下一条语音消息已经发了过来。

苏栀："你不是说你老公今晚不回家吗？"

算了，老公就老公吧，反正跟叶初夏和苏栀聊天也没什么。

唐溪："他现在又回家了，也不知道是不是在酒吧里看到我了。"

唐溪还是不能确定秦骁有没有看到自己。

苏栀："他回家后跟你说什么了吗？"

唐溪："没说什么，跟往常一样，就送了我一个包。"

苏栀："跟往常一样送一个包是什么意思？他每次回家都会送你包吗？"

唐溪："是的。"

叶初夏："天哪，你老公这是什么绝世好男人？每次回家都送包，也太棒了吧！"

唐溪："估计是从小生活环境优越，对女人有点儿误解，他觉得女孩子都习惯不同颜色的衣服搭配不同颜色的包，一周七天包不重样的，所以才每次回来都送我包。"

苏栀和叶初夏猝不及防地吃了一嘴的"狗粮"。

叶初夏："因为他觉得别的女孩子都有，所以你也要有？"

果然，女人听到秦骁说的那种话，解读出的意思都是一样的。

唐溪："也可能是单纯地觉得我是他的老婆，出门在外背的包太寒酸会给他丢脸。"

叶初夏："不管心里怎么想，他都做到了别的女孩子有的你也有，这已经秒杀百分之九十九的男人了。"

这话倒是不假，最起码跟秦骁的这段婚姻，比唐溪预期中的好太多。

唐溪："我还是觉得他在酒吧里看到我了。"

苏栀："不会的，酒吧里的灯光那么暗，你们俩中间的距离也不近，而且他回去不是没说什么吗？他要是看见了肯定会说吧？既然他没说，那就是没看见，你就别想那么多了。"

唐溪觉得苏栀说得有道理，秦骁一个字都没提酒吧的事，可能就是自己想多了。

不一会儿，秦骁洗完澡从浴室里出来，身上穿着白色的睡衣，是唐溪给他买的，跟她身上的是情侣睡衣。

唐溪记得当时跟他说给他买了几身睡衣时，他还一脸嫌弃地让她不要管那么多。

唐溪看着他身上的睡衣，眸中闪过一抹得意之色。

你不是嫌弃吗？嫌弃还穿。

秦骁察觉到她眸中的笑意，抬手解开最上方的纽扣，淡声道："紧了。"

"紧吗？我觉得很合身啊。"唐溪从沙发上站起来，朝他走过去，凑近了看，还是觉得睡衣很合身，甚至有点儿宽松——毕竟睡衣一般都很宽松。

秦骁道："穿着紧。"

好吧，他觉得紧就紧，毕竟衣服是他穿的。

唐溪温柔体贴地道："那我下次给你买大点儿的。"

秦骁说："不需要。"

唐溪："……"

你上次也说不需要我给你买睡衣，这不也穿上了？

唐溪懒得管他说了什么，默默地记下下次给他买睡衣要买再大一号的。

她和秦骁之间的相处模式一贯如此，夫妻俩各说各话，他这人似乎专为挑剔而生，指不定哪会儿就看什么不顺眼，说话噎人。

好在这人一天也说不了几句话，她只要做好自己该做的事情就行了。

她转过脸，指着床头柜上的牛奶说："我看你睡眠不太好，给你倒了一杯牛奶，你等会儿喝了吧。"

秦骁漫不经心地扫了一眼那杯牛奶，眉头又皱了起来："谁让你给我倒牛奶的？"

"没有人让我倒，我自己倒的，怎么了？"牛奶也惹着他了？

秦骁冷声道："以后不要做这种事。"

"为什么，你不喜欢喝牛奶吗？"

唐溪委屈地看着他，声音里也带着细微的颤音，像是要哭了。

秦骁的声音缓和了些："我喜不喜欢跟你没关系，你做你自己的事情，别管我。"

"可是我是你的老婆呀，我的事情不就是照顾好你吗？"

秦骁每次一听她这些矫揉造作的话就头痛，眉头皱得更深："我不需要你照顾，你只需要吃喝玩乐，自己开心就可以。"

她只需要吃喝玩乐？他为什么这么说？唐溪警惕地想，难道是他在酒吧里看到了她，但不确定那是不是她，所以故意试探她？或者是他知道那是她，但故意不拆穿，就是想让她放飞自我，然后就能找到借口跟她离婚？

毕竟秦家人选她做儿媳妇，就是因为她乖巧懂事，而秦骁很不喜欢家里人插手他的事情，经常跟家里人唱反调。

如果挑出她的问题，他不仅可以以此为由摆脱这段婚姻，还能打家里人的脸，真是一箭双雕。

不管是哪种原因，她只要继续做好"贤惠"的老婆就行了。

唐溪勾着唇角，摆出一个温柔的笑，深情款款地望着他："我不喜欢吃喝玩乐，只要照顾好你，你开心，我就开心。"

秦骁的唇角微动。他一言难尽地看着她，片刻后，像是忍耐到了极限，冷声道："我不开心。"

唐溪"恭谨柔顺"地道："那怎样你才会开心？"

秦骁向旁边走了一步，声音中透着疏离："别管我。"

唐溪乖巧地道："好的。"

时间不早了，唐溪白天赶着修图，晚上又出去折腾了这么一圈，也有点儿累，脱了鞋子上床躺到床的内侧。

家里只有一间卧室，每次秦骁回来都和她睡一张床，她睡最内侧，他睡最外侧，两个人中间的距离很大。

说起来，两个人除了有一张结婚证，其他方面确实不像是夫妻。

两个人至今都没有过夫妻生活。这倒不是唐溪不愿意，而是秦骁对她没什么兴趣，每次都躺在床的边缘睡，犹如"贞洁烈男"，唯恐她占他便宜。

如果不是领证当晚真切地感受到了他的身体上的变化，唐溪都要怀疑秦家人之所以这么着急地让自己嫁给他，是因为他的性功能不行了。

唐溪自从跟秦骁领了证，不用再搭理唐家的那些人后，睡眠质量好了不少，基本上倒头就能睡。

唐溪上床后没几分钟就感觉秦骁也上了床。

"啪"的一声，秦骁关了床头灯，房间陷入黑暗。

大概是因为今晚在酒吧里看到秦骁的事让她心有余悸，她闭着眼躺了好一会儿都没什么睡意。

床的另一边的秦骁笔直地躺着，犹如一尊雕像，只有空气中传来的均匀的呼吸声才能让唐溪觉察出床上除了她以外，还有另外一个活物。

因为秦骁没什么动静，所以唐溪也不知道他有没有睡着。

不知过了多久，唐溪感到一道目光落在自己的脸上，佯装不知。

几秒钟后，床的另一边传来细微的响动。

"咕咚咕咚"，是喝东西的声音——秦骁在喝牛奶。

睡觉前他还嫌弃她多管闲事，结果半夜爬起来喝她倒的牛奶。

唐溪实在忍不住了，睁开眼睛看向他，面带微笑："牛奶好喝吗？"

秦骁听到她的声音，手顿了一下，把喝空了的玻璃杯放回床头柜上，重新躺好，淡声道："吵醒你了？"

唐溪实话实说："没有，我一直没睡着。"

秦骁又问："你睡前喝牛奶了？"

唐溪答："喝了。"

秦骁道："牛奶有助于睡眠，你喝了为什么睡不着？"

唐溪："……"

他这意思不就是说，他是睡不着，信了她说的"牛奶有助于睡眠"才爬起来喝牛奶的，结果她自己喝了都没睡着。

这真是好一招自己不想尴尬，就把尴尬转移到别人的身上。

唐溪捏了捏拳，尽量让自己的声音听起来很平和："牛奶只是有助于睡眠，不是安眠药，懂了吗？"

被唐溪用话挤对后，秦骁不说话了。

又过了会儿，唐溪还是睡不着，有点儿煎熬，试探性地喊了身侧的人一声："秦骁？"

"在。"

这一声浑厚低沉，应得又快，唐溪愣了一下，转过脸看向他。

窗外月光皎洁，窗帘没拉严，微弱的光线透过窗帘的缝隙倾泻到屋内。

借着微弱的月光，唐溪对上了一双漆黑的眼眸。

唐溪察觉到他眼底的感情，顿时屏住呼吸，一动不动地看着他。

秦骁盯着她巴掌大的小脸儿，隐约能嗅到她身上飘过来的香味，脑海里浮现出她在酒吧里的样子：一件贴身的吊带裙把她完美的身材展现得淋漓尽致，她腰细腿长，修长的天鹅颈下锁骨精致，淡雅的气质压下明艳的长相，娇媚又婉丽。

二人对视片刻，秦骁突然俯身凑近她。男性的气息扑面而来，唐溪僵硬地向床里侧缩了缩，听到他问："睡不着？"

唐溪扯着薄薄的被子，点了点头。

黑暗中，男人低沉的声音又响起："运动有助于睡眠。"

唐溪一时没听懂他想表达什么，难道是因为牛奶助眠效果不大，所以要深夜跟自己探讨什么办法更助眠？

她微微地挑起眼皮，神色认真地等着他继续说。

秦骁在朦胧的夜色下凝视着她娇艳的脸颊，声音沙哑："介不介意和我一起，运动助眠？"

她和他一起，运动助眠？现在？

唐溪蓦然反应过来他说的"运动"是什么意思，脸"噌"的涨红，下意识地又向床里侧挪，没留神自己已经退到了床沿上。

小半个身体悬在床边，唐溪的心里一紧，以为自己要掉下去时，一只宽大的手掌托住她的腰，下一刻，将她带入一个怀抱中。

唐溪的腰部敏感，平时碰都不敢让别人碰到，被他这么搂住，她瞬间像离了水的鱼一样，在他的怀中颤抖，惊呼一声，慌乱地扭动身体想要挣开。

她娇软的声音传到秦骁的耳中，他的身体里的那一股火烧得更旺，语气带着警告："别动。"

唐溪被他的声音里夹杂的焦躁吓到，真不敢乱动了，身体蜷缩成一团，像只警惕的小猫，怯怯地望着他，只有纤细的手指还没放弃挣扎，一根根地掰他放在她腰上的手指。

秦骁瞥了一眼她还在轻颤的腰，刚刚是怕她掉下去，情急之下摸了她的腰，没想到她的反应这么大，让他有一种想要欺负她的冲动。

秦骁深吸一口气，克制地道："我松手，你别乱动。"

唐溪急忙点头："我不动，你快松手呀。"

她声音还发着颤，连眼梢都泛着红晕。

秦骁把手从她的腰上移开，眸色更深。

唐溪还没来得及松口气，就听他接着刚刚的话题，又问了一遍。

"介意吗？"

唐溪的大脑有些空白，她紧绷着身体，有点儿迟钝地不知道要怎么回答这个问题。他们本来就是夫妻，是领了证的成年人，唐溪也没打算守身如玉，是他一直没表现出这方面的想法。

他不提，她当然乐得自在。

今晚他突然想起了他们的夫妻关系，提出这件事，唐溪也不意外，秦骁毕竟是血气方刚的男人，有这方面的需求很正常。

只是这种事情不都是男人试探撩拨，女人半推半就的吗？他这么直白地问她介不介意，她怎么好意思回答不介意？

唐溪被他的眼眸盯得脸热，轻轻地咬了咬唇角。

秦骁看她不回答，以为她不愿意，平复心中的冲动，同她拉开距离。

唐溪听着耳边"窸窣"的声音，用余光瞥了他一眼，见他又像平日里一样，贴着最外侧的床沿平躺，有点儿不明所以。

房间里再次陷入安静，唐溪闭上眼睛，等了好一会儿也不见身侧的人有什么动静，觉得他可能是又不想做了。

他向来想一出是一出，唐溪也没有兴趣猜他的心里到底是怎么想的。

她翻了个身，背对着他准备继续酝酿睡意，忽然听到秦骁幽幽的声音："据说你很爱我。"

唐溪怔了一下，瞬间睁开眼，回身看他。

秦骁依旧平躺在那里，她看不清他的脸上是什么表情，但刚刚他的话阴阳怪气的。

感情是两个人的事，他这个当事人居然说据说她很爱他，好像她爱他这件事，他只是道听途说，没有感受到一样。

秦骁一向对唐溪的"深情表白"不屑一顾，怎么今天突然计较起了这个问题？

唐溪盯着秦骁的脸，听到他清晰的呼吸声不寻常地有些粗重。

唐溪隐约明白他阴阳怪气的话是怎么回事了。

他这是在质问她为什么不回答"不介意跟他一起运动助眠"。

卧室里静悄悄的，秦骁合着双目，身体纹丝不动地仰卧在床上，眉宇间却带着淡淡的讥讽之色，等着她的回复。

看来沉默是敷衍不了问题了。

唐溪也不知道他此刻是真想做点儿什么，还是故意想找她的碴儿，但她平时一副爱他爱得死去活来的样子，这种时候肯定是不能拒绝他的。

唐溪静默片刻，攥住胸前的被子往上拉了拉，将小半张脸缩进被子里，羞涩地说："如果你有需要，我……我不介意。"

她身侧的男人仿佛就在等这句话，蓦地睁开眼睛，翻身压到了她的身上，目光不加掩饰地在她的脸上放肆地扫过。

唐溪的呼吸都放轻了。

带着淡淡酒气的滚烫气息喷洒在唐溪的脸上，唐溪的双颊赤红，开始怕了，紧张地闭上眼睛，抿着唇，纤长的睫毛急促地颤抖，双手攥紧领口的布料，胸口上下起伏。

秦骁凝视着她的脸，喉结滚了滚，能清晰地感觉到她的慌乱和害怕，然而她躺在他的身下一动不动，好像一个没脾气的泥人一样，任由他为所欲为。

想到她今天在酒吧里的样子，秦骁有点儿恼。

她分明不是这样逆来顺受的性子，却偏要装出一副温婉和顺的样子，看起来对他这个老公关怀备至、事事上心，其实心里半点儿也不在意他。

唐溪好一会儿没感觉到秦骁有什么动静，小心翼翼地睁开眼睛，正对上他的一张含着情欲的脸，他的目光幽深，额角隐隐有汗水要滑下来。

"介意吗？"他又问了一遍。

唐溪见他忍得辛苦，还是尊重自己的意见，没有被荷尔蒙控制，觉得他在这方面确实算好男人了。

唐溪的脸颊发热，小声地道："不介意。"

"为什么不介意？"秦骁的声音沙哑。

"啊？"唐溪愣了一下，"我们是夫妻，夫妻之间做这种事……"

唐溪说不下去了，垂着眸，满面通红，不敢看他的脸。

秦骁突然冷着脸从她的身上下去。

头顶的阴影乍然消失，秦骁带来的压迫感随之散开，唐溪傻眼了。

都到这份儿上了，他居然下去了？不做了？

作为一个女人，她觉得自己受到了侮辱，咬了咬唇，娇声道："我真的不介意。"

"别说话。"秦骁皱着眉，声音冷冰冰的。

唐溪："……"

唐溪的心里顿时想起很多脏话，差点儿忍不住说出口，千言万语汇成四个字：秦骁有病。

明明是他自己要做的，问她介不介意，她不回答，他觉得她不爱他，她说不介意，他又让她别说话。

她不理解这男人是怎么想的。

"啪"的一声，秦骁伸手把床头灯打开。

突如其来的亮光让唐溪不太适应地眨了下眼，眸中带了一层朦胧的水雾，看向坐在床头的秦骁。

秦骁的目光扫过她的脸，他一言不发，抬手又把灯关上了。

唐溪："……"

开灯关灯很好玩吗？他简直有病。

房间里再次陷入黑暗，秦骁在床头坐了大概一分钟，翻身下床。唐溪搞不懂他到底想干什么，这大晚上的不睡觉了？

秦骁摸黑走到浴室里，关上门，随后浴室里响起了"哗啦啦"的流水声。

唐溪："……"

有病，秦骁有病。

唐溪被秦骁这一出弄得心头火起，恨不得冲进浴室里给他两脚，躺在床上，深吸口气，闭上眼睛反复平复心情，心中默念"秦骁有病"。

大概是因为把秦骁归为病人后，秦骁刚刚的行为就能得到很好的解释，唐溪的心理平衡了不少。

她本来只是想骂他几句泄泄火，却意外地发现不停地重复默念"秦骁有病"这四个字有催眠的效果，意识逐渐模糊起来。

在她迷迷糊糊间，浴室里的水声停了，高大的男人带着一身水汽上了床。

唐溪翻了个身，背对着他，把被子都压在自己的身下，沉沉地睡去。

翌日上午，唐溪睁开眼时，床的另一边已经没人了。阳光透过窗帘将房间照亮，看起来时间已经不早了。

唐溪掀开被子坐起来，打了个哈欠，伸手从旁边的床头柜上拿起手机摁亮，九点半了。

她昨晚睡觉前定了七点的闹钟，应该是闹钟响的时候吵到了秦骁，被他关了。

微信里收到了几条新消息，唐溪点进去，最上面一条就是秦妈妈发过来的，问她今天回不回家。

自从和秦骁结婚后，唐溪每周五晚上叫秦骁回家，就是为了周六把秦骁带回秦家老宅，在老宅中住一晚，跟家里人聚聚，培养培养感情。

昨晚秦骁回来了，不出意外的话今天他们应该可以回秦家老宅。不过唐溪没有直接回复秦妈妈今天回去，因为她不敢保证秦骁不会突然发神经不愿意回去，得确认了之后才能回复。

唐溪从床上下来，穿着拖鞋走进浴室里，洗漱好，换了身衣服下楼。

秦骁坐在沙发上，手里拿着个iPad（平板电脑）在工作，阳光透过窗户洒在他的脸上，让他冷峻的眉眼看起来温和了许多。

他眼睫微垂，始终盯着手里的iPad的屏幕，面前的茶几上放着一杯咖啡。

周六不多休息会儿，一大早爬起来喝咖啡提神，这人还真是不会照顾自己的身体。

唐溪走近他，开口道："妈刚刚发消息来问我们今天回不回家，你有空跟我一起回去吗？"

言外之意，不管他回不回去，她都是要回去的。

秦骁头都没抬，淡声道："有工作。"

唐溪直接给出解决办法："工作可以带回老宅做吗？"

秦骁将目光从iPad上抬起来，神情严肃，一脸"你不可理喻"的表情看着唐溪。

"妈说你很喜欢吃椰子鸡，上次我回去她教我做，我没学会，想今天再跟她学学，但是你一周才回来一次，我一刻也不想跟你分开。"

秦骁皱眉："不会做就不做，没人让你做。"

唐溪道："可是妈都问了，我们做晚辈的不回去不太好。我们每次回去爸妈、二叔二婶、姐姐姐夫都是成双成对的，我才嫁过来两个月，除了你，其他人都还不太熟悉，一个人回去的话，总觉得没有主心骨。"

唐溪说完就垂下头，只用眼睛余光偷看他，用手指戳了一下他的肩膀："秦骁，等会儿陪我一起回去好不好？"

秦骁看着唐溪，见她神情落寞的样子，面无表情地"嗯"了一声。

唐溪达到目的，没再烦他，拿起手机给秦妈妈打视频电话，说今天回去。

她就站在窗户旁，背对着他，穿了件杏色长裙，一双水汪汪的杏眼微微含笑，整个人笼罩在阳光下，亭亭玉立，温婉动人。

视频那边除了秦妈妈，秦二婶也在。

秦骁听到她亲热地同他妈和他二婶讲话，声音甜甜的，说出来的话也甜，说"妈妈、二婶，我想你们了"，又问了爸爸和二叔在哪儿，姐姐姐夫今天回不回去，堂妹在哪儿……秦家的每个人她都问到了，最后甚至连他爸无聊时养的鸡都提到了，说话面面俱到。

刚刚还说他不跟她一起回去，她就没有主心骨，他看她是太有主心骨了。

唐溪打完视频电话，转过身，面上还带着温和的笑，见秦骁在往她这边看，温声询问："怎么了？"

秦骁"哧"了一声，收回放在她身上的视线，垂头继续工作。

唐溪："……"

秦骁有病。唐溪在心里骂了他一句，没管秦骁这会儿心里在想什么，也不理他，转身走进厨房里，简单地做了两个手抓饼。粥是昨晚就放到锅里熬的，现在直接盛出来吃就可以了。

餐桌上，唐溪本想找个话题和秦骁说说话，见他意兴阑珊的并不是很想搭理她，也就没有自讨没趣，沉默地垂头吃自己的饭。

一顿早餐十几分钟就吃完了，两个人将餐具留在餐桌上，待会儿会有保洁人员上门收拾。

唐溪上楼化妆，因为要在老宅过夜，又带了点儿必需品，收拾好的时候，已经快十一点了，唐溪怕秦骁等着急了，赶紧拎着包下楼。

前几次他们回秦家老宅都是秦骁开车，今天估计是因为昨晚没休息好，秦骁把司机叫了过来。

唐溪和秦骁一起坐在后座上，一上车秦骁就打开iPad继续工作，看起来是真的很忙。

唐溪安安静静地坐着不打扰他。

过了会儿，唐溪用余光瞥见秦骁抬手揉了揉太阳穴，眼皮微微向下耷拉，似乎有些疲惫。

唐溪劝他："在车上看东西容易头晕，你昨晚就没休息好，歇会儿吧。"

秦骁抬头看了她一眼，没有应声。

唐溪试探地从他的腿上抽走iPad，见秦骁没有阻止，便自作主张地帮他把iPad关上，放在一边，再回头时，秦骁已经合上眼，上身略向后仰，靠在车座上养神。

唐溪想，他可能真的累了，居然真听劝地休息了。

如果是平日里，他肯定又要让自己别管他，别多事，然后为了证明他不需要她管，强打精神工作。

回想起秦骁那副别扭又高冷的样子，唐溪又想到他昨晚大半夜爬起来，又是喝牛奶，又是去浴室里冲澡，最后也不知折腾到凌晨几点才睡，突然觉得很好笑，情不自禁地笑出了声。

秦骁听到她的笑声，像是猜到她的心里在想什么一样，睁开眼，微侧着头，目光幽幽地盯着她。

唐溪一扭头就对上他冷飕飕的眼神，顿了一下，然后默默地把脸转向另一边，看着窗外，后脑勺儿对着他笑。

秦骁："……"

两个人一路无话，轿车平稳地开到秦家老宅的门口。

此时正值晌午时分，烈日当头，唐溪一下车就感觉到了灼人的暑气。

秦家的管家郑伯一早就候在门前，细心地备了把遮阳伞，看见车来了便打开遮阳伞迎上去，替唐溪挡阳光。

"谢谢郑伯，我自己来吧。"唐溪接过伞，抬高手臂，把伞倾向秦骁那边。

秦骁抬起两根手指推着伞柄："自己打，我不用。"

他迈开长腿，大步走在前面。

唐溪平时表现得对秦骁关怀备至，事事以秦骁为先。这会儿在秦家的门口，太阳那么大，唐溪怎么着也不能让秦家人看到自己撑着遮阳伞，让他们的宝贝在太阳下暴晒，赶紧小跑着追上去："太阳大，紫外线对皮肤伤害很大，还是挡一下吧，免得晒伤了。"

唐溪把伞往秦骁的头顶举，她的身高比秦骁矮很多，给他打伞手臂要举得很高，时间久了手臂有些发酸，加上他还在往前走，唐溪的步子小，跟不上，伞边的扣子像小鸡啄米似的打了秦骁的后脑勺儿好几下。

秦骁停住脚步，扭头看她。

唐溪不防他突然停下来，没收住步子，伞沿的粉红色蕾丝边直直地戳到秦骁冷峻的脸上。

唐溪吓了一跳，赶紧把伞移开，仰着脖子问道："没事吧？"

秦骁垂眸看她，眉宇间似乎有些不耐烦。

唐溪理亏，声音心虚地小了点儿："是不是戳痛你了？"

秦骁扫了一眼她莹白的小脸儿，一手接过她手中的伞柄，替她撑着伞，淡声道："没事，进去吧。"

遮阳伞是郑伯专为唐溪准备的，身强体壮、从小就不怕太阳晒的秦骁根本不在他的考虑范围之内，何况秦骁压根儿就没打过遮阳伞这种东西。

所以遮阳伞也是郑伯根据唐溪的长相气质特意让人选的，粉红色的，伞面的边缘全是蕾丝边，小巧精致，正适合一个小姑娘撑着挡太阳，两个人一起打就有点儿挤了。

秦骁拿着伞，手臂向她倾斜，伞面大部分挡在她这边，他的大半个身体暴露在伞外面，阳光顺着伞边在他宽阔的肩膀上投下一道阴影。

唐溪微微地侧头瞥了他一眼，他的面上没什么表情，步子却因为跟她一起走比刚刚放缓了许多。

唐溪觉得秦骁这个人虽然看起来很冷漠，脸上一股子戾劲，日常一副"我很忙，别烦我"的样子，但骨子里其实挺绅士、挺细心的。

两个人并肩走进院子里，司机和郑伯跟在后面提着礼物。

两个人刚进门走了没几步，一个穿着粉红色连衣裙的小姑娘从屋子里走出来，站在门前笑盈盈地冲秦骁和唐溪招手打招呼："哥，嫂子，你们回来啦。"

小姑娘是秦骁二叔的女儿，秦媛。

相较其他动辄几十号人的大家族，秦家人丁可以称得上稀少。

秦骁父亲那一辈只有秦父和秦二叔兄弟俩。

秦父秦母一共就生了两个孩子，秦骁上面还有一个姐姐秦姝，而秦二叔只生了秦媛一个女儿，两家凑一起都没几个人。因为秦父和秦二叔都没什么争权夺利的心，兄弟俩的关系很好，秦母和秦二婶的妯娌关系处得也好，所以两家人到现在都没有真正分家。

老宅这边一共有三栋小别墅，秦父秦二叔兄弟两个一家一栋，剩下的那一栋是秦骁的爷爷奶奶在世时住的，现在已经没人住了。两家人平时吃饭都在一起，所以秦骁和这个堂妹的感情跟其他人家的亲兄妹差不多。

唐溪笑着应了一声："媛媛。"

客厅里只有秦媛一个人在，厨房里传来"嗒嗒嗒"切菜的声音。

不等秦骁和唐溪问，秦媛就主动汇报："我妈和大伯母在厨房里做饭呢。我爸和大伯一大早就出去钓鱼了，说要钓最新鲜的野生鱼给嫂子熬鱼汤喝，到现在都没回来，估计是两个人钓着钓着又杠上了，在那儿比赛谁钓得多呢。"

秦家有专门做菜的厨师，但每次唐溪和秦骁回来，秦母和秦二婶都会亲自下厨做一大桌子菜，全都是秦骁和唐溪爱吃的。

唐溪的心里暖洋洋的。

秦家人对她是真的很用心，并没有因为唐家比不上秦家，需要秦家帮忙，就瞧不起她，在秦家，唐溪能感受到很多年都没有过的家庭温暖，所以很喜欢到秦家老宅来，和秦家人说说话。

厨房里，秦母正在剁肉馅做肉丸子，秦二婶在旁边给她打下手，剁肉的动静太大她俩没听见外头的人说话的声音，等唐溪和秦骁走到厨房门口了才知道他俩已经到了。

"妈、二婶,我跟你们一起做饭吧。"

唐溪往水池边走去,准备洗手帮忙。

秦母道:"不用不用,还有最后一个汤,马上就好了。"

秦母的手上拿着菜刀腾不开手,秦二婶轻轻地推着唐溪的手臂把她往外面撵:"厨房里油烟大,仔细熏着你。你赶紧出去,在客厅里坐着和骁骁、媛媛玩会儿,等会儿就吃饭了。"

秦二婶往客厅里看了一眼,见秦父和秦二叔还没回来,皱着眉,不满地对秦媛说:"这都十二点了,你爸和你大伯怎么还没回来?你打个电话给你爸问问,他是不是掉进河里爬不上来了?"

秦母也笑着附和,语气幽默:"顺便问问你大伯是不是也掉到河里去了,用不用家里找救护车去救他们。"

秦媛答应得嘎嘣脆:"好嘞,我这就给我爸打电话。"

话音刚落,秦父和秦二叔一前一后地走进来,显然也听见刚刚屋里几人说的话了,笑着问:"叫什么救护车?"

秦媛放下手机,笑嘻嘻地说:"我妈和大伯母看大伯你和我爸这么晚都没回来,担心你们俩掉进河里了,准备让救护车去救你们呢!"

秦父和秦二叔听了她这没大没小的话也不生气,乐呵呵地说:"钓鱼呢,你嫂子爱吃鱼,得多钓点儿。"

今天太阳大,秦父和秦二叔钓了一上午的鱼,被晒得脸都红了。唐溪赶紧倒了两杯水,给秦父和秦二叔端过去。

"谢谢爸和二叔,你们辛苦了。"

"这有什么辛苦的?只要是你们这些孩子喜欢吃的,再麻烦爸都帮你们弄来。"秦父一口气喝了大半杯水,得意地对唐溪说,"我今天比你二叔多钓了两条鱼,我说我比他厉害,你二叔还不服气,非说他钓的鱼个头儿比我钓到的大,明明是我钓的鱼个头儿更大。"

秦二叔道:"什么叫我非说我钓的鱼个头儿大,本来我钓的鱼个头儿就大,我那一条鱼都有两三斤重,小的我都放生了,不然我钓到的鱼可比你的多多了。"

秦父"嘿哟"一声,不屑地道:"你就吹吧你,你最大的那一条鱼也没有两三斤,两三两还差不多。"

兄弟俩说着说着就吵了起来,比谁钓的鱼大。

秦媛走到唐溪的身侧,用胳膊碰碰她的胳膊,小声吐槽:"又争起来了,嫂子,咱俩赶紧找个地方躲一躲吧,不然等会儿他们肯定又拉我俩当裁判。"

　　人免不了有攀比之心，秦父和秦二叔天天待在家里没什么正经事做，就喜欢比这种鸡毛蒜皮的小事，谁都不承认自己输，吵到最后就拉着家里的其他人来评理，看看到底谁厉害。

　　果然，两个人吵了没几句，秦父就说："那让小溪和媛媛看看我们俩钓的鱼，是你的鱼大还是我的鱼大！"

　　秦二叔紧接着说："比就比，反正我的就是比你的大！"

　　唐溪和秦媛对视一眼，从对方的眼里看到自己无奈的表情。

　　秦母从厨房里出来，看秦父后背的衣服都湿透了，还在那儿和秦二叔争得脸红脖子粗的，恼火地道："比什么比？让你钓两条鱼就回来你磨蹭到现在，赶紧上楼洗澡换身衣服，马上就吃饭了！"

　　秦二婶跟在秦母的后面，目光冷飕飕地瞪着秦二叔。

　　兄弟俩讪讪地闭了嘴，不敢再争谁钓鱼更厉害了。

　　秦父拿毛巾擦了把汗，问道："骁骁没回来？"

　　唐溪这才发现秦骁不在客厅里，回答道："回来了，有些工作没处理完，在楼上工作。"

　　虽然她没看见秦骁是什么时候上楼的，但是他不在客厅里，肯定是在楼上。

　　秦父"嗯"了一声，也没说什么，转身上楼去洗澡。

　　唐溪觉得秦骁和秦家其他人一点儿都不像，秦家其他人都喜欢热闹，经常聚在一楼的客厅里一起聊天，而秦骁很少参与进去，基本是一个人待在楼上，只有吃饭的时间才会下楼，看起来跟这个家格格不入。

　　饭菜没多大会儿就准备好了，唐溪上楼喊秦骁下来吃饭。

　　饭桌上，一家人其乐融融地聊着天，只有秦骁面无表情地吃饭，仿佛对什么都不感兴趣。

　　秦父突然对秦骁道："最近工作忙不忙？"

　　秦骁简短地道："还行。"

　　"有时间陪小溪出去走走，你们俩从结婚到现在都没出去度过蜜月，不能委屈了小溪。"

　　秦骁侧头看向唐溪。

　　唐溪正喝着汤，见众人都看着自己，赶紧放下勺子温声道："不会委屈的，爸，秦骁对我很好，他工作那么忙还能回家陪我，我只要看到他就很开心了。"

也不知道是不是被唐溪的话恶心到了,秦骁放下手中的筷子,绷着脸,没再吃一口饭。

不过他还算给面子,一直静坐在餐桌边等大家都吃完饭才走,没有当场摔筷子走人。

吃完饭后,唐溪坐在客厅的沙发上和秦母、秦二婶、秦媛一起看电视聊天,秦父和秦二叔在下棋,秦骁又一个人上楼了。

电视里播放的是一个"灰姑娘"嫁入富贵人家的电视剧,贫穷的女主角和富有的男主角真心相爱,但是女主角很不受婆家待见,经常被婆家的人刁难。

秦二婶是个看剧很容易将自己代入角色的人,边看边吐槽剧里的恶婆婆。

"这个婆婆心也太狠了,小雯都怀孕了,居然还让她做家务活儿,这家里不是有保姆吗?这么使唤小雯不怕她肚子里的孩子流产吗?那也是她的亲孙子呀。"

"小雯"是电视剧里女主角的名字。

唐溪接话道:"电视剧都是这么演的,能够引起观众的共鸣,不这么演没人看的。"

秦二婶说:"这个公公的人品倒是还行,知道女人生孩子辛苦,要奖励小雯,就是太小气了,生男孩奖励一百万,生女孩才奖励五十万,重男轻女不说,这点儿钱能干什么?"

说着,她拉起唐溪的手,笑着说:"这要是在我们家,不管生男生女,一个孩子最少也得奖励十个亿,就这还要看小溪愿不愿意生呢。"

"……"

唐溪没想到话题突然转到自己的身上,生一个孩子奖励十个亿,她又想到秦骁每次回家都送包的豪气行为,这还真是财大气粗的一家人。

唐溪的脸上露出一抹娇羞,她微垂着头,正想着要怎么回答,突然察觉背后有一道视线落在自己的身上。

她转过脸,看到秦骁不知何时下了楼,站在楼梯口,手里拿着水杯,目光深邃地盯着她,神色间透着不悦。

秦母、秦二婶和秦媛也都顺着她的视线看向秦骁。

秦骁看了唐溪片刻,淡声道:"上来收拾东西,等会儿走。"

唐溪一怔:现在就走?不在老宅过夜了?

以往他们每次周六回老宅都会在这边住一晚,周日下午才回去,现在不知道发生了什么，半天都没到，这位大爷突然就要走。

秦母也问："怎么现在就要走，今晚不在家里住吗？"

秦骁"嗯"了一声，淡淡地道："有事。"

唐溪坐着没动，秦骁直接抬腿走到唐溪的身边，没给唐溪开口说话的机会，强势地攥住她的手腕把她从沙发上拽起来，拉着她上楼。

他说是收拾东西，其实唐溪的东西放在包里都还没拿出来，直接提着包就能走了。

从秦骁说要走，到两个人坐上车，全程连三分钟的时间都不到。

秦家人想留他们在家里住一晚，没留住，车子缓缓地驶离秦家老宅，唐溪探着脑袋冲目送他们离开的秦家人挥手："妈、二婶，我下周再回来看你们！"

秦母也挥手道："路上注意安全！"

盯着车子离开的方向，秦二婶忧心地道："骁骁怎么好像不高兴了？"

她隐约地察觉到秦骁这火好像是自己勾起来的，心里惴惴不安。

秦嫒肯定地道："不是'好像'，我哥他就是生气了。"

秦二婶将目光转向女儿，等着女儿说理由。

秦嫒幽幽地道："谁让你用金钱侮辱他老婆？"

秦二婶："……"

等车子转了个弯，秦家老宅彻底地消失在视线内，唐溪才转过身来，坐正身体。

秦骁坐在她的身侧，抿着唇，面色阴沉。

唐溪也不知道好端端的，他发什么疯，突然要回去，他自己走就算了，还非要拉着她一起。

唐溪本来不想搭理他的大少爷脾气，但他一直目光阴沉沉地盯着她的脸看，唐溪忽视不了他的视线，忍不住问道："是公司有什么事情要你去处理吗？"

他刚刚从楼上下来时脸色就不对劲，但秦家其他人都在楼下聊天，也没人招惹他，他自己又说有事，唐溪便自然地猜测可能是公司发生了什么让他不顺心的事。

两道浓眉微拧，秦骁意味不明地道："唐溪，你是面团捏的吗？"

唐溪面色不解地看着他，不懂他是什么意思。

秦骁问："你不会生气？"

· 29 ·

虽然还是不懂秦骁想表达什么，但唐溪根据字面意思理解，轻声道："生气当然是会的。"

　　秦骁盯着她，眉头皱得更深，片刻后移开视线，不再看她。

　　唐溪："……"他有病。

　　唐溪侧身看向窗外。

　　秦骁瞥了一眼她的后脑勺儿，看着她刻意不看自己的样子，知道唐溪这是烦他了，在使小脾气，故意不看他，眼不见心不烦。

　　秦骁唇角微动，想说些什么，又觉得说了也没意思。

　　她一向会装自持、温顺、端庄，随口敷衍他，不会同他争论，他说了也是白说。

　　车内陷入一阵沉默，唐溪从包里拿出手机准备玩一会儿，刚好看到秦二婶发过来了一条微信消息。

　　二婶："小溪啊，二婶刚刚说在我们家，生一个孩子最少奖励十个亿，就是看电视剧，觉得小雯的公公太小气了，感慨两句，绝对没有用金钱侮辱你的意思，你不要误会呀。"

　　唐溪一脸的莫名之色，随手回复："二婶，我当然不会这么误会，您对我这么好。"

　　秦二婶怎么会突然觉得她会误会这句话是在侮辱她，这思路也太异于常人了吧？

　　二婶："你没误会就好，骁骁好像误会我的意思了，在生我的气，也是我这个做二婶的说话考虑不周，你回头帮我跟他解释解释。"

　　唐溪："……"

　　所以，秦骁刚刚突然怒气冲冲地让她收拾东西回家，是因为听到秦二婶对她说生一个孩子奖励她十个亿，觉得秦二婶是在用金钱侮辱她？

　　唐溪难以置信地看向秦骁，他正靠着椅背，双腿交叠，微垂着眼睫，侧脸对着她，看不出什么情绪。

　　这样一副视她如空气的样子，他怎么可能会像秦二婶说的那样，为了她生家里人的气？估计不是秦骁误解了秦二婶，而是秦二婶误解了秦骁的意思吧？

　　感觉到她的视线，秦骁抬眸往她这边瞥了一眼，二人四目相对，唐溪立马弯起眼睛，温柔地冲着他笑。

　　秦骁随即收回视线，微微地抿起薄唇。

　　微信上又收到一条新消息，唐溪扫了一眼，还是秦二婶发过来的，问她有没有跟秦骁解释。

唐溪的脑海里突然浮现出在秦家时,秦骁大步地向她走过来,拉住她的手腕,强势地要带她走的情景。

他刚刚又莫名其妙地怪她不会生气。

难道他真的是因为觉得秦二婶那么对她说话是瞧不起她,所以在维护她?

手腕处仿佛还残存着他掌心的温度,心里泛起一股酥酥麻麻的微妙感,唐溪不自觉地伸手摸上自己的右手腕,隐约觉得自己的脉搏好像在加速。

秦骁用余光看见唐溪微垂着头,也不知在想什么,眼睛一眨不眨地盯着自己的手腕发呆。

目光顺着她的视线落在她纤细的手腕上,他想起自己拉住她的手腕时的感觉。

她的手腕细细的,他一只手轻而易举地就能握过来,握着的手感却软绵绵的。

秦骁垂眸盯了她的手腕好几秒钟,唐溪眼睫微动,从发呆中回过神,他在她抬眸前收回视线,面色淡然地坐着。

唐溪看了他一眼,想着他发火可能是为了她,主动往他的身侧挪了挪,声音温柔,尽量让自己的语气听起来不像是在跟他抬杠。

"二婶没有恶意的,你应该只听见二婶对我说生一个孩子奖励我十个亿,不知道二婶这么说的原因,才会误解了二婶的意思。其实我们当时是在看电视剧,电视剧里的女主角的公公说生一个孩子奖励她一百万,二婶觉得太少了,才会说了那句话,并不是有意提起这个话题的。"

唐溪说完,抬眸打量他的神色。

他面色无波,不置一词,也不知有没有把她的话听进去。

秦家人对她这么好,希望她多带秦骁回老宅是想增进亲情的,她可不能让他和家人间的关系更糟糕。

不过他这火都发过了,她这么劝他,说他误会了秦二婶,在这儿当和事佬,似乎会让他有种吃力不讨好的感觉。

唐溪换位思考,做出了一个深情款款的眼神,含羞带怯地望着他:"秦骁哥哥,我一直以为你不喜欢我,没想到你会为了我不顾跟二婶之间的亲情,我的心里真的特别感动。不过二婶那么疼你,你为了我生她的气,二婶会很伤心的。"

秦骁从她开口喊"秦骁哥哥"起眉头就蹙了起来,到后面眉头越蹙越深，表情一言难尽。

"我说我为了你生二婶的气了？"秦骁一脸"你在自作多情地做什么美梦"的表情。

沉浸于他为了维护自己而发火的微妙感觉中的唐溪稍稍恢复了些理智。

秦骁当头又给她泼了一盆凉水："二婶说生一个孩子奖励你十个亿的时候，你为什么不拒绝，你把生孩子当什么了？"

唐溪："……"

合着他刚刚怒冲冲的，不是在生二婶的气，而是在生她的气，认为她把孩子当成赚钱的工具了？所以他当场就带自己离开，是觉得她这个老婆接受了金钱的侮辱，丢他的脸了？

她就说他平时对自己爱搭不理的，怎么可能会为了自己跟家里人翻脸，果然是二婶误会了。

二婶是不知道她和秦骁私底下的相处模式，才会误以为她和秦骁的感情好，秦骁是为了她生气。

唐溪彻底恢复理智，心也不酥麻了，脉搏也不加速了，微微一笑，好脾气地说："二婶是长辈，我从小就不会反驳长辈说的话，也不会当着长辈的面发脾气，而且当时二婶只是看电视随口一说，笑笑也就过去了，不至于小题大做。如果让你心里不舒坦了，我向你道歉。"

秦骁："……"

她虽然唇角带笑，说话温温柔柔的，没有一个字反驳他，但句句都像是在骂他，话里话外都在说他不尊重长辈，小题大做。

秦骁被她绵里藏针地挤对了一通，还不能跟她生气，按照她的意思，生气就是小题大做。

秦骁还没说话，她又咬了咬唇，可怜巴巴地看着他说："对不起。"

唐溪在他的面前一直是绵软的，即便偶尔使小性子也不过是挤对他一句，很少这样已经出了气，还要再找补一句堵他的话。

秦骁瞬间看出她的目的，她这是要让他不得不承认自己没生气，然后再让他给二婶打电话说自己没生气。

她还真是从来不浪费一个表情，每次楚楚可怜地看着他，心里都打着小算盘。

秦骁故意不接她的话，学着她之前不搭理他的样子，微侧着头，目光看向车窗外，后脑勺儿对着她。

唐溪："……"

不会吧？她都那么说了，秦骁居然都不大度一点儿，粉饰太平地说他没生气，这是要默认他小题大做了吗？

这男人平时不是傲娇得要命吗？不是应该冷着脸说自己没生气吗？今天他不要面子了吗？

他不说他没有生气，她就没办法顺势让他亲自打电话给二婶解释。二婶那边还误以为秦骁是为了她发火呢，不解释清楚，她就像是挑拨了老公和婆家人的关系似的，以后还怎么好意思回秦家？

唐溪紧盯着秦骁黑黝黝的后脑勺儿，正想继续"劝解"他，秦骁上半身微微后仰，合上了眼，一副一个字都不想听她说了的样子。

唐溪一口气堵在胸口，到嘴边的话又憋了回去，默默地向右挪到车窗边，扭头看向窗外，赌气。

驾驶座上的司机原本正津津有味地听着老板娘夹枪带棒地讥讽他老板，他老板突然不说话了，紧接着老板娘也不说话了，像是默契地翻脸了。

车里一阵沉默，司机大气都不敢喘一口，也不敢往后面看，心惊胆战地开着车。

车子回到东郊别墅的时候，才下午三点多。

进门后，唐溪换了拖鞋上楼，秦骁拿着iPad跟在她的后面，两个人一前一后地到二楼，在楼梯口分开，唐溪进了卧室，秦骁去了书房。

唐溪打开空调，在沙发上刷了几分钟手机，走进衣帽间准备拿身睡衣去洗个澡的时候，手机响起了来电铃声。

电话是秦二婶打过来的。

唐溪已经在微信上回消息解释了秦骁没有生她的气，但秦二婶还是不放心，估摸着他们这会儿差不多到家了，特意打电话过来询问。

"小溪啊，你们到家了吗？"

唐溪"嗯"了一声，说："到了。"

"骁骁在你旁边吗？"

唐溪说："不在，他有工作要忙，在书房。"

秦二婶语气自责地道："你爸和你二叔退休早，家里的公司全指着骁骁一个人，他肩上担子重、事情多，好不容易忙里偷闲地回来一趟，本来今天一家人应该开开心心地聚在一起，全怪我多嘴，说话不中听。"

唐溪安慰她："谁说您说话不中听了？您多和善啊，我最喜欢和您还有妈妈聊天了。今天的事您真的误会了，秦骁不是生您的气。我们在楼下聊天，秦骁他在楼上工作，就是刚好下楼倒个水，都不一定听清您说了什么，怎么可能是生您的气呢？何况您那句话也没有任何恶意。"

秦二婶叹气道："你就别哄我了，骁骁是我看着长大的，他的脾气我最了解，他要是没生气不会突然要走的。他就是觉得我这个做二婶的没个长辈样儿，不该对你说那种话，他护着你呢。"

唐溪声音轻柔地道："没哄您，他确实生气了，不过他哪是生您的气呢，他是在同我生气呢。"

秦二婶听唐溪说秦骁在同她生气，更担心了："你们俩怎么了？没吵架吧？"

唐溪不好说秦骁生气是觉得她把孩子当赚钱工具，"生一个孩子奖励十个亿"这个话题还是秦二婶提起来的，她这么解释了估计秦二婶也会觉得她是在安慰自己，自责地胡思乱想。

"没吵架。"唐溪信口胡诌道，"二婶，这事其实怪我。秦骁这阵子一直在外面出差，昨晚才回来，我跟他好几天没见面，他就变得特别黏人，一刻也不想跟我分开，但是我回去就想跟你和妈待在一起聊天，他一个人在楼上工作，我一直没上楼陪他，他就生气了，怪我忽略了他。"

秦二婶听完她的解释，觉得合情合理，松了口气，好笑地道："他想让你上楼陪他直说不就行了？我们又不会拦着你不让你陪他，这事不怪你，怪骁骁。"

唐溪有点儿羞涩地说："真是对不住二婶，我们俩闹别扭，害您这么担心。您别怪秦骁，他就是工作太忙了，好不容易周末休息，太黏我了。"

秦二婶见她话里话外都在维护秦骁，欣慰地道："你们俩感情好我就放心了。"

唐溪"嗯"了一声，说："二婶您放心，让妈她们也放心，我等会儿哄哄他就好了，他很好哄的。"

唐溪又和秦二婶聊了两句才挂电话。

总算安抚好秦二婶，唐溪关了手机，呼了口气，突然发现面前的墙壁上映出一道高大的身影。

唐溪后背一片冰凉，缓缓转头。

衣帽间的门旁，秦骁一手插兜，微挑着眉，一言不发地盯着她，也不知在那里站多久了。

唐溪想到自己刚刚跟秦二婶说的那些话，只觉得一阵窒息，默默地祈祷他是才进来，没听到自己前面瞎编的那些话。

她扯了下唇角，面露笑容："你不是在书房里工作吗？怎么过来了？"

秦骁看着她，眸中带了点儿兴味，一本正经地道："因为我黏人。"

"……"

唐溪的脸颊瞬间涨红，她勉强维持的镇定表情被秦骁的这句话击得粉碎。

她唇角微动，想说点儿什么拯救一下自己的形象。

秦骁轻飘飘地又来了一句："一刻也不想跟你分开。"

唐溪："……"

算了，她还是自闭吧。

唐溪随意地从衣柜里扯了件睡衣出来，面红耳赤地闷头冲向浴室，因为跑得太急，经过秦骁身边的时候肩膀还不小心同他撞了一下。

她头都没抬，自然没看见秦骁盯着她仓皇的背影，唇角突然上扬，黑眸中浮起一抹笑意。

唐溪这个澡洗了一个多小时，身体里的那股子羞耻的感觉都没有完全消散，脸颊火辣辣地烫，分不清是被浴室里的热气蒸的，还是因为刚刚的事窘的。

她自认不是个脸皮薄的人，平时在秦骁的面前什么羞耻的情话都能脸不红心不跳地说出来，即便面对他嫌弃的表情都能淡然自若，继续装出一副对他死心塌地的样子。

但是当秦骁用他那低沉的嗓音说出他黏人这句话的时候，唐溪觉得比他冷着脸不搭理她让她自说自话、尽情表演羞耻多了。

她完全招架不住他那一副严肃但又带着点儿刻意调侃的样子。

唐溪关了水龙头，拿毛巾擦了擦身上的水珠，穿上睡裙，走到镜子前，伸手拍了拍自己通红的脸颊，深吸一口气。

没事，她要淡定。

她轻轻地拉开浴室的门，露出一道门缝，往外面扫了一圈，确认秦骁不在卧室里，这才彻底打开门走出去。

五点多了，平时这个时间秦骁在家的话，唐溪就要开始准备晚饭了，但是今天她一点儿胃口都没有，又怕出去碰见秦骁会尴尬，索性就装作不知道时间。

反正秦骁这么大的人了，饿了会自己找食吃，现在的外卖软件那么发达，也饿不着他。

而且他们今天才从老宅回来，距离下周六回老宅还有一周时间呢，这几天她不用时时刻刻照顾他，疏忽点儿也没关系，等到下周五需要叫他回来了,再对他好一点儿,好好哄他。

唐溪从床头柜的抽屉里拿出自己常看的那本书,倚靠在床头看。

不知过了多久,唐溪听到卧室的门锁转动的声音,身体里刚刚退去的羞窘感重新凝聚到心口。

她赶紧放下手中的书,拉起被子,把自己整个人盖进去。

秦骁推门进来的时候就看到唐溪缩在被子里,圆鼓鼓的一团,连脸都没露出来,还颤巍巍地往里面挪了挪。

秦骁缓步走到床头,被子里的人已经没了什么动静,只是被角露出一本书的边缘。

秦骁把书抽出来,垂眸扫了一眼封面,书名是《每天演好一个情绪稳定的人》。

秦骁把目光从书上移到鼓起的被子上。他在这里站了这么久,她一声不吭,躲在被子里动都没动一下,这情绪确实挺稳定的。

"唐溪。"秦骁喊了她一声。

唐溪这才开口说话,脸还埋在被子里没露出来,声音闷闷的:"我昨晚没睡好,有些困了,晚饭就不吃了,你饿了的话点外卖凑合一顿吧。"

秦骁道:"你要害羞到什么时候?"

唐溪毫不犹豫地否认:"我没有害羞,就是困了。"

秦骁"嗯"了一声,没头没尾地来了一句:"书给你放在床头柜上了。"

唐溪愣了一下。

书?什么书?

秦骁把手里的书放到床头柜上,转身向外走。

唐溪在被子里听着他的脚步声越来越远,判断他大概已经出去了,这才掀开被子看向床头柜。

本该和她一起被盖在被子里的书躺在那里,封面上的"每天演好一个情绪稳定的人"这几个字格外刺目。

秦骁刚刚说的书就是这本?

唐溪觉得今天大概是她的尴尬日。

平时她跟秦家人打电话聊天,经常瞎编一些秦骁跟自己很恩爱的话,也会看看这本书,喝口缓解情绪的"人生鸡汤",也没被秦骁碰见一回。

今天倒好,两件事撞到一起去了。

尤其是她在造谣秦骁黏她被他听到并揭穿后翻看《每天演好一个情绪稳定的人》,一下子让事情变得更加微妙。

唐溪伸手捂了一下额头，耳根烫得更厉害了。

"唐溪。"低沉的嗓音从门旁飘过来。

唐溪抬眸，看到秦骁面容冷峻地站在门旁还没走，守株待兔似的等着她自己从被子里出来。

唐溪的目光在那本《每天演好一个情绪稳定的人》和秦骁之间来回游走，有一种快要窒息的感觉。

片刻后，她轻吐了口气，勾起唇角，冲着他笑笑，温声询问："怎么了？"

秦骁的语气硬邦邦的："出来吃饭。"

唐溪本想说她不吃了，但感觉肚子确实有点儿饿了，现在强撑着万一晚上睡觉的时候肚子叫了就更尴尬了。

"有饭吃吗？"她还没做呢。

"有"。秦骁淡淡地丢下一个字，很酷地转身往楼下走。

唐溪盯着他离开的背影，在床上静坐了半分钟，从床上下来，穿着拖鞋缓缓地下了楼。

秦骁静坐在餐桌前等她，餐桌上已经摆放好了足够两个人吃的四盘菜、一个汤、两碗米饭。

唐溪本来以为他是点了外卖，但这些菜一看就不是外卖，还是用家里的盘子装的，家里只有他们俩，难道是他做的？

唐溪看向秦骁的目光有些意外，走到他的对面坐下，假惺惺地问道："你怎么不喊我就自己把饭准备好了？"

秦骁抬眼看她，深邃的目光仿佛已经将她看透，声音不咸不淡："你不是困了？"就算他刚刚喊她，她也不可能给他做饭。

唐溪垂着头，声音很小，像是在自责："如果知道你饿了，我再困都会起床给你做饭的。"

秦骁的视线凝固在她的脸上，目光带着审视，他仿佛在探究这个对自己满脸情深义重的女人，和刚刚躺在床上让他随便点外卖凑合的女人是不是同一个。

唐溪抬眸，坦荡地和他对视，弯着眼睛对他笑了一下，又恢复了那副冷静自持的温婉模样。

秦骁收回视线，鼻间发出一道很轻的冷哼声："吃饭吧。"

唐溪假装没听见他不满的冷哼声，拿起筷子开始吃饭，夹了一块牛肉放进嘴里嚼了嚼，没想到还挺好吃。

她本来打算就尝一口，无论味道怎么样都要夸好吃，毕竟秦骁这种大少爷能下厨做饭就很不容易了，这下更要夸了。

　　她抬起头，弯着眼角，笑着冲秦骁说："你好棒呀。"

　　秦骁已经被她夸得习惯了，虽然不知道她又想起什么理由夸自己了，但还是放下筷子，面无表情地等着她夸。

　　唐溪笑得一脸真诚："你这饭做得也太好吃了吧！秦骁，你太优秀了，长得这么帅厨艺还这么好，简直就是完美男人，嫁给你我真是太幸福了！"

　　秦骁目光停滞了一下，拿起筷子，没回她话，慢条斯理地吃着饭。

　　唐溪见他面色复杂，有点儿不想提这个话题的样子，但也没像之前她夸他那样满脸嫌弃，以为他是不好意思了，笑眯眯地问："你的厨艺是妈教你的吗？"

　　秦骁淡声道："不是。"

　　"那就是二婶教的？"

　　秦骁放下筷子，目光幽幽地盯着她，语气生硬地说："晚饭是白姨做的。"

　　唐溪："……"

　　白姨是秦家的保姆，唐溪和秦骁结婚后，原本秦家是想让白姨住过来照顾他们俩的饮食的，但唐溪觉得跟秦家的保姆住在一起不自在，加上秦骁一个月也回来不了几次，便婉拒了秦家人的好意，跟秦家人说自己会做饭，可以照顾好秦骁。

　　秦家人尊重她的意见，也就没让白姨过来。

　　大概是刚刚到了做饭的时间，她躲在房间里没出去，秦骁就把白姨叫过来做了顿饭。

　　难怪她夸他厨艺好，他的表情那么奇怪，原来是她夸错人了，这饭不是他做的。

　　一阵无言后，唐溪轻笑一声，自然地转移话题："刚刚李助理给我发了你的行程表，你明天要出差？"

　　"嗯。"

　　"明天早上七点半的飞机，五点就要从家里出发？"

　　"嗯。"

　　唐溪问："你明天早上想吃什么？我早起给你做。"

　　秦骁说："不用。"

　　唐溪"哦"了一声，没有坚持，得了便宜还卖乖："那我就不做了，你明天走的时间有点儿早,在家里吃饭反而耽误时间,让司机过来的时候帮你买一份早餐带着路上吃吧,这样你也能多睡会儿。"

话说得漂亮体贴,仿佛真关心他的睡眠,想要他多睡会儿,然而她做好早餐他也可以直接带着路上吃,说到底她就是没打算起床给他做早饭。

秦骁深深地看了她一眼,两个人默契地继续吃饭,其间谁都没有再说话。

经过两个多月的相处,秦骁算是看透了唐溪。唐溪对他的"爱"呈周期性变化,就像海里的水一样,周一至周五基本平静无波,周五下午六点忽然掀起巨浪,爱他爱得死心塌地,浪潮持续到他们从老宅回来,再如退潮般逐渐平息,周而复始。

现在他们刚从老宅回来,正是她的"爱意"最淡的时刻,能虚伪地说两句客气话维持体面已是不易。

让她忍着困意这么早爬起来给他做早餐,基本不可能。

第二章
"傲娇"老公

吃完饭后,唐溪没什么事,回卧室里坐在沙发上玩手机。

秦骁又去书房里忙工作了。

十点多的时候,唐溪有点儿犯困,放下手机上床准备睡觉,突然想起秦骁好像还没有收拾明天出差要带的行李。

这么晚了他都还没有结束工作,也不知道要忙到几点。他明天早上是七点半的飞机,四点多就要起床,一共睡不了几个小时,等他忙完工作再收拾行李,时间就更晚了。

自己要帮他收拾行李吗?

算了,他不喜欢自己乱碰他的东西,帮他收拾行李也未必能讨着什么好脸色,还是不自找麻烦了。

唐溪伸手关上房间里的大灯,留了一盏床头的小灯。

她闭上眼睛过了好几分钟都没睡着,脑子里莫名其妙地冒出秦二婶今天跟自己说的话,二婶说秦骁肩上的担子重,全家人都靠他一个人养着,他拼命工作就是为了让家里人能过上养尊处优的生活。

她现在也算是秦家人了,住着秦骁的别墅,刷着秦骁给的卡,还有衣帽间里的那些价值半套房的稀有皮皮包,都想到了他在忙工作没空收拾行李还不帮帮忙,总觉得心里挺过意不去的。

唐溪纠结片刻,还是开灯从床上下来,走进了衣帽间。

反正她现在也睡不着了，帮他收拾一下，就当是维持自己好妻子的形象了。

结婚后她给秦骁买了不少东西，西装、睡衣、鞋子都有，她可以不碰他原本就有的衣服，只给他收拾自己买的那些到行李箱里，回头他要是嫌弃自己给他收拾的衣服，可以重新整理。

唐溪拿了一个中等大小的黑色行李箱，开始收拾。

秦骁这次要出差五天，唐溪选了五套西装、五套睡衣、两套日常休闲服、两套运动装……

秦骁有两天晚上要出席商业酒会，手表也要佩戴，还有袖扣、领带夹……

唐溪看到什么都想给秦骁装上，不知不觉间行李箱已经超负荷，装不进去东西了，需要换更大的箱子。

不过要带的东西实在太多了，家里能装进这么多东西的行李箱只有她那个最大号的粉红色的行李箱，唐溪站在粉红色的行李箱前，手指在下巴上点了点，有些犹豫。

这样颜色粉嫩的行李箱，秦骁肯定不乐意用吧？想到秦骁满脸嫌弃，眉头皱得能夹死苍蝇的样子，唐溪也跟着皱起了眉头。

但她折腾到现在也很困了，眼睛都快睁不开了，想赶紧上床睡觉，没精神再思考把哪些东西拿出去了，而且每套西装搭配什么配饰她都挑选好分别装进小袋子里了，拿出来也很不方便。

唐溪看了一眼手机屏幕上的时间，半夜十二点多了。

就这样吧，横竖她用不用粉红色的行李箱，秦骁都会嫌弃她多事。

她迅速地把行李整理进大行李箱里，再把大行李箱放在衣帽间的门旁，拿手机给秦骁发了条消息，告诉他自己给他收拾了行李箱，让他自己看看还有什么其他需要带的东西。

没等秦骁回复，她就直接放下手机睡觉了。

这次入睡很快，她沾到枕头没多大会儿就没了意识。

翌日唐溪被闹钟铃声吵醒，迷迷糊糊地睁不开眼，闭着眼伸手在床头摸手机。

她今天没什么事，不用早起，闹钟是给秦骁定的，她怕秦骁睡得太晚早上起不来床，特意定了四点半的闹钟，以防他睡过头。

唐溪用手在枕边胡乱地摸了两下，突然碰到一片温热的皮肤，指尖顿了一下，大脑还没来得及反应，就听见秦骁低沉的声音："我关，你睡。"

唐溪听话地缩回手，意识到自己碰到的是秦骁的手。

她困倦地把眼睛睁开一条缝隙，看见秦骁已经穿戴整齐，站在床边，手里拿着她的手机，好像在打字。

她好奇地想看看他用自己的手机在干什么，但眼皮刚被撑开就开始打战。

秦骁看着她努力地想睁眼，却跟困意抗争失败的样子，勾了一下唇，把手机放回去，小声地对她说："我去出差了。"

"路上注意安全，一个人在外面照顾好自己，我会想你的哟。"唐溪还没睡醒，声音都黏糊糊的，像撒娇一样。

秦骁顿了片刻，说："好。"

他说完站在床头没动。

唐溪意识朦胧间感觉秦骁还没走，也没思考，全靠平日里跟他相处时的习惯胡言乱语："你在外面也要想我啊。"

秦骁严肃地说："我是出去工作。"

"工作也可以想我呀，你就用工作的间隙想我一小会儿，就一小会儿就可以了，我不贪心的。"

秦骁抿着唇没回答。

唐溪也不在意他的回答，继续说："我这几天会好好地练习做椰子鸡，下周五你回来，我做给你吃，好不好呀？"

秦骁垂眸盯着她白里透红的脸蛋儿，也不知她是真迷糊还是假迷糊，眼睛都没睁开就开始哄他，想让他承诺她下周回来。

"好不好吗？"

她又开始撒娇。

秦骁说："好。"

唐溪得到他的回应，裹着被子翻了个身，开始有起床气了："好烦，我要睡觉了。"

秦骁："……"

秦骁推着唐溪给他准备的巨大粉红色的行李箱出门，等在门口的司机小张见他出来，目光瞬间被他的行李箱吸引，难以置信地愣了几秒钟，都忘了要迎上去替老板拿行李箱。

等秦骁走到后备厢前，亲自动手打开后备厢，他才回过神来，小跑着过去要把行李箱搬到车的后备厢里去。

他刚弯下腰，手还没碰到行李箱，就被秦总冷声制止："别碰。"

司机被吓了一跳，缩回胳膊，搓了搓手，有些无措地说："秦总，我帮您把箱子搬上去。"

秦骁把箱子往自己的右边拉了拉，防止被司机碰到，淡声道："我自己搬。"

司机见他跟箱子里藏了什么宝贝似的不让自己碰，也不敢靠近箱子了，往后面退了两步，看着高大英俊的秦总小心翼翼地把粉红色行李箱放进后备厢里。

好在那个行李箱够大，虽然是粉红色的，倒也不损秦总的威猛形象。

只是秦总带这么大的行李箱，确定是去出差，不是搬家？

司机有点儿怀疑自己听错任务了，难道秦总因为昨天和老婆闹别扭了，所以今天不是要去机场，而是被老婆赶出家门，要搬东西去公司那边的公寓？

两个人上车后，司机不放心地确认道："秦总，咱们现在要出发去机场？"

秦骁没什么语气地"嗯"了一声。

司机没敢再多问，启动车子，平稳地开车进主路，在第一个红绿灯路口等红灯的时候，突然听到后座上的秦总开口："箱子是唐溪的。"

司机反应了一下，笑着夸赞道："太太的箱子真好看。"

秦骁："唐溪帮我收拾的衣服。"

司机："太太对您真好。"

秦骁："女人是不是都很心细，出个差而已，连领带夹这种东西都给我带上了。"

司机："……"

他本来以为高冷的秦总这是想解释他为什么会用粉红色的行李箱，结果听着听着就感觉不对劲了：秦总这语气怎么还有点儿得意，这是在秀恩爱？

司机露出一个尴尬而不失礼貌的微笑："秦总，这我可就不知道了，我还没结婚呢。"

秦骁"嗯"了一声，头向后靠在椅背上，合上眼，下巴微抬，隐隐地流露出"你没老婆你不懂"的孤傲神色。

司机："……"他突然就好憋屈。

· 43 ·

半个多小时后，车子在机场航站楼前停下，李瑛提前候在那里，看见车来了，迎上去给秦骁开车门。

司机下车后，绕到后备厢前站着没动，李瑛瞥了他一眼，吩咐道："把秦总的行李箱拿下来。"

司机看向一条腿才从车上迈出来的秦总，请示他的意思。

秦骁从车上下来，抬腿走向车的后面。

司机知道他这是要自己搬行李箱，主动后退一步给他让开位置。

李瑛跟在秦骁的身后，看到他的老板从后备厢里搬出一个巨大的粉红色的行李箱，早已在商场上锻炼得喜怒不形于色的他眸中闪过一抹诧异之色。

他跟在老板身边几年了，老板每次出差都是带着一个黑色的小行李箱，这次怎么突然带这么多东西了，还是粉红色的行李箱？

不过他随即想到老板现在已婚，早上还是从新婚的别墅里过来的，猜测这行李箱是老板娘的。

秦骁扫了他一眼，淡淡地道："唐溪的行李箱。"

果然。

李瑛笑着想把行李箱接过去。

秦骁推着行李箱直接迈步走向前面，语气加重了几分："唐溪的行李箱。"

李瑛瞬间听出了这两句"唐溪的行李箱"之间的区别：第一句是告诉他，这颜色粉嫩的行李箱是唐溪的；第二句是警告他，唐溪的行李箱他不能碰。

李瑛默默地跟在秦骁的身后，看着老板把行李箱放在身体的正前方推着走，迎面来人的时候就不动声色地往旁边走。

李瑛忍不住腹诽：真没必要，老板，没人抢你的箱子。

"唐溪的行李箱"最后还是被别人碰了，因为体积超大且超重，不能随身携带上飞机，需要办理托运手续。

机场工作人员把行李箱拖走的时候，李瑛望着双手插兜，一脸冷酷，目光幽幽地盯着行李箱消失的方向的老板，莫名地觉得老板的心里有点儿委屈——他的"唐溪的行李箱"被拖走了。

李瑛安慰他："行李箱超重了，只能托运，别人这么重的行李箱都是托运的。"

"唐溪给我装的。"秦骁回头看了他一眼，挑了一下眉，语气漫不经心地道,"她给我搭配了很多套衣服,不知道什么时候买的,我见都没见过。"

李瑛:"……"

他就是嘴贱,给自己找罪受,一个单身人士居然觉得老板委屈,他老板这尾巴都要翘上天了。

唐溪睡醒的时候已经九点多了,手机上收到了两条来自秦骁的消息。唐溪没注意消息后面的时间,下意识地以为这是昨晚自己发消息告诉他自己给他收拾了行李箱后,他给自己的回复,点开一看才发现不是,消息是早上五点多发过来的。

第一条消息里是一张图片。

益远集团总裁秦骁:"超重了。"

唐溪点开秦骁发过来的图片,是她给秦骁收拾的那个粉红色的行李箱在机场托运区的照片,看样子他给行李箱办理了托运。

不过他给自己发行李箱办托运的照片是什么意思?

唐溪的目光移向下一条消息,停在"超重了"三个字上。

难道是因为行李箱超重了,需要办理托运,他嫌麻烦,所以特意发消息过来吐槽?

结合照片和消息,她觉得他应该是这个意思。

这人还真是别扭,嫌重就别拿她收拾的行李箱啊,自己重新收拾不就行了?

唐溪腹诽,手指在屏幕上打字:"这个行李箱就是大号的,坐飞机只能托运,可以多装点儿东西。我怕你在外面出差需要用东西的时候找不到,把能带的就都给你带上了。"

秦骁还在飞机上,这会儿也不会回她消息。

唐溪发完消息,脑子里回忆起四点多秦骁走的时候好像和自己说了几句话,她太困了也记不清他们具体聊了些什么了,只依稀记得秦骁当时说话的声音很低沉,听着挺温柔的。

她努力地回想了一下当时的场景,他似乎还拿她的手机打字了。

唐溪垂头检查了一下自己的聊天列表,没发现他替自己回复过其他人的消息,也不知道他打了什么字。或许是她看错了,他拿的是他自己的手机?

唐溪倚靠在床头,手指点在和秦骁的微信聊天页面上,回过神的时候发现自己居然无意中把一张照片发给了秦骁。那是她之前和苏栀一起去吃火锅时候的自拍照，而且此时距离照片发出已经过了两分钟，撤不回了。

也不知秦骁看到她发的自拍照会怎么想，唐溪想解释一下照片是不小心发过去的，编辑消息到一半的时候，想了想，又把编辑好的字删除了。

虽然照片确实是她不小心发过去的，但是秦骁还没回复她，她就自己解释说是不小心发的，反而像故意给他发照片一样。

女人故意给男人发自拍照，多多少少带点儿勾引和调情的意味。正常的夫妻之间这么发照片没什么问题，一般的男人应该会很喜欢看老婆的美照，唐溪对自己的脸也很有自信，但秦骁不是一般人，唐溪怕他会用嫌弃的语气让她以后不要随便给他发照片，那样她会很难堪。

她不解释，说不定秦骁看见照片就是无语地扫一眼，万一她解释了，惹他不耐烦了，他冷言冷语地羞辱她，她担心自己会忍不住挤对回去。

算了，她不解释了，看他有什么反应吧。

放下手机，唐溪去浴室里洗漱，准备简单地弄点儿早餐吃。

吃完饭，唐溪悠闲地拿着相机去院子里拍照。

院子的花园里种了很多花，她搬进来的时候又把院子重新布置了一下，在花园旁搭了个秋千，天气好的时候就喜欢到院子里坐一会儿。

秦骁搭乘的飞机在十点多的时候抵达目的地，他一走出来就低头看手机，发现唐溪给她发了一张自拍照。

照片里的她单手托腮，眉眼弯弯，笑得很甜美，露出两排洁白的牙齿，看起来有点儿俏皮。

秦骁勾了一下唇角，保存下照片，随手在编辑框里打了"好看"两个字，指尖悬在"发送"键的上方没动，喊了声"李瑛"。

李瑛应了声，说："在，秦总。"

秦骁问："女孩子给你发照片是什么意思？"

李瑛说："秦总，这您可问错人了，我都没谈过恋爱，哪有女孩子给我发照片啊？是太太给您发照片了吗？"

秦骁盯着他："女孩子给你发照片，是想让你夸她漂亮的意思。"

李瑛心领神会，点头道："是的，女孩子发照片，就是想要收获赞美。"

秦骁收回放在他身上的视线，与此同时一抬手，把"好看"那两个字发了过去。

唐溪看到这条消息的时候已经过去一个多小时了。她看着这条消息愣了一下，难以置信地举起手机确认了好几遍。

好看？秦骁居然夸她好看？！

他不会手机被别人偷了，或者被盗号了吧？

唐溪坐在沙发上，怕对方是骗子，谨慎地回复："你早上什么时候走的？都不记得了。"

秦骁一直留意着手机，几乎立刻回复："四点四十五。"

她定的闹钟是四点半响，他们俩又说了会儿话，四点四十五这个时间差不多。

唐溪在心里默默地算了一下时间，确认对方是秦骁，还是觉得不可思议。

唐溪："你是夸我好看吗？这还是你第一次夸我好看呢，好开心呀。"

唐溪："好想你呀，你一走我就开始想你了，真舍不得你。"

益远集团总裁秦骁："李瑛说的，你们女孩子发照片就是想要被夸漂亮。"

怪不得他今天那么反常地夸她漂亮，原来是李瑛教他的，看来李瑛很会哄女孩子开心呀。

唐溪："哦。"

这条消息发出去十几分钟后，秦骁回复："你想要我夸你？"

唐溪迷惑不解：他问她是不是想要他夸她又是什么意思？她说想他就会夸了吗？

以秦骁的性格，他很显然不会，说不定在她回答想的时候，他的下一句回复就是想都别想，以后少给他发自拍，少烦他。

唐溪越想越觉得有这个可能，他刚刚夸她好看，可能就是想等讥讽她的时候打击得更猛烈一点儿，这种丧心病狂的事，秦骁干得出来。

但她也不能直接说不想，这样不符合她痴迷他的人设，于是唐溪也把黑锅甩给了李瑛。

"是李瑛说的女孩子发照片就是想要被夸漂亮，不是我说的。我只是不小心发了照片给你，不是故意发的，不过你想夸我的话，可以多夸夸我呀，我当然是开心的。"

聊天至此结束，秦骁并没有再发消息夸她。

唐溪也猜到了这种结局，庆幸自己刚刚没着了他的道，顺着他的话说想，不然现在收获的肯定是无情的打击。

秦骁去出差，不在南城，唐溪以不打扰他工作为由，不用给他发消息假装情真意切，这个老公就像不存在了一样。

她工作日睡醒后就去工作室上班，到点下班，有时候和苏栀在工作室附近的商场里吃完饭才会回家，日子过得规律且舒心。

转眼又到了周五，唐溪在中午和苏栀吃饭时被问到周末要不要出去逛街的时候，突然想到自己那个已经快一周没见过面的老公。

按照行程表，他应该昨天就回了南城，但是没回他们俩的家，至于晚上具体住在哪里，昨天的唐溪没什么兴趣知道，也不关心——但是今天的她很关心。

她低头喝了口果汁，抬头冲苏栀笑："明天我得——"

"懂了懂了。"她的话没说完就被苏栀打断，"明天又要陪你老公是吧？"

"明天要带他回老宅，秦家老宅那边一大家子人都眼巴巴地盼着他回家呢。"

苏栀比了个"OK（可以）"的手势，眼神暧昧地道："没事，我懂，你老公那种大忙人，经常在外面出差，好不容易回来一次，春宵一刻值千金。哎，我先说好啊，将来你和你老公生了孩子，我要当干妈。"

唐溪笑道："那我觉得你可能一辈子都没机会当干妈了。"

"……"苏栀不解地道，"为什么？你们俩准备做丁克族？他不想要孩子，还是你不想要孩子？"

唐溪摇头："都不是，是我和他还不熟。"

"……"

苏栀一头雾水："不熟是什么意思？"

"意思就是我和他还没有发生过关系。"

苏栀傻眼了，难以置信地道："不会吧？你们俩到现在还没有……还没有过夫妻生活？"

唐溪点了下头。

"一次都没有？！"

唐溪"嗯"了一声："是的，一次都没有。"

两个人沉默着对视片刻，苏栀盯着唐溪的脸，一脸严肃地道："溪溪，你跟我说实话，秦骁他是不是……是不是……"苏栀顿了顿，接着道，"我就冒昧地问一下啊。"

唐溪说："没事，你说吧，我知道你想说什么，不冒昧。"

苏栀就直说了："秦骁是不是那方面不行？"

唐溪毫不犹豫地摇头：不是。

苏栀怀疑地看着唐溪:"你们俩不是没做过吗?你怎么知道他不是不行?"

唐溪坦诚地道:"我们俩睡在一张床上,他有反应,但是我们没做。"

苏栀开始怀疑人生了:"你们俩领证了,躺在一张床上了,他都有反应了,但是没做。那你们躺在一张床上干吗?过家家吗?"

"这我哪儿知道。"唐溪在苏栀的面前也不怕丢人,"是秦骁不愿意,不是我不愿意。他可能就是单纯地不喜欢我,但是又控制不了男人的正常生理反应吧。"毕竟男人的性和爱是分开的。

苏栀难以理解地道:"放着天仙似的老婆不碰,他不会是想出家当和尚吧?"

苏栀到底是她的亲闺密,不会嘲笑她对秦骁没有吸引力,只会从秦骁的身上找原因。

唐溪无所谓地道:"不想了,随缘吧。"

"这种事情怎么能随缘呢?"苏栀无语地道,"夫妻生活对婚姻是很重要的,你没听说过性生活不和谐的婚姻走不长远吗?更何况你这是压根儿就没有!"

苏栀的最后几个字几乎是从牙缝里挤出来的。对唐溪结婚两个多月还没有夫妻生活这事,她比唐溪还担心。当初唐溪和秦骁领证领得快,又是在唐家有求于秦家的情况下联姻的,苏栀就怕唐溪是被唐家人给卖了,婚姻生活不幸福。

后来看秦骁各方面的条件都那么优秀,没发现他有什么问题,秦家人对唐溪也很好,苏栀才松了口气,庆幸闺密没有嫁入火坑,结果万万没想到,闺密在夫妻生活上出现问题了。

唐溪反过来安慰她:"没事,我跟他本来就没什么感情,才相处两个多月,一共都没见过几次面,都不熟,做那种事也尴尬。而且他宁愿忍着都不和我发生关系,说明他不是那么随便的人,我还不用担心他在外面看到漂亮姑娘就出轨呢。"

苏栀道:"是不用担心他会出轨,就是怕他会出家。"

唐溪:"……"

两个人正聊着天,唐溪的手机响起了来电铃声。

唐溪扫了一眼手机屏幕上的来电显示,是秦母打过来的电话。

唐溪拿起手机,对苏栀比了个噤声的手势:"嘘,先别说话,秦骁的妈妈打过来的。"

唐溪按了接听键，主动问好："妈，中午好，吃午饭了吗？"

秦母笑着说："刚吃完。你吃饭了吗？"

"我也刚吃完。"

秦母问："这个时间打电话给你，有没有打扰你工作？"

唐溪道："不打扰，我在午休呢，没在工作。您有什么事吗？"

秦母说："也没什么事，就是想问问你们明天有没有打算回来。"

"这事我还没问秦骁，等会儿我问问他明天忙不忙，如果他不忙的话，我们就——"

秦母打断唐溪："如果不忙的话，你们俩就单独出去玩玩，约约会，不用回来了。你跟骁骁才结婚没多久，他平时忙，没空陪你，好不容易有了休息时间，也不用总是回来陪我们，打扰你们过二人世界。"

"妈，什么打扰不打扰的，我就想回去跟你们聊聊天，周末一大家子在一起才热闹啊。"

秦母道："妈也喜欢和你聊天，这不是怕骁骁不高兴吗？男人嘛，新婚宴尔，都不喜欢被别人打扰，你们也不用每周都回来，一两个月能回来一次就行了。"

唐溪明白了，这是因为上周六秦骁发脾气没在老宅过夜，自己事后对二婶瞎编说秦骁是太黏她了，一刻也不想跟她分开才会发脾气，所以秦母怕打扰她和秦骁过二人世界，不让他们俩回老宅了。

这可真是……太棒了，她以后就不用一周哄他一次了，一两个月哄他一次就行了。

唐溪的嘴角抑制不住地上扬，她憋着笑，乖巧地道："好的，那我们以后一两个月回去一次，您想我们了就随时给我们打电话。"

…………

"嗯。好的，妈，再见。"

结束通话，唐溪捏着手机对苏栀抛了个媚眼："明天想去哪里玩啊？"

苏栀目瞪口呆地听完唐溪和秦母的电话，忍不住为她鼓掌——她是怎么做到如此自然又不做作地在两副面孔之间切换的？

"你婆婆不是让你明天陪你老公约会吗？"

唐溪理直气壮地道："可是他没回家呀，他不回家，我一个独守空房的怨妇当然只能找闺密逛街购物，排解心中的苦楚啦！"

苏栀对唐溪竖了根大拇指："绝，你太绝了。不过你老公万一回家了怎么办？"

"不会的。"唐溪很自信,"我不给他发消息,他是不会回家的。"

苏栀也不问她为什么了,反正问了自己也还是不了解这对夫妻的相处模式。

"那咱们可就说好了啊,明天你陪我逛街,不可以爽约。"苏栀对上次唐溪在酒吧里半途跑路的事充满怨念,"就怕你老公今晚会回家。你自从结婚后,每次遇到你老公的事,我和初夏就要往后排,你得发誓,明天一定不爽约。"

唐溪举手发誓:"我用秦骁的下半身发誓,如果我明天爽约,就让秦骁不举。"

苏栀:"……"你倒也不用发这么毒的誓。

下午五点五十九分,益远集团总裁办公室内。

李瑛站在办公桌前正在汇报工作,秦骁抬手示意他暂停,淡声道:"我要回一个消息,等我两分钟。"

李瑛点头道:"好的。"

秦骁左手拿起手机,右手把笔记本电脑关机装进电脑包里,从办公桌底下的柜子里拎出两个购物袋放在办公桌上,里面是他这次出差给唐溪新买的包。

他准备好这些后,手机上的时间刚好到了六点。

秦骁垂眸盯着和唐溪的聊天页面,在编辑框里输入了一个"嗯"字,等待发送。

然而,半分钟过去了,聊天页面毫无动静,一分钟过去了,依旧毫无动静。

李瑛在心里估算着时间,等两分钟到了,准备继续汇报工作,但是他的老板看起来并没有要听工作汇报的意思。

五分钟过去了,秦骁皱眉喊李瑛:"我的手机时间不准,你看看几点了。"

李瑛低头看了一眼时间:"秦总,现在是六点零五分。"

秦骁抿着唇,面带不悦。

李瑛赶紧严谨地拿手机查询南城的时间,跟他手机上显示的时间一样,他没有工作失误。

"报告秦总,现在南城的时间是六点零五分四十八秒,我的手机时间很准。"

秦骁眼帘微垂，没有说话。

办公室里格外安静，李瑛在煎熬中揣摩老板的意思："可能是太太的手机时间不准。"

秦骁目光微动，抬起头，平静地批评他："工作时间不要谈论无关的事情，继续汇报。"

李瑛："……"那您刚刚倒是工作呀。

下午没什么事，唐溪四点就下班了，下班回家的路上经过菜市场，买了点儿菜。

回到家后，她先上楼卸了妆，换了身衣服，然后去厨房里做晚饭。

她很少点外卖，工作不是很忙的时候基本上是自己动手做饭。

她食量不大，晚上一个人也吃不了多少饭，就简单地炒了一个菜。

吃完饭，唐溪坐在客厅的沙发上和苏栀聊天。

苏栀发来一条烤肉店的链接。

苏栀："明天我们去吃这家店的烤肉好不好？我看这家店的评分不错。"

唐溪没什么意见："可以呀。"

苏栀："有人评论说这家店每次去人都很多，排队要排很久，去晚了可能都排不上号。明天我们早点儿去，直接到商场会合吧。"

唐溪："嗯嗯，几点到？"

苏栀："十点怎么样？"

唐溪点开烤肉店的链接看了一眼店址，距这里的车程就半个小时："可以。"

约好明天逛街吃饭的时间地点，苏栀突然打了语音电话过来。

"你现在有事吗？"

唐溪一听她这么问就知道她有事，回了一个字："说。"

苏栀"嘿嘿"地笑了一声："我想吃你做的甜品了，你没事的话今晚做点儿，明天逛街的时候给我带过来呗？"

唐溪做甜点的手艺不错，苏栀很喜欢吃她做的凤梨酥和蛋黄酥，隔一段时间就要求她做一次。

唐溪拒绝道："这都晚上了，家里的材料也不足，怎么做甜品？我不做，你想吃的话自己去甜品店里买。"

"在甜品店里买的没有你做的好吃。"苏栀理直气壮地道，"谁让你做的甜品那么好吃，我现在吃外面卖的那些甜品都觉得没味道，解不了馋。你是知道我的，我这个人想吃什么东西就会一直想着，吃不到的话我今晚觉都睡不着了。"

唐溪好笑地道:"你这是讹上我了是吧?我现在给你做也得明天才能给你拿过去,你今晚也吃不到呀。"

苏栀说:"那不一样,你给我做了,我知道明天就能吃到,就会带着美好的期待陷入甜蜜的梦乡。好不好吗?好不好吗?溪溪——"

苏栀学着唐溪平时跟她开玩笑时撒娇的语气撒娇,唐溪受不了她了:"行了行了,我看看家里还剩多少材料,要是材料不全的话,得在外卖超市上买点儿代替了。"

唐溪做甜品的原材料很讲究,配方和材料都是经过她的仔细对比,以及苏栀和叶初夏这两个吃货闺密的品尝选出来的。

唐溪从沙发上站起来,拿着手机走进厨房里,准备给苏栀做甜品。

轿车平稳地行驶在去东郊别墅的路上,速度很慢,只有三十千米每小时。

司机透过车内的后视镜偷偷地瞥了一眼后座上的老板。

他的老板垂眸盯着手机,沉声道:"开慢点儿。"

司机也不多问,赶紧把车子的时速降成二十千米,只是心中纳闷儿:以往老板每次回东郊别墅的时候都让他开快点儿,今天怎么一反常态,让他开这么慢了?

车子缓慢地开到别墅门口时已经晚上九点半了,秦骁还是没收到唐溪的消息。

司机下车走到车的后门前,替他拉开车门。

秦骁透过车窗往别墅的方向看了一眼,能看到一楼的灯亮着,二楼的窗户是黑的。

唐溪在一楼,还没上二楼,可能是今天工作很忙,刚回家。

面色缓和了些,秦骁拎着两个购物袋和电脑包下车,走到门口,输入指纹开门。

唐溪的凤梨酥和蛋黄酥已经快做好了,正在烤箱里烤,等烤箱设定的时间到了就完成了。

她坐在沙发上玩手机,听到房门打开的声音,抬起头,看见秦骁从门外进来,愣了一下。

"你怎么……"话到嘴边,唐溪顿了一下,从沙发上站起来,看着他改口道,"回来啦。"

秦骁在玄关处换了拖鞋，走到沙发前坐下，把购物袋放到茶几上，没理她。

唐溪很有眼色地没问他怎么回来了，笑着说："你怎么回来也不提前跟我说一声呢，吃饭了吗？"

秦骁这才抬眸扫向她，不咸不淡地说："你不知道我要回来？"

唐溪心想：我怎么会知道你要回来，你不是从来都不会主动回这个家吗？

她笑着回答："你发消息告诉我你要回来了吗？"

秦骁幽幽地盯着她，面无表情地道："是你让我回来的。"

"我让你回来的？"唐溪有点儿怀疑人生了。她确定自己这周并没有叫秦骁回来，但在秦骁肯定的目光下，还是拿起手机看了一眼她和秦骁的聊天记录，"我没给你发消息啊。"

秦骁垂下眼睫，声音平静："上周日我走的时候，你说你这周会练习做椰子鸡，让我今天回来，做椰子鸡给我吃。"

"……"还有这回事？

唐溪想不起来自己说过这话了，但是周日那天秦骁走的时候自己确实和他说话了，这也确实像是她哄秦骁回家的话术，大概真是她说的吧。

不过现在人都回来了，是不是她叫回来的也不重要了。

"哦，是这么回事。"唐溪也不跟他争辩，爽快地承认，思维敏捷地找好了借口，"不过我这周工作很忙，有好几组客户的拍摄要求很高，我每天修图修到很晚，没时间练习做椰子鸡，怕做得不好，所以今天就没做椰子鸡。"

秦骁静默须臾，"嗯"了一声，像是接受了这个理由，身体微微后仰，倚靠在沙发上。

客厅里陷入一阵沉默，秦骁不说话，明天不用回老宅，唐溪也不会主动招惹他，拿手机坐在一边给苏栀发消息。

"人果然不能太自信，秦骁回来了。"

苏栀迅速回复："啊，你老公回去啦？你不是说你不发消息让他回家，他就不回家吗？"

唐溪："一般情况下是这样，但是他说上周日他走的时候我跟他说让他今天回来，当时我困得迷迷糊糊的，说了什么我也不记得了。"

苏栀："你自己都不记得的话你老公还记得，让他回去就回去，看来你老公的心里还是有你的呀，我做干妈的事是不是又有希望了？"

· 54 ·

苏栀做干妈？

唐溪侧目瞥了一眼身侧面容冷峻，抿着唇坐在那里，浑身透着冷漠的男人，想到上周在床上他都那样了，最后都没做什么，觉得做干妈这事苏栀还是别想了。

唐溪："呵呵。"

苏栀："'呵呵'是几个意思？"

唐溪："'呵呵'就是你别想了的意思。"

苏栀："我的凤梨酥和蛋黄酥做好了吗？"

相比唐溪那突然回家的老公，苏栀现在更感兴趣的是自己的甜品。

唐溪："快了。"

苏栀："你等会儿做好了，拍张照片给我，我要发朋友圈炫耀一下，我心灵手巧的闺密给我做甜点了"

唐溪："好。"

唐溪和苏栀聊天，注意力一直在手机上，没看身侧的秦骁，过了一会儿，她听到旁边传来一阵"窸窣"的声音，好奇地抬眼，瞥见秦骁把笔记本电脑拿出来放在腿上，开始工作。

他还真是个工作狂，在哪儿都能工作，不过工作干吗不回书房，在客厅里多不方便？

而且他存在感很强，坐在她的边上，一句话都没说，唐溪时不时地就觉得自己的身上凉飕飕的，好像有一道沉甸甸的视线压在自己身上，让她忍不住往他那边看。

但她每次往他那边看的时候，他都没在看她，或者刚好抬眸，同她的视线对上，跟她偷看他被逮到了似的。

他在客厅里工作时，她通常会主动到楼上回避，但今天她还要等厨房里的甜点做好。

于是唐溪就想让他去楼上工作，转身对着秦骁，正要说话。

"没做椰子鸡，做了什么？"秦骁突然开口，视线从电脑屏幕上抬起来，用幽深的目光看她。

唐溪被他这没头没脑的问题问得愣了一下，意识到他这应该是没吃晚饭，专门回来吃椰子鸡的。

结果她没做椰子鸡，也并没有……做他的饭，今晚就做了一盘番茄炒蛋，已经被她吃完了。

她刚刚都默认自己记得叫他回来的事了，现在当然不能实话实说，说自己压根儿就没想过他会回来，什么都没给他做。

唐溪被这个问题难倒了一秒钟，突然想起来厨房里的甜品，从容应对道："我给你做了点儿甜品，在厨房里，马上就烤好了，我去看看。"

唐溪趁机和他拉开距离，转身走向厨房，躲避他那双深若幽潭的眼睛。

她走到厨房的门前，看了一眼烤箱上面的时间，回头笑着对秦骁说："还有两分钟，再等两分钟。"

两分钟？

秦骁目光一沉，抬腿走向厨房。

秦骁看唐溪的样子就知道她肯定没想过自己会回来。

甜点还有两分钟就好了，当然也不可能是特意为他做的。

就是不知道她的甜点是做给她自己吃的，还是做给别人吃的。

烤箱刚好到时间自动关闭。唐溪把烤箱打开，拿架子准备把烤好的凤梨酥和蛋黄酥拿出来。

家里的材料不多了，所以她做的甜点也不多，只做了六个蛋黄酥和八个凤梨酥。

秦骁走到她的身侧，开口道："我来拿。"

唐溪道："不用，我来就可以了，烤箱现在很烫，你没弄过，没有经验，容易被烫到。"

秦骁垂眸，盯着她粉嫩的脸颊，闻到了她身上淡淡的香味。

唐溪对着烤箱的方向弯腰，发现秦骁就站在自己的身后，距离自己有点儿近，对他说："你往后面站一点儿，我有点儿不方便。"

秦骁向后挪了一小步，深邃的目光从她的脸颊上自然地向下扫到她修长白皙的脖颈上。

唐溪一块一块地把甜点夹出来，没注意身后的秦骁。耳郭突然拂过一道滚烫的气息，唐溪被吓了一跳，扭头看他。

秦骁俯身，脸颊贴近她的耳郭，盯着烤箱里面，像是没看她，呼出的气息却喷洒在她的脖颈上，激起一阵痒意。

唐溪缩着脖子往后避了避，耳根有点儿烫："太近了，你往后面站点儿。"

也不知秦骁是不是故意的，不仅没往后退，还微微侧脸，嘴唇贴得更近，看着烤箱里面一本正经地道："你烤了六个蛋黄酥，八个凤梨酥。"

"是的，六个蛋黄酥，八个凤梨酥。"心口一阵悸动，呼吸微乱，她端着盘子向后退了一步，垂着眸，轻声说，"好了，我们出去吧。"

秦骁扫了一眼烤箱，问道："怎么不都拿出来？"

唐溪道："这已经够吃了。"

秦骁道："不够。"

唐溪说："够的，你一个人吃，我不吃。"

秦骁的目光微动。

她只拿出一半给他吃，剩一半在那里，看来这甜点是她做给别人吃的了。

秦骁瞥见她耳后皮肤上的点点红晕，唇角勾了一下，抬腿往她身边挪了一步，再一次凑近她，俯身凝视着她的脸，嗓音低沉："都拿出来。"

"好，都拿，我现在就拿。"唐溪受不了这种若有似无的撩拨，端着盘子，从他的身后绕了一圈，走到烤箱前，想起还有一个嗷嗷待哺的苏栀，挣扎道，"这么多，你能吃得完吗？晚上吃太多容易积食。"

秦骁压下唇角的笑意，淡声道："能。"

六个蛋黄酥，八个凤梨酥，你一个人能吃完，你是猪吗？

"好，我现在就给你拿，你先把这盘端出去。"唐溪勾起唇角，笑着把手里的盘子递给他。

秦骁伸手接过盘子，转身往餐厅里走。

唐溪看着他的背影，总算松了口气，拍了拍发烫的脸颊，想到刚刚的场景，微微有些恍神，把剩下的甜点装进另外一个盘子里。

餐厅里，唐溪坐在秦骁对面，眼睁睁地看着秦骁慢条斯理地把甜点全部吃完，不得不面对现实，拿起手机回苏栀的消息。

微信上，苏栀十分钟前给她发了一条消息，问她甜点有没有做好。

唐溪："已经做好了。"

苏栀："太棒了！照片呢？"

唐溪："是这样的啊，发生了点儿意外。秦骁回来了。"

苏栀："你刚刚已经说过你老公回去啦，用不着再秀一遍恩爱。"

唐溪单手托腮，斟酌着要怎么告诉苏栀，甜点已经被秦骁吃了。

她还没编辑好消息，苏栀自己就猜到了。

苏栀："你不会要告诉我你老公把我的凤梨酥和蛋黄酥给吃了吧？"

唐溪："天哪，你太聪明了！世界上怎么会有你这么聪明的姑娘？！"

苏栀瞬间疯了，愤怒地指责她："啊啊啊啊啊啊！唐溪溪，你怎么这样？那是我的凤梨酥，我的蛋黄酥，我苦苦哀求你好久你才给我做的，你为什么要给你老公吃？！你怎么能这么见色忘友？！"

唐溪："等他走了，我重新给你做。"

苏栀："可是我明天就想吃到！！唐溪，你知道我现在的心情吗？"

唐溪："知道，我知道，我明天拿秦骁的卡给你刷，随便刷，你心情有没有好一点儿？"

苏栀："瞬间好多了。不过你老公都回来了，你明天还出得来吗？你老公不会不让你出来吧？"

唐溪："必须能啊，你忘了我发过誓了吗？"

她用秦骁的下半身起誓，如果她爽约，就让秦骁不举。

苏栀："……"

秦骁吃完全部的甜点，喝了杯水，起身走到客厅里，又打开笔记本电脑放在腿上，开始处理工作。

唐溪跟在他的后面从餐厅里出来，见他上身微微后仰，姿态闲散地靠在沙发靠背上，猜测他应该是吃撑了，肚子不太舒服。

毕竟那么多的甜点，他一口气吃完，想不撑着也难。

唐溪看他眼睛还盯着电脑屏幕，手指时不时地在键盘上敲着，真心佩服他这对待工作的态度。

只是吃那么多的甜品，他肯定会觉得腻，容易胃酸分泌过多。

唐溪想着要不要给他泡杯柠檬茶解腻，又想到他的睡眠质量不太好，怕他喝了茶晚上更睡不着。

秦骁应该是心情还不错，察觉到她的视线，抬了抬眼皮，难得主动和她搭话："看什么？"

唐溪对上他冷淡漆黑的眸子，有一种偷看被抓包了的感觉，眼神闪躲了一下，很快镇定下来，淡定地冲他笑了一下："我在这里有没有打扰到你工作？"

秦骁淡声道："没有。"

说完话，他伸手在键盘上敲了敲，回复了一封公司的内部邮件。

看起来在和她说话的情况下，他依旧可以没受什么影响一般正常工作。

"你喜欢吃甜食吗？以前好像没见你吃过。"

"一般。"

一般他还吃那么多。唐溪一边腹诽他一边道："我做甜品时糖放得有点儿多，需要喝一些解腻的饮品，比如柠檬茶之类的。你晚上喝柠檬茶会失眠吗？要不要我给你泡一杯？"

"不会。"

唐溪听他说不会失眠，转身准备去厨房里给他弄柠檬茶。

秦骁又淡淡地道："不用。"

熟悉的话语又来了，每次她想帮他做点儿什么，他都嫌弃得要死，不让她给他做饭，不让她给他倒水，不让她给他买衣服，总之就是不让她管他。

但是他独吞了她给苏栀做的蛋黄酥和凤梨酥，明天见到苏栀后还不知道要怎么向苏栀赔罪呢，唐溪瞥了秦骁一眼，没关系，反正是刷他的卡。

明天不用回老宅，既然他不要她弄柠檬茶，她也就没什么事了。

"那我先上楼了。"

唐溪给秦骁打了声招呼，侧身往楼梯的方向走。

"包没拿。"秦骁把一直放在茶几上的购物袋提起来，示意她过去拿。

从他进门起，唐溪的注意力就集中在他怎么突然回来了上面，然后她又因为上周日随口哄人结果把人哄回来了，自己却忘了这回事，根本没给他做晚饭而心虚，倒是真忘了他这回家必送包的习惯，忽略了茶几上的那两个包。

虽然他每次回来都是送包，但这好歹是一片心意，还是价值一套房子的心意。唐溪不追求奢侈品包，但也从这疑似一种仪式的行为中体会到了这桩婚姻的真实性。最起码这种行为让她觉得她不是一个人在经营这段婚姻，对方也给了礼貌性的回应。

唐溪笑着走过去，把两个购物袋提起来，坐到他的身侧，当着他的面把两个包拿出来，一个红色的，一个黑色的，都挺好看。

不得不说，秦骁在挑包这方面，审美真的很好。

她笑容灿烂地对秦骁说："谢谢。"

秦骁听到她说"谢谢"，眉头微蹙。

唐溪随即又补了一句："谢谢。"

两个包，她要说两声"谢谢"。

秦骁垂下眼眸，淡淡地"嗯"了一声。

唐溪提着包，在上楼前想起明天要跟苏栀出去逛街的事，秦骁既然回来了，作为他名义上的妻子，自己出门还是有必要跟他说一声的。

"我明天跟朋友约好逛街，你把白姨叫过来给你做午饭吧。"

唐溪语气轻快，也只是通知他一声，并没有征求他意见的意思。

秦骁没什么语气地说："知道了。"

他说知道了，就代表他没什么意见。

和秦骁达成友好共识后,唐溪拎着包上楼,把包放到衣帽间里,从衣柜里拿了件睡衣,站在镜子前用一根玉簪把头发盘起来,转身走回卧室,准备洗澡。

她走到浴室门前,正要推开门,听到卧室门锁转动的声音,侧脸看过去,秦骁推门从外面走进来。

唐溪问道:"忙完了?"

秦骁答非所问:"明天不用回老宅?"

他怎么问这个问题,刚刚他们不是说好了吗?她明天要逛街,肯定不能回老宅,而且每次回老宅都是她哄着他回去的,今天他怎么还主动问了,难道是想家了?可惜啊,他妈妈不要他了,谁让他上次在家里乱发脾气。

唐溪盯着秦骁那张冷淡的脸,心里恶趣味地想了一通,眸中闪过一抹幸灾乐祸之色。

她笃定秦骁猜不到她在幸灾乐祸什么,所以也没避讳,就这么光明正大地和他对视,忍着笑说:"妈说你工作太忙了,每周都回去不太方便,来回路上耽误时间,怕影响你休息,所以让我们以后不用每周都回去,每个月回去一次就行了。"

"所以你以后也每个月叫我回来一次?"秦骁忽然来了这么一句。

唐溪怔了一下,冷不丁地被他说中心中的想法,突然觉得自己理亏了起来。

秦骁从鼻间发出一声冷哼,似笑非笑地看着她,像是要揭开她精心维持的面具。

"当然不会。"她略微心虚地放下搭在浴室门把手上的手,语气淡定,"我怎么忍得了一个月才见你一次?你一周回来一次我都觉得好久没见你了,想要你多回来陪陪我,只是你工作那么忙,我也不好总是打扰你,总是给你发消息,怕你厌烦。"

唐溪垂下眸子,咬了咬唇,露出委屈的神色:"可我又实在忍不住,所以才选择每周五给你发消息,想着你周末回来,能在家里待得久一点儿。一个月才回来一次实在是太少了,秦骁哥哥,你不能因为不用回老宅就不回家了呀,你就允许我每个月多发几次消息给你吧。"

秦骁:"……"

"如果,如果……"唐溪缩了一下肩膀,哽咽地道,"如果你实在嫌我烦,每个月只给我一次喊你回家的机会也不是不行,只是我怕一个月太久了,我会每天都想你,想你想得睡不着觉,指不定哪天就撑不住了。所以你能不能在我实在想你想得忍不住的那天，回来看看我？"

她说完，睁着水汪汪的杏眼，无辜又委屈地看着他。

秦骁目光深邃地凝视着她的脸，过了一会儿，神色平淡，声音也很平静地说："我只是随口一问，怎么把你吓成这样？"

唐溪怔了一下，他刚刚只是随口一问？

"既然你这么爱我，想我想得睡不着觉，"秦骁语调微扬，缓声道，"我允许你以后每天都给我发消息。"

"……"唐溪错愕地看着他。

他要她每天都给他发消息，每天都叫他回家？

秦骁在她错愕的神色中，眼底渐渐发沉，嘴角微微下撇，转身向外走。

唐溪盯着他那笼罩着一层寒霜的背影，不明所以：他生气了吗？是因为她刚刚演戏演过头了，他嫌她烦了，不想理她了？有这种可能，他一向不喜欢她缠他缠得太紧。不过也有可能是别的不着边际的原因，毕竟秦骁的脾气总是莫名其妙。

唐溪拿着睡衣站在浴室门旁，大脑有些放空。

算了，不想了。她推开浴室门，进去洗澡。

洗完澡，唐溪还不困，拿了本书摊开放在膝盖上，看不进去，脑子里想着刚才的事。

秦骁生气地去书房前说的最后一句话是允许她以后每天都给他发消息，她还没来得及回答，他就走了。

他说这话应该是在故意讥讽她吧，她一周叫他回来一次他都不耐烦，而且他经常出差，哪有工夫天天搭理她？

算了，还是不想了，唐溪摇了摇头，隐隐约约地听到衣帽间里传来声音。

秦骁从另外一个门进衣帽间了。

过了一会儿，卧室和衣帽间之间的门被推开，秦骁从里面走了出来，穿着一件白色衬衣、一条黑色的休闲裤，身形挺拔，水晶吊灯下，他的影子被拉得很长，抿着唇，整个人透着一股清冷和矜贵感。

唐溪注意到他身上的衣服和他回家时穿的不是同一套。

这么晚了，他还换衣服。

唐溪的心里"咯噔"一下，有一种不好的预感。

男人抬了抬眉梢，冷声道："我走了。"

"走？"唐溪看着他，"去哪儿？"

秦骁道："有事。"

唐溪看了他片刻，斟酌着要说什么。以她对他的了解，他口中的"有事"多半是个借口，他这就是不耐烦她，不想跟她躺在一张床上了，所以大半夜要走。

如果她现在哄他，肯定是能哄好的，秦骁这个人虽然性格阴晴不定，但对女孩子还算温柔绅士，她如果撒娇卖惨，他不会丢下她不管。但现在他分明就在气头上，她要是哄他的话，可能就要继续刚刚的话题，就算他说让她天天给他发消息是在讽刺她，她为了博取他的信任，也只能每天给他发消息哄他。

如果她不哄，由着他现在走了，那之后就可以"深刻忏悔"，反思今日被丢下独守空房是因为她太烦人，惹他生气了，所以以后就不敢经常烦他了，一个月一次刚刚好。

唐溪在每天都给他发消息，和维持现状，时不时地给他发消息之间，选择了后者。

她垂着头，沉默不语。

秦骁的面色越来越沉，他转身向外走。

"等等。"唐溪突然喊他。

秦骁停住脚步，面色稍霁，转头看她。

唐溪从沙发上下来，小跑进衣帽间，迅速地拿了一件外套出来，体贴地递给他："晚上冷，加件外套吧。"

秦骁目光阴沉地看了那件外套一眼，没拿，头也不回地走了。

"所以他就那么走了吗？"

市中心的一家烤肉店里，苏栀听唐溪说完秦骁昨晚回家后发生的事，发出了一句疑问。

唐溪道："不然呢？"

苏栀把烤好的肉夹出来放到盘子里："他说出去是办什么事了吗？"

唐溪摇头："没说，他就说了两个字——有事。"

"你也没问？"

"没。"

"你为什么不问问他，大晚上的你知道他去哪儿了吗？"

"问这个干吗？他的社交圈子我又不了解，就算他跟我说了他跟谁在一起，我也不知道那是谁。而且他的性格阴晴不定的，问多了他容易烦，我到现在都还没想通他昨晚到底是为了什么生气呢。"

　　苏栀不了解这对夫妻平时是怎么相处的，从唐溪这里听到的话，都带有唐溪的主观色彩，唐溪都弄不明白的事，她就更不明白了。

　　吃完饭后，两个人去购物。

　　女人逛商场看的基本上是服装店，没多大会儿两个人的手上就提了不少时装购物袋。

　　唐溪挽着苏栀的胳膊进了一家新开的店，看上了一条裙子，正准备叫导购拿下来去试，旁边的苏栀突然扯了一下她的衣服，凑到她的耳边，语气嫌恶地说："那不是唐渺和宋宁远吗？"

　　唐溪顺着她的视线抬眼看过去，一男一女正并肩从门外走进来，正是唐溪同父异母的妹妹唐渺和宋宁远。

　　宋宁远是宋家长子，外表看起来温文尔雅，是很多小姑娘会喜欢的类型。他之所以惹苏栀厌烦，让苏栀看见他就想骂人，是因为苏栀觉得这个人太虚伪了。

　　唐家老爷子和宋家老爷子的感情好，在世的时候二人说过要结亲，原本按照辈分排序，该是唐溪和宋宁远定亲的，但唐渺很喜欢宋宁远，从小就视宋宁远为自己将来的丈夫，为了他没少找唐溪的麻烦，让唐溪离宋宁远远点儿。

　　宋家人觉得现在唐家的女主人是唐渺的母亲，唐父也更偏心唐渺，唐家没儿子，宋宁远娶唐渺以后更有机会得到整个唐氏，所以更满意的联姻对象是唐渺。

　　唐溪本人更是对宋宁远一丁点儿意思都没有，原本宋宁远和唐渺订婚，应该是件皆大欢喜的事情，但问题出在了宋宁远这里：他觉得按照长辈们的意思，应该是他和唐溪在一起，但他又从来不明确地拒绝唐渺的示好，简而言之，就是在唐溪和唐渺之间摇摆不定。

　　他的这种行为按照苏栀的话说就是，喜欢唐溪，却又不敢反抗家里的意思，拒绝不了更多的利益的诱惑，吊着唐渺，懦弱又虚伪，十成十的伪君子。

　　在唐溪看过去的时候，唐渺和宋宁远也注意到了她。

　　唐渺在看见她的瞬间，伸手挽住宋宁远的胳膊，笑着打招呼："姐，你也来逛街呀？"

　　唐渺拉着面色有些僵硬的宋宁远向唐溪走过去，手臂环紧宋宁远的胳膊，眸中带着炫耀之色："姐，今天周六，姐夫怎么不陪你出来逛街？"

唐溪七岁时才回唐家，彼时唐渺已经习惯了家里只有她一个女儿，对唐溪很排斥，认定了唐溪是回去跟她抢东西的，加上两个人不是一个妈生的，姐妹情是一点儿都没处出来。

以前年纪小的时候，仗着她妈，唐渺明里暗里地欺负唐溪这个姐姐，后来长大了，在唐溪的手上吃了几次亏，不敢再嚣张跋扈，就开始阴阳怪气地对唐溪说话。

有宋宁远在，她还算收敛，不然见面哪里会喊唐溪"姐"？

宋宁远把胳膊从唐渺的胳膊里抽出来，声音温和地说："小溪，真巧，渺渺说要买衣服，我妈让我陪她来选。"

这意思就是解释，是他妈让他陪唐渺来买衣服的，不是他自愿来的。

唐溪才不管他是自愿的还是被迫的，没搭理他，漫不经心地扫了唐渺一眼，平淡地道："你姐夫工作忙。"

"真是工作忙吗？今天是周六呀，姐不会不知道姐夫去哪里了吧？"

唐渺笑得不怀好意。

唐溪冷嗤一声，不以为意："这跟你有关吗？"

"……"唐渺被噎得脸上的笑都快绷不住了，"我这不是关心姐吗？"

"放心，我跟你姐夫的关系好着呢，不会影响到唐家的生意。"

唐渺脸色一僵，听出了唐溪的警告。

唐家的生意是靠秦家维持的，而秦家会帮唐家是因为唐溪这个秦太太，如果唐溪跟秦骁之间出问题了，那唐家也就完了。

苏栀冷哼一声，附和道："可不是要忙吗？一个人要养活两家公司呢，这公司要是出问题了，只怕那些平日里关系好的世交都要忙着撇清关系呢。"

相比唐溪的委婉，苏栀说话就直接多了，而且一语双关，连带着宋宁远都讽刺进去了。

"你说是吧？宋先生。"苏栀笑眯眯地看向宋宁远。

当初唐家的公司出现问题的时候，作为世交的宋家可是一点儿忙都没帮上。

宋宁远从进门起就被苏栀和唐溪刻意地忽略了，好不容易被记起来了，还被夹枪带棒地嘲讽了一通。

他怔了一下，还没说话，唐溪就攥住苏栀的手腕，把唐渺和宋宁远当成了隐形人："你来帮我看看这条裙子怎么样。"

一旁的导购立马上前帮她把裙子拿下来。

唐渺被唐溪藐视的态度气得不轻，偏偏在宋宁远的面前又不得不维持形象，深吸一口气，对着唐溪说道："爸今天早上说，今年他的六十岁生日，要办场家宴，到时候你可要把姐夫带回家吃顿饭呀，毕竟你结婚后，还从来没带姐夫回家吃过饭呢。"

她说完这句话，见唐溪还是没什么反应，憋着气再次搂住宋宁远的胳膊，拉着他走了。

唐溪手里拿着导购拿下来的裙子，听到已经走到门外的唐渺跟宋宁远抱怨说她现在嫁到秦家就瞧不起人了。

宋宁远语调微扬，说小溪不是这样的人。

苏栀无语地道："唐渺这人还真有意思，抱着个垃圾当宝贝，多少年了，蹦跶个没完，跟谁稀罕抢一样。就宋宁远那样的人，拍马都赶不上你老公。"

唐溪说："不理她就好了，她没脑子。"

苏栀"扑哧"笑了一声："还是你对她的认知到位。"

唐溪把裙子在身上比画了一下，没试，直接要了。

她的心里想着刚刚唐渺最后撂下的那句话：她爸今年要在生日的那天办家宴。

以前她爸过生日都是一家四口简单地吃顿便饭，她以为今年也是这样，都没打算带秦骁过去，但如果她爸要办家宴，秦骁这个女婿不去确实不合适。

想到昨晚秦骁走时，那怒气冲冲，一副要老死不跟自己往来的架势，唐溪顿感头痛。

她爸早上做的决定，估计今晚就会打电话通知她吧。

也不知是不是唐渺给唐父打电话说了在这里遇到她的事，或者是告了她的状，唐溪没多大会儿就接到了唐父的电话，跟她说了生日宴的事，让她到时候和秦骁一起回去。

唐溪在电话里敷衍道："我回头跟秦骁说一声，但秦骁工作忙，不一定有时间，而且爸你是知道的，我在他面前说不上话，能不能去还要看他的意思。"唐溪不想把事揽到自己身上，"要不然爸你给秦骁打个电话问问他有没有时间？"

唐父轻笑一声，说："我已经给秦骁打过电话了，他说他那天有时间，但是去不去要听你的。"

唐溪："……"

唐溪挂断电话后，一旁把唐父的话听得清清楚楚的苏栀就撞了一下唐溪的胳膊，调侃道："可以啊，你这老公很会给你撑面子嘛，这种事情都不随口答应，还能想到要回来问老婆的意思。"

"就他？"唐溪冷哼一声，从手机联系人列表里找到"益远集团总裁"的备注，拨了过去。

电话铃声响了半晌，到最后响起了机械的女声："您所拨打的电话暂时无人接听……"

唐溪晃了晃手机："连我的电话都不接，你看他有听我话的意思吗？"

他要是真听她的话就应该接完唐父的电话就立马打电话问她，现在一声不吭，连她的电话都不接，她都不知道他是不是不想去，但又不自己拒绝，要把锅甩到她的身上。

苏栀注意到她的手机上秦骁的备注，好笑地道："你给你老公的备注，未免也太官方了点儿吧？哪有人给自己老公备注用公司职位的？不知道的还以为你俩是商业合作伙伴，有项目要谈呢。"

唐溪道："这是他自己的备注。"

苏栀不可思议地道："他帮你打的备注？"

"那倒没有。"不过也差不多了。唐溪和秦骁是在领证后才交换联系方式的，是他加了她的微信。当时两个人并肩坐在新房的床上，唐溪突然收到一条好友申请，点开一看，验证消息就是"益远集团总裁"，那架势，确实像是在谈项目。

新婚第一晚，面对陌生的老公以及老公疏离的打招呼方式，唐溪也只能礼貌性地在"益远集团总裁"这几个字的后面加上"秦骁"两个字，最起码这备注看起来像是个联系人了。

苏栀真是服了这对"貌不合神也离"的夫妻了。

秦骁没接电话，唐溪也没再打，淡定地和苏栀进了一家男装店。

一直到晚上，唐溪才收到秦骁的消息。

电话是秦骁的司机打过来的，说秦骁今天跟朋友一起喝多了酒，上车就睡了，也没说回哪边，司机不敢私自做主，就打电话问唐溪，看是把秦骁送到公寓那边去，还是送来东郊别墅这边。

听司机的语气秦骁喝得不少，一个人去公寓不方便，刚好唐溪有意求和，就让司机把他送到她这边来。

唐溪接到司机的电话时，正拿着衣服准备去浴室里洗澡，知道秦骁喝多了酒，等会儿要回来，澡也不洗了，先去厨房里给他弄醒酒汤。

秦骁半小时后才被司机送到家，司机按了门铃，唐溪听见动静从沙发上站起来去开门。

秦骁双手插兜站在门前，没让司机扶，满身的酒气，脸庞泛红，连指纹都不知道按，就那么干站着，跟门神似的。

司机站在一旁，看见她出来，松了口气，说道："太太，秦总我给您送回来了，晚上如果您有什么事，打我电话。"

唐溪伸手扶住秦骁的胳膊，对他说："行，麻烦你了，你先回去吧。"

司机点了点头，说："太太您客气了。"

他瞥了一眼还没进家门的秦总，本想问问太太要不要自己帮忙把人扶进去，话到嘴边感觉秦总好像冷飕飕地扫了自己一眼，忙把话憋了回去，没多事，转身小跑着走了。

唐溪抬腿往屋子里面走，秦骁站着没动，像是不想进去。

唐溪晃了晃扶在他胳膊上的手，轻声说："回家了，外面有点儿冷。"

秦骁抬起眼皮瞥了她一眼，抬腿跟着她进门。

他脚步虚浮，没走两步身体就压到了唐溪的身上，唐溪晃了一下，差点儿没扶住他。

铺天盖地的酒气萦绕在唐溪的鼻尖，也不知道这人到底喝了多少，唐溪忍着骂他的冲动，把他扶到沙发前。

他用手臂撑着唐溪的肩膀坐下去，深吸了一口气，压住想吐的欲望。

唐溪见他像是要吐，吓了一跳，怕他吐到衣服上难清理，赶紧拿了个垃圾桶放到他的脚边。

但看他大爷似的仰靠在沙发靠背上，也不像是能自己弯腰吐在垃圾桶里的样子，唐溪在屋里扫视了一圈，小跑到厨房里，拿了一条围裙出来，想给他围在身前，等会儿他如果想吐就吐到围裙上，不会弄脏衣服，身上的味道也小点儿。

她看秦骁合着眼，又醉成这样，也没跟他商量，直接把围裙上面的带子往他的脖子上套，才刚套下去，秦骁突然睁开眼，瞥见胸前的粉红色围裙，眉头微皱，嫌弃地扯住围裙想要把它拽下去。

那围裙上面的带子是直接套在脖子上的，这么一扯不仅没扯下来，还勒到了脖子，他的手劲又大，差点儿没把自己勒得吐出来。

他咳了一声，眉头皱得更深。

唐溪按住他的手："别拿掉呀，这是围裙，防止你等会儿难受，吐到身上。"

秦骁压下胃里的不适，看了她一眼，淡淡地道："我不吐。"

他嫌恶地把套在脖子上的围裙拿下来丢在一边，又向后靠着，抬手解开领口的纽扣，半眯着眼在面前的茶几上扫视。

唐溪问道："找什么？"

"空调遥控器。"他浑身发热。

唐溪道："你这是酒喝多了。酒后身体的抵抗力会变差，空调温度太低容易着凉，你还是别调温度了，我煮了醒酒汤，你喝一碗吧。"

为了防止他拒绝，唐溪补充了一句："都煮好了。"

秦骁"嗯"了一声。

唐溪去厨房里盛了醒酒汤，秦骁端着自己喝了。

唐溪看他老老实实地喝了汤，松了口气，心想，还好他喝成这样都没耍酒疯，不然就他那体格，不配合她的话，还真不好照顾。

喝完醒酒汤，唐溪盯着连脖子都红了的秦骁，看了一眼楼梯，又犯了难。

一楼没卧室，秦骁必须去二楼休息，她也不知道秦骁这样爬楼梯能不能爬稳，万一在楼梯上摔了问题就大了，还是先让他在一楼坐会儿，醒醒酒，等更清醒些再上楼吧。

唐溪去厨房里倒了一杯温水，想着等会儿秦骁渴了可以直接喝，才把水杯放到茶几上，秦骁就抬手把水杯端过去，仰着脖子，一口气把水喝光了。

他这是有多渴啊？

唐溪接过空水杯问："还要吗？"

"要。"

唐溪又倒了一杯水来，这回秦骁没喝完，剩了大半杯，从沙发上站了起来。

"干吗？你要拿什么？"唐溪问。

"上楼。"

"你能行吗？万一摔了怎么办？"

秦骁没理她，抬腿向楼梯走去。

唐溪连忙跟上，扶住他的胳膊。

秦骁在楼梯口停下，看了唐溪一眼，挥了一下胳膊甩开她的手，不让她扶，微抬下巴，示意她先上去。

唐溪道："还是我扶着你一起走吧，我怕你摔了。"

秦骁摆了摆手，闭着眼呼了口气，不耐烦地道："你先上去。"

唐溪以为他只是逞强，不想让自己扶，道："那我跟在你的后面吧，这样万一你摔了，我也好扶着你。"她向后退了一步，"你先走吧。"

秦骁站着没动，漆黑的眸子不加掩饰地上下扫视她，唇角微扬，眸中生起一抹笑意。

他平时不怎么笑，五官的轮廓刚毅，看起来很冷漠，突然这么一笑，整个人看起来添了几分暖意，又因为喝了酒，眼梢泛着红，这副样子直戳到唐溪的心窝上，她的唇角也忍不住跟着勾起了一丝笑意。

"你这细胳膊细腿的，能接住我？"

唐溪："……"

这人这么笑，原来是在嘲笑她。

"我这细胳膊细腿怎么了？我……"

唐溪本想说"我这细胳膊细腿照样能照顾你这个醉鬼"，忽然想到他是个醉鬼，自己干吗跟一个醉鬼计较，忍了忍，又把话憋了回去，抬腿走在前面，不过还是没忍住一步一回头，防止他摔下去。

秦骁跟在她的身后，手扶着楼梯扶手，走得很慢、很稳。

终于到了楼上，唐溪松了口气，秦骁有些撑不住了，手扶着墙壁身子晃了一下，大概是有些头重脚轻，身体向后靠在墙壁上，借着墙壁的力量，防止自己摔倒。

"你不是能走吗？怎么不动了呀？"

唐溪伸手过去扶他，故意奚落了他一句。

他侧目瞥了她一眼，挥开她的手臂，自己走向卧室。

唐溪在他的后面看着他那摇摇晃晃的身影，吐了吐舌头：这别扭鬼。

秦骁走到卧室里，直奔浴室。

"哎，你干吗呀？"

唐溪小跑着绕过他，站在浴室门前拦住他。

秦骁抬了抬发沉的眼皮，淡淡地道："洗澡。"

"酒后不能洗澡，要等体内的酒精散了些再洗。"

秦骁皱了一下眉："什么时候能洗？"

唐溪道："再等半小时，你先坐会儿……要不你躺着休息会儿吧。"

秦骁捏了捏眉心，头痛欲裂，坐到沙发上，伸手又解了两颗扣子。

衬衫只剩下一颗纽扣还扣着，松松垮垮地挂在秦骁的身上，唐溪一眼就瞥到了他身上性感的腹肌，线条流畅。

69

唐溪愣了一下，迅速地背过身去，面颊隐隐开始发烫。

"唐溪。"秦骁突然喊她。

"嗯。"唐溪应了一声，"怎么了？"

秦骁道："热，我想洗澡。"

唐溪听着他这醉醺醺的声音，不敢让他现在就去洗澡，提议道："我先给你弄条湿毛巾擦脸吧？"

秦骁淡淡地"嗯"了一声。

唐溪都没转身，直接去浴室里，从柜子里找了几条新毛巾出来，一次性用温水浸湿了三条。从浴室里出来，她一抬眼，又看见了秦骁袒露的胸膛。

她顿了顿，把眼睛往别的地方看，走到沙发旁，侧身把毛巾递给他。

秦骁微合着眼，没接。

唐溪小心地瞥了一眼他的脸，见他好像睡着了，脸很红，看起来像发烧了一样，顾不上害羞，抬手摸了一下他的额头，感觉很烫，担心地道："秦骁，你难受吗？你是不是发烧了？"

秦骁从喉咙里哼了一声出来："没。"

他没发烧就好。

唐溪盯着他的脸，迟疑片刻，拿毛巾给他擦脸降温。

秦骁睁开眼，黑白分明的眼睛被酒精熏得有些发红，唐溪凑近了看才发现，忍不住道："你这是跟谁一起喝的酒呀，喝成这样？"

秦骁侧目，漆黑的眸子看向她，凝视着她的脸，一动不动。

唐溪以为他是不满自己过问他的私事，淡然地道："我就是随口问问，你不回答也可以。"

"言寻。"

秦骁突然说了两个字，带着浓烈的酒意，有些含混，唐溪没听清："什么？"

秦骁难得有耐心地重复了一遍："跟言寻一起喝的。"

唐溪"哦"了一声，也不知道他口中的"言寻"是谁，不过这还是她第一次和他聊这种话题，唐溪顺嘴问道："他的酒量是不是很好啊？"

虽然之前没见过秦骁喝很多酒，不过她直觉秦骁应该酒量不错，能把秦骁喝成这样的人，酒量肯定也是不错的。

秦骁眯了眯眼睛，"嗯"了一声，语气很轻："他不如我。"

唐溪更听不清了，把耳朵往他的嘴边凑了凑："什么？"

秦骁盯着她白皙的小脸儿，不知她是不是忙前忙后地照顾他的缘故，脸颊也泛着红。

喉结滚了一下，秦骁抬起头凑了过去。

温热的嘴唇擦过她的脸颊，唐溪错愕片刻，"噌"的一下从沙发前站直身体，脸色烧红地向前走了好几步，深吸一口气，有些不知所措。

"唐溪。"

他嗓音低哑地喊她的名字，声音清晰地钻入她的耳朵里。

心脏剧烈地跳动着，她觉得自己一个被占便宜的慌得六神无主，他一个要流氓的倒是坦坦荡荡地叫她，心理极其不平衡，深吸口气，扭头瞪他。

然而视线落在他的身上时，她怔了一下。

他姿态随意地坐在那里，微侧着头，发丝有些凌乱，黑眸直勾勾地盯着她，目光深沉，在水晶吊灯下，眼底泛着细碎的光。

唐溪目光闪了一下，瞬间没了脾气，扭头避开他的视线，稳了稳心神，没跟他说话，直接拿上早就准备好的睡衣进了浴室里。

唐溪没管被她丢在外面的醉鬼，独自在浴室里磨蹭了一个多小时，还是忘不掉刚刚的那种感觉。

她抬手摸了摸自己的脸颊。

秦骁刚刚是……亲她了吗？

是的，他亲她了。

他在耍流氓，该害羞的是他，我为什么要害羞？

唐溪安抚了自己几句，大摇大摆地走出了浴室。

卧室里，秦骁还像她去洗澡前一样坐在沙发上，只是姿势端正了许多，眼睛清明了些，凌乱的头发似乎整理过，衬衣扣子也扣了起来。

他看起来清醒了些。

那他会不会忘了一个多小时前，他醉酒亲了她一口呢？

既然他都能自己整理形象了，就不用她照顾了，唐溪若无其事地掀开被子钻进去，把脸也盖上了。

她闭着眼，听见秦骁去了浴室。

浴室里的水流声"哗啦啦"，唐溪的脑子随着那阵声响放空了一会儿。

等那声音停下来的时候，她的心脏猛地一跳。她有些不知道待会儿秦骁上床的时候，自己要怎么表现才能显得坦然。

没多大会儿，秦骁走出浴室，床的另一边随着男人上床的动作往下陷，唐溪不自觉地往里侧挪了挪。

"啪"的一声,秦骁关了灯。

黑暗让视觉以外的感觉更加敏锐,她察觉到秦骁往自己这边移了些,紧了紧身上的被子,往墙边靠。

片刻后,男人健硕的肩膀贴着她,唐溪无法再装睡,用手臂推了推他,小声说:"你……你挤到我了。"

秦骁"嗯"了一声,没动弹。

唐溪也推不动他,他身上还带着酒味,唐溪怕他突然发酒疯,不敢招惹他,只能好言相求:"你能不能……往外面睡点儿?"

秦骁"嗯"了一声,往外面挪了一点点,没两分钟,又挤了过来。

唐溪:"……"

"要不里面给你,我睡外面?"

唐溪从床上坐起来,正准备去外面,秦骁突然一把攥住她的手腕,把她拉到怀里。

后背贴着灼热的胸膛,唐溪惊呼一声:"你干吗?"

"我热。"秦骁贴近她的耳朵,呼吸声粗重,声音低哑,像在克制什么,"介不介意,帮我一下?"

第三章
她拒绝他

"帮……帮什么？"

唐溪被他结实的胳膊圈着，浑身僵硬，手肘向后抵了抵，声音发着颤。

"别动。"秦骁垂头，嘴唇若有似无地落在她白皙的脖颈上，激起一阵战栗。

唐溪挣不开他，缩着脖子，快被他这带着酒意的蛮横劲吓哭了："秦骁，你松开些，你勒疼我了。"

秦骁紧紧地箍着她腰的手臂松了些，唐溪趁机想要起身，秦骁的大掌在她的腰上捏了几下，不让她躲，幽幽地道："你介意？"

他的声音听起来还挺委屈的。

"不是。"唐溪掰他的手指，"你喝醉了，我怕……"

"怕什么？"

秦骁捏住她的下巴，把她的脸转了过去。

酒气扑鼻，唐溪垂着眸子不敢看他，感觉自己也有些醉了，在他灼灼的目光下，没再装不知道他在暗示什么，红着脸轻声说："你喝醉了，我怕疼。"

耳边响起一道沉闷的呼吸声，唐溪抖着声音补充了一句："我不想酒后发生关系，你就……忍一忍吧。"

秦骁静默片刻，低声说："酒精在我的体内作祟。"

"是的,酒真不是个好东西,下次别喝那么多了。"唐溪见他像是冷静了些,附和着哄他,试探性地伸手推他,还是推不动。

秦骁突然含混不清地道:"不会怀孕。"

他握住她的手,掌心里全是汗。

次日清晨,唐溪的意识逐渐清醒,她闭着眼伸手拿手机。

抬起的胳膊微微发酸,唐溪顿了一下,脑子里浮现出昨晚的事,猛地睁开眼睛。

昨晚那个"体内有酒精作祟"的男人已经不在卧室里了,唐溪平躺在床上,眼睛盯着天花板眨了眨,一股羞耻的感觉突然涌上心头,面红耳赤地抓住被子把脸埋了进去。

虽然没有发生实质性的关系,但昨晚那样,该看的不该看的都看见了,从和秦骁结婚到现在,她还是第一次见他如此失控。

他那哪是喝多了酒啊,简直就像是吃了药。

唐溪记得自己昨晚好像也彻底地放飞了自我,抛开平日里的温婉矜持,骂他时间长,骂他不要脸,说好的一次就可以,结果弄了不知道多久。

他是怎么说的?

他说他不会弄,所以才迟迟解决不了。

她为什么要答应秦骁跟他学做那么荒唐的事情?

唐溪捂着脸在被子里羞耻了一会儿,拍了拍脸,安慰自己:没事,我是个淡定的姑娘。

唐溪掀开被子下床,穿着拖鞋走进浴室里,站在镜子前,拿了根皮筋想把头发扎起来,手刚把头发撩起来,就看到脖子上两个被吸吮出来的红痕。

那是昨晚秦骁弄上去的。

这个禽兽。

唐溪在心里骂了一句,把头发扎起来洗漱,洗漱完又把头发放下来,挡住脖子上的吻痕。

去衣帽间里换了身衣服,唐溪拿着手机下楼,刚走到楼梯口就看到了坐在沙发上工作的秦骁。

他穿了件黑色衬衣,袖子卷到手肘处,姿态端正,气质冷峻,神色如常,好像昨晚那个"体内有酒精作祟"的男人不是他一样。

唐溪站在楼梯口犹豫了一会儿,有些不知道怎么面对他。她先是侧身往上走了一个台阶,想回卧室里避一避,不过随即想到这是两个人的事,昨晚还是他要求她那么做的,他都不觉得有什么,她干吗要回避,倒显得她心虚一样。

她深吸了一口气,调整了一下心态,下楼走向厨房。

锅里有做好的早餐,看样子他是叫白姨过来了。现在时间已经不早了,也不知秦骁有没有先吃早饭。

唐溪本来想问秦骁一句,但端碗的时候手腕隐隐发酸,瞥了一眼面色冷淡地坐在那里的男人,见他大爷似的,颇有一种穿上衣服就不认人的架势,突然不想搭理他了。

她管他吃没吃?他爱吃不吃。

她收回视线,给自己盛了一碗粥端去餐厅放在餐桌上,转身想去厨房里端其他餐盘。秦骁从餐厅外面慢悠悠地走进来,手里端了两个餐盘,放到她的面前。

唐溪默默地坐了回去。

两个人面对面,安安静静地吃饭,秦骁不说话,唐溪也不理他,明明昨晚做了那种亲密的事,今天却像是吵架冷战一样,仿佛谁先开口说话谁就输了。

唐溪很快吃完饭,放下筷子,抽了张纸巾擦嘴,起身走出餐厅,刚准备坐下,见秦骁也跟着从餐厅里出来往这边走,转身去拿相机,到院子里拍了会儿照片。

其实也没拍几张照片,她大多数时候是抱着相机坐在秋千上发呆,不想回屋里去。

她也不知道自己在较什么劲,就是不想主动和秦骁说话。

过了会儿,太阳逐渐毒辣,院子里有点儿热,不能坐了,唐溪才从秋千上下来回屋。

秦骁还坐在沙发上办公,唐溪特意绕道上楼,只为离他远点儿,走到楼梯口的时候,秦骁喊了她一声:"唐溪。"

是他先开口的。

唐溪的心里舒服了许多,眸中闪过一抹得意,转头看他。

秦骁把笔记本电脑合上,说:"昨天,唐……岳父打电话来说,半个月后是他的生日。"

唐溪愣了一下,本来还以为他那么敷衍她爸是不想去,要把锅甩到她的身上呢,没想到他居然主动提了这事,既然他主动提了,她让他陪自己回去参加生日宴这事应该很好说了。

她"嗯"了一声，抬腿走到他的身边坐下。

"半个月后是我爸六十岁的生日，他想办得热闹些，关系近的亲戚朋友应该都会请，你那天有空跟我回去吗？"

秦骁"嗯"了一声，说："有空。"

"那你陪我去参加生日宴吧。"唐溪顺势道。

秦骁略一点头，淡淡地道："听你安排。"

他这么好说话？

唐溪挑了下眉，唇角上扬，笑着说："那到时候我们一起过去。"

唐溪从早起就莫名存在的小情绪因秦骁的主动搭话而消失殆尽，见他把笔记本电脑关上了，随意地找了个话题："你工作不忙了吗？"

秦骁"嗯"了一声。

唐溪道："我昨天逛街的时候给你买了几件衣服，睡衣也买了几件，上次你说睡衣有点儿紧了，这次买的比上回的宽松许多，都挂在衣帽间里了，你看到了吗？"

秦骁道："嗯。"这事他昨天就知道了，唐溪刷的是他给的卡，他可以查到消费记录，是在男装店的消费。

但唐溪是在唐父给他打电话邀请他参加生日宴之后才进男装店给他买衣服的，给他买衣服是想让他陪她一起回唐家给她爸过生日。

他的眼睫微垂，挡住眸中闪过的一丝不快。

唐溪没发现他的不对劲，继续跟他说话，让他晚些时候试一试衣服，看看合不合身。

两个人有一搭没一搭地说了几句话后，唐溪就上楼了，对于昨晚的事，谁都闭口不提，像是没有发生过一样。

原本唐溪有点儿担心晚上的到来，毕竟昨天晚上秦骁一开始说的不是用手，只是被她挡了过去，如果今天晚上两个人再躺在一张床上的话，可就不知道会发生些什么了。

唐溪心神不宁了大半天，下午的时候秦骁突然告诉她，他要出差，今天就要走，晚饭都不能留在家里吃了。

唐溪松了好大一口气。

秦骁站在她的面前，见她听到自己要走居然没说舍不得，目光微微地沉了些。

"这次要考察一个收购项目，要在那边待很久。"

听说两个人很久不用碰面,唐溪更开心了,垂着眸子,压抑着唇角的笑,没注意到秦骁眸中的不悦,低眉顺眼地道:"好的,你照顾好自己。"

秦骁冷声道:"有可能要待半个多月。"

唐溪本来想说好,突然想到她爸的生日宴是在半个月后,他要待半个多月,那不就是赶不回来了吗?

"怎么那么久?那我爸的生日宴你能赶回来吗?"

秦骁的脸彻底地冷了下去,他淡淡地道:"不好说。"

"可是……"你都答应了呀。

唐溪抬眸,目光撞上男人面无表情的脸,声音小了些:"好吧,你的工作要紧,能不能赶回来,到时候再说吧。"

秦骁在唐溪的面前站了会儿,唐溪和他大眼瞪小眼,不知道他想干什么。

她想到他还没收拾行李箱,心里不乐意伺候他,但他在这儿站着,目光沉沉地盯得她很不自在,她试探性地问了一句:"要我帮你收拾行李箱吗?"

秦骁冷漠地转身,没什么语气地说:"不必。"

说完他自己去收拾行李箱了。

不用帮他收拾行李箱,唐溪乐得自在。

衣帽间和卧室之间的门敞开着,唐溪坐在沙发上能直接看见秦骁收拾行李的身影,他紧绷着脸,似乎很不开心。

她又有点儿担心半个月后她爸的生日宴那天秦骁会不回来。

不过她总觉得秦骁是故意那么说的,他上午的时候主动提了这事,并且说要听她安排,这会儿又突然改口,说不好说了,他不是个言而无信的人,肯定是生气了。

她也不知道自己又哪里得罪他了,他真是翻脸比翻书还快。但她现在又不敢像以前那样肆无忌惮地说一些爱他的情话哄他,以前敢是因为知道他对自己没什么兴趣,经历过昨晚的事后,可就不确定了,万一把他撩拨起了火,她就遭殃了。

横竖她就算现在说好听的把他哄好了,这中间还有半个月的时间,哪天他要是不开心了,还是要翻脸,她不如等日子快到了再哄。

秦骁自己收拾行李箱时带的东西很少,几分钟就整理完毕。

唐溪瞥了一眼他箱子里摆放整齐的东西,惊叹他收拾东西的效率。

她还以为男人的行李箱里的衣服都是随便放的呢,没想到叠得那么整齐。

等秦骁收拾完行李,两个人一个在床上,一个在沙发上,面对面地静坐了一会儿。

司机到家里来接秦骁,唐溪把秦骁送到门外,司机见她出来了,把秦骁的行李箱接过去放进后备厢后,就躲回了驾驶座上,没敢在外面做电灯泡,招秦总的眼。

唐溪站在他的旁边,等了他两分钟,不见他上车,忍不住道:"你不赶时间吗?上车吧。"

秦骁皱了一下眉头,侧目看她,提醒道:"你没有话要对我说?"

她还有什么话要对他说?

唐溪望着他冷峻的脸,想了想,以前每次送他走的时候,都要对他说一些恶心肉麻的情话,他应该不会是在等自己对他说那些话吧?应该不会,她之前说的时候,他都是很嫌弃的。

秦骁还在等她说话,站在车前不动,要不是她爸的生日宴她还要请他过去,唐溪都想直接一脚把他踹上车了。

她像是考前没好好复习结果被老师抽查考点的学困生一样,听不懂老师问的问题是什么,也不知道答案要怎么说。

她斟酌片刻,抿了下嘴,扫了一眼坐在车里的司机,面带羞涩地糊弄秦骁:"你快点儿上去吧,小张还等着呢。"

秦骁没听到自己想听的话,淡淡地"嗯"了一声,抬腿上车前,活动手腕,手指轻轻地擦过唐溪的指尖。

唐溪的手指微微一滞,她还没回过神,秦骁已经坐上了车,从里面降下车窗,没往她那里看,面无表情地吩咐司机开车。

唐溪站在门口,目送轿车消失在视线中,举起胳膊看了一眼自己的手指,脑子里突然就蹦出昨晚的画面,脸一下子又红了。

她以后真是无法直视自己的手了,都怪秦骁那个流氓。

秦骁一走就是十几天,唐溪这期间的工作也不怎么轻松。

怕他说自己只有有事的时候才会给他发消息,唐溪在中间的周五下午六点的时候特意发消息给他关心了他一下。

之后一直到唐父生日的前两天,唐溪才给秦骁打了个电话,问他能不能回来。

秦骁那边很忙,没说两句话就挂了电话,但说了会回来,只是时间会很赶，得到生日宴的当天才能回来。

唐溪听着那边施工的声音，想到他可能是在工地上，不好意思为了这种事烦他，也就没有多问。

到了唐父生日这天，唐溪化好妆就在家里等秦骁。

唐父给唐溪打了好几个电话来催，一直到下午四点多，秦骁还没到家，他走的那段路发生了车祸，堵车，要晚些才能到家。

亲戚都要到了，她这个做女儿的总不好去得太晚，跟秦骁说了声自己先去唐家，让他回来后直接去唐家，又不放心地叮嘱他让司机开慢点儿，生日宴赶不及没关系，安全最重要。

李瑛给她发了一个视频，唐溪点开来看，里面呈现的是秦骁他们走的那段路拥堵的状况，车辆把路堵得水泄不通，看那样子秦骁他们一时半会儿是过不来的。

李瑛："太太，我们真的在堵车。"

怕她不信他们是被堵在路上了一样，李瑛特意解释了一遍。

唐溪有些无语，打字回复："我知道你们真的在堵车。"

李瑛："秦总怕您误会他在敷衍您，让我给您解释一声。"

唐溪："……"

唐溪："秦骁说怕我误会他？那他为什么不自己给我发消息？"他们刚刚明明互相发过微信消息。

片刻后，李瑛回复。

"秦总说他没怕您误会。"

唐溪："……"

李瑛欲盖弥彰地解释："秦总确实不怕，是我怕，因为我没有提前规划好回来的路线，工作失误，导致秦总不能准时出席您父亲的生日宴，怕影响你们的感情，所以多嘴解释了一句。"

唐溪："……"所以到底是李瑛怕她误会，还是秦骁怕她误会？

唐溪想了想，觉得应该就是李瑛怕。

秦骁有什么好怕的？他当初在他们俩第一次见面的宴席上还当着两家人的面讽刺过她爸是个没用的男人，只会靠卖女儿来换取利益，看当时他那嚣张的架势，他怎么可能怕她爸不高兴呢？

唐溪："好的，我知道了。车祸这种事情不可预测，你这算不上工作失误，你们路上小心。"

唐溪收了手机，开车去唐家。

她到唐家的时候，唐家客厅里已经聚了不少人，都是唐家本家的亲戚和与唐家人关系要好的朋友，七大姑八大姨围了一圈，把唐溪的继母连雅波簇拥在中间。

连雅波是个八面玲珑的人，作为唐氏集团董事长夫人，一直都是整个唐氏家族女眷里最风光的那一个。

唐溪一进门，连雅波就堆起虚伪的笑容冲唐溪招手："小溪来了，过来坐。"

唐溪微微颔首，客气地道："阿姨。"

连雅波听到她的称呼，脸上的笑一僵。

其他女眷原本对连雅波艳羡的目光中，也多了几丝看好戏的意味。

自从唐溪七岁回到这个家里，连雅波表面上对唐溪很好，背地里却没少欺压她。

外头的人不知道内情，都说连雅波这个继母和善大度，唐溪这个女儿乖巧懂事，母慈女孝，但她们这些人却是知道些内情的。

有外人在的时候，连雅波让唐溪喊她"妈妈"，私底下却只许唐溪叫她"阿姨"，唐溪不小心叫错了就要挨罚。唐溪年纪小的时候在唐家一直忍着她，配合她演母慈女孝的戏，现在人都不在唐家了，当然不会再给她面子。

连雅波很快调整好表情，笑着上前拉住她的手："怎么就你一个人回来？今天你爸生日，秦骁不来吗？"

一旁的唐渺插话道："姐夫估计是忙，没空陪姐回来吧。上回周六宁远陪我逛街，刚好在商场里碰到姐一个人逛商场，当时姐就说姐夫工作忙，没空陪她。"

她话里的意思在场的人都能听出来，无非就是在讽刺唐溪不受老公重视。

"渺渺，吃个橘子吧。"

坐在唐渺左手边的宋太太听见自己这个未来儿媳妇挤对唐溪，赶紧用橘子堵她的嘴。

无论唐溪在唐家的地位怎么样，都是名副其实的秦太太，如今唐家都是靠唐溪才能搭上秦家，而且她私底下打听过了，秦家人对唐溪这个儿媳妇很满意。

她今天之所以坐在这里，积极地促成儿子和唐渺的婚事，也是看上了秦家这棵大树，可不想让唐渺把唐溪给得罪了。

唐渺年轻，被唐父和连雅波娇惯着长大，就是一个满脑子都是恋爱的小女孩儿，肚子里没那么多弯弯绕绕，还以为宋母是喜欢她，赶紧把橘子接过去，得意地冲唐溪挑了一下眉。

唐溪没搭理她，不动声色地把手从连雅波的手中抽出来，淡淡地道："你们聊，我去看看爸。"

众人见她没和唐渺计较，便觉得她还是和从前一样温顺老实，做了秦太太也没什么变化，这样软和的性子也掀不起什么风浪，众人就没太在意她。

唐父和其他亲戚在另外一个厅里，秦骁没来，唐溪也没往那边去，提着给唐父买的礼物回了以前住的房间。

过了一会儿，唐父唐兴昌敲门进来，问道："秦骁还在路上吗？"

唐溪"嗯"了一声。

唐兴昌问："七点开席，他赶得上吗？"

唐溪道："不一定，路上堵。"

"我让人把宴席延后，等秦骁到了再开。"

"他不一定什么时候到，先开吧，不用等他。"

"这怎么行？"唐兴昌不赞同地道，"我就这一个女婿，女婿不到就开席像什么样子？"

唐溪无所谓什么时候开席："那你就等他。不过如果他今天都赶不及过来的话，其他客人怎么办？"

唐兴昌："……"

秦骁现在是唐家的靠山，整个唐家都靠着秦家，让所有人等秦骁来也不会有人敢有什么意见，就怕大家等到最后人都没来，他这个寿星面上不好看。

可是如果他们不等秦骁，人家来了觉得被怠慢了，翻脸走人，他这面上会更难看。

唐兴昌左右为难，面色凝重地道："你没跟他说好吗？"

唐溪说："说好了呀，但是路上堵车。"

唐兴昌问："你知道他现在到哪儿了吗？给他打个电话问问他还有多久到。"

唐溪没听他的："秦骁的脾气你又不是不知道，跟他说一遍他心里有数就行了，惹烦了他真不来了。"

秦骁的脾气唐兴昌在唐家人和秦家人第一次安排秦骁和唐溪见面的时候就领教过，至今心有余悸，所以每次唐溪提到秦骁的脾气，唐兴昌就没了脾气。

两个人正说着话，连雅波上来了，一脸关切地问道："是出什么事了吗？亲戚都快到齐了，秦骁怎么还没到？"

唐溪笑了，无辜地说："问我干吗呀？他没到你问他啊，你不是有他的手机号吗？"

连雅波这些年管唐溪管习惯了，语气带了一丝质问："他不是你老公吗？你不会连自己的老公都管不住吧？"

唐溪并不怕她，反问："他不是你女婿吗？"

连雅波被噎了一下，无奈地看了唐兴昌一眼。

这是连雅波惯用的招数，从小到大唐溪看了无数次，每次她用这个表情对着唐兴昌的时候，都是在向唐兴昌告状，哭诉继母难当，唐溪这个做女儿的不听话、不好管。

唐兴昌拍了一下她的肩膀，说："你先下去吧，我来和小溪说。"

连雅波催道："快点儿，客人都等着呢。"

连雅波走出去，把门带上。

唐兴昌踱步到窗户前，负手站了会儿，回头道："小溪，你是不是在怪我把你嫁进秦家？爸当时也是没办法，只能让你去联姻。"

那为什么就是我，不是唐渺呢？唐溪在心里想了一下，没问。

"那如果是现在，你就有办法了吗？"

唐兴昌："……"

现在他也没办法，唐家还是要靠秦家。

唐溪笑了一下，面色平静，看着唐兴昌道："您别想那么多，今天是您的生日，开心些吧。"

唐兴昌实在是笑不出来。唐溪结婚后除了回门那日，从来没带秦骁到唐家吃过饭，他今年借着生日办家宴的由头，目的就是请秦骁过来，结果现在宾客都到齐了，就秦骁这个主角没到。

他其实有点儿怀疑唐溪说的秦骁路上堵车了是借口，秦骁可能压根儿就没打算来。

但他看了一眼坐在沙发上的唐溪，又不好直接问，心事重重地下楼了。

唐溪很久没回唐家了，这个房间久不住人，有些闷，唐溪坐了会儿，决定到走廊上去透透气，才走出去，迎面就看到宋宁远走了过来。

唐溪转身想返回屋里避开他，宋宁远疾步走过来拦住她，亲切地道："小溪，怎么看到我就躲，不把我当哥哥了？"

我跟你什么关系都没有,本来也没把你当哥哥。唐溪腹诽了一句,面上笑得更亲切:"当然不能把你当哥哥,辈分不能乱,等你和唐渺定亲了,你可就是我妹夫了,该跟着唐渺喊我声'姐姐'的。"

宋宁远面上闪过一抹忧伤:"小溪,你是不是在怪我?"

唐溪:"……"

这话听着怎么这么耳熟,好像她爸刚刚也是这么问她的吧?

"你知道的,我从来都只把唐渺当妹妹。"

唐溪微笑着不应声。

宋宁远面色沉痛地道:"唐家的公司出问题的时候,我人在国外,不知道伯父为你安排了相亲,等我知道的时候已经晚了,你已经和秦骁领了证。"

"没事,就算你早知道,宋家也帮不上什么忙。"唐溪实在没忍住,挤对了他一句,但面上笑还很灿烂,侧开身说,"你是要去找唐渺吗?"

唐渺的房间在她房间的右边。

她实在没什么兴趣听宋宁远伤春悲秋。她现在过得不知道有多开心。

"上回见你时就没看到秦骁,今天伯父生日,他又没陪你回来,早知道这样……"宋宁远叹了口气,语焉不详,"我真后悔。"

唐溪:"……"

唐溪皱了皱眉,道:"抱歉,宋先生,我打断你一下。我想请问你,你是以什么身份质疑我和我丈夫之间的感情的?"

"小溪,我们从小一起长大,当初两家长辈要订婚的也是我们,如果不是唐家突然出事,你嫁的人应该是……"

"宋先生,"唐溪的声音严厉了些,"请慎言!和你一起长大的是唐渺,我和你一直都不熟。"

宋宁远小时候经常随宋家人一起到唐家做客,连雅波怕她抢了唐渺的婚事,每次宋家人过来都勒令她不许出屋,对外人的说法就是她内向,性格孤僻,不喜欢见外人。

所以唐溪跟宋宁远是真的不熟,也不知道宋宁远到底哪里来的自信,总觉得她喜欢他,好像她不嫁给他,就像植物失去了阳光,活不下去了一样。

她不止一次地明说过对他不感兴趣,宋宁远都觉得她是碍于连雅波和唐渺,不敢承认自己喜欢他。

宋宁远神情落寞地道:"小溪,你果然在怪我。"

唐溪微抬下巴，从喉咙里发出了一声冷嗤。

做完这个动作，她自己都愣了。

她什么时候变得和秦骁一样嚣张了？

宋宁远也错愕了一下，觉得唐溪和以前比性格变化很大。

唐溪不想再和他说话，转身往房间里走。

宋宁远还想拦她，走廊上传来"咔嗒咔嗒"的高跟鞋的声音。

"宁远，你在这里干吗？"

唐渺小跑过来抱住宋宁远的胳膊，警惕地看着唐溪。

唐溪看她紧紧地抓着宋宁远胳膊的手，轻笑一声，推门进屋，反锁，拿出手机找苏栀吐槽。

唐溪："真烦，一回唐家就不停地遇到讨厌的人。"

苏栀很快回复："让我猜猜有哪些讨厌的人，你后妈、唐渺……今天你爸生日，宋宁远也会去吧？"

唐溪："嗯。"

唐溪把刚刚宋宁远说的话总结了一遍说给苏栀听。

苏栀一连发了好几个骂人的表情包。

苏栀："这人也挺有意思的，他以为他是谁啊，全世界的女人都要围着他转，他配吗他？赶紧让他和唐渺结婚吧，锁死，可千万别去祸害别人了！"

唐溪："无聊，想回家。"

苏栀："秦骁还没去吗？"

唐溪："没有。"

苏栀："是不是很想他去？"

唐溪实话实说："是的。"

秦骁在这里的话，最起码她不用听那些莫名其妙的话。

苏栀："你现在就像是落难的公主，在等着你的白马王子来拯救你。"

唐溪："咦，你可千万别给我说这种矫情兮兮的话。"

唐溪手指点在编辑框上，还想给苏栀发点儿什么，听到外面有人敲门。

唐溪以为门外是宋宁远，或者是连雅波、唐渺，不耐烦了，冲着外面喊了一句："烦不烦呀？我现在不下去，等秦骁来了再叫我。"

敲门声顿时停了。

然后唐溪就听到了她熟悉的声音："溪溪，是我。"

唐溪："……"

外面的人是……秦骁？

这声音是秦骁的，就是这说话的语气和对她的称呼不太像。

秦骁一直都是喊她"唐溪"的，什么时候叫她"溪溪"了？

唐溪从沙发上站起来去开门。

房门打开，唐溪抬眸，看见男人一身西装，漆黑的眼睛看着她，眼梢微微上扬，带了一丝笑意。

他的身后站着唐兴昌、连雅波等一群人，众星捧月似的。

"抱歉，来晚了。"

他直勾勾地看着她，唐溪被他看得有些不自在，垂着眸子，目光都不知道往哪儿放。

唐兴昌笑着说："不晚，刚好可以开席。"

秦骁听到唐兴昌插嘴，皱了一下眉头——他是跟唐溪说的抱歉。

他伸出胳膊，示意唐溪挽上。

唐溪看到外面那么多人，想到自己刚刚在卧室里吼的那句话，尴尬地笑了一下，抬手挽住他的胳膊。

她知道，这是秦骁在唐家人的面前给她面子。

唐兴昌见秦骁和唐溪的感情似乎不错，没有想象中的那么差，笑了笑，带着其他人先下去，给他们俩留出空间。

唐溪抬了一下眸子，想跟秦骁说话，秦骁察觉到她的动作，微侧着头。

唐溪小声说："人怎么都上来了？"

秦骁淡声说："没注意，他们自己跟来的。"

唐溪"哦"了一声，没好意思问他有没有听清自己不耐烦的那句话，估计是听到了。

秦骁的心情似乎不错，唐家人轮流找他喝酒他都没生气，只是唐溪怕他喝多了又像上次一样，叮嘱了一句让他不要喝酒，他就以茶代酒，喝了一肚子水。

宴席中秦骁去了趟洗手间，出来时在走廊上碰到一个小姑娘。

他不以为意，双手插兜，打算径直越过她。

"姐夫。"唐渺喊住他，抬腿朝他这边走来。

秦骁向旁边走了一步，声音疏离地道："有事说事。"

唐渺看他脸色冷漠，有些怕他，捏了捏手心说："姐夫知道我姐在你来之前和宁远见面了吗？"

秦骁淡淡地道："不认识。"

唐渺噎了一下，说："宁远是我的未婚夫，和我姐是青梅竹马，我姐一直喜欢他。"

秦骁微抬下巴，从喉间发出一声轻嗤。

唐渺看他不信，急了："真的，我刚刚都看见了！我姐和他站在走廊上聊天，聊了好久，他们半个月前在商场里也见过面！"

秦骁没什么语气地道："你说你姐喜欢他，他怎么还变成了你的未婚夫？"

唐渺没想到他会问这个问题，怔了一下，脑子里浮现出刚刚宋宁远跟唐溪说的那些话，眸中闪过一抹忌恨："因为宋唐两家本来就有婚约，按照排序该是我姐和宁远定亲，但是宋家比不上秦家，我姐选择嫁进秦家，家里为了不影响和宋家的关系，没办法，就只能让我和宁远订婚了。"

唐溪才走到楼梯口就听到了唐渺的声音。

还别说，唐渺这套逻辑挺合理的：姐姐贪慕荣华富贵，不顾家里有婚约的可怜未婚夫，选择嫁入富贵人家，家里人没办法，只能让她顶上。

自己以前怎么没发现唐渺的口才这么好呢？秦骁会信吗？

唐溪屏住呼吸，手指不自觉地捏紧楼梯扶手，想听听秦骁是什么反应。

"你的意思是你姐没看上的垃圾，被你捡去了？"空气中飘来秦骁不屑的声音，"你姐不要的垃圾，丢进垃圾桶里，你也不配捡，懂吗？"

唐渺被噎得脸色一僵。秦骁都没往她那边看，语气里漫不经心的轻蔑之意、宛如她是一堆垃圾的高傲姿态，像一个巴掌扇在她的脸上，让她的脸颊火辣辣地烧。

从小到大，只有她不要的东西才能轮到唐溪拥有，她习惯了在唐溪面前的优越感，还从来没听人说过她不如唐溪。

她上前一步，欲要争辩几句，秦骁的目光微沉，唐渺被他凌厉的眼神吓得不自觉地向后退了几步。

秦骁的脸色冷淡，他没管唇色发白、眼圈泛红的唐渺，正要回宴会厅，抬眼就看到了站在楼梯口的唐溪。

她轻翘唇角，笑盈盈地看着他，目光中带着满意，像是在表扬他刚刚的态度。

秦骁微微一怔，神色略僵，立在原地不动了。

唐溪看他那跟做了什么亏心事被发现了一样的脸色，有些想笑，抬腿走到他的身边，主动拉住他的手，轻声说："怕你找不到路，我上来看看。"

唐渺看到唐溪，脸色更加难看，倒也没有背后挑拨离间被发现的心虚，只有被唐溪听见自己被秦骁讥讽的难堪。

尤其是唐溪也和秦骁一样，看都没看她，那轻视的态度仿佛一点儿也不把她放在眼里，让她觉得自己像个跳梁小丑。

秦骁被唐溪拉住手，骨节分明的手指微屈，回握住她的手，面色恢复从容，淡淡地道："唐家不大。"

能找到路就说能找到路吧，他非要说唐家不大，这话是要气死唐家其他人吧？

唐溪没忍住，"扑哧"一笑。

秦骁以为她在笑自己刚刚跟唐渺的对话，等走到了只有两个人的地方，才慢悠悠地说："她聒噪。"

唐溪"嗯"了一声，点头赞同："肯定是她太吵，惹你厌烦了，你才不是为了给我出气。"

秦骁和唐溪的手握在一起的手指微微一顿，随后像是气急败坏般的捏了捏她的指腹。

唐溪心情好，由着他捏，对于秦骁为自己出气的行为也并未多想，毕竟她现在是秦太太，代表的也是秦家的颜面，唐渺胡乱编派她就等于打了秦家的脸。

等两个人回到宴会厅的时候，亲戚们吃得也差不多了，唐兴昌看到他俩手牵着手下来，笑得满脸皱纹，招呼他俩过去坐，有点儿想摆岳父的谱儿，以长辈的身份叮嘱几句话。

话到嘴边，目光触及秦骁脸上的表情，唐兴昌被酒精麻痹的头脑清醒了许多，放下酒杯，声音里带着讨好，对秦骁说："听小溪说你坐了一天的车回来，应该累了，不如今晚就留在这里，在小溪的房间里住？"

他给唐溪使了个眼色，想让唐溪帮忙说话。

没等唐溪开口，秦骁抬了抬和唐溪握在一起的手，让唐家众人都知道他们夫妻的感情很好，面色却十分冷峻，淡声道："不必了。"

唐兴昌说："那就去小溪的房间里休息会儿，等会儿再走。"

唐溪看出来秦骁这是要发火了，估计他是刚刚被唐渺惹怒了，又不能把火撒在一个小姑娘的身上，憋着火气到了她爸这里。

她的手指在秦骁的手背上拍了拍，秦骁侧头看她，唐溪却没看他，笑着对唐兴昌说："爸，我们没带东西过来，住在这边不方便，秦骁今天累了，我们就不坐了，先回去了。"

唐兴昌见唐溪都这么说了，没再挽留，扭头喊连雅波过来陪他一起送客。

秦骁被唐溪拍了手背后就没再说话，面色平静地牵着她的手在众人的目送下上车。

车门一关，秦骁就抿起唇，下颌紧绷，神色不悦。

他生气了。

往常这种时候唐溪也不会管他，但今天唐溪知道他生气是因为她。

当时和她爸说话时，他很明显是要说些什么的，她没让他说。

一阵静默后，唐溪伸手戳了戳他的肩膀，柔声问道："你是不是怪我刚刚没有让你说话？"

秦骁面无表情地道："你是我太太，在唐家被人欺负，当然要找唐兴昌。"

连"岳父"都不叫了，果然，他就是要把在唐淼那里攒下的火发到唐兴昌那里去。

"你能相信我，为我出气，我很开心。我不是不想让你说，只是那么多人在，闹大了，对你影响也不太好。"

秦骁本以为她是顾着唐兴昌的面子才拦着他不让他说的，结果她却说是怕对他影响不好。

唐溪一贯会哄人开心，现在也不知道说的是真话还是假话，但他在唐家积压的火气确实消了许多。

他目视前方，没什么语气地说："我不在乎。"

"可是我在乎呀。"唐溪侧身，正面对着他，"我爸毕竟是长辈，当着这么多人的面，你对他发火，即便你有理，在外人的眼里也是你嚣张蛮横。好事不出门，恶事行千里，刚刚不只有唐家人在，还有几家关系好的人，用不了一天，整个南城的人都会知道益远集团的秦总对岳父发火的事，我不想他们那么说你。"

唐溪说着说着发现秦骁的脸也转了过来，冷淡漆黑的眸子盯着她的脸，长睫微垂，不知在思索什么。

唐溪被他看得有些不自在，伸手撩了一下头发。

片刻后，他收回视线，上半身向后靠着，略抬下巴，极轻地"嗯"了一声。

唐溪知道，不管他的心里是怎么想的，但表面上他是接受了这个说法，且暂时消了火气。

秦骁闭上了眼睛，眉宇间稍显疲惫。

唐溪想到这些天她唯一一次给他打电话时，手机那边传来的施工声。他应该是亲自去了工地，且这些天一直奔波忙碌，结束工作后又赶去唐家陪她，在唐家时看起来还精神饱满，到了车上才放松下来。

这人到底是有多会逞强？

唐溪也不知怎么的，鼻尖突然酸了一下。

她身边不是没有对她好的人，苏栀和叶初夏这些朋友对她都很关心，但是在唐家那栋房子里，他是唯一一个会维护她的人。

她深吸一口气，转过头背对他，往右边挪了挪，和他拉开距离。

秦骁察觉到身侧发出的动静，微微睁开眼，瞧见她又用后脑勺儿对着他，以为她又烦他了，皱了一下眉头，回想两个人刚刚的对话，抬手按了按眉心，坐了起来。

他盯着唐溪看了好一会儿，她都没有回头。

他静默须臾，侧身从座位后面提出两个购物袋递向唐溪："给你。"

唐溪垂头扫了一眼购物袋，不用细看都知道里面装的是包。

她微微侧身，把购物袋接过去，放到自己的身侧，说了两声"谢谢"，又背过身去，只是这么两秒钟，秦骁看见她的眼眶有些红。

他眸色一沉，从口袋里摸出一张名片，这是刚刚在唐家时，一个唐家旁支的人找他搭话时，他随手接的。

他拍了一张名片的照片发给李瑛。

秦骁："你去查一查，我老婆和唐兴昌的关系怎么样。"

李瑛："……"

你老婆和你老丈人的关系怎么样，你有嘴不会直接问吗？还用得着查？

李瑛："好的，秦总。"

给秦骁塞名片那人本来就有心巴结秦骁，听说了李瑛的来意，事无巨细地把知道的事情全告诉了李瑛。

其实他说的基本上是连雅波和唐溪之间的相处状态，提及唐兴昌的不多，因为唐兴昌忙于公司的事，并不怎么着家，家里大大小小的事都是连雅波在管。

当然，对于这些鸡毛蒜皮的日常之事，这位给名片的唐家旁支也并不是很清楚，还是找了他家里那位爱说闲话的太太问过后才知道的。

回到家后，唐溪先进了浴室里洗澡，秦骁坐在沙发上，皱着眉看完了李瑛发过来的文档。

唐溪洗完澡，贴着面膜从浴室里出来，见秦骁冷着脸坐在那里也不怕，走过去坐在床沿上，面朝着他，抚了抚嘴角处面膜的折痕，轻声说："你累了一天，先去洗澡，洗完澡早点儿睡觉。"

秦骁看了她一眼，没说什么，抬脚去浴室里。

唐溪从床上站起来，拿着手机，靠坐到他刚坐过的沙发上，半躺着敷面膜。

秦骁突然又从浴室里出来，见她这么快就坐到了沙发上，脚步顿了一下，突然感觉她催自己洗澡是为了坐沙发。

唐溪用余光瞥见他站在浴室门前盯着自己，转过头小声问："怎么了？"

她敷着面膜，说话的动作不能太大。

秦骁淡淡地道："没什么。"

他转身去衣帽间里，唐溪看他从里面拿了一身睡衣出来。

原来是洗澡没拿睡衣，这有什么不好意思直接说的？

唐溪这会儿已经调整好了心情，这么多年，唐家人给她的情绪带来的影响很小，她很擅长调节心态，今天突然情绪化，大概是因为……唐溪的脑子里浮现出秦骁对唐渺说的那句嘲讽，她回头往浴室的方向看了一眼，唇角不自觉地上扬，发现面膜快被笑掉了，赶紧伸手把面膜扶正。

她的手机上收到了苏栀的好几条微信消息。

苏栀："你后妈和唐渺还有没有再阴阳怪气？"

苏栀："宋宁远有没有再纠缠你？"

苏栀："你的'白马王子'去接你了吗？"

唐溪回复："刚刚手机没电了，充了会儿电，我们现在已经回家啦！"

回家了，她的字里行间都透着轻松。

苏栀："回家了就好。"

唐溪用指尖在屏幕上点了点，没忍住，笑着把唐渺找秦骁的事分享给她。

苏栀："你老公也太会嘲讽了吧？这么多年了，我翻来覆去地吐槽宋宁远和唐渺，都没有找到你老公这么精准的语句形容他们俩，果然是我才疏学浅，言语匮乏。"

"我一直都觉得宋宁远和唐渺像一对什么，但就是描述不上来，今天真是豁然开朗——这可不就是垃圾和垃圾桶吗？"

苏栀："你不是说你老公绅士，不跟女孩子计较吗？这就是你说的'不跟女孩子计较'？"

　　唐溪："可能唐渺太招人烦了吧？我今天还是第一次听到秦骁说那么多话挤对人，他对我都没说过这么多字的一句话。"

　　苏栀："我怎么觉得你这话有点儿得了便宜还卖乖呢？"

　　唐溪："真的，他平时讽刺我都是一个字的，'哼''嗤'……我数数他说唐渺那句话有多少个字。"

　　唐溪掰着手指认真地数了数。

　　"三十八个字，他那一句话居然说了三十八个字！他真的从来没有对我说过那么长的一句话，从来都没有！"

　　苏栀："……"

　　苏栀："那要不然你等会儿也跟他说点儿让他难以忍受的事，让他多说几个字骂你？"

　　唐溪："我是有病吗？要自己讨骂？"

　　苏栀："哎，你跟你老公现在关系处得怎么样了？"

　　唐溪想了想："不熟。"

　　苏栀："我觉得你老公对你还是不错的，你们可以熟一熟了。"

　　唐溪："嗯，顺其自然吧。"

　　浴室门被打开，秦骁从里面出来。

　　唐溪扫了一眼时间，发现她们不知不觉已经聊了二十分钟。

　　唐溪："先不聊了，面膜到时间了，我去洗脸。"

　　发完这句话，她把手机摁灭放在一边，揭掉面膜丢到垃圾桶里，去浴室里洗脸护肤，出来的时候，秦骁已经上了床，倚靠在床头，手里拿着手机，不知道在和谁聊天。

　　这还是他第一次比她先上床呢。

　　唐溪在床边站了两分钟，想着要怎么到床的里侧去。

　　之前他突然提出要"运动助眠"，把她吓得差点儿从床边滚下去，第二天她就让人把床挪到了墙边，他睡外侧，她睡里侧。

　　她现在上床的方式有两种，一种是从外侧上床，然后从他的身上跨到里面，另一种是从床尾那里直接上去，不用经过他。

　　只是她总觉得从床尾爬上床挺别扭的。

　　秦骁见她站了这么久，视线从手机上抬起来，问道："你站着做什么？"

　　唐溪当然不会告诉他自己在想怎么到床的里侧的事，学着他平时说话的风格说："没什么。"

秦骁"嗯"了一声，没再问，放下手机躺好，像是准备睡了。

唐溪发现用秦骁的说话风格回答问题还挺方便的，只用三个字就解决了，不用解释太多，尤其是跟秦骁这种也不屑追问的人交流，更好用。

她想了想，还是绕到床尾，脱鞋上床。

为了不太招秦骁的眼，她没在床上站起来，手撑在床上一点儿一点儿地从床尾爬到床头。

秦骁眼角的视线一直扫着她，他看到她从床尾爬上床，丝质的睡衣贴合她诱人的身体曲线，领口的布料向下垂，让人一眼就能瞥到胸前若隐若现的风景。

她低着头，对他的视线毫无察觉。

秦骁想到出差前那一晚，她用柔软的手指帮他，喉结滚了滚。

唐溪爬到床头，掀开被子钻进去，头枕在枕头上，抬眸看向他。

触及她的目光，秦骁收回视线，若无其事地盯着天花板，有些心虚。

"秦骁。"

"在。"

他应得很快，这个嗓音低沉的回答很快将唐溪的思绪带回了约莫一个月前的那晚，他们俩躺在床上，都没睡着，她喊了一声他的名字，他也是迅速地回答了她一个字。

之后他就提议"运动助眠"了。

此时此地，这样的回忆让唐溪的呼吸一滞。

她向被子底下缩了缩，压紧被子，小心翼翼地说："可以关灯了吗？"

"可以。"秦骁伸手关了灯。

房间陷入昏暗。

时隔半个月，两个人再次躺到一张床上，经历过酒精作祟的那晚，似乎应该亲近了些，但又好像什么都没改变，毕竟那一晚秦骁的官方解释是"酒精在体内作祟"。

今天，他滴酒未沾。

唐溪闭着眼，像往常一样忽略他的存在，假装睡觉。

过了一会儿，唐溪听到床的另一边"窸窸窣窣"的声音——他又在往她这边挪了。

唐溪屏住呼吸，手指抓了抓床单。

"唐溪。"

秦骁终于低下他高傲的头颅，把脸凑到唐溪的耳边。

唐溪翻了个身，面朝墙壁，背对他，耳边拂过他温热的气息，紧张之下撒了个谎："我……我那个来了。"

秦骁目光一顿，静默片刻后，淡定地"嗯"了一声。

他都挪过来了，也没好意思挪回去，跟唐溪枕在一个枕头上，两个人的呼吸声此起彼伏。

唐溪好难熬。

秦骁也好难熬。

唐溪听着他呼吸的声音，后悔自己刚刚撒这个谎了，这样煎熬着，还不如速战速决，万一再被秦骁发现她撒谎了，这个傲娇的男人指不定得多生气，这种欺骗，比直接拒绝他还让他不能接受。

她脑子里交织着羞愧和懊恼的情绪，不知过了多久才睡着。

临睡前唐溪想着明天要早点儿起床，弥补秦骁，给他做一顿丰盛的早餐。

结果也不知闹钟是她忘了定，还是被秦骁关了，她一觉睡到自然醒，睁眼时已经九点半了，秦骁早就不在家，去公司了。

厨房里备好了早餐，唐溪没什么胃口，随意地喝了几口粥，提着包去工作室。

唐氏集团。

李瑛从唐兴昌的办公室里出来，心情十分复杂。

今天早上他一进公司，他老板就交给他一个任务，让他到唐氏集团走一趟，羞辱他老板的老丈人，威胁老板的老丈人要撤资。

如果老板是要直接从唐氏撤资，事情还好办些，麻烦就麻烦在他只是要威胁一下，并不打算真的撤资。

这种一家子关起门来就可以解决的事情之所以会落到李瑛的头上，是因为秦骁说了，那毕竟是他的岳父，他老婆担心他直接上门羞辱岳父，传出去影响他的名声。

其实李瑛怀疑老板这么做压根儿就没得到他老婆的同意，他就是怕他老婆知道这件事后会生气，所以提前找好人来背黑锅。

万一到时候唐兴昌找老板娘告状，老板娘心疼亲爸，要给亲爸出气，以他老板现在的状态，他可能需要重新找工作了。

虽然接了个苦差事，但他还是很有职业操守的，尽职尽责地按照老板的吩咐，以睥睨众生的态度，在唐氏集团的董事长办公室里狐假虎威，羞辱了老板的……老丈人。

他刚刚鼻孔朝天地出来的时候，瞥了一眼老板的老丈人的脸色——面色苍白。那一刻，李瑛仿佛看到了自己苍白的未来。

李瑛从唐氏集团离开没多久，唐兴昌就打电话叫唐渺回家等他。

唐渺正和小姐妹们在街上购物，接到唐兴昌的电话时还不知道发生了什么事，像往常一样撒娇说不回家，准备在外面玩几天，让唐兴昌给她打钱。

唐兴昌虽然宠她，但也不允许她做出损害公司利益的事，刚刚秦骁派李瑛过来，将他公司的经营状况贬得一无是处，说秦家之所以愿意跟唐家合作项目，完全是为了秦太太，有人挑拨秦太太和秦总之间的关系，秦总心情不好，不可能拿老婆撒气，就只能找那个挑拨关系的人算账了。

李瑛临走的时候丢下了一句：如果想不明白的话，就回家问问家里人做了什么。

秦骁和唐溪昨天才到唐家参加了他的生日宴，今天就出了事，很明显就是昨天在唐家发生了什么。

这事好问，唐家现在除了他，也就剩下连雅波和唐渺了，问题就出在其中一个人的身上。

唐兴昌严厉地命令唐渺必须回家，在唐渺到家后没几分钟就把事情问得一清二楚。

唐兴昌举起巴掌就要打唐渺，唐渺从小到大从来没被唐兴昌打过，也没见唐兴昌发过这么大的脾气，吓蒙了，站在那里动都不敢动。

连雅波拦着唐兴昌不让他打唐渺："你干吗打渺渺？渺渺也不是故意的，多大点儿事，值得你这样兴师动众？你吓着孩子了！"

唐兴昌推开她，指着唐渺说："我跟你说过多少次了，让你不要总是欺负你姐，从小到大，你姐哪件事对不住你了？你知不知道……"他看到地上唐渺拎回来的购物袋，怒不可遏，一脚踢上去，"你现在还能这么挥金如土，是因为你姐嫁给了秦骁，你跑到秦骁的面前说那些话，挑拨你姐和秦骁的关系，是好日子过够了吗？"

一个购物袋飞到唐渺的身上，唐渺被吓了一跳，哭诉道："谁让她都嫁人了还回来勾搭宁远！"

"住嘴！你这个混账东西，我打死……"巴掌挥到唐渺的耳边，唐兴昌没打下手，捂着胸口，急喘了几声。

"爸！爸你没事吧？"

"兴昌！"

连雅波和唐渺一左一右地扶住他。

唐兴昌挥开手臂，不让她俩扶，劈头盖脸地对着唐渺骂："你当人人都像你一样没脑子，喜欢宋宁远？要不是你爷爷跟宋家定下这事，你又一心扑在宋宁远的身上，他宋家算什么东西，在我两个女儿中间挑挑拣拣？我告诉你，如果你姐跟秦骁之间出现问题，秦家不再帮助唐家，第一个跟唐家撇清关系的就是宋家，到时候你以为宋宁远还会娶你？"

"不可能！宋伯母很喜欢我，就是想让我做她的儿媳妇！"唐渺梗着脖子反驳。

唐兴昌怕自己忍不住把她打死，扭头瞪向连雅波："这就是你教出来的好女儿！"

"是我教的好女儿，你没教过！你一天到晚不着家，我给你带两个女儿，你管过吗你？你以为孩子这么好带吗？"

连雅波和唐兴昌吵了起来，唐家乱成了一锅粥。

与此同时，正喝着下午茶的唐溪收到了一条来自李瑛的消息。

李瑛："太太，我今天似乎做了一件不严谨的工作。"

唐溪："……"

什么情况，秦骁的助理工作不严谨，给她发消息干吗？

唐溪很少回这种莫名其妙的信息，不过鉴于李瑛经常发这种莫名其妙的信息，以及这人的态度还不错，唐溪礼貌性地回复。

"什么工作不严谨？"

李瑛："事情已经办完了，只是事先没有调查清楚潜在的危害，请问您父亲的身体状况如何？"

唐溪："啊？"

李瑛："冒昧地问一句，您父亲有无高血压、脑血栓、癫痫病、心脏病等一系列不能动怒以及过度惊吓的病？"

唐溪："……"

唐溪："没有。"

兢兢业业地完成老板布置的任务的李瑛看到老板娘的回复后，松了口气。

老板的老丈人身体健康，没病就好，这要是有什么疾病，出了事，老板娘那里可就不好交代了。

他将目光从手机上移向坐在办公桌后神色凝重的老板的身上。

秦骁目光冷淡地盯着面前的电脑屏幕，修长的手指搭在鼠标上，时不时地点击滑动，看过去像是在处理几个亿的项目的工作。

但以李瑛对老板的了解，他的电脑屏幕上显示的多半是六十岁以上的男人患心脏病、脑血栓的概率，心脏病、脑血栓患者受惊后的发病概率这一类问题的结果。

他从唐氏集团回来向老板汇报他在唐氏集团的董事长面前"耍威风"的场面时，老板的朋友季正琛也在。

因为他和老板关系好，汇报这件事的时候，李瑛就没瞒着他。

对方好奇老板为什么会突然找自己老丈人的碴儿，老板就看似漫不经心、实则很明显地秀了把恩爱，说唐家人欺负了他老婆，他想亲自警告一下他老丈人，但是他老婆觉得他作为晚辈当面指责老丈人会被别人说不敬长辈。

他重点强调了他要找他老丈人的碴儿，他老婆担心的不是他老丈人，而是他的名声。

所以他把这件事交给了李瑛来做。

季正琛猝不及防地被他秀了一把恩爱，然后就不知出于什么心理，看起来很兄弟情深地提醒他，如果唐兴昌身患某些疾病，受到惊吓刺激或生气动怒后，容易加重病情，甚至是病发死亡。

秦骁当时面不改色，等季正琛走了之后就打开了电脑，抿着唇，一动不动地盯着电脑屏幕坐到了现在。

作为老板身边最得力的助理，李瑛敏锐地察觉到，如果老板的老丈人真的出了什么事，这个锅得由他背着，于是他自作主张，去老板娘那里打探了消息。

这件事，老板娘早晚都是要知道的，根本瞒不住。

察觉到李瑛的视线，秦骁抬了抬眼皮，淡淡地道："说。"

李瑛没说废话，直接坦白："秦总，据了解，唐兴昌暂无病史。"

秦骁目光微动，脸色似是有些僵："你给唐溪发了消息。"

这不是疑问句，是肯定句。

李瑛赶紧道："是的，秦总，太太只说了唐兴昌没病，并没有说其他的，看来她是赞同您的做法的，毕竟在太太的心里，您似乎比唐兴昌重要。"

李瑛拣着好听的话说。

秦骁将视线从他的身上收回去，淡淡地"嗯"了一声。

李瑛："……"

您倒是不谦虚，也不知是哪来的自信觉得自己一个结婚没几个月，老婆的面都没见过几次的老公比人家喊了二十多年的爸爸重要。

李瑛继续拍马屁："太太没问我发生了什么事，估计是想亲自问您。毕竟您整日工作忙，能陪她说话的时间不多，太太知书达理，脸皮薄，想跟您说话的时候也不好意思随便找借口。"

丈夫派助理羞辱自己的父亲，威胁要撤资，这件事在夫妻之间算是严重的了，李瑛觉得正常情况下，唐溪肯定要找秦骁问问，至于是不是故意找借口和秦骁说话，李瑛觉得可能性不大。

不过这并不重要，老板爱听就行了。

语毕，李瑛见老板眉头微蹙，心里"咯噔"一下：完了，马屁拍到马腿上去了？

办公室里沉默片刻，秦骁用手指在桌子上敲了一下，吩咐李瑛："把一个小时后的会议推迟到明天上午。"

老板这是要腾出时间，让老板娘找他聊天了。

"好的，秦总。"

秦骁拿起手机，点开和唐溪的微信聊天页面，现在唐溪那边还没什么动静。

他瞥了一眼李瑛，说："出去吧。"

李瑛应道："好的。"

唐溪是在一个多小时后知道李瑛问那个问题的原因的，她爸打电话过来把事情说了一遍，说唐渺已经知道错了，想要当面给她道歉。

唐溪拒绝了。她不需要唐渺的道歉，也不可能接受唐渺的道歉。

唐兴昌在电话里叹了口气："这次的事是你妹妹不对，爸爸已经教训过她了。"

唐溪淡淡地"嗯"了一声。

唐兴昌又说："秦骁那边，说要撤资的事——"

"他工作上的事我从来都是不过问的。"没等唐兴昌说完，唐溪就打断他，"您可以自己跟他谈。"

唐兴昌说："小溪，你妹妹她从小说话就口无遮拦，你是知道的，她就是被宋家那小子迷晕了头，但凡跟那小子有关的事情，都会很冲动。她现在也知道错了，一直在房间里哭，你能不能看在爸的面子上，就原谅她这一次？"

唐溪温声道："爸，秦骁的脾气不好，你也是知道的。你能不能看在我是你女儿的分儿上，不要为难我了？没什么事就挂了吧，我在工作。"

她挂上电话，还没来得及想刚刚跟唐兴昌的对话内容，苏栀就笑嘻嘻地凑上来说："哇，秦骁真的让人去找你爸给你出气了，要从唐氏撤资。"

唐溪接电话的时候，苏栀就在旁边，离得近，唐兴昌说了什么也差不多听见了，怕唐溪因为她爸伤心，故意语气很夸张地转移她的注意力。

唐溪笑道："秦骁应该只是吓唬吓唬他。秦骁的助理刚刚给我发了消息，问我爸身体怎么样，估计是怕真的把人气到了。"

苏栀道："你怎么知道他只是吓唬吓唬，不是真的要撤资？"

唐溪端起桌子上的水杯喝了口水："猜的。"

秦骁那性子，要是真的撤资就不会让李瑛过去了。

苏栀"啧"了一声："看来你很了解你老公嘛，不是说你们不熟吗？"

唐溪眨了眨眼："没办法，我就是天资聪慧，一眼就能看穿别人心里的想法。"

苏栀吐槽道："你这么自恋，你老公知道吗？"

唐溪摇了摇头："我们不熟，我不知道他知不知道。"

苏栀："……"

苏栀用双手捧脸，看着唐溪说："昨天我不是说你老公是你的白马王子吗？我刚刚突然想到一个更准确的形容词。"

"什么？"唐溪问。

"黑骑士，我觉得他更像是你的黑骑士，默默地守护着你，一看到你受欺负，立马就冲在你前面给你出气，这不是黑骑士是什么？"

"黑骑士。"唐溪跟着念了一遍这三个字，轻笑着摇了摇头，"电视剧看多了吧你。"

唐溪低头打开电脑中的文件夹，准备修几张图片转移注意力，目光扫到放在一旁的手机，手指动了动，想着要不要给秦骁发个消息问问。

她拿起手机，点开微信，然后又放了下去。

秦骁做事有他自己的想法和分寸，她还是不问了。

一直到下班时间，唐溪都在修图。

"今晚要不要带他们出去聚个餐？这段时间大家都挺忙的。"苏栀走过来问。

"可以呀,吃什么?"

唐溪向后伸了个懒腰,动手收拾包。

"我去问问他们。"

苏栀走出去问工作室的其他员工晚上想吃什么,外面瞬间热闹了起来。

"去吃火锅!"

"赞成!"

工作室的员工都是年轻人,爱热闹,基本每次出去聚餐都吃火锅,大家几秒钟就敲定了晚上去吃什么。

一群人凑到一起聊天吃火锅,一顿饭吃了两个多小时。

吃完火锅后,不知是谁提了一句想去KTV唱歌,唐溪比较随性,大家去,她就跟着去了。

嘈杂的包间里,众人起哄想让苏栀和唐溪唱歌,说她们俩是老板,一定要带头唱两首。

出来玩就是要尽兴,唐溪虽然不是专业的歌手,但生就了一副好嗓子,唱歌水平算能拿得出手,也没推拒,接了话筒和苏栀合唱了一首《小跳蛙》,因为苏栀只会唱儿歌。

不知不觉到了十一点半,唐溪又被苏栀拉着一起唱歌,唱到一半,工作室最小的员工林简突然喊她。

"溪溪姐,你的手机响了。"

唐溪回头,看到来电显示的时候愣了一下,电话居然是秦骁给她打的。

这么晚了,秦骁给她打电话干吗?

她拿起手机,环顾了一下包间。

包间里太吵,哪里都不是接电话的地方,她抬腿往外面走。

"去哪儿?"苏栀问。

"出去接个电话。"

"我跟你一起去。"

KTV里鱼龙混杂,唐溪一张脸长得过于惹眼,苏栀不放心她一个人出去,赶紧放下话筒追着她一起出门。

"谁给你打的电话?"

"秦骁。"

之前手机铃声响了一遍,唐溪没接,现在又响了起来。

走廊里也能清晰地听到包间里传出来的声音,唐溪和苏栀上了电梯,一直到走出KTV的大门,唐溪才站在路边按了接听键。

"喂。"

"在哪儿?"男人的声音低沉而有磁性,不知是不是唐溪的错觉,她觉得他的语气里夹了一丝焦急。

唐溪微微怔了怔,都没有思考,不由自主地说了实话:"和同事一起聚餐,在KTV。"

对面的人开始沉默。

唐溪仿佛也受到了他的情绪的感染,心里一阵发虚,总觉得自己好像做错了什么。

她等了几秒钟,主动打破沉默:"秦骁?"

秦骁的语气恢复平静,他淡淡地道:"我给你打了几个电话了?"

这是在质问她怎么这么久才接电话。

唐溪小声解释:"KTV里太吵了,不方便接电话,我出来接的。你给我打电话有事吗?"

秦骁顿了顿,说:"几点回家?"现在都十一点半了。

唐溪答:"不太清楚,她们还在唱歌。"

年轻人玩疯了就不想回家。

秦骁听出了她话里的意思,又不说话了。

他沉默,又没挂电话,这就是心情不好了。

唐溪觉得他今天有点儿奇怪,突然想到了什么,问道:"你不会回家了吧?"

唐溪问出这个问题的时候,心中就有了答案。

秦骁应该是回家了,见她这么晚没回家,才打电话给她。

"我不能回家?"

这语气,怎么充满了怨念?

"当然不是。"唐溪体贴地道,"你不是工作忙嘛,回去住没有住在公寓里方便,你平时周一也没有回去……"

唐溪最后一句话声音小了些,让他搞清楚,是他自己不回家,不是她不让他回家。

秦骁淡淡地道:"有个文件在家里,回来拿。"

原来是文件落在家里了,怪不得他会周一回家,不过她怎么不记得他昨天参加完她爸的生日宴回去,手里拿了文件呢?

"哦哦,好的。"唐溪哄他说,"既然你都回家了,我肯定不能在外面和他们玩了,现在就回去。"

· 100 ·

秦骁说："在那儿等着。"

"啊？"

"我去接你。"

"不用了，你工作了一天，需要休息，我自己打车回去就可以了。"这里离家很近，车程十几分钟。

秦骁没什么语气地说："不安全。"

唐溪说："我让小张来接我。"

秦骁没再说什么，把电话挂了。

唐溪垂头，给小张发自己的定位。

苏栀挽着她的胳膊道："怎么着，你老公又回家了啊？你不是说你不叫他回家他就不回家吗？"

唐溪耸了耸肩："你看我像是知道他会回家的样子吗？"

她要是知道他会回家，就不在外面玩到这么晚了。

十几分钟后，唐溪收到了秦骁的消息。

益远集团总裁秦骁："出来。"

唐溪蒙了：怎么是他来接我？不是说好了让小张来接的吗？

唐溪跟众人打了声招呼，拿着包走出包间，从KTV的大门里出来，熟悉的黑色车子缓缓地开到她的面前。

车子前面的两个车窗都开着，秦骁坐在驾驶座上，脸色淡淡的，侧目扫了她一眼。

唐溪打开车门，弯身坐进去。

秦骁没说什么，等她系好安全带，踩着油门掉头回去。

一路上，车厢内安安静静的。

唐溪习惯了他的沉默，他开着车，她也没找他聊天让他分心。

车子停在别墅门口，唐溪下车，走在前面，输入指纹开锁，弯身从玄关的鞋柜里拿出拖鞋。

高大的男人进来，挨着她，和她一起换鞋，然后又一起上楼。

都这个点儿了，秦骁跟在唐溪的身后直接回了卧室。

唐溪去衣帽间里拿了衣服，出来时看见秦骁坐在沙发上，想了想，走过去，戳了一下他的肩膀。

秦骁抬眸看她。

唐溪微微歪头，水汪汪的杏眼认真地看着他的脸："秦骁，我今天在外面玩到这么晚，你没生我的气吧？"

秦骁道："没有。"

唐溪怕他口是心非，谨慎地解释："我们工作室的同事聚餐，本来只打算吃个饭就回来的，但年轻人都爱玩，就去了KTV。"

秦骁"嗯"了一声，淡声道："我不会干涉你的社交圈，但女孩子晚上要注意安全。"

他还挺讲理的。

唐溪点了点头："知道了，我去洗澡了。"

她转身去了浴室里，"咔嗒"一声，将浴室门关上。

秦骁侧身，看到浴室里的灯亮起，嘴角耷拉了下去。

他今天一下午都在等唐溪给他发消息，一直没等到，回家后也不见她的人影，她在得知他回家了后，声音里全是诧异。

这个女人似乎从来就没想过他会回来。

秦骁坐在沙发上，想到从前唐溪满嘴爱他的情话，一到周五就想他，也只有周五才会想他……现在周五也不会想他了。

唐溪洗完澡从浴室里出来时，秦骁已经在书房的浴室里洗好了澡，看到她的时候，顿了一下。

她今天穿的是两件套的睡衣，睡衣和睡裤把她包裹得严严实实。

她之前穿的都是睡裙。

唐溪是喜欢穿睡裙的，之前秦骁睡觉都贴着最外面的床沿，一副唐僧进了盘丝洞的架势，对唐溪一点儿威胁都没有，唐溪就一直穿着睡裙睡。

但是现在不一样了。

唐溪察觉到他的视线，抬头和他对视："怎么了？"

唐溪问完，在心里和秦骁几乎同时回答："没什么。"

果然，她就知道他会回答这个。

唐溪为自己预判了秦骁的话情不自禁地垂头笑了一下。

秦骁眯了眯眼睛。

唐溪赶紧小跑到床尾，脱鞋爬上床："我已经没事了，你没什么事的话就可以直接关灯了。"

秦骁抬手准备关灯，余光瞥见唐溪缩在被子里，双手拽着脖子前的被子，把自己紧紧地裹住，白皙的脸蛋儿陷在枕头里，微微仰头看着他关灯的手，清澈明亮的眸子一眨一眨的，长睫毛轻轻扇动。

她刚洗完澡，脸颊泛着粉红色，在灯光下，耳根显得薄薄的。

唐溪察觉到他的视线，睫毛急促地颤了颤，侧过身，只给他一个后脑勺儿看。

秦骁唇角微微抿起，小腹之下生起了燥热的感觉。

他看她缩在那里，跟猫一样，纤白的手指攥紧被面，将两个人中间用被子隔开，一床被子让她弄得像两床被子。

秦骁盯了唐溪一会儿才把灯关掉。

秦骁听到唐溪如释重负般呼出了一口气。

他皱起眉头，终于将在自己脑子里盘桓很久的想法说了出来："晚上给你打电话时，你似乎对我平时不回家的事很委屈。"

唐溪："……"

唐溪的心里生起了一丝不祥的预感。

秦骁慢悠悠地道："既然如此，以后我都回来住。"

他以后都回来住？

唐溪惊得从床上坐了起来，侧身看他。

秦骁平躺着，双臂压在被面上，让人看不清表情，但听声音不像是开玩笑。

"每天都回来？"唐溪不确定地问。

秦骁道："每天都回来可能办不到，我有大半的日子要出差，只能答应你我在南城的时候每天陪你。"

唐溪："……"

什么叫答应她他在南城的时候每天回来陪她，她什么时候让他每天都回来了？

"秦骁……"

唐溪正欲说一些知书达理的话劝他以工作为重，不要总是想着回家，黑暗中传来秦骁从喉咙里发出的一声冷嗤，像是猜到了她接下来要说的话一样。

于是唐溪就安安静静地缩回去了。

行吧，他要每天都回来就每天都回吧。

她闭上眼睛睡觉。

秦骁听着她细弱的呼吸声，体内的火气迟迟下不去。

唐溪迷迷糊糊地都快睡着了，忽然听到男人低沉的声音。

"唐溪，介不介意，帮我一下？"

唐溪困得眼睛都睁不开了，恍惚间听到秦骁这熟悉的台词，意识霎时间清醒，明白他嘴里的这个"帮我一下"是什么意思。

虽然并不介意帮他一下，但她现在实在是太困了，而且她有一个不为人知的小秘密。

唐溪幼时，唐兴昌忙于工作，把她接回唐家后就将她交给了连雅波，很少回家。

连雅波当着唐兴昌的面对她好，等唐兴昌一走就原形毕露，时常对她发脾气，一遇到有不顺心的事就在她的身上发泄。

唐溪刚开始会找唐兴昌告状，但他每次都会被连雅波的"枕头风"糊弄过去。

或许唐兴昌心里也清楚她在唐家过的是怎样的生活，但是她对于他的分量并不足以让他为了她破坏和连雅波之间的夫妻情分，所以他一直睁一只眼闭一只眼，顶多不过是在她受了委屈后，买点儿礼物哄哄她。

糊弄过唐兴昌之后连雅波还会变本加厉地虐待她，为了少吃些苦头，她不敢再找唐兴昌，在连雅波的面前装得百依百顺。私底下有唐家旁支的人故意问她继母对她怎么样，她也会拣着好听的说，把连雅波夸成善良大度的好继母，因为她知道这些话一定会被传到连雅波的耳朵里。

她必须时刻警惕着，不能给连雅波留下把柄，只有这样，连雅波才会心情好，看在她温顺的分儿上，对她稍微好点儿。

大概是因为白天在连雅波和唐渺的面前隐忍得太憋屈，她在睡梦中的时候就会有意无意地发泄对连雅波和唐渺的不满，梦到连雅波在她面前低声下气地求她原谅，也只有在梦中她的心情才是舒畅的。

所以她在想睡觉却被别人打扰到的时候，脾气会比平常的时候差很多。

她白天工作了一天，晚上又在KTV里玩到那么晚，这会儿累得只想睡觉，秦骁突然提出这样的请求，她想到他上次让她帮了那么久，手腕都酸了，满脑子都是他好烦，想直接让他哪儿凉快哪儿待着去。

但尚存的理智让她委婉了许多，慢悠悠地道："你今天体内也有酒精？"

上回他突然这么有兴致的时候可是说了，体内有酒精作祟。

唐溪的话如一盆凉水浇在秦骁的身上。

她这是拒绝的意思。

她竟然拒绝了他！

秦骁神色僵硬，像是被人扇了一巴掌，震惊片刻，随即而来的便是难言的失落与羞耻感。

这个女人，拒绝了他！

他被拒绝了！

他早就知道这个女人只有满嘴虚伪的情话，没有半点儿真心！

他就是被她哄骗了。

刚刚需要她的帮助，也不过是因为她是他的老婆罢了，他是个正常的成年男子，这么做没有半点儿问题。

但是她拒绝了他！

是她……是李瑛，都是李瑛的错。

如果不是李瑛说她想要让他陪她说话，他根本就不可能回来。

凌晨五点，身侧的女人睡得正香，秦骁体内的火气早已熄灭，他总算想明白为什么会发生他被拒绝这种事了。

这是李瑛的问题。

秦骁从床上坐起来，也不知是他的动作太大吵到了她还是巧合，她突然翻了个身，嘴里含含混混地不知说了句什么，半边身体露在被子外面。

秦骁扫了她一眼，她整个人蜷缩着，头发微微凌乱，几根发丝黏在脸侧，脸颊微微泛着红，手臂攀在枕头上，衣袖滑到手肘处，露出纤白的手腕，楚楚动人，还无意识地咂了咂嘴。

他目光微动，迅速地收回视线，不再看她，静静地坐了一会儿，发现她并没有醒，便轻手轻脚地下了床，俯身替她把被子盖好，站在床边看了她一会儿，转身走出卧室，去书房的浴室里洗漱。

唐溪被闹钟吵醒的时候还有点儿不想起，伸手捞起手机关了闹钟，把手机放在胸口又躺了十多分钟才掀开被子下床。

她拉开窗帘，看到外面的地上湿漉漉的，昨晚不知什么时候下了雨，她睡得熟，没听见，现在雨已经停了。

小花园里铺了一地被雨点砸落的脆弱花瓣，她去浴室里洗漱完，拿着相机下楼去院子里拍照。

经过客厅的时候意料之中地没看见秦骁，她的脑子里闪现出昨晚临睡前和秦骁的对话，后知后觉地开始心虚。

也不知道秦骁有没有生气，她因为太累，说完那句话就睡着了。

他还说了以后人在南城的时候，都回家住。

她看了他的行程表，最近几天他都没安排出差，昨晚她是睡着了才不用面对他在被自己礼貌性地拒绝后的脾气，今晚他如果回来，还不知道会怎么阴阳怪气呢。

105

想到这里，唐溪觉得头都大了，也没什么心思拍照了，随意地拍了几张，上楼化妆准备去工作室。

昨天晚上工作室的其他人在 KTV 里玩到很晚，唐溪到工作室的时候，一个人都没来。

窗户全都关着，空荡荡的办公室里光线昏暗，她放下包，把窗户挨个儿推开，去茶水间里打水给办公室里的绿植浇水。

她慢悠悠地做好这些事情后，已经十点多了，工作室里还是没人来，工作群里也没人说话，估计他们都还在睡，要下午才能来或者不来了。

唐溪没给苏栀发消息打扰她，坐下来打开电脑修图。

益远集团。

李瑛跟着才开完一场会议的老板从会议室里出来，走到总裁办公室外面的办公区域，正准备坐在自己的办公椅上，老板突然一个冷飕飕的眼神扫了过来。

李瑛的屁股刚碰着坐垫，他立刻又站了起来，挺直腰背看着老板。

老板唇角一点儿弧度都没有，面色阴沉，眼底带着一层淡淡的倦色，似是晚上没休息好，但他眸底闪着冰冷的光，周身气势凛冽。

李瑛心想：完了，这肯定是和老板娘相处得不愉快。

其实昨天傍晚老板捏着手机，没什么表情地从公司里离开的时候，他就预感到不妙，可能是拍马屁拍到马腿上去了，老板娘并没有主动找老板聊天。

但他觉得老板这一回家，老板娘肯定就把老板哄好了，没想到今天早上过来，情况看起来更加恶劣，老板不会是跟老板娘吵了一晚上架，没睡觉吧？

早知道他就不该在老板最开始秀恩爱的时候瞎附和，拍老板马屁，现在被卷进了这夫妻俩的家事里面，每天就像古代宫廷里的传旨太监似的，夹在皇帝和娘娘之间来回传递消息。

老板领证后的短短两三个月里，他这白头发都快出来了。

虽然工资涨了不少，奖金拿了不少，老板的红包收了不少，但他这精力……好吧，钱多了，他挺开心的。

李瑛的唇角抑制不住地上扬了一下，他任劳任怨地跟进了办公室。

秦骁走到办公桌前坐下，打开电脑，抬手按了按眉心，强打起精神开始工作。

李瑛让人送了杯咖啡进来，谨慎地问道："秦总，昨晚下雨，您是不是被吵得没休息好？"

秦骁目光幽深地看了他一眼，吩咐道："去把武兆信叫来。"

武兆信是刚刚会议上讨论的项目的负责人。

李瑛说了声"是"，去外面吩咐助理打电话。

武兆信从总裁办公室里出来的时候，脸都是白的，深深地看了李瑛一眼。

他是李瑛大学的学长，二人私交不错，虽然在公司公事公办，不过有些事情还是可以稍微交流一下的。

武兆信说："秦总看起来心情不太好。"

李瑛不为所动："这话我可不敢说。"

武兆信当他默认了："什么原因？你给我透露透露。"

李瑛说："这我哪儿知道。"

武兆信不信："你怎么可能不知道？你可是我们集团的大内总管。"

李瑛好脾气地道："你要是这么说我可就翻脸了啊。"

武兆信立刻紧张起来："是不是秦总打算开除我了，所以你想找借口跟我闹翻，不打算再认我这个师兄了？"

李瑛道："师兄弟一场，在你的眼里我是那么看风使舵的人吗？"

武兆信盯着他的脸，一切尽在不言中。

李瑛开玩笑道："我翻脸了。"

"你翻吧。"武兆信举手给他看了看自己手中的文件，"策划案，秦总不满意，让重做。一天时间，你赶紧想办法和那位联系联系，秦总这心情要是还不好，我就要收拾东西走人了。我知道你家在哪儿，到时候我天天上你家去。"

李瑛："……"

武兆信嚣张地放下狠话，小跑着回去开会改策划案。

李瑛上有老板冷眼相对，下有师兄道德绑架，叹了口气，觉得自己鬓角的白发"噌噌"地往外冒，但想想自己的工资，白头发好像又缩回去了。

他坐回办公椅上，想了想，从兜里摸出手机给那位发消息。

李瑛："太太。"

一上午，工作室里除了唐溪，没有一个人来。

十一点多的时候，苏栀给唐溪发了条消息，说原本只打算给大家放半天假,下午两点上班,但她自己都起不来床,索性就直接给大家放一天假了。

他们工作室的工作制度一向宽松,这些都是苏栀在管,唐溪没什么意见。

她收拾东西准备回家,手机"嗡嗡"地振动两声,收到了微信消息。

她拿起手机看到了李瑛发来的消息,坐在椅子上编辑回复:"你好,李助理。"

秦骁的这个助理怎么总是给她发消息?

李瑛:"太太,对于昨天我做的那个工作,不知您是否满意?"

唐溪:"你是秦骁的助理,工作上的事情,秦骁满意就可以了。"

她不搭茬儿。

其实她心里并不是很希望益远集团和唐氏集团再有项目合作,当初她和秦骁领证,秦家已经一次性地给了唐家足够的帮助,后面即便不依靠秦家,唐家也没什么危机。

唐家不过是想靠着秦家的关系进一步发展,才一直想与秦家合作。

她嫁给秦骁时,她爸给她的股份并不多,唐家除了她爸跟她之间还有淡薄的父女关系在,其他人跟她一点儿关系都没有,她没有牺牲自我成全那些对她不好的人的圣母精神。

只是她刚和秦骁结婚没多久,和秦骁算不上多熟悉,有些事情不好说。

秦骁十几岁的时候,益远集团也经历过一次危机,最后是秦骁的姐姐跟沈家联姻,在沈家的帮助下才渡过难关。那时候秦骁还小,秦父和秦二叔也没有管理公司的能力,连续几年公司都是秦骁的姐夫沈故在帮忙打理。

唐溪听秦母和秦二婶说过,秦骁那时候极力反对姐姐秦姝去联姻,但最后秦姝还是瞒着他和沈故领了证,之后很长一段时间秦家人都瞒着他这件事。

为此秦骁一直很自责,跟家人的关系也疏远了许多。

唐家和秦家的联姻,就像是当年秦家和沈家的联姻。

如果秦家不帮唐家,南城上流圈子里那些人可能会在背地里说秦家的闲话,议起秦家几年前的事,所以对于秦家和唐家公司合作上的事,她从来都没跟秦骁提过,无论秦骁怎么做,她都没有意见。

李瑛:"秦总似乎是怕太太不开心,昨晚没睡好,今天很没精神,但又强撑着工作,我们劝也不听,刚刚走路差点儿摔倒。其实今天秦总并没有什么要紧的工作,不知太太能否到公司里来劝劝秦总?"

唐溪："公司是工作场所，我去不太合适吧？"

李瑛："合适的太太，集团需要您，我们都欢迎您。"

唐溪："……"

李瑛："秦总昨晚睡觉是不是没盖被子？他似乎发烧了，脸很红。"

李瑛："太太，现在只有秦总一个人在办公室，门锁上了，我们进不去。"

李瑛："太太，您和秦总是不是……秦总似乎……"

唐溪："没有，我们没有吵架。"

唐溪伸手捂住额头，李瑛拐弯抹角地传达了这么多信息给她，总结起来就五个字：秦骁生气了。

至于他为什么生气，唐溪心里有数，但又不能告诉李瑛。

她纠结片刻，回复："我还没吃午饭，你们公司有饭吧？"

李瑛听懂了她的暗示："有的，太太，我们会安排您和秦总共进午餐。"

已经答应了李瑛要过去，唐溪收了手机，没再耽误时间，开车去益远集团。

唐溪之前没来过益远集团，公司的人都知道总裁结婚了，但并不知道唐溪的名字，前台的工作人员不认识她，把她拦了下来。

唐溪站在大厅里给李瑛发消息，心里有些疑惑：李瑛平时办事似乎挺靠谱的，怎么没提前跟前台员工打招呼让人直接把她带上去？

总裁办公室里的李瑛收到消息，暗暗松了口气，抬头看向秦骁。

"秦总。"

秦骁头都没抬地说："闭嘴。"

李瑛没闭嘴："太太来了。"

秦骁微怔，抬起眼皮："谁来了？"

李瑛忍着笑说："您太太，唐溪。"

秦骁微抬下巴，向后靠在椅子上，淡淡地道："她来做什么？"

李瑛说："不知道，她说她担心您，说您昨晚没休息好，想过来看看您。"

秦骁的面色瞬间凝固："她跟你说我昨晚没休息好？"

李瑛见老板的脸色不对，心里开始惴惴不安，仔细琢磨"昨晚没休息好"这句话，好像没发现哪里不对，小心翼翼地重复了一遍："是的，太太说担心您休息不好。"

秦骁意味不明地道："她只说了这个，没说别的？"

109

李瑛答:"没有。"

脸色缓和了些,秦骁揉着眉心说:"你跟她说,我不用她操心。"

李瑛无语地道:"那我让太太离开?太太已经来了,就在楼下,被前台员工拦住没让上来,这要是不让太太上来的话,估计太太的面子上不太好看。"

秦骁从椅子上站起来,边走边说:"你是怎么办事的,没跟前台的人打招呼?"

他走到门前,脚步顿了一下,返回去,坐在椅子上,目光专注地盯着电脑屏幕。

李瑛:"……"

老板这又是怎么了?不去接人了?

秦骁沉着脸道:"我很忙,你去把她带上来。"

李瑛:"……"你这么忙,怎么不让人直接回去得了?

第四章
这是我太太

秦骁的办公室在大厦顶层,出电梯后经过秘书处的办公区域,再往里面便是总裁办公室。

唐溪跟着李瑛走到总裁办公室的门前,李瑛敲了两下门,听到秦骁说了声"进",推开门,对着唐溪比了个"请"的手势。

唐溪走进去,看到秦骁坐在办公桌后,眼梢微垂,衬衣袖子卷到手肘处,骨节分明的修长手指捏着一支钢笔,在面前的文件上写着什么,肃穆的办公室里响起笔尖与纸张摩擦发出的"沙沙"声。

唐溪在上来时就被李瑛提醒过,知道秦骁正在忙,没出声打扰他,自己走到沙发旁,整理了一下裙子,轻轻地坐了下去。

整间办公室里都是"唰唰"的写字声,持续了几分钟。

秦骁轻抬眼睑,收起钢笔,瞥见她仪态端庄地坐在沙发上。她就那么安安静静地坐着,盯着对面的落地窗,抿着唇,一句话都没说。

她今天穿了一条杏色的连衣裙,裙摆到膝盖下,最下面有一小圈是薄纱,小腿白皙的肌肤若隐若现,长发披散在身后,莹润的耳垂上戴着一副小巧的珍珠耳坠,在从落地窗倾泻进来的阳光下,显得温婉柔美。

察觉到他的视线,唐溪侧头,对上秦骁冷硬的脸庞,温柔地笑道:"忙完了吗?"

秦骁淡淡地说:"没有。"

他垂头，继续工作。

他打开一个文件，今天的工作不算很忙，但也没有浪费时间，是真的在处理工作。

唐溪突然站起身，轻声说道："可以吃完饭再工作吗？"

秦骁抬起头，手指在桌子上敲了一下，很严肃地说："我在工作。"

"我饿了。"唐溪声音很小，带着撒娇，"我早上起床就没吃饭。"

秦骁皱眉："厨房里不是给你留了饭？你没吃？"

唐溪垂头，一脸内疚地说："我昨晚说错话了，心里愧疚，不好意思吃饭。"

秦骁听她提到昨晚，目光闪了一下，又尴尬又生气。

"唐溪。"他声音冷硬地喊了她的名字。

唐溪"哎"了一声，低着头，眼睫垂着不动，表情委委屈屈的。

秦骁不知道她在委屈什么。

昨晚被拒绝，一晚没睡的人是他，她但凡有半点儿她口中的愧疚，都不会睡得那么香。

他抬手拨通内线："送午饭上来。"

唐溪抿唇忍笑。

秦骁挂了电话，瞥见她上扬的唇角，目光幽深地盯着她。

唐溪被他盯得一点儿一点儿地侧过身去，抬腿走到落地窗前，向远处看，转移话题："这里很漂亮，你工作累了的时候会不会站在这里眺望远处放松？"

秦骁淡声道："不会。"

唐溪："……"

电视剧里演的不都是这样，金融中心的总裁站在公司最顶层的落地窗前眺望远处，感受自己站在金字塔顶端的优越感吗？

唐溪问："那你累了的时候怎么放松？"

秦骁说："睡觉。"

唐溪听到这个回答，愣了一下，目光在他的脸上停了几秒钟。他眉眼间带着淡淡的倦色，只是因为强撑着，脸部的轮廓刚毅，容易让人忽略那抹疲态。

他这个回答可能不是敷衍她的，是真话。

秦骁的办公室里有可以吃饭的休息区，厨师很快推着餐车进来。

唐溪和秦骁面对面坐着，工作人员一样一样地把菜摆放到桌上。

"秦总，夫人，请问你们需要什么饮料？"

第二辆餐车上摆了两排饮料，因为是夏季，厨房准备的都是冷饮，原本只有秦总一个人吃午饭他们是不准备饮料的，秦总吃饭只喝白开水。

今天秦总的太太来，公司里已经传遍了，秦总的太太非常漂亮，看起来年纪也很小，小姑娘都喜欢喝饮料，他们又不知道秦总太太的口味，就每样都弄了一杯上来。

唐溪没有多想，抬起头看着厨师说："橙汁，谢谢。"

"请问冰激凌您需要什么口味的？"

"草莓口味的，谢谢。"

厨师把单独为唐溪准备的饮品和冰激凌放到她面前，推着餐车出去。

办公室里又只剩下唐溪和秦骁。

唐溪拿起勺子，舀了一口冰激凌放进嘴里，突然听到秦骁说："冰激凌你不能吃。"

"为什么？"

秦骁目光幽深地盯着唐溪："你能吃？"

唐溪对上他黑白分明的眼睛，突然想起来前天晚上自己骗他例假来了的事，心里一阵发虚。

她垂下头，不敢看他明亮的眸子，胡乱地点了点头："能。"

秦骁沉默片刻，说："女孩子，注意些。"

他以为她只是贪嘴，伸手把她的冰激凌拿走。

唐溪刚刚"为什么"问得太快了，怕他过后反应过来，只能继续圆谎："能的，我好了。"

秦骁狐疑："好了？"

"嗯。"

唐溪点了点头。

她有点儿口渴，冰激凌已经被他拿走了，手边只剩下橙汁，她低头，喝了一小口橙汁。

不知秦骁在想什么，目光锁定在她的脸上，像是在研究什么，唐溪被他盯得把脸埋得更低。

"什么时候好的？"秦骁将目光从她的身上移开，看向别处，大概他自己也有点儿尴尬。

就他们俩现在的关系，大白天面对面一本正经地讨论这个问题，就是件令人尴尬的事情。

办公室里诡异地静谧了几秒钟，唐溪轻咳一声，脸颊微烫："昨天，昨天好的。"

"哦。"

秦骁又沉默了，唐溪心虚，也不敢说话。

她本来就是为了昨晚的事来哄人的，可别把人的火气拱得越来越大。

过了会儿，唐溪看见秦骁拿起了手机，瞟了一眼，看不见手机屏幕上显示的是什么，只能看到他的手指在屏幕上滑来滑去。

她慌乱地想着等会儿要是被拆穿了要怎么解释。

秦骁盯着手机认真地看了一会儿，摁灭手机放在一边。

唐溪抬了一下眼睫，还是不知道他查的是什么，脑子里正转着圈，秦骁的胳膊又伸了过来。

"要彻底结束三到七天后才能适当地吃些凉的东西，昨天刚好，不能吃太凉的。"他伸出手指在玻璃杯上敲了敲，"冰的。"

唐溪愣了一下，看着他把橙汁也端走，反应过来，松了口气。

原来他查的是例假结束几天后才能吃凉的，她还以为他发现了什么。

秦骁听到她呼气的声音，眼睛敏锐地扫了过来。

唐溪浅浅地笑了一下："看我干什么？"

秦骁收回视线，冷嗤了一声。

唐溪："……"

救命，他这轻蔑、嘲讽的态度，到底有没有发现她骗他例假来了的事啊？而且按照她的正常例假周期，她大概还有一个星期才来例假。

如果他真的打算以后不出差的日子每天都回家，她骗他的事很难不被他发现。

她思考片刻，脑子里灵光一闪，厚着脸皮问道："为什么要三到七天以后，我昨天就走了，今天不能吃吗？"

秦骁皱着眉，道："你问我？"

唐溪拍了拍发烫的脸颊："是你说不能吃的啊，我从小到大都是例假刚结束就吃了。"

秦骁淡淡地道："以后不能吃了。"

"为什么？"唐溪一脸单纯，用一只手托腮，目光炯炯地看着他，另一只手在餐桌上一点儿一点儿地挪向那碗冰激凌。

秦骁抬手按住她不老实的手，表情有些无奈，声音很小："容易宫寒、月经不调。"

唐溪总算听到自己想听的了，压抑着上扬的唇角，表情有些害怕地说："这么严重吗？我每次都吃的。"

秦骁眉头紧锁，冷声道："害怕你还笑。"

唐溪："……"

她双手捂脸，趴在餐桌上，把脸挡得严严实实，不让他看见自己的脸："怎么办呀？我每次都吃的，怪不得我每次都……都不调。"

"……"秦骁沉吟片刻，说，"先吃饭，这事以后再说。"

唐溪"哦"了一声，伸手夹了一块肉放到他的碗里。

秦骁抬眸看她，她冲他笑了笑。

秦骁没说话，低头把那块肉吃了。

吃完午饭，唐溪向后靠在椅子上，说："秦骁，你午休时间会睡觉吗？"

秦骁"嗯"了一声。

唐溪道："那你休息会儿吧，我就不在这儿打扰你工作了。"

秦骁抿着唇没说话，唐溪当他是默认了，拿起包往外走，刚走到门口就看到秦骁也拿着外套跟了上来。

唐溪以为他是要送她："不用你送，你休息吧，我自己认得路。"

秦骁看了她一眼，淡淡地道："不是送你，我回家。"

唐溪惊讶地道："你现在就回家了吗？"

秦骁的目光一沉。

唐溪赶紧道："我的意思是，你不是很忙吗？"

秦骁看着她说："我也可以不忙。"

唐溪："……"

好吧，公司都是他的，他说什么就是什么。

整个秘书处的人都知道老板只上了半天班就下班了，都震惊地看着唐溪。

老板娘不愧是老板娘，居然能让老板这么早就下班，据说老板昨天下班那么早，也是为了回家陪老婆。

唐溪经过外面的办公区域，察觉到四周的人落在自己身上的视线，都能猜到他们会怎么想自己。

他们肯定觉得她是特意过来叫秦骁回家的。

她回头看了一眼在自己身后不紧不慢地跟着的秦骁，走到他的身后，戳了戳他的肩膀："走快点儿，你走前面。"

秦骁看到她耳根后面的红晕，唇角极轻地勾了一下，没说什么，加快了脚步。

两个人一前一后地从电梯里出来，午休时间，一楼大厅里人比较多，很多人的手里还提着咖啡或者奶茶，看到秦骁，也不管公司这位一把手认不认得自己，都赶紧扭头回避，生怕被总裁看到自己的脸，但又忍不住好奇地往唐溪的身上看。

秦骁带着唐溪走到大厅门前，突然抓住唐溪的手往回走。

唐溪不解地跟着他的步伐走到前台前。

前台的几个小姑娘刚坐下，见他又回来了，赶紧站了起来。

"秦总。"

秦骁将脸转向唐溪，说出的话却是对着前台员工的："这是我太太。"

前台的小姑娘们已经知道这位是秦总的太太，为之前拦着唐溪战战兢兢好久了，闻言赶紧向唐溪道歉。

唐溪愣了一下，没想到他特意回来是说这个的，抬头对上他漆黑的眸子，心里突然泛起了密密麻麻的暖意。

前台小姑娘道歉的声音把唐溪拉回现实。

她回过神，反应过来自己已经盯着秦骁看了好几秒钟了，面色羞窘，从秦骁的脸上移开视线，调整了一下表情，笑盈盈地看向前台的几个小姑娘："没关系的，这就是你们的工作，我不是公司员工，又没有预约，你们把我拦下来，是你们工作尽职尽责。"

唐溪的声音很温柔，让人觉得很舒服，前台的几个小姑娘没想到秦总的太太这么没架子，瞬间松了口气，看向秦总。

她们以为秦总返回来跟她们说唐溪是他的太太，是因为她们之前拦着唐溪不让进，秦总生气了，要找她们麻烦给太太出气。

秦骁没看她们，淡淡地"嗯"了一声，牵着唐溪的手离开了。

他们俩一走，刚刚大厅里假装等电梯的人就凑到前台前"叽叽喳喳"地八卦了起来。

"吓死我了，秦总特意走回来，不会就为了告诉我们这是他的太太吧？我们不会被开除吧？"

"当然不会，要是想辞退你们，秦总就不会给你们介绍他太太了，跟你们介绍他太太，意思是让你们记住这是他太太，下次太太来了，不能拦着。"

"谁还敢拦着啊？上午李特助下来迎人时就说了，这是秦总的太太，以后秦总太太来了不能拦,我们几个吓得中午饭都没吃,就怕秦太太为了这事跟秦总告状。刚刚秦总返回来说这是他的太太的时候,我这心脏都快蹦出来了,就怕他下一句是让我们滚蛋。"

"秦太太好漂亮、好温柔呀,还对我们笑得那么灿烂,怎么会有人长得这么漂亮脾气还这么好?"

"关键是命好呀,你们看秦总多听她的话,她说完秦总就附和地'嗯'一声,一副老婆说什么就是什么的样子。天哪,这是什么冷面总裁和他的温柔小娇妻啊?"

"还有你们不知道的呢。"一个三十来岁戴眼镜的女人走过来,"我听我们部门的人说,上回秦总去出差,参加酒会,打扮得特别……贵气。"

其实那同事的原话是骚气,但在这么多人的面前八卦老板,她说话还是要注意些的:"胸口戴着一个很大、很亮、很闪的钻石胸针,袖子上搭了一对同品牌的钻石袖扣,领带上夹了一个领带夹,手腕上戴了块表,那一出场,瞬间吸引了所有人的目光。"

另一个人道:"这好像不是我们秦总的穿衣风格吧?我们秦总哪次不是低调稳重。"

"就是因为和平时差别太大,所以当场就有和他关系好的人问他了,然后我们秦总说'这是我太太给我搭配的,全身上下都是太太搭配的'。"

空气里弥漫起众人散发出的酸味:"这也太秀了吧?"

"据说当天不少在场的金融大佬都被老板秀得想打人。"

唐溪今天是开车来的,秦骁看到她的车,径直走向驾驶座,伸手拉车门,唐溪拦住他说:"我来开,你休息吧。"

秦骁微垂着眸子看她。

唐溪怕他觉得坐女人的车没面子,笑了笑,说:"你还没坐过我开的车呢,让我感受一下副驾驶座有人的感觉。"

她把肩膀上的包拿下来递给秦骁:"帮我拿着。"

秦骁看了一眼她的包,接过去,走向副驾驶座。

上了车,系好安全带,唐溪正准备启动车子,发现秦骁姿态慵懒地斜坐着,视线恰好直直地落在自己的身上。

她被他盯得有几分不自在,扭头看向他问:"你……你这么看着我干什么?"

秦骁慢悠悠地收回视线,说:"没什么。"

他调了一下座椅,向后靠在椅背上,唐溪以为他要睡了,没再说话,缓缓地启动车子开出地下停车场。

驾车行驶到第一个红绿灯路口，唐溪停下车来等红灯，发现秦骁没睡，在看手机，手指在手机屏幕上敲着字。

她随意地瞥了一眼，看到聊天框上面的备注是李瑛，猜测他可能是在和李瑛聊工作上的事，没打扰他，认真开车。

她开车技术一般，平时自己开的时候不觉得有什么，但今天副驾驶座上坐了一个大爷，怕他在心里嘲笑她开车技术不行，她双手握着方向盘，目视前方，眼睛都不敢乱瞟。

益远集团顶层办公室里的李瑛收到老板的信息，表情十分无奈。

老板跟他说，老板娘夸公司的几个前台员工工作认真负责，要给她们涨工资，让他去安排。

前台员工调薪这种事都让他去办，这也太大材小用了，这都是什么事啊？

前台的几个小姑娘收到领导的涨薪通知时，只觉得天上掉馅饼了。午休时间都没过，领导特意发消息通知她们涨薪，虽然没说理由，但她们稍一想就能猜到，可能是因为老板娘刚刚说了她们工作尽职尽责。

她们的老板娘这是什么活菩萨啊？她们拦着她不让进，她不仅没生气，还给她们说好话，涨工资？！

唐溪不知道自己莫名其妙地多了个"活菩萨"的外号，一路上都在全神贯注地开车。

秦骁只在第一个红绿灯路口时拿了一下手机，其余时间都静静地坐在她的旁边，没睡，在路况不好的时候抬眸看她两眼，跟驾校考官似的。

总算回到别墅，唐溪舒了口气，去厨房里倒了两杯热水，秦骁也慢悠悠地跟了进来，唐溪回身看到他，端起一杯水递向他："喝水吗？"

秦骁接过水杯，仰头抿了一口。

唐溪端起另一杯水喝了小半杯，瞥到家里的冰箱，有点儿想吃冰激凌了，毕竟中午都没吃到。

"你昨晚没睡好，上楼睡会儿吧。"

秦骁脸色微变，见她又提了昨晚他没睡好的事，他眯了眯眼，幽幽地道："你故意的？"

唐溪没懂他是什么意思："什么故意的？"

秦骁抿着唇，眸光幽深地盯着她，沉默片刻，淡淡地道："我昨晚睡得好得很。"

　　他的脸色平淡，但唐溪总觉得自己从他那没什么起伏的声音里听出了咬牙切齿的感觉。

　　秦骁说完这句话，转过身，走向客厅。

　　唐溪站在厨房门口，看着在沙发上正襟危坐的男人，满腹疑惑。

　　他这是要干吗？是为了证明昨晚他睡得好得很，所以就这么坐着，不去睡觉了吗？

　　他干吗要强调他昨晚睡得好得很？

　　唐溪纳闷地看着他。

　　眉眼英俊的男人微抿着唇，高大的身体坐在那里，莫名地有一种落寞的感觉，像是被遗弃的小……大狼狗？

　　他突然抬眼，黑眸扫了她一眼。

　　唐溪微微挑了一下眉，目光中带着询问。

　　秦骁的面色紧绷，他微抬下巴，拿遥控器打开了电视。

　　电视里的声音打破了客厅的静谧氛围，唐溪看着他那别扭又透着几丝古怪的脸色，突然想到她今天在他办公室里提到昨晚时，他似乎也很恼怒。

　　难道是因为昨晚她没答应帮他，他觉得很没面子，所以才不承认没睡好？他坚持自己昨晚睡得很好，就是为了证明他昨晚只是随口一问，也并没有很想让她帮他，在她睡着后，他很快就睡着了。

　　找到了问题的关键点，唐溪瞬间就想明白了他刚刚为什么会问她是不是故意的了——他觉得她是在故意嘲笑他。

　　唐溪真冤。她哪敢嘲笑他啊？

　　唐溪看着他那别扭的神态，没忍住，"扑哧"一声笑了出来。

　　正"全神贯注"地看电视的男人迅速将视线扫向她，目光幽幽地盯着她。

　　唐溪轻咳一声，抬起头看向天花板，默默地转过身去背对他。

　　秦骁看了她的后背一眼，丢下遥控器，起身往门外走。

　　唐溪听见动静，轻声说："难得你今天不忙，就别走了吧，我晚上给你做椰子鸡吃。"

　　秦骁在门前静立片刻。

　　唐溪低声说："好不好？"

　　秦骁没说话。

　　"好不好呀？"

秦骁淡淡地"嗯"了一声，说："还行。"

唐溪听他说"还行"，弯着眼睛笑了笑，正准备让他去楼上睡觉，就见他从鞋柜里拿了双鞋出来，俯身换鞋。

唐溪不解地问道："你换鞋干吗？"不是都说好不走了吗？

秦骁换好鞋，站起来看着她："不是要做晚饭吗？去买菜。"

去买菜？他？

唐溪看着他那一张仿佛五谷不分的脸，有点儿想笑："现在时间还早呢，等到傍晚的时候再去买，我们去楼上歇一会儿，睡个午觉，睡醒了再说。"

她没征求他的意见，直接抬脚往楼上走。

秦骁换回拖鞋，跟在她的后面上楼。

唐溪去浴室里卸妆，洗完脸出来时，刚刚在楼下说自己昨晚睡得好得很的男人已经躺在了床上，被子都没盖，身上的西装也没换，合着眼，双臂平放在身侧，呼吸均匀平稳，睡着了。

唐溪轻手轻脚地走到床边，拉开被子盖到他的身上。

秦骁睡得很熟，没被吵醒，眉头舒展开来，鼻梁高挺，浓长的睫毛垂在眼睑下，随着呼吸微微地颤动，平日里经常紧抿的唇角也放松许多，带着一丝弧度，他收敛起冷淡的神色，看起来居然还挺温润。

唐溪不自觉地趴在床上，凑得更近，仔细地盯着他的脸看了会儿，越看越觉得帅。

他的五官很英俊立体，如果他做模特，肯定很受摄影师的欢迎。

想到这里，唐溪没忍住，举起手机对着他的脸迅速地拍了张照片，做贼一样把手机藏在身后，抬眼去看他的脸，见他没什么反应，暗自窃喜地拿着手机走出卧室。

她坐在书房里欣赏了一会儿秦骁的照片。秦骁有时候会给她的手机关闹钟，怕秦骁会不小心看到这张照片，她把照片传到电脑上，删掉了手机里的照片。

手机拍照的效果没有相机好，唐溪看着电脑上秦骁那张完美的睡颜，瞥了一眼书桌上的相机，开始蠢蠢欲动。

秦骁睡得这么沉，拍他几张照片应该不会把他吵醒吧？

万一他被吵醒了，生气了怎么办？

他的睡眠质量不好，这会儿好不容易睡着了，被吵醒后睡不着了怎么办？

不过他刚刚倒头就睡着了,看起来入睡也不算难。

唐溪在心里反复纠结,最后还是没抵挡住诱惑,准备再等十分钟,等他睡得更熟了再去给他拍照。

唐溪盯着电脑屏幕右下角的时间静静地等了十分钟,深吸一口气,拿着相机,蹑手蹑脚地走到卧室门口,趴在门框上,举起相机,对准床上的秦骁拍了几张照片,拍完迅速地小跑回书房,拍了拍因为激动而微微发烫的脸颊。

相机拍出来的这几张照片上,秦骁的姿势和刚刚手机拍的一样,连躺的位置都没变。

唐溪浏览了一遍照片,留下了看起来拍得最好的一张,剩下的几张全部删掉。

她托腮欣赏着照片里秦骁高挺的鼻梁。这鼻子,如果戴一副金丝框眼镜肯定很好看,她在和秦骁第一次见面的时候就有过这个想法,后来逛街,还鬼使神差地买了很多副金丝框眼镜。

唐溪的脑海里突然浮现出一个疯狂而又大胆的想法:他睡得那么沉,她往他的旁边摆点儿其他东西,给他换个姿势,他应该也发现不了吧?

唐溪再次拿起相机走向卧室,站在卧室门口往里看了一眼。

秦骁还在睡,还是刚刚那个姿势。

她转身走进衣帽间,顺着衣柜壁柜,看到顺眼的东西就拿。

金丝框眼镜、墨镜、戒指、手表、胸针……

唐溪选好配饰,心跳剧烈地回到卧室里,走到床边,趴在他的耳边,轻轻地喊了一声:"秦骁。"

秦骁没反应。

唐溪伸手轻轻地摸了一下胸口,拿起金丝框眼镜,小心翼翼地戴在秦骁的脸上。

之后她胆子越来越大地给秦骁戴上了戒指、手表,抖着手解开秦骁衬衣上面的两颗纽扣,把衣领往旁边扒了扒,举起相机开始拍照。

好像还差点儿感觉,唐溪略歪着头,对着相机拍下来的照片研究,没注意到床上的男人微抬眼皮,瞥了她一眼,又不动声色地合上了眼。

秦骁在她趴在他的耳边喊他的时候就醒了,只是听她的声音不太对劲,就没应她,想看看她要干什么,没想到她竟会趁着他睡觉时偷拍他,还给他的身上弄了这么多小配饰,连上衣都快被扒掉了。

唐溪想了一会儿,伸手在他的发顶上揉了揉,把他的头发弄乱,又把他衬衣的扣子多解开一颗，握住他的左手放到枕头上。

这样才对嘛，他是闭着眼睛睡觉的，头发就是要乱一点儿才有感觉。

唐溪举起相机，满意地拍了几张照片，拿掉金丝框眼镜，换上墨镜。

秦骁睁开眼睛，在墨镜的遮挡下光明正大地看唐溪。

唐溪毫无察觉，转身去浴室里拿了一把小梳子，梳了梳他那被她弄乱的头发，继续拍照。

拍完照片，唐溪看了一眼床上的秦骁，松了口气，把相机放在一边，开始"消灭证据"，依次拿下手表、戒指、墨镜……

唐溪单膝跪在床上，双手捏着墨镜两边的镜架，一点儿一点儿地从秦骁的脸上取下墨镜，镜片刚从他的眼睛上移开，她就对上了秦骁不知何时睁开的眼睛，幽深若潭，正似笑非笑地注视着她。

唐溪顿时僵住，瞳孔微微放大。

和他对视片刻后，她才清醒地意识到发生了什么，扯了扯嘴角冲他笑了一下："你……醒啦？"

秦骁扫了一眼她红润的嘴唇，喉结滚了一下，视线移向自己裸露的胸口，压下唇角的笑意，眉头微皱，声音带着刚睡醒的沙哑，质问道："你脱我衣服做什么？"

唐溪顺着他的视线看到他被自己解开的衣服，脸色微红，手指慌乱地抓住他的衬衣，边扣扣子，边掩耳盗铃地说："没脱没脱，我就解了几颗纽扣。"

秦骁改口问："你解我纽扣做什么？"

唐溪指尖一顿，扫了一眼旁边那一堆还没放回衣帽间的小配饰，觉得自己赖不掉了，垂着头，咬了咬唇，委屈地坦白："我看你睡着的样子特别帅，就没忍住，想给你拍几张照片。"

她说完，小心翼翼地抬眸看秦骁："你别生气好不好？"

秦骁凝视着她的脸，淡淡地道："你撒谎。"

"我没撒谎，我真的只是想给你拍几张照片，相机还在这儿呢。"唐溪拿起相机给他看，解释道，"我不是故意要趁你睡觉时偷拍你的，我们做摄影师的遇到帅哥都会忍不住拍几张。"

秦骁脸色一沉，一把攥住她的手腕，冷声道："你还这样拍过其他男人？解他们衣服的扣子？扒他们的衣服？"

唐溪被他抓着手腕，对上他眼中的怒火，心里一紧，解释道："没有，这些都是造型师的事，我只负责拍照。"

秦骁的面色稍缓，他冷嗤一声："你拍过其他男人？"

唐溪："……"

她是摄影师，当然拍过男人。

"拍过是拍过，但是他们都没有你好看，所以我才忍不住的嘛。"

秦骁将视线放在她的脸上，一脸不信，淡淡地说："你是想偷亲我吧？"

唐溪："……"

秦骁："以拍照为借口。"

唐溪："……"他是这样想的？

唐溪在脑子里把想趁他睡着了偷亲他，和趁他睡着了，把他当工具人一样打扮拍照这两件事衡量了一下，发现似乎想要偷亲他更容易被他接受一点儿。

他要是知道自己不仅仅偷拍他，还胡乱地蹂躏他的头发、给他摆造型，还不得气死？

但是偷亲就不一样了。

她是他的老婆，在他面前走的一直都是痴恋他的路线，趁他睡着了偷亲他一口，应该算不上什么大事吧？

唐溪顺着他的意思厚着脸皮承认："是的，我就是想偷亲你。"

秦骁微怔，抬手揉了揉眉心，掩饰眸中闪过的笑意，坐起身，倚靠在床头，明知故问："成功了吗？"

偷拍是成功了，但这个莫名其妙的偷亲……

唐溪想了一下，说："没有，你刚刚不是看见了嘛，我正想亲来着，你就醒了。"

秦骁微抬下巴："给你个机会。"

唐溪："……"给她个机会是什么意思？

秦骁眯了眯眼，催促道："你不是想亲吗？快点儿，亲完我还要睡觉。"

"……"

这个机会，她可以不要吗？

唐溪看着他睥睨众生的姿态，小声说："我现在已经不想亲了。"

房间里静默片刻。

唐溪垂着头，突然感觉脸颊一热。

他凑过来，呼出的气息拂过她的脸颊："唐溪，介不介——"

唐溪一听他说这句话，打了个激灵，迅速抬眸，将嘴唇凑到他的唇边轻啄了一下，堵住他接下来的话。

秦骁愣了一下，没说完的话卡在嗓子里，喉结微微一动，伸手想揽住她的腰。

唐溪飞快地转身往外跑，飘起的发梢扫过他结实的胸膛。

秦骁盯着她离开的倩影，伸手摸了摸嘴唇，躺回枕头上，拽起被子，唇角上扬，闭上眼睛。

三秒钟后，秦骁掀开被子下床，脚步虚浮，晃了一下脑袋，边走边喊："唐溪。"

唐溪抱着相机从卧室里小跑进书房，脸颊微微发烫，后背靠在门上，呼了口气，举起相机看里面的照片。

她刚刚拍着拍着职业病犯了，只想着怎么能拍得好看，时不时地调整他胳膊的摆放位置、脸的角度，还往他的怀里塞了毛绒熊猫玩偶拍了几张。

这些照片如果被秦骁看见，他估计得跟她阴阳怪气到明年春暖花开。

她拍拍胸口，庆幸自己刚刚解了几颗他的衬衣的纽扣，让他怀疑自己是想偷亲他，并没有相信她说的想偷拍他的实话。

她听着自己比平时更激烈的心跳声，突然有点儿恶作剧得逞的快感，觉得好笑，唇角情不自禁地上扬，笑出了声。

"唐溪。"

秦骁低沉的嗓音从外面传了进来，脚步声由远及近，唐溪调整了一下表情，走到书桌前把相机藏在书柜底下，佯装无事的样子等着秦骁推门进来。

她也不知道他不睡觉爬起来找自己干吗。

"唐溪。"

"唐溪……"

秦骁的声音和脚步声由远及近，再慢慢地越来越远。

秦骁不知道她在书房里，以为她在楼下，下楼去找她了。

她平时在家里给秦骁的形象是有多不务正业啊，他居然都不知道要先来书房里看看。

她每次找他可都是直接去书房里找的。

他去楼下找就去楼下找吧，找不到人他自己就会上来。

唐溪没理他，打开手机摄像头照了照自己的脸，还是有点儿红，她起身去书房的浴室里用凉水洗了把脸。

书房外面传来敲门声："唐溪。"

唐溪坐在椅子上，应了一声："怎么了？"

秦骁推开书房门，没往里面来，站在门旁，抿着唇，面色淡淡地看着她。

他不说话，唐溪就假装没看见他。

秦骁看了她半晌，眼睫微垂，没什么语气地说："我在喊你。"

唐溪抬眸，温声问："然后呢？"

秦骁的声音小了些："你没理我。"

他双手插兜，微微垂头凝视着她的脸。

他的轮廓刚毅偏锋利，本就冷硬的脸配上他淡漠的表情却莫名地有了一丝委屈感。

唐溪看着他高大挺拔的身体，觉得这肯定是自己的错觉。

唐溪柔声说："我刚刚去浴室里洗脸了。"

她洗完脸没用毛巾擦，脸上带着亮亮的水珠，发际鬓角也是湿润的。

秦骁淡淡地"嗯"了一声，接受了这个她不理他的理由。

"你怎么不睡觉了？"

唐溪的这个问题问得有点儿心虚，如果不是她去折腾他给他拍照，他睡得那么沉，估计一觉能睡到晚上。

秦骁道："睡不着。什么时候去买菜？"

他似乎对买菜很感兴趣，不仅午睡前积极换鞋要去买菜，睡醒了以后又主动问了一遍这个问题。

唐溪看了一眼时间。

四点了，也差不多可以去买菜准备晚饭了，但她想先把相机里秦骁的照片传到电脑里。

她扭头看向窗外："再等一会儿吧，现在太阳还有点儿晒，等没那么晒了，我们步行过去。"

她平时买菜的菜市场距离这里不远，走路十几分钟就到了，她很喜欢傍晚的时候买完菜慢悠悠地往家里走，感受生活的气息。

秦骁淡淡地"嗯"了一声，想了想，又补了两个字："可以。"

唐溪见他还在那儿站着，委婉地暗示他走："我这边有点儿工作，刚好可以现在做。"

秦骁"嗯"了一声，向后退了一步，抬手关上书房门。

唐溪听着他的脚步声，觉得他好像是下楼了，把柜子里的相机拿出来传相片。

传好照片，她把照片放到专门的文件夹里，加密。

关上电脑前，她忍不住又浏览了一遍自己的杰作，有点儿想把照片分享给秦母、秦二婶她们看看，想了想，又放弃了——万一秦母和秦二婶不小心在秦骁的面前说漏了嘴，秦骁知道这些照片就麻烦了。

她关上电脑，去浴室里对着镜子整理了一下头发，从衣帽间的鞋架上提了双新鞋下楼。

秦骁好像已经迫不及待地要去买菜了，双腿交叠着坐在沙发上等她。

"我好了，走吧。"

秦骁从沙发上站起来，问道："家里有没有其他的遮阳伞？"

唐溪这才注意到他的手里还拿了一把粉红色的遮阳伞。

"没有了，家里好像只有两把伞，都是粉红色的。等会儿看看那边有没有超市，给你也买一把吧。"

之前他不怎么回家，也不用遮阳伞，唐溪就没想起来给他准备。

秦骁道："不用。"

唐溪："……"不用你问什么遮阳伞啊？

换好鞋子出门，唐溪朝他伸手："伞给我吧。"

秦骁打开伞，举到她的头顶。

单人伞让两个唐溪这样体格的姑娘打勉强能行，唐溪和秦骁一起打根本挤不下。

唐溪看他半个身体都露在外面了，好心提议："要不然把家里的另一把伞也拿着吧？两个人打一把伞不够。"

秦骁侧目看她，神色复杂。

唐溪看他这个表情，觉得他可能是嫌弃伞是粉红色的，一个大男人不好意思撑，没再纠结伞的问题，抬腿向门外走，刚走了两步，身侧的男人突然抬起手臂，环住她的肩膀，把她搂进怀里。

唐溪没反应过来，侧脸贴到他的胸口上，怔了一下，不太适应这样的近距离接触，慌乱地伸手推了一下他的肩膀。

"别动。"

秦骁微微收紧手臂，不让她挣开。

唐溪抬头看他，撞上他那双深不见底的眸子。

他微挑了一下眉，声音淡淡的："这样不就挤得下了。"

唐溪："……"咱们倒也不用这么挤。

这样抱在一起打遮阳伞，出门会被人围观的吧？

秦骁不会是故意整她的吧？他的脸皮厚不怕别人围观，她的脸皮可薄得很。

"这样怎么走？"唐溪问。

秦骁揽着她的肩膀，有力的胳膊推着她往前走，唐溪完全是被他带着走的，感觉自己的脚都快悬空了，忍不住嘀咕道："你干脆抱着我走得了。"

话音刚落，秦骁把伞递给她，让她拿着。

唐溪以为他生气了，不愿意给自己打伞了，抬手把伞接过去。

秦骁微微俯身，手臂向下像是真的要把她抱起来。

唐溪吓了一跳，身体比脑子的反应快，手臂向下一挥，伞边的扣子直直地戳在秦骁的后脑勺儿上。

秦骁俯身的动作僵了一下，站起身，目光深沉地盯着她。

唐溪缩着脖子，心虚地对着他笑。

秦骁看了她几秒钟，没说什么，抬腿走在前面。

这会儿太阳还未下山，有些晒，唐溪抬起头看向他高大的身影，被从伞底穿过的光线刺得眨了下眼，小跑着追上他的脚步，抬起手臂，把伞往他的头顶举。

秦骁左手插兜，右手接过伞，替她撑着，没什么表情地向前走，没看她。

唐溪低头忍笑。

秦骁的脾气虽然阴晴不定，但好得也很快，而且有时候看起来要被惹得爹毛了，也没什么大事。

唐溪一开始看他冷着脸，对她不耐烦的样子，还怕他会突然对她动手，他在她的面前跟座山一样，真要动手，她肯定毫无还手之力。

后来她发现他只是脸色看起来很凶，但骨子里还是个怜香惜玉的绅士。

这个时间菜市场里已经热闹起来，来买菜的基本是退休年纪的老年人，上班族还没下班，这里没什么年轻人。

唐溪来过这儿几次，有些菜摊的老板娘已经熟悉她了，见她身旁跟着个高大英俊的男人，有人笑着跟她打招呼："美女，这是你家里人吗？"

她之前买菜的时候跟这个老板娘闲聊过两句，老板娘知道她已经结婚了，还惊讶过她这么年轻就结婚了。

菜市场里面的老板娘们聊天都喜欢用"家里人"称呼老公。

唐溪点了点头，说："是的，这是我家里人。"

老板娘的眼睛在秦骁和唐溪的身上来回地扫了好几眼，笑着说："真登对呀。"

唐溪礼貌地笑笑。

老板娘随手从摊子上拿了几根香葱装进袋子里:"送给你,拿回去炒菜,不值当买的。"

"谢谢。"

唐溪平时就在这个摊子上买些蔬菜,这个老板娘很热情,聊天也没什么顾忌。

唐溪怕老板娘调侃自己和秦骁,本来想赶紧带着秦骁往里面走走,但老板娘都热情地送她葱了,菜市场就这么大,一眼就能看到头,她不在这儿买去别的摊子上买被老板娘看见了也不太好,只好停在这个摊子上挑些蔬菜。

秦骁跟在她的身侧,她买什么他就提什么,也不插嘴她和老板娘的聊天。

东西差不多买齐了,唐溪还想做个糖醋排骨,但卖肉的摊子在菜市场最里面,过去的时候会经过一个卖水产的摊子,走道旁有一盆又粗又长的黄鳝,唐溪有点儿怕,每次都不敢过去。

她伸手戳了戳秦骁的胳膊。

秦骁微微俯身,侧耳听她说话。

唐溪指着卖肉的摊子的方向:"那边有卖排骨的,你去买两斤排骨好不好?我在这边等你。"

秦骁"嗯"了一声,抬腿往菜市场里面走,唐溪冲着他叮嘱:"买的时候让老板剁好。"

他一走,老板娘就探头往他走的方向看,对唐溪说:"你家里人长得真好,高高大大的,他是做什么工作的呀?"

唐溪说:"我也不太懂他的工作,什么都做吧。"

"什么都做好呀,什么都做不用担心失业,这年头年轻人工作不容易。"

唐溪笑了笑,有一搭没一搭地和她聊着天,目光随着秦骁的背影移动,直到他在最里面拐了个弯,看不见了。

秦骁站在卖肉的摊子前,对着里面正在擀面条的老板说:"要两斤排骨,剁块。"

"哎,来了!您要这一块还是这一块?"老板放下面碗,拿起一把剁肉刀,对着砧板上的两块排骨比画。

秦骁扫了一眼:"有什么不一样?"

老板说:"这一块贵点儿,这一块便宜点儿。"

秦骁说:"要贵的。"

老板剁好排骨,将排骨用袋子装起来,夸口道:"我这排骨你拿回去吃,下回再买肯定还想来我这儿,这附近没有比我们家的排骨更香的了。"

这一排几家摊贩全是卖猪肉的,听到他这话纷纷探头,笑着骂他:"要不要脸哪你!"

秦骁接过排骨,老板扶正付款二维码:"扫这个就可以了。"

秦骁拿手机扫码,老板突然盯着他的脸看了一会儿,在他准备走的时候激动地道:"秦骁!真是你啊秦骁!"

秦骁看了老板一眼。

老板说:"是我啊,我是李壮壮啊!你不认识我了吗?"

秦骁没什么表情地收回视线,转脸离开。

李壮壮:"……"

旁边摊位的老板看到李壮壮跟顾客套近乎失败,嘲笑道:"这人一看就是个有钱人,你认识他?我看他没理你呀。"

"有钱?何止是有钱!"李壮壮竖了个大拇指,"益远集团你知道吧?"

"知道啊,这跟你有关系吗?"

李壮壮瞪着眼睛说:"跟我没关系,跟我刚刚那位兄弟有关系啊!人家现在可是益远集团的总裁,杂志上都能看见的!"

那人笑着说:"你倒是会攀兄弟,人家搭理你了吗?再说了,人家一个集团总裁,能认识你一个卖猪肉的?"

李壮壮道:"我现在卖猪肉,以前又不卖猪肉。我跟你说,你别看益远集团现在风光,十年前可没现在这样。"

"这益远集团不是都存在好几十年了吗?十年前人家就是大公司了。"相邻摊子的老板现场拿手机搜索。

"是吗?"李壮壮也拿手机搜了一下,一看还真是,有些疑惑地道,"这不对啊,我认识这位秦总的时候,他可穷了,我骑的都是摩托车,他就骑一辆小破电动车,真的,真的很破。"

李壮壮平时就爱吹牛,相邻摊位的老板笑了一下,不信他的话。

唐溪一直盯着卖肉的摊位的方向,看见秦骁拎着一堆东西出来,迎了上去。

唐溪低头看着他手上的东西,说:"都买好了,可以回去了,给我拿一点儿吧。"

秦骁没给她，抬腿走在前面，淡淡地道："走吧。"

两个人走出菜市场，光线瞬间明亮，这会儿没那么热了，唐溪也没有撑伞，静静地跟在秦骁的身边，抬眼打量了一下秦骁的脸色。

她感觉他买完肉回来后好像有些不太对劲。

"唐溪。"

他突然喊了她一声。

唐溪以为自己偷看他被他发现了，目光闪了一下，收回视线。

"怎么了？"

秦骁一本正经地问道："'家里人'是什么意思？"

唐溪愣了一下，想起他俩刚进菜市场时老板娘当着他的面问过她，他是不是她家里人。

这个称呼虽然寻常人不用，但是他稍微推测一下应该就能猜出是什么意思来吧？

唐溪说："就是'老公'的意思。"

秦骁"嗯"了一声，停下脚步，垂眸看着她。

唐溪不知道他为什么这么看自己，狐疑地挑了下眉。

秦骁微微倾身，平视她的脸，低声问："那为什么不直接叫老公？"

唐溪："……"

唐溪被秦骁问得噎了一下，稍稍抬眸，正对上他深深的目光。

他的眉骨高，眼睛看起来很疏冷，但他这么盯着她，眼帘微垂，淡漠的目光中夹杂着一丝温暖的神色，眸子像是正灼灼地发着光，含情脉脉。

唐溪被他盯得目光闪躲了一下，投向别处，又不自觉地移回来，同他的目光相接。

她勾着唇角笑了一下："因为'家里人'听起来更亲昵些，这里的人聊天时都是这么叫的。"

秦骁望着她脸上温暖和煦的笑，眼神复杂了几分。

他直起腰，脊梁挺拔，高大的身影立在橘黄色的夕阳下，迈着长腿向前走，身上散发着淡淡的忧郁感。

唐溪不明所以，跟上去，再次看向他的两只手上满满当当的塑料袋，伸手道："还是给我拎一点儿吧，我也是很有力量的。"

她伸出胳膊，在他的眼前晃了一下。

秦骁扫了她那细得自己两根手指就能夹住的手腕一眼，举起手臂靠在她的手臂旁，抿着唇没说话，像是在无声地调侃她。

130

他的胳膊能有她的一个半粗。

唐溪看他拎着那么多东西抬胳膊还轻松得跟拎了一片羽毛一样,没再跟他客气,感慨道:"看起来还是你的力量更大。"

秦骁没什么语气地说:"你拿我跟你比?"

唐溪想到上回他醉酒后嘲笑她细胳膊细腿的事,温声反击:"没比呀,我只是跟你说我很有力量,是你举胳膊的。"

"……"秦骁收回手臂,继续往前走。

回家的路上经过一家超市,唐溪想起来家里快没有盐了,要进去买盐。

秦骁手里拎着东西不方便进去,等在超市的门口。

盐在超市靠里面的货架上,秦骁看她在里面绕了一圈,询问了超市里的员工才找到盐的位置,出来的时候手里还多了一把遮阳伞。

她站在收银台前结账,侧头看了秦骁一眼。

她经常在这里买东西,收银台后的老板娘跟她也很熟,问道:"男朋友?"

"不是。"唐溪摇了下头,说,"是我先生。"

秦骁听到唐溪的回答,眸中闪过一抹笑意。

老板娘替唐溪把东西装进塑料袋里,瞥了一眼收银台旁边货架上的安全套,对着唐溪露出一个暧昧的笑。

"我认得你先生,他之前来我这里买过东西。我对他的印象非常深,一身黑衣服,戴着个墨镜,跟拍电影似的,我还想这么帅的年轻人,女朋友一定也很漂亮,果然,漂亮得像仙女。"

唐溪觉得老板娘的笑看起来有点儿奇怪,还没来得及问这是什么时候的事,秦骁三步并作两步走过来,山一样的身体挤在她的旁边,肩膀压着她的肩膀,碰了一下,声音带着不耐烦:"走吧。"

唐溪拎起袋子,笑着对老板娘说:"我们回去了啊。"

老板娘说:"好。"

走到门旁的时候,唐溪听到老板娘感慨了一句:"现在的小夫妻,真幸福,真恩爱呀。"

唐溪以为她只是说几句客套话,没注意身侧的秦骁脸色微微僵硬。

出了超市,唐溪想到老板娘刚刚的话,夸他说:"老板娘说你来她这里买过东西,还说你长得帅,她一眼就认出你了。"

秦骁沉吟片刻,说:"我没在这里买过东西。"

唐溪狐疑地道:"那老板娘……"

"她认错人了。"

唐溪道:"不会吧?你这么帅的人不多见。"

"是认错了,我没在这里买过东西。"

秦骁声音坚定,语气严肃。

唐溪懂了,他肯定在这里买过东西,只是不知道买了什么,令他极力否认。

她顺着他的话说:"那就是认错了,超市里整日人来人往的,老板娘见的人多。"

唐溪没有多想。

她不太喜欢在小事上纠结,小时候跟外婆和妈妈住在小镇上,因为没有爸爸,有时候会被同龄的孩子们嘲笑。

她那时候委屈,但又不敢说出来惹妈妈伤心,就暗自憋在心里较着劲,不愿意出门,觉得那些人肯定是在嘲笑她。

外婆看出了她心里的想法,就教她要豁达、淡然,不要太在意别人的看法,过好自己的日子就行,人这一辈子,不能跟自己过不去,要看开些。

那时候年纪还小的她有外婆的宠爱,不太能听进去这些话,争强好胜,谁嘲笑了她,她就找到别人的缺点嘲笑回去。

直到从小镇上离开,回了唐家,摔惨了跟头,无人再为她撑腰,她才摸索出一条让自己舒服的活法。

回到家后,唐溪让秦骁把东西拿到厨房里,准备做晚饭。

秦骁站在一旁没走,唐溪回头见他的手里拿着个土豆,说道:"土豆烧牛肉,你爱吃吗?"

秦骁淡淡地"嗯"了一声:"还行。"

他转过身,把土豆放在水龙头下清洗。

他倒是没什么大男子主义,主动帮忙洗菜,唐溪也没拦着他,把需要洗的菜都放在洗菜池旁,秦骁一样一样地洗,洗完了放在一旁等着唐溪处理。

他没做过饭,洗完菜就没什么能帮忙的了,站在料理台前看了她一会儿,突然开口道:"唐溪。"

"嗯,怎么了?"

唐溪微微俯身开火。

秦骁淡淡地说:"以后需要什么让白姨去买,不用自己去买。"

"不用,我喜欢自己去买菜。"

秦骁抿了抿唇，手指在料理台上敲了一下，像是想说什么。

唐溪以为他是嫌弃菜市场里面太吵，不喜欢那些摊贩不加掩饰地打量他，回头看了他一眼，说："我的工作没你的那么忙，没事的时候喜欢在附近走走，不像你那么累，下班后就想安静地休息。"

唐溪又瞥到了冰箱，想起自己惦记了很久的冰激凌还没吃上，开口赶他出去："你别在这里站着了，我做饭有人在旁边看着的话，容易做得不好吃。"

秦骁的目光在她的脸上停了几秒钟，他没说什么，转身走出厨房。

片刻后，客厅里传来开门的声音。

唐溪往外面看了一眼，见他去院子里了，赶紧跑到冰箱前蹲下，打开冰箱，从冷冻室里拿出一个冰激凌。

她打开冰激凌，用勺子舀了一口放进嘴里，不放心地走到厨房的窗户旁，往院子里看。

秦骁站在院子里的大理石圆桌旁，手里夹着烟，正在抽烟。

唐溪神情稍怔，没想到他会抽烟。她之前从来没见他抽过烟，也没在他的身上闻到过烟味，还以为他不抽烟呢。

超市老板娘说他去她那里买过东西，买的不会是烟吧？

她看电视剧里，有些男人回家的时候就习惯在附近的超市里买烟。

真是，抽烟有什么不好意思说的？傲娇鬼。

唐溪吃了一口冰激凌，冲他的方向吐了一下舌头。

秦骁突然转过脸来，目光精准地捕捉到她，将她在背后对他做鬼脸的动作收入眼底。

唐溪使坏被发现，动作一僵，张着嘴，吸了两口气，假装伸舌头是被冰激凌冰到了。

秦骁把只抽了几口的烟摁灭，丢进垃圾桶里，抬腿走到窗户旁，目光扫了一眼她手里的冰激凌。

唐溪怕他说自己偷吃冰激凌，先发制人："你怎么抽烟呀？抽烟对身体不好。"

她说完就把窗户关上了，转过身，背对着他。

秦骁见她有恃无恐地吃冰激凌的样子，猜到自己又被她骗了。

她前两天根本就没有来例假，那只是拒绝他的借口。

秦骁抿着唇，在窗户旁站了会儿，回到客厅里，坐在沙发上，给李瑛发了条消息。

晚饭很丰盛，唐溪终于给秦骁做了她承诺了很久的椰子鸡。

"你尝尝看，这是我第二次做，也不知道合不合你的胃口。"

她刚刚自己尝过了，觉得味道还不错。

秦骁微微皱眉："第二次？"

唐溪说："是的，其实算是第一次啦，上次做的没成功，都倒进垃圾桶了。"

秦骁"嗯"了一声，垂眸看着面前的椰子鸡，没有动筷。

唐溪见他面色复杂，问道："怎么了，不喜欢吗？我记得妈说你最喜欢吃的就是椰子鸡。"

秦骁唇角微动，看了她一眼，说："没有。"

他垂头，用勺子吃了一口椰子鸡，看起来并不像秦母说的那样非常喜欢吃椰子鸡。

唐溪趴在桌子上，眼睛向上抬，眼巴巴地看着他："味道怎么样？"

秦骁说："还……"

话没说完就看到唐溪的脸颊微微地鼓起，他改口道："挺好。"

唐溪瞬间露出微笑，弯着眼睛，脸颊两侧露出一对浅浅的小酒窝，对他说："那你多吃点儿。"

吃完饭，唐溪去楼上洗澡，在衣帽间放睡衣的柜子前犹豫片刻，手指从那套保守的两件套睡衣上，移到吊带睡裙上。

她用手指捏着裙子的真丝布料，脸颊微微发烫。

她原本以为秦骁今天不忙，会回卧室很早，洗完澡掀开被子上床，摆高枕头，倚靠在床头，屈着腿玩手机。

不知过了多久，唐溪眼睛有些酸涩，开始犯困，秦骁还没回来，她看了一眼时间，快十一点了，没再管秦骁，放下手机睡觉。

灯火通明的益远集团大厦，武兆信在电梯里碰到李瑛，爽朗地笑了一声，拍了一下他的肩膀："老弟啊，还是你这个'大内总管'有办法，我刚给秦总发了新的策划案，秦总自己提了两点小建议，说'过了，可以'。你是用了什么法子让秦总的太太亲自过来的呀？"

秦总的太太到公司里把秦总带回家这事不到一天就传遍了公司。

李瑛心想：这哪是我有办法，分明就是秦总有办法，自己跟太太闹了矛盾，拉不下脸求和，就故意折腾我，想让我去找太太，也不直说，拐弯抹角地找武兆信的麻烦。

武兆信跟他是师兄弟，秦总知道他们俩私交好，武兆信一定会求助于他。原本秦总找武兆信的碴儿，他还没多想，这会儿听武兆信说秦总亲自给方案建议，瞬间就想明白了。

"走，我请你吃饭去。"

李瑛道："我哪有空去吃饭啊？忙着呢。"

武兆信问："你这不是要下班了吗？秦总不都走了半天了吗？"

李瑛道："你们还不知道秦总，他有下班的时候？"在哪儿工作不是工作？

整个公司的人都知道秦总是工作狂，李瑛作为他的助理当然不轻松。

武兆信拍了拍李瑛的胳膊，假惺惺地道："老弟，我在精神上同情你。不过这么晚了，你还要外出，是要办什么事？"

李瑛一本正经地道："机密。"

武兆信的表情也严肃了起来，他没有多问，生怕别人听见了误会他打听公司内部机密。

同公司不同岗位涉及的职权不同，做到他们这个级别的人，不能乱说话。李瑛是秦总的心腹，知道的事情不是他们能比的。

李瑛背着公文包，面上装得严肃认真，心里想：我才不会告诉你，我现在是要去买下老板家附近菜市场里的一个猪肉摊。

这消息要是被传了出去，他堂堂总裁助理的面子往哪儿搁？

虽然老板的事情要少问，但他这次是真的很好奇，老板买猪肉摊干吗？还亲自选好了地址，不会是对卖猪肉产生了兴趣，打算体验一下生活吧？

秦骁回到卧室的时候，唐溪已经睡着了。

她穿着吊带裙，侧着身，小半张脸埋在枕头里，睡得不太老实，一条腿搭在被子上面，裙摆边缘因为她的动作向上滑了些，整条腿几乎露在外面，纤长匀称，没有丝毫防备。

秦骁将目光从她的腿上移到她白皙的脸上，走到床边，伸手握住她的脚踝，把她的腿从被子上拿下来。

她的脚长得秀气纤细，脚趾圆润，秦骁今天原本不打算做什么，这会儿握住她的脚踝，拇指指腹不由自主地在她的脚腕上轻轻抚了一下。

他把她的腿盖到被子里面去，睡梦中的唐溪大概是感受到了打扰，抱着被子翻了个身，另一条腿又翻出来，搭在了被子上。

秦骁的手指顿了一下,静静地站了会儿,见她没什么动静,他脱鞋上床,盯着她的腿和被柔软的布料勾勒出的纤腰,眸色渐深。

秦骁伸手替她把被子盖好,往床边挪了挪,闭上眼睛平息身体里的火。

过了一会儿,秦骁想到她前两天为了躲他,故意穿了两件套的睡衣,今天又换回了吊带裙,也没像前两天那样用被子把身体裹起来睡,不知是不是在暗示他。

秦骁睁开眼,迟疑了一下,翻身到她的身侧,猛地伸手掀开她身上的被子,动作很大。

如果她醒了,这就是天意。

唐溪微微地蜷缩了一下腿,咂了咂嘴巴。

秦骁以为她被自己弄醒了,将嘴唇凑到唐溪的耳边,张嘴含住她细嫩的耳垂,轻声问:"唐溪,介不介意,帮我一下?"

他说完,屏息等待唐溪的回应。

然而唐溪的呼吸声均匀,睡得很香,根本没醒。

秦骁抿着唇,盯着唐溪的脸看了几秒钟,伸手把被子重新给她盖好,默默地躺回床边。

唐溪这一觉睡得很不踏实,做了很久的梦,梦到自己又回到了小时候,坐在院子里的秋千上,听妈妈说她和唐兴昌相爱的故事。

妈妈口中的唐兴昌是个浪漫又有情调的男人,妈妈提到他的时候,脸上总是带着笑。

唐溪忍不住想要反驳妈妈,唐兴昌才不是那么好的男人,他自私、虚伪,用爱情这种缥缈的东西欺骗了妈妈,但她一个字都说不出来。

梦里面像是有两个她,一个是七岁的她,天真懵懂,伏在妈妈的膝头,相信了妈妈说的话,渴望见到父亲,另一个是长大后的她,看透一切,却像是个旁观者。

睡着睡着,她突然感觉有一双眼睛正盯着自己,目光时而炽热,时而疏离,带着神秘的忧郁和侵略性。

唐溪猛地睁开眼,看到秦骁坐在沙发上,上身微微后仰靠在靠背上,目光幽幽地盯着她看。

卧室里光线昏暗,唐溪怔了一下,以为自己还在梦中,抬手揉了揉眼,再次看向沙发,秦骁一身笔挺的西装,还坐在那里,没消失,这不是梦。

"醒了？"秦骁坐直身体。

"几点了，你怎么坐在那里？"唐溪边问边拿起床头的手机看。

秦骁回答她："七点半。"

时间不算晚，但以往她这个时间醒来的时候，秦骁都已经不在家了。

唐溪双手撑在床上起身，薄被从肩膀上滑到腰间，秦骁的目光落在她精致的锁骨上，顿了一下。

唐溪掀开被子下床，问道："你今天怎么走得这么晚？"

秦骁答非所问："我昨晚几点回卧室的？"

唐溪愣了一下：他几点回卧室的，她怎么会知道？她当时都睡着了。

唐溪摇了摇头："不知道呀，我睡的时候你还在书房里。"

秦骁直勾勾地凝视着她的脸，不知道在想什么。

唐溪摸了一下自己的脸，问："怎么了，我的脸上有东西吗？"

见她的样子不像是撒谎，她昨晚应该是真睡着了，不是装睡，秦骁淡淡地道："没有。"

他抬腿走出卧室，留下一脸莫名其妙的唐溪。

唐溪洗漱完，换了一身衣服下楼，秦骁还没走，坐在沙发上看杂志，悠闲的姿态让唐溪有一种今天不是工作日而是休息日的错觉。

她扫了一眼手机，又确认了一遍，今天是周三。

秦骁见她下楼，合上杂志，对她说了声"吃饭"，起身走向餐厅。

餐桌上已经摆好了早餐，唐溪拉开椅子坐下，端起桌上的牛奶喝了一口，从旁边的餐盘里拿了一个白水煮蛋，在桌子上把蛋壳敲碎，放到掌心里揉了揉，鸡蛋壳直接被整个剥了下来。

秦骁抬眸看了她一眼，唐溪手里捏着剥好的鸡蛋，冲他笑了一下，说："你要吃鸡蛋吗？要不要我帮你剥一个？"

秦骁淡淡地道："不用。"

唐溪垂下头，安静地吃早餐，快吃完的时候，秦骁突然对她说："司机把车开去保养了，等会儿你的车给我开。"

唐溪点了点头，没什么意见。

这里距离她的工作室不远，她打车或是多浪费点儿时间步行过去也可以。

秦骁沉默片刻，又说："我顺道把你送去工作室。"

顺道？

她的工作室和他的公司在相反的方向，可一点儿都不顺道。

137

他应该是觉得开了她的车，耽误了她上班，所以才要送她。

她摇了摇头："不用，我等会儿打车去公司，你那么忙，我就不耽误你的时间了。"

秦骁皱了一下眉头，没说什么。

唐溪吃完早餐上楼简单地化了个妆，拎着包下楼，看到秦骁站在楼梯口还没走。

他该不会是特意等她的吧？

秦骁朝她伸手："钥匙。"

唐溪走到他的身边，停下来，疑惑地道："什么钥匙？"

"车钥匙。"

"哦！"唐溪这才想起来他要开自己的车，自己还没给他车钥匙。

她低头从包里摸出车钥匙，放到他的手掌上。

因为两个人同时出门，秦骁启动车子开到她的面前的时候，她也没再拒绝，打开副驾驶座的门坐进去，系好安全带。

从家到工作室的路程很近，开车十多分钟就到了。

唐溪叮嘱他路上开车要小心、工作注意休息，下车站在路边，目送车子离开。

苏栀手里提了两杯奶茶，慢悠悠地走过来，看到她的车又被开走了，问道："你家司机开你的车送你过来的？"

"不是，是秦骁。"

苏栀笑着打趣："哦，是专属司机。"

"什么专属司机，他的车被送去保养了，他要开我的车去上班，从家出发到我这边近，就先送我过来了。"

唐溪转身往工作室里走，瞥了一眼苏栀手里的奶茶，问道："你怎么一大早就喝奶茶？"

"困，提神。"

唐溪："……"她记得不久前苏栀晚上失眠，每天回去都会特意买一杯奶茶，说是助眠。

唐溪好笑地道："奶茶在你这里功效还是可以变化的啊，你困的时候就提神，睡不着的时候就助眠？"

苏栀"啧"了一声，调侃她："你这嘴这么损，你老公知道吗？"

唐溪道："我不知道他知不知道。"

苏栀说："还没熟呢？人家这不都开车送你上班了吗？上回还去KTV接

你了，可以熟了。"

唐溪胡乱地点了两下头，跟苏栀说话也没什么顾忌："在熟了在熟了。"

她觉得自己最近跟秦骁相处的状态挺好的。

苏栀递了杯奶茶给她："这杯给你。"

唐溪摆手："我现在喝不下了，早上吃得太撑了。"

苏栀道："那我就一个人喝两杯了。"

两个人走进工作室，唐溪放下包，拿着水杯去接水，回来的时候听到苏栀在打电话谈工作的事情。

她低头抿了一口水，打开电脑。

苏栀打完电话，抬头看向唐溪："溪溪，有个在东城影视基地拍摄的剧叫《靖宁传》，剧组想要你过去拍定妆照、宣传海报，要接吗？女主角是温卿，估计就是她向剧组推荐的你。"

温卿是唐溪和苏栀的大学校友，同级不同专业，唐溪刚上大一时上体育课在操场上看到她，觉得她很美，就请她做自己的模特，给她拍了一组照片。

那组照片被发到网上后火了，有经纪公司找到温卿，温卿也因此入了娱乐圈。

这几年名气越来越大的温卿工作很忙碌，但跟唐溪还是保持着联系，回南城的时候偶尔会约她出去吃饭，戏称她是"伯乐"。

"什么时候？"

苏栀说："下周一。不过他们剧组除了男女主演，男二号和女二号也是今年刚火了一把，工作行程比较忙，到现在都没确定进组时间。男女主演倒是没什么架子，定好了下周二进组拍照，所以我们周一过去，不确定几天能回来，你这边OK吗？"

她把剧组的演员阵容发给唐溪，唐溪随意地看了一眼，说："可以。"

苏栀道："那我就给他们回复了。他们那边本来已经找好了摄影师，但是摄影师出了点儿状况，这才找到了我们，急着要回复。"

苏栀回完消息，说："这事你要不要跟你老公说一声？"

唐溪道："不着急，周末的时候再说。"

下午，唐溪和苏栀一起去附近的咖啡厅里跟剧组的人签了合同，拍照的事定了以后唐溪才收到温卿的微信。

温卿："溪溪美人，拍照的事情就交给你了，一定要把我拍得美美的。"

唐溪："你人美，怎么拍都美。"

温卿："这么久不见，你的嘴怎么还是这么甜？你这是天天往嘴巴上涂蜂蜜吧？"

唐溪："是你向剧组推荐我的吗？"

温卿："对啊。不过导演的要求很高，即便是我推荐的，他也没有给我这个面子直接用你，我给他看了你的作品后，他瞬间就被征服了，当场跟我说，一定要把你请来。"

温卿："我说我才不要卖你这个人情，让他们制片方自己去请。"

唐溪："我一听到女主演的名字就知道是你推荐的啦。"

温卿："那必须要推荐你呀，刚好这次你来，我们能聚聚，到时候我请你们吃大餐！"

唐溪："好的，谢谢卿卿美人。"

温卿："先不聊了，工作人员叫我，下周二见。"

唐溪："下周二见。"

唐溪收了手机，正要和苏栀回工作室，手机接到林简的来电，跟她说工作室里来了两个女人，一个自称是她的妹妹，另一个自称是她的婶婶，想找她。

"溪溪姐，你和栀子姐在外面别回来了吧，这事交给我，我来把她们赶走！"林简的声音愤愤不平。

林简年纪小，今年才大四，跟唐溪关系很好，之前唐家出事的时候，唐兴昌和连雅波想让唐溪联姻，天天派人到工作室里来堵她，逼着她回去和他们挑选好的对象相亲，阵仗很大，客户都被吓跑了。

唐溪虽然没在工作室里说过家里的事，但工作室的人肯定都能猜出来是怎么回事。

后来她遇到了秦家人，跟秦骁领了证，结婚的事也没和工作室的人说，估计林简还以为她家里人又来逼她回去相亲了。

林简说着话，旁边插进来一道声音："溪溪姐别担心我们，他们加司机一共只有三个人，两个是女的，我们这里有四个人！"

这是准备要打架吗？

唐溪笑了一下，说："没事，我和你们栀子姐现在就回去了。"

等唐溪挂了电话，苏栀骂道："唐渺怎么这么烦？真是没完了，我真想扇她一嘴巴。"

唐溪道："应该是连雅波让她来道歉的。"

秦骁要给唐家下马威，项目合作不可能这么快恢复，唐兴昌跟她通话后，应该暂时拉不下脸亲自来找她。

连雅波怕这件事影响到自己的荣华富贵，就让唐渺来找她道歉，知道自己过来她不会给她们好脸色，就故意让唐家的其他女眷过来，好让她为了面子和名声不得不接受唐渺的道歉。如果她不接受唐渺的道歉，那个婶婶刚好可以做个见证人，回去之后唐渺好找唐兴昌卖惨。

跟连雅波相处了这么多年，唐溪对连雅波的做事风格一清二楚。

一进工作室的门，唐溪就看到了坐在一楼椅子上的唐渺和堂婶杨沛容，杨沛容的丈夫是唐兴昌的堂弟。

"小溪。"杨沛容笑着和唐溪打招呼，身侧的唐渺也乖巧地喊了声"姐姐"。

唐溪微微颔首，态度大大方方地说："去里面说吧。"

唐溪带头走向待客室，林简送了三杯水进来，走出去，关上了门。

房间里只剩下唐溪、唐渺和杨沛容三个人。

杨沛容年近五十，养尊处优了大半辈子，保养得宜，气质雍容，在唐家和连雅波关系很好。

她端坐着，开口打破沉寂："小溪，渺渺在你爸的生日宴上做错了事，惹你伤心了，事情的经过婶婶也了解了，确实是你妹妹不对。"她顿了一下，瞪了唐渺一眼，"一家姐妹，怎么能说出这种戳心窝子的话？你爸生了好一通气，你叔叔知道这事后也把你妹妹骂了一顿，你妹妹知道错了，又不敢一个人来找你，哭着求我带她来向你道歉。"

唐渺附和道："是的，姐，我知道错了。"

唐渺捏了捏手心，心里不情愿对唐溪低头，但来时她妈和堂婶威胁过她，如果秦家不再和唐家合作，就不再让她和宋宁远来往。

"姐，我那天是一时冲动，其实我的本意也是想要让你和姐夫好好在一起，现在跟姐夫坦白你和宁远的关系，总比将来姐夫自己发现了好。"

这些话，也不知连雅波教了多少遍唐渺才能说出来。

唐溪淡淡地道："你的本意是什么，我没有兴趣知道，我只知道你做了什么。我说过，你没必要向我道歉，我不需要，也不接受。"

唐渺是个急性子，从小到大没受过半点儿委屈，尤其是在唐溪的面前，向来只有她趾高气扬的份儿，听到唐溪这么说，瞬间急眼了："我都已经道歉了，你还要我怎么样？！"

"唐渺，怎么跟你姐姐说话呢？"

杨沛容打断唐渺的话。她本来以为唐溪性子软，带唐渺来道个歉，这事就过去了，没想到第一句话就碰了个钉子。"

杨沛容这才发现这个从前忍气吞声的唐溪不是她印象里的那样好脾气，再让唐渺在这儿，事情估计会更糟糕。

"渺渺，你先出去，我跟你姐姐单独说说。"

唐渺会过来找唐溪道歉不过是被家里人逼的，一分钟也不想看到唐溪高高在上的样子，杨沛容一发话，她转脸就往外走。

她就不信唐溪能真把唐家怎么样。

唐渺一走，杨沛容就看着唐溪说："唐渺被宠坏了，不懂事，你不用跟她一般见识，毕竟你是唐家的长女，何必为了一个唐渺跟自己的家人置气？哪个大家族不是长幼有序？你爸又没有儿子，唐家以后还是要交给你的。"

唐溪听懂了杨沛容的暗示，觉得唐家人真是可笑，居然觉得用唐家可以诱惑到她。

"堂婶说笑了，我并没有置气。"

杨沛容说："那秦家和唐家的合作？"

"这事我已经跟我爸说过了，他知道，秦骁工作上的事我不会插手。"

杨沛容笑着说："这也不算是工作上的事，两家的关系摆在那里，也算是家事，你总不能眼睁睁地看着你爸日夜忧愁吧？"

唐溪垂着头，没有搭话。

杨沛容接着道："秦骁是你老公，你跟秦骁说说，秦骁会理解的，秦家人也会理解唐家的难处，毕竟秦家从前也面临过唐家的处境。"

"堂婶。"唐溪目光一沉，语气已经带了怒意，"秦家和沈家的事与唐家无关，秦家在唐家最困难的时候施以援手，让唐家渡过难关，是秦家人善良，不是唐家得寸进尺的理由。"

"我没有堂婶的阅历多，只见过知恩图报的人，听过'贪得无厌'这个词，还从来没见过忘恩负义的人，堂婶今天是要给我长长见识吗？"

杨沛容被唐溪挤对得唇角僵硬，但还是勉强维持着笑说："小溪，你误会堂婶的意思了，堂婶当然知道是秦家帮助了唐家，唐家想还秦家的恩也是有心无力，所以才要努力追上秦家的脚步，争取能像现在的沈家和秦家一样，和秦家互帮互助。"

从她提起"秦家从前"的那句话开始，唐溪就没了和她维持体面的耐心，抬起头，眼神淡淡地看着杨沛容。

"堂婶，话说到这个份儿上，就没必要兜圈子了，你和那位唐太太私底下是怎么商量逼我去求秦家帮唐家的,我不想再听,慢走不送。"

"你!"杨沛容沉了脸色,羞恼地道,"小溪,你别忘了,唐家才是你的根!女人嫁了人,娘家才是最大的倚仗!你现在是秦太太,能保证自己一辈子都是秦太太吗?"

她说到这里,面色又缓和了些,冲着唐溪笑了笑,说:"可是唐家对你来说就不一样了,你这辈子都姓唐,无论什么时候,都是唐家人。"

唐溪笑得比她还温柔:"我也可以改姓苏。"

唐溪的妈妈姓苏。

杨沛容噎了一下。

唐溪没理她,起身走出待客室,留她一个人在里面。

待客室外面,苏栀、林简和其他几个员工都坐在距离待客室最近的办公桌前。

见她出来,苏栀起身走过来,挽住她的胳膊,问:"没被欺负吧?"

"没。"

林简扫了一眼还坐在待客室沙发上的杨沛容,护短心切,嗓门儿很亮地说:"溪溪姐,我现在要送客吗?但客人不走,我是不是要再给客人倒杯茶?"

刚被唐溪抢白了一通,现在又被工作室里的小员工冷嘲热讽,杨沛容也坐不下去了。

她冷着脸从待客室里出来,经过唐溪身边的时候,还不忘威胁:"小溪,你年轻气盛,很多事情还考虑不周全,婶婶刚刚跟你说的话,你要认真考虑,这种人家媳妇难当,你总不想一辈子讨好婆家人吧?"

她说完,转过身,端着阔太太的架子优雅地离去。

苏栀是暴脾气,想冲上去骂杨沛容,被唐溪拉住了胳膊。

"唐家人都有病是吧?求人都没个求人的样儿,她以为她是谁啊,年纪大就能不要脸了?"

唐溪拍拍苏栀的胳膊,说:"没事,气大伤身,没必要为了这种人生气,我请你们喝奶茶。"

她拿出手机,打开外卖软件,把手机递给林简,让他们喜欢喝什么自己点。

林简见唐溪跟没事人一样,心里佩服她溪溪姐的脾气,溪溪姐好像不会生气一样,但内心又很坚韧。

林简点了一杯奶茶,问苏栀:"栀子姐你喝什么?"

苏栀心烦地摆摆手:"我不喝了,早上刚喝了两杯。"

工作室的几个人凑在一起选好了奶茶,唐溪拿回手机付款,突然听见林简小声地问了一句:"溪溪姐结婚了吗?"

刚刚杨沛容一说"这种人家媳妇难当",几个人都怔住了,面面相觑。

唐溪笑得坦荡:"对啊,我结婚了。"

她本来也没想瞒,只是没刻意说过。

办公室里陷入一阵沉默,林简的眼眶都开始红了。

先前唐家天天派人来堵唐溪回去相亲,他们偷偷地跟上去看过,那天唐溪见的那个相亲对象很丑,年纪也比她大很多。后来唐家人不过来了,唐溪也像没事人一样,他们就以为事情已经过去了,没想到唐溪还是结婚了。

"怎么了这是?"

林简抬手按了一下眼睛,背过身去。

苏栀道:"这姑娘估计以为你被唐家人给卖了,嫁了个猥琐老男人呢。"

唐溪了然,笑着说:"别担心,我先生很好。"

"真的?"林简很明显不信。

"真的,不信你问你栀子姐。"

林简看向苏栀。

苏栀肯定地道:"真的,是个大帅哥呢,跟你溪溪姐郎才女貌。"

林简立马开心了:"真的啊?长什么样啊,我要看照片,有照片吗?"

几个人围着唐溪要照片,唐溪除了偷拍的秦骁睡觉的照片,一张他正常时候的照片都没有,也没带结婚证过来,刚跟林简他们说没有照片,他们就又开始伤心,觉得她婚姻不幸福,手机里居然一张老公的照片都没有。

趁秦骁睡觉拍的那些照片唐溪又不想给他们看。

苏栀怂恿她:"给你老公发消息,让他现在拍一张过来。"

唐溪白了一眼跟着其他人瞎起哄的苏栀,苏栀笑嘻嘻地说:"我给你做证了,说你老公很帅,但他们不信我啊。"

唐溪想了想,拿手机给秦骁发了条消息。

唐溪:"现在忙不忙?"

片刻后,她收到回复。

益远集团总裁秦骁:"还行。"

唐溪:"你可以拍张照片给我吗?我同事想看你的照片。"

这条消息发出去后,唐溪看到和秦骁的聊天框最上面变成了"对方正在输入"……五分钟后,还是"对方正在输入"……

这是有多少个字要打?

唐溪:"可以吗?"

益远集团总裁秦骁:"可以。"

唐溪:"……"

五分钟,他就打了两个字啊。

第五章
合法夫妻

益远集团的总裁办公室里,李瑛刚向秦骁汇报了昨天秦骁交代他的那个猪肉摊已经被他买下来了的事情,但还有一件事,他正在斟酌着要不要说。

李瑛瞥了一眼秦骁没什么表情的脸,不知道是说出来让老板尴尬更严重,还是装作不知道,将来万一被老板知道了,迁怒于他更严重。

李瑛在心里叹了口气,突然看见老板的眼中掀起一抹笑意。

"李瑛。"

李瑛应道:"在,秦总。"

秦骁抬头看向李瑛,李瑛被看得心里"咯噔"一下。

秦骁语气漫不经心地说:"唐溪想给她的同事们看我的照片,我平时对拍照不感兴趣,没拍过照,你用你的手机给我拍几张。"

"好的,秦总。"李瑛迅速地从兜里摸出手机,打开相机对准秦骁按下了拍照键,"好了,秦总,拍好了,我发给您。"

李瑛把照片通过微信发给秦骁。

秦骁扫了一眼他发过来的照片,目光复杂地看着他。

李瑛茫然地道:"怎么了,秦总?"

秦骁淡淡地道:"照片不行。"

不行?这种给老婆的同事看的照片还有什么标准吗?

秦骁道："唐溪是摄影师，对照片要求很高。"

李瑛："……"太太是摄影师，我不是啊！

李瑛道："那我再给您重新拍几张。"

秦骁"嗯"了一声，问道："拍照都要摆姿势，我用不用摆点儿姿势？要怎么摆？"

李瑛头都大了。他真的不是专业摄影师啊，一个连女朋友都没有的人，怎么会知道拍照要摆什么姿势？

幸好他老板只是随口一问，并不是真的要征求他的意见，他不会，他的老板看起来挺会。

秦骁从办公桌后站起来，走到落地窗前，单手插兜，右腿向前迈了一只脚的距离，抬了一下胳膊，示意李瑛可以拍了。

李瑛拍好照片后拿给秦骁看，秦骁微微颔首，表示这张可以。

李瑛如释重负，以为已经拍完了，然后就看到老板十指交叉，又摆了一个姿势。

李瑛："……"

半个小时后，集团产品宣传部的摄影师被叫到了总裁办公室里。

唐溪收到秦骁的回复后就一直坐在楼下的办公室里等着他发照片过来，林简他们几个也在眼巴巴地等着看他们溪溪姐老公的照片。

这都半个多小时了，溪溪姐请的奶茶都被他们喝光了，怎么照片还没发过来？该不会真的是夫妻感情不好，溪溪姐的老公不想发吧？

林简体贴地打圆场："溪溪姐，姐夫可能在忙，要不然照片我们改天再看吧？"

这都快下班了。

如果没跟林简他们说过等会儿照片就发过来，唐溪可能就不等秦骁的照片了，但她都已经说了照片稍后就发过来，总不好连这点儿小事都食言。

她拿起手机给秦骁发消息："照片拍好了吗？"

益远集团总裁秦骁："在忙。"

唐溪："抱歉，打扰到你工作了，你用手机随便拍一张就可以了，只需要两秒钟，不耽误你太多时间。"

他都有回复她消息的时间了，也不至于忙得连两秒钟拍照的时间都没有。

益远集团总裁秦骁："嗯，我随便拍一张。"

一秒钟后，秦骁发过来一张照片。

这么快,果然是够随便的,男人拍照就是随便。

唐溪点开照片,神色微怔。

照片上,秦骁坐在办公室里的沙发上,双腿大马金刀地叉开,下巴微抬凝视着镜头,左手微微弯曲,搭在左膝盖上,右胳膊小臂经过大腿,修长的手指垂在沙发坐垫上。

这照片是随便拍的?她突然觉得自己这个摄影师也挺随便的。

苏栀坐在唐溪的旁边,瞥见唐溪手机上的照片,笑眯眯地凑过头来:"照片发过来啦,我看看。哇,你老公还真是帅出新高度,这照片拍得比很多艺人精修出来的强多了。"

林简道:"我来看看,我来看看。"

工作室里的几个人都挤到唐溪的旁边看照片。

"怎么样,是个帅哥吧?姐没骗你们吧?"苏栀冲着林简说。

林简激动地晃着唐溪的胳膊:"大帅哥!跟溪溪姐你真是太般配了,恭喜溪溪姐!祝溪溪姐新婚快乐!"

另一个员工陈恺跟着说:"祝溪溪姐新婚快乐!"

唐溪有些不好意思了。她都已经跟秦骁领证几个月,不算新婚了,林简他们几个这么为她开心,她连喜糖也没给她们吃过。

"这周五我请你们吃饭吧。"

一般结婚的人都会请关系好的人吃顿饭。

林简笑嘻嘻地道:"姐夫一起吗?"

按理说,因为结婚请客吃饭,确实应该是秦骁和她一起请的。

不过秦骁……还是算了吧。

她这几天虽然跟他相处得不错,但也还没好到能让他和自己公司的同事一起吃饭的地步。

她抬起头对林简她们说:"姐夫忙,要赚钱养家,我们到时候刷姐夫的卡,去消费高的餐厅。你们这几天好好想想有什么想去的地方。"

林简碰了碰她的肩膀,指着她的手机屏幕说:"姐夫说他忙完了。"

唐溪愣了一下,垂头看见了秦骁发来的消息。

益远集团总裁秦骁:"我忙完了。"

唐溪:"好的,那你现在回家吗?"

益远集团总裁秦骁:"嗯。"

唐溪:"好的。"

秦骁好几分钟没再回消息。

这次由她主动要照片开始的聊天到这里应该可以结束了。

唐溪收起手机上楼，刚坐下，手机"嗡嗡"地振动两声，又收到了一条秦骁的消息："照片看了？"

唐溪："看了。"

益远集团总裁秦骁："没有话想对我说？"

她有话想对他说？唐溪想了想，没有吧？

但秦骁这么问了，可能是觉得自己有什么话要说。

唐溪："我应该要说什么？"

片刻后，秦骁回复："没什么。"

唐溪："……"

这回复，唐溪隔着屏幕仿佛都能看到秦骁在那边微抬着下巴冷哼的样子。

这人到底想让她说什么，有话直说不就好了吗？拐弯抹角的。

唐溪没管他，收拾东西准备回家。

收拾好包后，想到他今天忙里偷闲地拍照给自己发过来，唐溪决定犒劳他一下。

唐溪："晚上有没有什么想吃的，我做给你吃呀？"

益远集团总裁秦骁："都行。"

唐溪："好的，那我就随便做几样了。"

唐溪现在对"随便"这两个字有了全新的认知：随便，不等于敷衍。

益远集团总裁秦骁："要买什么菜，我让白姨去买。"

唐溪："不用，昨天买得多，没吃完，今天不需要买菜。"

益远集团总裁秦骁："我现在回家，顺道去接你？"

唐溪："不用，我现在也准备下班啦。我离家近，估计会比你早到家。"

益远集团总裁秦骁："嗯。"

唐溪收起手机时，扫了一眼自己和秦骁的聊天记录，有些诧异——她居然和秦骁聊了那么多话，秦骁居然可以说出那么多的长句子。

唐溪拎着包从椅子上站起来往外走。

苏栀顺嘴问道："回家啦？"

唐溪"嗯"了一声。

"你老公来接你吗？"

唐溪说："他问了我要不要他来接，不过他从公司到这边远，现在才下班，还不如我自己步行回家快。"

苏栀"啧"了一声:"我看他这不是对你挺主动的吗?都知道主动问要不要接你下班了,你干吗不在工作室里多坐会儿,等着他来接你?"

唐溪道:"从这里到我家,开车就十多分钟,我等他来接的话要在这里等将近一个小时,这多浪费时间,没必要吧。"

苏栀:"……"

她怎么觉得溪溪一个已婚女士,比她这个单身人士还不懂爱情呢?谈恋爱这种事,怎么能说是浪费时间?

她想着要不要给唐溪分析分析怎么跟男人培养感情。

算了,她一个单身人士,空有一身理论知识,但从来没有实践过,还是不乱说话,免得把唐溪给带歪了。

苏栀说:"我开车送你回去吧。"

唐溪摆了一下手:"不用,我打车回去就行,你过去又不顺路,没必要多跑一趟。"

苏栀说:"顺路顺路,我想吃你家附近菜市场里面的卤味了,刚好去买点儿。"

"……"这吃货。

苏栀拎起包跟唐溪一起走。

唐溪问她:"晚上我做饭,你留在我家吃了晚饭再走吧?"

"好——"苏栀刚想说"好呀",想到秦骁,卡顿了一下,改口道,"不了,你老公今天不是回家吗?我还是不过去做'电灯泡'了。"

唐溪挑眉睨了她一眼。

两个人边说边聊地走出工作室。

没过多大会儿,苏栀把车停在菜市场不远处的停车场中,二人步行走去菜市场。

菜市场进门左拐的地方有家卤味店,苏栀之前吃过他家的卤味,觉得味道不错。

"老板,我要半斤鸭脖子、半斤鸭锁骨、半斤夫妻肺片。"苏栀站在卤味店的门口,跟卤味店的老板点菜。

昨天跟唐溪说话的老板娘的摊子就在卤味店的对面,她看见唐溪站在那里,伸手向唐溪打招呼:"小唐,你过来一下,我有话对你说。"

唐溪听见她的声音,转身冲她笑笑,走过去问道:"怎么了?"

老板娘看这姑娘笑起来令人如沐春风,像花一样,眉眼弯弯,露出一对小酒窝,心想这样好的小姑娘,可不能被男人给伤害了。

老板娘犹豫片刻，还是决定要说。

她让唐溪凑近她，小声地问："我问你，你家里人是不是开公司的？"

唐溪点了点头，说："算是。"

老板娘问："他是不是什么……什么益……"

老板娘想了想，有些说不上来了。

唐溪提醒她："益远集团。"

"对对对，就是这个名，他是益远集团的老板吗？"

秦骁上过财经杂志，对于老板娘知道他是益远集团总裁这事，唐溪也不怎么意外："是的。"

苏栀买好卤味，走了过来。

老板娘认得她，之前她跟唐溪一起来过菜市场，老板娘知道她是唐溪的闺密，没避着她，直说了："你家里人有没有跟你提过，他有个念念不忘的暗恋过的女人？"

秦骁有念念不忘的暗恋过的女人？

唐溪一怔，侧脸看向苏栀。

苏栀更是一脸蒙。

老板娘看唐溪这样子就知道她不知道这件事，提醒道："小唐，我跟你说这事你可真的要注意了。就在昨天，你让你家里人去买排骨，那老板刚好认识他，说是小时候就和他认识，那会儿你家里人的家里穷，只骑得起电动车，暗恋一个姑娘，但是人家姑娘有喜欢的人，你家里人就托那卖猪肉的照顾她，说是对那姑娘特别好。"

苏栀好笑地道："什么卖猪肉的、家里穷、暗恋，你搞错了吧？益远集团从秦骁的爷爷辈就创立了，现在这都传了三代了，从来就没穷过。"

老板娘听她这么说，语气轻松许多："没穷过啊，那可能就是卖猪肉的自己吹牛。昨天他说和你家里人是关系不错的兄弟，没人信他，人家一个大老板，怎么可能和一个卖猪肉的是兄弟？他就瞎嚷嚷，说知道你家里人的隐私，结果今天上午他那猪肉摊子就关门了，人也不知去哪儿了，我们都怀疑是因为他乱说话，得罪了你家里人。"

老板娘说到这里，突然伸手捂了一下脖子，后知后觉，惊慌地问道："我跟你说这些，不会出什么事吧？"

唐溪："……"

苏栀"扑哧"笑了一声："能有什么事？别说这事是假的，就算是真的，不过是青春年少时暗恋过一个小姑娘，这算什么隐私，哪里值得让人家猪肉摊子关门的？阿姨，你们的想象力太丰富了，没事没事，你们放心聊，不会有人报复你们的。"

老板娘道："没事就好。我就想着，这万一要是真的，小唐家里人为了这么点儿事，这么多年了，还跟一个卖猪肉的过不去，那心里得多介怀这件事呀？所以才想赶紧提醒小唐，你家里人这么有钱，大老板，万一他的初恋对象回来了，这种事情搞不好，你得多小心。"

唐溪知道她是好心，笑着说："好的，谢谢你提醒我。不过我家里人对我很好，三观也没什么问题，不会乱来的，估计是刚好猪肉摊的老板不想干了，搬走了。"

老板娘不好意思地笑笑，说："可能是。"

和唐溪从菜市场里出来，苏栀哈哈大笑："这也太搞笑了吧？你老公就跟你来一次菜市场，就被猪肉店老板碰瓷了，还背了那么大一个锅。"

她说完，见唐溪没说话，碰了一下唐溪的胳膊："哎，你想什么呢，怎么不说话？"

唐溪道："我在想秦骁暗恋对象的事。"

苏栀无语了："不是，你还真信啊，这事一听就是假的好吗？你老公可是含着金汤匙出生的，怎么可能穷过？这卖肉的吹牛都不打草稿。"

唐溪淡淡地道："秦家确实有一段时间日子过得很不好。"

十年前益远集团差点儿破产的事，上流圈子中知道的人多，但一般人很少知道这件事，这么长时间过去了，网上早就没了当年的消息。

如今的益远集团如日中天，一般人也很难想到秦家有那么困难的时候，唐溪没跟苏栀聊起过这件事，所以连苏栀都不知道。

苏栀惊讶地道："真的假的，怎么没听你提过？"

唐溪道："都是过去的事了，没什么好提的。"

苏栀说："好吧，不过那也不能证明卖猪肉的摊主的话是真的呀。真是有一段时间日子过得不好，但瘦死的骆驼比马大，秦家再不济也比普通人家强吧？你别信这种没影儿的事。"

唐溪漫不经心地说："其实也不能算没影儿的事，还是有迹可循的。"

苏栀好奇地道："什么有迹可循？"

唐溪平淡地道："昨天我让秦骁去买排骨，他买完排骨回来，表情就很不对劲，回去后就让我以后不要来菜市场。下午他给我发消息，又说了一遍，需要什么让白姨买，不用自己来菜市场。"

苏栀皱了皱眉："你的意思是，他猜到那个卖猪肉的会乱说话，怕你去菜市场听到些风言风语,所以才不让你去菜市场?"

唐溪道:"有可能是这样,但他的心思不好猜。"

苏栀猜测道:"他不让你买菜可能是不想让你这么辛苦呢?"

唐溪说:"最主要的是,在他的收藏室里,有一辆十年前的老款电动车。"

所以她刚刚一听老板娘说秦骁只骑得起电动车,就知道那个卖猪肉的不是在吹牛,他是真的认识秦骁。

苏栀震惊地道:"他居然连电动车都收藏?"

"大概是因为那段日子很难忘吧,他是个很重情义的人。"

不过她还真想象不出来,秦骁那样骄傲的人,居然会暗恋别人,还爱而不得,暗恋的人有喜欢的人了。

她怎么突然觉得他有点儿辛酸呢?

唐溪脑海里浮现出秦骁有时候看起来很忧郁的脸,心想:莫非他身上那股隐藏在孤傲脾气下的忧郁,就是因为少年时受过情伤?

这也不至于吧?事情都过去十来年了。

苏栀把唐溪送到家门口,拍了一下她的肩膀:"你也别想太多,就算你老公有过暗恋对象也没什么。这年头,二十多岁的人,分分合合经历几段感情都正常,何况你老公这个只是暗恋,连恋都没恋过,你实在没必要为了这种事自寻烦恼。"

从菜市场出来后,她开着车以二十千米每小时的速度在路上晃晃悠悠,已经开解唐溪一路了。

唐溪哭笑不得:"放心吧,我不会为了这种事想不开。你真不留在我家里吃完饭再走吗?"

苏栀摇头:"不了,我还是回家,一个人孤孤单单地点外卖吧,拜拜喽!"

唐溪对她摆了摆手,叮嘱道:"秦骁小时候暗恋女生的事你别跟别人说啊,我怕传出去,秦骁知道我知道了,会觉得没面子。"

苏栀比了个"OK"的手势:"放心,我对谁都不说。"

唐溪站在大门前目送她的车消失在视野中,这才转身走进去。

益远集团总裁办公室。

李瑛见老板拍完照,和老板娘聊天,心情似乎很不错,想着要不要趁老板心情好,把整个菜市场的人都知道他年少时暗恋一个姑娘还爱而不得的事告诉老板。

　　他不得不佩服老板的敏锐，跟十来年没见过面的人碰了一面就知道这人嘴碎，让他买了两个猪肉摊，给李壮壮换了一个地理位置更好，但距离老板家很远的菜市场。

　　可是他没想到李壮壮的嘴可以碎到这种令人发指的地步，老板前脚刚从菜市场里出来，李壮壮后脚就跟个大喇叭似的把老板年少时暗恋女生的那点儿羞涩往事传得尽人皆知，等他买下猪肉摊的时候已经晚了。

　　这件事刚好又卡在菜市场里那些人的兴奋点上，当时整个菜市场的摊贩都在议论此事，他也就懂了老板为什么会突然让他把猪肉摊买下来。

　　但他不想懂，甚至宁愿自己不知道这件事。

　　李瑛纠结很久，还是决定把这件事告诉老板。

　　"秦总，有件事我想向您汇报一下，关于——"

　　"暂停。"秦骁抬手打断他，从椅子上站起来，举了一下手机，"工作的事明天早上再说，唐溪说要给我做晚饭，我现在要回家。"

　　秦骁拿起一旁的西装外套，拎起电脑包和午休时抽空去附近的商场给唐溪买的包，浑身散发着已婚人士的气息，阔步离去。

　　李瑛："……"

　　老板，这是你自己不想听，以后可不能怪我没告诉你。

　　秦骁到家的时候，唐溪还在厨房里做饭。

　　秦骁把电脑包和时装袋放在茶几上，透过厨房的门看到唐溪忙碌的身影，这幅场景就像是普通家庭里的妻子在等待丈夫。

　　唐溪听见外面的动静，匆匆地回头看了他一眼，笑着打招呼："回来啦。"

　　不等秦骁回应，她就转过身去，忙着向锅里加材料。

　　秦骁的那一声"嗯"到了喉咙里还没发出音，又被憋了回去。

　　他坐在沙发上打开电脑包，把电脑搁在腿上，正准备工作，想了想，放下电脑，走进厨房里，来到唐溪的身后，一声不吭地站在那里。

　　唐溪没回头，温声道："等会儿就好了，你出去等吧。"

　　视线随意地在厨房里扫了一圈，秦骁看见料理台上的椰子鸡时，皱了一下眉头，听见唐溪问："今天做了椰子鸡，你喜欢吗？"

　　唇角微动，秦骁正想说什么，唐溪微微侧脸，期待地看着他。

　　"还行。"

　　他端着料理台上做好的菜去餐厅。

154

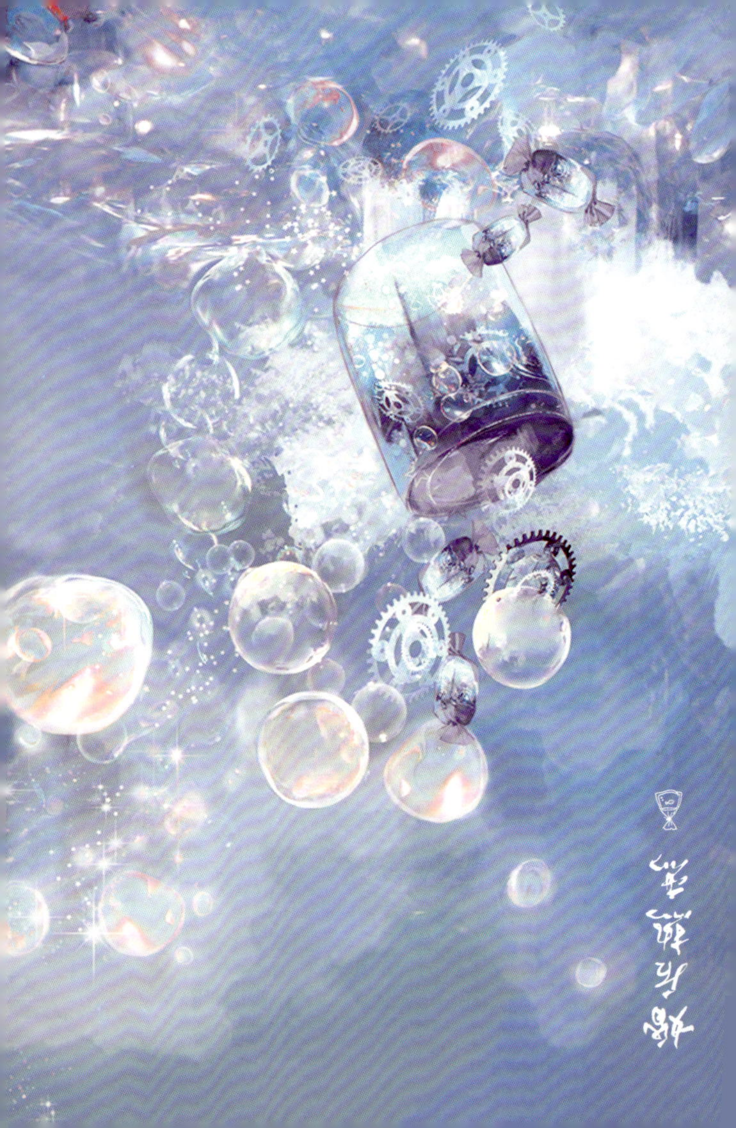

没多大会儿,唐溪做好最后一道菜,解下围裙,去餐厅吃饭。

两个人在吃饭时一向没什么话说,餐厅里很安静。

唐溪晚上没什么胃口,没几分钟就吃完了,放下筷子,想起今天菜市场老板娘说的话,没忍住抬头打量秦骁。

秦骁察觉到她的目光,抬头和她对视,下巴微抬:"看什么?"

唐溪觉得他现在这么要面子,可能真的是年少时那段辛酸往事给他的心灵上带来了创伤,十年都迈不过去那个坎,于是用安慰的语气说:"看你帅。"

秦骁放下筷子,面无表情地等着她继续夸。

唐溪用手托着下巴,目光真诚地开导他:"像你这么优秀的男人,特别容易被女孩子喜欢,只要那个女孩子没有喜欢的人,就很容易被你吸引。"前提是你别喜欢心里有人的女孩子呀,人家心里都有人了,你还玩暗恋,这不是自讨苦吃吗?

秦骁早已习惯她的夸赞,只是觉得她的语气、她的眼神跟以往不太一样,难道是他妈又打电话过来让他们俩回家了?

想到唐溪每次只有有事的时候才会爱他,秦骁心情复杂,没了吃饭的心情,起身欲走。唐溪以为他是被戳中内心,恼羞成怒了,赶紧补救,温声讨好:"你不吃了吗?这都是我特意给你做的。"

秦骁瞥见唐溪水汪汪的眼睛,目光微顿,又坐了下来。

他垂头吃饭,唐溪撑着下巴在他对面看他。

视线在她那红润的嘴唇上扫了几圈,秦骁垂着眸子,淡声道:"你刚刚说女孩子很容易喜欢我,是什么意思?"

唐溪不好说让他不要那么执着于过去,转了转眼眸,斟酌词句,突然听到秦骁问她:"你又想亲我了吗?"

唐溪:"……"

什么叫她又想亲他了?她什么时候想亲他了?

她只是怕他因为年少暗恋、爱而不得的事自卑,才想着安慰他两句,没有表现出半点儿想亲他的意思,也不知他的脑子是怎么构成的,才会从她安慰他的话语里总结出她想亲他的结论。

上次她偷拍他的照片,他也不分青红皂白地觉得她是想趁他睡着了偷亲他。

唐溪觉得自己可能是误会了他。

一天到晚觉得她想偷亲他,这样一个人,怎么可能自卑,这都自信得过了头，只能用自恋来形容了。

唐溪抿着唇，一时不知道该怎么回答他了。

若她说不想亲他，以他的脾气肯定会觉得她刚刚夸他的话都是哄骗他的，她对他的爱都是装出来的。

虽然唐溪觉得他早就看出来自己说爱他只是为了哄他，但她只要坚持自己是爱他的，不让他抓到明显的把柄，他也不会拆穿她。

像这种他问自己是不是想亲他的问题，如果她回答不想亲他的话，就属于很明显的把柄。

唐溪都能想到如果自己回答不想亲，他用他的那双冷黑的眸子审视自己的样子。

一般这种动动嘴皮子就能避免的事情，唐溪都会毫不犹豫地选择动动嘴皮子，但眼下这种情况还不太一样，如果她说想亲他的话，他有可能真的坐在那里，眼睛直勾勾地盯着她，等着她主动献吻。

她不排斥与他发生亲密点儿的肢体关系，但她的脸皮也还没厚到这种程度。

唐溪不由自主地瞥了一眼秦骁的嘴唇。

他的嘴唇很薄，听说嘴唇薄的男人都很薄情，但他似乎并不是一个薄情的人。

唐溪想到上次她主动在他的唇上亲的那一下，虽然当时都没太感觉到他嘴唇的触感，但她的脸还是开始微微发烫。

"唐溪。"秦骁的嗓音微沉，突然喊她的名字。

唐溪心里一紧，总感觉每次他用这种语气喊她的名字的时候，后面都会跟着让她不好意思回答的问题。

他微微俯身，将脸凑近她，目光意味不明地落在她的唇上："如果你想亲我，我不介意，帮你一下。"

唐溪："……"

他的嘴唇突然贴近她的唇。

唐溪下意识地向后躲了一下。

秦骁的目光微变，他盯着她的脸看了几秒钟，坐了回去。

唐溪反应过来，也顾不得害羞，赶紧开口弥补这段即将破碎的夫妻情。

"你刚刚是要亲我吗？我太激动了，一时没反应过来，你重新来一次吧。"

秦骁皱眉，一言不发地看着她。

餐厅里陷入沉默。

唐溪小心翼翼地抬眼打量对面那个嘴角一点儿弧度都没有，目光幽幽地凝视着自己的男人，伸手拿起勺子舀了一块椰子鸡放到他的碗里，温声说："再吃点儿吧。"

秦骁垂眸看了一眼碗里的椰子鸡，淡淡地道："不用给我夹菜。"

唐溪吸了一下鼻子，委屈地看着他，眼睫轻颤了几下。

秦骁拿起筷子，夹起碗里的那块椰子鸡，放进了嘴里。

吃完饭后秦骁就去了书房里，脸上没什么表情，似乎不太开心。唐溪猜到他可能是因为自己没亲他，男人的自尊心作怪，觉得没面子了。

唐溪不惯着他这臭毛病，洗完澡，做完护肤，早早地掀开被子上床睡觉了。

翌日一大早秦骁就不在家里了。他今天要去邻市出差，凌晨五点多走的时候给她的手机上发了消息，说今晚不会回来，那时候唐溪还在睡觉。

早上起床看到秦骁发的消息，她有些意外，还以为他们昨晚闹了不愉快，她又没哄他，他就不打算理她了呢。

既然傲娇的男人都主动发了消息，唐溪就当这事过去了，顺着台阶继续扮演好对他嘘寒问暖的妻子，给他发消息。

唐溪："注意身体，如果需要去施工场所，要做好保护措施，戴安全帽。"

益远集团总裁秦骁："嗯。"

之后他们就没再聊过。

周五下午，工作室提前下班，唐溪请同事们去市中心的一家餐厅里吃饭。

她预约了包间，原本只是想请她们吃顿饭，没想到林简她们还特意带了礼物，祝她新婚快乐。

幸好唐溪也不是全无准备，中午休息的时候想到一般新婚人士都要请同事朋友们吃喜糖，就去附近的超市里买了几袋喜糖。

众人坐下后，唐溪拿着糖，一袋一袋地分给她们。

林简嘴巴甜："谢谢溪溪姐，祝溪溪姐和姐夫新婚快乐，百年好合，早生贵子！"

唐溪被她这祝福语说得脸色微窘，继续给坐在她旁边的陈恺发糖。

陈恺也有样学样地说："谢谢溪溪姐，祝溪溪姐和姐夫新婚快乐，幸福美满，当然还有最重要的——早生贵子！"

"行了行了,姐夫今天没来,你们就别提他了。"

众人起哄道:"那不行啊,姐夫人没来,但是卡来了,我们都托姐夫的福才能吃到这顿饭,必须要感谢姐夫呀!"

包间里都是自己人,年轻人虽然闹腾了点儿,但也是真为她开心,唐溪没再说什么,由着他们闹了。

晚饭时大家都喝了点儿酒,唐溪喝过酒,但从来没放纵自己多喝过,也不知道自己的酒量到底好不好,但今天大家庆祝她"新婚",敬她的酒她都喝了,喝得不算少。

看着大家为她开心,端着酒杯在包间里跑来跑去,她也体会到了快乐。

包间里有唱歌设备,吃完饭,几个人开始唱歌,一共两个话筒,几个人在那儿抢话筒。

唐溪坐在沙发上,端起面前的酒杯喝了一口酒。

苏栀关心她:"你怎么还喝,还好吗?醉没醉?我看你今天喝了不少。"

她刚刚想拦着的,但看大家都开心,想着她在这里,且唐溪是个有分寸的人,要是不能喝,用不着劝,自己就不喝了。

唐溪道:"有点儿渴,还好,没觉得醉。"

她这次算是又刷新了自己的酒量纪录,看起来自己的酒量也挺不错的。

她想起上回秦骁醉醺醺地回家,也不知道喝了多少,她的酒量和他的比,不知道谁的酒量更大。

她刚想到秦骁,就听苏栀调侃道:"你这么能喝,你老公知道吗?"

唐溪笑着冲她眨了眨眼,有点儿俏皮:"他不知道。哪天我找个机会把他喝趴下,他就知道了。"

苏栀:"……"

同一家餐厅的另一个包间里,秦骁坐在牌桌边,正在打牌。

今天是季正琛的生日,他一早就给秦骁打了招呼,也没大操大办,就他们俩还有言寻、霍远霖四个关系铁的朋友,刚够凑一桌麻将。

中午的时候,秦骁给他们三个人发消息,要换场所,把这家餐厅的地址发在了群里,三个人没什么意见,就把聚会场所换到了这边。

言寻、季正琛、霍远霖三个人的面前都摆着红酒,时不时地喝一口,秦骁的面前摆的是凉白开。

其他三个人也不劝他喝酒,劝了他就说老婆不让喝,活脱脱一个"妻管严"的样儿,但他说老婆不让喝时的语气、神态,皆是睥睨众生的样子。

在场的四个人里，只有他有老婆，其他人都没有。

今天这个麻将局的规则也新鲜，不赌钱，就玩真心话，谁赢了就可以问另外三个人问题，这幼稚的游戏是霍远霖提议的。

季正琛嘲笑他："你几岁了，还玩这种游戏？这都是小朋友玩的，该不会是诺诺教你的吧？"

被他说中了，霍远霖也不恼，指尖把玩着一张麻将牌，慢悠悠地道："我几岁都是你哥，叫哥。"

季正琛噎了一下，气得想骂脏话。他和霍远霖是正经的表兄弟，他妈是霍远霖妈的亲姐姐，只可惜他从肚子里蹦出来的时间比霍远霖从肚子里蹦出来的时间晚两个月，就因为这两个月，他就成了表弟。

霍远霖从小就被养在季家，两个人一起长大，生日就差两个月，男孩子小时候好胜心强，季正琛特不服气喊霍远霖"哥"，为此二人经常打架，想用拳头分出谁是"哥"。

季正琛小时候为了"哥"这个称呼较劲惯了，导致长大后能随口喊秦骁"哥"，但就是不乐意喊他正儿八经的表哥霍远霖"哥"。

眼看着这两个在外人面前成熟稳重的表兄弟又要小学生似的吵起来了，言寻举起酒杯说："来来来，我们干一个，祝正琛生日快乐，即将迈入他人生的第二十七年，也是他作为处男的第二十七年。"

季正琛骂了句脏话："就知道你狗嘴里吐不出象牙，你损不损啊你？"

言寻调侃他："难道你不是处男？"

季正琛的脸都黑了，他嘴硬地说："我不是。"

言寻笑着给秦骁和霍远霖使眼色：这一局谁赢了谁就问季正琛这个问题。

才被季正琛吐槽幼稚的游戏刚好被拿来对付他。

一局麻将结束，言寻和牌了。

他冲季正琛挑了一下眉："这回得说真话了啊，玩游戏可不能耍赖，真心话，快点儿。"

关系好的兄弟，私底下聊天经常会说些荤话。

本来他们也不觉得单身是件没面子的事，他们四个人里面，只有言寻早早地谈起了恋爱，剩下的三个都是单身人士。

但自从他们四个人里面出了一个已婚男士，此人就天天秀老婆，秀得好像他们这些单身的人低人一等似的。

季正琛厚着脸皮跟言寻互相伤害："我单身怎么了，我是处男怎么了，你谈过恋爱这不也分手了吗？霖子不也没谈过恋爱吗？霖子肯定也是处男。"

霍远霖闭嘴不参与这个话题。

季正琛在气势上瞬间压过言寻："看，我们大家都是处男，就你不是，还没结婚就没了处男之身，不守男德！"

言寻："……"

他莫名其妙地成了"不守男德"的低质量男性。

言寻朝秦骁抬了抬下巴："这不是还有骁哥吗？人骁哥能和你似的，还是处男？人家已婚。"

包间里安静了几秒钟。

秦骁没接话，言寻瞬间没了底气："不是吧，哥，你都结婚那么久了，不会还是处男吧？"

季正琛和霍远霖也用看好戏的目光看着秦骁。

一群心思敏锐的人瞬间发现秦骁的反应不太对劲。

这人天天恨不得把"我有老婆"这几个字贴在脑门儿上，这要不是处男，早开始炫耀他已婚人士的身份了。

秦骁将身子后仰，靠在椅子上，伸出自己戴着婚戒的手，明明白白地秀了一把。

言寻不依不饶："哥，咱这玩的可是真心话，这局我赢了，我问的这个问题你可得说实话，不能为了面子撒谎。"

秦骁微挑着眉，不屑地冷嗤一声。

"……"

看他这孤傲的姿态，三个人都信了他不是处男，毕竟人家已婚。

秦骁垂眸看了一眼自己的手指，想起唐溪用手帮他的那晚，她带着哭腔埋怨他，趴在他的耳边娇气地哄他……

秦骁坐直身体，摆了一下脖子。

他不算撒谎，唐溪用手帮过他，他不算处男。

牌局继续，没两分钟，霍远霖接到一个电话，对着电话那边的人发火："怎么搞的，一个人都看不住？！"

霍远霖劈头盖脸地一通骂后，电话那边的人换了。

秦骁坐在他的左手边，隐隐约约地听到了女孩的声音，比霍远霖的声音还嚣张："叔叔，我不用你管，你别骂我的人，挂了。"

手机发出"嘟嘟嘟"的忙音，霍远霖还真被挂电话了。

霍远霖气笑了，端起桌子上的酒赔罪："兄弟们对不住了，我有事，得走了。"

季正琛笑着看他："是诺诺吗？小丫头的脾气够大的呀，连你的电话都敢挂。"

整个季家，除了老爷子，还没别人敢挂霍远霖的电话。

霍远霖放下酒杯，嘴上嫌弃地道："这小孩，一天到晚就会给我惹事。"话音刚落，人已经大步走出了包间。

他一走，三个人也组不起牌局了，坐在沙发上喝酒闲聊。

言寻问秦骁："哥，真不喝点儿？"

秦骁淡淡地道："酒后不能要孩子。"

言寻震惊地道："不是吧，哥，你和嫂子这么早就准备要孩子了？不多过几年二人世界？"

秦骁没接话，手机响了起来，是餐厅经理打过来的，说唐溪她们已经结束了，现在刚走出包间。

秦骁收了手机，跟言寻和季正琛说："有事，改天再聚。"

今天晚上餐厅经理按照他的吩咐，让人在唐溪所在的包间门口盯着，这边一结束立刻给他打电话通知他。

唐溪和工作室的一群人走出包间，餐厅的工作人员在走廊上拦了她们一下，送了一瓶红酒，说是餐厅特意给客人准备的。

唐溪没多想，但她的两只手拿满了同事们送的礼物，腾不出手来拿红酒，旁边的陈恺替她接了。

一行人走到电梯旁，按了一下电梯按键。

唐溪站在电梯旁，电梯外面是一层金色的不锈钢，能照出人影。

唐溪对着不锈钢看，只见里面突然出现一个熟悉的高大身影。

她愣了一下。

秦骁走到她的身侧，胳膊挨着她的肩膀，把她手里提着的礼物接了过去。

唐溪旁边的林简正"叽叽喳喳"地说着话，瞥见唐溪身边的秦骁，噤了声，用一种询问的眼神看向唐溪。

其他人也认出秦骁了，只是都只见过照片，没见过真人，被他身上散发出的疏离感镇住了，没敢认。

唐溪抬头看了秦骁一眼，脑子里千回百转地不知想了多少，伸手挽住他的胳膊，笑着跟众人介绍："这是姐夫。"

自从工作室里的人知道唐溪结婚了，在唐溪的面前都是用"姐夫"这个称呼喊秦骁，今晚吃饭时也是一口一个"姐夫"，唐溪也跟着她们喊"姐夫"，喊习惯了，一时没转过弯，张口就喊了"姐夫"，喊完就把头垂了下去。
　　一群人这才反应过来，对着秦骁打招呼："姐夫好，姐夫好，祝姐姐姐夫新婚快乐，百年好合！"
　　她们的手里还拿着喜糖，跟刚参加完新郎新娘的新婚宴似的。
　　目光微动，秦骁隐隐猜到了唐溪今天请客的原因，侧目看着她的脸。
　　她喝了酒，不知是尴尬的，还是酒精醺的，脸颊微微泛红，不好意思抬头。
　　本来同事们祝她新婚快乐，她请她们吃顿饭，以他忙为借口，说两句场面话，也没什么。
　　可偏偏他刚好也出现在这里。他忙得不能陪老婆一起和同事吃饭，却可以自己在这里吃饭，简直是现场打了她的脸。
　　她在同事们这里被打脸就算了，关键是她要怎么跟秦骁解释，她今天请客吃饭，是因为他们俩结婚了。
　　这也太尴尬了。
　　唐溪垂着头，挽在他胳膊上的手把他衬衣的袖子都攥皱了。
　　秦骁看她连耳根都红了，一群人"姐姐姐夫"地对着他和唐溪道喜，喊得他心情舒畅。
　　他礼貌地说了声"谢谢"，给唐溪面子："抱歉，今天有一个重要的生意在这里谈，结束时你们这边也结束了。"
　　给季正琛过生日这个理由，不配让他放弃和老婆一起请客吃饭。
　　一群人忙说没关系，工作要紧，溪溪姐已经跟她们说过了。
　　接下来唐溪一句话都没说，都是秦骁和她的同事们在打圆场。
　　他在商场上都游刃有余，面对这种场合更是一点儿问题都没有。
　　刚从包间里出来时，风一吹，唐溪就有点儿头晕，看到秦骁后，头更晕了，稀里糊涂的都不知道是怎么送走那些同事的。
　　人都散了，餐厅门口只剩下唐溪和秦骁，司机把车开到他们俩的面前。
　　秦骁把刚刚唐溪的同事们递给他的"新婚礼物"都放到车的后备厢里，然后坐进了车里。
　　车厢里异常安静，秦骁交叠双腿，用审视的目光盯着唐溪。
　　唐溪想着他被她的同事们围着喊"姐夫"的样子，尴尬地冲他笑了笑，抬起手，冲他摊开手心。

"要吃糖吗？"

她的掌心上放着一颗红色包装的糖，上面有一对穿着中式礼服的新人的图案。

这是他们俩的"喜糖"。

秦骁扫了一眼驾驶座上的司机，没当着司机的面找她算账，把她手里的那颗糖接过去，撕开包装袋。

唐溪笑得更灿烂了，讨好地冲着他说："你尝尝，甜不甜。"

秦骁盯着她粉嫩的脸颊，见那水汪汪的眸子里似是含了一层氤氲的水汽，她像是醉了。

他眯了眯眼，抬起手臂，指腹抵着她的唇摩挲，描摹着她的唇形，把那颗糖推进了她的嘴里。

唐溪含着那颗糖，唇角残留着他手指的温度，对上他深邃的目光，心重重地跳了一下。

秦骁扫了一眼指腹上淡淡的水痕，喉结滚了一下，低声问她："甜吗？"

秦骁边问边摁下车门边的一个按钮，升起了驾驶座和后座之间的挡板。

唐溪脑袋有点儿晕，还真用牙齿把糖咬开，带着浓郁奶味的糖在口腔中化开，她点了点头，说："甜。"

秦骁将唇凑到她的唇边，声音低沉："我想尝尝。"

唐溪的睫毛急促地颤抖，眼中映出他炽热的眸子，受他蛊惑，她轻轻地点了一下头。

她一动，嘴唇擦过他的唇角。

他伸手，抬起她的下巴，嘴唇肆意地压在她的唇上。

不知过了多久，唐溪嘴里的糖都没了，不知是被他吃了还是被她自己咽了下去，两个人的嘴唇还贴在一起。

他吻得杂乱无章，一会儿用嘴唇细细地品味她的唇，一会儿钩住她的舌纠缠。

唐溪被他吻得有些呼吸不畅，身体被他的手臂揽着，箍在怀里，心在剧烈地跳动，仿佛浑身的血液都冲到了脸颊上，整张脸涨得通红。

她抬手，轻轻地推了一下他的肩膀："没……没了……"

唐溪的气息不稳。

秦骁停下来，垂着头，鼻尖亲昵地贴着她的鼻子轻蹭了一下，嗓音微哑:"什么没了?"

"糖,糖都被你尝没了。"

她的声音软软的,像抱怨又像撒娇。

秦骁炽热的眸子越来越深,眼睫低垂着,视线落在她鲜红的唇上,他正欲再吻上去,唐溪偏头躲了一下,温热的唇擦过她的耳垂。

唐溪的身体僵了一下,听着他有力的呼吸声,她有点儿慌,不知二人今天好好的怎么就在车上这样了。

唐溪察觉到他还想继续,身体前倾,凑到他的耳边小声说:"秦骁,司机……"

秦骁稍稍地向后挪开些,微垂着头,凝视着她红透了的脸颊,嗓音中夹杂着笑意"嗯"了一声,手臂还环在她的身上,抱着她没放。

唐溪对上他深沉的目光,没忽略他眸中的笑意,心瞬间跳得比刚刚还厉害——她受不了他这副样子。

她抿了抿唇角,脑袋发晕地问他:"甜吗?"

秦骁低声说:"甜。"

他微微地张开嘴唇,露出舌头上奶白色的糖块给她看。

唐溪的脑子里"轰"的一下。

那块糖居然还在他的嘴里!

"还在。"

秦骁一本正经地回答她刚刚说糖没了的那个问题。

唐溪不敢看他了,移开目光,视线落在前排的车座上,双手推了推他的胳膊,没使什么劲,秦骁自己松开了。

唐溪转身挪到车后座最左边,脸朝着车窗外,伸手把车窗打开,给自己降温。

秦骁随后降下了前排和后排之间的挡板,唐溪用余光瞥见司机的后脑勺儿一点点地出现在视线里,羞耻的感觉一波接着一波地涌上来。

这叫什么,掩耳盗铃吗?他把车的挡板升起来,司机估计更会多想吧。

之后的路途中,唐溪把掩耳盗铃的方针贯彻到底,用脚蹬着秦骁的腿,把他一点点蹬到车后座的最右边,让两个人保持最大的距离,想要营造一种两个人刚刚升起挡板只是为了避开司机吵架的氛围。

为了让效果逼真,她还瞪了秦骁一眼,故意使劲地踹了他一脚,想要把他惹生气,可惜秦骁今天的脾气格外好,面色温和,一点儿都看不出生气的迹象,等到车子停在别墅门口时,还给司机发了两袋"喜糖"。

唐溪先下了车，没管后备厢里那一堆同事们送的礼物，直接往屋里走，脱了高跟鞋，连拖鞋都没穿，赤着脚往楼上跑。

片刻后，秦骁进屋，两只胳膊上挂了一堆礼品袋，怀里还抱了一个有一米多高的粉红色毛绒玩具兔子。他是横着抱的，经过房门的时候玩具兔子还撞了一下墙，调整了一下才抱进来。

没有第三个人在场，唐溪坐在沙发上，身体里的那股窘意消散了不少。

夫妻之间接个吻而已，不算什么，只是她以后要和秦骁商量好，不能在外面这么乱来，这以后还让她怎么坐司机的车呀。

"东西放哪里？"

秦骁走到她的面前，若无其事地问她。

他到底是男人，脸皮厚，那我也不要害羞，也要厚脸皮。

唐溪微微后仰，靠在沙发里，学着他的语气，淡淡地道："随便。"

秦骁"嗯"了一声，转身走出卧室。

唐溪好奇地抬头往外看了一眼，也不知他这是要把这些礼物随便放在哪儿。

她开始后悔了，这都是同事们的心意，不能随便放。

算了，反正东西肯定是要放在家里的，她明天再拆吧。

她抬手按了按太阳穴，身体里有点儿燥热，起身走向衣帽间，从鞋架上拿了双新拖鞋穿上，拿着睡裙去浴室里洗澡，刚脱下衣服就听到秦骁在外面敲浴室门。

唐溪扭头，看见浴室的磨砂玻璃门上映着一道高大的身影，仿佛下一秒就要破门而入了一样。

唐溪吓了一跳，迅速地从旁边的架子上抽了条毛巾挡在胸前。

秦骁叫她："唐溪。"

唐溪应了一声："怎么了？"

"你在洗澡？"秦骁问。

"嗯。"

"喝了酒不是不能洗？"

这是之前他喝酒时，唐溪自己说过的话。

"那是喝醉了不能洗，怕你被浴室里的热气一蒸，醉倒在浴室里。我没醉，可以洗。"

唐溪说完，秦骁沉默片刻，还是站在那里没走。

唐溪赶他走："你别在那里站着了，我要洗澡了。"

秦骁淡声道："你洗吧，我听着。"

唐溪："……"

她洗澡，他要站在那里听着？难道他是怕她醉倒在浴室里，想及时听见动静，进来救她吗？

她听他的意思，好像就是这样。

这么一想，唐溪再看他在那里守着的高大的身影，脑子里突然蹦出苏栀之前跟她说的那个词——黑骑士。

她心底涌起一股暖意，浑身充满安全感。

他跟她同床共枕这么多天，要做什么早就做了，有什么好怕的？

她抬手打开淋浴喷头，温热的水流冲到身上，玻璃门上的人影动了一下。

"唐溪。"

唐溪听见他喊她，关掉淋浴喷头，问道："怎么了？"

秦骁的嗓音低沉平稳："我只能听见水流声，听不见你的声音，介不介意我进去看着你洗澡？"

唐溪："……"

唐溪惊愕地怔在原地，眼睛不由自主地瞪大，脑子里认真地解读他的话。

他说什么？

他说要进来看着她洗澡？

她没听错吧？

她不会是真喝多了，醉了，听错话了吧？

他怎么会说出这种话？

玻璃门上的人影微垂着头，像是在认真地等她的答案。

唐溪低头看了一眼自己赤裸的身体，想到此刻若是他进来，自己这副样子落在他的眼里……

唐溪的一张脸顿时又开始发烫，她实在不知他是怎么做到如此一本正经地说出这种流氓的话的。

她不介意跟他发生关系，但是现在让他进来盯着自己洗澡，她真的接受不了。

唐溪决定不理他。

"唐溪。"

他又喊了一声。

他还真打算进来呀。

唐溪深吸了一口气,忍着骂他的冲动,问道:"你的意思是,你要进来,看着我洗澡,不做别的吗?"

秦骁淡淡地"嗯"了一声,说:"你的脸很红,像是有酒精作祟,万一你摔倒了,我在外面听不见。"

她的脸很红,是因为他的嘴在她的唇上作祟,不是因为酒精作祟。

想到这人在车上耍流氓的样子,唐溪几乎可以确认,这男人要进来,就是想要流氓。

不知道为什么,明明之前还很正人君子的男人,最近频繁地需要她的帮助,尤其是今天,看起来格外兴奋。

唐溪声音坚定地道:"我没有喝醉,现在很清醒,可以自己洗澡,你不用进来。"

这就是明明白白地拒绝他了。

唐溪说完,手指抓紧胸前的浴巾,盯着玻璃门上的影子。

外面没了声音,秦骁还站在那里,也没再提要进来的事。

唐溪看了他的影子一会儿,打开淋浴喷头,面朝着门的方向,继续洗澡。

他的影子一直映在玻璃门上,他面朝着她的方向,隔着门,像是在和她四目相望。

唐溪心里有一种说不出的别扭感,连带着洗完澡,穿衣服的动作也变得扭捏了起来。

她站在浴室里的镜子前,看着镜子里的自己的肩膀上只挂了两根吊带,有点儿后悔自己选了这么暴露的睡裙。

她把头发放到身前,挡住从领口露出来的锁骨,从旁边的架子上拿了一条大浴巾披在身上,把自己裹得严严实实的,想了想,又把浴巾拿了下去。

她都穿着这种睡衣跟他躺在一张床上这么多次了,该看的他早就看过了,而且之前她用手帮他的那次,迷迷糊糊间,感觉不该看的他也看了。

她还是不矫情了,那男人别扭又敏锐,看到自己裹着浴巾的样子肯定觉得自己在防备他,又得生气,生气她就得哄。

她把头发也撩回了耳后,转身往门外走。

听到她的脚步声,玻璃门上的人影晃了一下,消失了。

唐溪放缓脚步,打开浴室门。

卧室里，秦骁已经坐到了沙发上，双腿交叠，手里拿了本书，正若无其事地翻着书页，像是一直在看书，没有说过那句耍流氓的话，也没一直站在浴室门前。

唐溪一眼就扫到了他手上的书的名字，是她那本《每天演好一个情绪稳定的人》。

每次当心情激动烦闷时，她就打开这本书看看，喝几口人生的"心灵鸡汤"。

他现在看这本书，也是情绪不稳定了？因为她刚刚拒绝他进浴室？

唐溪走到床边，脱鞋上床，到里面掀开被子躺进去。

秦骁将视线从书本上抬了一下，瞥了她一眼。

唐溪侧过身，脸朝着他的方向，看着他。

秦骁垂下头，继续翻书。

这别扭样儿，她不就是没让他去浴室里看她洗澡吗？他至于吗？就算是已经发生过关系的夫妻，妻子应该也不太好意思洗澡的时候让丈夫在旁边盯着看吧？

她刚刚在车上还给他亲了呢。

他一看就是没什么接吻的经验，或者是压根儿就没接过吻，把她的嘴都亲疼了。

唐溪噘了噘嘴，目光刚好又扫过来的秦骁看到了她这样一副委屈的样子。

和以往装出来的可怜样儿不一样，她躺在那里，眼睛滴溜溜地转着，像是在等着人来哄。

秦骁盯着她红润的嘴唇，目光微动，把手里的书搁在一边，问道："你的同事为什么今天给你送礼，祝我们新婚快乐，还感谢我请她们吃饭？我并不知道请她们吃饭的事情。"

唐溪愣了一下，他在车上的时候没提这事，主动帮她拿礼物，还送了司机两袋"喜糖"，唐溪还以为这事已经过去了呢，没想到他突然提起来。

唐溪有些不好意思，往被子里缩了缩，含混地说："她们知道我结婚了，很替我开心，我就跟她们说要请她们吃顿饭，一般结婚都是要请朋友吃饭的。我没想到那么巧，刚好在那里碰到你了。"

这可不是巧合，是她那天打电话订餐厅被他听见了。

秦骁的黑眸认真地盯着她："是两个人一起请。"她没有跟他说这件事。

唐溪听出他的意思，解释道："我那不是怕你忙吗？而且她们都是我工

168

作室里的人，你也不认识，我是用你的卡请客的，她们都知道，很感谢你请她们吃饭，也都很喜欢你。"

秦骁意味不明地道："结婚的时间我还是能抽出来的。"

唐溪说："只是请同事吃顿饭，不是办喜宴，不值当浪费你的时间，你晚上不是在谈生意吗？"

秦骁垂眸说："不是谈生意，是朋友过生日。"

唐溪"哦"了一声。她之前就猜到他说有重要的生意是为了打圆场，毕竟在正常人的眼里，给朋友过生日肯定没有和老婆一起请客吃饭重要。

秦骁沉默片刻，就在唐溪以为他不会再说什么，这场睡前聊天就要结束的时候，秦骁突然又问："就是她们要看我的照片吗？"

唐溪"嗯"了一声，嘴甜地道："她们看了你的照片，都说你很帅。"

秦骁说："你跟她们说我们结婚了？"

唐溪点头："对啊。"她说完，看到他眸中闪过一抹笑意，不知怎的有点儿害羞，问道，"不可以告诉她们吗？"

虽然她们的夫妻关系很特别，但也没有隐婚，他公司的员工都知道她是他的老婆，她告诉她工作室的同事应该也没什么问题吧？而且她跟他要照片时说过是同事要看，他肯定当时就知道她跟她的同事提起过他了。

秦骁压抑着唇角的笑，说："可以，合法夫妻。"

唐溪附和道："是的，合法夫妻，没什么不能说的。"

"嗯，合法夫妻。"

秦骁又说了一遍，不知道在强调什么。

两个人心照不宣地沉默了下来。

室内的温度像是攀升了一样，唐溪突然感觉燥得慌，眼睛往床头柜上瞟，找遥控器。

"找什么？"秦骁从沙发上站起来，边问边往她这边走。

唐溪拽着被子往里面缩了缩，眼睛没看他，说道："先别聊了，你还没洗澡呢，去洗澡吧。"

秦骁放到被子上的手顿了一下，在被子上抚了抚，他假装抚平被子上面的褶皱，心里懊恼自己怎么不早点儿洗澡。

他淡淡地"嗯"了一声，说："我先去洗澡。"

他转身往浴室那边走了两步，回过头，对唐溪说："你等我，洗完澡，我有话对你说。"

他还有话说？

唐溪见他面色平缓，不像是要说什么闹脾气的话，点了点头，说："好。"

唐溪平躺在床上，盯着天花板，听到他推开衣帽间门的声音。

现在时间已经不早了，她又喝了点儿酒，躺在床上就开始犯困，眼皮一点点地向下耷拉，刚眯上眼，耳畔突然响起迪斯科音乐。

她吓了一跳，睁开眼睛，看见秦骁手里拿着睡衣，站在床头，在用手机放音乐，手指还摁着音量键，把音乐调到最大声。

唐溪被激烈的音乐声吵得一点儿睡意都没有了，一脸无语地看着他："你干吗呀？"

大晚上的，放这种音乐，他还让不让人睡觉了？

秦骁就是为了不让她睡。

之前他几次需要她的帮助，她都睡着了。

她入睡得太快，等他洗完澡，她可能又睡着了。

秦骁淡淡地道："听点儿音乐，别关。"

秦骁把手机放在自己的枕头上，叮嘱了一句不让唐溪关音乐，阔步走向浴室。

唐溪："……"

你想听音乐把手机拿到浴室里去听啊，放在这里折腾她干吗？

浴室里的灯亮了起来，淋浴的水流声被激昂的音乐声盖得一点儿也听不见，唐溪枕在枕头上，他的手机的听筒正对着她的耳朵，音乐声吵得她的耳朵都快聋了。

她捂了捂耳朵，气得冲浴室里喊："秦骁，这音乐太吵了，我关上了啊！"

不等秦骁回应，她直接拿起秦骁的手机关了音乐。

好在关音乐不需要解锁手机，直接就能关了。

音乐一关，唐溪觉得整个世界都安静了下来，连浴室里"哗啦啦"的水流声听起来都比平时小了许多。

秦骁听见音乐被她关了，也没说什么。

唐溪舒了口气，闭上眼睛，不到一分钟又睁开了眼睛，一点儿睡意都没有了，拿起手机刷微博。

没几分钟，秦骁从浴室里出来。

他今天澡洗得格外快，头发还湿漉漉的，没吹干就跑出来了。

唐溪将视线从手机上抬起来，身体往里面挪了挪，问道："你怎么不把头发吹干？这样睡觉明天早上起床会头痛的。"

秦骁随意地撩了一下头发，走近她，说："没事，等会儿就干了。"

他掀开被子准备上床。

唐溪看着他说："再吹吹吧，这样真的很容易感冒。"

秦骁看了她一眼，返回浴室里去吹头发。

浴室的门没关，唐溪瞥了一眼他挺拔的身姿，预感到今晚会发生什么，心跳"扑通扑通"地开始加速，又有点儿紧张，生出了想要临阵脱逃的想法。

只是装睡这招肯定不好使了，这人连迪斯科都放出来了，就是防着她睡着。

如果她装睡被他发现，这段摇摇欲坠的夫妻关系估计就真的要破碎了。

果然，男人为了床上那点儿事，什么法子都能想出来。

她伸手拍拍胸口，思索着待会儿他要是问自己介不介意，要怎么回答。

她记得他第一次问这个问题时，她回答不介意。

后面他似乎还有问题要问，好像是问她为什么不介意。

这也太烦了，夫妻亲热一下而已，她怎么还有那么多问题要回答？

秦骁吹完头发出来时，唐溪正在复习"考题"，提前准备答案。

她想的是，等会儿如果他问她介不介意，她就快速地回答不介意，不能因为害羞而犹豫。

如果他问她为什么不介意，她就说因为爱他，回答得也要快，不能犹豫。

如果他还有其他问题，她就随心所欲地答，他爱怎么样就怎么样吧，她尽力了。

床垫的另一边向下一沉，秦骁回来了。

唐溪双手不自觉地放在胸口上，身体有些僵硬地紧绷着。

秦骁上床后，平躺在床边，好一会儿都没什么动静。

唐溪慢慢地放松下来，觉得自己可能是想多了，他今天似乎不准备做什么，她闭上眼睛，正准备睡觉，身侧突然传来动静。

唐溪的眼皮颤了颤，闭得更紧。

男人挪到她的身侧，挨着她的肩膀，目光炽热地看着她。

"唐溪。"

唐溪应了一声："在。"

他们头顶的水晶吊灯不知什么时候被他关上了，卧室里只余下一盏暖红色的床头灯，让房间里的气氛看起来更加暧昧。

"你向你的同事们介绍我了？"他将嘴唇凑到她的耳边，呼出的热气洒在她的后颈上，像带着电流一样，让她的全身酥酥麻麻的。

他洗澡前说有话跟自己说，就是这话吗？

这个刚刚不是已经说过了吗？他怎么还问，难道是怀疑她说谎吗？

今天她的同事们都当面喊他"姐夫"了，他有什么好不信的？

唐溪腹诽，答道："是的。"

"你让她们喊我'姐夫'？"

他的手掌贴上她的腰，唐溪抖了一下，受不住别人摸她的腰，手覆到他的手背上，推他的手，没推开。

"是她们自己喊的。你别碰我的腰，痒。"

秦骁听话地把手从她的腰上移开，握住她的手指，嘴唇往她的耳郭上贴了贴。

唐溪蜷缩起身体，眼睫轻颤。

"你刚刚说她们都因为你和我结婚，替你感到开心？"

他的唇从她的耳朵尖移到耳垂上，唐溪被他弄得全身开始发热，都不太记得自己刚刚说过这话了，大脑混乱地点了点头。

"是的。"

秦骁低声问："你呢？"

"什么？"

"你开心吗？"

唐溪继续点头："我开心。"

秦骁的呼吸声沉重了些，手捏着她的下巴，让她的脸对着自己，他用幽深的目光凝视着她的脸，嗓音低沉而有磁性："她们祝我们新婚快乐，百年好合。"

唐溪"嗯"了一声。

秦骁用嘴唇在她的唇上蹭了蹭，低声说："你回答她们什么了？"

唐溪被他撩拨得浑身发软，害怕地想躲开，觉得他的问题也太多了点儿，有点儿想催他想干什么就快点儿吧，但又不能完全放下矜持。

他惩罚似的含了一下她的下嘴唇，松开，向后退了退，眼睫微挑，等着她的回答。

"谢谢。"

同事们祝福她新婚快乐，她当然要说谢谢。

秦骁突然伸手揽住她,把她拖入怀里,嘴唇凑到她的耳边,嗓音低哑地道:"我想履行夫妻义务,可以吗?"

他眼神灼热地看着她。

唐溪有些意外:他怎么换词了?她准备好的答案都不能用了。

她闭上眼睛,从嗓子里"嗯"了一声。

她的声音刚落,秦骁没给她反悔的机会,直接吻住她的唇。

过了会儿,唐溪晕晕乎乎的,脑子里一团乱,突然想到了什么,伸手推了推他的肩膀:"会怀孕吧?"

她故技重施,想要逃避义务。

秦骁小声地道:"不会,我买了东西。"

他用一只手在床上摸到一个小包装袋,将它塞到她的手里,低沉的嗓音里夹杂着一丝得意:"看。"

唐溪不知道他是什么时候准备的这东西,还放到床上了,下意识地问道:"什么时候买的?"

秦骁脸色僵了一下,像是有些尴尬,凑上来堵住她的唇。

东西当然是刚领证时就准备好的,在上次那家她买盐的超市里买的,那家的老板娘说认识他,他怕她知道真相嘲笑她,没说实话,现在更不能让她知道了。

对于接下来的事,唐溪一点儿经验都没有,本想全靠他带,自己偷懒什么都不管,没想到没多大会儿就被他带得哭了。

意识逐渐模糊,她听见他好像在自己的耳边说了什么。

她不管他说什么,都从嗓子里黏黏糊糊地发出一声"嗯"。

随后她感觉自己被他抱了起来,像是要去洗澡。

她已经顾不上害羞,随他去了。

翌日清晨,唐溪睁开眼看见秦骁的脸的时候愣了一下,随即想到昨晚发生了什么,脸颊有些发烫。

秦骁还在睡,手臂被她枕着,揽着她的后背,把她搂在怀里。

唐溪动了一下身体,感觉胳膊和腿有一股难言的酸痛感,脑海里浮现出昨晚的画面。

昨晚她被弄得很疼,求他轻点儿他似乎也不太会轻,就抽噎着威胁他:"你再这样,我就踹你下床了!"

秦骁低声地哄她:"别踹,我再研究研究。"

后来，在她的指责下，他似乎觉得很没面子，就一直研究到有面子。

想到这一段，唐溪盯着秦骁俊朗的脸庞，心情十分复杂。

这就是处男吗？

处男太可怕了，幸好他以后都不是处男了。

她盯着他的脸看了会儿，觉得有点儿热，想要从他的怀里出来，刚一转身就被他翻回去往怀里按了按："别动，再睡会儿。"

看来他已经醒了。

唐溪听见他沙哑的声音，耳根烧得厉害，突然不知道该怎么面对他，察觉到他的眼睫动了动，慌乱之下，一时情急，直接低头把脸埋到他的胸口上。

秦骁睁开眼，见她像小猫一样窝在自己怀里，胸口感觉到她脸上滚烫的热意，唇角微扬，垂头在她的头发上亲了亲，问道："饿不饿？"

唐溪听到他的声音如此从容，心理又不平衡了，从他的怀里抬起头来，推着他的胳膊，佯装淡定地说："放开我，我要起床了。"

秦骁低头看到被子下的风景，放开了她。

唐溪从床上坐起来，被子滑到腰间，这才发现自己没穿衣服，在他肆意打量的目光下，又红着脸钻了回去。

这一下动作太大，她几乎是摔回床上的，昨晚身体里留下的酸痛感让她疼得皱了一下眉，喉间发出一声低吟。

秦骁有些紧张地凑近她，问道："怎么了？疼吗？"

唐溪没忍住，挤对了他一句："你说呢？"

这话像是在讽刺他一样。

秦骁的脸色僵了一下，他又尴尬，又心虚，还有点儿不服气。

他昨晚后来分明表现得很好，但此刻同她争辩这种事情，只会让他更丢人。

他不跟她争，等晚上再说。

唐溪拽着被子缓了口气，看他脸色不对劲，也觉得自己说话过分了。

她可以在别的事情上嘲笑他，但绝对不能在这种事情上挤对他。

男人在这种事情上是很要面子的，而且很记仇，万一他像昨晚那样一定要一雪前耻，遭罪的还是她。

她抿着唇，抬眸，可怜巴巴地看着他，眨了眨眼，声音几乎是从嗓子里哼出来的："疼，特别疼。"

秦骁瞬间顾不上尴尬，抬手掀被子："我看看。"

唐溪赶紧按住被子，不给他看，红着脸说："别看了，没什么好看的，赶紧起床吧，我饿了。"

秦骁"嗯"了一声，眼睛还盯着她的脸，躺在她的身侧没动。

唐溪被他看得脸热，眼睛往旁边看，用手指戳了戳他的肩膀："你……你先起。"

秦骁凑到她的唇边，询问道："我想亲你一下，可以吗？"

他怎么又问这种问题？

唐溪抿着唇，不理他。

秦骁目光幽深地看着她，又问了一遍："可以吗？"

可以吗？可以吗？他是什么纯洁少年吗？唐溪腹诽。

昨晚他都亲了多少遍了，她说不要的时候也没见他停。

她抬手挡住眼睛："你想亲就亲呀，我是你的，以后不要再问我这种问题，可以吗？"

喉间发出一声闷笑，秦骁说："可以。"

他拿开她的手臂，嘴唇在她的眼睛上亲了亲，吻顺着她的鼻梁，一点点地落到她的嘴唇上。

唐溪被他亲得嘴巴都要麻了，忍不住想：这叫亲一下？

被子也被他掀开了，她还是被他看光了。

唐溪气得想骂他，他理直气壮地说："你不让我问。"

唐溪："……"

她上当了。

唐溪被他压在枕头上亲了好久，他用的力气大得很，抓住她的手腕压在头顶，她怎么挣都挣不开，没有一点儿反抗的能力。

直到两个人身下的床单都皱得不像样子了，他才在唐溪的好言相求下恋恋不舍地起身。

秦骁先穿了衣服去浴室里洗漱，唐溪躺在床上，浑身的力气仿佛都被抽空了，不想再动弹。

她裹紧被子，面朝着墙赌气。

秦骁从浴室里出来的时候，看到她缩在那里没起身，去衣帽间里给她拿了一身新睡裙。

今天他们应该是不会出门了，在家里的时候她都喜欢穿睡衣。

"溪溪，我给你拿了衣服，现在要不要起床？"从昨晚开始，他对她的称呼就改变了。

唐溪开口说:"放那儿吧,我等会儿穿。"

唐溪的本意是让秦骁出去,她身上光溜溜的,什么都没穿,不想当着他的面穿衣服,但秦骁放下衣服后就坐在床沿上静静地盯着她,没走。

唐溪等了一会儿,转过身,看见了已经穿戴整齐的秦骁。他穿着白色衬衣、深色西装裤,手腕上佩戴了一块名表,着装一本正经,还是那张和平日里一样的冷峻脸庞,但盯着她的目光炯炯,侵略性更强烈。

他看她时头略微垂下,视线直勾勾地落在她的脸上,像是在等着她说话。

唐溪忍不住纳闷儿:我现在有什么事情要跟他说吗?

她没有。

她现在只想穿衣服,并不想这样光着身子和他聊天。

唐溪垂着眸子,不看他的眼睛,从被子里伸出手去拿衣服。

秦骁把睡裙和内衣递到她的手边,她的脸红了一下。她揉搓着布料丝滑的吊带睡裙,看了一眼他身上穿上外套就能去参加商业会议的衣服,唇角微动,想问他为什么他自己穿得那么讲究,却给她拿睡裙。

想了想,她觉得自己有点儿无理取闹。

他除了睡觉的时候,本来就很少穿睡衣,平时在家里多半时间待在书房里工作,穿戴和出门在外差不多,而她为了舒适,几乎只要一回家就会换睡衣。

她背对着他坐起身,躲在被子里慢吞吞地穿衣服,低头的时候看见了自己锁骨下的吻痕,心里骂了句"秦骁是狗"。

唐溪穿好衣服从床上下来,去浴室里洗漱,秦骁一声不吭地跟在她的身后,也进了浴室。

唐溪站在镜子前,看着镜子里身体能将她笼罩得严严实实的高大男人,发现他的手动了动,像是不太老实地想要抱她。

她怕他又要欺负她,脊背紧绷了一下,微侧着身,抬起自己泛着瘀青的手腕给他看,声音委屈地说:"你看,都青了。让你放开你不放,你怎么不知道心疼我呢?"

其实他也没用多大力气,只有她挣扎的时候才会抓紧她,只是她手腕处的皮肤白嫩,他稍稍用力就会留下很明显的指痕。

唐溪见他的目光闪了一下,开始找他算账。

"还有这里,"她指着脖子上的吻痕,"都是印子。你咬我,你咬了我好几口。"

她委屈巴巴地控诉他。

秦骁用目光在她的锁骨和手腕上来回扫了几圈，看她长睫低垂，一副被人欺负惨了的样子，有些心。

他没有经验，全凭男人的天性做事，昨晚嘴唇吮在她的脖子上，每一下都能感觉到她的身体在轻轻战栗，刺激得他很兴奋，但他也只是亲得重了些，没想到现在看起来会这么严重。

他拉起她的手腕，拇指在上面轻轻摩挲，低声说："以后会轻些。"

他顿了一下，补充道："要抹药吗？"

唐溪故意卖惨，就是想让他内疚，以后能收敛点儿，看他好像真信了自己很疼的样子，心也有点儿虚。

其实她这会儿除了身上有点儿酸，并没有很痛，只是觉得没什么力气。

"不用，这个应该自己会消。"

她用胳膊肘向后碰了碰他的胸口："你到楼下等我吧，我收拾好就下楼。"

她都这么说了，秦骁也不好意思再赖在这里，转身走出浴室。

没了他在这里，唐溪迅速刷牙洗脸，去衣帽间里换了一身出门穿的裙子。

下楼的时候，唐溪看到秦骁坐在沙发上，在看财经杂志，等她走到茶几前方，才放下杂志，对她说："吃饭。"

两个人一前一后地走进餐厅里。

唐溪坐下来，先倒了一杯牛奶，一口气喝了小半杯，想起自己周一要去东城影视基地拍照的事还没跟他提，抬眸问他："你下周要出差吗？"

秦骁的目光微闪，他以为是自己把她惹生气了，她不想让自己待在家里了。

他抿着唇，沉默片刻，淡淡地道："没有。"

唐溪点了点头，从盘子里拿了个鸡蛋在桌子上敲了敲，又放在掌心里揉了揉，边剥壳边说："东城影视基地有一部正在筹拍的剧，《靖宁传》，让我过去拍宣传照，我后天就要过去。"

她说完后，餐厅里陷入一阵沉默。

"秦骁？"唐溪微微抬眼，目光询问地看着他。

秦骁面无表情，让人看不出在想什么，问："过去待几天？"

唐溪说："不知道，暂时还没定下来。"

秦骁问："没约好时间？"

"没有,男女主角是下周二进组,几个配角不一定。"

秦骁微微皱眉,似乎不明白配角的架子为什么比主角的还大。

唐溪解释道:"好像男二号和女二号都是今年刚火的新人,不是演员出身,行程安排得比较满,男主角和女主角都是专业的演员,很敬业。"

秦骁"嗯"了一声,态度有点儿敷衍,微垂着头,不知在想什么。

眼看着天就要被聊死了,唐溪觉得得找找话题,缓和一下气氛。她平时和朋友聊天基本是聊生活日常,或是聊在微博上看到的八卦,聊一些电视剧演员。

不知道秦家的公司具体涉及哪些领域,也不知道秦骁平时关不关注娱乐圈,唐溪对娱乐圈关注得也不多,且一直都是不信谣不传谣的,对于网上的爆料,没有亲眼见过,她都不会胡乱评论。

于是她随意地找了个自己了解的事情说:"这部剧的女主角是温卿,温卿你知道吗?长得漂亮,演技也好,在娱乐圈里火了好几年了。"

秦骁淡淡地道:"不知道。"

"……"好吧,她对牛弹琴了。

"她是我的朋友。"唐溪向他介绍,"我上大一的时候在操场上看到她,请她做我的模特,给她拍了一组照片。她长得漂亮,照片一发到网上就火了,她也因此进了娱乐圈。"

之前秦骁一直漫不经心地听着她的话,没什么兴趣,到这里总算听到感兴趣的事了。

秦骁抬眸,看着她说:"你拍的照片?"

"对呀,是我拍的照片。不过人家不是因为我拍才火的,人家是长得美,谁拍都能火,我这次能参与到宣传照的拍摄任务中,就是她向导演推荐了我。"

唐溪拿起手机,从手机相册里找到那组照片递给他看:"看,这就是我拍的那组照片,她是不是很美?"

原来就是她让他们夫妻刚在一起就要分开。

秦骁看她笑得没心没肺地给他看别的女人的照片,心里有些不满:她怎么能给他看别的女人的照片?她不吃醋吗?

"嗯,构图很美。"

他没夸人,夸了构图。

照片是她拍的,他夸构图,就是夸她。

唐溪也觉得自己拍得很好,只是不好意思自夸,听到他夸自己,笑了一下。

两个人算是气氛和谐地吃完了早餐,其实也差不多快要到中午了,不过这会儿才吃早餐,估计也不会再有午餐了。

唐溪觉得身上酸,想回卧室里躺着玩手机,端了杯水上楼,刚把水杯放在床头柜上,回头看见秦骁也走了进来。

"你今天不用忙工作吗?"

秦骁道:"今天是周六。"

她当然知道今天是周六,不然就不会在家里休息了,但是周六跟他有什么关系,他哪个周六不是在辛勤工作?

不过休息一下也好,他总是忙工作,对身体不好。

唐溪坐到沙发上,秦骁看了她一眼,若无其事地走到窗户旁,拉上了窗帘。

光线被遮光帘挡在外面,卧室里顿时暗了下来。

唐溪心里一紧,从沙发上坐起来,声音都结巴了:"你……你拉窗帘干吗?"

大白天的,他在卧室里拉上窗帘,加上昨晚发生过的事,唐溪很容易就联想到了一些羞耻的事情。

秦骁看着她,抬腿朝她走过来,淡淡地问道:"你不睡觉?"

他还是和以前的每一次耍流氓一样,面色平静沉稳,没有一丝前兆。

但唐溪才不信他这个时间是单纯地想睡觉,摇头道:"我不睡觉。我现在还不困,你困了的话你睡吧,我下楼看会儿电视。"

唐溪逃命似的跑出了卧室。

秦骁看着她仓皇的背影,抿着唇,坐到了沙发上。

唐溪跑到楼下,突然想到自己这么躲着他,不会让他误会自己嫌弃他,伤害他的自尊吧?

她想了想,正要返回卧室,就见他端着水杯,慢悠悠地从楼上下来,去厨房里倒水。

唐溪没再躲他,拿遥控器打开电视,慵懒地靠坐在沙发上看电视。

秦骁倒了水,从厨房里出来,站在厨房门口,举着杯子,仰头喝水。

唐溪下意识地抬头看他,刚好被他捕捉到视线,二人四目相对,他看着她,主动问道:"要喝水吗?"

唐溪刚刚端水上楼,还没来得及喝呢,就被他拉窗帘这个行为吓得跑了下来,听他这么问,也觉得有点儿渴了,点了一下头。

于是秦骁就找到了一个光明正大的理由——给她送水，挨到了她的身边。

　　他坐到沙发上时，唐溪感觉自己的左半边身体也跟着向下陷了些，他的肩膀挨着她的肩膀，中间没有一丝缝隙。

　　她本就靠在沙发的最右边，现在被他挤在那里，连往旁边挪挪的地方都没有。

　　电视里正在播一部现代偶像剧，唐溪随便放的，剧中的演员她都不认识，也不知道演的是什么剧情，没再管贴在自己身边的男人，目光专注地看向电视。

　　秦骁的眼睛也看向电视。

　　两个人就这么安静地……看电视。

　　过了一会儿，剧情越来越不对劲，让唐溪如坐针毡——电视剧里的男女主角，接吻了。

　　秦骁的视线从电视移向她，唐溪用手撑着沙发坐垫，身体向后坐了坐，佯装淡定地换了个台。

　　由于气氛微妙，唐溪不由自主地舔了舔唇，身体前倾，想要抓起茶几上的水杯喝一口水，润润唇。

　　她的手伸出去的时候，突然被他抓住。

　　他修长的手指沿着她的指缝插进去，与她的手十指紧扣，也将她的手压在她的头顶。

　　唐溪转开脸，睫毛微颤，不和他对视。

　　秦骁的嘴唇凑到她的耳边，在她的耳尖上啄了一下，他呼出的热气洒在她的耳郭上，让她的肩膀抖了一下。

　　秦骁低声说："红了。"

　　唐溪问道："什么红了？"

　　"耳朵，你的耳朵红了，碰一下就红。"

　　他从喉中发出一声轻笑，沿着她的耳郭继续向下亲，看着她耳朵上的红晕一点点蔓延开，兴致更浓，像发现了新大陆一样。

　　唐溪被他的吻和他的话弄得羞耻不已，轻轻地动了下手指，他果然迅速察觉，扣着她手指的力道加重了些。

　　唐溪一向是个不吃眼前亏的人，挣扎未果，就破罐子破摔，躺在那里由他去了。

　　秦骁用言语撩拨她。

她不敢挑衅他，就在心里吐槽他：处男，没见过世面。

像是看出她的心里在想什么一样，他在她耳垂上咬了一下，很不要脸地说："我似乎不太懂这种事，需要你配合我多探讨探讨。"

唐溪震惊了：他连这种话都说得出来，他的面子哪里去了，被他丢进垃圾桶了吗？

"可以吗？"他问。

唐溪哭丧着脸说："不可以。"谁要跟他探讨这些。

秦骁抬起头，紧绷着脸，目光幽幽地盯着她的脸。

唐溪以为他要生气，翻脸走人了。

以往露出这个表情之后，他都是默默地转身去书房里，和她互不搭理。

唐溪开心地想，如果他生气翻脸了，走了，她就不哄他，让他走好了。她绝对不要把他哄回来。

秦骁沉默片刻，低下头，若无其事地继续亲她的唇，声音很小地妥协："你歇着，我自己研究。"

唐溪："……"她可以骂他吗？

晚上，唐溪早早地洗完澡就上床睡觉，秦骁推开门，在门口站了会儿。

唐溪没看他。

过了一会儿，她听见他说："我有个工作，你先睡，不用等我。"

他说完，静静地立在门口。

唐溪转过脸问："工作很多吗？"

秦骁也不知是不是误会她的意思了，目光略沉。

唐溪解释道："不是很紧要的工作，可以明天白天再做，晚上熬夜不太好，早些……"唐溪看了一眼床上和自己的枕头贴在一起的枕头，脸有点儿红，"早些睡吧。"

她觉得自己可能解释不清了。她其实只是单纯地觉得熬夜不好，以前他工作到太晚，她也会这么关心他，让他早点儿休息。

只是两个人昨晚才发生关系，她现在让他早点儿睡，像是在迫不及待地暗示他什么一样。

秦骁的脸色在她关切的话里一点点缓和，他的唇角上扬，淡淡地"嗯"了一声，说："好，我今晚不工作了。"

他原本以为唐溪听到他说工作，就转脸问他工作多不多是想让他工作多点儿，晚点儿回卧室，没想到她是想让他早点儿回卧室。

他转身去衣帽间里拿了一身睡衣，走进浴室。

唐溪："……"

他倒也不用，一点儿工作都不做呀。

唐溪望着从浴室的玻璃门内透出来的昏黄色的灯光，松开紧攥着被子的手指，把他那一半被子平铺到他那边，闭上眼睛睡觉。

秦骁洗完澡，从浴室里出来，看见唐溪是面朝着外面的，睁着眼没睡，正静静地看着他。

她刚刚是想睡的，但没睡着，思来想去觉得在这种事情上，她应该坦荡些，毕竟从某种意义上来说，他们俩都是老夫老妻了。

秦骁走到床边，掀开被子上床，贴过来，似笑非笑地看着她："没睡？"

唐溪"嗯"了一声。

两个人面对面地躺着，唐溪见他似乎是想跟自己聊聊，又不会找话题，便自觉地找了个话题，进行夫妻睡前会话。

"妈最近有没有打电话给你？"

秦骁说："没有。"

唐溪想了想，自己最近都没带秦骁回老宅，这两周也忙，忘了给秦家人打电话，于是从床上坐了起来。

"怎么了？"

"给妈打个电话。"

她指着床头柜上正在充电的手机，对秦骁说："你帮我把手机拿过来一下。"

自从把床挪到了墙边，她这边就没有插座了，每次睡觉都只能把手机放在秦骁那边充电。

秦骁把她的手机拿下来，想到如果今晚给家里打电话，她很可能明天要回老宅，又把手机放回柜子上，淡淡地道："太晚了，明天再给家里打电话。"

"不行，得现在打，我都好久没给妈妈打电话了，才八点多，不晚，妈和二婶她们这会儿刚好在楼下聊天呢。"

她推了推秦骁的肩膀，催促道："快点儿。"

"快点儿呀。"

秦骁把手机递给她。

唐溪笑眯眯地说："谢谢。"

谢谢？

秦骁目露不满。

紧接着,他就看到了让他更不满的东西。

唐溪拿着手机,从联系人里找秦母的联系方式。

她平时联系的人不多,除了和家人,几乎就只会和苏栀还有叶初夏两个人打电话,所以秦骁一眼就扫到了"妈妈"上面的那个联系人——"益远集团总裁秦骁"。

这个陌生又熟悉的称呼,是他吗?

她认识的人里还有第二个秦骁也是益远集团总裁吗?

他是益远集团总裁!

他是益远集团总裁!

唐溪拨通秦母的电话,和秦母打招呼:"妈,我是小溪。"

秦母笑着说:"妈知道,妈给你备注着呢。"

"备注"这两个字犹如一根刺,狠狠地扎在秦骁的心口上。

他目光阴沉地盯着她。

唐溪察觉到他的不悦,抬头看了他一眼,没理他,专心和秦母聊天。

"妈,好久不见,我很想你。"

"妈也想你。小溪你最近工作累不累呀?"

"不累。对了,妈妈,秦骁在我旁边呢,你要不要跟他聊几句?"

秦母说:"好好,你把电话给他。"

唐溪把手机递到秦骁的耳边,秦骁皱眉看了唐溪一眼,把手机接过去,喊了声"妈"。

秦母还是那句话:"最近工作累不累?"

秦骁说:"不累。"

秦母说:"不累就好。没事的时候多陪小溪逛逛街,不用总往家里跑,明天我和你爸都不在家。"

秦骁"嗯"了一声。

秦母和他没什么话聊了:"你把电话给小溪吧。"

唐溪把手机接回去:"妈。"

秦母道:"明天我和你爸要出去旅游,家里没人,你们别回来,等我和你爸回来,给你打电话。"

秦母以为唐溪这么晚给她打电话是想明天回老宅。

唐溪"嗯"了一声,说:"好,祝爸爸妈妈旅途顺利,玩得开心。"

结束聊天,唐溪抬眸看着秦骁铁青的脸色,不知他这是又怎么了,刚刚还好好的,怎么她打个电话的工夫就生气了?

唐溪想了想,没觉得自己干了什么招惹他的事。

那就不是她的问题,她才不要平白受他的气,睡觉。

她躺下,把被子压实。

秦骁抿着唇,目光阴沉地盯着她,没说话。

唐溪被他看得心里直打鼓。

她做什么了吗?没有呀。

她想不出自己做了什么惹他不高兴的事,刚刚只是给秦妈妈打了通电话而已。

她拉起被子把头盖上,耳边传来他冷飕飕的声音:"我是益远集团总裁?"

唐溪愣了一下,没反应过来他是什么意思,反问道:"对啊,你不是吗?"

他不就是益远集团的总裁吗?

秦骁一把掀开被子,下床往门外走。

唐溪听到动静,坐起来,看向他。

秦骁将手伸到卧室的门把手上,顿了一下,转脸看她。

唐溪对上他冰冷漆黑的眸子,后知后觉地想起自己手机上给他的备注好像是"益远集团总裁秦骁"。

原本她不觉得这个备注有什么问题,毕竟他自己加她好友的时候发的验证信息就是"益远集团总裁秦骁",后来苏栀吐槽这个备注,她当时想到他们俩加微信好友那天的情景,觉得好笑,就没换掉。

可这会儿看他如此生气,唐溪心里开始发虚,拿起手机主动承认错误:"你生气了吗?怪我给你的备注不好听?"

秦骁冷冷地盯着她,抿唇不语。

"我改,你想要我改成什么?"

秦骁还是没说话。

唐溪温声说:"你不睡觉了吗?我要睡了,麻烦你出去的时候把灯关上。"

面色越来越沉,秦骁走回去躺到床上,抬手关了床头灯。

唐溪:"……"

他不走了吗?

她还坐着,手机屏幕的光照在她的脸上,她垂头想着要改个什么备注。

秦骁目光幽幽地盯着她,冷声道:"睡觉。"

第六章
亲亲老公

秦骁说完就闭上了眼,双臂压在被子上面,薄唇紧抿,一言不发,像睡着了一样。

但唐溪知道他没睡着。

托苏栀之前吐槽她给秦骁的这个备注的福,她瞬间想明白了秦骁不高兴的原因,就是她给他的备注太生疏了。

至于他为什么会因为她的备注生疏不高兴,唐溪觉得还是因为自己之前一直说爱他,这个生疏的备注会让他感受到欺骗,或者是因为男人的自尊心作祟,他觉得自己的老婆一定要重视自己。

唐溪面朝着秦骁,看着他的脸,还是想不出什么样的备注能让他满意。

如果在正常情况下,她随意地备注一个正常的称呼,或者直接备注"秦骁"这个名字也可以。但是现在他很明显对她的备注不满意,她新换的备注肯定要让这位大爷非常满意,才能将功折罪。

她直接备注"秦骁"这两个字估计是不行了。

帅哥秦骁?

大帅哥秦骁?

长腿大帅哥秦骁?

宇宙无敌大帅哥秦骁?

她怎么那么俗,只能想到"帅哥"这个俗气的词语?

唐溪头一次觉得自己语言匮乏，词汇储备量不足。

这一晚，唐溪在要取个什么备注才能让她家的那位傲娇男人满意的思考中睡去。

不知过了多久，窗外月光皎洁，昏暗的卧室里，秦骁睁开眼睛，小心翼翼地挪到唐溪的身边，把她搂进怀里，低头在她的唇上亲了一下，又亲了一下，又亲了一下。

唐溪睡得很沉，对他的亲吻毫无察觉，秦骁盯着她的脸看了会儿，把下巴放在她的发顶上，再次闭上眼睛。

唐溪这一觉睡的时间很长，昨晚差不多九点多就睡着了，被一阵"窸窸窣窣"的声音吵醒时已经是早上七点多了，足足睡了十个小时。

秦骁站在床头戴手表，听见她在床上的动静，把已经扣上的手表的扣子解开，抬头看了她一眼。

唐溪裹着被子从床上坐起来，靠在床头，目光被他手上的动作吸引。

窗帘没拉开，房间里的光线有些暗，他单手扣着手表扣，似乎不太顺利。

唐溪看他扣了一分多钟都没扣上，主动要帮忙："我来帮你吧。"

唐溪往床边挪了挪，跪坐在床上，朝他伸手。

秦骁把手递到她的面前，唐溪垂眸，手指捏着手表扣，轻而易举地就替他扣好了，抬头看见他不仅戴了手表，连西装领带都戴上了，穿戴得这么整齐，像是要出门。

她抬眸问道："今天有工作吗？"

秦骁淡淡地"嗯"了一声。

唐溪歪了一下脑袋，不知道他这个工作是可有可无的，还是很重要必须要今天去完成的。

他昨天才说最近不用出差，如果这是可有可无的工作，那他可能原本是打算推掉，在家里陪着她，培养一下夫妻感情的，因为昨晚的备注事件才改了主意，要去工作。

如果这是很重要的工作，那就跟她没什么关系了。

秦骁转身去衣帽间里把收拾好的行李箱拿出来，看她坐在床上发呆，猜出了她心里的想法，看了她片刻，解释道："公司有个项目想和远鼎集团合作，原本会议时间是下周三，但郑总突然有事，要出国很长一段时间，明天就要走，会议改到了今天，他人不在南城，我得过去一趟。"

能让他改时间，看来是很重要的工作。

那他就不是因为昨晚跟她闹别扭才要走的了，而且他今天的面色缓和许多，还说了这么长一段话，看来已经不生气了。

唐溪点了点头，说："好的，你路上注意安全，到了那边后，给我发个消息。"

秦骁"嗯"了一声，走到她的身边，手掌搭在她的肩膀上抚了抚。唐溪被他弄得肩膀有点儿痒，耸了一下肩膀，伸手按住他的手，小声说："别弄了。"

秦骁俯身，用深沉的目光盯着她的脸，直白地道："我们接个吻吧？"

唐溪："……"

继"介不介意？""可以吗？"之后，秦骁又开发出了新的问句。

唐溪永远想象不到秦骁能问出多少问题，但这些问题都有一个共同的特点，那就是都很直白坦率地表达出了他想干什么。

于是唐溪也很直白地说："你来亲吧。"

秦骁将手指从她的肩膀上移到下巴上，抬起她的脸，吻住她的唇，在她的唇上轻碰了没两下便强势地撬开她的牙齿，探进舌尖，钩住她的舌头，交换了一个缠绵的吻。

唐溪仰着脖子，被他亲得浑身发软，有点儿跪坐不住了，这个姿势让她的脖子很酸。

她伸手推了他一下，秦骁领会到她的意思，搂着她的腰把她放倒在床上。

他的手掌一抚上她的腰，她便不受控制地颤抖，急忙推他的手，不让他碰，可惜秦骁除了开始时会问她一个问题，开始后并不太会全听她的。

大概是男人骨子里的恶趣味，他知道她的腰敏感，有时候会假装不经意地碰到，看她在自己的掌下失控的样子，然后她就会趴在他的耳边，语气软软地说好听的话。

"秦骁……秦骁……"

唐溪急得眼泪都快出来了，觉得自己好丢脸，他都没做别的，只是接个吻而已，她现在的样子肯定很糟糕。

秦骁的指腹在她的腰上滑了一下，他含着她的下嘴唇，带着怨气说："你叫错人了，我是益远集团总裁秦骁。"

唐溪终于明白什么叫"暴风雨前的平静"了。

他刚刚面色温和地让她帮自己戴手表，跟她解释今天突然出差的原因，接吻前还礼貌地征求她的意见，她还以为备注的事情就这么过去了呢，没想到他在这里等着她呢。

"我改了,我改了。"唐溪昨晚睡前其实想了很多个称呼,最后没确定下来是因为觉得它们都太肉麻了,不太适合她和秦骁之间的关系,这会儿被他弄得什么都顾不上了,胡乱地说了一个昨晚第一个被自己淘汰掉的肉麻称呼,"亲亲老公"。

秦骁的手指顿了一下,唐溪感觉到他对这个称呼的认可,趁机凑到他的耳边哄他:"我改成'亲亲老公'好不好?"

秦骁收了作乱的手,淡淡地"嗯"了一声。

唐溪:"……"

他还"嗯",这么肉麻的称呼,他怎么好意思"嗯"呢?

秦骁坐起来,眼睛盯着她,唐溪看懂了他的意思,把手机拿过来,当着他的面把联系人和微信里他的备注都改了,改成了"亲亲老公"。

她举着手机,将屏幕放到他眼前晃了晃,问道:"可以吗?可以吗?亲亲老公,你喜欢吗?"

秦骁没说话,但是礼尚往来地当着她的面把自己的手机拿了起来,点进微信,把给她的备注改成了"亲亲老婆"。

唐溪瞥了一眼他原来给自己做的备注,差点儿没翻白眼——他原来给她的备注是"多颜工作室摄影师唐溪"。

"多颜工作室"是她和苏栀合伙开的工作室的名字。

唐溪可以确定,这个备注是他连夜改的,看他昨天对"益远集团总裁秦骁"这个备注的态度就知道,他原来给她的备注不可能是"多颜工作室摄影师唐溪"。

为什么这么高大威猛的男人可以这么幼稚?就算她给他的备注有点儿对不住他,他也没必要把给她的备注改得那么对称吧?

唐溪忍不住想问问他原来给自己的备注是什么,但还是强行忍住了,因为他大概会回答她"没什么",她问了也是白问。

改完备注,唐溪觉得备注的事彻底过去了,开始为刚刚他捉弄自己的事算账,愤懑地在他的肩膀上打了一下。

他的肩膀硬邦邦的,她打了一下,觉得他不痛不痒,反而是她的手有点儿疼,不满地又在他的胸口上掐了一下。

他抓住她的手腕捏了捏,凑到她的耳边小声问:"还疼吗?"

唐溪反应过来他问的是什么,避开他的目光,低声道:"你问这个干什么?"

秦骁看她害羞的样子,又在她的嘴巴上亲了亲,语气漫不经心地道:"等会儿你要不要跟我一起去?"

唐溪愣了一下:他是要带着她去出差吗?这不太合适吧?

她转过头,用正脸对着他说:"不行。你是去工作的,我跟着不方便,我明天也有工作,去东城,跟你说过了的。"

她可不是为了不跟他一起,故意找借口。

秦骁温声说:"我去的地方刚好距离东城不远,你先跟我一起过去,我今天谈完事,明天送你去工作。"

看来他这是计划好了呀。

唐溪还是摇头:"不行,这样你时间太赶了,休息不好坐车也很累的,我怕你累着。你谈完工作,好好休息,睡一觉再坐车回来。"

秦骁听着她关怀备至的话,心里五味杂陈,有点儿恼她了。

他原本以为两个人发生亲密关系后她会改变一点儿,没想到她还像从前那样,明明就是拒绝了他,却把话说得那么好听。

他伸手捏住她的下巴,俯身堵住她的唇。

唐溪听着他的心跳声,手指抓住他的衣服,突然想到他等会儿要出门,怕把他身上的西装弄皱,放下手,抓着床单,闭眼回应他。

秦骁吻得很凶,唐溪觉得他像是要吃了自己一样,但又并没有感到不适,秦骁的吻技似乎变好了很多。

她这么想着,唇上突然一疼,像是惩罚她不专心,他在她的唇上咬了一口。

唐溪抬眸,正想指责他,卧室里响起了手机铃声,唐溪分辨了一下,是秦骁的手机铃声,估计是助理催他了。

唐溪拍了拍他的肩膀,秦骁放开她的唇,拿起手机看了一眼来电显示,直接挂断,又凑过来说:"我走了。"

唐溪"嗯"了一声,见他用深沉的目光盯着她的脸,似乎还在等什么,叮嘱他注意身体的话刚刚也说过一遍了,想了想,伸手抱住他,低声说:"我会想你的。"

秦骁抬起手掌在她的背后拍了拍,沉声道:"不许骗我。"

果然,他之前生气都是因为觉得她骗了他,她压根儿就没有想过他。

唐溪有一种谎言被拆穿的心虚感,大概是大脑被亲得缺氧了,让她生出几分骗人不好的想法,她坦诚道:"好吧,我不骗你,我明天也要去工作,可能很忙,不太有空想起你。"

秦骁眯了眯眼，抿着唇，面色平静，眼底似乎在酝酿着什么风暴。

唐溪无辜地看着他："是你让我不要骗你的。"

秦骁："……"

他是让她记住她说过的话，要想他，不能骗他，不是让她在他走之前直接撂挑子。

她噘了噘嘴，还很委屈，嘀咕："说实话你又不高兴。"

秦骁默默地看着她，半晌后，李瑛又打电话来催了，他伸手在她的头顶揉了揉，说："没有不高兴。"

他本来还想让她不要多想，随即想到，自己转身出了这个门后，她应该也不会再思考有关他的事情，就没自作多情地叮嘱什么。

秦骁出门后，唐溪又躺在床上玩了一会儿手机，才起身去浴室。

她拿着皮筋把头发盘起来，看到镜子里的自己的下嘴唇中间有点儿肿，用舌尖舔了舔，不自觉地吸了一下，隐隐地尝到了血腥的味道。

她放开嘴唇，凑近镜子看，发现肿的地方真的渗出了一点儿血。

这是……嘴唇没被秦骁咬破，被她自己吸破了。

刷牙的时候，电动牙刷不小心碰到嘴唇伤口就会疼，唐溪只能小心地避开伤口。

洗漱完，唐溪拿手机拍了一张自己唇部的照片发给秦骁，诬赖他。

唐溪："你把我的嘴唇咬破了。"

片刻后，秦骁回复。

亲亲老公："对不起，下次你也咬我。"

唐溪："……"

一般人不是应该自责吗？这人是怎么想到下次这种问题的？处男，你变了。

亲亲老公："我亲得你不舒服？"

唐溪不知道怎么回复这个问题，回复了一串省略号。

亲亲老公回复了一串问号。

唐溪："你坐车吧，坐车不要玩手机，容易头晕。"

亲亲老公："我在回你消息。"

唐溪："我不给你发消息啦。"

唐溪发完这条消息，聊天框最上面的"亲亲老公"变成了"对方正在输入"，再过一会儿又变成了"亲亲老公"，反复数次，聊天框最上面的字最终还是变成了"亲亲老公"，没有消息发过来。

190

唐溪想到他坐在车里，盯着手机，眉头紧锁，不停地编辑消息想着要怎么回复她的样子，不自觉地笑出了声。

大概是"亲亲老公"这四个字过于肉麻，唐溪盯着自己和他的聊天框，突然有点儿不好意思了。

这个称呼是她想出来的吗？

她是怎么想出来要换这个称呼的？

唐溪想到自己换这个称呼时的情景，脸更红了，忍不住腹诽：这哪是什么纯情处男，这是个"奶黄包"吧，天天需要她的帮助，外表看起来一本正经，其实脑子里想的都不知道是些什么东西。

唐溪伸手，把"亲亲老公"这四个字的备注改成了"奶黄包"。

她满意地看着这个备注，觉得贴切极了。

上午没事，唐溪去衣帽间里把明天出门要带的行李箱收拾好，然后坐在沙发上玩手机。

下午的时候，秦骁到了地方，给她发消息报了平安，她和他聊了两句就没什么话说了。

翌日，唐溪一大早就起床了，把行李箱拿到客厅里等苏栀。

南城到东城的路途不是特别远，她们开车过去，带着陈恺一起。

下午三点，车子抵达东城影视基地附近的一家酒店，这是剧组安排的住处，一下车就有人等在酒店门口接待。

负责接待他们的是个小姑娘，热情地要帮她们拿行李。

她们这边有男士在，当然不能让小姑娘帮忙拿行李。

唐溪和苏栀的行李也不多，每人就一个箱子，自己推着就进去了。

小姑娘帮忙办理完入住手续就走了，说晚上过来接她们去吃饭，被唐溪和苏栀拒绝了，她们晚上和温卿约好了。

唐溪和苏栀两个人开了一间双人套房，剧组里的演员都被安排住在这家酒店里，温卿说她也住这边，但她工作忙，现在还在另一座城市，要晚上八点多才能到这边。

唐溪和苏栀在房间里坐着歇了会儿，没什么事，想去外面转转。

陈恺开了一路车，累了，也不好意思跟在她们两个姑娘的屁股后面瞎溜达，没跟她们俩一起出去，在房间里睡觉。

唐溪带着相机出门，打算拍拍照。

东城影视基地的位置有点儿偏僻，周围都是小镇子，并不繁华，除了附近因为剧组过来拍戏，有一些演员的粉丝和旅客，热闹些，再远点儿的地方连饭店都不太容易找到，从这里开车到市中心要将近一个小时。

不过小镇的风景很不错，唐溪和苏栀走走停停，拍了很多苏栀的照片和风景照，又拍了几张两个人的合照。

走了一圈，太阳差不多下山了，两个人没敢跑远，见天快黑了就返回了酒店。

中午是在路上的服务站里吃的饭，路上没什么胃口，吃得不多，这会儿早就饿了，等温卿到这里还要很久，她们买了点儿零食回来先垫垫肚子。

苏栀坐在椅子上啃鸭脖，唐溪坐在电脑前选照片。

苏栀催她："你先别弄了，过来吃点儿东西。"

唐溪敷衍地点点头："等会儿，马上就好了，我选几张照片发朋友圈，你过来看看你喜欢哪张，我发两张咱们俩的合照。"

苏栀摘下一次性手套，擦了擦嘴，走到她的身后，说："你给我看看。"

唐溪握着鼠标，带着她浏览照片。

"这张吧。"苏栀抬了抬下巴说，"这张好。"

这张照片是唐溪举着相机，被苏栀扳着下巴回头亲脸。

唐溪笑着说："你总喜欢选这种搞怪的照片。"

她和苏栀经常会拍合照，偶尔会把合照分享到朋友圈里，每次让苏栀选照片，苏栀都会选一些拍照时故意做小动作的照片。

苏栀反驳："这哪里搞怪了？这张多好看啊。"

她伸手捏住唐溪的脸，戏谑地道："我要让全世界都知道，小妞，你是我苏大爷的人！"

唐溪笑着拍开她的手："行，就选这张，你再看看还选哪张，等会儿还要配上风景照。"她有点儿"强迫症"，发朋友圈喜欢发四宫格或九宫格的照片，不太喜欢发那种照片排列起来不是正方形的朋友圈。

苏栀又选了一张她和唐溪抱在一起，亲唐溪的脸的照片。

唐溪都没有意见，自己又选了两张风景照，将四张照片传到手机上，发朋友圈。

苏栀返回桌子旁坐着啃鸭脖，另一只手拿着手机不停地刷新朋友圈，在唐溪的朋友圈发出来的第一秒就点了赞。突然想到了什么，她扭头看着唐溪说："呀，我忘了你现在是结过婚的人了，你跟我亲亲，你老公不会吃醋吧？"

唐溪不以为意："他吃什么醋？你又不是男人。"

闺密之间拍这种照片不是很正常吗？只是亲个脸而已，何况秦骁那种大忙人看起来都不像是会看朋友圈的人。

朋友圈发出去后，很快被很多人点赞，唐溪刷新了一下，突然发现点赞列表里出现了"奶黄包"。

唐溪愣了一下。

秦骁给她点赞了？

秦骁居然是看朋友圈的，还会点赞？！

她的手指在手机屏幕上滑了一下，"奶黄包"又消失了。

她眼花了吗？

她刷新了一下朋友圈，"奶黄包"又出现在了点赞列表里。

她再刷新，"奶黄包"没了，再刷新，又有了。

她对苏栀招了下手："栀子你过来，帮我看看这是我的手机出 bug（故障）了还是我眼花了。"

苏栀走过来，弯下腰，扶着她的手看她的手机屏幕："怎么了？我看看，什么 bug？"

唐溪指着"奶黄包"三个字问道："你看这个，是'奶黄包'吧？"

苏栀点了一下头。

唐溪刷新了一下，问："'奶黄包'还在吗？"

苏栀回答她："'奶黄包'不在了。"

唐溪陷入了沉默。

"估计不是 bug，是这个'奶黄包'给你点赞，然后又取消了。"苏栀好奇地道，"这'奶黄包'是谁啊，这手抖得怎么跟得了帕金森病似的？"

唐溪幽幽地道："这是秦骁。"

苏栀惊讶地道："你给他的备注不是'益远集团总裁秦骁'吗？什么时候改成'奶黄包'了？"

唐溪说："昨天改的。"

苏栀问："为什么叫'奶黄包'？"

唐溪当然不能说是因为她觉得秦骁的脑子里都是些"黄色废料"，信口胡诌："因为他喜欢吃奶黄包，我觉得这个名字很亲切，就给他改了。"

苏栀"哦"了一声，诚恳地道："对不起，我不知道'奶黄包'是你老公，刚刚的话冒犯了。"

苏栀吐槽人的时候言语一向很犀利。

唐溪无所谓地道："没事，他也听不见。"

她继续刷新朋友圈页面。

秦骁还在手抖，不过手抖的频率低了点儿。

她有点儿想问问秦骁到底是怎么了，但还是忍住了。

苏栀和唐溪凑在一起，围观秦骁点赞又取消，取消又点赞，手抖了五分钟才逐渐消停。

"他这是吃醋了吧？"苏栀好奇地问唐溪。

"我也不知道呀。"唐溪摇了摇头，说，"应该不会是吃醋，我这个朋友圈有什么值得他吃醋的地方吗？"

苏栀琢磨了一下，说："他可能是觉得我和你的动作太亲密了，你觉得呢，以你对他的了解？"

唐溪说："以我对他的了解，我不知道，我不是很了解他。"

"……"苏栀扶额，"我忘了，你跟他不熟。那你发消息给他问问？"

唐溪退出微信，没再看朋友圈，淡淡地道："我不问，发个朋友圈而已，又不是什么大事，不用管他怎么想。"

苏栀看她漫不经心地收起了手机，问道："你平时在你老公的面前也这样吗？"

唐溪道："对啊，怎么了？"

苏栀笑着说："可以啊，溪溪，你驭夫有道啊。刚开始我看你和你老公领证后，一到周五就忙着下班回家给他做饭，周末陪他回家，平时中午抽空出去逛商场给自己买的衣服都没给他买的多，我还以为你是电视剧里演的那种嫁入富贵人家后卑微讨好婆家的儿媳妇呢，没想到你在你老公的面前挺嚣张的嘛。"

唐溪好笑地道："什么卑微讨好婆家的儿媳妇？你真是偶像剧看多了，都跟你说了，让你少看点儿偶像剧。"

苏栀将胳膊搭在她的肩膀上说："这也不怪我多想啊，你刚结婚的时候那架势，就像是准备辞职回家做个围着丈夫转的贤妻良母一样。还有上回，你、我、初夏，我们三个在酒吧里，你一看到你老公就吓得跑回家了，我还以为你在你老公的面前是大气都不敢喘呢。"

唐溪听她提起这事，侧目看着她说："其实我觉得那天在酒吧里他看到我了。"

苏栀道："你不是说他没提在酒吧里看到你的事吗？"

"没提是没提，但他这个人心里很能藏事情，可能就是看见了，没拆穿我，然后默默地看着我表演，在心里嘲笑我，我有时候都有一种被他看透了的感觉。"

"看透了,怎么个看透法?"苏栀挑了挑眉,开始满嘴跑火车了。

唐溪无语地道:"栀子,你还是想点儿健康的东西吧。"

两个人边吃东西边闲聊,晚上八点的时候温卿到酒店跟她们俩会合,三个人一起去附近的一家火锅店里吃火锅。

温卿怕被粉丝发现,戴着帽子和口罩,把整张脸遮得严严实实,进门后拿掉口罩和帽子,舒了口气,问唐溪和苏栀:"你们俩几点到酒店的?我看溪溪都拍照发朋友圈了。"

唐溪说:"下午三点多。我们在附近的小镇子里转了转。"

"我本来也计划下午三四点的时候到,和你们俩在附近转一转的,结果临时加了一场广告拍摄,让你们俩等到现在。"

温卿拿着手机,看到经纪人叮嘱她晚饭不要吃太多,回复"知道"。

她抬头对唐溪和苏栀说:"来,我也跟你们合拍几张照片,等会儿发朋友圈。溪溪你用手机拍,拍完了用微信发给我。"

唐溪来吃饭没带相机,举起手机打开自拍模式。

温卿和苏栀一左一右地凑到她的身旁,三个人凑在一起换着动作拍了几张照片。

唐溪把照片拿给温卿看:"这几张你觉得可以吗?要不要给你修一下?"

温卿是明星,要很注意形象,不能像她们一样随便拍照,随便发。

温卿摆了一下手,随意地道:"不用,分享日常生活的照片不用精修,你把照片发给我。"

"好。"

唐溪低头,把刚拍的照片发给温卿和苏栀。

苏栀问温卿:"你是知名演员,我们能在朋友圈里发你的照片吗?"

温卿说:"当然能啊,生活照有什么不能发的,我还想把我们三个人的合照发到微博上呢。我的粉丝肯定都羡慕我,不仅长得美,身边的朋友也都是美女,他们肯定会评论'果然美女都是和美女一起玩'。"

温卿自恋了一把,连带着把唐溪和苏栀一起夸了。

不过温卿也就是嘴上说说,照片肯定是不能发微博的,微博是公共平台,她的粉丝都有几千万了,她发条日常微博可能都会上热搜。

照片一旦被发出去,肯定会有很多粉丝扒到唐溪和苏栀的工作室,为了偶像找他们工作室拍照。

唐溪和苏栀都只想轻轻松松地经营小工作室，悠闲地过小日子，并不打算把工作室扩展得太大。

火锅的菜上齐后，唐溪拍了几张火锅的照片，连带着两张和苏栀、温卿的合照，发了条四宫格的朋友圈。

苏栀给她的朋友圈点完赞，凑过来看好戏似的说："你看看这条朋友圈'奶黄包'还给不给你点赞。"

这条朋友圈里有两张合照，一张是她们三个搂在一起，一张是她们的三张脸贴在一起，两张照片里唐溪都坐在中间，亲密度与下午的那条朋友圈也不遑多让。

苏栀觉得下午的那条朋友圈里她一个人亲唐溪的脸，某人都手抖了五分钟，这条朋友圈里，有两个人贴着唐溪的脸，他最起码得手抖十分钟。

温卿听到她说"奶黄包"，以为她想吃奶黄包，问道："什么奶黄包，你们俩想吃奶黄包吗？这家店里好像没有奶黄包，我让我助理买了送过来。"

唐溪"扑哧"一声笑了出来。

苏栀解释道："不是吃的奶黄包，是她的通讯录里的备注。"

苏栀抬手搭了一下唐溪的肩膀。

温卿看向唐溪。

唐溪说："是我给我先生的备注。"

"你先生？"温卿反应了一下，惊讶地道，"你结婚啦？"

唐溪点头："是的，我结婚了。"

温卿挑着眉笑，脸上还是有些不可思议："什么时候的事啊？上回见面的时候你不是还没有男朋友吗？"

"没多久，闪婚，领了证，还没办婚礼，所以暂时还没通知大家。"不过现在该知道的人基本知道了。

"你老公是谁呀？我认识吗？有没有照片？"

温卿一连抛出三个问题。

唐溪直接找到之前同事要看照片时，秦骁发的那张照片给她看。

温卿一眼就认出了秦骁："这不是益远集团的总裁吗？"

唐溪问："你认识？"

"在宴会上见过，我认识他，但他应该不认识我。"

温卿拆开面前的餐具，往杯子里倒了水，给唐溪和苏栀也倒上，问道："你和你老公是怎么认识的呀？以前好像没听你提到过。"

唐溪端起水杯喝了口水，垂眸斟酌了一下，笑着说："算是相亲认识的吧。唐家的公司出了点儿问题，我爸就要我去联姻，然后相亲遇到了他，两家人吃了顿饭，觉得合适，就定下来了。"

温卿点了点头，没有再多问，往锅里放菜。

唐溪低头看朋友圈，因为她发了和温卿的合照，大家认出来温卿，平时不怎么联系的朋友也给她点赞，在底下留评论，问她是不是在和温卿一起吃饭，想要她帮忙要签名。

唐溪认真地扫了一眼点赞列表，没有"奶黄包"。

林简私下给唐溪发了消息，说很喜欢温卿，后面跟了个可怜巴巴的哀求的表情，唐溪马上就懂了，她也是要签名的。

唐溪将视线移向温卿，说："我工作室里有个小妹妹非常喜欢你，求我帮她要你的签名呢。"

"签名？行啊。"

温卿非常爽快地从衣服的口袋里摸出一支笔。

她很宠自己的粉丝，签名笔都是随身携带的，唐溪之前在微博上看到一个关于她的视频，为了给粉丝签名，她差点儿没赶上飞机，听到机场的工作人员播报她的名字，才在机场里一路狂奔地上了飞机。

"签哪儿啊？没有照片。"温卿的粉丝找她要签名都是自带照片和海报的，唐溪和苏栀也没有带可以签名的东西来。

温卿把笔收回口袋里，说："我回酒店再签吧，我房间里有照片和海报，明天拿给你。"

唐溪说："好，不着急。"她这次还不知道要在这边待几天呢，她和苏栀打算工作结束后在这边多玩几天，去附近找民宿拍些照片。

唐溪和苏栀来之前吃过东西了，不怎么饿，温卿是演员，明天就要进组拍戏了，要保持身材，晚上也不能多吃，于是一顿饭吃了没几分钟就没人动筷子了，三个人开始有一搭没一搭地闲聊。

温卿明天还要早起化妆，她们也没聊太久，十点多就回了酒店。

苏栀先去浴室里洗澡，唐溪坐在沙发上，打开朋友圈，看到新发的那条朋友圈的点赞列表里出现了"奶黄包"。

不知道他这次点赞有没有像上一次那样不停地取消又重点。

苏栀刚开始洗澡，唐溪没什么事，想了想，给秦骁发了条消息。

唐溪："我到了。"

她昨天让秦骁到地方的时候给她发消息报平安，那她应该也要给他报一声平安。

秦骁回复得很快:"看到了。"

消息只有三个字,但唐溪看懂了,他是说看到了她发的朋友圈,所以知道她已经到了。

唐溪:"下午的时候和栀子在附近拍了照片,我看到你给我的朋友圈点赞了。"

奶黄包:"嗯。"

唐溪:"你昨天的工作谈得怎么样啊,顺利吗?"

奶黄包:"顺利。"

唐溪:"你现在在干吗呀?"

奶黄包:"回你消息。"

唐溪:"……"

她当然知道他在回她消息。

唐溪:"我给你发消息前你在干什么?"

奶黄包:"工作。"

话题来到了唐溪熟悉的领域,她游刃有余地打字。

"工作忙也要照顾好身体,早点儿休息,我不打扰你工作了,有空再聊。"

奶黄包:"工作做完了。"

他还有做完工作的时候?

唐溪:"那就早点儿休息吧,晚安。"

奶黄包:"唐溪。"

唐溪看他打了自己的名字,精神一振,调整了一下坐姿,盯着聊天框。

片刻后,奶黄包发来消息:"晚安。"

原来他要说的是"晚安",唐溪松了口气,还以为他要说什么不开心的话呢。

苏栀洗完澡,从浴室里出来,用毛巾包着头发,说:"我洗好了,你可以进去洗了。"

唐溪放下手机,去浴室里洗澡。

第二天早上,唐溪和苏栀、陈恺吃完早餐后来到《靖宁传》的片场,温卿还在化妆,差不多可以开始拍摄了。

唐溪在摄影棚里跟副导演交流理想的拍摄效果。

这部剧里的男女主角都有很多套衣服,两位演员一整天都在不停地换衣服拍照，好在两位主演的演技好，拍单人照和合照时配合得都很好，在场的配角大部分是老戏骨，拍照工作进展得很顺利。

第一天的顺利收工给了唐溪一种给演员拍照很轻松的错觉，结果第二天工作还没开始唐溪就遇到了挫折：饰演女二号的演员许湘倩对剧组化妆老师给她做的妆造不满意，对着化妆老师挑了一堆刺儿，要用自己带的团队化妆师。

今天男女主角的戏份已经开拍，导演不在这边，只有副导演在，他做不了主。

副导演给导演打了电话，导演是个脾气暴躁的人，不同意改妆，直接放话：爱演不演，不演滚蛋。

但副导演不敢得罪许湘倩，许湘倩有后台，是投资方塞进来的人，副导演不能把导演的原话告诉她，只能好言好语地劝。

整个摄影棚的工作人员和许湘倩的团队僵持着，许湘倩见副导演这么捧着她，态度更强硬了，男二号的单人照都拍好了，她坐在那里，没得到副导演的同意，直接把脸上的妆卸了，说必须要用自己的化妆师，不然这戏她不拍了。

唐溪和苏栀悠闲地在旁边看戏，只觉得人生阅历又增长了一些，原来这就叫"耍大牌"。

但苏栀那一张嘴，遇到看不惯的事情总是忍不住犀利地吐槽，她侧着头，声音不高不低地说："刚才林导不是说了吗？爱演不演，不演滚蛋。这不是刚好吗？演员也不想演了。"

话音落下，化妆室里静了几秒钟。

剧组的好几个工作人员没忍住笑，许湘倩的脸都黑了，瞪着苏栀，气急败坏地问副导演："王导，这女的是谁啊？怎么进的我的化妆室？"

副导演的脸色也不太好看，他本来就夹在总导演和许湘倩之间两头为难，受许湘倩的气，这边人还没哄好呢，苏栀又火上浇了把油。

副导演赔着笑道："这是摄影师的经纪人，她不懂事，你别跟她计较，我这就把她们赶出去。"

于是唐溪和苏栀就被"赶"出了化妆室，出来时副导演给她们俩使了个眼色，示意她们俩忍一忍，没必要跟这种人计较。

唐溪和苏栀在走廊里，听到里面传来许湘倩不依不饶的声音："王导，可以给我换个摄影师吗？"

副导演开始思考撂挑子的事了。

"一个小小的演员也太能作妖了吧？人家温卿一个女主角对化妆师和副导演说话都是客客气气的，对化妆师的妆造一点儿意见都没有，这十八线演员在这儿磨磨蹭蹭的没完没了要改妆，嫌弃化妆师画得不好看，我都想拿镜子让她照照，看她自己长什么样了。"

唐溪语气淡淡的，一语中的："因为温卿美呀。"

因为温卿美，所以人家做什么造型都好看。

唐溪虽然没对许湘倩的脸发表一句看法，但又什么都说了。

苏栀笑出了声，胳膊搂在唐溪的肩膀上说："还是你会说话。"

两个人在休息区坐着等闹剧结束。

一直到午饭时间，许湘倩都没妥协，坚持要用自己的化妆师，副导演也不劝她了，就让她用，看导演看到照片后怎么说。

唐溪和苏栀、陈恺出去吃了顿午饭，回来后坐在摄影棚的椅子上无聊地玩手机。

下午三点多，许湘倩总算化好妆并休息好了，从化妆室里出来，宣布可以开始拍摄了。

唐溪看着她那现代网红妆，没说什么，断定今天这个照片肯定是过不了导演那关的。

通过昨天跟林导的相处，唐溪觉得他是一个对演员要求很严格的导演，至于他为什么会同意许湘倩这种刚小火一把还没什么演技的人来演女二号，可能也是胳膊拧不过大腿，导演在剧组里权力大，但就整部戏来说，还是要看投资方的意思。

但林导在选角上妥协不代表在演员的妆造上也妥协，这样的网红妆容出现在古装剧里，无论演员的演技多好都是败笔，宣传照发出去肯定是会被网友骂的，更何况许湘倩都没有演过戏。

虽然知道演员的妆容不行，之后要重拍，但唐溪还是没有敷衍，调整好相机开始拍摄。

唐溪说："向左看，下巴稍稍向上抬。"

许湘倩抬了抬下巴，脸的方向没动。

唐溪又提醒了一遍："眼睛向左看。"

许湘倩说："不行，我左边脸比右边脸好看，要拍左边脸。"

唐溪："……"

唐溪对这种能作妖的人向来是懒得搭理的，她说什么就是什么，反正最后被导演劈头盖脸地骂的肯定是她。

在旁边看着的苏栀都想上去打她了。

苏栀扭头，看了一眼旁边的副导演那一脸苦大仇深的样子，八卦的心上来了，想知道许湘倩的后台是谁，这么能作妖副导演都还忍着。

她往副导演的身边挪了挪，说："我听说林导对选角的要求很高的，拍他的戏的演员都很听话，这个女二号是他亲自试镜选上来的吗？"

副导演瞥了一眼许湘倩的助理，给苏栀使了个眼色，示意她不要随便八卦，心想这姑娘真猛，都八卦到正主面前来了。

苏栀笑了笑，没再问了。

看许湘倩这盛气凌人、不知低调的姿态，估计有不少人知道许湘倩背后的人是谁，她回头找温卿打听打听就知道了。

唐溪正拍着照片，副导演突然发现林导来了，正站在门外面，旁边还有一个浑身散发着傲然之气的男人，一看就是个得罪不起的人，林导似乎就是陪着他来的。

副导演小跑着过去，给林导打了声招呼，让他进里面坐。

林导看了一眼秦骁，问道："秦总，要不要去里面看看？"

秦骁淡淡地道："不用，不要打扰她工作。"

他示意林导不用管他，去忙自己的，他就是过来接老婆下班的。

林导本来正在拍摄男女主角的剧情，中场休息时接到通知说益远集团的秦总要过来看看，让他安排一下。

益远集团不是这部剧的投资方，林导没和这位秦总打过交道，但这部剧的投资方里有光骋集团，林导以前导演的很多部剧都是光骋集团投资的。

这位秦总是光骋集团沈总的小舅子，不能怠慢，林导就亲自把人送了过来，只是一到这边，看到摄影棚里的情况，火就冒了上来。

摄影棚里除了背对着门拍照的唐溪和许湘倩，其他人都看见了林导和秦骁，刚刚还有些嘈杂的摄影棚里瞬间安静了下来。

苏栀看到秦骁，和陈恺对视一眼，露出一个心照不宣的笑容。

许湘倩的助理给许湘倩使了好几个眼色她都没注意到，没发现导演来了，坚持自己左边脸好看，镜头要拍左边脸，右边脸不能拍。

林导火冒三丈，恨不得上去把许湘倩的头拧下来，这种花瓶，他就不应该让投资方塞进来，不专业就算了，毛病还多。

他悄悄地打量了旁边的秦骁一眼。

秦骁的目光静静地落在唐溪的身上，面上没什么表情。

林导拿不准他的心里是怎么想的，有没有生气。

他刚刚听到秦骁说他太太在他们剧组里工作,今天正在拍定妆照的时候吓了一跳,还以为许湘倩是他的人,那以后整个剧组就完了,都要捧着这个祖宗了。

结果秦总的太太是温卿给他推荐的摄影师,他整个人如释重负,庆幸秦总太太不是作妖了大半天的许湘倩。

"你拍摄的角度不对,你应该身体再蹲低一点儿。"许湘倩抬手向下摆了摆,示意已经蹲着的唐溪再低一点儿。

秦骁淡淡地对身边的林导说:"你们这个演员是摄影师出身?她在指导我太太拍照?"

林导听出了秦骁讽刺的意思,原本只是不想当着秦总的面发火骂人,想等秦总走了再找许湘倩,毕竟秦总说了不要打扰他太太工作,但这会儿听秦骁这么说,他也不忍了,走进摄影棚,叫停拍摄:"其他人休息,许湘倩跟我过来。"

整个摄影棚里都回荡着林导的声音。

唐溪往休息区走,朝陈恺伸了一下手,要水。

陈恺递了一瓶水给她,唐溪拧开盖子喝了一口,苏栀走到她的身边,碰了碰她的胳膊,示意她向外看。

唐溪不明所以,视线扫向门旁,看见秦骁站在那里,愣了一下。

她把相机和水都递给陈恺拿着,正想走过去,秦骁抬腿朝她走了过来。

苏栀和陈恺自觉地退后,把唐溪身边的位置让给秦骁。

唐溪迎上去,笑着问他:"你怎么来了?"

不等秦骁回答,她接着问道:"是来考察项目的吗?"

秦骁垂眸凝视她的脸,若有似无地乜了一眼旁边的苏栀,淡声道:"不是,来考察你。"

唐溪:"……"

他来考察她?她有什么好考察的?

唐溪觉得秦骁变幽默了。以为他说来考察她是开玩笑,虽然这个笑话听起来有点儿冷,唐溪还是配合着伸出胳膊:"考察我?好啊,你来考察吧。"

秦骁伸手握住她的胳膊,低着头,在她的身上打量了一圈。

唐溪没想到他还真"考察",被他这样不加掩饰地用视线扫着身体的每一个部位,有一种衣服都快要被他扒掉的感觉。

摄影棚里的其他人都被他们俩吸引,往他俩这里看,尤其是苏栀和陈恺,站在旁边笑眯眯地看着他俩,一脸吃到了糖的表情,连许湘倩被林导骂都没兴趣去围观了。

唐溪有点儿害羞地垂下头,小声问秦骁:"考察好了吗?"

秦骁的眼底浮现出一丝笑意,他俯身凑到她的耳边,和她耳语:"瘦了。"

"怎么可能瘦了?我才出来两天而已,我觉得我还胖了呢。"她这两天和苏栀在一起,每天都喝奶茶,晚上吃很多零食。

"没胖。"秦骁用她刚刚说过的话安慰她,"你才出来两天。"

唐溪说:"可是我这两天吃得很多,前天晚上吃了火锅,喝了奶茶,还吃了很多鸭脖子、鸭锁骨,昨天晚上吃的也是火锅,喝了奶茶。这些东西的热量都很高,吃多了很容易长胖。"

女孩子对自己的体重问题都很敏感,尤其是在连续吃了好几顿高热量的食物后,就会生出一种自己长胖了很多的感觉。

她摸了摸自己的腰,不知是不是心理作用,觉得腰上似乎真比出差前多了点儿肉。

秦骁的目光随着她摸腰的动作落在她纤细的腰上,他淡声道:"火锅好吃吗?"

唐溪:"好吃呀。"

秦骁:"奶茶好喝吗?"

唐溪:"好喝呀。"

秦骁:"鸭脖子好吃吗?"

唐溪逐渐地感觉到不对劲了:"好吃呀,你没吃过吗?"

秦骁淡淡地"嗯"了一声,说:"都没吃过。"

唐溪惊讶地道:"不会吧,你没吃过火锅?"

秦骁漫不经心地道:"没人陪我去吃。"

唐溪:"……"

唐溪盯着秦骁冷峻的脸,莫名地听出了一种委屈又阴阳怪气的感觉。

她怎么觉得他是在向她卖惨呢?他没吃过火锅是她的问题吗?堂堂益远集团的总裁,含着金汤匙出生在罗马的秦家继承人,他说没人陪他去吃火锅?

"那今晚我们一起去吃火锅吧?"

秦骁"嗯"了一声,唇角微微上扬,说:"随你。"

唐溪转脸问苏栀和陈恺:"今晚我们还去吃火锅,可以吗?"

毕竟他们已经连续吃了两天火锅了，今天还去吃火锅未免有些太频繁了。

但秦骁都说了没人陪他去吃火锅，她总不能连吃顿火锅这种小事都不能陪他。

秦骁听她还要叫别人跟他们俩一起去吃火锅，眸中闪过一抹不悦。

苏栀和陈恺都没什么问题，苏栀比了个"OK"的手势，说："可以，还去昨晚那家吃吗？我觉得昨晚那家挺不错的。"

唐溪点了一下头，说："就去昨晚那家吃吧。也不知道温卿今天几点收工，我给她发个消息，问问她今晚跟不跟我们一起去吃饭。"

她朝陈恺招了一下手。

她工作时手机都是放在陈恺身上的。

陈恺从兜里摸出手机，走过去递给她。

秦骁紧紧地抿起唇角，盯着陈恺拿着手机的手，在陈恺朝唐溪伸手递手机的时候，抬手握住唐溪的胳膊，把她拉到自己的身后，上前一步，从陈恺的手里接过手机，递给唐溪。

陈恺被他冷飕飕地扫了一眼，赶紧和他们俩拉开距离，回到刚刚站的位置，脑子有点儿蒙，以至于回去的时候是一步一步地退着回到原地的，差点儿撞到苏栀的身上。

苏栀往旁边避了一下，提醒道："小心点儿。"

他茫然地看了苏栀一眼：他得罪姐夫了吗？

苏栀拍了一下他的肩膀，小声说："年轻人，别害怕，你就当刚刚是穿越回男女授受不亲的时代了。"

唐溪在这边站得有点儿累，抬腿走到休息区，坐在椅子上。

秦骁把旁边的一张椅子挪到她的身侧，紧挨着她坐。

苏栀拉着陈恺退到离他们更远的位置。

唐溪瞥到两个人站得那么远，抬起头对他们说："你们站在那边干吗？过来坐呀。"

苏栀给唐溪抛了一个暧昧的眼神，说："我们不坐，我们喜欢站着。"

唐溪看出来她在调侃自己和秦骁，没好气地白了她一眼，拿着手机侧过身，看着秦骁说："我给温卿发个消息。温卿你知道吧？"

秦骁说："不知道。"

唐溪说："你知道的呀，我之前跟你说过的，这部剧的女主角，我的朋友。"

204

秦骁像失忆了一样："没注意。"

唐溪撇了撇嘴。她那天为了找话题和秦骁聊天，很详细地给他介绍过温卿，结果他说他没注意。

"就前几天跟你提的，我还说了她刚开始在网上火的那组照片是我拍的，还给你看了那组照片，你是不是平时都不认真听我说话呀？"

她的语气很温柔，但她说出的话像是在抱怨他没有认真地听她说话。

秦骁放下交叠的双腿，坐正身体，改口道："嗯，我知道，你说过，你大一的时候在操场上看到她，请她做了你的模特，拍了照，照片的构图很好。"

唐溪："……"

这聊天的细节都知道，他刚刚不是说没注意吗？

"对，就是她。"

唐溪打开微信，突然想到自己把给秦骁的备注改成了"奶黄包"，怕他看见不高兴，抬头看了他一眼。

秦骁垂着头，眼睛光明正大地看着她的手机屏幕。

唐溪把手机摁灭，搁在腿上。

秦骁眯了眯眼，敏锐地发现了不对劲："不是要发消息？"

他的目光审视地盯着她的脸。

唐溪勾唇笑了一下，大脑急速运转："我给她发消息的话，她回我消息，我还要再给她回过去，不知道要聊多久，你这么远跑过来看我，我当然要陪你聊天呀，没空回她消息，还是让栀子发消息问她吧。"

唐溪转脸对苏栀说："栀子，你给卿卿发消息，问她晚上来不来吃火锅，我要陪我先生聊天，不太方便给她发消息。"

苏栀："……"

他们这是有多少话要说，黏糊得连发条消息的时间都没有了。

苏栀没有深思唐溪说出这种话的原因，只觉得自己被"狗粮"拍了一脸，但还是很乐于见到闺密夫妻感情深厚："没问题没问题，你们聊，我来给她发消息。"

她没忍住，调侃了一句："我单身，没人跟我聊天，我有空。"

唐溪就知道她肯定会调侃自己，但为了不让秦骁看到她给他的备注，也管不了那么多了。

她回过头看向秦骁，转移话题："你过来真的不是为了工作吗？"

她不太信秦骁说的，过来是为了考察她，这听着就像是玩笑话，虽然秦骁看起来并不像是在开玩笑。

秦骁并没有被唐溪的甜言蜜语忽悠过去，半眯着眼，没什么语气地说："卿卿？"

唐溪愣了一下，以为他是想在这里亲自己，尴尬地扫了四周一眼，见大家距离他们俩都挺远的，秦骁的声音也不大，估计没人听见，松了口气，凑到秦骁的耳边，压低声音说："这里人太多了，不方便亲。"

秦骁知道她误会了，勾了一下唇角，说："你喊温卿什么？"

"卿卿啊。"

唐溪说完话，反应过来秦骁说"卿卿"问的是她对温卿的称呼，而不是问她要不要亲亲。

她看到秦骁眼底的笑意，羞窘地道："我喊她'卿卿'，就是她名字的叠字，就像你喊我'溪溪'一样。"

他现在心情好的时候，都是喊她"溪溪"的。

秦骁"嗯"了一声，说："你给温卿发消息，会聊很久？"

唐溪点头："是呀。"她没什么事的时候，和朋友在微信上打了招呼，一般都会聊几句，如果对方也不忙的话，比如苏栀那样的，有时候能断断续续地聊一整天。

秦骁像是漫不经心地和她闲聊一样，问："多久？"

难得秦骁会找话题主动跟她聊天，唐溪没什么防备地说："不一定，看双方忙不忙，不忙的话基本会聊半个多小时。"

她和别人能聊半个多小时？

秦骁的眉头皱了起来。

唐溪问道："怎么了？"

秦骁说："你聊天不是几句话就结束了？"她跟他聊天都是几句话后就没话说了。

唐溪猛然领会到了他问这个问题的原因，心里"咯噔"一下，挺直背脊，谨慎发言："我们这种胸无大志的人，就是比较闲，没什么事，所以聊天聊得久一点儿。你跟我们不一样呀，你管理着那么大一个集团，工作忙，我给你发消息都怕打扰到你。"

秦骁淡声道："我也有不忙的时候。"他不忙的时候，她都是让他早点儿休息，也不会跟他聊天。

唐溪笑得温柔："你不忙的时候也没给我发消息，我也不知道你不忙呀。"

秦骁沉默片刻，说："好，以后我不忙的时候给你发消息。"

唐溪："……"

他倒也不必如此，她只是想讽刺他一句，并没有埋怨他不给她发消息的意思。

不过秦骁可能是因为跟她发生了关系，觉得他们俩的夫妻生活还算和谐，所以也想跟她好好过日子了吧。

夫妻之间，和谐是最重要的，既然要好好过日子，夫妻之间还是需要通过多聊天尽快熟悉起来。

唐溪跟他结婚，是希望能长长久久地过一辈子的，对于秦骁主动增进夫妻关系的行为，也是很乐意配合的。

两个人静坐了一会儿，突然就没话说了。

过了一会儿，秦骁开口道："不是说要陪我聊天？"

唐溪心想：那你怎么不找话题聊啊？

不过考虑到秦骁找的话题都暗藏玄机，唐溪努力找了个话题。

"你什么时候回南城？"

秦骁深深地看了她一眼："不知道。"

唐溪："……"

他为什么连自己什么时候回南城都不知道，他的工作行程不都是提前就安排好了的吗？

这个话题似乎被他聊死了。

唐溪重新找话题："你今天怎么有空过来找我？"

秦骁说："不忙。"

唐溪问："你今晚住哪里啊？"

秦骁毫不犹豫地道："跟你一起。"

他说完幽幽地看着唐溪，露出"这种问题还要问"的表情。

唐溪微笑着装傻："是跟我同一家酒店吗？房间订了吗？办入住了吗？"

她跟苏栀一间房呢，肯定不能抛下苏栀跟他住在一起，不然苏栀肯定又要说她见色忘友。

秦骁神色淡淡地道："订了。"

唐溪说："那我就放心了。"

也不知她是放心他有地方住了，还是放心他有地方住就不会去找她一起住了。

林导训完许湘倩,许湘倩到底不敢像对副导演那样对他耍横,老实地去改妆了,只是所有工作人员要耽误时间一起等她。

普通的工作人员等她也就罢了,今天的摄影师是秦总的老婆,秦总过来接老婆下班,也坐在那儿一起等,许湘倩今天这个大牌耍得可真是有牌面,连益远集团的总裁都要等她。

林导担心秦总发火去找他姐夫,沈总那个宠妻宠得没边的人为了小舅子可能会撤资,所以训完许湘倩也没走,站在一边时不时地瞥秦骁和唐溪两眼,观察他俩的表情。

导演都是喜欢为了剧烧钱的,这部剧里有很多大场面群戏,经费越多拍出来的效果越好。当初也就是为了多拉点儿投资,林导才会松口让人把许湘倩塞进来,反正就算她名义上是女二号,他也可以想办法删减她的剧情,把她变成一个"镶边女配"。

他还想等前期剧情拍出来,拿着宣传照去光骋集团谈谈追加投资的事,这次要是把沈总的小舅子得罪了,沈总别说追加投资,以后还会不会跟他合作都说不准。

还好,这两口子忙着谈情说爱,目前还没有出现不耐烦的表情。

林导要回片场导戏,跟副导演说了秦骁的身份,让他小心照顾好,有什么事随时打电话通知他。

副导演是个很有眼色的人,林导不叮嘱他也知道秦骁不能得罪,毕竟一般人可不能随便到拍摄现场来,还是以"接老婆下班"这种荒唐的理由。

刚刚许湘倩团队里的人找副导演打听消息,副导演为了让许湘倩老实,直说了唐溪和现在在她身边坐着的秦骁的身份。许湘倩被她团队里的人提点了,知道这两位是得罪不起的人,改好妆后果然老实了不少,全程按照唐溪的指示来,一个字都没敢多说,让右边脸对着镜头就右边脸对着镜头。

许湘倩磨蹭了这么久,唐溪拍完许湘倩的照片时已经晚上七点钟了。

唐溪拿着相机回休息区。

秦骁把她手里的相机接过去,把拧开盖子的水递给她。

唐溪接过水瓶喝了一口,还给他,秦骁接过后又把盖子拧上。

唐溪下意识地冲陈恺伸手:"把我的手机给我。"

陈恺向后退了一步,嘴很甜地说:"手机在姐夫那儿。"

他给唐溪递手机,被秦骁目光凌厉地扫了一眼后,特意把工作室里唐溪以外的人拉到一个微信群里,说了这件事。

群里的那些小姑娘都疯了,说这是总裁对小娇妻的占有欲,让他晚上睡觉时锁好门，小心被暗杀。

发完消息，她们还谨慎地撤回了，怕万一他真被暗杀了，会留下姐夫杀人的证据，她们不能让姐夫陷入危险。

无人在意他的生死，她们只在意溪溪姐和姐夫的爱情。

林简教他一个保命绝招：多喊几声"姐夫"，离姐远点儿。

于是本来跟过来做助理的陈恺突然就无所事事了，不用拿东西，不用跑腿递水，不用收拾相机。溪溪姐的东西有姐夫拿，跑腿递水的活是姐夫的，相机也是姐夫收拾的，溪溪姐也是姐夫的。

他觉得自己特别愧对今天下午的两百块钱出差费，这两百块钱应该给姐夫才对。

秦骁从裤子兜里摸出唐溪的手机，唐溪接过去摁亮屏幕看了一眼时间，问苏栀："卿——"

唐溪顿了一下，看了一眼秦骁，把"卿卿"两个字咽了回去，改口说："温卿晚上来不来？有没有说几点收工？"

苏栀说："来不了，她有一场大夜戏。"

唐溪"嗯"了一声，说："那我们去吃吧。"

火锅店在酒店旁边，从这里开车过去要十多分钟，秦骁也开了车过来，苏栀和陈恺一辆车，唐溪坐秦骁的车。

唐溪上车后，坐在副驾驶座上，系好安全带，觉得腰有点儿酸，向后伸了一下懒腰。

秦骁不知从哪里抱出一大捧玫瑰花，花束外面被黑纱包裹，漂亮夺目。"给你。"

唐溪怔了一下，接过玫瑰花，有些难以置信：秦骁居然送她花，不送包了。

她弯着眼睛看向她，说："谢谢，很漂亮，我很喜欢。"

秦骁淡淡地"嗯"了一声，从左边拎出了一个时装袋给她："这个也给你。"

唐溪："……"

所以他只是多送了一捧玫瑰花，并没有放弃送包。

唐溪哭笑不得，把包从袋子里拿出来看了一眼，笑着说："谢谢。"

秦骁没什么语气地道："不用。"

他启动车子，跟上陈恺的车。

这个时间火锅店里很热闹，很多在影视基地里拍戏的剧组在这边聚餐，唐溪预订了包间，服务员直接领着他们进去。

唐溪随意地选了个座位坐下，秦骁坐在她的左首，苏栀和陈恺自觉地坐到距离他俩最远的对面。

唐溪无奈地看了苏栀一眼，拍拍自己右边的座位，让她过来坐。

苏栀回了唐溪一个眼神，不过去。

她们俩在秦骁的眼皮子底下眉来眼去，秦骁抬手抽了一张纸巾，在面前的桌子上擦了擦，胳膊"不小心"碰了一下她的胳膊。

唐溪扭头看向他，问："怎么了？"

秦骁声音很淡地道："没什么。"

唐溪瞥见他手上的动作，发现他是在擦桌子，不过这桌子看起来挺干净的啊，这家店的卫生挺好的，客人上桌前服务员都会仔仔细细地再清理一遍桌子。

她抽了一张纸巾，在面前的桌面上擦了擦，纸很干净，没有擦掉什么污渍。

对面的苏栀和陈恺看到他们俩在擦桌子，总感觉自己不擦好像很不讲卫生，纷纷抽纸擦桌子。

火锅店里的服务员进来上菜，看见包间里的客人都在擦桌子，以为是自己忘记清理桌子了，惊慌失措，赶紧拿着刚用开水烫过的毛巾上前道歉："对不起，对不起，我们来我们来，你们坐着就好。"

唐溪道："没事，不用擦，桌子很干净。"

服务员："……"既然桌子很干净你们为什么还要擦？

服务员心情忐忑地擦了一遍桌子，唯恐客人会投诉她。

锅底和菜很快上齐，服务员帮忙往锅里放了点儿菜就出去了，包间里弥漫着一股古怪的气氛，唐溪开口打破沉默："栀子，你和陈恺坐到这边来吧，太远了不方便说话。"

苏栀说："我们坐这边就可以，能听见你说话。"

她眨了眨眼，唐溪无奈地笑了一下，拿起手机给她发消息。

唐溪："干吗呀你，过来！"

苏栀："别管我和陈恺了，我们俩能照顾好自己。"

唐溪下意识地看向秦骁。

他垂眸，抿着唇角，像是在思考什么事情，锅中浮起一层白烟，擦着他的肩膀飘了过去。

唐溪往右边挪了一个座位，秦骁看着两个人中间空出来的座位，冷淡的黑眸看向她。

唐溪朝他招手:"往这边坐点儿,那边有烟,都飘到你身上了。"

秦骁的神色缓和下来,他坐了过去。

锅里的汤已经开始沸腾,没有人动筷子,唐溪拿起筷子对秦骁说:"吃吧,可以吃了。"

想到他说他没吃过火锅,唐溪给他介绍:"左边是番茄锅,右边是辣锅。"

秦骁"嗯"了一声,说:"知道。"

他说完,坐在那里没动弹。

唐溪伸胳膊从辣锅里夹了一片牛肉放到他面前的餐盘里:"你尝尝。"

秦骁盯着她的脸,唇角微动,像是有什么话要说。

唐溪以为他是不习惯吃火锅,凑到他的耳边问:"怎么了,不喜欢吗?"

秦骁沉默片刻,低声说:"你不拍照?"

原来他是等着她拍照呢。

她没想到秦骁还挺懂,知道女孩子吃饭前喜欢拍照。

她笑着说:"不用,我前两天拍过了,直接吃吧。"这都是一样的火锅,没什么好拍的。

唐溪抬头对苏栀和陈恺说:"你们俩吃呀。"

苏栀说:"嗯,好,我们吃了。"

唐溪又从锅里夹了一块牛肉,吹了吹,放到自己的嘴里,没理目光幽幽地盯着她的秦骁。

是他自己说没吃过火锅,她才带他来吃火锅的,他不喜欢吃也不是她的问题。

不管他,她吃她的。

算了,她还是说一句吧。

"要不你出去找别的饭店吃吧。"他在这儿看着他们吃也不会饱。

秦骁目光一沉,眉头微皱。

唐溪不理他,继续吃菜。

片刻后,他收回放在她脸上的视线,拿起筷子,夹起她刚刚放在他盘子里的牛肉,淡淡地道:"不用,这个可以。"

饭后,几个人没有坐着闲聊,直接回了酒店。

这是唐溪有生以来吃的用时最短的一次火锅,全程不到半小时,应该也是苏栀和陈恺吃火锅用时最短的一次。

之前吃火锅都是大家一起边吃边聊,一顿饭能吃一两个小时,今天都没人说话,四个人冷冷清清地吃完了饭。

车子停在酒店门口的停车位上。

唐溪抱着秦骁送给她的那捧玫瑰花和包下车,看见秦骁站在车后面,从后备厢里拎出一个小行李箱。

"你还没办理入住手续吗?"唐溪看着秦骁问道。

秦骁"嗯"了一声,推着行李箱走到她的身边,和她一起往酒店里面走。

苏栀和陈恺已经进去了,在大厅里等着他们。

"李瑛没跟你一起过来吗?"他出差时身边一直都是有李瑛跟着的。

"没有。"秦骁偏头看着她,缓声道,"我是来看你的。"

男人的声音磁性低沉,语气郑重其事。

唐溪微怔,停住脚步,抬眸对上秦骁黑漆漆的眼睛,目光一闪。

秦骁的眼神非常认真,唐溪隐约反应过来他说考察她不是开玩笑,他真的不是因为在附近工作才顺便过来看她的。

李瑛没来,司机没来,他的行李箱刚被他从后备厢里拿出来,所以他是专程开车从南城过来看她的。

唐溪受宠若惊,望着他的眼睛里浮起笑意,脸颊上露出一对小酒窝,声音很甜地说:"我等会儿把你送去你的房间,陪你聊会儿天再回去。"

她还是要回去和苏栀一起住的。

秦骁心里涌起一股复杂的情绪,面上毫无波澜,微抬下巴:"先进去。"

他把手里的行李箱拉杆推下去,手指穿过行李箱侧边的手环,把行李箱拎起来,抬脚上台阶。

走进酒店大厅,秦骁把身份证递给前台的工作人员办理入住手续。

唐溪站在旁边等他,苏栀坐在不远处的沙发上,见前台的工作人员已经快要帮秦骁办理好入住手续了,起身走过去。

唐溪转脸冲她笑,一脸歉意地对她说:"栀子,你先回房间洗漱,我把秦骁送到他的房间,等会儿回去。"

唐溪心虚地看着苏栀,怕她说自己重色轻友,老公一来就把她丢在一旁不管。

"不用了。"苏栀伸手接过前台的工作人员手里的房卡,撩了一下头发,"那小破标间还是你和你老公过去住吧,我就不回去了,我要去住总统套房。"

唐溪愣了一下,瞬间明白发生了什么。

秦骁把他订的总统套房给苏栀住了,要跟她一起住剧组给她和苏栀订的那间房。

唐溪的目光在秦骁和苏栀的身上来回扫了一圈,不知道这两个人是什么时候商量好的,无奈地睨了秦骁一眼,唐溪伸手抓住苏栀的胳膊,把她拉到一边,低声问:"你真不想跟我一起住吗?"

她冲苏栀眨了眨眼,示意苏栀把房卡还给秦骁,还是她们俩一起住。

苏栀决绝地从她手中抽出胳膊,把她推向秦骁:"我要住总统套房。"

唐溪没有防备,被苏栀一把推到秦骁的怀里,秦骁伸手搂住她,眼底露出了些笑意。

"你……"

唐溪正想和苏栀算账,苏栀已经转过身,率先走向电梯。

唐溪手里还抱着玫瑰花束,用手推了一下秦骁的肩膀,从他的怀里出来,抬眸看了他一眼,没在大厅里说什么:"先回房间。"

三个人一起乘电梯回唐溪和苏栀这两天住的房间,苏栀的东西还在这边。

秦骁把手搭在行李箱的拉杆上,站在外面等着苏栀收拾东西,唐溪也没帮他先把行李箱拿进来,走进房间后就合上门,将秦骁关在外面。

"你真要一个人住一间啊?"唐溪站在苏栀的旁边问。

苏栀坐在床沿上,双手搭在唐溪的肩膀上,发自内心地笑:"放心吧,你老公没威胁我,是我自愿的。你老公还帮我订了美容院的全套美容服务,你说我这……我这也实在拒绝不了,和你住一间房的机会那么多,免费做美容、住总统套房的机会不多。"

手机响起了来电铃声,她低头看了一眼:"美容师到了,不跟你说了,我得赶紧走了。"

她俯身把行李箱的拉链拉上,拍了一下唐溪的胳膊:"我走了啊,你别去找我,别打扰我的美容按摩、花瓣浴啊,走了。"

苏栀拉着行李箱,踩着高跟鞋,"嗒嗒嗒"地走了。

唐溪站在床头,看到她出门时和秦骁互相点头打了招呼,气笑了。

秦骁走进来,把行李箱放在门旁,走到窗户前,拉上窗帘。

唐溪的目光一闪:"你拉窗帘干吗?先别拉,透透气。"

213

秦骁回头，意味不明地看着她，抬腿走到她的面前，用幽深的目光凝视着她的脸。

　　唐溪被他灼灼的目光看得有些不自在，垂下头小声说："别这么看着我。"

　　秦骁盯着她精致漂亮的脸蛋儿，伸出手臂搂住她的腰，手指微微握拳，搭在她的腰侧，俯身凑近她的唇。

　　晚饭吃的是火锅，两个人虽然漱了口，但身上的衣服都沾染了火锅的气味，唐溪把双手搭在他的肩膀上推了推，缩着脖子往旁边躲了一下，说："先别这样，还没洗澡呢，洗完澡，洗完澡再……"

　　秦骁顿了一下，也觉得这样奔波一天没有洗漱就亲热不太合适，放开她，把身上火锅味最重的外套脱掉，扫了一眼房间里的两张单人床，对唐溪说："我们换间房，可以吗？"

　　唐溪看他连行李箱都没往里面放，猜到他肯定没打算住在这里，既然他要换更好的房间，她也没必要委屈自己，点了点头，说："你去前台换房，我在这里等你。"

　　她有点儿累，不太想动弹，理所当然地使唤他。

　　秦骁从她的包里拿出身份证，从行李箱里拿了一身新衣服出来，直接站在床边换衣服。

　　唐溪瞥见他脱了衬衣，上身赤裸着，又把裤子也脱了，呼吸一滞，猛地移开视线，耳根浮起红晕，向脖颈蔓延。

　　秦骁手里拿着新衬衣，见她害羞了，挑了一下眉头，拿着衣服走到她的面前，站在她的正前方穿。

　　唐溪侧过头，伸手摸了一下后颈，用长发挡住泛红的耳郭。

　　秦骁慢悠悠地在她的面前换好衣服，嘴角勾起一抹弧度，伸手把她的头发撩到耳后，她泛红的耳朵暴露在他的眼前，他用指腹捏了捏她发烫的耳垂。

　　唐溪红着脸推开他的手，垂着头，轻声说："别闹了，快去换房。"

　　秦骁"嗯"了一声，若无其事地转身向外走。

　　房间里只剩下唐溪一个人，她抬手摸了摸自己滚烫的脸颊，心想：没事，最亲密的事他们都做过了，只是当面换个衣服而已，没什么好害羞的。

　　趁着秦骁去换房间，唐溪也把身上沾染了火锅味的衣服换掉，在他回来前迅速地把行李收拾好。

　　新换的房间和苏栀的房间在同一楼层，唐溪不太放心苏栀，让秦骁先去浴室里洗澡，她去苏栀的房间里看看。

唐溪走到苏栀的房门前，敲了敲门，里面传来一道陌生的女声："谁？"

唐溪猜问话的应该是美容院的美容师，回道："栀子，是我，你在里面吗？"

片刻后，房门被从里面打开，开门的是个美容师。

苏栀正躺在床上做脸部护理，除了开门的美容师，房间里还有另一位美容师。

两个人围着苏栀，一个给她做脸部护理，一个给她做手部护理，苏栀看起来很是惬意，唐溪觉得自己还真是白担心了。

"哎，我不是跟你说了吗？没事别来打扰我，我忙着呢。"

唐溪走到她的面前，在她的胳膊上掐了一下："一个美容护理你就把我给卖了啊。"

苏栀笑道："这怎么能叫把你卖了呢，那不是你亲老公吗？人家千里寻妻，我总得识趣点儿吧？我可不想做电灯泡。哎呀你赶紧回去吧。"

唐溪被她催得出现了逆反心理："你赶我走干什么？我就不走，就要在这里。"

做脸部护理的美容师把被苏栀笑裂开的面膜抚平，温声提醒："亲爱的，咱们现在还不能笑，说话时嘴巴的动作也不能太大。"

苏栀的声音立刻小了很多："行啊，那你就在这里坐着吧，反正着急的是某人的'奶黄包'，不是我。"

给苏栀做手部护理的美容师用拇指按摩她的手掌，问道："这个力度可以吗？"

苏栀舒服地"嗯"了一声。

"要是重了你告诉我。"

苏栀道："嗯。"

唐溪坐在旁边看着她，给苏栀做面部护理的美容师趁机问道："美女要不要跟这位美女一起做一套护理？睡前放松一下，有助于睡眠。"

唐溪想到是秦骁给苏栀订的美容护理，心理有点儿不平衡了，抬手打了她的胳膊一下。

苏栀躺着挨打，无辜地道："打我干吗？"

唐溪质问道："秦骁都知道给你订一套美容护理，怎么就不知道给我订一套呢？"

苏栀听着她酸溜溜的语气，没忍住，"扑哧"笑了一声，脸上的面膜彻底保不住了。

她干脆把面膜揭掉，坐起身，看着唐溪幽怨的眼神，笑得眼泪都快出来了。

"这还用问吗？他肯定是嫌我这个电灯泡太亮，又不能得罪我，只能用好处收买我呗。我可是你最好的朋友，他可不得好好讨好吗？至于他为什么不给你订美容护理，你就说这大晚上的，哪对有夜生活的已婚人士不抓紧时间办正事，谁约美容院的人做护理？"

唐溪听她又开始不正经，瞪了她一眼，问："你和他是什么时候商量好把我给卖了的？"

苏栀笑着说："就你给许湘倩拍照的时候啊。哎，你话不要说得那么难听啊，什么叫把你给卖了？我们这叫各取所需，友好合作。"

唐溪："……"

好闺密把她卖了还嫌她说话难听。

"我不走了。"唐溪威胁她。

苏栀无所谓地道："行啊，那你就待在这儿别回去，让这两位小姐姐帮你也做一套护理，把你老公一个人丢在那边独守空房？"

唐溪还真有点儿心动，连着拍摄了两天照片，她的胳膊和腰都有些酸，想让人按按。

不过想到秦骁是自己开车从南城过来的，她果断地放弃了在这边做护理的想法。

"不了，你们继续吧，我不打扰你们了。"她看向做脸部护理的美容师，"她刚刚脸上的那张面膜敷了多久？"

美容师说："不到五分钟。"

面膜不到五分钟就掉了，也没什么效果，唐溪说："你给她重新贴一张，费用找在你们那儿订项目的先生结。"

这种事情秦骁肯定是交给李瑛办的。

美容师笑着说："好的。"

唐溪看了苏栀一眼："我走了。"

苏栀："拜拜。"

唐溪："拜拜。"

唐溪回到自己的房间时，秦骁已经洗好澡，正穿着睡衣坐在套房客厅的沙发上，闻声抬头看了她一眼。

"我回来了。"

唐溪打了声招呼，拖着有些疲倦的身体去卧室，从行李箱里拿出睡衣准备去洗澡。

秦骁走进来，拉上了卧室的窗帘，将夜景隔绝在外。

唐溪看他悠闲的样子，很想问问他之后有什么计划，是明天回南城，还是在这边待得久一点儿。

不过她白天问过这个问题，他当时似乎很不耐烦，还是不问了，反正他什么时候走，会自己跟她说的。

洗完澡，唐溪从浴室里出来，发现秦骁不在卧室里。

她走到卧室门口向外面看了一眼，看见秦骁站在阳台上，不知道在和谁打电话，唐溪隐约听到"收购""价格"等词语，他应该是在谈工作，看来也并不是很悠闲。

她不打扰他工作，没往他的身边走，准备退回卧室里面，谁知秦骁突然转过身，发现了她，边和对面的人说话边朝她走过来，完全不介意她会听到他处于保密阶段的工作。

唐溪一只手扶在门框上，另一只手往里面指了指，无声地用口型示意他自己先上床了。

秦骁抬起胳膊，手掌搭在她的肩膀上，拇指指腹在她的锁骨上抚了一下。

唐溪被他弄得有点儿痒，又不敢出声，用手推了一下他的胳膊，没推开，抬眸睨了他一眼。

秦骁垂头看着她的脸，目光如炬，张口和电话对面的人讲话。

唐溪仰头和他对视，由着他的手一点点地从肩膀上挪到耳朵上，被他用两根手指捏着耳垂，撩拨得耳根发烫。

男人眼底藏着笑，不动声色地跟对面的人探讨自己的商业版图。

唐溪听着他气定神闲的声音，盯着他散发着自信与沉稳的脸，不自觉地被他的这通电话吸引，安安静静地听他说话。

虽然她完全听不懂他在说什么，但她觉得秦骁好帅。

这通电话结束后，秦骁的胳膊向下揽住她的腰。

唐溪腰部敏感地颤了一下，被他按在怀里。

唐溪双手轻轻地搭在他的胸口，他俯身，薄唇凑近她的唇，声音夹杂着轻笑："在等我睡觉吗？"

唐溪的一张脸顿时浮起红晕："谁等你睡觉了。"

明明是他抓着她的肩膀，摸着她的耳朵，不放她走的，她是为了不打扰到他工作，才没说话的。

秦骁的手机又响了起来，唐溪的眼睛往他的手机上瞥了一下。

秦骁在她红润的唇上亲了一下，说："你等我一会儿，我再接个电话，马上就好。"

唐溪被他说得两颊更烫，什么"马上就好"，好像她着急要做什么一样。

她动了动肩膀，从他的怀里出来。

秦骁接起电话，语气瞬间恢复正经，跟对面的人打招呼："郑总，晚上好。"

郑总？

这不就是那天他临时改时间来东城见的人吗？

怪不得他刚刚看起来还很闲，突然又开始忙工作了，估计是那位郑总工作的时间不稳定，她似乎听秦骁提过一句，对方现在在国外陪着什么领导出席活动，要配合对方的时间。

唐溪不敢再打扰秦骁工作，向后退了一步，慌乱间脑子发蒙双手合十比了个手势，又往卧室里面指了一下。

她昨晚和苏栀追一部泰剧，剧里的角色见面打招呼就是双手合十行礼以示尊重。

唐溪想到郑总在国外，下意识地就做了这个手势，想向秦骁表达郑总是个很重要的人，他们的工作重要，她先上床了，也不知道秦骁有没有看懂她的意思。

他也给她比了个手势。

唐溪没看懂他是什么意思，想着反正他肯定是有让她先回卧室的意思，点了点头，比了个"OK"的手势，表示她知道了。

唐溪转身走进卧室里，掀开被子上床，看见秦骁还站在门旁，抬头冲他笑了一下。

秦骁又冲她比了个手势。

唐溪一脸蒙地学了一下他的手势，依旧不懂他的意思，但她的腰有点儿酸，要躺下了，于是伸手拍了拍床，表示她要躺下了。

秦骁轻扬唇角，也比了个"OK"的手势。

唐溪很少见他笑，他每次笑起来都仿佛冰雪消融，她的嘴角也不自觉地跟着上扬。

218

秦骁看着她坐在床上，眉眼弯弯，脸色红红地冲着自己笑，整颗心都在剧烈地跳动。

电话对面的郑总冰冷的声音将他拉回现实："秦总，你在听我说话吗？"

"抱歉，郑总。"

他不能再看她了。

他抬手关上卧室的门，转身走到沙发旁坐下，专心聊工作。

唐溪听到他的那声"抱歉"，猜到他为了看自己比的手势走神了，被郑总察觉，郑总不高兴了。

她尴尬又心虚地躺下，心想以后再也不要在他打电话的时候跟他打招呼了。

她躺下，拿起手机，看到温卿给她发了一条消息，问她有没有结束拍摄，什么时候回南城。

唐溪："照片已经都拍完了，暂时先不回去，我后天在这边还有一个工作。"

新工作是苏栀顺手帮她接的一家民宿的宣传照。

温卿："那我们这几天看看有没有机会再聚聚吧，前天吃饭都没聊尽兴。"

唐溪："好呀，我这几天都在东城，先把你们的定妆照修一修，给林导看看有没有不满意需要重拍的。"

这也是她这几天在这边待着的主要原因，免得回去后宣传照哪里有不满意的地方或是有需要补拍的照片，她还要再从南城过来，很麻烦。

温卿："我听说你老公过来了。"

唐溪："栀子跟你说的？"

温卿："不是，我们剧组都传遍了，我听其他演员说的。"

唐溪："……"

剧组的人这么八卦的吗？

温卿："你老公呢？"

唐溪："在外面工作。"

温卿："那就好，我还怕我给你发消息会打扰到你们呢。"

唐溪突然发现，有老公后，和姐妹们聊天特别不方便。

唐溪："你收工了吗？"

温卿："没有，在等凌晨十二点，拍最深的夜呢。"

唐溪："你经常熬夜到那么晚拍戏吗？"
温卿："对啊，你看剧里不是有很多晚上的戏吗？都是要晚上拍的呀。"
唐溪："那你是怎么保养眼睛的呀？我看你都没有黑眼圈。"
温卿："你有黑眼圈吗？我没看见你有黑眼圈呀。"
唐溪："我没有黑眼圈，我睡得早，但是秦骁每天都睡得很晚，我帮他问问。"
温卿："你老公有黑眼圈吗？"
唐溪："他暂时没有，就是睡得太晚了，我担心时间长了他会有黑眼圈，问问你有什么预防的办法。"
温卿："他都没有黑眼圈你干吗要替他问？这大晚上的，我形单影只地拍被男人抛弃的戏码，你为什么还要虐我，跟我秀恩爱？"
唐溪："……"
唐溪："我没有。"

她就是突然想到了，随便问问，她们以前聊天都是想到什么就聊什么的。

看来有了老公后，她跟姐妹们聊天确实不太方便。

温卿："哈哈，我跟你开玩笑的。"
温卿："先不聊了，导演喊我。"
唐溪："好的，你忙。"

发完最后一条消息，唐溪的手机上面弹出电量低的提醒，她把手机放在床头柜上充电，闭上眼睛睡觉。

秦骁结束跟郑总的通话，打开电脑检查了几份资料的数据，把资料给李瑛发过去，精神焕发地回了卧室。

卧室天花板上的灯亮着，秦骁没有多想，掀开被子上床，凑到唐溪身边，从背后抱住她，垂头在她后颈上亲了亲，贴着她的耳根低声问："等久了吧？"

空气中传来唐溪绵长的呼吸声。

秦骁察觉到不对劲，抬起上身看向唐溪的脸。

唐溪合着眼，小半张脸埋在枕头里，皮肤白里透红，几缕头发贴着脸颊，额角起了一层薄汗。

她睡着了！

秦骁目光顿了一下，唇角微动，心情复杂。

他刚刚给她做了手势，让她等他一起睡，她答应了他，还拍了拍床，催促他快点儿，结果她自己先睡着了。

他目光深沉地盯了她片刻，从床头柜上抽了张纸巾，把她额角上的汗擦掉。

睡梦中的唐溪眉心轻蹙，不满地翻了个身，脸正对着他，抬手抱上他的腰，在他的怀里拱了拱，找了个舒服的位置继续睡。

秦骁深吸一口气，低头，鼻尖在她的鼻子上亲昵地蹭了蹭，耳朵凑到她的唇边，声音小心翼翼，又带了些殷切的期望："唐溪，快点儿爱我吧，明天就爱我，可以吗？"

第七章
岁月静好

晚上睡得早，翌日唐溪醒来时，外面天还没怎么亮。

她睁开眼就看到秦骁正对着她的脸，和她躺在同一个枕头上，一条胳膊横在她的脖子底下，另一条胳膊搂着她的腰，将她整个人紧紧地圈在怀里，鼻尖贴着她的鼻尖，嘴唇距离她的嘴唇很近，像是要亲上了一样。

唐溪将脸向后移开些，感觉脖子睡得有点儿酸，他的手臂硬邦邦的，让她枕了那么久，也不知道麻不麻。

唐溪盯着他的脸，见他还合着眼，没醒，视线落在他的睫毛上，他的睫毛又浓又长，似乎比她的睫毛还长，微微上卷，像两把小刷子。

唐溪不自觉地凑近他，伸手轻轻地碰了一下他的睫毛，迅速地缩回手，欲盖弥彰地把手搭在自己的锁骨上。

片刻后，看他还是没醒，她又伸手摸了一下他高挺的鼻梁，手指一路向下滑过他的下巴，停在他的喉结上方。

唐溪看着他性感的喉结，摸了摸自己平滑的脖子，对这个男人和女人不一样的地方来了兴趣，犹豫着要不要摸上去，秦骁突然睁开眼，眼底带着笑意，一把抓住她的手放在唇边亲了亲。

唐溪望着他眸中的笑意，意识到这人应该是早就醒了，故意装睡，默默地放任她在他的脸上乱摸，她有些尴尬，故作淡定地从他的手中抽出手，撑在床上想要起身。

她刚抬起上身，就被他搂着腰抱回去，脸颊直直地撞在他坚硬的胸膛上。

唐溪的鼻子都被撞疼了，她抬起眼瞪他，知道自己和他的力量差距太大，也不做徒劳的挣扎，开口道："松开我，我要起床了。"

秦骁垂头问道："睡醒了？"

唐溪"嗯"了一声。

"不困了？"

"不困。"

前两天她和苏栀一个房间，晚上聊天都聊到凌晨两三点，白天起得还早，身体有些疲倦，昨晚放下手机就睡，睡足了时间，她现在浑身舒畅，精神十足。

秦骁也不知想到了什么，目光微沉，翻身到她的上方，低头朝她亲过来。

唐溪忙转开脸，躲过他的吻。

温热的嘴唇擦着她的脖颈滑开，秦骁抬起头，身体顿了一下，脸色有些僵硬。

唐溪见他目光幽幽的样子，知道他是误会自己不愿意让他亲了，抬起手掌推了推他的肩膀，温声说："还没刷牙呢。"

秦骁用手臂撑在床上，压在她的上面没动，黑眸盯着她的脸，像是带着怨气，须臾后，翻身从她的身上下去，掀开被子下床，穿着拖鞋走向浴室，动作一气呵成。

唐溪看着他高大的背影，愣怔片刻，回头盯着天花板，不知道他这又是怎么了。

他生气了吗？因为她不给他亲？不至于呀，她都跟他解释了是因为早上没刷牙才不想亲的。

浴室里响起了水流声，秦骁在洗漱。

唐溪放空了一会儿大脑，察觉他从浴室里走了出来，侧目看向他，刚转脸，他就已经大步走到了床边，垂着头，目光灼灼地看着她："我刷好牙了。"

唐溪："……"

所以，他刚刚匆匆地从她的身上下去，并不是生气了准备不搭理她，而是因为她说了没刷牙不能亲，去刷牙了。

唐溪哭笑不得，被他直白的目光看得脸颊发烫，从床上坐起来，避开

223

他的视线，小声说："好，你等我一会儿，我去刷牙。"

她掀开被子，才往床边挪了一点儿，他高大的身躯就靠过来，把她抱进怀里，低头要亲她。

"秦骁……"唐溪抬手覆在他的嘴上，轻轻摇了摇头，示意他不要这样，她还没刷牙呢。

秦骁默默地松开她，站起身，若无其事地走到一边的沙发上坐下，慵懒地向后靠着，漆黑的眸子扫过她的脸颊，无声地催促她。

唐溪从床上下来，去浴室里洗漱，正刷着牙，余光瞥见秦骁站在浴室门口，双手插在兜里，一双黑漆漆的眼睛看着她。

唐溪突然有一种自己是古代犯了罪的女囚的错觉，被官差押解着，即将奔赴刑场受刑。

她洗好脸，用洗脸巾擦干净脸上的水珠，转过脸时，秦骁已经走了回去，正坐在床边等她。

唐溪深吸一口气，缓步走到床边，刚坐到他身边，他就侧身搂住她，扶着她的肩膀把她的脸转过去对着他，嘴唇轻轻地亲了一下她的睫毛。

唐溪的眼睛急促地眨了一下，闭上。

秦骁细细密密的吻落在她秀挺的鼻子上，从鼻梁的最上方一点点地吻到鼻尖，他的嘴唇微张，含住她的鼻尖，吸了一下。

唐溪轻哼了一声，手指攥住他的衬衣。

秦骁低声笑了笑，唇向下滑到她的嘴唇上，在她的唇上吸吮。唐溪气息不稳，情不自禁地抬起胳膊攀上他的后背，胸口贴着他的胸口，听到彼此的心脏剧烈的跳动声。

她的下嘴唇中间突然被他含住，重重地吮了一下。

唐溪的魂都快被他弄没了，她恍惚间发现他的唇是沿着她的眼睛、鼻子，嘴唇，下巴，脖颈，一点点地向下亲的，和她刚刚手指在他的身上经过的顺序一样。

这男人……

"为什么骗我？"

意识朦胧间，唐溪听见秦骁的质问声。

大脑中一片茫然，她也不管自己做了什么，搂着他的腰，把下巴搁在他的肩膀上，小声讨好："我没有骗你呀。"

秦骁："你有。"

唐溪："我没有。"

"昨晚你答应等我一起睡觉,为什么自己先睡?"

唐溪带着哭腔说:"没有呀。"她怎么不记得她答应过等他一起睡觉呢?

她咬着唇,摇了摇不太清醒的脑袋,努力回想昨晚的情景。

昨晚她睡觉前,他还在和郑总打电话,她指着卧室里面的床跟他打手势,告诉他自己先去睡了。

他给她比了一个她看不懂的手势,她觉得这是同意了的意思。

她上床后,他又给她比了一个手势,她看不懂,拍了拍床,示意他自己先睡了,他比了个"OK"的手势。

她看懂了,那是同意了的意思,她就睡了。

唐溪在脑子里回忆了昨晚的情景,压根儿就想不起自己答应过要等他一起睡觉,觉得秦骁就是故意找碴儿欺负她。

越想越委屈,她张嘴,报复性地在他的肩膀上咬了一口。

再次醒来时,已经快中午了,唐溪拥着被子坐起身,看了一眼坐在沙发上衣着整齐的秦骁,低头玩手机,不理他。

秦骁神情餍足,给自己戴手表时故意松手,手表从手腕上滑落,掉到地上,"啪嗒"一声。

秦骁看向唐溪,见唐溪看都没往这边看,抿着唇,默默地捡起手表搁在一边,抬腿走到床边,伸手在唐溪毛茸茸的发顶上揉了揉,问道:"饿不饿?"

"你欺负我。"唐溪推开他的胳膊,目光委屈地看着他。

秦骁唇角微动,想解释,瞥见她脖颈上深深浅浅的吻痕,老实地承认错误:"对不起。"

唐溪咬了咬唇,好脾气地说:"我原谅你了,你下次不要这样。"

秦骁抿着唇,没答应她——他不能承诺自己做不到的事,转移话题:"你想吃什么,我让人送过来。"

唐溪:"……"

秦骁是狗。唐溪在心里骂了他一句,舒服了不少。

"不在房间里吃,等会儿下去吃。"

她往行李箱的方向看了一眼,秦骁转身走到她的行李箱前,从里面拿了一套白色的连衣裙,问她:"穿这套可以吗?"

唐溪点头:"可以。"

225

换好衣服，唐溪给苏栀发消息，问她在哪儿。

苏栀："在剧组看卿卿拍戏呢。"

唐溪："你们吃午饭了吗？"

苏栀："没有，等会儿吃。你们现在在哪儿呢？"

唐溪："酒店。"

苏栀："刚起床？"

唐溪拒绝回答这个问题。

苏栀："哈哈哈，懂了。明天有民宿的拍摄工作，你记得吧？"

唐溪："知道。"

苏栀："所以下午你就好好地陪陪你老公吧，不用找我。"

唐溪知道她这是不想打扰自己和秦骁单独相处，估计自己去找她，她也会推三阻四地避开自己。

唐溪："好的。"

放下手机，唐溪看向一直站在自己面前静静地等着的秦骁，说道："还是在房间里吃吧。"

苏栀不在这边，她身上酸，有点儿犯懒不太想下去。

秦骁"嗯"了一声，问："想吃什么？"

"都可以，你点吧。"

秦骁拿手机给酒店服务人员打电话，唐溪走到梳妆台前坐下化妆。

秦骁打完电话，在她不远处的沙发上坐着看了她一会儿，起身踱步到她的旁边，唐溪从镜子里看到背后高大的身影，转头看向他，问道："站在这里干吗？"

"看你。"

他垂着头，一双仿佛深不见底的眸子凝视着她。

他幽深的眼睛一动不动地看着她时，总让她觉得他的眼底藏着万种情绪，含情脉脉，让她招架不住。

眼睫颤了一下，她转回头去，避开他的眼睛："看我干什么，我还没化好妆呢。"

秦骁"嗯"了一声，说："我看你化妆。"

他像是好奇似的从她的梳妆台上随意地选了一盒化妆品，问道："这是什么？"

唐溪看了一眼，说："腮红。"

男人似乎都对女人的化妆品很好奇，唐溪估计他也不懂什么是腮红，从他的手中接过修容盘，拿着化妆刷在上面蘸了蘸，演示给他看。

"这是涂在这里的，涂完以后脸就会变得有气色。"

秦骁淡淡地"嗯"了一声，帮她把手上的腮红盘盖起来放回去，一本正经地评价道："很红润，像是被亲过一样。"

唐溪："……"

"不对吗？"秦骁俯身凑近她的耳朵，在她的耳朵上亲了亲，用事实证明自己的话，让她看镜子，"看，红了。"

唐溪的脸更红了，她瞥了一眼他严肃正经的脸，总觉得他在调戏自己，又找不到证据。

唐溪原本只打算用几分钟时间简单地化个淡妆，结果这个妆磨磨蹭蹭地化了将近一个小时的时间。

因为秦骁对她的每样化妆品都很感兴趣，一样一样地拿给她，用他那双目光深沉的眼睛望着她，像一只没有见过世面的小土狗，唐溪一看到他的这种眼神，就会忍不住心软，一样一样地试给他看。

吃完午饭，唐溪把笔记本电脑放在客厅的小桌子上，搬了一个小凳子，屈腿坐下，打开笔记本电脑，修前两天拍的宣传照，秦骁也拿着笔记本电脑坐在她的对面，处理工作上的事。

小桌子上摆着两台笔记本电脑，稍显拥挤，他的笔记本电脑有一半都是悬在小桌子外面的。

唐溪抬头看了他一眼，本想让他去另一边工作，不要和自己挤在一张桌子上，在对上他询问的眼神时，突然觉得他可能是想要和自己亲近些，培养感情。

毕竟两个人平时都有工作，尤其是他，回到家后也基本待在书房里，如果还像之前那样只要工作就分开在两个房间里，那他们俩可能到八十岁都还处于生疏的阶段。

想到这里，唐溪把自己的笔记本电脑往自己这边挪了点儿，让他的电脑可以往桌子里面放放，笑了一下，说："没事，工作吧。"

秦骁"嗯"了一声，把自己的笔记本电脑往里面放，看着他的电脑屏幕挨着她的电脑屏幕，眼底闪过一抹笑意。

两个人都没有说话，房间里安静得只剩下点击鼠标和敲击键盘的声音。

阳光透过落地窗，洒在秦骁背后不远处的墙面上，投下一道明亮的光影。

不知过了多久，唐溪一直盯着电脑屏幕眼睛有点儿酸，手从鼠标上抬起来，向后伸了个懒腰，瞥见秦骁还在工作。

他微垂着眸，修长的手指搭在鼠标上滑动，浏览页面，高大的身体和她一样坐在小凳子上，伸展不开，看起来很拘束，但他丝毫不受影响，全神贯注地盯着电脑屏幕。

一束阳光刚好洒在他的发顶上，他整个人沐浴在阳光里，唐溪突然有一种岁月静好的感觉。

她不由自主地勾起唇角，轻轻地把笔记本电脑放在一边的地板上，将一条胳膊横放到小桌子上，趴在胳膊上，把小半张脸埋在手臂里，眼睛盯着他看。

光线照射到秦骁的电脑屏幕正中间，落下一个光圈，秦骁看不清文件上的字，正想起身去拉窗帘，余光瞥见唐溪在看他。

他抿着唇，压下唇角上扬的弧度，怕惊扰了她，维持着现在的姿势不动，假装没有察觉到她的视线。

过了一会儿，他没忍住，抬眸看向她。

四目相对，唐溪有些不好意思地闭上眼睛，假装困了，要睡觉。

耳边传来一阵"窸窸窣窣"的声音，唐溪不知道秦骁在干什么，强忍着好奇，闭着眼睛不看他。

忽然感觉一道温热的气息拂过她的脸颊，她睁开眼，心脏"扑通扑通"剧烈地跳动了几下，眼睛微微睁大。

秦骁正和她一样趴在桌子上，脸对着她，漆黑的眸子直勾勾地盯着她，神情专注。

唐溪心口像被什么东西抓住了一样，生出一种缥缈的虚妄感，藏在雾后，藏在秦骁的……眼睛里。

她有些慌乱地坐起身，秦骁也跟着她坐起身。

她看见他的笔记本电脑也被丢在了地板上，屏幕的背面贴着她的屏幕的背面。

唐溪按住自己的胸口，问道："你不工作了吗？"

秦骁盯着她的脸说："我不忙。"

"那我们出去走走吧。"她觉得房间里有点儿闷。

"好。"

唐溪从小凳子上站起来，拿着手机，没拿其他东西，直接往门口走。

秦骁跟在她的身后，开口问道："要带相机吗？"

唐溪的心脏还在剧烈地跳动着，用手压也压不住，听到秦骁低沉的声音,她胡乱地点着头说:"随便。"

随便就是随秦骁的心意。

按照秦骁的心意,这个相机肯定是要带着的。

他提着唐溪的相机包,几步追上唐溪。

走出酒店,唐溪看了四周一眼,一时间不知道要去哪里转,索性就把决定权交给秦骁。

秦骁对附近似乎很熟悉,很果断地说了一个小镇子,是东城的一个古镇,被开发成了旅游景点,距离这边大约有一个小时车程。

唐溪没什么意见,上了秦骁的车,跟着他走。

他们距离东城影视基地越来越远,位置越来越偏僻,路面也不是很好,坑坑洼洼的,车子有些颠簸。

秦骁降下车速,担心唐溪不适,用余光瞥了她一眼。

她倒是挺惬意,降下车窗,眼睛盯着窗外欣赏风景,似乎无论处于什么环境,都能平心静气。

"还有多远?"唐溪回头问他。

"快了。"

唐溪"嗯"了一声,打开一旁的相机包,把相机取出来,对着车窗外拍照。

他们到达小镇时,天色已经不早了,天边悬着橘红色的云彩,小镇外面的游客排了很长的队,从入口拥进去。

唐溪有些惊讶地问秦骁:"怎么天都快黑了,游客还这么多?"

秦骁解释道:"白天需要门票,下午五点半以后可以免费进入。"

现在刚过五点半,正是小镇免费开放的时间。

唐溪笑着说:"那我们到的时间刚刚好呀。"

秦骁"嗯"了一声,说:"在车里坐几分钟,等人少了再下车。"

"我想下去等。"她看向秦骁,目光带着询问。

坐了那么久的车,她想站起来活动活动。

秦骁侧身,没说什么,抬手按了一下她的安全带的按钮,倾身把她的安全带解开。

唐溪只是问他一句,怕他不想下车,自己一个人下车,把他丢在车上不好,没想到他会帮自己解安全带。

她耸着肩膀向后缩,看着他手上抓着她的安全带轻轻放在一边,对他的温柔体贴有些不适。

秦骁真是越来越让她刮目相看了,也不知这都是跟谁学的,他真的没有谈过恋爱吗?

不对,秦骁好像从来没有告诉过她自己没谈过恋爱,是她一直下意识地觉得他没谈过恋爱。

唐溪的脑子里莫名地蹦出他的那个"暗恋对象"。

虽然她可以确定他跟自己在一起时是个处男,但他还真不一定没有谈过恋爱。

唐溪忍不住想问问,又怕不小心碰到他的伤心事,还是不问了吧。

唐溪推开车门从车上下来,一眼扫过去,看到路的两侧有好几家奶茶店,想到秦骁说没喝过奶茶,随意地指了一家,对秦骁说:"你要喝奶茶吗?我们去买两杯奶茶吧。"

秦骁"嗯"了一声,跟在她的身边往奶茶店走。

店门口排了十来个人,他们点完单,等了几分钟才拿到奶茶。

这时小镇的入口已经没什么人了,唐溪和秦骁往镇子里面走,没走多远便经过一座石桥,桥下水声潺潺,两侧柳树低垂,房屋全是青瓦白墙,晚霞映在水面上,让人宛若置身画中。

唐溪把奶茶递给秦骁,站在桥边,举起相机拍照。

秦骁站在她的身后,单手拎着两杯奶茶,另一只手举起手机对着唐溪的背影拍照,又在唐溪转身前收起了手机。

唐溪站在桥上,把左右两侧的风景都拍成了照片,向秦骁招手。

秦骁自觉地把奶茶递给她。

唐溪把吸管插进杯子里,低头喝了一口奶茶,见秦骁侧头看着她,手里的奶茶一口没动,问道:"你怎么不喝呀?"

秦骁没说话,在唐溪的注视下,把吸管插进去,低头喝了一口奶茶。

"好喝吗?"唐溪笑着问。

秦骁淡淡地道:"还行。"

唐溪说:"你吃到底下的珍珠和椰果了吗?我喝奶茶最喜欢吃的就是底下的珍珠和椰果,嚼起来软软的、糯糯的。"

"没有。"

唐溪说:"那你再尝一口,都在底下,你这个吸管要往底下插。"

唐溪见他的吸管只插了一半进去,抬手帮他把吸管插到最底下:"这样应该能吃到了。"

秦骁低头吸了一口,滑溜溜的黑色珍珠顺着吸管到了他的嘴里,他在唐溪的指示下嚼了嚼。

"软吗？"

唐溪在心里默默地回答自己：还行。

"还行。"

秦骁果然回答"还行"，唐溪没忍住笑了。

秦骁眯了眯眼，问："笑什么？"

唐溪学着他回答问题的方式说："没什么。"

秦骁像是猜出了她的想法一样，挑了一下眉头，俯身凑到她的耳边，低声说："没有唐溪的唇软。"

没有……唐溪的……唇软。

唐溪微微地睁大眼睛，嘴里的珍珠突然就嚼不下去了。

秦骁的脑子里，一天到晚都在想些什么？为什么好端端地喝着奶茶，他会提到她的唇？

唐溪突然想到在酒店里时，他每发表一个见解，都要通过实践来证明，怕他在大庭广众之下做出亲她这种不合时宜的事情，唐溪赶紧伸手捂住自己的嘴唇，向后退了两步，警惕地看着他。

好在秦骁并没有丧心病狂到当着这么多人的面亲她的地步，他举起手机，对着她拍了张照片，然后又对着手里的奶茶拍了张照片，垂着头，手指在手机屏幕上轻点，不知道在弄什么。

唐溪好奇地走过去，问道："你在干吗？"

秦骁淡声道："发朋友圈。"

唐溪惊讶地道："你还会发朋友圈？"

秦骁漆黑的眸子看向她。

唐溪意识到自己的话很不礼貌，像是质疑他不会用朋友圈这个功能一样，解释道："我的意思是，好像没看你发过朋友圈。"

秦骁问："你看过我的朋友圈？"

唐溪说："对啊，我刚加你微信时就看了，你的朋友圈里什么都没有。"一般人加好友后的第一步不就是看好友的朋友圈吗？

秦骁轻扬唇角，说："我发朋友圈，你不发？"

唐溪说："我发呀，你不是看见过吗？"他还给她点赞了呢。

秦骁没什么语气地"嗯"了一声，微抬下巴，幽幽地道："看了，吃火锅、喝奶茶、吃鸭脖，都会发。"

唐溪以为他在嫌弃自己天天发一些没营养的朋友圈，尴尬地笑："开心的时候，跟大家分享一下日常生活，留作纪念。"

秦骁装作不经意地问道："你今天不开心？"

唐溪不明所以地道："我开心呀。"

秦骁垂眸看着她手中的奶茶，冷嗤一声。

唐溪顺着他的视线看到了自己手中的奶茶，倏然明白他这突如其来的阴阳怪气是怎么回事了，赶紧拿起手机："我现在就发朋友圈，可以吗？"

秦骁淡淡地道："你的朋友圈，随你。"

随她？

唐溪仰起头，见他微侧着下巴，只用余光看她，一副无所谓的样子。

也不知是谁前一秒还盯着她手中的奶茶冷笑，现在又说随她。

唐溪的眸中闪过一抹狡黠，她放下手机，故意道："好吧，那不发了。"

她的眼睛直勾勾地盯着秦骁。

秦骁的目光滞了一下，下巴抬得更高，他抿着唇，没回她的话，眼睛盯着远方的天空，看起来反应很自然，像是在欣赏风景，并不在意她做什么，但唐溪还是从他的唇角逐渐消失的弧度中看出，他不高兴了。

她垂头忍笑，向前一步凑到他的面前，微微侧身靠在他的怀里，举起了手机。

秦骁察觉到她的靠近，眼底浮起笑意，压住唇角上扬的弧度，垂着眸，面无表情地看她。

唐溪弯着眼睛冲他笑了一下，用胳膊碰了碰他的胳膊，提醒道："低一点儿啊，你太高了，镜头都不能同时照到我们两个人的脸。"

秦骁抿着唇，搂住她的肩膀，低头把脸凑到她的脸边，看着镜头里两个人靠在一起的脸，调整了一下动作，把脸贴在她的脸颊上。

唐溪按下拍摄键，拍了一张照片，瞥了他一眼，继续对着镜头找角度。

"秦骁。"

"嗯。"

"笑一笑。"

于是秦骁终于不用再压制自己上扬的唇角，咧开嘴，露出一口白牙，脸上的冷酷之色荡然无存，整个人像个涉世未深的少年，纯净、爽朗、阳光……

唐溪回头看了他一眼。

他抿着唇，眼皮微垂，敛住灼灼发亮的眼眸，须臾，又忍不住抬眼看她。

唐溪情不自禁地跟着唇角上扬，两个人对视着笑了几秒钟，唐溪感觉秦骁的脸距离自己的脸越来越近，他垂着眼，视线向下，落在她的唇上。

男人呼吸带出的热气喷洒在她的脸上，唐溪的心跳骤然加速，她伸手按住胸口，在秦骁的唇贴上她的唇的前一瞬转开头，轻声道："拍照了，看镜头。"

秦骁侧过脸，将头和她的头靠在一起，轻轻地碰了一下她的脑袋。

唐溪拍了几张两个人的合照，见他心情好，并没有像自己想象的那样不喜欢拍照，就顺势提出让他做自己的模特，配合自己拍照片。

两个人走在小镇子里，一路走一路拍。

小镇不大，由于逐渐商业化，巷子两侧到处都是卖小吃的小店，他们经过一家卖不一样的小吃的摊子就会买点儿。

一圈逛下来，秦骁的手上拎满了装着小吃的袋子。

唐溪看到前面有一座供游客休息的凉亭，现在里面没有人，用手指了一下，说："我们去那边坐一会儿吧。"

秦骁"嗯"了一声，跟着她走过去。

石凳经常有人坐，看起来不脏，但还是要擦一擦。

秦骁把右手上的一堆袋子放到左手上，正准备从口袋里拿纸巾，唐溪见他不方便拿纸巾，说道："我来拿吧。"

秦骁抬起手，把手上的袋子往旁边放，不让东西蹭到她的身上。

唐溪将手伸进他的右口袋里，摸出一包纸巾，从里面抽出两张，将剩下的纸巾塞回他的口袋里，弯腰擦了两条石凳。

"可以了，坐吧。"

她坐下，拿起手机，打开相册看刚刚拍的照片。

她刚刚一直在拍照，朋友圈还没发。

"你来看看，发哪几张照片好？"

秦骁把头凑到她手机的屏幕前，唐溪一张张地展示给他看。

秦骁说："都行。"

他说"都行"就是没什么意见。

唐溪自己选了两张二人的合照，一张是她靠在他怀里，他伸手搂着她的肩膀，另一张是二人的头碰在一起，落在地面上的影子。

她又加了一张奶茶的照片和一张风景照，凑够了四宫格，发了出去。

"好了，我发好了。"

话音刚落，"奶黄包"就给她点了个赞。

秦骁点完赞，凑过来看她的手机，本想看看自己的赞在她的朋友圈上有没有显示，结果一眼就看到了她的点赞列表里的"奶黄包"。

他目光一沉，皱着眉道："'奶黄包'是谁？"

"奶黄包"居然比他点赞还快，他在刷新到她朋友圈的第一时间就点了赞，这个赞到现在都还没有出现在她的列表里，这个"奶黄包"的赞居然已经出现了。

唐溪听到他的质问，心里"咯噔"一下，把手机屏幕向下扣，心虚地道："没谁，一个朋友。"

秦骁见她眼神闪躲，冷黑的眸子审视着她："什么朋友？"

"就一个朋友啊。"

"什么朋友？"秦骁又问了一遍。

什么朋友会比他守着她发朋友圈点赞还快，还让唐溪在他面前一脸心虚？

"没什么朋友啊。"唐溪看着他手里的东西，转移话题，"哎，那个烤年糕好像快凉了，咱们快吃吧，凉了就不好吃了。"

秦骁紧紧地盯着她的眼睛，脸上波澜不惊，心情却十分凝重。

什么朋友，比他点赞还快？

他不是第一个点赞的人。

"奶黄包"是谁，唐溪不告诉他！

唐溪有事瞒着他！

唐溪看着他不满的眼神，以为他是发现了自己给他的备注，对"奶黄包"这个称呼很不满意，故意这么问的。

毕竟秦骁这个男人，说话一向喜欢拐弯抹角。

他比上次看到"益远集团总裁秦骁"时表情还要深沉，很明显就是不喜欢"奶黄包"这三个字。

看来他还是更喜欢"亲亲老公"这个备注，也不知道一个身形高大的男人为什么会喜欢这种肉麻的备注。

唐溪不想为了这种小事惹他不痛快，虽然觉得他为了一个备注生气有点儿小题大做，不过这事确实怪她，已经说好了给他备注"亲亲老公"，她却背着他改成了"奶黄包"。

唐溪理亏在先，也不好像以前那样，在他闹别扭的时候不理他。

她从他手上拎着的袋子里拿出一根年糕，讨好地送到他的唇边："你尝尝这个好不好吃？"

秦骁一言不发地看着她，脸上的表情淡淡的，没吃她递过来的年糕。

唐溪仰着头，声音带着撒娇："你尝尝嘛。"

秦骁张嘴咬了一口。

唐溪弯着眼睛笑："好吃吗？"

秦骁看着她亮晶晶的眼睛，淡淡地"嗯"了一声。

唐溪见他搭理自己了，觉得人已经被哄好了，低头在他咬过的地方的旁边咬了一口，嚼了两下，抬起眸子，发现秦骁吃完了嘴里的年糕，脸色又紧绷着，目光幽幽地盯着她。

他这就有点儿过分了，不就是一个备注吗？"奶黄包"多亲切啊，就算他不喜欢，她改回去就是了，干吗这样冷冰冰的，哄一次还不管用。

唐溪不理他了，把脸转向另一边，不看他，静静地吃年糕。

头顶的天空不知是什么时候黑的，一轮月亮悬在天边，代替了夕阳。

四周时不时地飘来游客的嬉笑声，两个人之间的氛围却是静悄悄的。

唐溪背对着秦骁，慢悠悠地吃着年糕，旁边突然飘来一阵通透明亮的乐器声，像是古筝的声音。片刻后，一道醇厚沧桑的古琴声插了进来，和古筝声一抑一扬，一柔一刚，时而细腻含蓄，时而气势磅礴，奏出动听的曲调。

唐溪的心情沉静，她抬头看向空中柔和的月亮，瞥了一眼旁边盯着自己看的秦骁，抬手按住心口，轻轻地叹了口气。

秦骁默默地看着唐溪，见她一直不回头，垂眸看了一眼自己手中的零食袋，拿了一根烤肠，正想递给她，手机"嗡嗡"地振动了两声。

是秦媛发来的消息。

秦媛："哥，我看到嫂子在朋友圈里发你们俩的合照秀恩爱了，你们俩是一起去旅游了吗？我看嫂子的定位是在东城。"

秦骁把手里的烤肠放回袋子里，拿起手机给秦媛回消息。

秦骁："嗯，你嫂子拍的照片。不是旅游，她在这边工作，下午没事，她说想出来转转。"

秦媛："哥，你和嫂子好般配呀。"

秦骁："嗯，是的。"

秦媛："恭喜哥哥，念念不忘，终有回响。"

秦骁："别乱说。"

秦媛："我哪有乱说，难道你没有一直暗恋我嫂子吗？我嫂子都在朋友圈里发你的照片了，你不会还没告诉她你喜欢她好多年了吧？"

秦骁:"别乱说。"

秦媛:"好吧,看来你还没有说。"

秦骁:"别乱说。"

秦媛:"好的好的,我会守口如瓶,我们全家都会守口如瓶,绝对不在嫂子的面前提这件事。"

秦骁:"秦媛。"

秦媛:"哎呀,我刚刚都是乱说的,我在胡说八道,什么暗恋,这是绝对没有的事情。"

秦骁:"给我发一条语音消息。"

秦媛:"啊,什么语音消息?"

秦骁:"给你嫂子打个招呼。"

秦媛:"哦,懂了懂了。"

二十多年的兄妹情让秦媛瞬间领会到她哥的意思,她知道他肯定是跟嫂子闹别扭了,拉不下脸求和。

秦骁把自己和秦媛的聊天记录都删除,把秦媛新发过来的语音消息转换成文字,检查了一遍,没发现什么问题,点了播放。

秦媛的声音从手机里传了出来:"哥,晚上好呀,看到嫂子在朋友圈里发了你们俩的合照,你是和嫂子在一起吗?我嫂子呢?"

唐溪听见秦媛的声音,转身看向秦骁。

秦骁捏着手机,抬眸看她,淡淡地道:"媛媛找你。"

唐溪点了一下头,把他的手机接过来,用语音消息回复:"媛媛,晚上好,我跟你哥在一起呢。"

秦媛装作没有和秦骁聊过天的样子,问道:"是在和我哥一起旅游吗?"

唐溪说:"不是旅游,我过来给一个剧组拍摄宣传照,顺便在附近转转。"

秦媛调侃道:"你工作我哥怎么也过去了,他在那边也有工作吗?"

秦骁的目光微动,唐溪看了他一眼,笑着回复:"他这两天不忙,过来陪我。"

秦媛:"原来我哥也有不忙的时候呀。"

秦骁把手机拿回去,打字回复秦媛:"我和你嫂子在外面。"

秦媛:"哦哦,好的,那不聊了,祝哥哥嫂子玩得开心。"

秦骁收起手机,看着唐溪说:"她看见了你的朋友圈,觉得你在秀恩爱。"

唐溪："……"

什么叫她在秀恩爱？明明就是他暗示她发的朋友圈，算了，他说秀恩爱就秀恩爱吧，反正是自己老公的照片，也没什么不能发的，她不跟他争。

见他已经自己消除了因为"奶黄包"这个备注产生的不悦，唐溪才开始搭理他："你刚刚不是发了朋友圈吗？我怎么没看见？"他不会是把她屏蔽了吧？

秦骁点开发朋友圈的页面，之前编辑好的朋友圈还保留在那里，等待发送，这是因为他编辑好这条朋友圈的时候，唐溪说要发朋友圈，他就退出来和唐溪拍照去了。

他正要点发送键，把这条朋友圈发出去，唐溪突然凑到他的手机前，按住他的手问道："你就发这两张照片吗？"

秦骁见她神情复杂的样子，问道："怎么了？"

"你这照片也太随意了吧？"

这两张照片是他自己拍的，一张是他拍的奶茶，一张是他拍的她，奶茶就算了，他把她的身材都拍成五五分了，她一米六八的身高在他拍的照片上看起来连一米五八都没有，脸还有点儿模糊。

作为一个专业的摄影师，唐溪完全不能接受这么丑的照片。

如果这张照片发在自己的朋友圈里也就算了，她的朋友们都知道她长什么样子，发在他的朋友圈里，他的那些没有见过她的好友肯定会觉得她的身高只有一米五五。身高一米五五也没什么，女孩子小巧点儿也很可爱，重点是她的身材还是五五分。

而且他还发了两张照片。

作为一个"强迫症患者"，唐溪每次发照片都要发四张或是九张，看他编辑的这条朋友圈，怎么看怎么别扭。

她觉得秦骁可能是故意的，上回她跟他要照片给同事看，他发给她的照片明明很完美，角度、姿势摆得都比专业人士还专业，怎么在朋友圈里发她的照片就不知道要发好看的，难道她不要面子吗？

秦骁听她说照片拍得随意，看着她道："这是你的照片。"所以不随意。

唐溪道："我知道这是我的照片，但是你拍得不好看。"

秦骁问道："是要修图吗？"女孩子拍照发朋友圈好像都喜欢修图。

"不是要修图，我自拍从来都不修图。"唐溪看秦骁似乎没有意识到他自己的拍照技术很差，也不打击他的自信心，把他的手机拿过来，说："用我拍的照片发朋友圈吧。"

她可不想丢人丢到他的朋友圈里去。

她在秦骁的手机里找到自己刚发的那条朋友圈,把照片保存下来,编辑了一条和自己那条一样的朋友圈,发了出去。

发好朋友圈,唐溪把手机还给他。

秦骁看着这条连照片的顺序都和唐溪的朋友圈一样的朋友圈,勾起了唇角。

这是他的第一条朋友圈,唐溪发的。

朋友圈发出去没多久,底下就出现了很多条点赞评论。

言寻:"我没看错吧,骁哥居然也会发朋友圈?"

李瑛:"秦总和太太真般配,郎才女貌,天作之合。"

季正琛:"恭喜骁哥学会发朋友圈了。"

秦骁回复言寻:"唐溪用我手机发的。"

秦骁回复李瑛:"唐溪用我手机发的。"

秦骁回复季正琛:"唐溪用我手机发的。"

秦骁选择性地回复了几条评论,刷新了一下页面,突然发现他的这条朋友圈和唐溪刚发的那条中间隔了一条朋友圈,是季正琛发的。

季正琛:"下班了,回家。"

秦骁微微皱眉,觉得这条隔在自己和唐溪的朋友圈之间的朋友圈太碍眼了。

他点开季正琛的头像,删除好友,重新回到朋友圈的页面,刷新。

他的朋友圈和唐溪的朋友圈贴在了一起,无比顺眼。

他忽然又想起第一个给唐溪的朋友圈点赞的那个碍眼的"奶黄包",抬头看向唐溪。

唐溪俯身摸了一下腿,像是有些不舒服。

"怎么了?"秦骁垂头,视线落在她的腿上。

唐溪跺了两下脚,说:"有蚊子咬我。"

秦骁打开手机的手电筒,往唐溪的腿上照,看见唐溪白皙的小腿上出现了几个又大又红的蚊子包。

唐溪伸手抓了几下,娇嫩的皮肤上瞬间留下几道粉红色的指痕。

他按住她的手,不让她继续抓。

唐溪控制不住地想挠:"痒。"

秦骁将手掌放到她的小腿上,上下摩挲。

唐溪被他弄得更痒了，推他的手臂，缩着腿说："好了，我不挠了，咱们走吧，这里的蚊子好像挺多的。"

秦骁放开她的小腿，卷起自己的裤腿。

唐溪看他把西装裤的裤腿卷到了膝盖上面，问道："你卷裤腿干吗？"

秦骁淡淡地道："招蚊子。"

他穿的是长裤，唐溪穿的是裙子。

唐溪愣了一下，盯着他的眼睛，笑着伸手压住自己的胸口，俯身把他的裤子放了下去，牵住他的手："赶紧走吧，回去就没有蚊子了。"

唐溪向前走了两步，手和他的手牵在一起，和他拉开两条手臂的距离，不敢回头看他的眼睛。

秦骁"嗯"了一声，反握住她的手。

回去的路上，唐溪趁着秦骁开车没注意，拿起手机，把秦骁的备注改回了"亲亲老公"。

两个人回到酒店时已经晚上九点多了，路不好走，唐溪在车上时被颠得有点儿头晕，没看手机，直到坐在房间里的沙发上打开手机，才发现苏栀给她发了好几条消息。

苏栀先是打趣她在朋友圈里发和秦骁的照片秀恩爱，没收到她的回复，隔了好几分钟，又问她什么时候回来。

唐溪给苏栀回复："回来了。"

苏栀："好的。"

唐溪："你在房间里吗？"

苏栀："嗯，我在。"

唐溪："我过去找你。"

苏栀："别了吧，你老公不是还在吗？你过来你老公怎么办？"

唐溪："他一个人又不是不可以待着。要不我把他一起带过去？"

苏栀："没必要，没必要，我和你在一起的时间，比你和你老公在一起的时间多多了，你实在没必要为了照顾我，让我化身电灯泡，在你们俩之间发光发热。"

唐溪："用不着这么谨慎，我又不是非得时时刻刻和他黏在一起。"

苏栀："可我觉得他想时时刻刻黏着你。"

唐溪："……"

苏栀："对了，咱们明天去民宿拍摄，你老公跟着一起去吗？"

唐溪："不知道，我问问。"

苏栀哭笑不得："你们都不提前交流的吗？"

唐溪："我问过，他没说。"

唐溪抬起头来，侧脸对坐在她身边的秦骁说："我明天要去一家民宿工作，你明天有什么安排吗？"

"明天我要出差。"秦骁说。

"从这里直接走吗？"

秦骁"嗯"了一声，说："要出差半个月左右。"

漆黑的眼睛直勾勾地看着她的脸，他在等着她说话。

唐溪眨了一下眼，回避他的视线，想了想，说："好，你好好照顾自己，我……"

唐溪有些犹豫，顿了顿，说："我会想你的。"

秦骁的唇角微扬，他凑近她的脸，声音带着笑意："没骗我？"

唐溪被他问得有些慌，身体向后仰，推他的肩膀："你快去洗澡吧。"

秦骁没动，深沉的目光始终落在她的脸上。

唐溪威胁道："你再不去洗，我就去洗了。"

她先洗澡，回到床上后，有很大概率在他洗澡的工夫就先睡着了。

秦骁沉默片刻，从沙发上站起来，拿着睡衣去洗澡。

唐溪看了一眼浴室的方向，起身走到窗户旁，打开窗户，看着外面的月亮发呆。

房间里突然响起手机铃声，唐溪分辨了一下，是秦骁的手机铃声。

怕是重要的电话，唐溪走到床头拿起他的手机，对着浴室里面喊："秦骁，有人给你打电话！"

"谁？"

唐溪看了一眼来电显示，说："季正琛。"

秦骁说："你帮我接。"

"我帮你接？"这不太好吧？

"没事，你接，跟他说我在洗澡就行了，等会儿我给他回电话，现在不方便。"

二人说话的工夫，手机铃声停了，紧接着又响起了第二遍。

唐溪在拿着手机直接进浴室里让他接电话，和自己接电话之间，选择了自己接电话。

她接通电话，还没说话，对面的人就劈头盖脸地冲她咆哮。

"秦骁,你有病是吧?我不就在你的朋友圈下面评论了一句恭喜你学会发朋友圈,你至于把我微信删了吗?"

"你是想跟我绝交是吧?!"

"行,咱们今天就割袍断义!"

"现在我给你一个狡辩的机会,你说,我到底哪里惹你了,你把我微信好友给删了?"

"你说话,你说话,我知道你在听!"

唐溪被手机听筒里传来的声音震得耳朵都疼了,把手机拿远些,温声道:"季先生你好,我是唐溪,秦骁有事,现在不方便接电话。"

对面的人沉默片刻,恢复理智,声音温润和煦:"嫂子好,我是季正琛,是骁哥的朋友。"

唐溪"嗯"了一声,说:"我知道。"

她已经听出来这是秦骁的兄弟了,因为他说了要割袍断义。

季正琛说:"既然骁哥不方便接电话,那我就不打扰了,嫂子再见。"

唐溪说:"好,再见。"

唐溪挂断电话,把秦骁的手机放回床头柜上,脑子还有些蒙,发誓以后再也不替秦骁接电话了。

唐溪坐在床头,抬手揉了揉发酸的脖子,余光瞥见秦骁的行李箱,突然想到了什么,往浴室的方向看了一眼,估计秦骁洗澡还要过一会儿才能出来,低头给苏栀发了条消息,起身走到浴室门前:"秦骁。"

浴室里面的水声停了,秦骁关了淋浴喷头:"在。"

唐溪温声道:"你先在里面洗澡,我和栀子出去买点儿东西。"

秦骁说:"等我洗完澡,陪你们一起去。"

"不用,你开了那么久的车,明天还要早起出差,洗完澡出来要好好地休息,我就去附近的超市,不远,很快就回来。"

秦骁"嗯"了一声。

唐溪得到他的同意,拿着手机往外走,打开门,苏栀已经从走廊的那边往她的这边走了。

"怎么突然要下楼买东西,还抛下你老公,让我陪你下去,是例假来了吗?我那里有卫生用品。"

大晚上的唐溪突然要下楼买东西,苏栀下意识地觉得唐溪是例假来了,下楼买卫生用品,因为和秦骁相处的时间不长,不好意思让秦骁陪她下去买这种东西。

唐溪道："不是，等会儿你就知道了。"

"什么呀？神神秘秘的。"苏栀挽住唐溪的胳膊，和她一起进了电梯，电梯里没有其他人，苏栀问道，"你最近和你老公相处得怎么样？我看了你今天发的朋友圈，感觉挺好的。"

唐溪"嗯"了一声，说："挺好的。"

苏栀看她心事重重的样子，问道："怎么了？有什么心事，说出来，让你栀子姐给你开导开导。"

"我能有什么心事，你又不是不知道我，我心大，没良心。"唐溪笑了一下，说，"不对，我好像还真有件心事。"

"谁说你没良心？我不许你这么说自己。"苏栀在她的胳膊上打了一下，"苏老师和林老师每次打电话都跟我念叨，说我没有你体贴，逢年过节的问候、祝福、礼物，都没有你的早到，遗憾怎么偏偏生了我，没生一个你这样贴心的小棉袄。"

苏老师和林老师是苏栀的父母，唐溪小时候跟着苏栀的妈妈林老师上过课，那时候她妈生病，外婆经常要带着她妈去医院里看病，没空照顾她，林老师就把她带回家，让她和苏栀一起玩。

幼年时代的唐溪有一大半的时间是住在苏栀家的，苏老师和林老师对她都很照顾。

后来她回到唐家，苏老师和林老师也经常会在周末的时候带着苏栀去唐家接她出来玩。

唐溪佯装遗憾地道："哎呀，苏老师和林老师这话怎么没在我面前说过，早知道我就去给他们做女儿了。"

"看把你嘴给甜的，苏老师和林老师要是听到你这话，嘴巴能笑得咧到耳后根去。哎，你刚刚说的心事是什么？"话题岔开那么久，苏栀也没忘记唐溪说的心事。

唐溪笑着凑近她的脸，捏住她的下巴打趣："不知道我的姐妹长得这么漂亮，得什么样的男士才能配得上呀？"

苏栀被她调侃了也不生气，配合着撩了一下头发，用一种"人生寂寞如雪"的语气说："像我这样的美女，没有男人能配得上，所以我决定这辈子都一个人过。"

唐溪笑着说："你这样优秀的美女，无论选择哪种生活，都会过得很好，不过你要是选择单身一辈子，那苏老师和林老师估计要念叨你一辈子了。"

苏老师和林老师只有苏栀一个宝贝女儿,从苏栀大学毕业起就催促她早点儿带个男朋友回家,催到现在都没见过苏栀男朋友的影子。

"哎哟,那也没办法,谁让他们把女儿生得太优秀了呢,还自恋,自己把自己美得快上天了。"

唐溪"扑哧"一笑:"你这张嘴真是……"吐槽起来连自己都不放过。

苏栀很有自知之明地说:"对,还有我这张嘴,集合苏老师和林老师两个人的伶牙俐齿,成了一张毒嘴,不是我吹,就我这张嘴,可以让我单身八辈子。"

唐溪对她竖大拇指,捧场道:"优秀,哪天你到苏老师和林老师的面前说段单口相声,别忘了叫上我,我想见识一下大腿折木棍。"

苏栀:"……"

酒店大门的右边就有一家大超市,苏栀站在货架旁,看着唐溪手里拿着的"U"形护颈枕,问道:"你特意下楼,不会就是为了买这个吧?"

"对啊。"唐溪摸了摸枕头的柔软度,放下,又去摸另外一个,对比哪一个枕着会更舒服,"秦骁明天要去出差。他工作忙,经常出差,睡眠不好,在车上坐着睡脖子会不舒服,我买个枕头让他枕着,路上睡的时候舒服些。"

"真贴心。"苏栀"啧"了一声,遗憾地道,"我怎么不是个男人呢?"

唐溪说:"是男人干吗?你做女人不是挺好的吗?又美又潇洒。"

苏栀道:"是男人我就近水楼台先得月,先把你给娶了,这样我就拥有一个既温柔又体贴,又会照顾人的仙女老婆了。"

唐溪笑道:"就算你是男人,我也不会嫁给你,我可不是随便一个男人就能娶的。"

"我是'随便一个男人'?!"苏栀震惊地指着自己,"我如果是男人的话,我们俩可是从小一起长大的青梅竹马,我……我怎么着都应该比你老公占优势吧?"

"青梅竹马也不一定在一起呀,青梅竹马只能证明认识的时间早,我可不会因为和你认识的时间久,就把自己给嫁了。"

苏栀听着她语气里的傲娇,幽幽地道:"反正我就是没有你老公好呗。"

唐溪道:"也不是,你有你的好。"

这话听着跟安慰比赛落败的选手似的。

"栀子,你来摸摸,这两个哪个舒服?"唐溪拿了两个护颈枕让她摸。

苏栀摸不出来差别:"都差不多。"

唐溪说："我有选择困难症，你随便帮我选一个。"

"这个吧。"苏栀指着蓝色的那一个。

"好，这个送给你。"

唐溪把苏栀选的那个蓝色款的护颈枕塞到她的怀里，又从货架上拿了一个和自己手上的护颈枕同款的粉红色护颈枕。

苏栀看她的手上拿了两个同款的不同颜色的护颈枕，晃了晃自己手上的不一样款式的护颈枕，没好气地道："咋了，我不能用和你们一样款式的护颈枕？还要把我单挑出来？"

唐溪道："你是不一样的烟火。"

"少忽悠我，你这是区别对待，我以你二十多年闺密的身份向你提出抗议。"

唐溪又从货架上拿了一个和苏栀手上的护颈枕同款不同颜色的护颈枕塞到她的怀里："送你两个。"

苏栀好笑地道："这是数量的问题吗？你怎么不和我用一样的，让你老公做不一样的烟火？"

"我老公不想做不一样的烟火，他和我结婚了。"

这理由让苏栀无言以对。

"你们俩今天下午出去有没有喝什么？"苏栀问。

"喝了，奶茶，拍照发朋友圈了，你没看吗？"

"哟，喝的是奶茶呀，我还以为你老公给你喝了迷魂汤呢，这又是发朋友圈秀恩爱，又是大半夜跑下来买情侣护颈枕的。"

苏栀再次晃了晃自己手里的护颈枕："还买了个见证你们爱情的电灯泡。"

唐溪拍拍苏栀的肩膀，安慰道："别这么说自己，你才不是电灯泡。"

苏栀凉凉地道："我知道，我是不一样的烟火。"

买完护颈枕，唐溪和苏栀返回酒店，在唐溪的房间门口分开。

唐溪站在门旁，目送苏栀回到房门前，才敲了敲门。

怕秦骁在卧室里听不见敲门声，唐溪低头准备给秦骁打电话，她的手机联系人的备注还没改，在列表里找到"奶黄包"，正要拨出去，房门从里面被打开，唐溪抬头看了一眼秦骁，提着袋子走进去。

秦骁伸手接过她手上的袋子，随意地扫了一眼。

唐溪走进去说："没骗你吧，我是不是回来得很快？"

秦骁把她拎回来的袋子放在沙发上，漫不经心地道："二十八分钟三十五秒。"

"什么二十八分钟三十五秒？"

秦骁淡声道："你从出门到回来的时间。"

唐溪愣了一下，拿起手机看了一眼现在的时间，又打开微信看自己给苏栀发消息让她出来的时间，中间隔了三十一分钟。

她给苏栀发完消息，还和秦骁说了几句话，算上从刚刚敲门到现在的时间，出门的时间差不多就是二十八分钟。

唐溪诧异地看着秦骁："你怎么知道？你洗澡时不是没带手机进去吗？"

秦骁淡淡地道："我心里有数。"

唐溪："……"

精确到秒的数吗？他果然很有数。

唐溪鼓了鼓掌，夸赞道："厉害厉害。"

秦骁听到了熟悉的吹捧，眼睫微垂，半眯着眼，打量着她。

唐溪想到不久前接到的那个电话，觉得秦骁和他的朋友之间的矛盾应该挺大的，问道："你给你朋友回电话了吗？"

秦骁说："没有。"

"你给他回一个吧，他听着挺生气的。"

秦骁的眉头微皱："他冲你发脾气了？"

"没有，他不知道是我，我接通电话后还没来得及说话他就开始吼了，知道是我以后就变得很礼貌，他是冲你发脾气。"他的朋友可不是冲她发脾气，她不背这个锅。

秦骁淡淡地"嗯"了一声，说："没事。"

"真的没事吗？他说要跟你绝交，跟你割袍断义。"

大概是受季正琛大嗓门儿的影响，唐溪说这句话的时候声音也不自觉地放大了些。

秦骁看她似乎是在担心自己的交友状况，挑了下眉："他还说什么了？"

"他还问你为什么要把他微信好友给删了，让你给他解释一下。"

唐溪的记忆力很好，季正琛说的每一句话她都记得，只是他前面那句质问秦骁是不是有病的话，唐溪没说。

秦骁听完，不以为意："没事，你先去洗澡，我等会儿给他回个电话。"

"好。"唐溪拎起沙发上的护颈枕，想着等秦骁打完电话再送给他，走到门口时,回过头,看着秦骁叮嘱道,"你打电话的时候把手机离耳朵远一点儿。"

他的那位朋友的嗓门儿实在太大了。

秦骁见她还用手指了一下耳朵,看起来是真的对季正琛的电话心有余悸,忍着笑说:"好。"

唐溪走进卧室里,把装着护颈枕的袋子放在小茶几上,从行李箱里拿了一身睡衣去洗澡。

秦骁坐在客厅的沙发上,听到浴室门被关上的声音,站起身走向阳台,给季正琛回电话。

电话响了几秒钟才被接通,那边传来季正琛谨慎的声音:"喂,你好,我是季正琛,请问是秦骁吗?"

秦骁没什么语气地说:"是我。"

确认了电话这边的人是秦骁,季正琛开始吼:"秦骁,你是不是有病?看在咱俩认识这么多年的分上,我给你一个解释的机会,你删我微信好友是怎么回事?"

秦骁提醒道:"小点儿声,我不方便的时候唐溪会帮我接电话,指不定哪会儿你嗓门儿太大会吓到唐溪。"

季正琛憋了一肚子骂人的话,对他真是服气了,愤恨地道:"秀秀秀,就知道秀,你有老婆了不起啊?"

秦骁"嗯"了一声,很欠揍地说:"你没有。"

季正琛磨了磨牙:"行,你赢了,咱们言归正传,你来给我解释删我好友的事。"

这句话,季正琛几乎是从牙缝里挤出来的。

秦骁实话实说:"我和唐溪约好一起发朋友圈,你突然发了一条,隔在我和唐溪的朋友圈之间,碍眼。"

季正琛无语极了:"就为这个你就把我给删了?"

秦骁淡淡地"嗯"了一声。

季正琛简直难以置信:"咱们这么多年的兄弟,就因为我在你和唐溪的中间发朋友圈,你就把我给删了,行,你太行了。"

季正琛气笑了:"你不会屏蔽我的朋友圈吗?"

秦骁说:"没想起来。"

季正琛咬牙切齿地道:"行,没想起来是吧?为了让自己的朋友圈和老婆的挨到一起,丧心病狂,一刻也等不了,毫不犹豫地删了多年的至交好友是吧？行，我会让你后悔的。"

秦骁等着他让自己后悔。

对面的人撂下狠话，冷静了五秒钟以后，正式下了通知："咱俩掰了，你等着，我明天就去你的办公室里跟你拉钩上吊，按手印，一百年都不和好，就这样，咱们之间的情分到头了。"

秦骁笑道："我明天不回南城。"

季正琛说："等你回来就拉钩。"

秦骁无所谓地道："随你，幼稚。"

季正琛反驳道："你不幼稚？你不幼稚为了秀恩爱把我好友给删了？"

秦骁说："又不是不能加回来。"

季正琛说："就是不能加回来，你当我是什么，你想删就删，想加就加？我告诉你，你别加我，我已经和你掰了，不会同意你的好友申请。"

秦骁冷嗤一声："幼稚。"

季正琛不想再和他说话："我不跟你说话了，恼了，我数一二三，咱俩一起挂电话！"

季正琛说完话，没数数，直接把电话挂了。

秦骁看了一眼手机，知道他这场戏肯定没演完，站在阳台上等着。

片刻后，季正琛在他和秦骁、言寻、还有霍远霖四个人的群里发消息。

季正琛："震惊！某秦姓成年男子因沉迷秀恩爱逐渐成魔，为所发朋友圈和老婆朋友圈贴在一起，不顾多年兄弟情，冷血删除兄弟微信好友。据观察，该男子日前已通过频繁秀恩爱等不当行为，冒犯到了身边的好友，其单身男性好友多次遭受迫害。此次季姓好友勇敢发声，化身正义使者，宣布与其绝交，秦某终将为他的不正当行为，付出惨烈的代价！"

言寻："给'今日头条'点个赞，这个秦某我认识，跟文中说的一样，喜欢秀恩爱，今天我还看他发了条朋友圈，文中说的朋友圈就是今天这条吧。"

霍远霖："只是失去某季姓好友？代价似乎并不算惨烈。"

言寻："琛子，什么为了朋友圈贴在一起删兄弟好友，什么情况？你被骁哥删好友了？"

季正琛："他说他和嫂子商量好一起发朋友圈，我下班的时候发了一条朋友圈，刚好卡在他和嫂子的朋友圈之间，他就把我好友给删了。"

言寻："离谱，不过是骁哥能干出来的事。"

霍远霖："后续呢？"

季正琛:"后续就是我要跟他绝交。"

季正琛在群里声讨秦骁。

秦骁去朋友圈里截了一张自己和唐溪的朋友圈贴在一起的图片发到群里。

秦骁:"照片是唐溪拍的,朋友圈也是唐溪帮我发的。"

秦骁被季正琛移出群聊。

唐溪洗完澡,打开浴室门,站在浴室里的镜子前吹头发。

秦骁从外面走进来,站在浴室的门旁看着她,没说话。

唐溪回头看了他一眼,问道:"跟你朋友打完电话了吗?"

秦骁"嗯"了一声。

"还好吗?"

"没事。"

唐溪听他说没事,没再多问,猜测那位季正琛应该是跟秦骁关系特别好的朋友,不然不会那样说话。

唐溪的头发又长又多,她吹了好一会儿才吹干。

她放下吹风机,转身拍了一下秦骁的胳膊,说:"好了。"

秦骁伸手摸了一下她的头发,跟着她出去。唐溪走在前面,从茶几上拿起护颈枕,转脸看着秦骁说:"我给你买了护颈枕,你明天走的时候带到车上,睡觉用。"

秦骁目光微闪,唇角勾起一抹弧度:"你去超市就是为了给我买这个?"

"对啊,我怕你明天走得早,来不及买。"她对他招了一下手,示意道,"头低一点儿,我看看合不合适。"

秦骁前倾身体,把脖子送到她的面前。

唐溪抬手,把护颈枕套在他的脖子上,拍了拍沙发:"你坐下向后靠,看看有没有用。"

秦骁坐在沙发上向后靠。

"怎么样?"唐溪问道。

秦骁姿态随意地靠在沙发上,点了点头:"挺好。"

唐溪笑了笑:"你喜欢就好。"

她说完话,发现秦骁正目不转睛地看着她。

房间里突然静了下来,唐溪开口打破沉静:"没事的话,早点儿休息吧。"

她转身走到床边，掀开被子上床。

秦骁随后上床，凑到她的身边，伸手抱住她，抬了一下眼睫，眼睛直勾勾地盯着她的脸，不说话。

唐溪垂下眼睫，低声说："睡吧。"

他凑到她的耳边说了几个字，目光灼灼地看着她。

唐溪被他深沉的、带着一丝无辜与纯净的眼神看得一点儿办法都没有，红着脸小声说："你……你躺好。"

秦骁躺下去，眼底含着兴奋。

唐溪被他看得十分窘迫，转开脸，呼了口气，回头看着他的脸，俯下身，手指在他的眉毛旁摸了一下，嘴唇在他的鼻梁上亲了一下，学着他亲自己时的动作，一点点地向下亲到他的嘴唇。

她听到秦骁心跳的声音，脸颊发烫，抬眸看了一眼他的眼睛，他闭着眼，像在克制什么，没有说话。

视线向下移，唐溪抖着手解开他领口的纽扣，他突然睁开眼睛，一把握住她的手腕，搂着她的腰，和她换了个位置。

翌日，秦骁被五点的闹钟吵醒，轻手轻脚地从床上下来，去浴室里洗漱。

洗漱完，从浴室里出来，他看见唐溪拥着被子，正迷迷瞪瞪地坐在床上。

他走过去，在她的发顶上揉了揉，把她本就凌乱的头发揉得更乱："怎么坐起来了，不继续睡？"

唐溪闭着眼睛说："送你上班。"

秦骁见她的眼睛都没睁开，在她的额头上亲了一下，声音含着笑："辛苦老婆了。"

唐溪强撑着掀起一只眼的眼皮，叮嘱道："路上注意安全，照顾好自己。"

秦骁"嗯"了一声，等了会儿，见她的眼睛眯成一条缝看着自己，问道："还有呢？"

唐溪说："没有了。"

秦骁不满地道："有。"

唐溪有些不耐烦地问："那你说，还有什么？"

秦骁抿着唇看她。

唐溪握住他的手腕，凑近了看，发现手表还没戴。

"把你的手表给我，我给你戴。"

秦骁把床头柜上的手表递给她。

唐溪揉了揉眼睛，撑着眼皮睁大眼睛，让自己清醒些，低头给他戴手表。

"好了。"

"嗯，还能坚持一会儿吗？"秦骁问。

"坚持什么？"

秦骁转身走向浴室，唐溪闭着眼睛等他。

片刻后，秦骁的手里拿着牙刷水杯，把垃圾桶踢到床边，喊了唐溪一声："溪溪。"

唐溪从昏睡的边缘被他叫醒，睁开眼，看见他手里的上面挤好牙膏的牙刷，震惊得睡意都消散了几分，瞪大眼睛看着温柔地冲着她笑的秦骁。

"介不介意，刷个牙？"

"介意！"唐溪很大声地说，"我很介意！李瑛呢？赶紧让李瑛上来把你带走！"

她的声音还有点儿哑，她大声说话的时候喉咙都痒了。

秦骁垂头看了一眼自己手里的牙刷，挑了下眉，若无其事地把牙刷和水杯放回浴室里。

"我走了。"

面色恢复温柔，唐溪对他摆了摆手："拜拜。"

秦骁盯着她红润的嘴唇，"嗯"了一声："拜拜。"

秦骁出门后，唐溪又睡了过去，再次醒来时已经是九点多。

她拿起手机，看到微信上苏栀给她发了消息，问她醒没醒，秦骁在不在她的房间里。

她们要去的民宿距离这里的车程约一个半小时，和负责人约好的拍摄时间是下午一点。她们计划上午十点半出发，到那边吃个午饭，然后开始工作，这样时间很充裕，可以悠闲地开车和吃午饭，不用很赶。

唐溪回复苏栀："醒了，秦骁不在。"

苏栀："好，我现在去你的房间，你给我开门。"

唐溪掀开被子，从床上下来，脚一踩在地上，便抽了一口气——她的腿软，腰也酸。

昨晚的秦骁格外兴奋，像是有使不完的劲，向她提出了很多要求，而她出于某种想要他开心的心理,他说什么就配合着做什么,造成了现在这种浑身都有些不适,走一步大腿就疼的后果。

她低头看了一眼身上他留下的痕迹,苏栀要是看见她这副样子,绝对要调侃她。

她从行李箱里选了一件领口小的长裙,坐在床边,慢悠悠地换衣服。

衣服刚换好,外面就传来了敲门声,是苏栀到了。

唐溪去开门。

苏栀手里提着一份早餐,进门就递给唐溪:"给你带的早餐,你还没吃吧?"

"没。"唐溪把早餐接过去,放到桌子上,"我牙还没刷呢。"

苏栀挑了一下眉:"我怎么感觉你说话的声音有点儿不对劲呢,听着像哑了一样,昨晚咱们出去买东西的时候不还好好的吗?"

唐溪在她面前脸皮厚得很,坦荡地承认:"是的,就是有点儿哑,所以我今天要少说点儿话。"

苏栀懂了,笑眯眯地上下打量她。

唐溪不管她脸上那暧昧的笑,转身去浴室里洗漱,让苏栀坐在外面的沙发上等。

洗漱完,先吃了早餐,然后用几分钟时间化个淡妆,坐在梳妆台前,她突然想到了秦骁。

她在化妆前鬼使神差地看了一眼时间,这个妆只用了八分钟就完成了,而上次秦骁在她旁边看着她化妆的时候,她化了差不多一个小时。

"笑什么?"

苏栀的声音将唐溪拉回现实。

唐溪回神,看着镜子里自己红润的脸色,笑着说:"没什么。"

"笑得这么春风满面,还说没什么。快说,到底在笑什么?"

唐溪胡扯道:"我照镜子,看我长得那么漂亮,当然开心呀。"

苏栀:"……"溪溪什么时候也跟她学得这么自恋了?

"走吧。"唐溪拿起相机包,"陈恺应该都在下面等着了。"

"嗯,走吧。"

陈恺提前把车从停车场里开到了酒店门口,唐溪和苏栀从酒店里出来后直接上车。

陈恺见只有唐溪和苏栀上车,秦骁没跟在唐溪的旁边,问道:"溪溪姐,姐夫不一起去吗?"

唐溪坐在车的后座上，整理了一下衣服，说："他出差了。"

陈恺松了好大一口气，唐溪坐在后排都能听到他呼气的声音，问道："怎么了，你怕他？"

陈恺毫不犹豫地回答："那当然了，姐夫那大佬气势，谁不怕？"

唐溪替秦骁说话："也没那么夸张吧？他就是长相看起来冷酷，脾气其实挺好的。"

虽然秦骁的脾气是有些阴晴不定，但是在外面她还是要给他留面子的。

陈恺回头，用复杂的表情看了唐溪一眼，好像在问唐溪是不是在说胡话。

就姐夫那样眼神凌厉得好像能把人杀死的大佬，也能和"脾气挺好"这几个字挂钩？估计这世上也只有溪溪姐一个人会觉得姐夫的脾气好。

苏栀笑着对唐溪说："你不知道，小恺这几天都快被你老公吓傻了。"

唐溪惊诧地道："啊？发生了什么我不知道的事情？"

苏栀说："就咱们在剧组拍宣传照那天，一开始你的东西不都是在小恺的身上放着吗？"

唐溪"嗯"了一声，说："对啊。"

苏栀问："你没发现后来你的东西都到你老公那里了吗？"

"发现了，怎么了？"

陈恺给她拿东西，和秦骁给她拿东西，这两件事应该并不冲突。陈恺是来给她当助理的，她工作时不方便拿手机这些东西，就交给陈恺保管，秦骁过去陪她工作，她的手机可以给和她关系更亲近的秦骁拿着，自然就不需要陈恺帮忙了。

苏栀笑着说："本来没什么，可是你老公在陈恺把手机递给你的时候，冷飕飕地看了他一眼。你自己想象一下你老公那在商场上打磨出来的气势，那对我们涉世未深的小恺同学有多么大的杀伤力。"

唐溪当时才给许湘情拍完照，都没注意这些细节。

其实苏栀也没看见秦骁当时的眼神，这种漫不经心威慑力又强的眼神除了被针对的目标，其他人都很难察觉，苏栀是看了陈恺在微信群里描述的内容才知道的。

唐溪笑着解释："他在不熟悉的人的面前是有点儿冷淡，别怕他，接触久了你就会发现他只是面冷。"

陈恺笑笑，并不是很想和溪溪姐的老公接触久了。

话题没在秦骁的身上停留太久，唐溪提醒陈恺专心开车，开车的时候不能分神聊天，然后跟苏栀聊起了工作。

她们俩都不是事业心很强的人，有时候连续一阵子工作强度大，就会想着给自己放几天假。

"这次回去后先不要给我安排工作，我很久没回家看爸妈他们了。"

苏栀知道唐溪说的"回家"是指回秦家老宅。

"还有苏老师和林老师那里，我们一起回去看看他们吧。"昨天和苏栀聊到他们俩，唐溪突然就迫切地想回去看看他们。

"可以。不过咱们可得先说好啊，苏老师和林老师要是催我找对象结婚，你可得帮帮我。"

唐溪说："我怎么帮你，帮你介绍对象吗？"

苏栀："……"

唐溪"哼"了一声，微抬着下巴，表情得意地道："我可是个乖巧懂事的姑娘，从来不跟长辈唱反调，苏老师和林老师要是说你，我肯定是站在他们那边的。"

苏栀好笑地道："哎，溪溪，我怎么发现你最近说话越来越傲娇了呢？"

"傲娇？"唐溪愣了一下，摸着自己的脸说，"我吗？没有吧？"

"怎么没有？"苏栀捏了捏她的脸，"你看看你脸上这得意的小表情。"

唐溪调整了一下表情，面色恢复淡然："没有，你看错了。"

她怎么会傲娇？秦骁才是"傲娇鬼"。

苏栀说："看来我真要感谢秦骁了。"

唐溪问："感谢他什么？"

苏栀说："感谢他对你好。"

唐溪侧身对着她，抬手撑在太阳穴上，姿态慵懒，笑容灿烂："你现在相信我的眼光了吧？我早就说过，他是个好人，我的眼光不会错。"

当初唐溪决定和秦骁领证，和苏栀说这件事的时候，苏栀强烈反对她就这样为了唐家随便找个男人把自己给嫁了。

她完全不用管唐家那些烂人，由着他们去工作室闹也闹不了多久，大不了就是工作室关门。

但唐溪说秦骁很好，她愿意嫁。

聊天的时间过得很快，唐溪觉得车才开没多久就到了目的地。

民宿开在一个旅游景点旁边，车位比较难找，唐溪和苏栀先下车，陈恺一个人开着车去找车位。

从车上下来，唐溪发现半个多小时前秦骁给自己发了消息。

亲亲老公："到了。"

唐溪低头在编辑框里编辑消息："好的，照顾好自己，记得要想我。"

手指即将点在发送键上的时候，她犹豫了一下。

苏栀见她站着没动，问道："怎么了？"

唐溪道："给秦骁回消息。"

她删掉"记得要想我"这几个字，把前面的叮嘱发过去。

唐溪："好的，照顾好自己。"

亲亲老公："还有呢？"

唐溪斟酌片刻："我会想你。"

亲亲老公："好，我工作了。"

唐溪："好的。"

唐溪收起手机，苏栀伸手挽住她的胳膊："我看你这两天经常走神，是唐家那些人又来烦你了吗？"

"没有。"唐溪笑着说，"你别总是问我为什么走神，答案对你不太友好。"

"行啊。"苏栀点了点头，"那你说说，我看看有多不友好。"

唐溪抬手在她肩膀上拍了拍："我走神是因为在想秦骁，你这种单身人士是不会明白的。"

苏栀："……"

这答案伤害性不大，侮辱性极强。

中午三个人在景点附近随意地找了一家餐厅，吃完饭，去民宿开始工作。

民宿的经营者是一对中年夫妻，把需要拍摄的房间的钥匙给他们后，就匆匆忙忙地跑下楼和邻居们坐在民宿后面的临水长廊下打麻将了，看起来淡然随和。

唐溪拍摄完民宿宣传照已经快下午五点了，没在这边吃饭，直接回了酒店。

吃完晚饭，唐溪把东西都搬到苏栀的房间，和苏栀一起住。

收拾好东西后，唐溪坐在客厅的小桌子边工作。

苏栀洗完澡，从卧室里出来，看到她在那么矮小的桌子边工作，问道："桌子那么矮你不难受吗？"

唐溪说："不难受。"

"这么弓着腰对脊椎不好,你还是到这边来工作吧。"

"等会儿,我把手上的这张图修完就过去。"

苏栀溜达到她的身后,弯身看她的电脑屏幕。

她正在修温卿和男主角的双人宣传照,苏栀赞了一波温卿的美貌,没再打扰唐溪工作,坐在一边玩手机,时不时地在房间里溜达一会儿。

唐溪不知不觉地工作到晚上十一点,合上笔记本电脑,揉了揉发酸的腰,直接掀开被子上床,慵懒地倚靠在床头看手机。

苏栀将视线从手机上抬起来,看向她,问道:"宣传照都修好了吗?"

唐溪道:"没,还有点儿细节,明天弄。"

苏栀"嗯"了一声。

唐溪工作时不看手机,现在摁亮屏幕就看到几个未接电话和几条微信消息,扫了一眼,忽略掉唐兴昌和一个陌生号码打过来的电话,点开秦骁的微信头像回消息。

唐溪:"时间也不早了,忙完了赶紧休息。"

五分钟前,秦骁给她发了消息,说忙完了。

唐溪想到之前她跟秦骁说,他不忙的时候也没给她发消息,她不知道他忙不忙,秦骁就说以后不忙的时候给她发消息。

她本来以为他只是随便说说,没想到他还真发消息了。

秦骁似乎就是这样一个认真的人,对说出的话很认真,做事也很认真。

她向上翻了翻自己和秦骁的聊天记录,最近的聊天记录看起来还算正常,有她跟他要照片给同事看,他去KTV接她时给她发消息让她出来,都是很简短的对话,三两句就结束了。

她再往上翻,对话就开始不正常了。

这些不正常的聊天每次开始的时间都是周五下午六点,由她主动发起,问秦骁晚上回不回家住。

秦骁有时候很好说话,直接回一个"嗯"字,那就是要回去,他们的聊天就结束了。

有时候他不知是真忙还是烦她,说有事,她就开始滔滔不绝地表达对他的思念。

唐溪看着早期自己给秦骁发的那些爱意绵绵的话,突然感觉到一丝羞耻,什么"你不回来,我一个人难以入睡",什么"思念如雨滴,滴答滴,汇聚成海""如果思念有声音,你是不是被'我爱你'这三个字吵得无法睡眠"。

秦骁回复她:"没有,我这边很安静,什么都没听见。"

这是早期,在"嗯""不回""随你""都行"这些简短的字词中,秦骁回复过她的最长的句子。

救命,这些话真的是她对秦骁说的吗?她当时的脸皮怎么这么厚?

怪不得每次秦骁听她说话都眉头直皱,他会不会觉得自己娶了个精神不正常的老婆?

唐溪伸手扶额,脑海里回忆之前跟秦骁的相处场景,发现只是短短几个月,她却像是过了很久很久一样,不太能想起来自己当时是在怎样的心境下给秦骁发了这些羞耻的话了。但她现在的心情就是尴尬。

没多大会儿,她和秦骁的聊天记录就被她翻到顶了。

唐溪看着自己和秦骁的聊天框最顶部显示的系统提醒——

"你已添加了益远集团总裁,现在可以开始聊天了。"

紧接着的聊天内容就是她发的"今晚回家住吗?"。

那是唐溪第一次给秦骁发消息让他回家,很明显他也还不懂她的套路。

秦骁:"嗯?"

"嗯"字后面的标点符号显示出了他内心的疑惑。

唐溪:"回家住吗?"

秦骁:"有事?"

唐溪:"家里好大,我一个人好害怕,你能回来陪陪我吗?"

当时,她已经独自一人在别墅里住了一个星期,并且主动拒绝了秦家人让白姨住进来照顾她的提议。

她那时候也不了解秦骁的性格,怕被拒绝,在秦骁回复前又补充了一句:"虽然只跟你相处一晚,但莫名的依恋你,或许因为你是我的老公,是我余生最亲密的人吧,想念你,爱你。"

秦骁:"仓促。"

唐溪:"什么仓促?"

秦骁:"你的爱。"

唐溪:"那你回来吗?相处相处就不仓促了。"

秦骁:"嗯。"

唐溪盯着秦骁吐槽的"仓促"两个字,想象他当时皱眉打字的样子,在时隔几个月的今天,后知后觉地开始觉得羞耻。

她把手机丢在一边,拉起被子把脸埋进去。

苏栀茫然地看着她,问:"你怎么了?"

唐溪摆了摆手，心情复杂地道："没什么，别管我，让我一个人静静地思考人生。"

苏栀用单身人士的直觉，警惕地道："你不会又在想你老公吧？"

唐溪掀开被子，脸颊泛红地看着她。

苏栀问："你怎么脸红成这样，你不会是在想什么羞羞的事情吧？"

"不是羞羞，是羞耻。"

苏栀好奇地看着她。

唐溪的手机"嗡嗡"地振动两声，是微信消息提示音。

唐溪点开看了一眼。

亲亲老公："没有别的话？"

她以前能说的可多了。

刚浏览完从前的聊天记录的唐溪明白他这种等自己说话的习惯是自己培养出来的，脸颊烫得更厉害了。

唐溪："我要睡觉了，晚安，好梦。"

秦骁："你要入我的梦了吗？"

唐溪不想入他的梦，现在只想找个地洞钻进去，因为秦骁说这句入他的梦不是没头没脑地撩她。

她之前跟他说，自己每天睡得很早，就是因为想他，想和他在梦中相见，入他的梦。

秦骁当时眉头紧皱，给她解释，入他的梦，需要他也睡觉，她一个人睡觉，入不了他的梦。

那些她信口胡编的、假惺惺的情话，秦骁肯定都记得，并且已经开始熟练运用了。

这个男人，就不能有点儿自己的创意吗？为什么要学她？

幸好他学的是这一句，不是那句"没有你在身边，我一个人睡觉好害怕"。

第八章
快点儿爱我

唐溪继续在东城待了两天,完成这边的全部工作后才回南城,临走前又和温卿约着出去吃了顿饭。

回到南城,天气骤然变冷,唐溪在手机上叮嘱了秦骁要多穿衣服,和苏栀去商场买了些换季的衣服和鞋子。

除了自己和秦骁,她还给苏老师和林老师买了几身衣服,跟苏栀约好周六回小镇看苏老师和林老师。

小镇在南城东南角,开车回去大约两个半小时。

周六苏老师任教的大学和林老师任教的小学都不用上课,苏栀提前给他们打了电话说要和唐溪回去,车子一拐进苏栀家前面的那条小路,两个人就看到了捧着茶杯站在门口张望的苏老师。

苏老师朝屋里喊了一句,片刻后,穿着围裙正在做饭的林老师就笑容满面地走了出来。

车子停在苏栀家门口,唐溪从车里拎了两个果篮下来。

苏老师把果篮接过去,哈哈大笑:"怎么回来又买东西?上回不是说了,回家不用买礼物,我和你林老师都用不着这些。"

苏栀吐槽道:"我说苏老师,要是真不想要礼物,咱就别笑得这么大声了,你说你笑得这么开心,说不用买礼物,那不熟悉你的人还以为你收礼物收得挺开心呢。"

苏老师笑着对她说:"小兔崽子,你是不是皮痒痒了,这还在门口呢,街坊邻居都看着,就不能给你爸留点儿面子?"

林老师站在唐溪和苏栀中间,一手搂住一个,说:"赶紧进屋里坐吧。"

唐溪说:"后备厢里还有东西呢。"

唐溪打开后备厢,里面塞得满满当当,衣服、鞋子、营养品都有。

林老师开始心疼了:"怎么买了这么多东西,多浪费?你们年轻人就是不会过日子,家里又不缺这些东西,你们留点儿钱在身上,自己花。"

林老师左看看唐溪,右看看苏栀。

苏栀受不了她妈这种慈爱的眼神,说道:"您别看我,东西都是溪溪付钱的,您要心疼就心疼溪溪。"

林老师离她近了些:"没心疼你,我就是看你好像吃胖了,就你赚的那点儿钱,你是怎么把自己养得这么胖的?你是不是就跟在溪溪的后面蹭吃蹭喝,让溪溪花钱给你买零食吃了?"

苏栀气愤地道:"我哪胖了?我早上才上秤称过,九十九点八斤,都不到一百斤!"

林老师转脸看向唐溪,叮嘱道:"下回回来买点儿水果就行了。"

唐溪道:"就是看起来多,其实没多少东西,马上天气要变冷了,冬天的衣服厚,一件就占好大的地方。你们放心吧,我过日子心里有数的,我都开始存以后养老的钱了。"

几人把东西都提进屋里,林老师还有一个菜就做好午饭了,先去继续做饭,苏老师迫不及待地去屋里试新衣服,唐溪和苏栀坐在餐桌前陪林老师聊天。

小镇子上的房子没有单独的厨房,吃饭做饭都在一个大房间里。

没聊几句,唐溪听林老师吞吞吐吐地好像想问有关她老公的事,主动提了秦骁。

听她和苏栀说秦骁很好,林老师才放心。

唐溪说秦骁好不一定是真的好,但苏栀的嘴里能吐出一个"好"字,那肯定是真的很好。

林老师很了解自己的女儿对男人有多挑剔,找对象非要找十全十美的,让她挑出一点儿毛病都不行。这世上哪有什么十全十美的人,更何况还是男人,按照她那个挑法,这辈子他们是指望不上抱外孙了。

苏栀见林老师突然不说话了,就知道这是在酝酿着什么大招,挽住唐溪的胳膊,凑到她的耳边小声说:"完了完了,'紧箍咒'要来了。"

她话音刚落，锅里的菜熟了，林老师关了火，转过身，看向苏栀："你呢，最近有没有交男朋友？"

苏栀道："没有。"

"我一看你那吊儿郎当的样儿就知道没有。"

苏栀无语地道："我哪吊儿郎当，我不就是没找男朋友吗？我也有好好工作赚钱的好不好。您能不能不要我每次回来都问男朋友的事，好像我没男人活不下去了一样，我觉得我一个人过得挺好，你们要是真为我好就别管我，让我一个人逍遥自在。"

林老师道："你现在还年轻，身体健康，身体不舒服了就打电话给我和你爸，想家了就开车回来，可将来我和你爸要是——"

"哎呀呀呀呀，行了行了，您别念叨了，我的耳朵要起茧子了，来来来，我给您削个苹果吧。"苏栀打断林老师，不让她继续往下说。

林老师忍了忍，说："还是要找个对象，以后才有人照顾你。"

苏栀敷衍道："在找了在找了。"

"真的？"

"真的。"

林老师充满期待地看着她："过年时能带回来吗？"

苏栀理直气壮地道："当然不能，这可是我一辈子的大事，又不是上街买白菜，随便挑一棵回来就行。"

林老师的思想特别先进："找个男朋友而已，也用不着一开始就奔着一辈子去，先处处看，不合适咱就分。这俗话说得好，货比三家不吃亏，你遗传了我的美貌，在找对象这方面是有优势的，有大把的优秀男士抢着要，不要上来就吊死在一棵树上，为人家要死要活的。现在好多小姑娘，长得漂漂亮亮，就是喜欢丑八怪，你可别带个丑八怪女婿回来，拉低我们家的颜值啊。"

苏栀削好苹果皮，切了一块苹果递到林老师的嘴里："林老师，说这么多话了，吃块苹果润润喉吧。"

唐溪坐在一边的椅子上，看着苏栀和林老师说笑，唇角情不自禁地上扬，托着腮笑。

吃完饭，苏栀陪着唐溪一起去她小时候住的家。

唐溪家距离苏栀家不远，走路过去不到十分钟，房间里一直维持着唐溪妈妈和外婆生前住的样子，唐溪隔段时间就会过来打扫。

这么多年没人住，唐溪家没有安装自来水管，院子里只有一口很多年前的压水井,已经不能用了,唐溪每次过来打扫房间都是从隔壁的邻居家里借水过来。

走到老旧的木板门前,唐溪从包里摸出钥匙,低头把钥匙插进去,向右拧了一下。

挂锁打开,唐溪的动作顿了一下。

苏栀问道:"怎么了?"

唐溪说:"有人来过。"

苏栀将视线移到她手里的锁上,也察觉到了不对劲。

唐溪有强迫症,这种老式的挂锁,她每次锁门的时候都是把开口的这边朝向自己,这次打开锁后,开口是对着里面的。

"会不会是我爸妈来过?我打个电话问问他们。"

唐溪有一把备用钥匙在苏栀家。

"不用问,不是他们。进去看看吧。"如果是林老师和苏老师,进来前会给她打电话的,他们从来不会随意进她家。

唐溪推门走进去。

距离她上次回来已经过去两个多月了,房间里积了不少灰。

唐溪和苏栀在房间里大致看了一遍,苏栀没发现有什么问题,问唐溪:"怎么样,有少什么东西吗?"

唐溪微微侧头,抬手摸了一下脖子:"我妈床头……那张照片……不见了。"

那张照片是唐溪出生没多久的时候,她和她的爸妈三个人的合照,他们就只有那一张合照,之后唐溪的爸妈就离婚了。

从唐溪有记忆起,那张照片就摆在她妈的床头,她小时候,她妈就是拿着那张照片跟她分享和唐兴昌的爱情故事的。

唐溪回唐家时,把那张照片一起带到了唐家。

后来,在意识到唐兴昌并不是她妈口中的"盖世英雄"后,她又把照片送回了这里。

她想,既然她妈已经骗了自己一辈子,不愿意面对现实,只想活在过去的幸福记忆里,那么就让她妈继续沉浸在过去的美好记忆里吧。在她妈妈眼里幸福美满的照片,在她眼里什么都不是。

"肯定是唐家人干的,小偷不会特意进来就为了偷一张照片。"苏栀拉住唐溪的手,"走,找他们去!"

唐溪笑了一下,说:"没事,就是一张照片,或许……或许我妈在天上看开了,不想再欺骗自己了,所以不要那张照片了。来都来了,先把房间打扫了吧。"

"溪溪,你……"

"我没事,真的没事,唐兴昌前几天给我打了好几个电话,我没接,照片应该是被他拿走了,没事,我把房间打扫好再给他打电话。"

唐溪在苏栀的身上拍了拍:"帮我一起打扫吧,时间快来不及了,我们下午还要回去呢。"

苏栀的唇角微动,她忍了忍,把想骂的话憋了回去。

两个人打扫完房间,天已经快黑了。去苏栀家和林老师、苏老师打了招呼,苏栀开车带着唐溪回去。

一路上,唐溪都很平静,还安抚了苏栀几句,让苏栀别生气。

到了家,她才坐在沙发上给唐兴昌打电话。

电话接通后,唐溪也没跟唐兴昌绕弯子:"照片是被你拿走了吗?"

唐兴昌的声音讪讪的:"小溪。"

"还给我吧,我明天去唐家拿。"

"小溪,你听爸说,爸前几天去看你妈,看到了这张照片,是你出生一百天的时候,我和你妈带你去照的照片。爸爸非常内疚,在你小时候没有好好地照顾你,就把这张照片拿回来,复印几张,再送回去。"

唐溪说:"你不用内疚,我不需要。明天早上八点,我去唐家拿照片。"

"小溪,照片没有了。"

唐溪笑了一下:"爸,你不会以为一张照片就能威胁到我,让秦家继续帮助唐家吧?"

"小溪,"唐兴昌震惊地道,"你怎么能这么想爸爸?爸爸绝对没有这个意思,只是遗憾——"

"我不想知道你有多遗憾。"唐溪打断他,"如果只是复印,照片你也拿去几天了,该复印好了,可以还给我了。"

唐兴昌说:"照片碎了。"

"你说什么?"

"我把照片拿回来,被你阿姨看见了,她跟我吵架,不小心把照片撕碎了。"

唐溪深吸了一口气,抬手摸了摸脖子,眼睫颤了颤,轻声说:"碎了啊,你的意思是不能还给我了,对吗?

"碎片也可以,可以修复,给我。"

唐兴昌吞吞吐吐地道："小溪，碎片……"

"我知道了，爸爸。"唐溪温声道，"再见。"

"爸爸向你道歉，这次的事是爸爸不对，你阿姨她——"

"唐先生，不知道有些话，我说了，你能不能听懂。你不用急着为她们说好话，让我不记恨她们，让你实现和和美美一家人的愿望，我从来就没有记恨过她们，因为比她们更残忍的是你。从小到大，你一次次地给我带来希望，又一次次地残忍浇灭，我有时候甚至会想，我为什么要有一个父亲呢？

"我就是想开开心心地过一辈子，我已经不欠你什么了，请你不要再打扰我的生活，请你，保重吧。"

"小溪，你在哪？爸爸现在去找你！爸爸当面给你道歉！"

"我不需要你的道歉。还有，以后你去祭拜我妈的时候，不要再给她送百合花了，她不喜欢百合花，只是喜欢那个名字——百年好合，可你似乎不配给她送这种花。"

没等唐兴昌继续说话，唐溪直接把电话挂断，拉黑了他的号码。

结束和唐兴昌的通话，唐溪静静地坐在沙发上，发了会儿呆。

房间里突然响起的手机铃声将她拉回现实。

她看了一眼来电显示，是"奶黄包"。

她接通电话，对面传来秦骁的声音："溪溪。"

唐溪应道："嗯。"

"我给你发了消息。"

"刚刚发的吗？对不起，我没看见。"

秦骁道："不用对不起。"

"嗯。"

两个人隔着手机，沉默片刻。

"你怎么了？"

唐溪笑着说："没怎么啊。"

她鼻尖发酸，深吸了一口气，小声说："挂了吧，我看看你发了什么，用微信给你回消息。"

唐溪的声音越来越小，最后几个字秦骁几乎听不见。

她挂断电话，点进微信页面，看到秦骁连续给她发了三条"忙完了"，第一条是两个小时前发的，大概是因为她一直没回消息，他才又连续发了两条。

唐溪："今天工作结束得挺早的。"

亲亲老公："嗯。"

唐溪："天气变冷了，你有没有多穿一件衣服呀？"

亲亲老公："有。"

他发了一张照片过来，照片上，他穿了外套。

唐溪："好的，我还没洗澡，先不聊了，我去洗澡了。"

亲亲老公："溪溪，开共享位置。"

唐溪愣了一下：他现在要她开共享位置干吗？难道他回来了？

她点开秦骁发过来的共享位置，看见他距离她1009公里。

好吧，他没回来。

她退出共享位置。

亲亲老公："别退。"

唐溪不懂他要共享位置的意义在哪里，但还是听话地点了进去。

唐溪："然后呢？"

亲亲老公："没事，去洗澡吧。"

唐溪："好的。"

她拿着手机上楼，把还在和秦骁共享位置的手机放在床头柜上，去浴室里洗澡。

她躺在浴缸里，慢悠悠地洗了一个多小时，从浴室里出来，掀开被子上床，拿起手机，发现秦骁距离自己似乎近了些，也不知道自己是不是记错了他刚刚的位置。

她盯着手机看了十分钟，秦骁的位置似乎没怎么变。

可能是她想多了吧，秦骁说过要出差半个月，还有一个星期才半个月，怎么可能现在回来，可能是他在那边的位置变了，所以距离自己近了些吧。

她放下手机，闭上眼睛睡觉，想让自己赶紧忘掉不愉快的事情。

不知过了多久，她没睡着，拿起手机看了一眼和秦骁的共享位置，从床上坐了起来——秦骁距离她更近了。

他真的在回来的路上了。

唐溪确认了几遍，秦骁跟自己之间的距离真的在变近，她掀开被子从床上下来，一路小跑到一楼客厅里。

站在一楼客厅中间，她拿起手机看了一眼秦骁跟自己之间的距离，还有七百多公里，然后愣了一下。

她在干什么？

秦骁距离家还有那么远，等他到家肯定都下半夜了，她现在跑下楼干吗？

寂静的别墅内，唐溪隐约听到了自己的心跳声。

她将手放在胸口上，感受"怦怦"直跳的心，这是前几天在东城时，她拼命想要压下去的感觉。

她看着手机上逐渐变化的距离，想到在东城的酒店里，陪她一起趴在小桌子上，目光深沉地盯着她看的秦骁；想到可以陪着她慢悠悠地在小镇子上闲逛的秦骁；想到他们第一次相亲，她连他的面都没见过，刚到包间门口，就听到他在里面讥讽唐兴昌利用女儿换取利益，是最没用的男人，为她狠狠地出了口气；想到唐兴昌生日那天，他在唐家对她的维护。

他似乎总是在她需要的时候出现。

她将手指握成拳，想把快要跳出胸膛的心脏压回去。

那种软绵绵的感觉突然变成酸胀感，填满她的整个胸腔。

她伸手摸了摸脖子，勾起唇角笑了笑，眨了眨眼睛，咽下喉中酸涩的感觉。

她没事，要淡定。

她拿着手机，慢悠悠地走回楼上，拉开卧室的窗帘，坐在飘窗上，仰头看着夜空中的月亮。

一颗水珠在她没有防备的时候从眼角滑落，隐没在鬓角里，她抬手，不以为意地抹去眼角的泪痕。

共享位置上的距离越来越近，凌晨三点多，唐溪看到熟悉的车停在家门口。

高大挺拔的男人从车里走下来，穿着长风衣、黑色休闲裤，冷峻的脸庞在暖黄色的门灯下温润柔和，迈着长腿，往家门口走。

唐溪站在窗帘后，目光触及他双手拎着的时装袋子时，情不自禁地笑出了声。

这个男人，为什么这个时间回来都还买了包？

唐溪半个小时前特意下了趟楼，把别墅前的门灯和院子里的灯都打开了，一楼客厅里的灯也亮着。

秦骁下车后，看到为自己亮的灯，以为唐溪在客厅里，刚走了一步，察觉到唐溪的视线，脚步顿了一下，抬起头，看向二楼卧室的方向。

唐溪把窗帘全拉开，冲着他笑。

我会对你好，会对你很好很好。唐溪盯着他的脸，在心里想。

她转过身，往楼下走。

秦骁推门进去时，唐溪刚好走到楼梯拐角处，两个人对望一眼，不约而同地和对方打招呼。

"我回来了。"

"你回来了。"

他抬腿朝她走过去，唐溪下楼的动作突然慢了些，手指抓着楼梯扶手，克制住想要过去抱他的冲动。

秦骁走到楼梯口，微仰着头，漆黑的眼睛直勾勾地盯着她。

唐溪冲他笑了一下，垂下眼帘，不敢直视他的眼睛，走到最后一级台阶时，被他伸手揽腰，拥入怀里。

"怎么没睡？"秦骁问。

"等你呀，你不是给我发了共享位置吗？我知道你要回来。"所以我在等你。

秦骁微微后仰，想和她分开一些，看看她的脸。

唐溪把脸埋在他的肩膀上，手指攥紧他的风衣，往他的怀里贴了贴。

秦骁的身体僵了一下，他继续搂着她，问道："灯也是给我留的？"

"嗯。"唐溪调整了一下表情，抬起头，从他的怀里出来，笑着说，"我刚下楼开的，特意，给你开的。"

秦骁没忍住再次拥她入怀，眼神灼热，手指捏着她的下巴。

唐溪以为他要亲她了，闭上眼睛等待他的吻。

片刻后，不见秦骁有什么动静，她睁开眼睛看见秦骁挑着眉，似笑非笑地看着她，脸一红，有些尴尬。

看来是她领悟错了他的意思，他并没有要亲她。

"今天怎么这么好？等我这么久，不困？"秦骁在她的鼻尖上蹭了蹭，蜻蜓点水般亲了一下她的嘴唇，声音很低，像是要哄她睡觉一样。

唐溪被他问得心虚，垂着头说："我哪天不好？"

秦骁说："在东城那天。"

唐溪愣了一下，脑海里浮现出两个人在东城时相处的画面，反驳道："我在东城时哪有对你不好，明明你说什么就是什么，我还听你的话，主动……"

唐溪顿了一下，有点儿不服气他说自己对他不好，忍着羞耻感说："在床上，我还主动了呢。"

秦骁像是要和她算后账："不是那天，是我去东城的第一晚。"

266

唐溪茫然地道："第一晚怎么了？"

秦骁说："我让你等我，你先睡了。"

这事第二天早上起床时他就抱怨过，还以此为由在床上狠狠地折腾了她，这真是无妄之灾，他今天又提，唐溪真的觉得自己很无辜："你什么时候让我等你了？你当时不是在和郑总打电话吗？我给你打了招呼，说我要先睡了，你同意了呀。"

秦骁幽幽地道："我给你比了手语，让你等我。"

秦骁又做了一遍在东城酒店里做过的手势。

唐溪记得他做过这个手势，但她没看懂是什么意思。

"什么手语？"唐溪问。

秦骁给她解释："这是手语，等我的意思，我让你等我一起睡觉。"

"这是手语？"唐溪被逗笑了，"真的假的？这不是你自己乱编的手势？"

她当时就是胡乱地给他比画的。

秦骁看她开心了，觉得没白把自己丢面子的事爆出来。

"这不是我编的，这是通用手语。"

时隔多日，两口子终于交流了在东城那一晚各自比画的手势的意思。

秦骁给她比的手势，不是她理解的同意她先睡的意思，是让她等他。

她拍了拍床，不是秦骁理解的催促他赶紧上床的意思，是告诉他，她要睡了。

"这不能怪我吧。"唐溪跟他讲道理，"我又看不懂手语，谁知道你这么博学多才，睡个觉连手语都用上了。"

秦骁眯了眯眼，冷嗤一声，转过身往玄关处走——他刚刚进门时把装着包的时装袋丢在门前了。

唐溪听到他的冷嗤声，怔了一下，瞬间哭笑不得。

他怎么又阴阳怪气了，刚刚不还好好的吗？好得她都要以为他是知道了今天发生的事，特意赶回来哄她的了。

"过来。"秦骁拎着袋子往沙发那里走，朝她招了一下手。

唐溪走过去，挨着他在沙发上坐下。

"给你。"

秦骁还像往常送她包时一样，神色漫不经心。

唐溪接过袋子，从袋子里把包拿出来，看到包的样子，目光一滞。

玫红色！她拿出另外一个袋子里的包，两个包都是！！

她微微侧头，看向秦骁。

他今天是怎么了？平时买包的审美不是挺好的吗？今天的审美怎么突然变得这么直男了，居然给她买了两个玫红色的包？

秦骁姿态慵懒地向后靠着，双腿交叠，手指在膝盖上敲了敲，像是对自己的审美很满意，等着她收到礼物夸他。

唐溪看着他这傲娇的样子，垂头忍笑，没忍住，笑出了声。

秦骁用余光扫她："笑什么？"

唐溪说："没什么。"

秦骁用冷黑的眸子看着她，明显不信她说的"没什么"。

唐溪爱不释手地摸着这两个包，笑着说实话："为什么要买玫红色的包呀？这个真的是直男会买的。"

秦骁凝视着她，认真地道："开心吗？"

唐溪点头："嗯，开心。"

她朝他伸了一下胳膊，他凑过去，倾身让她把下巴放在他的肩膀上。

她用手臂攀着他的后背，抬起眼睫，努力睁大眼睛，压下泪意："我很开心，谢谢你。"

秦骁听到"谢谢"，目光微僵，心里五味杂陈，抬起手臂在她的后背上轻轻地拍了拍，微歪着头，用侧脸蹭了蹭她的脸蛋儿，轻声说："上楼休息吧。"

"嗯。"

唐溪从他的怀里起来，抱起两个他新买的玫红色包包往楼上走。

她把包包放在衣帽间的柜子上，站在柜子前，看着和其他包包对比强烈的两个包，"扑哧"一声笑了出来。

"笑什么？"秦骁如影随形，声音从衣帽间的门口飘过来。

唐溪转过头，看着他一脸严肃的样子，想到他顶着这张脸去买玫红色包包的情景，笑得更灿烂了。

秦骁的眼底藏着唐溪看不太懂的情绪，他在她的脸上看了好几秒钟，漫不经心地道："睡觉吧，太晚了。"

她总是很早睡，和他结婚后，这是他第一次见她熬夜。

她一定很伤心，不知是为了什么事情。

"嗯。"唐溪点了点头，笑着说，"好。"

秦骁抬腿走进来。

"你是要洗澡吗？"唐溪走到他的睡衣柜子前，拿了一身他的睡衣，递给他。

"我自己来,你去睡吧。"

他从她的手里接过睡衣,转身向外走。

唐溪亦步亦趋地跟在他的身后,细心叮嘱:"这几天家里的温度很低,洗澡时要开暖气,我帮你把暖气打开。"

"不用。"秦骁看着她,淡声道,"去睡吧,不用管我。"

唐溪看着他紧绷着的脸,是自己熟悉的样子,笑着说:"好。"

她站在原地,看着他走进浴室里,关上了浴室门,听着浴室里响起"哗啦啦"的水声,觉得这个寂静的房子里瞬间就有了生活的气息。

秦骁从浴室里出来时,唐溪已经拥着被子躺在了枕头上,脸朝着外面,还没睡,手指在脖子上上下轻抚。

秦骁注意到她的动作,想到他们领证那晚,她也是这样躺在床上,手指摸着自己的脖子,只是那时候是背对着他的。

这个动作似乎并不是寻常人喜欢做的动作。

他上床,关掉床头灯,把唐溪揽在怀里。

唐溪将放在脖子上的手移到他的腰上,往他的怀里拱了拱,问道:"你怎么这么快就回来了,不是要半个月吗?"

秦骁道:"不忙。"

"那你明天还走吗?"

"不走。"

"那我明天给你做椰子鸡吃。"她凑到他的耳边,小声地讨好,"好吗?你开心吗?"

秦骁轻笑一声,在她的脸上摸了摸,说:"开心。"

唐溪嘀咕:"你开心我就开心。"

秦骁没听清她的话,问道:"什么?"

"没什么。"唐溪闭上眼睛,说,"我睡了。"

秦骁"嗯"了一声,拍拍她的后背。

两个人相拥着躺了一会儿,唐溪突然睁开眼睛,凑近他的脸,小声喊:"秦骁……"

"在。"

秦骁没睁眼,等着她说话。

唐溪想了想,问道:"你不要亲亲我吗?"

秦骁睁开眼,看她正睁着水汪汪的眼睛望着自己,在她的唇上亲了一下:"睡吧。"

唐溪看他只是亲了一下,就又合上眼,愣了一下,轻声问:"就亲一下吗?你不想做点儿别的吗?"

秦骁听着她暗示的话,忍着没睁眼,故意冷着脸,声音淡漠:"你不困?"

唐溪摇头:"我不困。"

她似乎是困过了头,现在大脑特别兴奋。

秦骁淡淡地道:"不困也睡。"

"为什么?"唐溪的声音软软的,有些委屈,像在撒娇,"你累了吗?"

秦骁听出了她质疑自己的能力的意思。

"我不累。"

唐溪继续撩他:"不累,你不做点儿什么吗?"

秦骁冷声警告:"别招我,睡觉。"

唐溪"嗯"了一声,温柔地在他的脸上摸了摸,说:"好,你累了,好好休息吧。"

秦骁再次听到她质疑自己的能力的话,忍了忍,强调道:"我不累。"

唐溪:"那……"

秦骁把她在自己的脸上摸的手拿下来,将她圈在怀里,无奈地道:"我累了,睡吧。"

唐溪"哦"了一声,说:"你真的累了。"

秦骁听出了她说自己不行了的意思,忍了忍,沉声道:"睡觉。"

"你……你放开我的胳膊呀。"

唐溪整个人被他圈在怀里,动都动不了。

秦骁松了松手臂,低声道:"你老实一点儿。"

唐溪猛然反应过来自己在做什么,脸颊微烫。

她在主动勾引他,结果被拒绝了,还收到了警告,让她老实点儿。

她尴尬地咬了咬唇,在他的怀里翻了个身,背对着他,看到他从她的脖子下横过来的手臂,握住他的手,放到脸颊旁,闭上眼睛。

她的后背贴在他温暖的胸口上,让她很安心。

她呼出一口气,放松心情,没多久,意识逐渐混沌不清,隐隐约约地听到秦骁喊了她一声,不知是不是在做梦。

她不敢睁眼,怕从梦中醒来。

秦骁睁开眼,贴着她的耳朵,声音很轻:"溪溪。"

听着她均匀的呼吸声，秦骁小心翼翼地将唇凑到她的耳朵上，说出了之前每一个她先睡去的夜晚，他都会说的话："唐溪，快点儿爱我吧，明天就爱我，可以吗？"

睡得太晚，唐溪是被太阳穿过窗帘缝隙倾泻到脸上的光线照醒的，眼睫微动，被光线刺得有些睁不开眼。

午后阳光灿烂，昨晚窗帘没拉严实，刚好让这一缕阳光钻进卧室里，洒在她的身上。

唐溪抬手挡在眼前，适应了眼前的光亮后，分开五指，感受阳光落在掌心的惬意，暖洋洋的，宁静、安适……

唐溪侧头看向身侧的男人，他合着眼，浓黑的眼睫低垂，那双目光深沉炽热的眼眸被完美地藏住，唐溪这才敢不加掩饰地看他的脸。

他额头饱满，鼻梁很高，嘴唇薄，面无表情的时候看起来很冷漠，但笑起来却带了些孩子气，意气风发，朝气蓬勃。

这个男人啊，明明是个"傲娇鬼"，却又披星戴月，来到了她的身边。

可她不敢幻想拥有爱情。

唐溪抬手压住胸口，注视他半晌，轻手轻脚地从床上下来，拿起手机，走向书房，给苏栀回电话。

苏栀已经给她打了好多通电话，她昨天把手机调成了静音模式，在睡梦中没听到声音。

"喂。"

"溪溪，你在家吗？"打了这么多遍电话都没人接，苏栀都快急疯了，怕她出什么事情。

"在家呀，没事，不用担心。"

苏栀说："好，没事就好。我快到你家了，你等会儿给我开门。"

唐溪笑得没心没肺："大周末的你来我家干吗？我才刚睡醒。"

苏栀道："突然想尝尝你的厨艺了，很久没吃你做的饭了，我不管，我今天一定要去你家蹭饭。"

唐溪知道这是她想陪着自己的借口，笑着说："好，我还没刷牙洗脸呢，洗漱好换身衣服就下楼，刚好家里没菜了，你陪我一起去菜市场买点儿菜回来。"

苏栀"嗯"了一声，说："那先不聊了，你去洗漱，我快到了。"

唐溪说："嗯。"

她在书房的浴室里洗漱好,从书桌上的收纳盒里拿出便利贴,趴在桌子上写字。

"午安,我去菜市场买菜,勿找。"

唐溪把写了字的便利贴撕下来,走到卧室里,贴在床头柜上秦骁手机的旁边。

从窗户向下看,苏栀已经到了,把车停在门口,人坐在车里面没下来,怕苏栀等太久,唐溪没化妆,对着镜子涂口红,让气色看起来好点儿,拎着秦骁最新送给她的玫红色包包出门。

苏栀见她出门,从车里下来,走到副驾驶座的门旁,替她打开车门,将胳膊搭在门上:"来吧,公主殿下。"

唐溪笑了笑,坐进去,抬头看着她说:"用不着这样照顾我,我真的没事,虽然当时是有点儿伤心,但我心大,不会为了这种事情难过很久的。"

苏栀想说什么,唇角微动。

唐溪道:"你先上车,上车再说。"

苏栀绕过车头,坐进驾驶座,还没来得及问,唐溪就把她的那个玫红色的包包拿起来,在苏栀的眼前晃了晃,显摆道:"看,好看吗?"

苏栀无语,一时不知道说什么好了。

这个包挺难看的。

昨天发生了那种事,苏栀越想越气,知道唐溪不可能像她表现的那么云淡风轻,但她又不喜欢把心里话说出来,让别人替她担心。

苏栀对唐溪的妈妈是没有什么印象的,只是从苏老师和林老师两个人的嘴里得知,唐溪跟她的妈妈很像。

唐溪的妈妈年轻时是小镇上出了名的美人,是个爱笑的姑娘,乐观开朗。

唐溪的外公去世早,唐溪的外婆独自将唐溪的妈妈养大,用尽心血培养她学舞蹈,所有教过她舞蹈的老师都说她是天生吃这碗饭的。

她十六岁便考进南城舞蹈学院,二十岁成为南城歌舞剧院首席舞者,前途无量,所有人都说,她是他们小镇上养出的凤凰,是小镇的骄傲。

可就是这样一个骄傲的凤凰,在她二十二岁,本该翱翔九天的年纪,爱上了唐兴昌,没多久就跟他结了婚,很快怀上了唐溪。

生育对于一个舞蹈家的职业生涯影响太大,她还年轻,孩子可以晚几年再要,她身边的亲戚朋友和老师都不理解她为什么会选择这么早生孩子,或许,她是太渴望有一个完整的家庭,又或许是她太爱唐兴昌,所以想和他拥有爱的结晶。

她让她的老师放心，等她生完孩子，很快就能回归舞台，她这样的天赋，应该是属于舞台的。

全歌舞剧院的人都在等着她回去，但她最后没能回去，生下唐溪后，不知什么原因，跟唐兴昌离了婚，带着唐溪回到小镇，除了被唐溪的外婆带出去看病，就没有自己走出过家门，听说是得了抑郁症。

外表越乐观的人，越容易想不开。

苏栀其实很怕唐溪这样笑，明明有事，却像个没事人一样跟她说话。

她平时很注意穿搭，总是把自己打扮得很精致，今天却突然拿着这么丑的包问苏栀好不好看，苏栀很难不多想。

"溪溪，你要是难受，就跟我说。"

"我真的没事啊，我好了，他回来了。"

"谁回来了？"苏栀一时没反应过来她说的是谁。

"秦骁，他凌晨三点多的时候到的家。"

苏栀有些意外："你不是说他一周后回来吗？"

"对啊，我也不知道是怎么回事，他昨天突然就回来了，是你跟他说什么了吗？"

苏栀愣了一下："没有啊，我能跟他说什么。"

唐溪道："他昨天半夜赶回来，我还以为是你把昨天的事跟他说了，他才会回来，既然没有，那应该是我想多了。"

苏栀听她说秦骁回来了，松了口气。

既然有人陪着她，她又满脸开心地提了秦骁回来的事，看来确实是没事了。

"虽然我昨天确实很生气，想着唐家现在靠着你才搭上了秦家，你老公也是因为你才会帮助唐家，就想给你老公打电话，让他帮你出口气，不要再帮唐家那群白眼儿狼，可是我理智地思考了一下之后，觉得这种事情应该由你自己跟他说，我不能越俎代庖。"

唐溪挑了一下眉："理智？"

苏栀说："好吧，实话说，我确实没有理智这种东西。我是想告诉你老公来着，但是我没有他的联系方式。"

唐溪诧异地道："你没有他的微信吗？你上次在东城不都和他合作愉快地换房了吗？怎么不加个微信好友？"

她还以为苏栀和秦骁已经加了微信好友了呢。

苏栀道："没加，他让我加了他那个助理李瑛的微信，说加他微信好友，他需要先通知你，你知道后，他才能加。"

"真的假的？"唐溪不信。

"当然是真的，这种事我骗你干吗？"

"那他怎么没跟我说呢？我把你的微信名片推给他，让他加你好友。"

苏栀摆手："别，现在没事，我还是不加他了，我这人容易冲动，万一哪天你和他闹了点儿小别扭，我脑子一抽，打电话过去把他给骂一顿，事后你俩和好了，那我多尴尬？我还是不加他微信的好。"

唐溪无语地道："你想得真多。"

"我这叫未雨绸缪。"目光落在唐溪的那个玫红色的包包上，苏栀说话没再客气："这丑包是他给你买的？"

唐溪的手指在包上摸了摸："是他给我买的，凌晨回来送给我的。"

苏栀："真难看。"

唐溪："送了两个，两个都是玫红色的。"

苏栀："两个丑包。"

"哪有，这哪里丑了？"唐溪带着厚重的秦骁滤镜说，"这多好看，多可爱。"

苏栀挑了一下眉："行吧，你开心就好。"

苏栀启动车子，掉转车头，往菜市场开。

"你想吃什么菜，等会儿买回去我给你做。"

"不用了，你老公在家，我就不过去凑热闹了。"

唐溪道："没事，他在家你也可以去，他是我老公，应该要认识认识我身边的朋友的。"

"改天吧，改天你们俩请我去高级餐厅吃顿大餐，今天就不打扰你们了。"

唐溪说："别呀，你今天去我家吃饭，改天我们还请你吃饭。你都说好了要吃我做的饭，人都来了，因为秦骁在家又不去了，我多不好意思。"

苏栀"啧"了一声："跟我你还客气，咱们俩什么关系？"

"不是客气，我是怕你回头说我重色轻友。"

苏栀："……"

买完菜，从菜市场回来，唐溪站在驾驶座的车门前，弯下身子对苏栀说："你下来，吃完饭再走。"

苏栀摆了摆手："少忽悠我去做电灯泡，走了，拜拜。"

唐溪没再留她，跟她说了"拜拜"，站在门前目送她离开，转身在密码锁上输入指纹，推开门就看到了站在客厅门前的秦骁。

他看到她的手里拎了一堆菜，抬腿朝她走过去，把她手里的菜接过去。

东西很重，她的手指都被勒红了。

"醒啦？"唐溪主动打招呼。

"嗯。"秦骁扫了一眼她的手，"买这么多？"

"家里的冰箱都空了，多买点儿回来。饿不饿？"唐溪问。

"不饿。"

两个人边说边走进屋里，秦骁把菜放在厨房的料理台上。

唐溪系上围裙，走过去，从袋子里拿出一堆水果，说："我先给你弄点儿水果垫垫肚子吧。"

秦骁说："不用。"

唐溪回头看了他一眼，笑着说："我给你表演一个节目，你要不要看？"

"什么节目？"

"你先说要不要看。"

目光落在她面前的好几种水果上，秦骁直接说出了答案："切果盘。"

"对，就是切果盘，想不想看？"

秦骁淡声道："不想。"他又不是三岁的孩子，吃个水果还要让她切成漂亮的果盘哄着吃。

"真的不想看吗？"唐溪神色委屈地冲着他说，"可是我想切。"

秦骁淡淡地"嗯"了一声，说："切吧。"

唐溪之前有段时间无聊，在网上看到切果盘的视频，觉得很有意思，也跟着学。

看着一个个水果在自己的手上变成形态各异的花朵、小动物、假山、树林，只要是能想到的创意造型，她都可以努力摆成，觉得单调的生活也变得绚丽多彩了。

那段时间，她每天早上一起来就开始切果盘，把水果摆成漂亮的形状后，再拍照，磨磨蹭蹭，能打发一整天的时间。

后来能想到的造型差不多都被她摆了一遍，她可以轻而易举地摆出各种漂亮的果盘造型，这件事对她失去了吸引力，新鲜劲一过，一个人在家里切完果盘吃不完，浪费，她也就把这项技能抛在脑后了。

刚刚去菜市场，经过水果摊的时候，她突然想起来自己这个勉强算门手艺的技能，就买了水果回来，准备给秦骁表演这项才艺，增添一点儿生活的乐趣。

为了展现自己高超的切果盘手艺，唐溪站在料理台前，让秦骁随便说一样东西，他说什么，她就切什么。

秦骁拿着需要清洗的水果在水龙头下认真地清洗，淡淡地道："随便。"说完"随便"，他想了想，补充了一句，"简单点儿。"

造型太复杂他担心她会切到手。

但唐溪已经在他睥睨众生的神态里想到了一个词——高傲的孔雀。

于是，一个漂亮的、生机勃勃的孔雀造型果盘很快诞生在唐溪的手下。

一个果盘，被她切得成了表演节目。

"好了，送给你，骄傲的孔雀。"

她看着他笑，那句"骄傲的孔雀"不知道是在说果盘，还是在说他。

"喜欢吗？"唐溪问。

秦骁盯着她的脸，意味不明地道："喜欢。"

唐溪被他盯得垂下了头，这是他第一次对她有关"喜欢"的问句给予回应，也不知说的是喜欢果盘，还是喜欢她。

"你喜欢就好。"我就希望你能喜欢。

她笑了笑，说："你先把这个端到餐厅里去吧，我要做饭了。"

她转过身，开始做饭。

秦骁把果盘端到餐厅的桌子上，拿起手机拍了张照片，发到了朋友圈。

这条朋友圈的下面很快就有了评论，他的微信通讯录里的联系人格外捧场。

秦骁只发了一张照片，没带文字，但是在评论区里说了，这是唐溪切的果盘。

经过唐溪的行李箱，唐溪给他搭配的衣服，唐溪拍的照片，第一条朋友圈是唐溪发的等一系列事件，即便秦骁还没有和唐溪举办婚礼，他的朋友圈里的人也都听说了"唐溪"这个名字，知道唐溪是他的老婆，所以全都在夸唐溪好棒，好厉害，心灵手巧，其中有客套的场面话，当然也有真心实意的夸赞。

秦骁一遍遍地刷新朋友圈，看着底下越来越多的评论，眉间是压不住的骄傲——这是唐溪切的果盘。

就在这时，他的手机上收到一条秦媛的消息。

秦媛："哥，嫂子给你切的果盘呀？"

秦骁："嗯。"

秦媛："嫂子开心了吗？你真的给她送了那两个玫红色的包包吗？"

秦骁："不该问的别问。"

秦媛气笑了："合着我就是个工具人是吧？"

昨天晚上，她都准备睡觉了，突然收到了她哥的微信消息。

他发了两张图片过来，问她看到图片的第一反应。

她点开两张图片一看，两个玫红色的包，当场笑得眼泪都出来了。

她以为她哥是想送包给她，奖励她那天配合演出，当场回复她哥："哥，我不缺包包，你要是想送我礼物，还是送点儿别的吧，这玫红色的包实在太搞笑了。"

她哥问她搞笑吗？她看到的时候有没有笑。

她这才意识到她可能自作多情了，这包并不是要送给她的，她哥只是用她检测一下效果。

她就说她哥买包的审美怎么可能这么差。

受她那个时尚爱买包的姐姐秦姝的影响，她哥从小对于包的审美就很高，突然买这么丑的包，可能就是想搞笑一下，哄嫂子开心。

她瞬间意识到自己的格局小了，女人买包买的本来就是开心，只要开心，好不好看不重要。

不过买奢侈品包包送老婆，就为了让老婆开心那一瞬间，之后就把包丢在衣帽间里吃灰这种事，也就她哥能干出来了吧。

于是她完美地发挥了一个工具人的作用，说很搞笑，还给她哥分析了一番，说女人一般收到老公送的玫红色的包包，会觉得老公很搞笑。

她让他送包要慎重，免得影响他在嫂子心里高大威猛的形象。

她分析完，他哥就没声了，她也不知道她哥的包送没送，昨天是什么原因导致嫂子不开心，让她哥大半夜地找她，不过现在看她又开始秀嫂子切的果盘了，他大概是把嫂子哄好了。

秦骁："你要什么，自己去买，刷我的卡。"

秦媛："谢主隆恩！哥，不瞒你说，我最近看上了一辆跑车，不便宜，你确定你现在可以自由支配自己的资产吗？这种大额支出，需不需要给嫂子打报告申请？"

他们家的男人的身上都是没有钱的。她爸和她大伯还好，整天待在家里喝茶钓鱼，有儿子养着，每个月从儿子这里领零花钱。她姐夫可就惨了，闺女还小，没有能力养他，他只能从老婆那里拿钱。

277

上回她姐夫和她姐回家,她看到她姐从钱包里拿钱给她姐夫,都是十块十块地给的,也不知道她姐是从哪里换了那么多零钱。

秦骁:"可以。"

秦媛:"好的,还是哥的家庭地位高,嫂子都不管你。先不聊了,我先去看车了,拜拜。"

秦骁看到那句"嫂子都不管你",脸色一僵。

片刻后,他回复秦媛:"你嫂子在给我做饭。"她没有不管他。

秦媛:"然后呢?"

秦骁:"姐不会给姐夫做饭。"

秦媛懂了,她哥这是在和姐夫比谁更受老婆疼爱,虽然不知道这有什么好比的,但不妨碍她嘴甜。

"是的,嫂子对你最好了,嫂子就是全天下最好的老婆。"

秦骁满意了:"你可以选两辆车。"

秦媛:"谢主隆恩!"

午饭唐溪做了满满一大桌子菜,看起来很是隆重。

她把秦骁最爱吃的椰子鸡放到他的面前,温声说:"可以吃了,你的最爱。"

秦骁扫了一眼椰子鸡,淡淡地"嗯"了一声,在唐溪的注视下吃了一口。

唐溪看他的表情好像不太对劲,关心道:"怎么了,不好吃吗?"

秦骁道:"没有。"

唐溪想了想,问道:"妈说你最喜欢吃的就是椰子鸡,可是我几次做给你吃,你似乎并没有很喜欢,是我做的味道不对吗?如果我做得不好,不是你喜欢的味道,你要跟我说呀,我可以回老宅,认真跟妈学的。"

秦骁滞了一下,随即唇角弯起弧度,眼里藏了笑,又吃了一块鸡肉,声音也带着笑意:"没有不好吃,你做得很好。"

"真的吗?"唐溪有点儿不信。她做了好几次椰子鸡,他都没像秦母说的那样能吃很多,最多也就是吃几块,实在不像很喜欢的样子。

她以前觉得无所谓,横竖她做了,意思到了就行,但现在她想要好好地对他,就不能那么敷衍了。

秦骁点头:"真的可以。"

"我尝尝吧。"

唐溪拿勺子舀了一块鸡肉放在嘴里,仔细地品了品,觉得味道不是很差,她的厨艺应该算是不错的,最起码得到过苏栀那个吃货的认证。她做的其他菜,他也是吃的。

秦骁看她咂了咂嘴,轻轻挑眉,认真地替他尝椰子鸡的味道的样子,目光渐沉。

他能感觉到,唐溪对他的关心和刚开始不一样了。

唐溪发现了,他并不喜欢吃椰子鸡。

这道他小时候喜欢吃的菜,在和唐溪结婚前,他已经很多年没有碰过,甚至是看见这道菜胃里就很不舒服。

从十年前起,这道菜就是他最讨厌的菜,但长辈们的记忆总是停留在孩子小时候,他妈还觉得他最爱吃的菜是椰子鸡。

秦骁凝视着她的脸,嘴角勾着淡淡的弧度:"溪溪。"

"怎么了?"

唐溪抬眼,目光撞上他那意味深长的眼神,被他深不见底的眸子看得又感觉到了那种不知所措的慌乱。

她强撑着跟他对视。

"溪溪,现在可以接吻吗?"

"啊,现在吗?"唐溪愣了一下,不懂他为什么吃饭吃得好好的,突然要接吻。

他的眼底仿佛闪烁着璀璨的光,经过这么长时间的相处,唐溪隐约觉得,他现在应该是高兴的。

可这男人怎么吃着吃着饭就兴奋起来了呢?不管了,他要亲就亲吧,他开心就好。

"可以的。"唐溪被他盯得脸颊微烫,"你等我一下,我漱漱口。"

她刚吃完椰子鸡,嘴巴上还有点儿油呢。

她端起面前的水杯喝了口水,脸颊一鼓一鼓地开始漱口。

坐在她对面的秦骁也端起水杯喝了口水,刚开始还比较含蓄,把水含在嘴里,面部肌肉维持不动,后来看唐溪的脸颊鼓得像小仓鼠一样漱口,也学着她的样子开始认真漱口。

唐溪吐掉嘴巴里的水,又喝了一口,重复刚刚的动作,鼓动脸颊漱口。

她一开始还因为即将面临的接吻和不合适的场合有点儿害羞,看到秦骁跟她一起漱口,突然就想笑。

为什么会发生这种事情?她现在和秦骁面对面地坐在餐桌边,不是在吃饭,而是在漱口准备接吻。

两个人相视一笑，唐溪怕自己忍不住把嘴里的水喷到他的脸上，赶紧把视线从他的脸上移开，弯腰吐掉嘴里的水，抿了抿嘴，感觉嘴里没味道了，在位子上乖乖坐好，等着他过来亲。

　　秦骁跟着吐掉嘴里的水，从位子上站起来绕到她的面前，俯身吻住她的唇。

　　唐溪仰着头，看他弯着腰，心想这个姿势他应该挺不方便的，认真地想着怎么让他亲她方便点儿。

　　秦骁察觉到她的不专心，含住她的下嘴唇，轻轻地咬了一下。

　　唐溪吸了口气，被这一口咬得灵光一闪，总算想通为什么感觉这么别扭了——他站着比她坐着高太多了。

　　她还被他吻着，体贴地向后伸手，把自己右边的椅子拖过来，用手拍了拍，示意他坐下亲。

　　秦骁眸色幽深，坐下后，把她拖进怀里，手掌在她的腰上捏了捏。

　　唐溪轻哼一声，身体不受控制地向他的胸口贴了一下，抬起眸子，神情委屈地看了他一眼。

　　她的腰部敏感，他除了会在床上意乱情迷时故意碰这个地方撩拨她，正常接吻时这样做都是有点儿带惩罚的意思。

　　"专心点儿。"

　　他贴着她的唇瓣，声音低沉地警告了一句，不给唐溪反驳的机会，堵住她的唇，在她的口中肆意侵略。

　　他吻得很凶，唐溪被他圈在怀里，像被抽干了力气，没骨头一样坐在他的腿上，两条胳膊抓紧他的衣服，仰着头，任由他在她的口中汲取氧气，除了紊乱的呼吸，和身体里蔓延至四肢百骸的酥麻感，什么都想不起来。

　　秦骁挑起她的下巴，看着她水光潋滟的眼睛，声音低哑："怎么这么好？"

　　"好吗？"

　　唐溪的神情有些茫然，她呢喃了一句，像是不懂他为什么会这么说，双臂向上环在他的脖子上，主动把唇凑上去，在他的唇上亲了一下。

　　秦骁目不转睛地看着她，唐溪被他看得脸颊滚烫，转开脸，把下巴搭在他的肩膀上。

　　秦骁拍拍她的后背，问："饿不饿？"

　　唐溪点了点头，老实地道："嗯。"

　　秦骁说："吃饭吧。"

280

唐溪从他的怀里下来，坐到旁边的那张椅子上，拿起筷子，看到那道椰子鸡，又想起来接吻前的话题了，问道："你真的喜欢吃椰子鸡吗？"

秦骁沉默片刻，想说不喜欢，突然想到了什么，改口道："还行。"

还行？

唐溪抬眼，仔仔细细地观察他的脸，见他的面上没什么表情，觉得有可能是自己想多了，她之前哄他回家，都是以做椰子鸡为借口，他如果不喜欢，就不会回来了。

她笑了笑，体贴地道："如果你喜欢，那我没事的时候研究研究，争取做出七种口味，你来选，周一到周日，一天一种口味，可以吗？"

秦骁压着胃里想吐的冲动，神色凝重地道："可以。"

下午唐溪和秦骁一直待在家里，什么正事都没做，就黏在一起，一起窝在沙发上看剧，一起下楼倒水，一起去厨房，她做饭，他就帮忙洗菜，洗完站在旁边默默地看着，她去哪儿他就跟到哪儿，时不时地抱在一起接个吻。

唐溪每次回过头，看到他高大的身体靠过来的时候，都有一种和他在热恋中的感觉。

她喜欢上了这种回头时身后有人的感觉。

翌日秦骁洗漱好，走到床边，低头看着还在睡觉的唐溪，有些犹豫要不要把她叫醒。

昨晚临睡前，唐溪特意叮嘱他，让他今天出门前把她喊醒，她要目送他去上班。

但她睡得这么熟，他又有点儿不想打扰她了。

他在床边站了一会儿，俯身凑到她的耳边，在她的耳郭上亲了亲，轻声喊："溪溪，我要去上班了。"

唐溪被他的声音喊醒，迷迷糊糊地将眼睛睁开条缝，看了他一眼，又默默地闭上了眼，像又睡着了一样。

秦骁被她困得睁不开眼的样子逗笑了，这就是她说的"目送"吗？

他摸了摸她的头发，低声说："走了。"

他拿起床头柜上的手表，自己戴上。

唐溪迷糊间突然想起要看着他去上班的事，"噌"的一下坐了起来，抬手揉了揉眼睛，努力让自己清醒。

秦骁听到她的动静，抬起头，见她坐起来了，把已经扣好的手表扣打开。

唐溪强撑着睁开眼,眼皮被揉得有点儿红,对他说了声"早安"。

秦骁回应道:"早安。"

唐溪看见他的手腕上搭着的手表,问道:"手表戴好了吗?"

"没有,不好戴。"

"我来吧。"

唐溪跪坐着,往他的身边挪了挪。

秦骁把手腕伸到她的面前,唐溪低头帮他戴好手表,说道:"领带。"

秦骁把领带递给她。

她仰着头,给他系好领带,一只手握住他的胳膊,上下打量了他一遍,笑了笑。

"笑什么?"

唐溪差不多清醒了,歪着脑袋,笑容甜美:"帅。"

秦骁微微地扬起唇角,捏了捏她的脸蛋儿,认真地说:"美。"

唐溪感受到了礼尚往来的气息,笑着问:"今晚回家吗?"

秦骁挑了一下眉:"当然。"

他的语气还有点儿得意,唐溪每次在他的脸上看到这种小表情时,就很想笑。

"那我提前回来给你做饭。"

"不用。"

唐溪问:"真的不用?"

秦骁道:"让白姨来做。"

"可是我想自己做。"

秦骁抿着唇,一言不发地看着她。

"你是不是不喜欢吃我做的饭?"

秦骁拿她没办法。她每次做菜都做一大桌子,他虽然很喜欢,但不想让她那么辛苦。

"还行。"他语气淡淡地说。

唐溪有点儿失落地噘了噘嘴。

秦骁立刻改口:"挺好。"

唐溪的唇角立马绽放一个灿烂的笑容。

她弯着眼角,两颊露出一对小酒窝,秦骁忍不住心中的悸动,眯了眯眼,转身去浴室里拿牙刷。

唐溪看他从浴室里端着她的刷牙杯出来，哭笑不得：他怎么又想接吻了？

秦骁把上面挤了牙膏的牙刷递给她，唐溪挑眉笑了一下，故意坐着不动，不接。

秦骁俯身，目光幽深的眼睛直勾勾地盯着她的脸，声音低沉，带着诱哄："溪溪，刷牙，嗯？"

唐溪忍着笑，把牙刷接过去，娇嗔道："我这样怎么刷呀？"

秦骁把垃圾桶踢过来，端着水杯送到她的唇边："等会儿吐到垃圾桶里。来，喝水。"

唐溪真不知道他是怎么想起来这招儿的，就不能直接让她去浴室里刷牙吗？她又不是不能下床走过去。

她配合着趴在床边刷完牙，刚将嘴里的水吐掉，就被他捏着下巴压在床上吻住唇瓣。

过了好一会儿，他起身，捏了捏她的耳朵，依依不舍地说："走了。"

她红着脸颊坐起来，拽着他的衣服整理被蹭皱的地方，点了点头："去吧，让司机开车慢点儿，注意安全。"

秦骁道："嗯。"

唐溪突然想起了秦家和唐家合作的事，问道："你赶时间吗？"

秦骁答："不赶。"

唐溪深吸了一口气，下定决心道："之前我们结婚的时候，秦家帮了唐家的公司很多。上次你让李瑛暂停了跟唐家的合作，让李瑛来问我的意见，公司的事我不太懂，如果秦家和唐家合作有其他原因，你想继续合作的话，就继续合作，如果你单纯是因为我跟你结了婚才帮助唐家，我希望秦家和唐家以后不要再有任何合作了。"

虽然她觉得秦家和唐家合作很可能是因为当年秦家接受过沈家的帮助，所以推己及人，一直都很用心地在帮唐家，但她还是要表明自己的态度，不希望他是因为她才继续帮助唐家的。

她有点儿不安，秦家都是善良的人，她不知道这么说，他们会不会觉得她没有良心、不知感恩。

秦骁听她说完，毫不犹豫地说："嗯，以后秦家不会再和唐家有任何合作。"

他之前让李瑛从唐家旁支的人那里打听到唐溪在唐家受的欺负后，就已经不想继续帮助唐家了，只是不知道唐溪的心里是怎么想的，怕她会心疼唐兴昌，才一直只是暂停项目合作，没有把话说死。

现在唐溪都不想让他帮唐家了，他就更没有理由和唐家合作了。

唐溪愣了一下，以为这种很可能会惹起别人闲话的事情，他最起码要慎重地考虑一下，没想到他居然就这么决定了。

"你……你不考虑一下？"

秦骁问："你不是已经决定了？"

唐溪问："你听我的？"

秦骁凝视着她的脸，反问道："除了你，我和唐家还有其他关系吗？"

唐溪摇了摇头，秦家和唐家在他们俩结婚前，八竿子都打不到一起去。

"所以你不希望我跟他们合作，我为什么要跟他们合作？"他又不是开慈善堂的。

她不希望他跟唐家合作，他就不合作。

所以，他真的单纯是因为她才会帮助唐家的，不是因为早些年秦家落魄过，才想着借助帮助唐家的事，留下一个好名声。

秦骁一看她歪着脑袋，就知道她想多了，眉头微皱，在她的脑袋上拍了一下，声音有点儿恼怒地说："好好想想我为什么要帮唐家，我走了。"

唐溪："……"

她其实已经不用想了，他的态度已经表明了他不在乎外人的看法，只是因为唐家是她的娘家，才会帮助唐家。

"所以，你真的跟秦骁说让他以后都不要帮唐家了？"工作室里，苏栀听完唐溪说的事，痛快地拍手叫好，"早就应该这样了，唐家那群烂人怎么配靠把你嫁给秦骁来让他们获利。"

唐溪还有点儿担心："就是不知道秦家的长辈会怎么想。"

当初秦家会找到唐家联姻，估计就是因为觉得唐家当时的情况跟秦家很多年前的遭遇很相似，同样是家族公司出现问题，同样是靠家里的女儿联姻，于是起了同情心。

苏栀道："秦家的长辈不是不管公司的事了吗？你老公都决定了，秦家人应该不会插手了吧？"

唐溪点头："插手肯定不会，秦家的长辈也做不了秦骁的主。"

"等等。"苏栀突然抬了一下手。

"怎么了？"

苏栀问："你刚刚说什么？"

唐溪说:"插手肯定不会。"

"不是这句,下一句。"

"秦家的长辈也做不了秦骁的主。"

"对,就是这句。"苏栀拍了下手,"你当初不是说是秦家的长辈觉得你温婉和顺,脾气好,才选了你做儿媳妇吗?"

唐溪点头:"对啊。"

"既然秦家的长辈做不了秦骁的主,那为什么秦骁要听他们的,娶你呢?"

唐溪愣了一下,脑子里突然冒出一个不着边际的想法,还没来得及认真想,就听苏栀继续说:"所以啊,秦骁他肯定是看上你这个人了,才会想娶你,就像你爸一直逼着你相亲,你虽然是被迫相亲,但最后也是看上秦骁这个人,觉得他人很好,才会嫁给他。"

唐溪点头,觉得她说得有道理。

"其实……"

苏栀问:"其实什么?"

唐溪道:"我感觉秦骁现在是有点儿喜欢我。"

苏栀兴奋地道:"怎么说?怎么说?"

唐溪想了想,托着腮,神情有些凝重:"我也不知道怎么说,就是一种感觉,他对我太好了。"

"对你好不好吗?你们本来就是夫妻呀,夫妻不就是要感情好吗?"

唐溪叹了口气,不知道要怎么跟苏栀说。

她纠结着组织语言:"我就是想跟他好好过日子,他对我好,我也对他好,我们做彼此的家人。可是我很害怕,万一他对我有超出喜欢的感情,我要怎么回应他呢?我真的很害怕,栀子。"

"我知道,我能懂你。"苏栀伸手抱住她,"你是不是怕自己会爱上他,像阿姨那样?"

唐溪低头笑了一下,说:"我才不会像我妈那样,我妈为了唐兴昌,什么都不管不顾了,到最后都告诉我她和唐兴昌是相爱的,我从来没有期待过爱情这种东西,所以也不能爱他。"

苏栀拍了拍她的肩膀,说:"别想那么多,过好眼下的日子,走一步是一步。"

唐溪从她的怀里起来,"嗯"了一声,拍了拍脸,说:"也是。我最近可能是精神不太好,老是做梦。"

苏栀关心地问："没休息好吗？做什么梦了？"

唐溪漫不经心地道："就是刚刚说的呀，我梦到秦骁让我爱他。"她说完，自己都笑了，"一定是我这几天总是想着我妈的事情，觉得爱情太不靠谱了，才会日有所思夜有所梦。不聊这个了，咱们换个话题。"

苏栀的唇角微动，她看着唐溪的脸，想说什么，又咽了回去。

她觉得她的姐妹可能已经踩在被打脸的边缘了。

但是感情这种事情，外人说不清楚，苏栀可以在她受伤的时候，第一时间赶到她的身边拥抱她；可以在她受欺负的时候，第一个冲到她的身边维护她，但是爱情这玩意儿，苏栀没有，还是不捣乱了。

不知是不是因为唐溪早上跟秦骁说以后益远集团不再和唐氏集团合作后，秦骁那边已经跟唐氏集团划清了界限，唐家人着急了。

唐溪在吃午饭的时候接到了连雅波的电话，这个自从她和秦骁结婚后，就一直躲在唐兴昌的身后，企图用唐兴昌来道德绑架她为唐家谋取利益的女人终于按捺不住，要约她当面聊聊。

唐溪跟连雅波没什么好聊的，直接拒绝了她，挂断了电话。

苏栀吐槽道："不是，唐家那帮烂人还有完没完了，怎么一拨接一拨的？上回你继母不是派了她的狗腿子过来吗？这回又要自己来，她是觉得自己的脸比上次来的那个大还是怎么的？我真想扇她两个大嘴巴子。"

苏栀这张嘴损人的时候向来都是一套一套的，尤其是对她讨厌的人。

唐溪笑着说："不管她。下午没什么事，要不要去逛逛商场？"

苏栀说："行，逛逛。"

唐溪和苏栀去常去的商场里逛了一圈，给秦骁买了两件大衣，五点多回家，开始准备晚餐。

锅里正熬着汤，秦骁回来了。

他今天回来得挺早，但带着笔记本电脑，到厨房里看了她一眼后就返回客厅，坐到沙发上，打开笔记本电脑工作。

他这是工作没做完就回来了。

唐溪倒了一杯温水，从厨房里走出来，把水杯放在他面前的茶几上。

秦骁抬头看向她。

唐溪问道："工作多吗？"

秦骁说："不多。"

他伸手拉住她的手，让她坐到自己的身边。

唐溪笑着说："先不坐了，锅里熬着汤呢。"

秦骁收回手，若无其事地"嗯"了一声，继续工作，视线时不时地从电脑上抬起，转向厨房里那抹纤细的身影。

唐溪晚饭做了三菜一汤，对比往常不算丰盛，但也足够两个人吃了。

汤熬好后，没等她喊人，秦骁就自己有雷达似的走进来，帮着一起盛菜端饭。

吃完晚饭，秦骁有工作，去了书房。

唐溪洗完澡，他还没回卧室，她就躺在床上边玩手机边等他。

一直到晚上十一点多，秦骁才回卧室。他已经在书房里洗了澡，轻手轻脚地走到床前，看到唐溪睁着一双水汪汪的大眼睛冲他笑："工作忙完了？"

秦骁微怔，没想到唐溪居然还没睡，在等他。

他掀开被子上床，把她抱进怀里，在她的唇上亲了一下，问道："怎么还不睡？"

唐溪打了个哈欠，说："等你呀。"

秦骁的眼底蔓延开笑意，漆黑的眸子里像燃烧着两团火，他注视着她，在她的唇上亲了又亲，只觉得怎么亲都亲不够，低声问："等我干吗？"

唐溪道："跟你说晚安。"

秦骁问："为什么要等我跟我说晚安？"

唐溪的眼珠转了转："就是想跟你说晚安啊，没有为什么。"

秦骁抿着唇，像是不满意这个敷衍的回答，默默地盯着她。

唐溪挑了挑眉问："怎么了？"

秦骁淡淡地道："没什么，睡吧。"

唐溪觉得秦骁的情绪似乎低落了些，伸手戳了戳他的胳膊，问："你不高兴了吗？"

秦骁说："没有。"沉默了一下，他补充了一句，"晚安。"

唐溪笑了一下，说："晚安。"

唐溪伸手搂住秦骁的腰，趴在他的怀里，悄悄地抬眸打量了他一眼。

她感觉他是有点儿不开心了，刚刚还好好的。

是因为她刚刚对那个问题的回答他不满意吗？

他想听到什么回答？

唐溪陷入了纠结之中。

她隐隐约约地猜到了秦骁想听的答案，但是又不知道对不对。

秦骁是喜欢她了吗？所以他想让自己也回应他？

唐溪在心里轻轻地叹了口气，觉得自己可能是想多了。

她也希望她是想多了。

接下来连续两个星期，秦骁都没有出差，但他出门的时间比较早，每天早上起床的时候，她都还在睡。

他洗漱好了，把她喊醒，让她亲手帮他戴手表、打领带，目送他出门。

有一天秦骁早上五点起床时，见她睡得正香，就没喊她起床，晚上回来的时候，唐溪就委委屈屈地控诉他早上走的时候不喊她，有点儿赌气，晚上睡觉的时候不给他亲，也不给他抱，拿后脑勺儿对着他。

之后秦骁每天早上起床洗漱完准备去上班前，都会走到床前把她喊醒，让她看他一眼，帮他戴手表、打领带。偶尔他还没叫她，她自己先醒了，他还会获得额外福利，她会在他洗漱的时候走进浴室，站在他的旁边，和他一起把牙刷好，在他出门前给他一个早安吻。

两个人就像是过上了老夫老妻的生活。

日子转眼来到了月末，这一天刚好是周五，秦骁早上走的时候跟她说晚上可能会很晚回来，也可能不回来，让她早点儿睡，不用等他。

他们兄弟在外面玩经常通宵，只是自从和唐溪说了晚上都回来住以后，除了季正琛的生日，秦骁就再也没跟他们约过。

秦骁今天出去是给霍远霖送行。霍远霖是东城人，只是自小养在季家，才一直住在这边，现在霍家那边老爷子的身体不行了，让他回去接手家业，估计这次走，一时半会儿也回不来了，言寻就特意组了个局，几个人一起聚聚。

唐溪和苏栀也跟叶初夏很久没见过了，趁着明天不用上班，约叶初夏一起出去玩。

闺密见面都有说不完的话，三个人约在一家餐厅里见面。

唐溪和苏栀先到，过了会儿叶初夏才匆匆赶来。

她进门后，放下包就看向唐溪，问："最近跟你老公相处得怎么样啊？"

因为唐溪和秦骁是联姻加闪婚，所以和唐溪亲近些的朋友都担心她这段婚姻不顺利，每次见面都会问她过得怎么样。

唐溪笑着说："挺好的。"

叶初夏点头："那就好。"

其实她已经从苏栀的嘴里大致地了解到唐溪和秦骁相处得不错的事，只是和唐溪见面后总是忍不住问问。

"你呢？你最近怎么样，工作忙吗？"唐溪问。

叶初夏低头喝了口水，说："忙，我这个工作就是经常加班。"

唐溪说："注意身体，别太拼，身体比工作重要。"

"我知道，就忙完这阵子，下个月就好了。"她最近在跟公司的另外一个编辑竞争副主编的职位，卡在升职的节骨眼儿上，不能掉以轻心。想到这里，她忍不住吐槽道，"本来今天能早点儿跟你们见面的，结果遇到一个难搞的十八线小演员，拍摄的时候说自己的左边脸好看，只让拍左边脸，气得摄影师差点儿罢工，奇葩。"

这只让拍左边脸的风格怎么那么熟悉？苏栀"扑哧"一声笑了出来，说："是叫许湘倩吧？"

叶初夏稀奇地道："你怎么知道是她？你在网上看到过有人爆她这方面的料吗？"

"怎么可能？她还没火到能让我在网上刷到她的料。我们前几天也碰上她了，溪溪去给《靖宁传》剧组拍定妆照，她在里面饰演女二号，做得不行，先是嫌弃剧组的化妆老师给她做的妆造不行，坚持要用自己带过去的化妆师，化了个网红妆，拍照的时候还瞎指挥，只让溪溪拍她的左边脸，不给拍右边脸。我们姐妹几个还真是有缘，碰上同一个奇葩。"

"溪溪给她拍的宣传照啊。"

叶初夏的脸上露出心疼的表情，今天那个摄影师可是被气得开始思考退出摄影圈了，被一个小明星当众说拍照技术不行。

叶初夏一脸怜爱地看着唐溪，还没来得及说话，就听苏栀道："别心疼她，你心疼心疼我吧。"

叶初夏看了苏栀一眼，很了解她的脾气，问道："你不会是没忍住把许湘倩骂了一顿，跟她杠上了吧？"

"没，我还不至于那么没分寸。"其实她也就差一点儿就骂出口了，只不过被副导演打圆场，揭了过去。不过她说要叶初夏心疼她可不是因为在许湘倩那里受了委屈，她揶揄地看着唐溪，说，"被秀了一嘴的恩爱。"

叶初夏问："什么恩爱？"

苏栀眼神幽怨地道："你问溪溪都对我做了些什么。"

叶初夏的目光从苏栀的身上移到唐溪的身上。

唐溪笑着喝了口水，说："别听栀子瞎说，也没什么，就是秦骁去剧组看我了。"

叶初夏懂了，苏栀这是被秀恩爱了。

"还说没什么,你知道她都干了些什么吗?"苏栀向叶初夏控诉唐溪,"她大半夜把我从房间里叫出来,就为了给她老公买护颈枕,给她老公买护颈枕也就算了,还和她老公买了情侣护颈枕!她和她老公买情侣护颈枕我也就不说什么了,她居然还送了我一个跟她和她老公的不一样的护颈枕!那一刻,我觉得那个护颈枕和我一样,通体放光,在那对情侣护颈枕的旁边,贼亮。"

苏栀像是说了段绕口令似的,叶初夏笑得眼泪都快出来了。

"哪有那么夸张?就买个护颈枕而已。"唐溪也被她逗笑了,说,"我看你开工作室真是屈才了,你应该去拜师学相声,说不定都可以上春晚。"

叶初夏接话道:"她还用拜师吗?她可以直接出师了。"

苏栀也说得有点儿口干,低头喝了一口果汁。

"看来溪溪跟秦骁确实相处得不错。"叶初夏支着下巴,八卦道,"你们俩平时说情话吗?"

"什么情话?"

"就是表白呀,我看网上经常有情侣晒出聊天记录,那个腻歪呀,你们俩也这样吗?"

她和秦骁腻歪的聊天记录,最近好像没有,以前倒是挺多的,都是她说的。

想到自己之前在秦骁面前的表现,唐溪的心里有点儿尴尬:"问这个做什么?"

叶初夏说:"我就是好奇呀,上次见你,你不是还说跟他不熟吗?这才没多久,你就跟他过上了甜甜蜜蜜的生活,这中间总得发生点儿什么,打破你们俩当时那个陌生的状态吧。你们俩是怎么从陌生的夫妻,变成现在这样给'单身狗'造成伤害的恩爱夫妻的呢?"

苏栀敲了敲桌子:"哎,你说话注意点儿啊,我是单身,但不是狗。"

叶初夏没理她,好奇地看着唐溪。

唐溪被叶初夏问得有点儿犹豫,想了想说:"好像是我一直主动给他发一些暧昧的情话,撩拨他。"

她早期给秦骁发肉麻情话的事,苏栀和叶初夏都知道。

叶初夏追问:"然后呢?"

唐溪道:"然后他好像就慢慢地开始配合我,态度也比刚开始时好了很多,我就觉得……"

"觉得什么?"

"有点儿内疚吧,总感觉他好像喜欢我了,他的眼神炽热、真诚,我总是不敢看,总觉得自己欺骗了一个单纯的少年。他一开始是不搭理我的,是我一步一步地引诱他回家,到现在,他好像对我有了感情,我却出于我自己的原因,害怕面对他的感情。"

包间里的气氛突然凝重了几分,唐溪笑了笑,正想转移话题缓解气氛,旁边的苏栀幽幽地道:"平时我让你说说心里话,要开解你,你都吞吞吐吐地说一些片面的感受,今天怎么说了这么多,是因为初夏在这里吗?咋啦,你是觉得初夏比我更懂感情,更能开解你吗?她不跟我一样单身吗?你这样区别对待,我真的生气了我跟你说。"

唐溪的心里涌起的凝重瞬间被苏栀的话击碎,她笑着说:"这不就是为了公平地对待我最好的两个闺密,所以要人到齐了才能说吗?"

苏栀哼了一声。

唐溪拍了拍她的手背:"好啦好啦,这不是今天情绪到了,我就说了吗?不是要开解我吗?来吧,你们俩开始吧,给我说说你们的意见。"

叶初夏很没心没肺地说:"这有什么好内疚的?他喜欢你就让他喜欢你呗,你不想爱他,那就不爱他,跟着你自己的心走就好了。爱情这种东西,本来就说不清楚,爱是个什么东西,谁也看不见,谁也摸不着,何必纠结于'爱'这个字呢?如果他爱上了你,那是因为你值得,他觉得你好,你都已经好到让他爱上你了,还有什么好内疚的呢?"

唐溪被她说得内疚感少了些,觉得她说得很有道理,理由很充分,结论很明确,但似乎又有哪里不对。

苏栀听得瞠目结舌,佩服地道:"初夏,看不出来,你真的比我懂啊,你这些话我都想不到理由反驳!所以溪溪,你就别想那么多了,你这么优秀,喜欢你的人多了去了,如果有人喜欢你,你因为不给回应就内疚的话,那还不得内疚死?"

唐溪反驳道:"不一样。"

苏栀问:"哪里不一样?"

唐溪很认真地说:"秦骁和别人不一样。"

听到她这么说,苏栀意味不明地道:"那你就更不用内疚了。"

因为你已经爱上了他,给了他最好的回应。

叶初夏举杯道:"好了好了,咱们不聊这个话题了,来聊点儿别的事情。我有个很重要的事情要宣布。"

苏栀和唐溪齐齐地看向她:"宣布什么?"

叶初夏伸手捂住自己的胸口说："我，叶初夏，已经不是不通人事的无知少女了！"

苏栀愣了一下："恋爱了？"

"那倒没有。"

苏栀假装松了口气："那就好，我还以为就我一个单身人士了呢，咱们当初可是说好的，如果以后都不结婚，就住在一起养老。"

叶初夏挑了一下眉，抛出了一个比她恋爱了更刺激的消息："我睡了个男人，但不知道他是谁。"

唐溪："……"

苏栀："……"

叶初夏见唐溪和苏栀呆住，从位子上站起来，转了个圈："怎么样，姐姐是不是很潇洒？"

唐溪和苏栀对视一眼，担心地问道："怎么回事，什么叫'睡了个男人，但不知道他是谁'？"

叶初夏坐下，看着唐溪和苏栀凝重的表情，有点儿心虚地说："意思就是我在酒吧里，一夜情，睡了个男人。"

"你不认识他？"

叶初夏摇头。

"那你为什么要跟他睡？"

叶初夏说："我当时喝了点儿酒，看他长得挺帅的，就色迷心窍，后来他跟我聊天，聊着聊着，就那啥了。"

苏栀愤愤地道："这是哪个人渣？你记得他长什么样吗？"

叶初夏点头："记得。"

苏栀："长什么样？"

叶初夏："你要我画给你看吗？"

"……"苏栀顿住，"算了。"就叶初夏那幼儿园大班小朋友的绘画水平，能画出什么玩意儿？

"那之后呢，你有什么打算？"

叶初夏耸耸肩："这不都睡完了，是过去式了吗？将来还要有什么打算吗？"

苏栀："……"她说得好有道理，我居然无言以对。

因为叶初夏突然丢出来的爆炸性新闻，三个人决定今晚不回家，在外面开间房彻夜长谈。

刚好秦骁早上也说了晚上可能不回家，唐溪给秦骁打了个电话，告诉秦骁自己今晚要和闺密一起住在外面，不回家。

秦骁那边听起来挺热闹的，他问了一句跟谁，就没说什么了。

挂了电话，唐溪和苏栀、叶初夏从餐厅的包间里出来，去酒店。

经过叶初夏和苏栀的开解，唐溪也觉得自己最近太纠结了，自己以前从来不会在一件事情上犯轴那么久。

她应该保持一颗清醒且理智的心。

开好房间，三个人坐在沙发上聊天，十二点多了，还是一点儿困意都没有，澡也没洗。唐溪催促叶初夏和苏栀先去洗澡，洗完澡再聊天，突然接到司机的电话，说秦骁喝醉了，被他送回了家。

唐溪听司机说秦骁喝醉了，打了两遍电话给秦骁，都没接通。

想到上回秦骁喝醉后的样子，唐溪有点儿不放心，跟苏栀和叶初夏说要回家。

苏栀说："都这么晚了，你一个人回去也不安全，我和初夏送你回去吧。"

唐溪道："不用，我让家里的司机来接我，你们俩等会儿早点儿休息。"

她们住的酒店离唐溪家不远，司机很快就开车过来，把她送回了家。

从车上下来，跟司机道了谢，她回头见别墅里一点儿灯光也没有，估计秦骁是睡了。

她站在大门前输入指纹，推门进去，看到房门前的那道身影时，心重重地跳了一下。

秦骁坐在房门前，垂着头，浑身散发着落寞的气息，像是把自己圈在了那一片地上。

听到动静，秦骁抬起头，整张脸被酒精醺得通红，看起来比上次醉得更厉害。

唐溪离他很远就闻到了他身上的酒味，抬腿走到他的身边，弯腰扶住他的胳膊，轻声道："怎么坐在这里啊？回家了。"

她拽了一下他的胳膊，秦骁仰起头，眯了眯眼，像是在认她是谁，没动。

唐溪拉不动他，拍了拍他的肩膀："起来，我要开门了，开门回家。"

他突然伸手抱住她的腰："溪溪，溪溪你怎么回来了？"

唐溪道："我听说你喝醉了，回来看看。"

秦骁将手臂收紧了些："我没醉。"

唐溪被他勒得有点儿喘不过气了，笑着拍了一下他的后背，说："好，你没醉，能自己站起来吗？"

"能。"

秦骁松开她的腰，起身的时候晃了一下，差点儿栽倒，唐溪赶紧伸手抱住他："小心点儿。"

"溪溪，溪溪。"他回抱住她，将她整个人圈在怀里，低声喊她的名字，"溪溪。"

"嗯，是我，怎么了？"

秦骁把下巴搭在她的肩膀上，说："没什么。"

唐溪笑了一下，想去输入指纹开门，但被他紧紧地抱住，动都动不了，伸手推了他一下："秦骁，先别抱，先让我开门。"

他的黑眸幽幽地盯着她，像是有些委屈："你推我。"

唐溪愣了一下："我没有。"

秦骁松开她，向后退了一步，和她拉开距离，双手插兜，抿着唇，不说话了。

唐溪："……"

她看了看他那张冷酷的脸，想解释一下自己不是推他，是想先开门，但看着他醉醺醺的样子，也不知道他喝了多少，他喝成这样回家，蹲在家门口，连门都不进，她的心里也有点儿恼。

她没理他，输入指纹开门，先抬腿走进去，转头看向站在门外，双手插兜的男人："进来。"

秦骁没动，微抬着下巴，看都不看她。

唐溪抬手戳了一下他的胸口，催促道："快点儿，我要关门了。"

秦骁看了她一眼，沉默片刻，抬腿走进来。

唐溪突然发现，对付他，还是这招好使，好好说话他都不听。

她指着沙发说："可以自己走过去吗？"

秦骁冷嗤一声，晃晃悠悠地走过去。

唐溪盯着他高大的身影，气笑了。

她抬腿向厨房走去准备给他倒水，突然听到他问："去哪儿？"

唐溪说："给你倒水。"

秦骁说："我不用。"

唐溪没理他，继续往厨房里走。

秦骁的语调微扬，他冷声道："我不用，别倒。"

唐溪忽略他的声音，倒完水，走到他的身边，把水杯喂到他的唇边：

294

"喝水。"

秦骁瞥了一眼水杯，把脸转向另一边。

唐溪深吸一口气，带着警告意味地温声道："喝不喝？"

秦骁淡淡地道："喝。"

他抬手接过水杯，仰着头，一口气把水杯里的水喝光。

唐溪坐到他的身边，低声问："今天怎么了，怎么喝那么多酒？"

秦骁半合上眼，说："不多。"

唐溪闻着他身上的酒气，不敢让他这个样子爬楼梯，对他说："你坐在这里，我上楼拿个东西。"

秦骁抬眼看了她一眼，没说话，唐溪会意地道："我去拿毛巾，用温水给你擦擦脸。"

她解释完，转身往楼梯口走。

刚走了一步，秦骁从身后猛地把她抱住，唐溪没防备，差点儿被他压趴下："干吗呀，放开。"

他把脸贴在她的后颈上蹭了蹭，低声道："溪溪，你真好。"

唐溪心口一软，听他总是说胡话，觉得跟他交流不清了，掰着他紧箍在她腰上的手臂，敷衍地道："好，好，松开，让我上楼。"

秦骁凑到她的颈边亲了亲："我好开心。"

唐溪缩着脖子说："开心就好，来，松开，让我上楼。"

秦骁："为什么对我这么好？"

唐溪："松开，让我上楼。"

"回答我。"

唐溪在他的怀里，被他像摆弄玩具一样摆弄了一下，身体就转过来，正对着他。

"唐溪你看我。"

唐溪看着他那通红的脸，无奈地道："我看你了。"

秦骁说："看着我的眼睛。"

唐溪愣了一下，眼睫颤了颤。

秦骁抓着她的手臂的力气大了些："你为什么对我这么好？"

他又问了一遍。

唐溪被他看得头垂得很低，小声说："你喝醉了。"

"我没醉，溪溪，你看我。"

他把头低下来，凑到她的眼睛旁，重复着让她看他。

唐溪彻底没法和这个突然放飞自我,有耍酒疯征兆的男人交流了,双手撑在他的肩膀上,用力地把他往沙发上推。

秦骁向后踉跄了一下,跌坐在沙发上,闭上眼睛,薄唇紧抿,像是在酝酿什么。

唐溪心虚地说:"我上楼给你拿毛巾,你在这儿坐着。"

秦骁睁开眼,幽幽地道:"是不是就因为我是你的老公,你才对我好?"

唐溪的神情微怔:"我想跟你好好过日子。"

秦骁深沉的目光盯着她的脸,很小声地说:"你只想跟我好好过日子,没想好好爱我,是不是?"

唐溪一滞。

原来他都看出来了。

她瞬间不知所措,手指抓了抓衣服,目光移向旁边:"你喝醉了,我上楼了。"

她转过身,听到秦骁在身后呢喃:"你就是不爱我。"

秦骁从沙发上站起来,跟着她。

唐溪看到地上逐渐逼近的影子,脚步仓皇地往楼上跑,头也不敢回,叮嘱道:"你喝醉了,别跟上来,在楼下坐好。"

她跑到楼梯拐角处,感觉背后好像没声了,转身向下看。

秦骁站在楼梯口,手扶着墙壁,突然拔高音量冲她吼:"爱我,快点儿!"

唐溪:"……"

翌日,唐溪被闹钟声吵醒,揉了揉因为熬夜有些头痛的脑袋,脑海里浮现出昨晚发生的事情,赶紧掀开被子下床,穿着拖鞋去楼下的客厅。

昨晚秦骁醉得厉害,在楼下耍酒疯闹了很久,最后直接在沙发上睡着了。唐溪一个人实在没办法把他弄回楼上的卧室里,就拿了一床被子给他盖上,让他在楼下睡了。

唐溪走到楼梯的拐角处,看到沙发上身形高大的男人正面朝沙发靠背侧身躺着,显得很拘束,她只能看见他的背影,看不见他的脸,他的身上盖着的被子不知什么时候被他踢到了地上,看起来还在睡。

唐溪放轻脚步,走到沙发旁,拿起地上的被子拍了拍。

光洁的地板上很干净,被子落在地上也不脏,但唐溪还是觉得掉到地上的被子捡起来直接给他盖上不太好,上面还有一股子酒味。

唐溪想上楼给他拿一床新被子来,又怕他这么躺着,太久不盖被子,会着凉。

她想了想,算了,直接给他盖上吧,反正他昨晚也没洗澡,带着满身酒气直接就睡了,被子上的酒味也是从他的身上沾染的。

唐溪帮他把被子盖好,伸手摸了一下他的额头,感觉和自己的额头的温度差不多。见他没发烧,面色也恢复了正常,应该没什么事,她松了口气,转身上楼,去浴室里洗漱好,换了一身的衣服,从衣帽间里随意地选了个跟身上衣服搭配的包,准备去菜市场买菜。

她去书房里拿了一张空白的便利贴,给秦骁留言,说自己去菜市场买菜了。

经过客厅的时候,她把写好的便利贴贴在沙发前面的茶几上,看到刚给秦骁盖好的被子又滑了下来,有一大半快要掉到地上了,心想秦骁睡觉怎么这么不老实,这才大多会儿,被子又掉了,也不知道昨晚被子是什么时候掉的,该不会她一上楼被子就掉了,他就这么躺了一晚上吧?

她弯腰把秦骁身上的被子往他的身下掖了掖,转身出门。

客厅的大门被轻轻地合上,沙发上的男人的眼睫微动,静等片刻后,缓缓地睁开眼睛,从沙发上坐起来。

唐溪下楼前他就醒了,浓烈的酒精味让他的头微微刺痛,只记得昨晚在包间里和季正琛、言寻他们喝酒的事,环顾四周,发现自己在家里,脑海里猛然浮现出昨晚自己回家后的事情。

记忆断断续续,虽然很不清楚,但是零星浮现在脑海里的画面已经足够击碎他孤傲了二十多年的心。

还没来得及细想昨晚的事,听到楼上传来的脚步声,知道唐溪要下来了,他下意识地躺回沙发上,闭上眼睛装睡。

唐溪倒是和往常一样细心体贴,为他盖了被子,摸了他额头的温度,像是昨晚无事发生。

秦骁抬手拽下茶几上的便利贴,看了一眼,知道唐溪出去买菜了。

她如此镇定,他的脑海里闪现的那些画面会不会是梦中的情景?

他坐在沙发上,垂着头,双手握拳撑在额头上,陷入了长久的沉默。

大清早的菜市场很热闹,唐溪目标明确地去了几个菜摊子,把要买的菜买齐了,走到经常和她聊天的老板娘的菜摊前,见摊子前还有几个客人,老板娘正在忙,便默默地站在一边等着。

老板娘吆喝着给客人拿菜,放到秤上称,给客人报价格,收钱,繁忙间瞥见唐溪站在那里，笑着问："小唐，怎么站在那里？"

唐溪道："您先忙，我等会儿问您件事。"

"什么事？"老板娘把手上装好的菜递给客人，让客人自己扫码付钱，在围裙上擦了擦手，往唐溪的方向走。

唐溪道："您先忙，我等会儿再跟您说。"

"好，那我先把这几个客人的菜称了。"

唐溪站在摊子前，拿着塑料袋，随意地选了点儿菜，等了十多分钟，这一拨买菜的人走了，老板娘腾开工夫，问唐溪："什么事？"

唐溪把手里挑好的菜递给她称，小声问道："上次您跟我说，有个卖肉的说他跟我家里人是兄弟，第二天他的猪肉摊就关门了，您知道那个卖肉的叫什么名字吗？"

"哎哟，这我还真不知道。"这个菜市场说大不大，说小也不小，里面卖菜的摊子很多，老板娘的摊子在出口这里，卖猪肉的摊子在最里面，两个人平时没什么来往，卖肉的每天从菜市场入口进去，老板娘倒是知道他长什么样子，但每天都是称呼他为"卖猪肉的"，也不知道他叫什么名字。

老板娘见自己上回跟唐溪说这件事的时候，唐溪还一副不以为意的样子，今天突然跑过来问这事，以为唐溪和她老公之间出问题了，瞬间想象出了唐溪老公出轨了暗恋对象的戏码，关心地问道："怎么了，是不是你家里人做什么了？"

唐溪笑着说："没有，他很好，我就是突然好奇，想知道卖肉的是谁，说不定还真是我家里人从前认识的人呢。"

老板娘想到很多贵妇，老公出轨了，为了保住家庭，都是默默隐忍，在老公的面前装不知道，背地里偷偷地找"小三"算账，在外面还要维护老公的形象，打落牙齿和血吞。老板娘猜测唐溪可能就是察觉老公出轨了，但不知道出轨对象是谁，才过来打探那个因为知道内情被她老公封口的卖猪肉的。

老板娘心疼地看着唐溪，自以为是地不揭穿她，给她出主意："你可以去里面问问其他几个卖猪肉的，他们都在那里卖很久的猪肉了，关系很熟，应该知道他的名字。"

唐溪往猪肉摊的方向看了一眼，想到那边卖黄鳝的水产摊子，有点儿害怕，厚着脸皮请老板娘帮忙："能麻烦您帮我去问问吗？去那边要经过卖黄鳝的摊子，我的胆子有点儿小，不敢看那个东西，您帮我去问问，我帮您在这里看着摊子。"

"你怕黄鳝啊，怪不得从来不见你往那边去。行，我帮你去问问，这有什么好麻烦的，咱们都是老相识了。"老板娘撸了撸袖子，拿出打"小三"的气势，"走，我跟你一起过去问问，我这小菜摊也没什么好看的，去问问又用不了多长时间，不用你看着。"

唐溪道了声谢，跟她一起往菜市场里面走，在卖黄鳝的摊子的前面一个摊子边停下，站在那里等着老板娘。

老板娘一个人去里面找其他卖猪肉的摊主打探消息，没多大会儿就出来了，对唐溪说："他们都不知道他的全名，说是姓李，大家都喊他'壮哥'。"

"姓李，喊他'壮哥'。"唐溪在脑子里想了想，把姓和名拼起来，嘀咕了几句，"李壮……李壮壮。"

唐溪突然想起来自己认识的人里有个叫李壮壮的，目光一闪，脑海里涌现出很多时间久远的画面，心情复杂地跟老板娘说："是叫李壮壮吗？"

老板娘说："我不知道，你认识这个人吗？我再去给你问问。"

老板娘转身小跑着回去，过了会儿又跑出来说："好像就是叫李壮壮，不过也不一定，大家没称呼过他的全名。"

唐溪点了点头，笑着说："我知道了，麻烦您了。"

老板娘说："不麻烦，小事。你要做什么事的话，可得小心些，这男人的心里，越是得不到的女人，就越惦记着，你家里人都暗恋这个女人这么多年了，他又有钱有势，难免会有些歪心思。但你人漂亮性格又好，他的那个暗恋对象肯定没有你漂亮，你千万不要跟他大吵大闹，记住，任何时候都要保持端庄、优雅、漂亮，这样男人才会意识到，自己的老婆是最好的。"

唐溪听她已经开始教自己怎么挽回"出轨"的老公了，哭笑不得地说："谢谢您的关心，您放心吧，我家里人真的没什么问题。"

老板娘听她这么说，觉得她可能就是不好意思把老公出轨这种事宣扬出去，没再说什么，只说自己一定不会跟别人说。

两个人返回老板娘的菜摊前，老板娘把她刚刚挑的菜重新称了一遍，她付了钱，笑着说："再见。"

老板娘说："再见。"

唐溪转身后，老板娘看着她的背影，叹气感慨道："多好的姑娘啊，男人就是吃着碗里的看着锅里的，看那人长得人模狗样的，没想到也不是个好东西。"

唐溪终于明白什么叫"暴风雨前的平静"了。

他刚刚面色温和地让她帮自己戴手表，跟她解释今天突然出差的原因，接吻前还礼貌地征求她的意见，她还以为备注的事情就这么过去了呢，没想到他在这里等着她呢。

"我改了，我改了。"唐溪昨晚睡前其实想了很多个称呼，最后没确定下来是因为觉得它们都太肉麻了，不太适合她和秦骁之间的关系，这会儿被他弄得什么都顾不上了，胡乱地说了一个昨晚第一个被自己淘汰掉的肉麻称呼，"亲亲老公。"

秦骁的手指顿了一下，唐溪感觉到他对这个称呼的认可，趁机凑到他的耳边哄他："我改成'亲亲老公'好不好？"

秦骁收了作乱的手，淡淡地"嗯"了一声。

唐溪："……"

他还"嗯"，这么肉麻的称呼，他怎么好意思"嗯"呢？

秦骁坐起来，眼睛盯着她。唐溪看懂了他的意思，把手机拿过来，当着他的面把联系人和微信里他的备注都改了，改成了"亲亲老公"。

她举着手机，将屏幕放到他眼前晃了晃，问道："可以吗？可以吗？亲亲老公，你喜欢吗？"

秦骁没说话，但是礼尚往来地当着她的面把自己的手机拿了起来，点进微信，把她的备注改成了"亲亲老婆"。

婚后热恋

be passionately in love

下册

君莱 著

溪溪，你是……爱我了吗？
秦马尧，我要是还不爱你，你会不会哭呀？

青岛出版集团 | 青岛出版社

君莱 著

婚后热恋

be passionately in love

下 册

青岛出版集团 | 青岛出版社

第九章
十年前

唐溪拎着菜走回家，一路上都在想李壮壮的事，心里五味杂陈。

她走回家中，推开门，看到秦骁坐在沙发上，上身向后靠在沙发上，闭着眼睛，身上还穿着昨天那身在外面喝酒回来时穿的衣服，顶着一头昨天在她的怀里拱来拱去蹭乱的头发，也没穿鞋，赤着脚踩在地上，被子团成一团堆在他的身侧。

她进门后，他连眼皮都没抬，一动不动地坐着，整个人散发着堕落与消沉的气息。

昨天发生了那种事情，前段时间两个人维持的老夫老妻的状态骤然土崩瓦解，气氛仿佛又回到了领证不久后的状态。

唐溪也不知道要怎么跟他打招呼，就没理他，默默地把菜提到厨房里，准备早餐。

她从冰箱里取出两个鸡蛋和手抓饼皮，切了点儿黄瓜丝、火腿，简单地做了两个手抓饼，她自己吃一个手抓饼就够了，秦骁的饭量大，她又给他蒸了一个烧卖和一个包子。

做好早餐，她把餐盘从厨房端到餐厅，秦骁还在那里坐着，身体好像向下滑了些，看起来更消沉了。

她从他这消沉的神态中可以看出，他大概是记得昨晚的事情的。

他真不幸，唐溪有点儿心疼他了。

她昨晚睡觉前特意上网查了一下，人在醉酒后做的事情，醒酒后还会不会记得。有人说能记得，有人说在断片儿的情况下，醒来后大脑会一片空白，只记得零星片段。

　　昨晚他的表现属于喝断片儿的程度，唐溪睡前替他祈祷过，希望他醒来后能忘记一切。

　　毕竟他是一个比常人自尊心强烈很多的男人，这种事情对他的打击太沉重。

　　唐溪能理解他现在的心情，但是她现在必须要提醒他去洗漱，换身衣服了。

　　他昨晚就没洗漱，味道真的很不好闻。

　　唐溪把客厅里的窗户全部打开通风，回头看向他，喊了一声："秦骁。"

　　秦骁闭着眼，从喉咙里发出一个颓丧的"嗯"。

　　唐溪道："你昨天喝醉了。"

　　秦骁听到"喝醉了"三个字，神色像是僵了一下。

　　唐溪若无其事地道："早饭做好了，你上楼洗洗，换身衣服再下来吃饭。"

　　秦骁听她这么说，也闻到了自己身上的味道，终于抬起眼皮，瞥了她一眼，默不作声地从沙发上站起来上楼。

　　唐溪站在窗户旁，看着他的背影消失在楼梯拐角处，走到沙发旁闻了闻，闻到一股酒味。

　　秦骁刚刚坐过的地方微微地向下陷出一个印子，看起来他是坐了很久。

　　她把沙发上他昨晚盖的被子抱起来先丢到院子里，返回来把沙发上的垫子都拆下来，拿到院子里，先让太阳晒一晒，散散味道，等会儿吃完早餐让人过来清洗。

　　唐溪坐在餐厅里等秦骁，早餐已经凉了，唐溪把早餐放到锅里热了一遍，他还没下来。唐溪看了一眼时间，已经过去一个小时了，他应该已经洗好澡了。

　　她正犹豫着要不要上楼喊他，楼梯上终于传来动静。

　　秦骁洗完澡，换了一身衣服，恢复了干净矜贵的样子，面无表情地走到她的对面坐下，唐溪温声道："吃饭吧。"

　　两个人沉默地吃着早餐，唐溪用余光时不时地瞥一眼秦骁，每次他都在慢条斯理地吃饭，动作优雅，和昨晚那个"洒脱"的男人判若两个人。

　　唐溪突然没忍住，挑眉笑了一下，他的目光立马扫过来，漆黑的眸子幽幽地看着她。

糟糕，她被发现了，他真是个敏锐机警的男人。

唐溪抿了抿唇角，没理他，淡定地垂头吃饭。

吃完饭，秦骁走到客厅，往沙发的方向看了一眼，那个供他自暴自弃的沙发已经没了垫子。

他没在客厅里多停留，抬腿上楼，走进了书房，似乎并不打算跟她一起回忆昨晚的事情。

唐溪给保洁员打了个电话，让她等会儿上门打扫房间，跟着上楼，回到卧室里坐着。

过了一会儿，秦骁推门进来，唐溪抬头看向他，他走到沙发旁坐下，双腿交叠，姿态慵懒随意，看起来已经调整好了心态，淡淡地说："我昨晚，喝醉了。"

唐溪"嗯"了一声，替他解释："昨天是司机打电话告诉我你喝醉了，你应该都不知道自己是怎么回来的吧？酒精容易麻痹人的大脑，让人意识不清，下次还是不要喝那么多酒了。"

秦骁深深地看了她一眼，低声道："他们几个昨晚一起跟我喝。"

唐溪听懂了他的解释：不是他想喝酒，是他那几个朋友轮流灌他酒，都是他那几个朋友的错。

唐溪顺着他的话说："跟朋友在一起开心了，是容易喝多。"

秦骁抿着唇沉默片刻，开口道："你有没有什么话要对我说？"

唐溪看着他那神情带着懊丧的脸，斟酌片刻，摇头说："没有。"

秦骁问："我昨晚，有没有说些什么？"

那你说得可就多了。

唐溪知道他肯定不想听自己说了什么，善解人意地说："没有，你的酒品很好，只是喝得太多，我怕你爬楼梯不稳，就让你在楼下的沙发上睡了，你有没有不舒服？"

秦骁淡声道："没有。"

唐溪道："没有就好。昨晚睡得很晚，你又醉了一夜，应该还没休息好，再上床休息会儿吧。"

秦骁说："不用。"

他站起来，走出卧室。

卧室里只剩下唐溪一个人，唐溪轻轻地叹了口气，他真是个傲娇又别扭的男人。

过了一会儿，卧室的门又被推开，秦骁站在门旁，声音中带了一丝质疑："我昨晚，真的没有说什么吗？"

这不是很明显吗？他说了很多话，他自己的心里应该也清楚自己做了什么、说了什么，她给他留面子，不拆穿他，他怎么还问？

唐溪说："没说什么。"

秦骁"嗯"了一声，转身离开，关好房门。

唐溪："……"

不知过了多久，卧室门再次被他从外面推开。

这次他没说话，站在房门前默默地看着她。

唐溪被他看得有些不自在，问道："你今天不忙吗？"

秦骁淡淡地"嗯"了一声。

唐溪问："要看书吗？"

唐溪走到床头柜前，拿起那本《每天演好一个情绪稳定的人》递给他。

秦骁看到封面上的名字，唇角微动，想说些什么，楼下突然传来门铃声，应该是保洁阿姨来了。

唐溪对秦骁说："保洁阿姨来了，我下楼开门，你在这儿坐着看会儿书吧。"

她把书塞到秦骁的怀里，转身下楼。

保洁阿姨是个五十多岁的女人，唐溪搬到这边后，就一直是这个阿姨过来清洁卫生，唐溪跟她很熟，开门后，她手里还拎了一堆菜给唐溪，说是自家种的，新鲜，比菜市场买的好。

唐溪说了声谢谢，把菜拎进厨房。

阿姨看到被丢在院子里的被子，走上前拆被套，闻到上面的酒味，问道："秦先生昨天喝酒了？"

唐溪点头说："是啊，他跟朋友们聚餐，多喝了几杯。"

阿姨不常见到秦骁，但是经常和唐溪聊天，唐溪的脾气好，跟她说话细声慢语，她看唐溪，就像看自己家里的晚辈似的，说道："酒还是要少喝的，喝酒容易误事，上回我儿子喝醉酒，回家后额头上顶了一个大包，也不知是在哪儿撞的，还把家里吐得到处都是。"

看来男人喝醉了都一个样。

不过从阿姨的描述来看，秦骁昨晚的状况还算好的，最起码没有吐得到处都是，不然唐溪真的不知道自己能不能忍住不把他踹出去。

她正要接话，察觉到身后秦骁好像下了楼，笑了笑，不动声色地昧着良心说："我先生还好，他的酒品很好，喝醉以后回来就睡了。"

304

阿姨道："那酒品是挺好的，秦先生一看就是个沉稳的人。"

秦骁手里拿着水杯，站在楼梯口，听到唐溪的话，陷入了自我怀疑、自我开解、自我安慰。

或许他脑子里的记忆，真的是梦？

"秦先生好。"阿姨看到秦骁，主动打招呼。

唐溪自然地转过脸看他。

秦骁微微颔首，"嗯"了一声，说："上午好。"

他走进厨房里倒水，唐溪和阿姨都噤了声。

阿姨把被套放到洗衣机里，等秦骁上楼了才继续和唐溪说话。

唐溪看了看已经被拆了垫子的沙发，不知道是不是心理作用，总觉得上面还有一股酒味，走到大门前，把两扇大门全打开，对阿姨说："阿姨跟我一起把沙发搬到院子里晒晒吧。"

今天太阳不错。

阿姨放下手中的抹布，在水龙头下洗了洗手，说："好，马上来。"

两个人把沙发抬到院子里，阿姨问道："秦先生昨晚不会是在沙发上睡的吧？"

唐溪点头说："他在沙发上睡着了，我弄不动他，就让他在那里睡了。"

阿姨打扫卫生，唐溪站在一边，慢悠悠地摆弄花瓶，给家里的花浇水，时不时和阿姨聊几句。

一上午的时间很快过去，阿姨走的时候，唐溪也做好了午饭，喊秦骁下来吃饭。

这一顿饭两个人依旧沉默，吃完饭，二人上楼，像刚领证那会儿一样，一个回卧室，一个去书房。

唐溪坐在沙发上，在心里猜秦骁还会不会再来问他昨晚有没有说什么。

如果他再问，她是继续说没什么，还是说些别的？

她要如何说，才能让秦骁尽快面对生活？

她忍不住拿起手机，想在群里问问苏栀和叶初夏，让她们俩帮忙出出主意，但是想到秦骁那性子，还是给他留点儿面子，不告诉苏栀和叶初夏了吧。

卧室的房门再一次被推开的时候，唐溪抬头，看着秦骁那紧绷着的、别扭的脸，实话实说："你昨晚确实说了些话。"

秦骁神色一僵，整个身体像被冰封住了一样。

沉默了一会儿，秦骁淡淡地解释道："我喝醉了。"

唐溪"嗯"了一声："我知道。"

他喝醉了这句话,她昨天说了不止八百次。

"我说什么了?"

他对自己做过的事肯定是心知肚明的,昨晚他说的每一句话,大都踩在他自尊心崩溃的边缘,唐溪也不知道最让他纠结、崩溃的是哪一句。

她试探性地开口,打破僵局:"昨晚你一直说,我不记得你了,你很伤心。"

房间里再次陷入沉默,秦骁将视线从她的脸上移向别处,冷声道:"酒后胡话,你不用往心里去,我昨天很开心。"

他说完,转身准备走出卧室。

唐溪看着他挺直的背脊,小心翼翼地问道:"你昨天说得不是很清楚,只说我不记得你了,你很伤心,是因为我不记得以前见过你吗?秦马尧?"

秦骁听到"秦马尧"这个名字,身体彻底僵住。

唐溪在他的身后,又重复了一遍:"是这样的吗?秦马尧?"

唐溪坐在沙发上,微侧着身盯着秦骁,脑海里清晰地放映着一些画面。

秦骁背对着她,她看不见他的脸上是什么表情。

"你记得我?"

在长久的静默后,秦骁终于开口,平静的语气里夹杂着复杂的情绪。

唐溪理所当然地道:"我当然记得你呀。"

唐溪第一次见到秦骁,大概已经是十年前的事了,时间很久远。那时候年纪小,她经历过的很多人和事在脑子里已经模糊,但秦骁给唐溪留下的印象很深刻。

那是一个暑假,连雅波给唐渺报了一个舞蹈班,为了做足表面功夫,把唐溪也捎带上了,于是唐溪和唐渺每周都有几节舞蹈课要上。

那天下课后,坐进车里,唐渺听说宋家人到唐家做客,为了赶回去见宋宁远,不停地催促司机开快点儿。

舞蹈班的地址有点儿偏,附近还在修路,地面坑坑洼洼的,刚下过雨,车速稍快就会溅起一片水花。车经过拐角时,前面突然出现一个骑电动车的少年,司机急踩刹车,车子滑过少年身侧,滑了好几米才停了下来。

司机从后视镜里看到骑着电动车的少年倒在路边,脸都吓白了,赶紧向唐溪和唐渺解释:"我没撞到他,是他自己倒下去的。"

唐渺年纪小,是个窝里横,只敢在家里耍脾气,以为司机撞了人,吓得连话都不敢说。

唐溪没跟司机争辩是谁的过错，立马下车快步走向少年查看情况，见少年动作敏捷地从地上站起来，松了口气。

"你还好吗？有没有受伤？"

唐溪温声询问，少年抬眸，扫了她一眼，面无表情地说："没事。"

唐溪看到他的脸时，眸中闪过一抹欣赏。

少年穿着一身黑色衣服，身姿挺拔，五官的轮廓俊美，抿着唇，气质冷淡，眉眼中带着淡淡的疏离感，是一个挺酷的帅哥。

司机跟着下车，见少年没出事，瞬间来了底气："大小姐，我就说我没撞着他吧，是他自己倒下去的。"

少年没理司机，动作很轻地从怀里抱着的袋子里面拿出一个包，仔细检查，发现没脏，这才又小心翼翼地把包放了回去。

唐溪见他一直抱着那个装着包的袋子的，刚刚他摔倒在地上时，双手也是护着那个袋子，没有撑在车把上。

地上汽车车轮的印子距离他的电动车还有一段距离，司机的车应该是没碰到他。唐溪看他那么在意怀里的包，猜测他可能是怕车经过时溅起泥水把他的包弄脏，或是怕车剐蹭到那个包，他自己又来不及闪躲，为了护住包，才主动松开了车把，把包保护在怀里，自己摔了。

也不知这包是要给谁的，不过肯定是对他很重要的人。

他左边的裤腿被溅了好多泥，右边衣袖和肩膀处的衣服也在地面上蹭了一大片泥水。

唐溪道歉道："不好意思，是我们的车突然开过来，让你摔倒了，如果你需要赔偿，我们可以负责。"

司机想逃避责任，走到她的身边，声音不小，秦骁听得一清二楚："大小姐，我们走吧，二小姐还在车里等着，急着回家见宋家少爷呢。这人也不是我们撞倒的，是他自己骑电动车不当心，摔倒的，跟我们没关系，再说了，他骑着破破烂烂的电动车，说不定是个碰瓷的呢。"

秦骁目光一沉，神态中带着倨傲，冷飕飕地看向司机："谁碰瓷？"

唐溪见他生气了，赶紧让司机道歉："林叔，这是我们的责任，你需要向他道歉。"

"不需要。"

秦骁神色不耐烦地扶起电动车，长腿一迈，跨坐在电动车上，拧了一下车钥匙，准备走人。

他紧绷着脸，满脸不悦，很明显就是被司机的话惹恼了。她家司机开车太快,才导致他摔倒,还说这种瞧不起人的话,唐溪心里过意不去,嘴很甜地说:"你的包好好看呀。"

秦骁淡淡地瞥了她一眼,没说话,不过可能是看她的态度好,所以神色缓和了些。

唐溪道:"你就是为了保护这个包才摔倒的吧?"

秦骁沉默片刻,"嗯"了一声。

唐溪见他终于搭理自己了,笑了一下,说:"是要送人吗?收到这个包的人一定很幸福。"想到司机刚刚说人家的车破,唐溪又补充了一句,"你的车好酷啊,在哪里买的?我也想买一辆。"

唐溪只是客套地说一句,没指望秦骁回答,车里的唐渺从车窗探出头,催促道:"唐溪,你能不能不多管闲事?再不上车我们就先走了,宁远哥哥还在等我呢!林叔,上来,她不走我们走。"

唐溪没理唐渺,温声对秦骁说:"你等我一下。"

她小跑到车前,伸手从自己的书包里摸出一包纸巾,递给秦骁:"真是抱歉,把你身上弄脏了,这个给你,擦擦吧。"

秦骁漆黑的眸子直直地看着她,他淡淡地道:"不用。"

唐溪把纸巾放在他的电动车的车座上,转身上了车。

这便是唐溪和秦骁的第一次相遇——一次交通意外。唐溪每天都能和很多个人擦肩而过,对这件事也没往心里去。

开学后,她上了高一,唐渺比她小两岁,才上初中,二人不在一所学校。

唐溪虽然申请了住校,但每两周还是会回唐家一次,唐家的司机大概是被连雅波交代过,每次都像是不记得她了一样,放假了也不去学校接她,让她自己打车回去。

苏栀跟她说一个小姑娘打车,万一遇到了居心不良的司机,很不安全,她想起了不久前家里的司机差点儿撞到的那个少年,觉得骑电动车看起来也很方便。

于是她就用自己的零花钱买了辆电动车,每次放假都自己骑着电动车回去,回学校时再把电动车骑到学校。

高一开学后没多久,学校组织了一场演讲比赛,苏栀口才好,报名参加了演讲比赛。

班主任叫苏栀去办公室里背诵演讲稿,苏栀担心自己在办公室里会紧张得背不出来,就让唐溪一起去给她加油打气。

她们从小一起长大,有对方陪着会很安心,每次遇到比赛,都会给对方鼓励。

苏栀和班上的其他几个报名参加演讲比赛的同学一起进了办公室,排队等待背诵,唐溪站在窗外,每次苏栀紧张地看过来时,就对她做出加油的手势,对她比心。

唐溪那时候在唐家过得很隐忍,平时都是一副温柔优雅的样子,只有在苏栀和叶初夏这两个好闺密的面前,才会做出这些活泼的动作。

她正笑着对苏栀加油比心,突然察觉到一道目光落在自己的身上,抬眸顺着目光的方向望过去,看到苏栀后面不远处,上次险些被她家的司机撞到的少年站在那里,正在往她这边看。

唐溪有些意外,没想到他竟然跟自己一个学校,看这样子,应该也是同一个年级。

她礼貌地冲他笑了一下,接触到苏栀投过来的紧张求助的目光后,继续举着胳膊给苏栀加油。至于那位看起来很酷的帅哥为什么会被老师叫到办公室里,她一点儿也不想知道原因。

虽然他是因为她家的司机车速过快才摔倒的,但这件事情本身跟她没有太大关系,她已经道了歉,给了他纸巾,算是两清了,他们萍水相逢,她没必要再和他有交流。

之后没多久,期中考试后,试卷发下来,她在她的电动车的车篮里发现了一张物理试卷,不知道是谁的,她把试卷拿起来,第一眼就看到了分数。

物理满分110分,这位同学考了110分,还是个学霸呢。

不过这么优秀的同学的试卷为什么会出现在她的电动车上,难道是被风刮来的吗?可是今天风也不大呀。

唐溪没深究试卷出现在自己电动车的车篮里的原因,看向试卷上的班级和姓名。

"高一十三班,秦……"

唐溪的眉头微皱,这人把名字写得龙飞凤舞,跟僵尸片里道士抓鬼时画的符似的,唐溪仔细辨认,才勉强认出后面的两个字。

"秦马尧。"

这名字,还挺有个性,怪不得这个人的字迹那么潇洒。

他们学校的高一年级组一共十八个班,分布在两栋教学楼里,一班到九班在前面一栋楼里,十班到十八班在后面一栋楼里。

唐溪在一班,跟这位十三班的同学都不在一栋楼里。

她拿着试卷去后面那栋楼,找到十三班,站在后门的门口随便叫了一位准备进教室的男生:"同学,你好,这是你们班秦马尧的试卷,麻烦你拿给他。"

"秦马尧?"那个男生疑惑地反问了一句。

唐溪见他的表情不对,以为自己认错名字了,有些羞窘地垂下头,小声说:"不对吗?我认错了吗?"

男生突然笑了一下,很大声地说:"秦马尧啊,对对对,就是我们班的!"

唐溪松了口气,抬起头,正要把试卷交给那个男生,就看见上次那个帅哥从教室里走出来,脸上还是那副又冷又跩的表情。

那个男生打趣地对帅哥说:"有美女找你。"

帅哥冷冰冰地扫了男生一眼,带着一丝警告,男生被他看得脸色讪讪的,老实地回到座位上,不敢再起哄吆喝。

唐溪听见那个男生说的话,意外地道:"你就是秦马尧啊。"

"秦马尧"仿佛怔了一下,目光深沉的眼睛幽幽地盯着她,神色复杂,像是想说些什么,却又不说,就这么默默地看着她。

唐溪被他看得莫名其妙,解释道:"秦马尧,我在我的电动车的车篮里看见了你的试卷,我也不知道你的试卷是怎么到我的电动车的车篮里的,还给你。"

秦骁淡淡地道:"谁告诉你,我叫……这个名字?"他的脸色很复杂。

唐溪指着试卷上的名字说:"这儿不是写着吗?秦马尧,不是吗?"

"秦马尧"又沉默了。

唐溪觉得这位"秦马尧"真的挺有个性,不仅字很有个性,名字很有个性,人也挺有个性的。

唐溪见他不接试卷,直接把试卷塞到旁边的窗户上,说:"秦马尧,再见。"

她转身走到楼梯口时,终于听到那位"秦马尧"同学说话了。

"谢谢。"

他虽然看起来很冷漠,但还挺懂礼貌的。

唐溪转过身,对着他笑了一下,说:"不客气。"

高一的学习氛围不算紧张,学校组织的活动很多,过了稍显紧张的期中考试,学校举办了一场运动会。

苏栀和叶初夏都报名了一百米短跑比赛,唐溪去给她们加油。

苏栀先跑,跑了小组第一,站在终点处,骄傲地冲唐溪挑了一下眉。

唐溪替她开心，送了个飞吻给她，苏栀回了她一个飞吻。

唐溪突然又看到了"秦马尧"同学，他站在苏栀的身后，唇角勾起了一抹弧度，阳光下，他的眸中熠熠生辉，笑容清澈、纯净，身上是属于这个年纪的学生的少年气。

原来他会笑啊，笑起来还这么好看。

唐溪看他的额角上覆着一层薄汗，白净的皮肤微微泛红，像是刚参加完长跑比赛。有了前几次的见面，唐溪觉得自己跟他勉强也算得上相熟，笑着和他打招呼："秦马尧。"

"秦马尧"脸上的笑凝固了一下，他抬腿朝她走过来。

唐溪的手里拿着一瓶水，是给苏栀准备的，但苏栀一跑完就被班上的同学们围住，热情地送水，她手上的水也用不着了，看"秦马尧"浑身上下出了那么多汗，胸前的运动衫都湿了，就把水递给了他："喝水吗？"

"秦马尧"说了声"谢谢"，接过她手里的水，拧开瓶盖，仰头一口气喝了大半瓶。

唐溪笑着问："你是参加了长跑比赛吗？"

"秦马尧""嗯"了一声，手里拿着剩下的小半瓶水盯着她看，问道："看比赛？"

唐溪点了一下头，听到苏栀喊她，应了一声，对"秦马尧"说："我朋友喊我，我先过去了，再见。"

"秦马尧"看着她，没说话，唐溪转身走了好几步，才隐约地听到背后飘来一声："再见。"

唐溪走到苏栀的身边，苏栀挽住唐溪的胳膊，好奇地问："溪溪，和你聊天的男生是谁啊，长得挺帅的，什么时候认识的？"

唐溪道："他就是上回我跟你说过的那个满分学霸。"

上次她给"秦马尧"送完试卷回来，苏栀问她去了哪里，唐溪觉得跟"秦马尧"还挺有缘分的，就把家里的司机在路上差点儿碰到他，后来自己又在学校里遇到他，他的试卷刚好飘到自己的电动车的车篮里的事说了。

苏栀那时候刚好沉迷于青春言情小说，听完就直呼有缘分。

唐溪突然用余光瞥见"秦马尧"正在往她们这边看，也不知是不是听见她和苏栀在背后议论他了，有些不好意思，抬头冲他笑了笑，用笑容缓解尴尬。

"秦马尧"脸色有些别扭地移开在她们俩身上的视线。

唐溪觉得他肯定是不喜欢别人在背后议论他，怕苏栀的大嗓门儿再说些什么，赶紧拉着苏栀跑回教室。

周五下午，学校为了方便家远的同学回家，第二节课上完就给大家放了假。班上的同学纷纷收拾好书包回家，唐溪不想那么早回去，想在教室里写会儿作业，突然接到李壮壮的电话，说唐渺又找他们了。

唐溪在心里骂了唐渺一句，顺带把那个给她惹麻烦的宋宁远也骂了一顿，背起书包往校外走。

唐渺喜欢宋宁远，总觉得唐溪要跟她抢宋宁远，自从唐溪升入高中，和宋宁远在一所学校后，唐渺防她防得更紧，私底下花钱在唐溪学校隔壁的学校里找了两个小混混儿，经常让他们找唐溪麻烦，警告唐溪离宋宁远远点儿。

有连雅波护着唐渺，唐溪就算在外面真被唐渺找的小混混儿欺负了都没人给她出头。唐溪为了保护自己，让唐渺消停点儿，就和这两个小混混儿商量，以后唐渺找他们花多少钱，她就出多少钱，他们可以两面拿钱，只要配合她拍点儿她可怜兮兮、被吓到的视频，回去给唐渺交差就行了。

两个小混混儿受唐渺指使本来就是为了钱，能赚双倍的钱这种好事自然不会拒绝。

上周宋宁远去唐家，不知是哪里又刺激到唐渺了，唐渺今天就又让人来堵她了。

唐溪往书包里装了点儿不重要的书本，背起书包走到距离学校不远的一条小巷子里。李壮壮和蔡勇已经在那里等着她了，他们俩现在跟唐溪的关系不错，看到她来了，和她打了声招呼。

李壮壮说："唐溪，你跟那个叫宋宁远的是怎么刺激到唐渺了？她让我们警告你，再让她看见你和宋宁远说话，就对你不客气。"

唐渺每次放狠话都说唐溪再怎样就对她不客气，唐溪已经懒得想唐渺的脑子里装的都是些什么了，只想赶紧敷衍了事。

她把书包递给李壮壮，淡淡地道："开始吧。"

这流程他们都熟悉，李壮壮接过她的书包，给蔡勇使了个眼色。

蔡勇拿着手机，打开相机开始录像。

唐溪抱着膝盖蹲在墙根，把脸埋在膝盖上，装出一副可怜兮兮、弱小无助的样子，李壮壮把她书包里的书全都倒在地上，用脚踩着书包，声音凶狠地道："再警告你一次，以后离宋宁远远点儿，不然下次看老子怎么收拾你！老子——"

他第二句"老子"还没说完，旁边突然冲出一辆电动车，像阵风似的直接把他撞倒在地上。

唐溪听到李壮壮和蔡勇号叫的声音，愣了一下，抬起头，看到刚刚还"凶神恶煞"的李壮壮和蔡勇躺在地上，抱着腿呻吟。

"秦马尧"骑着电动车，又撞了蔡勇一下，从车上下来，对着蔡勇踹了两脚，从地上拎起李壮壮，一拳砸在李壮壮的眼睛上。

蔡勇和李壮壮这才反应过来，一边骂脏话一边回击。

唐溪回过神来，赶紧喊停："住手，别打了！"

没人听她的，三个人混战成一团，"秦马尧"的面色冷漠阴鸷，手脚敏捷，拳风凌厉，浑身散发着暴戾的气息，像是要把李壮壮和蔡勇往死里打。

唐溪慌乱地冲过去拉架："别打了，都住手！李壮壮、蔡勇、秦马尧，你们……"

"秦马尧"见她过来了，动作顿了一下，单手握住她的手腕，把她拉到背后护着。

李壮壮和蔡勇是街边打架混大的，见他暂时收手，李壮壮龇牙咧嘴地对蔡勇喊："哪里来的狗东西，勇子快去，我摩托车上有铁棍！"

唐溪听到"有铁棍"，吓了一跳，下意识地喊道："在哪儿，我去，我去拿，你们别打了！"

蔡勇说："老子今天非打死这个狗东西！"

"你们误会了，秦马尧……"

蔡勇一拳向"秦马尧"砸过来，"秦马尧"侧身避开，刚刚还以一敌二处于上风，这会儿拉着唐溪，明显狼狈了很多。

唐溪掰开"秦马尧"的手，小跑到李壮壮的摩托车旁，拿起上面的铁棍，走到三个人的身旁，看到李壮壮正死死地抱着"秦马尧"的腿，限制他的行动。

"秦马尧"一脚把李壮壮踹开。李壮壮迅速地从地上爬起来，看到唐溪手里拿着铁棍，兴奋地冲过来说："唐溪，快把铁棍给我！"

唐溪道："李壮壮，你先冷静点儿！"

李壮壮已经打红了眼，冷静不了了。

"秦马尧"看他对唐溪"下手"，从后面锁住他的脖子，此时蔡勇从后面袭击了"秦马尧"，"秦马尧"微微皱眉，吭都没吭一声，对唐溪说："快走！"

场面十分混乱，李壮壮反身挥拳砸向"秦马尧"，唐溪当时心里也不知是怎么想的，站在李壮壮的身后，一棍敲在了他的背上。

313

李壮壮惊愕地转身看着唐溪，脸上全是难以置信：唐溪打他！唐溪不是自己人！

唐溪深吸一口气，稳住心神："冷静一下，听我说！"

李壮壮和蔡勇都住了手，不是冷静下来了，而是被唐溪敲李壮壮的那一棍敲蒙了。

"秦马尧"趁着李壮壮和蔡勇愣神的工夫，拉住唐溪的手，拽着她跑到电动车旁，拦腰把她抱到电动车上，骑着电动车带她"逃离"现场。

唐溪坐在他的怀里，回头看了他一眼，觉得现在肯定不能回去，李壮壮和蔡勇不会对他善罢甘休的。

骑了十多分钟，秦骁向后看了一眼，确认没人追上来，这才停下来。

唐溪从车上下来，秦骁急切地问道："你受伤了吗？"

唐溪打量了他一眼，见他的脸上干干净净，一点儿伤也没有，松了口气，问道："你怎么打人呀？"

秦骁："……"

唐溪看他神情微滞，觉得自己的话有点儿过分，他很明显是以为自己被欺负了，才见义勇为的。

唐溪解释道："他们俩是我花钱请来的，不是坏人。"

至于为什么要请李壮壮和蔡勇演戏，理由太荒诞，唐溪觉得没必要跟"秦马尧"说，"秦马尧"也不会感兴趣。

"不过还是要谢谢你帮我。"唐溪急着去看李壮壮和蔡勇的情况，也没时间跟他多说，"我走了，再见。"

唐溪小跑着想要回去，秦骁骑着电动车跟上来，声音里带了些别扭，说："我给你添麻烦了。"

唐溪道："没有，你是好人，见义勇为是对的，但是下次一定要谨慎些，不要那么鲁莽，打伤人是要坐牢的。"

秦骁抿了抿唇，在她旁边跟了十几米，说："上来。"

唐溪知道他是要带自己回去，但是他把人打了，李壮壮和蔡勇不会轻易地放过他，他们俩在这一片区域认识很多小混混儿。

唐溪说："不用，我自己回去就可以了，你走吧。"

秦骁说："我跟你一起回去。"

唐溪随口道："不用，我自己可以。他们就是要钱，多给他们些钱就可以了，我跟他们的关系很好，他们不会为难我的，你回去也帮不上什么忙。"

"秦马尧"僵了一下,伸手从兜里摸出一个钱包,里面有一张红色纸币和几张十块钱的纸币。

他微抬着下巴,神色倨傲,把钱包里面的钱全都拿出来递给她,自己只留了一个空钱包。

唐溪愣了一下,说:"不是,我不是跟你要钱,我自己有钱。"

几次和他相遇,唐溪能看出,他并不富裕。

"秦马尧"把那几张纸币塞到她的手里,可能是觉得钱很少,很没面子,佯装潇洒地把空钱包丢到垃圾桶里,骑着电动车绝尘而去。

那是唐溪高中时最后一次见到他,她用钱摆平了李壮壮和蔡勇之后,回想起"秦马尧"当时骑在电动车上那挺直又孤傲的背影,猜测这个骄傲的少年大概是被她的那句"多给他们些钱就可以了……你回去也帮不上什么忙"伤到自尊心了。

她确实是觉得他贫穷,所以不想给他惹麻烦,本意是好的,但是没想到他会如此敏感,可能是误会她嫌他穷了。

她也自责过,当时说话不谨慎,虽然不是故意的,但还是伤害到了他。

后来,唐溪在学校张贴的光荣榜上看到高一十三班第一名的名字秦骁,才恍然大悟,他的名字叫秦骁,不是秦马尧。

她既羞愧又尴尬,想着下次见面时要正式地向他道个歉。不过之后她再也没见过他,因为她对唐渺不堪其扰,也不想再跟宋宁远有接触,就让她爸帮她申请了转校。

这便是唐溪有关年少的秦骁的所有回忆。

再见面时,她被她爸喊去跟他相亲,站在包间外,看到他态度傲慢地冷嘲唐兴昌,一眼就认出了他。

当初那个自尊心强烈的骄傲敏感的少年,已经长成了一个独当一面的男人,只是性格没怎么变。

他会宁愿摔倒,也要小心翼翼地护住要送给重要的人的包,会勇敢地冲出来帮助她,所以她知道他是个好人,但同样也是个自尊心很强的男人。

唐溪觉得他肯定不愿意别人记得他落魄的时候。

没人喜欢在功成名就时被别人揭开伤疤,唐溪当年又一直喊错他的名字,给人家好好一个名字喊成"秦马尧",还找小混混儿一起演戏,也不知道他的心里怎么想自己,会不会觉得她是个心机深沉的姑娘。

因为心虚,唐溪一直装作以前没见过他,只当相亲那次是第一次见面。

好在他看起来也压根儿不记得她，毕竟过去那么多年，大家都发生了很多变化，她跟他的短暂交集，在他二十多年的人生里，并不算什么，短暂得像擦肩而过。

上回听到菜市场那个老板娘说秦骁有暗恋多年的女孩，她就想到了第一次遇到秦骁时，他小心翼翼地护着的那个包，猜测他当时的那个包可能就是要送给暗恋对象的。

他真是一点儿都没变，十年如一日地喜欢送女孩子包。

但是他昨晚突然抱着她埋怨她不记得他了，虽然他说得很含糊，但唐溪隐隐察觉到，他的暗恋对象有可能是她。

今天去菜市场，知道那个被他从菜市场里弄走的卖猪肉的老板是李壮壮，她就更能确定他的暗恋对象是她了。

一时间，她心绪复杂。

通过前段时间的相处，她也能感受到秦骁对她的喜欢，只是没想到他会暗恋自己这么多年。

她的记忆力很好，和秦骁的每一次见面她都记得，寥寥几次，一只手都数得过来，实在不值一提。

她有哪里值得他喜欢那么久呢？

之前，她一直逃避秦骁的感情，不敢直视他那深情款款的眼睛，觉得太容易得到的感情也很容易失去。但是经过昨晚的事，她意识到他喜欢了自己这么久，她觉得她不可以再回避了。

那就这样，坦荡些，弄清楚是什么情况吧，她没办法装作不知道，心安理得地享受他对她的好。

唐溪深吸了一口气，下定决心说："昨天你说了很多话，还让我爱你。"

秦骁缓缓转过身，神色僵硬："我冲你吼了？"

唐溪点了点头。

秦骁说："对不起。"

"不用说对不起，可以告诉我，你心里是怎么想的吗？"

秦骁垂着眸子，低声解释："结婚这么久，我都没有正式地跟你求过婚，我有计划跟你求婚，但酒精打乱了我的计划。"

唐溪："……"

原来他是有计划的。

第十章
表　白

这段时间，秦骁一直在准备求婚表白的事，还没准备好，昨晚酒后失态，打乱了他所有的计划。

看唐溪的样子，她肯定已经知道他对她的心意了。既然如此，他也只能提前表白了。

"唐溪，我喜欢你很久了，现在我想郑重地向你表明我的心意。"

他说完这句，顿了一下，看着唐溪静静等待的脸，手指紧张得微微颤抖，大脑里一片空白。

他不知道要说什么了。

他是写过表白时要说的话的，写了很多，也模拟过告白时的场景，但现在，当着她的面，他一句话都想不起来了。

秦骁抿着唇，沉默片刻，佯装淡定地对唐溪说："唐溪，稍等我片刻，酒精打乱了我的计划，太仓促，我需要准备一下。"

唐溪理解地点点头，说："好，你去准备吧，我等你。"

秦骁转身走出卧室，去书房里，打开书桌下抽屉上的锁，从里面拿出一沓厚厚的信纸，上面写满了他告白时要说的话，但是这些天，他想到什么就写什么，还没来得及删改。

他对这份告白信是不满意的，原本准备删改好再向唐溪表白，可是现在事发突然，他只能用这份还没精修过的稿子了，这些都是他自己写的，只要大致地看一遍,应该可以背出来。

他迅速地浏览自己写的告白稿,捏着信纸的手越来越抖。

他背不下来!为什么会发生这种事情?!秦骁对自己特别恼火。

他抬起手腕,看了一眼手表上的时间,已经过去十五分钟了,他还是无法脱稿背出要告白的内容。

唐溪还在等他。

他紧张得心脏剧烈地跳动,只要一脱稿,就不知道要说什么。

他想要进去让唐溪再给自己两天时间,但脑海里浮现出昨晚酒后的零碎画面。

算了,就这样吧,他已经不会比昨晚更丢脸了。

他对着镜子整理了一下着装,梳了梳头发,拿着厚厚的稿纸,走到卧室门前的时候,突然注意到自己脚上穿的是拖鞋,很不庄重。

他转身去衣帽间里换了一双皮鞋,推开卧室和衣帽间之间的门,走进卧室。

唐溪抬起头,看到他手里拿了一沓信纸,愣了一下。

这是要干吗?他该不会是从网上抄了表白的句子,来向她表白吧?

唐溪上学时也收到过很多男生表白的信,虽然没仔细看过,但只要不小心瞥到一眼,就能看出上面的句子是从网上抄来的。

男人表白从网上摘抄好词好句也是很正常的事情,毕竟肉麻的情话不是人人都能写出来的,秦骁也不像是能写出肉麻情话的人。

不过他有必要写这么多吗?

唐溪隐隐约约看到他手中那沓信纸的最后一张上面还有字,就算他的字很大、很潇洒,写了那么多张纸,也得有上万字了。

秦骁见她盯着自己手里的稿子看,脸色微微僵硬,眸中极快地闪过一抹尴尬之色,眼睫微垂,面无表情又带着点儿生无可恋地解释:"我没想过在今天表白,准备得不充分。"

唐溪瞬间领会到了他的意思,他这是要看着稿子读。

唐溪善解人意地道:"可以。"毕竟这么多字,确实不太好背。

秦骁表情严肃地说:"我开始了。

"唐溪,很荣幸成为你的丈夫,首先我想告诉你,我娶你,不是出于长辈的意愿,娶你,是我心甘情愿,之所以以长辈喜欢你才娶你为由,是因为我有个姐夫,我一直觉得,他是个禽兽。"

唐溪:"……"

318

他不是要向她表白吗？为什么突然开始鄙视姐夫了？他这是拿错稿子了吗？

"十年前，益远集团因经营不当，险些破产，我姐夫趁机以帮助益远集团为条件，娶了我姐，而我，也是在那一年遇到了你。"

秦骁第一次遇到唐溪时，益远集团正因为资金链断裂，濒临破产。

益远集团是秦骁的爷爷创立的，经过几十年的发展，旗下产业涉及很多领域，秦家在南城是名副其实的富贵人家。

秦骁出生便含着金汤匙，从小养尊处优，他姐姐秦姝在当时有"南城名媛之首"的称号，是上流圈子里最明艳动人的大小姐。

秦骁自有记忆以来，就知道他姐姐的爱好是买包。

他家中有好几个房间，全都被做成了姐姐的衣帽间，摆放着她收集的限量款奢侈品包。

他姐是世界上最美丽的女人，这是他姐说的，秦骁当时也赞同他姐的说法。他觉得他姐就应该配一切美好的东西，以后他长大了，会将益远集团继续发展壮大，给他姐买包。

但是那一年，秦家遭遇危机，没有一个家人告诉他这件事情，因为他弱小又无力，做不了任何事情。

他在去她的住处时发现，他姐在卖包。那些曾经摆满她衣帽间的奢侈品包，被一件件地打包成快递，不知寄向何方。

秦骁注意到，他姐每次回家，背的都是同一个包。

这种事情在以前是不会发生的，他姐天生爱美，每周七天，不同颜色的衣服搭配不同颜色的包，从来都不会重样。

那是秦骁第一次意识到，他并不是别人口中称赞的天资聪慧的秦家少爷，只是因为他出生在秦家，才会得到别人的吹捧，当秦家陷入困境时，他什么都做不了。

秦骁的收藏室里也收集了很多东西，他收藏东西不看价格，只凭喜好，收藏的都是他喜欢的，所以真正值钱的东西不多。

秦骁把他收藏室里的东西全部卖掉，因为小时候学过很多乐器，去酒吧里跟着乐队表演也赚了些钱，他给他姐买了一个爱马仕的包，剩下的钱凑足两百万，被他转到一张卡里。

那天，他骑着电动车，把包和卡送去给他姐，经过一段偏僻的道路时，后面突然出现一辆车。

秦骁的包挂在电动车的左车把上，地面坎坷，全是泥水坑，他来不及躲闪,怕包会被弄脏,把包从车把上拿下来,双手抱住,护在怀里。

电动车失去掌控,他跟着摔倒在地。

从他身边滑过去的车停了下来,车上走下来一个女孩,她穿了一身白色的连衣裙,身材纤瘦,脸很小,五官温婉柔美,肤色白皙,一双眼睛水汪汪的,像个纯洁的小白兔。

秦骁扫了她一眼,迅速地从地上爬起来。

女孩走到他的面前,声音软软糯糯地询问他的状况。

微风吹过她的发丝,秦骁闻到了她身上淡淡的香味,看着她干净精致的衣服,余光瞥见自己身上脏兮兮的衣服,觉得好丢脸——他太脏了。

秦骁不想让她看见自己狼狈的样子,想让她赶紧走,冷声道:"没事。"

司机从车上下来,质疑他是碰瓷的。

秦骁非常羞恼,他哪里像是碰瓷的?

不知道女孩会怎么看他,会不会也觉得自己是碰瓷的,他忍不住瞥了一眼女孩的脸,女孩弯着眼角,脸颊上露出一对小酒窝,笑得很甜,并没有像司机那样误解他。

她一眼就看出来他摔倒是为了保护包,说她也喜欢包,夸了他的包好看,还说他的车很酷,她也想要一辆,问他的车是在哪里买的。

他有点儿不好意思回答,这辆车是从二手市场里买回来的,不适合她这样干净漂亮的小姑娘。

女孩看到他身上脏了,从车上拿了一包纸巾递给他,声音温柔地向他道歉。

秦骁盯着她白皙精致的脸蛋儿,低声道:"不用。"

她不用道歉,不是她的错。

他没接她递过来的纸巾,因为他刚刚用手摸了一下衣袖,现在手有点儿脏,怕弄脏她的手。

女孩把纸巾放在他的电动车的车座上,转身上了车。

秦骁坐在电动车上,目送她坐的车消失在视野中,空气中仿佛还飘浮着她身上的香味。

她的笑很甜。

她有两个甜甜的酒窝。

她的声音很甜,悦耳动听。

他怎么就摔倒了,地上为什么要有水?他好脏!

不知道她刚刚有没有注意到自己趴在地上的姿势,他爬起来的动作帅不帅？

她肯定看见了，他好丢脸。

秦少爷出生十几年，从来没这么嫌弃过自己。

下次，他一定不要这么狼狈地出现在她的面前。

彼时，秦小少爷还不知道情为何物，就是觉得自己应该穿得干净体面地让她看自己一眼。

那个暑假，他经常会骑着电动车到那条路附近转一转，但是没再在那条路上见到过她。

他原以为不会再跟她见面了，没想到会在学校的办公室里看见她。

那是高中第一次月考出成绩后，因为前一晚在酒吧里打工，秦骁在物理考试时，没斗过困意，试卷没写完，睡着了，只考了三十分。

他们班的班主任兼物理老师把他叫到办公室去，对他的物理成绩痛心疾首，整个办公室的老师都往他这里看。

秦骁淡然置之，并不在意老师说了什么，对老师说的话左耳朵进，右耳朵出，也懒得解释自己为什么只考了三十分。

他站在办公桌前，忽然看到上次在路上遇到的那个姑娘站在窗户旁，笑容灿烂地对着他比心，让他加油。

秦骁的目光一闪，他看着她甜甜的笑，心在剧烈地跳动。

是她，她在给他加油，比心。

秦骁扬起唇角，随即想到他的物理只考了三十分，唇角的笑容一僵。

她是听见了他的物理分数，才让他加油的。

她不会觉得他的成绩很差吧？

秦骁的心里涌起一股懊丧感，他开始责怪自己考试的时候怎么睡着了。

三十分不是他的正常水平，他可以考到满分的。

好丢脸，他原本是可以让她知道自己考了满分的，现在却只考了三十分，还在她的面前被老师批评了，所有人都在看他，更丢脸。

可是他如果解释自己是因为考试的时候睡着了，才只考了三十分，似乎还是很丢脸。

秦骁抿着唇，在心里安慰自己，没事，他下次可以考满分。

那天，知道她和他在同一所学校同一个年级后，他既激动又羞耻，激动的是因为以后可以经常见到她，羞耻的是因为他的物理只考了三十分，被她看见了。

秦骁找人打听了她的消息，她是高一一班的唐溪，比他小一岁。

从那之后他经常能在校园里看到她，她的脸上总是挂着甜甜的笑容，眼睛清澈明亮，还对他比过心。

秦骁每晚睡觉前都会想到她比的那个心，学着她的动作，双手比成心的形状，放在胸前。

他意识到，他喜欢上唐溪了。

唐溪应该也是喜欢他的，因为她对他比了心。

秦骁不由自主地关注着她。

期中考试成绩出来后，秦骁看着自己的满分物理试卷，想着要给唐溪看看，告诉她，他受到了她的鼓励，考了满分。

但是她和他不是同一个班级的学生，班级所在的教学楼不是同一栋，连光荣榜都是分开放的。

他们班的光荣榜放在他所在的这一栋楼的前面，唐溪平时不会经过这边，看不见。为了让她看见，他便把试卷塞到了她的电动车的车篮里，等着她主动来找他。

回到班级里后，一到课间休息时，秦骁就站在教室前面的走廊上，向下看她有没有过来。

整整过了两天，他才在走廊上看到她的手里拿着试卷，往他这边的教学楼走过来。

她穿着一条粉色的裙子，头发扎成了马尾辫，微风掀起她的裙摆，她不急不缓地向他走过来，身姿绰约，像仙女一样。

她叫唐溪，名字也像仙女一样。

他的教室在三楼，等她上了楼梯，他赶紧走进教室，坐在位子上，拿出一本书，假装在看书。

唐溪走到他们班教室的后门，他以为她看见了他，会直接喊他的名字，但她没注意到他，喊住了班上的另外一名男生，不知道在说什么。

他想到自己好像还从来没跟她说过自己的名字，她应该还不知道自己的名字。

他要正式地介绍一下自己。

他从椅子上站起来，往教室外走去。

唐溪抬眸，看到他，冲他笑了一下，秦骁正想明知故问她怎么来了，就听见唐溪说："你就是秦马尧啊。"

秦马尧？秦骁整个人都僵住了，是谁这么缺德，跟她造谣他叫秦马尧？

唐溪指着他的试卷上的名字说："这儿不是写着吗？秦马尧，不是吗？"

秦骁看着自己试卷上的字，心情复杂。

他的字为什么这么丑？他为什么考试时不认真写字？他如果认真写字，唐溪就不会认错他的名字了。

他看着唐溪有些忐忑的脸，她像是也意识到可能认错他的名字了，有点儿尴尬。

如果他当场指出她的错误，她可能会害羞，尴尬得以后再也不来找他了。

算了，秦马尧就秦马尧吧，他不想让唐溪尴尬，也不想承认自己的字丑。

好丢脸，他把名字写得太潇洒，导致唐溪认错了他的名字。

秦骁之后每次写名字时都会很认真，一笔一画，工工整整，希望下次见面时，可以让她知道自己的名字是秦骁，不是秦马尧。

期中考试后的校运动会，秦骁的班上女生多男生少，自愿报名参加长跑比赛的男生人数不够，班主任让他报名参加长跑比赛。

他当时想，校运动会，同一个年级组的人在一起比赛，唐溪应该也会去看比赛，就答应了报名。

他站在候赛区时，眼睛往四周看了一圈，没看见唐溪，心里有些遗憾，但发令枪响起，比赛正式开始，他还是用尽全力跑了第一名。

学校广播里开始播报他的名字："男子一千米比赛，第一名，高一十三班秦骁。"

整个学校的广播都播报着他的名字，不知唐溪有没有听见。

天气很热，他跑完一千米身上全是汗，低头看了一眼自己身上被汗打湿的衣服，准备去换一身衣服，往前走了两步，余光突然瞥见一抹熟悉的身影。

他抬起头，看见唐溪正站在他的对面，冲他飞吻，手舞足蹈、神情雀跃地祝贺他跑步比赛得了第一名。

阳光下，她白皙的脸颊因为激动泛起一层红晕，黑长的头发披散在身后，头发上戴着一个白色的珍珠发箍，随着她的跳动，珍珠闪闪发光。

唐溪手上拿着一瓶矿泉水，在等着他，笑着喊他过去："秦马尧。"

秦骁："……"

她没听见刚才广播里播报他的名字？

没关系，她可能是看他看得太认真了，没注意听广播。

他抬腿走到唐溪的身边，唐溪把矿泉水递给他，脸颊泛红，害羞地问他："喝水吗？"

秦骁压抑着唇角的笑，从她的手中接过矿泉水，仰头喝水。

唐溪跟着他抬起下巴，勾着唇角，笑容灿烂地看着他喝水。那个笑让他犹如百爪挠心，胸口一阵绵软。

唐溪主动和他聊天："你是参加了长跑比赛吗？"

秦骁险些克制不住剧烈的心跳，"嗯"了一声，盯着她问了一句废话："看比赛？"

唐溪点了一下头，大概是觉得害羞，以朋友喊她为借口跑开了。

秦骁握着剩下的半瓶水，目光随着她移动，挪不开眼。

秦骁听到她和她的朋友讨论他，说她和他有缘分。

原来，她早就和她的朋友聊过他。

唐溪察觉到他听到了她们的聊天内容，害羞地抬头看了他一眼，又迅速地移开目光，神情有些局促。

他们俩就像是恋爱中的情侣，被周围的朋友打趣了。

为了不让唐溪害羞，秦骁也移开了落在她的身上的目光，又忍不住偷偷地看她。

运动会当天不上课，他比完赛，二婶给他打电话，说他姐回家了，让他回家吃晚饭。

他骑着电动车回家，一路上，只要想到唐溪，就忍不住开心，因为他恋爱了。

秦骁神清气爽地回到家，走进客厅，看到沙发上，他姐和他姐夫坐在一起，脸色瞬间沉了下来。

沈故怎么也来了？早知道沈故来了，他就不回来了。

对于秦姝和沈故联姻这件事，秦骁极力反对，但是反对无效，不久前，秦姝和沈故还是偷偷地领了证，一起瞒着他，没让他知道。

全家人都知道这件事，只瞒着他一个人，最后他是自己发现这件事的，因为不久前家里遣散的用人又被请回来了，家里的公司也在慢慢地好转，这些绝对不是他那个平庸的爸爸和更平庸的二叔可以做到的，他们肯定是求助了沈故。

而沈故帮助秦家的条件就是他姐。

沈故这个禽兽。

他就是去要饭，都不会接受靠卖姐姐换来的利益。

秦骁冷着脸，抬腿往楼上走。

秦姝跟在秦骁的身后，看着弟弟冷酷的表情，无奈地道："小屁孩儿，你这么跩，当心以后没有女孩子喜欢你啊。"

秦骁的脚步顿了一下，他停下来，看着他姐，唇角微微地上扬，说："有。"

少年藏不住心事，有了喜欢的人就忍不住想跟亲人分享。

秦姝怔了一下，看着弟弟情窦初开的表情，笑着问道："有女孩子喜欢你了？"

秦骁抿着唇，坐在沙发上，点了一下头。

秦姝坐在他的旁边，问道："那是个什么样的女孩子啊？"

秦骁压抑着上扬的唇角，淡淡地道："是个仙女。"

他说完，没克制住，笑了一下。

秦姝挑了一下眉："看把你给乐的，是什么样的仙女，难道比你姐我还美？"

秦骁转头看着秦姝，神情认真地说："都美。"

秦姝"啧"了一声，说："这个问题是我问的，在我面前，你应该为了哄我开心，说姐姐最美，姐姐是全天下最美的女人。在我面前你都不说我美了，那就完蛋了，你肯定觉得我没有她美，哎呀，算了，虽然我觉得我是天底下最美的女人，但我允许我的弟媳妇比我更美。

"对了，你们俩在一起，是谁先表白的？"

秦骁道："没有表白。"

秦姝道："没有表白就在一起了？"

秦骁抬手摸了一下嘴唇。

秦姝惊讶地道："亲了？"

秦骁严谨地道："不算，我今天跑步得了第一名，她冲我飞吻。"

秦姝点了点头，笑着说："看来是个活泼开朗的女孩子。既然还没表白，那你可要快点儿表白呀，这种事情应该由男生主动，不能让女孩子先表白，知道吗？"

秦骁"嗯"了一声，说："我会准备。姐，等我告白后，我就把她带回来给你看。"

秦姝说："好，等你正式向她告白后，就把她带回来给姐姐看。"

那天，整个秦家的人都知道他们的小少爷恋爱了，女朋友是个仙女。

秦骁准备了一个星期，写了一封情书，从花店买了一束粉红色的玫瑰花，在兜里揣了两张电影票，骑着电动车去表白。

学校禁止早恋，他怕会被学校的老师看见，就在她放学回家的必经之地等着她。

他等了很久，学校里的人都快走光了，还是没看见她出来，正准备去学校里看看她还在不在，突然看见唐溪背着书包，走进了一条小巷子里。

他骑着电动车跟上去，看见两个无赖把唐溪堵在墙边，她蹲在墙角，蜷缩成一团，纤瘦的肩膀轻轻颤抖，像街边流浪的小猫一样，可怜又无助。

那一刻，秦骁的整颗心都在抽痛，他什么都没想，骑着电动车撞了过去。

这是他这辈子第一次跟别人打架。当时他的脑子里一片嗡鸣声，什么都听不见，自己是用什么姿势打架的，帅不帅，他也不记得了，最后看到唐溪的手里举着铁棍，满脸惊恐地打了对方一棍子，才稍稍找回理智。

唐溪还在这里，他不能让她看到这种场面。

趁着两个混混儿愣神的工夫，他拦腰把唐溪抱到电动车上，飞速地骑着电动车把她带走。

他想，如果不是唐溪在那里，如果不是怕伤到唐溪，他绝对不会那么轻易地放过那两个人。

秦骁神色冷厉，骑着电动车，也不知道要往哪里去，就这样漫无目的地带着她骑了十多分钟，她被微风吹起的发丝飘到他的脸上，秦骁嗅到她的发香，才意识到自己的表情有多凝重。

他深吸了一口气，调整了一下自己的表情，停下车，在她的身上打量了一眼，没看到她哪里受伤，但还是不放心，焦急地问道："你受伤了吗？"

唐溪一脸无语地道："你怎么打人呀？"

秦骁："……"

他怎么打人？

秦骁愣了一下，没等他说话，唐溪就道："他们俩是我花钱请来的，不是坏人。"

把她堵在墙角，欺负她的，不是坏人？

秦骁不懂她是什么意思，但她说他们不是坏人他们就不是坏人。

唐溪神情复杂地道："我走了，再见。"

秦骁意识到自己给她添麻烦了，内疚地跟上去，承认错误："我给你添麻烦了。"

唐溪没有怪他,但语气已经开始不耐烦,让他不要再跟着她,这件事用钱解决就可以了。

这是他惹的事,当然不能让唐溪出钱,他从兜里摸出钱包,发现里面只有一百多块钱。

因为现在家里的公司经营都是靠姐夫维持,他不愿意花姐夫的钱,所以不再要家里的钱,自己去酒吧里打工赚钱。

最近为了准备表白,他已经一周没去打工了,今天又买了花和电影票,更穷了。

他看着钱包里的一百多块钱,把钱全都给了唐溪。

唐溪大概是觉得他可怜,不要他的钱。

他怎么这么没用?惹了事,还要让唐溪花钱去解决,好丢脸。

那天,秦骁骑着电动车消失在唐溪的视野中后,又悄悄地跟着她回去了。

李壮壮和蔡勇的腿骨折了,需要住院,因为和唐溪的关系不错,他们知道是误会后,也没有为难唐溪,只是让唐溪出了医药费。

但唐溪的心里过意不去,又怕他们会私下为难秦骁,多给了他们一笔钱,替秦骁说了些好话,李壮壮和蔡勇向她保证,绝对不会去找秦骁的麻烦,唐溪这才放心地离开。

她了解李壮壮和蔡勇,他们俩虽然是混混儿,但也很讲义气,答应唐溪不会为难秦骁,就不会食言。

秦骁等唐溪从医院里离开后,找到李壮壮和蔡勇,向他们俩询问唐溪花钱请他们俩演戏的原因。

李壮壮和蔡勇虽然答应唐溪不会为难他,但腿都被他打骨折了,也没给他什么好脸色。

秦骁第二天提了礼物去医院,经过一晚,李壮壮和蔡勇的气消了不少,他们很快就和秦骁和解,并且以兄弟相称。

他们俩对唐溪和唐渺、宋宁远三个人之间的事情了解得也不多,加上对秦骁还有点儿怨气,想整秦骁,就把自己知道的事情添油加醋,带着浓重的主观意识告诉了秦骁。

秦骁从他们俩这里得知,唐溪之所以请他们俩演戏,是因为和妹妹喜欢上了同一个男生——宋宁远。

唐溪和宋宁远两情相悦,但是妹妹唐渺是唐溪的后妈生的,在家里比较受宠，蛮横霸道，为了抢唐溪的男朋友，花钱买通他们，让他们刁难唐溪，警告唐溪离宋宁远远点儿，让她和宋宁远分手。

唐溪喜欢宋宁远，不想和宋宁远分手，就和他们俩商量好，每次演戏拍些害怕的视频给唐渺看看，敷衍唐渺，但私底下依旧和宋宁远有来往。

所以唐渺时不时地就会被唐溪和宋宁远在一起的样子刺激到，找他们俩收拾唐溪。

秦骁听完他们俩说的话，觉得很荒谬。

唐溪是喜欢他的，怎么可能喜欢那个叫什么宋宁远的？

李壮壮看他不相信，让他去找别人打听，宋宁远也是他们学校的，在高一二班，就在唐溪班级的隔壁，一班和二班有很多人知道唐溪和宋宁远是青梅竹马，听说家里还给他们俩定了娃娃亲。

秦骁不是偏听偏信的人，不会因为李壮壮和蔡勇两个人的话就信了唐溪有男朋友。

他找人调查了唐家和宋家，发现唐家和宋家确实如李壮壮、蔡勇所说，是世交，两家人早就约定好要联姻，就像他姐和他姐夫一样，从小就定了娃娃亲。

可是唐溪会对他比心，给他加油，给他飞吻，她不喜欢他，为什么要做这些？

然后，他看见，唐溪在对一个女生比心，在给一个女生飞吻。

原来，唐溪不是只对他一个人比心，给他一个人飞吻，对其他人也会比心、飞吻。

她就是单纯地善良。

一切都是他在自作多情，唐溪真的不是喜欢他。

他的初恋，还没正式开始，就结束了。

秦骁失魂落魄地回到家中，那个样子，加上他之前说要去表白，到现在也没有得到回应，秦家人很容易就猜到他是感情受挫了。

为了安慰他，秦母亲自下厨，做了他最爱吃的椰子鸡。

秦骁没有胃口，吃不下，秦母和秦二婶轮流端着椰子鸡劝他吃。

一家人围着他，劝他看开点儿。

秦父安慰道："不就是失恋吗？人这辈子那么长，谁还不失恋几次？你这才只是第一次，以后还会经历很多次，不能失恋一次就把身体饿垮了。"

秦母瞪了秦父一眼："不会说话就闭嘴。"

秦父纳闷儿地道："我哪里说得不对吗？"

秦母忍无可忍地道："滚出去。"

秦骁见家人都在关心他，拿勺子吃了一口椰子鸡，味同嚼蜡，嚼着嚼着，突然觉得胃里很不适，而家里人还在劝他多吃，端着椰子鸡在他的人面前晃来晃去。

从那以后，他每次只要看到椰子鸡，就会反胃，恶心想吐。

那天，整个秦家的人都知道，他们家的小少爷失恋了。

秦骁的姐夫沈故安慰他，说失恋的感觉，他能懂。

秦骁知道，他姐和他姐夫从小就定下了娃娃亲，但是他姐在十八岁生日宴那天，当众宣布自己是单身，甩了他姐夫，他也因此觉得，他姐不喜欢他姐夫，嫁给他姐夫都是为了秦家。

秦骁有一瞬间觉得自己和曾经的姐夫同病相怜，于是生平第一次向他姐夫低头，跟他姐夫借钱，想让李壮壮和蔡勇把医药费还给唐溪，他来出这笔钱。

但是他姐夫没借钱给他。

当时他姐夫假惺惺地教他，男子汉大丈夫，要靠自己的双手赚钱，后来他才知道，他姐夫其实是没钱借给他。

他姐给了他钱，让他拿去给李壮壮和蔡勇，他多给了李壮壮和蔡勇一些钱，让他们俩以后再配合唐溪拍视频的时候，不要向唐溪要钱。

之后，他没再见过唐溪，也没再去酒吧里打过工，开始认真地跟着姐夫学习管理公司，开始慢慢地遗忘唐溪，但再也没见过能让他心动的女孩子。

直到几个月前，他去商场里视察，从电梯上下去的时候，看见她从他左边的电梯上来。

她穿着一条白色的裙子，头发披散在身后，模样和当年一样精致脱俗，只是那常挂着明媚笑容的脸上神情冷淡。

她抿着唇，微抬着下巴，水汪汪的眼眸冰冷又坚定，身后跟着两个保镖。

匆匆一眼，秦骁就感觉到她不开心。

匆匆一眼，他就知道他从未忘记过她。

她没有和宋宁远在一起，她家的公司出现了问题，她的父亲想要让她联姻，换取利益。

于是，他让家人以联姻为借口，让她成了自己的妻子。

"那一年，是我喜欢你的第一年，今年，是我喜欢你的第十年。

"那一年，我姐为了秦家，跟我姐夫联姻，今年，你要为了唐家联姻。

"我不希望我所珍视的女孩子都不能自由地选择自己的婚姻，我想，先跟你结婚，帮你渡过这次难关，等你遇到真正喜欢的人就放你走，让你自由地选择自己想爱的人，过自己想要的生活。"

唐溪的目光微闪。

原来他是这样想的，最开始，他没打算跟自己做真夫妻，所以才会经常不回家，他娶她，只是想帮她。

"可是结婚第一晚，我就差点儿没经受住考验。我在肖想你的身体。"

唐溪："……"

他在说什么？

他肖想她的身体这种话，是可以写进告白稿子里的吗？

"你的唇看起来很红润、很软，让我无法抗拒，我只能选择逃避，才不会化身禽兽。"

唐溪深吸一口气，眼里感动的泪花消失殆尽。

如果不是这一句话，她可能都忍不住要哭了。

他念的真的是情书吗？

"我在外面住了一周，你给我发消息，让我回家，我无法拒绝你，所以我回家了。"

他不会是把他的日记本拿出来了吧？

"回家后，你说你爱我，我看得出来，你不是真心的。"

唐溪："……"

这种话，他真的不必写在告白信里。

"你每周五的下午六点都会给我发消息，让我回家，随着回家次数的增多，我越来越控制不住我自己的身体，每次跟你躺在一张床上，我都在肖想你的身体。"

唐溪没忍住，笑了一声。

秦骁停下来，抬眸看着她说："溪溪你先别笑，我还没念完。"

唐溪道："对不起，我没忍住，你继续吧。"

秦骁把第一页稿子翻过去，看了一眼第二页稿子，也有点儿念不下去了，脸上露出无奈的神色，向唐溪解释："我这是初稿，没有删改过。"

唐溪忍着笑，点了点头，说："我知道，按照你的计划应该是要改完稿子才表白的。没事，你继续说吧。"

秦骁说："我继续了。"

唐溪点头："嗯。"

秦骁继续念道："你会跟我说一些虚情假意的情话，我看得出来，都不是出自你的本心。"

唐溪："……"

他又看出来了，接下来不会是她的批斗大会吧？

秦骁："但每次听到，我还是很开心。"

唐溪挑眉笑了一下。

秦骁："我突然不想放你走了，我想跟你做真正的夫妻，我成了和我姐夫一样的禽兽，以联姻为借口，将自己喜欢的人留在身边。"

原来，这是一封认罪书，他的第一句话就说姐夫是禽兽，就是为了拉个垫背的吗？

唐溪"扑哧"一笑。

秦骁深吸了一口气，生无可恋地道："溪溪，我这是初稿。"

唐溪点头："嗯，我知道。"

"你会偷偷地看着我笑，我想，你是不是开始喜欢我了。"秦骁的声音小了些，"可是因为十年前的事，我又不能确定你是否真的喜欢我。"

唐溪："……"

十年前的事？

唐溪见他严肃的表情里流露着一丝委屈，感觉不太对劲，像是她对他做了什么亏心事一样。

唐溪问道："十年前怎么了？"

秦骁淡淡地道："没什么。"

唐溪不肯放过他："我想听实话。"

秦骁沉默片刻，神情僵硬地坦白："你在窗户外面对我比心，在操场上给我飞吻，我以为你喜欢我。"

唐溪："……"

还有这种事？她怎么不知道？

比心和飞吻这两个动作，她倒是经常做，但是只对苏栀和叶初夏做过，应该没给他做过吧？

秦骁看她一脸茫然，后知后觉，他又自作多情了。

唐溪没有直接挑明真相，因为他的告白信还没有念完。

秦骁的神色紧绷，他看着自己没删改过的稿子，像是有点儿嫌弃，但已经这样了，也就破罐子破摔，继续读了。

唐溪看他明明很要面子，却还要强忍着丢脸的感觉，佯装淡定的样子，对于她最恐惧的爱情突然就没那么害怕了。

她抬手压住自己的胸口，一点儿一点儿地听着他的心路历程，觉得好安心。

"我们开始过上了平静安逸的生活，你对我越来越好，我有时候会觉得你开始爱我了，有时候又会觉得你离我很遥远，你的心好像忽冷忽热，但是我已经确定，我无法让你离开，所以我想，不管你爱不爱我，我都要开始准备正式地向你告白，让你知道我的心意。"

秦骁读完最后一句话，抬起眸子，目光灼灼地看着她，等着她的回应。

唐溪放下手，笑了一下，问："知道为什么会觉得我的心忽冷忽热吗？"

没等秦骁说话，唐溪接着道："因为我曾发誓，这辈子都不要爱上一个人。"

秦骁神色一僵，眸中的光芒一点点暗淡。

唐溪再次抬手按住自己的心口，看着秦骁问道："看过我做这个动作吗？"

秦骁垂眸，看了一眼她捂在胸口上的手，觉得自己似乎看懂了唐溪的意思，唇角微微上扬，神色有些激动地说："我看过，在东城的酒店里，我趴在桌子上看你的时候，你用手按过胸口；在古镇拍照时，你用手按过胸口；在古镇，你看月亮的时候，用手按过胸口，所以你是……你是……？"

"对啊。"唐溪替他说了接下来的话，"我每次按住这里都是因为心脏跳得很厉害，我克制不住，想把它压回去。我不是忽冷忽热，就是喜欢你又不想承认。"

秦骁走到唐溪的面前，伸手握住她的手，目光专注地盯着她的眼睛，小心翼翼地问："你可以让我，听听你的心跳吗？"

唐溪点了点头，没有犹豫地说："可以。"

秦骁将她的手从胸口上拿开，抱住她，将脸埋在她的怀里，将耳朵贴了过去，感受着她的心跳，激动得胸膛剧烈起伏，寂静的房间里，两个人的心跳声仿佛交缠在一起。

不知过了多久，秦骁的双臂还紧紧地环着她的腰，他张了张口，声音有些发抖："溪溪，你是，爱我了吗？"

他已经知道了答案，但声音里还是带着期盼，要听到唐溪亲口说出来才安心。

他抬起头，用他的那双炽热的眸子目光灼灼地看着她，眼底藏着浓烈的希冀。

　　他总喜欢这样含情脉脉又充满期待地看着她，让唐溪既愧疚又心疼，但是看到这个一向骄傲的男人像个可怜的大狗狗一样蹲在自己的面前求宠爱，她又忍不住想逗他一下。

　　唐溪的心脏"怦怦"直跳，目光落在他黑油油的头发上，她伸手摸了摸他的脑袋，一本正经地道："秦马尧，我要是还不爱你，你会不会哭呀？"

　　秦骁一僵，凝结在他身边的忧郁气氛骤然消散，嘴角抽了一下，一字一顿地道："不要这么喊我。"

　　"秦马尧。"

　　秦骁重复道："不要这么喊我。"

　　"秦马尧。"唐溪挑衅他，"我就喊，怎么了？"

　　秦骁深吸了一口气，松开搂着她的腰的胳膊，从她的身前站起来。

　　唐溪愣了一下，怔怔地看着他转身抬腿向外走。

　　他该不会是因为这个称呼被她惹恼了吧？

　　她还没来得及想，如果他真恼了她要怎么办，就见秦骁并未如她设想的那样走出卧室，而是绕过床尾，走到窗户旁，抬手拉上了窗帘。

　　房间里的光线一暗。

　　秦骁返回来，在稍显昏暗的房间里，目光炯炯地看着她，将手掌放在床上，意味深长地拍了拍："过来。"

　　唐溪将双腿蜷缩在沙发上，摇了摇头："不要。"

　　秦骁直接上前一步，把她抱起来放到床上，单膝跪在床上，俯身捏着她的下巴，吻住她的唇瓣，喉中发出一声轻哼，贴着她的嘴唇，呼吸粗重地霸气宣布："我想要就要。"

　　他的语气里夹杂着得意。

　　唐溪："……"

　　想要就要，他这么霸道了吗？

　　"可以吗？"他又补了一句。

　　唐溪"扑哧"笑了一声，唇上突然一痛，是秦骁在她的下唇上咬了一口。

　　唐溪抬手打他的肩膀，被他单手握住手腕压过头顶，他的另一只手撩开她的裙子，恶劣地放在她的腰上，指腹抵在她纤细的腰肢上摩挲。

唐溪的身体不受控制地向他贴了一下,她在颤抖中慌乱地求饶:"不要,我错了。"

"错在哪儿了?"

唐溪被他弄得口不择言:"不该喊你秦马尧。"

秦骁的吻停了一下,随即吻得更加凶猛。

意乱情迷间,秦骁用拇指指腹抚过唐溪眼角的湿痕,又用嘴唇一点点吻干,声音低沉喑哑,一脸无辜地说:"溪溪,你怎么哭了?"

唐溪抿着唇,眸中闪烁着泪花,瞪了他一眼。

秦骁凑到她的耳边,低声诱哄,带着威胁:"说话,刚刚怎么教你的?"

"不说?"

唐溪微微地动了动脑袋,把脸埋在枕头里,羞耻地道:"老公厉害。"

秦骁满意地轻笑一声,把她的脸转过来,盯着她红扑扑的脸蛋儿,在她的唇上亲了亲:"爱我吗?"

唐溪伸手搂住他的脖子,把脸埋在他的胸口上:"爱,我爱你。"

"以后还乱喊我的名字吗?"

唐溪又想笑了,咬了一下自己的舌尖,忍住。

"不喊了。"

也不知道她哪句话踩了这男人的兴奋点了,他又开始了。

唐溪浑身疲累,昏昏沉沉地睡了会儿,再次醒来时,外面天已经快黑了,身后男人的胸膛紧紧地贴着她的背,两个人的身上都出了汗,有点儿黏。她突然想起什么,但四肢还软绵绵的,不太想动,就慵懒地在床上继续躺着。

秦骁见她醒了,凑上来亲她的嘴唇。

大概是脸已经丢光了,他此刻十分不要脸,居然让唐溪给他的表白打分。

"满分是多少?"唐溪问他。

秦骁说:"你说多少就是多少。"

唐溪说:"满分十分。"

秦骁"嗯"了一声,眼睫微挑,直勾勾地看着她,等待她的打分。

唐溪一脸纠结。

秦骁眯了眯眼:"你不满意?"

"当然不是，我就是有件事还有点儿不明白，你确定我给你比过心，飞过吻吗？"

这件事必须要说清楚，按照他的说法，她给他比心、飞吻，又不喜欢他，那她不就成了只撩不爱的渣女了吗？

秦骁听她这么问，心里已经确定了答案：她那时应该是在对别人比心、飞吻，只是不知道是对谁。

他有些难堪地低咳一声，说："没什么。"

唐溪伸手在他的唇上点了点："我不要听'没什么'，我要听实话。"

秦骁握住她的手，张嘴含住她的手指。

唐溪把手抽出来，催促道："快说。"

秦骁抿着唇，沉默片刻，没抵住唐溪撒娇的眼神，将视线移向天花板，幽幽地道："大概是我误会了，你那时候站在我的对面比心，我以为是对我比的。"

唐溪回忆着十年前跟他仅有的几次见面，不确定地问道："就是演讲比赛那次吗？"

秦骁不记得什么演讲比赛，只想跳过这个话题，敷衍道："应该是。"

唐溪反应过来了，应该是她对苏栀比心，他刚好站在苏栀的背后，个子又高，视线直接从苏栀的头顶越过，误会了。

唐溪顿时不知道说什么好了，只能安慰秦骁："看来我改天得请栀子吃顿大餐了，如果不是给她比心，我也不会误打误撞得到一个这么好的老公，对不对？"

秦骁"嗯"了一声，说："对。"

唐溪："……"

她只是客气地安慰他一句，他倒也不必如此自恋。

"你那次是对苏栀比心？"

他才发现吗？

唐溪点头："对啊，这个动作我只对栀子和初夏做过。"

秦骁静静地盯了她片刻，突然低头在她的耳朵上亲了亲，转移话题："溪溪，你还没打分，满分十分。"

他最后的四个字像是在暗示着什么。

唐溪唇角上扬，笑着问："你想要几分？"

秦骁半眯着眼看她。

唐溪垂下头，说："你不说你想要几分，我就不给你打分。"

335

秦骁沉默片刻，拿她没辙，说："十分。"

唐溪说："那我就给你打十分。"

秦骁满意了，含住她的耳垂，低声问："刚刚舒服吗？"

唐溪不知道他是怎么自然地把话题转到这上面的，抬手挡住自己泛红的脸颊，小声说："以后不许问这种话。"

秦骁换了个问法："你满意吗？"

唐溪在他的怀里转过身，背对着他，用胳膊肘向后推了推他的胸口。

秦骁扶住她的胳膊，贴上来亲她的耳朵，声音坚定不移："溪溪，我爱你。"

晚上临睡前，秦妈妈打了电话过来，说明天秦姝和沈故会带着女儿莹莹回老宅，让秦骁和唐溪回家吃饭。

莹莹今年才八岁，是个可爱漂亮的小姑娘，性格也很活泼，唐溪很喜欢这个外甥女。翌日早上起来吃完饭，唐溪和秦骁一起去玩具超市里给莹莹选礼物。

小姑娘从出生起就是秦沈两家的掌上明珠，什么都不缺，唐溪想了很久都不知道要送什么礼物，问秦骁也没问出什么意见，他每次都是送外甥女芭比娃娃，这次再送芭比娃娃估计莹莹都要嫌弃他们了。

"你想一想啊，送什么给莹莹她会喜欢。"唐溪问秦骁。

秦骁"嗯"了一声，说："你送什么给她，她都喜欢。"

她白问了。

唐溪继续看着玩具超市里的货架，选礼物。

"哎，这个怎么样？"

唐溪拿起一套迷你公主城堡立体拼图模型给秦骁看，秦骁还没说话，手机突然响了起来，他拿起来看了一眼，是秦媛打过来的。

他们选礼物用了很长时间，现在已经快到中午了，秦媛估计是打电话过来催他们的。

唐溪没再纠结，决定就买这种公主城堡的立体拼图模型，不过买哪个模型还要选一选，小姑娘眼光高，喜欢漂亮的东西，不好看的玩具估计都懒得玩。

唐溪示意秦骁先接电话，自己蹲在货架前选礼物。

秦骁站在她的身后，接通电话，听筒里响起秦媛的声音："喂，哥，你们快到了吗？"

秦骁道："没有，你嫂子在给莹莹选礼物，选完再过去，挂了。"

"先别挂,我还有正事没说呢。哥,你是不是不跟唐家的公司合作了?"

秦骁垂眸看了唐溪一眼,"嗯"了一声,问:"你听谁说的?"

暂停跟唐家的公司合作这种小事,秦骁没跟家里人说过。

"嫂子的继母现在在我们家,说是来拜访,进门后不久说话就开始阴阳怪气,"秦媛冷哼一声,"当我们听不出来她在挑拨离间呢。哥,我妈让我问问你和嫂子的意思,是要留点儿面子,还是不留面子?"

秦骁淡淡地道:"不用留面子,我和你嫂子等会儿就到,尽快解决。"

"好嘞,哥哥,收到!"

秦骁挂了电话,唐溪抬眸,好奇地问他:"你跟媛媛说什么?"

秦骁实话实说:"连雅波在我们家。"

唐溪愣了一下,猜到连雅波去秦家可能是为了秦家和唐家合作的事,之前她给自己打电话,自己没接,她就直接去秦家了,也不知道会在秦家人的面前说什么。

唐溪在心里骂了一声"无耻"。

"你不用管她,我爸妈他们会处理好。"秦骁安慰道。

秦家都是善良的人,她刚和秦骁确定结婚的时候,连雅波就在她的面前说过,秦家当年在差点儿败落的时候跟沈家联姻,靠着沈家才把濒临破产的公司拯救回来,现在选择跟唐家联姻,是为了在上流圈子里得个好名声。

唐溪有点儿担心连雅波会乱说话,戳到秦家人的痛处。

"我们快点儿回去吧。"

秦骁把她手里选好的模型玩具接过去,搂着她的肩膀,轻拍了一下,说:"不着急,没事。"

唐溪道:"我和她的关系不好,她去老宅不是为了求合作,就是为了说我坏话,想让我不好过。"

唐溪的话说得很直白,她觉得现在和秦骁没什么不能说的。

秦骁微微勾唇,盯着她笑。

"你笑什么?"

秦骁用眼睛扫了四周一眼,见没人往这边看,把手里的玩具盒举起来,挡住两个人的脸,凑到唐溪的脸上亲了一口。

"你干吗呀?"他怎么突然就亲她?

唐溪摸着脸,心虚地看了一眼周围。

秦骁小声道："没人，我看过了。"

"那也不能亲呀，这大庭广众的。"唐溪看他还举着玩具盒挡着他们俩的脸，跟掩耳盗铃似的，就算本来没人注意他们俩，他这么大一个玩具盒一举起来，人也都往这边看了。

唐溪想象了一下玩具盒被放下后，其他人打量的目光，有点儿羞窘，眼眸微动，对秦骁说："你先举着这个玩具盒，别动，不许动啊。"

她说完就转身，弯着腰，借着货架的遮掩绕到另一个货架旁，从另一边走出玩具超市，站在出口处看着他。

高大挺拔的男人站在儿童玩具的货架旁，举着包装盒长宽将近一米的模型玩具站在那里，果然吸引了超市里其他顾客和售货员的目光。

售货员站在货架旁边，好奇地看着他。

秦骁转过身，看着一个人跑掉，站在玩具超市出口处偷笑的唐溪，挑了一下眉，在四周若有似无地落在他身上的目光下，镇定自若地走到收银台前付钱。

唐溪站在玩具超市外面，等他付好账拎着玩具出来，才抬腿走向他。

秦骁抿着唇，漆黑的眸子幽幽地看着她。

唐溪被他看得心虚，主动挽住他的胳膊，若无其事地说："买完啦？买完了我们走吧，爸爸妈妈他们还等着我们呢。"

秦骁微垂眼帘，不说话，一副受了好大委屈的样子。

唐溪晃了晃他的胳膊："好了好了，别生气，我不就是怕两个人站在那里，被别人看见了，你会尴尬，才先出来等你的吗？"

秦骁瞥了她一眼："一个人不尴尬？"

唐溪想到他刚刚一个人站在那里被众人围观的样子，抿了抿唇，没忍住，笑了起来。

秦骁警告地眯了眯眼："唐溪，好笑吗？"

唐溪低头忍笑，咬着唇摇头："不好笑。"

秦骁伸手揉了揉她的头发，说："走吧。"

唐溪想起来这事的罪魁祸首其实是他，是他刚刚突然凑过来亲自己的。

她用胳膊碰了碰他的胳膊，小声说："为什么突然亲我？"

秦骁淡淡地道："我老婆，我想亲就亲。"

唐溪："……"

他好跩哦。

唐溪挽着他的胳膊走出商场，坐到车里，才想起来连雅波去秦家的事，刚刚秦骁突然亲她,她先跑出来笑话他,都把这事给忘了。

她垂头看着给自己系安全带的秦骁,不放心地说:"万一爸妈被连雅波欺负了怎么办?"

秦家人的脾气都那么好,看起来也很单纯,她心里觉得有点儿羞愧,连雅波会找上秦家都是因为她。

秦骁像是看出了她心里的想法一样,在她的脸上捏了捏,说:"溪溪,你好天真。"

唐溪:"……"

听他这语气里流露出的不屑态度,她怎么隐隐觉得自己对秦家人一直有什么误解呢?

秦家老宅。

连雅波坐在秦母的旁边,一脸忧心地说:"溪溪这孩子呀,前阵子不知道怎么的和她爸就生了矛盾,他们父女俩之间的事,我一个做继母的原本也不该插手,我想着,这父女之间哪有什么隔夜仇?只是她爸最近在家里忧心伤神,给溪溪打电话也打不通,我才察觉到这父女俩可能真有什么误会,连两家的合作都停了。一家人闹成这样,我们唐家倒是没什么,就是怕连累你们秦家被外人笑话。"

连雅波说完,客厅里静了下来。

秦母端起面前的茶杯抿了一口茶,没搭她的话。

连雅波是有备而来的。她叹了口气,正准备再说些什么,门外突然传来一道不屑的声音。

"笑话?"秦姝一家三口从外面走进来,一进门,沈故就示意用人把莹莹带出去玩。

秦姝和沈故走到沙发前坐下,秦姝姿态慵懒地向后靠着,看都没看连雅波,像听了什么笑话:"还有人敢笑话我们家?唐太太给我说出几个名字,我约她们出来喝喝茶,让她们笑不出来,唐太太就不用担心会连累我们家被笑话了。"

连雅波被噎了一下,唇角有些僵硬。

秦姝笑着说:"唐太太,您怎么不说话了,刚刚不是说怕连累我们家被外人笑话吗?莫非您没听到别人笑话我们秦家,是您觉得我们秦家好笑?"

连雅波之前只和秦母、秦二婶她们打过交道,觉得秦母、秦二婶都是耳根子软的人,要和唐家联姻时态度也很好,今天才会到秦家来,没想到会碰到秦家大小姐这个硬茬儿。

只是再怎么着,她一个做长辈的也不能被一个小辈恐吓到。

她维持镇定的神色,依旧端庄地道:"秦小姐说笑了,咱们都是一家人,我怎么会看自家人的笑话?我只是担心溪溪一时意气用事,伤了两家的和气,两家毕竟是姻亲关系,她爸的身体也不好。"

"唐太太还是收起虚伪的嘴脸吧。"秦姝懒得再跟她废话,"你的来意是什么,你自己心里清楚,也别当我们家人好糊弄。我们当初帮助唐家,那是为了我弟妹,你们惹我弟妹不开心,还想继续从我们家这里拿好处,做梦呢?"

连雅波脸上有些挂不住了。

"只是暂停合作,以前给你们唐家的好处没讨回来,是我弟弟、弟妹善良大度,不代表我们秦家好欺负,我先生可不是什么好人。"

沈故:"……"这事怎么扯上他的,他都没说话。

一旁看热闹的秦媛"扑哧"一声,捂住嘴巴笑得很大声。

秦姝说:"唐太太来之前怎么不打听打听,哦,对了,你可能也打听不到,我跟你说吧,我先生的外祖父家原本是北城首富顾家,因为惹了我婆婆不开心,这顾家呀,莫名其妙地就破产了,我也没见谁敢笑话沈家。所以唐太太真的不必担心那么多,就算是唐家倒了,也没人会笑话我们家,你有时间担心我们家被笑话,还是担心担心自己吧,毕竟你今天很不幸运,碰到了我先生,他真的不是好人。"

沈故:"……"

连雅波:"秦小姐,你误会我的意思了。"

秦姝:"你在质疑我的理解能力?"

连雅波:"……"

秦姝挑了一下眉:"你还不走,是等着我们家人吃完午饭,留下来刷碗吗?"

"……"

连雅波还想说什么,秦家的保镖接到指示,直接过来对着她比了个"请"的手势。

连雅波怕再不走,真的会被保镖拖走,赶紧站起来,临走前还是强撑着淡定地说:"虽然说出来秦小姐可能会不信,但我是真心为了小溪和她爸爸好,希望他们父女俩没有嫌隙。小溪她爸的身体不好,不能动怒,最近一直住在医院里,我是有私心,怕他出了事,我一个女人带着女儿无依无靠,可如果真的出了什么事,小溪这个做女儿的不会内疚吗?"

她说完,转身离去。

秦姝叹了口气:"我都说了我老公不是好人,她怎么就不信呢?"

沈故眯了眯眼,幽幽地道:"我惹你了?"

秦姝看连雅波的身影已经消失在视线中,笑了一下,说:"借你的身世吓唬吓唬她。"

秦母替女婿说话:"那也不能这么说小故呀,小故多好呀。"

"好好好。"秦姝走到秦母的后面,弯腰搂住她的脖子,"小故就是你最好的女婿,比你的女儿还好,行了吧?"

秦母在秦姝的手上拍了拍,又不怕女婿伤心了:"那还是我女儿最好。"

秦媛道:"我嫂子这个继母也太不要脸了,最后一句话摆明了就是用嫂子的爸爸威胁嫂子,在我们家都敢这么嚣张,嫂子以前在唐家过的都不知道是什么日子。"

秦姝道:"不管她,等会儿你哥和你嫂子回来了,问问你哥和你嫂子的意思。"

秦媛"嗯"了一声。

唐溪和秦骁回到秦家的时候,连雅波已经走了好一会儿了,莹莹在院子里看到舅舅、舅妈来了,小跑着迎上来:"舅舅舅妈!"

唐溪蹲下来抱住莹莹。

莹莹在她的脸上亲了一口,也抱住她,嘴很甜地说:"莹莹好想舅妈啊,舅妈想莹莹了吗?"

"想,舅妈非常想莹莹。"

秦骁站在唐溪的旁边,摸了一下莹莹的脑袋:"只想舅妈,不想舅舅?"

"想呀,都想。"莹莹看见秦骁手里提着的公主城堡模型,开心地说,"这是给我的吗?"

秦骁道:"不是,这是给你舅妈玩的。"

莹莹:"……"

唐溪抬头看了他一眼,这人逗孩子玩也是一本正经的样子,真幼稚。

唐溪把他手里的玩具拿过去,递给莹莹:"别听你舅舅乱说,这就是给莹莹的。"

莹莹笑着把玩具抱过去:"谢谢舅妈,舅妈最好了!"

唐溪站起来,揽住她的后背,说:"咱们进去吧。"

客厅里只有秦媛一个人在看电视，几个长辈都在厨房里，秦母、秦二婶负责做饭，秦父和秦二叔负责洗菜、择菜。

秦骁看着秦媛问道："姐呢？"

秦媛指了指楼上："和姐夫在楼上。"

莹莹跑到秦媛的面前炫耀新得的玩具："小姨快看，舅妈送我的礼物！你和我一起拼吧？"

秦媛道："等会儿就吃饭了，吃完饭再玩。"

莹莹说："我现在就要玩！"

她把玩具递给秦骁："舅舅帮我拆开。"

秦骁把玩具接过去，帮她拆。

唐溪坐到秦媛的身边，问道："连雅波走了？"

秦媛点头："嗯，走了好一会儿了。"

唐溪问："她说什么了？"

秦媛看了一眼秦骁，秦骁正在帮莹莹摆玩具，头都没回："照实说。"

秦媛拿起手机，说："我录了音。"

她点开录音，放给唐溪听。

唐溪听了一遍录音，发现秦家人好像真的都没把连雅波当回事，松了口气。

秦媛敏锐地发现她哥哥嫂子之间相处的气氛和之前不一样了，她哥都没让她避着嫂子聊连雅波的事，她也就没了顾忌，大大咧咧地说："哥、嫂子，当初我们家帮唐家，那可都是看在唐家是嫂子娘家的分儿上，可是我看这个连雅波这么不要脸，对嫂子不好，我们总不能让这样的人占了便宜吧。"

秦骁道："这事我和你嫂子会商量。"

秦媛"嗯"了一声，说："那我可就等着看戏了啊。"

唐溪和秦媛坐着看了会儿电视，秦母和秦二婶做好午饭，让保姆去楼上喊，秦姝和沈故才从楼上下来。

吃完饭，一家子女眷在楼下聊天，电视开着也没人看。

沈故和秦骁去了楼上，站在走廊里，沈故问秦骁："你姐让我问你，唐家的事你准备怎么解决？"

秦骁道："唐家的公司在溪溪嫁给我之前是什么样，就回到什么样。"

唐家的公司在唐溪嫁给秦骁之前，资金短缺，都快倒闭了，如今在秦家的帮助下已经步入正轨，想要唐家回到以前那样，还需要做点儿事情。

秦骁的身上散发着淡淡的忧伤，说："姐夫，十年前，你娶我姐之前，我们家也有一段时间日子过得很不好，我淋过雨，知道己所不欲勿施于人。"

沈故的眉头微皱："有话直说。"

秦骁直说了："我姐和我老婆都觉得我善良单纯，所以这种背地里打压唐家的事就拜托你了。"

沈故："……"

他怎么会有这么不要脸的小舅子？既然如此，他也就不客气了。

"给我转点儿钱。"

秦骁冷嗤一声，鄙夷地道："穷鬼。"

沈故不跟他计较，催促他："快点儿。"

秦骁拿手机给他转完账，听到楼梯上传来脚步声，转身看向楼梯口。上来的是秦姝，莹莹下午有一节舞蹈课，他们一家三口现在要回去了。

"你们聊完了吗？"

沈故"嗯"了一声，抬腿走到她的身边，搂住她的腰，说："走吧。"

秦骁跟在他们俩后面下楼。送走秦姝和沈故后，秦骁和唐溪又待了会儿，也没在老宅留宿，回了两个人的小家。

翌日一早，秦骁先出门去上班，没多久唐溪也从床上起来，洗漱完，慢悠悠地去上班。

到了工作室，她按照秦骁的要求，一坐下就给他发消息。

唐溪："我上班了，你在干吗呀？"

唐溪猜测他会回复她"在回你消息"。

亲亲老公："想你。"

唐溪意外地看着"想你"两个字，唇角情不自禁地上扬。

秦骁这个男人，什么时候这么会撩人了？

唐溪："想我干吗呀，不用工作吗？"

秦骁："在开会，总是忍不住想你。"

唐溪双手捏着手机，笑着向后靠到椅子上。

对面的苏栀看她笑得一脸春心荡漾的样子，用手指敲了敲桌子，揶揄道："干吗呢干吗呢，这大早上的，跟谁聊得这么开心？"

唐溪抿着唇，嘴角上扬的弧度几乎克制不住，说："秦骁。"

苏栀看她这一脸陷入爱情不可自拔的样子，问道："你确定你不爱他？"

唐溪说："我确定我爱他。"

苏栀："……"

"你上周五晚上不是还说不想爱他，不知道怎么回应他的感情吗？这么快就变了？"这也太善变了吧？

唐溪有点儿羞窘地笑笑，说："因为我的先生不按常理出牌，我突然就看开了。"

苏栀好奇地问："他做什么了？"

唐溪晃了晃脑袋："不告诉你，这是我和他的秘密。"

苏栀看她开心的样子，也替她开心："你们这是互通心意了？"

唐溪点头："嗯，他跟我表白了。"

手机上又收到一条秦骁的消息，唐溪低头回消息。

苏栀"啧"了一声，感慨道："陷入爱情中的女人啊。"

唐溪点开秦骁发过来的行程表，看到他下午要去考察一个商场，突然想到了什么，笑着问苏栀："栀子，下午要不要去逛商场？"

苏栀问："你想逛商场？"

唐溪说："我这不是恋爱了吗？想买点儿礼物送给你。"

还有这种好事？

"你恋爱了应该我给你买礼物恭喜你呀。"

唐溪道："我就是觉得应该买点儿礼物感谢你一下。"

苏栀一脸茫然："感谢我干什么？你和你老公在一起又不是我撮合的。"

唐溪"扑哧"一笑。

苏栀："……"

这就是陷入爱情的女人吗？简直像是疯了一样。

上午工作完，唐溪和苏栀一起去商场。一进商场大门，唐溪就四处扫视了一圈。

苏栀问道："你在看什么？"

唐溪说："没什么，我在找我们吃饭的餐厅。"

苏栀道："在四楼。"

唐溪"嗯"了一声，跟她去四楼，这边商场里的人流量大，苏栀选的这家餐厅名气大，工作日过来吃饭也要排队。

两个人取完票，看排到她们俩还要好一会儿，决定先去逛商场买东西。

苏栀的眼睛只要往柜台上一瞥，唐溪就问苏栀要不要，让苏栀受宠若惊。

虽然她姐妹平时就对她很好,但今天显然已经好得不正常了。

唐溪提议道:"你前两天不是说你的护肤品快用完了吗?去买套护肤品吧。"

这是要用的东西,苏栀点了点头,但拒绝唐溪为她付钱:"先说好啊,等会儿我自己买单,你别给我付钱,搞得我像是一个跟着闺密混吃等死的废物。"

唐溪说:"先去看看吧。"

护肤品的专柜在一楼,两个人下楼走到苏栀常用的护肤品的专柜前,也不用售货员介绍,直接就拿了一套护肤品。

苏栀是这家店的会员,跟着售货员去登记信息,唐溪站在柜台外,眼睛漫不经心地往四周瞟。

手机突然振动了一下,她拿起来看了一眼。

亲亲老公:"看到你了。"

唐溪看到这条消息,下意识地后退一步,一眼就看见了站在二楼电梯旁的男人,他的身后跟着一群人,正准备乘电梯下楼。

唐溪赶紧冲苏栀招手:"栀子,栀子,快出来!"

苏栀信息还没核对好就被她喊了出来,问道:"怎么了,这么着急?"

唐溪瞥了一眼站在电梯旁往这边看的秦骁,拉着苏栀的胳膊,让她站到自己对面。

"站在这里,站好,别动。"

苏栀满脸疑惑,不知道她要干什么。

唐溪向后退,和她拉开了一些距离,让秦骁的视线可以完全落在自己的身上,伸手笑着对秦骁比了个心。

苏栀看到她比心,虽然搞不懂她怎么突然比心,但还是配合地比了个心,不解地道:"干吗呀?"

然后她就发现,唐溪的视线好像越过了她,投向了她的后面。

她敏锐地转过脸,看到在身后不远处的电梯上站着的唐溪的老公。

苏栀:"……"

秦骁看见唐溪给他比心,唇角上扬,眼中的笑意更浓,等不及了似的自己也向下迈着台阶。

他身后的一群人连忙跟上,浩浩荡荡的阵仗吸引了商场里不少人的目光。

唐溪看他那急匆匆的样子，猜他可能是想过来，连忙冲他摆了摆手，示意他不要过来。

他身后的人太多了，他就算是过来了也不能和她说什么话，会很尴尬的。

秦骁停下脚步，电梯缓缓地将他从二楼送到一楼，他站在电梯口不远处，调整了一下表情，抿着唇，在一众工作下属的面前装出面容严肃的样子，然后缓缓地抬起胳膊，把手放在胸前，比出一个"心"的手势，侧目看着她。

商场的负责人刚汇报完商场的运营情况，最近商场为了吸引顾客，在做活动，一楼的护肤品专柜是优惠力度最大的区域，基本每个柜台上都贴着折扣标志。

负责人见秦总站在一楼，看着护肤品专柜的方向，连忙汇报活动的策划方案，身后的工作人员目不斜视，全神贯注地应对老板的考察，只有站在老板旁边的李瑛看到，他家老板表面上在一本正经地考察工作，背地里却在偷偷地对着老板娘比心。

其实老板也不算偷偷的，只是其他人都看不见，他能看见。

很明显，他的老板考虑到了身后的其他工作人员，所以刚刚才暗示他往前走一些，借着他的身体，挡住其他人的目光，好让老板给老板娘比心。

很明显，老板没考虑到他。

他也是个人，为什么老板就不知道避避他？

唐溪看到秦骁站在那里比心，把手放在唇上亲了一下，笑着给他送了一个飞吻。

秦骁看到她的飞吻，微微侧身，心虚地瞥了一眼身后的人，抬起右胳膊，手指在空中微微握拳，做出接住她飞吻的样子，然后缓缓地将手臂放到面前，假装看时间，慢慢地把握起的手指放在唇边亲了一下。

放下手的时候，他没忍住对着她挑眉笑了一下，微微晃了晃脑袋，得意地看了一眼身侧的李瑛。

李瑛："……"

他看见了，知道老板娘来了，老板娘在给老板比心，老板娘在给老板飞吻，真的不必特意暗示他看。

老板这样暗示他，莫非是他吃"狗粮"的姿势没到位？

大脑急速运转一圈，李瑛从兜里拿出手机，打开手机的录像功能，举起手机对着正在给老板比心、飞吻的老板娘，准备替老板录下这需要载入人生回忆录的画面。

唐溪发现李瑛拿着手机,不知道他是在给她拍照还是录视频,有点儿尴尬地放下正在比心的手,羞窘地拉住站在一旁一脸无语的苏栀往护肤品柜台的里面走去。

秦骁看唐溪躲起来了,收回目光,神色嫌弃地盯着李瑛。

李瑛望着老板"看你干的好事,把唐溪都吓跑了"的表情,无辜地放下手机。

这也怪不着他吧。

他本来吃"狗粮"吃得好好的,是老板一直摇头晃脑地冲他挑眉,给他使眼色。

以他对老板的了解,他老板就是在暗示他要录视频,现在老板娘跑了,他老板又想把锅甩到他的身上。

打工人怎么这么难?

秦骁在原地站了片刻,手机上收到了唐溪的消息。

亲亲老婆:"你先工作吧,我不打扰你了,栀子本来今天没打算逛商场的,是我把她拉出来找你的,她事先都不知道我是特意来找你的,我现在要陪她买东西赔罪了。"

亲亲老婆:"爱你!"

紧接着唐溪又发了一个"比心"的表情包过来。

秦骁盯着手机屏幕上唐溪发过来的消息,唇角克制不住地上扬。

他身后的商场负责人介绍完所有活动的策划方案,见秦总还是没什么动静,心情忐忑地小声提醒:"秦总?"

秦骁抬手挡了一下上扬的唇角,放下手时,面容恢复严肃,淡淡地道:"很好。"

商场负责人愣了一下,受宠若惊:他刚刚没听错?他被秦总表扬了?

李瑛看着商场负责人喜悦的样子,心中感慨命运的不公:有人站在前面吃"狗粮",有人站在后面吃"喜糖"。

护肤品柜台里,苏栀把头发撩到身后,双手环胸,神色高冷地看着唐溪刷卡买单。

唐溪刷完卡,从售货员的手里接过小票和护肤品,回过头,讨好地冲着苏栀笑了笑,挽住她的手臂,撒娇说:"栀子,笑一笑嘛,人家知道错了。"

苏栀没好气地翻了个白眼,走出护肤品柜台,问道:"你是不是早就知道你老公在这个商场里？选在这个商场里吃饭，就是为了来找你老公。"

唐溪讪讪地笑了一下，对着她眨了眨眼睛，用胳膊撞了她一下，声音百转千回："栀子——"

苏栀气笑了："你不觉得你特意把我从柜台里叫出来，让我站在你的面前，看着你给你老公比心、飞吻秀恩爱的行为，对我造成了严重的心理创伤吗？还跟我说什么谈恋爱了，很开心，要买点儿礼物送给我感谢我，我就说你今天怎么这么不正常，合着是在这儿等着我呢，用甜蜜陷阱把我骗进来再'杀'呀。"

唐溪："不是你想的那样，我这么做是有原因的。"

苏栀："什么原因？"

唐溪："为了让秦骁开心呀，你刚刚没看见他很开心吗？"

苏栀震惊了，愤怒地道："唐溪溪，你说的这还是人话吗？就为了哄你老公开心，你把我骗出来看你们秀恩爱，还让我站在你们俩中间，你们俩的爱情故事没有电灯泡照一照，是不够亮还是咋的，非要把我放在中间散发光芒？"

唐溪对上苏栀质问的眼神，心虚地转移话题，指着二楼的一家服装店说："哎呀，我看那家店的衣服好漂亮啊，看起来好适合大美女栀子啊，栀子美女你要不要去看看，买几身衣服？"

苏栀毫不客气地说："买！"

唐溪推着她往电梯那边走："那咱们赶紧上去吧。"

苏栀看着她，开玩笑地说："我跟你说，你别想糊弄我，你今天不给我说出一个合适的理由，我以后再也不跟你出来逛街了。咱俩二十多年的友情，就这么比不过你和你老公认识的这短短几个月吗？"

唐溪说："不是几个月。"

苏栀蒙了："啊？"

唐溪跟她也没什么不能说的，反正说了苏栀也不会告诉秦骁。

"先买衣服，等会儿吃饭的时候跟你说。"

苏栀本来就是随口开玩笑，其实巴不得唐溪跟秦骁的感情好，没想到唐溪好像还有故事的样子，顿时衣服也不想买了，催促道："那咱们先去吃饭，你跟我说说有什么是我不知道的。"

唐溪低头用微信扫了一下排号单上的二维码。

"前面还有八桌呢，预计等待时间十八分钟，再看看衣服吧。"

两个人到二楼，随意地进了一家服装店逛了逛，等时间差不多了，才去四楼吃饭。

到餐厅点好菜,服务员拿着菜单走后,苏栀迫不及待地问唐溪:"你刚刚说的'不是几个月'是什么意思?"

唐溪问道:"你还记得我之前跟秦骁相完亲就决定嫁给他,跟你说觉得他是好人的事吧?"

"这我当然记得啊。"她当时还劝过唐溪不要冲动犯傻,见一面就觉得人家是好人,现在很多坏男人第一次见面时都表现得很好,把女人骗上床以后就原形毕露。

"之所以见一面就确定他是好人,其实是因为那不是第一次见面,我以前就见过他。"

苏栀愣了一下:"你以前见过他?我怎么没听你说过?"

唐溪提起桌子上的水壶,给自己和苏栀倒了水,不疾不徐地道:"别着急,你听我慢慢跟你说。"

唐溪低头喝了口水,把十年前自己是怎么遇到秦骁的,以及自己今天把她拉出来,让她站在二人中间给秦骁比心的原因,还有秦骁"英雄救美"的事说了一遍。

苏栀听完,眼泪都快笑出来了。

"所以你们俩高中就认识,他还把你给我比心、飞吻,当成是给他的,然后就暗恋你了?上回去菜市场,那个老板娘说他有暗恋对象,那个暗恋对象就是你?"

唐溪点了点头:"是这样的,所以我才想着把你叫出来,给他做一下这两个动作,让他开心开心。"

苏栀也被这个乌龙事件弄得挺开心的,笑着说:"那你以前怎么不跟我说你和他见过呀?"

唐溪道:"以前我也不知道我给他带来这么大的影响啊。我一共就见过他五次,跟你说了你肯定会觉得我傻,才见过这么几次就觉得他是好人,而且背地里讨论人家落魄时候的事情,总觉得心里过意不去。我也怕万一跟你说了,哪天跟你用微信聊天的时候不小心讨论这件事,被他听见就糟糕了。"

苏栀笑得停不下来。

唐溪也有点儿忍不住笑,拍了拍桌子:"好了,别笑了,这事千万不要传出去。"

苏栀道:"我能跟初夏说吗?"

唐溪微微颔首："除了初夏，其他人谁都不能说。"

苏栀点头："好，我保证，除了初夏，对谁都不说。我可真是佩服你们俩，这就是缘分来了挡也挡不住吗？行吧，你的理由非常充分，我原谅你把我拉出来秀恩爱的行为了。"

苏栀说完，又开始笑，拿起手机说："不行了，我现在就要跟初夏说说这件事，这也太好笑了吧。"

唐溪笑着捂了一下额头，一个服务员突然拿着礼品盒走上来。

"两位小姐，今天我们店里做活动，送你们俩一人一个小礼物。"

她把礼物分别放在唐溪和苏栀的面前。

唐溪笑着说："谢谢。"

服务员道："里面是随机准备的礼物，类似于盲盒，你们可以拆开看看。"

唐溪"嗯"了一声，拿起礼品盒拆开。

她的礼品盒里面是一枝红色玫瑰花，旁边还有一张便利贴。

她拿起便利贴，看到上面熟悉的字迹，是秦骁写的："爱你。"

第十一章
百年好合

唐溪看着纸条上的"爱你"两个字,勾起唇角笑着抬起头往四周扫了一圈,没看见秦骁。

她拿起手机,对着纸条和玫瑰花拍了张照片,发给秦骁。

唐溪:"收到。"

亲亲老公:"不问问我在哪里?"

唐溪:"不用问,我知道你在哪里。"

亲亲老公:"在哪里?"

唐溪:"在我的……心里呀。"

唐溪发完这句情话,既想知道秦骁是什么反应,又有点儿害羞。

她已经很久没给秦骁发这种情话了。以前她敷衍任务似地给他发暧昧情话,也不觉得有什么,现在正正经经地给他发的时候,总觉得有点儿脸热,心跳也有点儿加速。

她把手机翻过来屏幕向下放在一边,笑着看向苏栀。

苏栀正在大段地编辑消息,给叶初夏分享唐溪刚刚跟她说的事情,余光瞥见唐溪双手托腮,一脸甜蜜地看着自己,视线从手机上抬起来,好笑地道:"唐溪女士,能不能把你脸上的'我恋爱了'这几个字收一收?"

唐溪的心思全在秦骁会怎么回复自己上面,又怕苏栀看出来,下次不愿意跟自己一起出来了,她随意地找话说:"餐厅送你的小礼物,你不打开看看是什么吗？"

苏栀瞥了一眼旁边的礼品盒，拿起来拆开，里面是个手机充电宝。

"这个餐厅还挺会准备礼物的嘛，我的手机刚好要没电了。"苏栀给手机充上电，问唐溪，"你的里面是什么？"

唐溪把玫瑰花拿起来给苏栀看。

苏栀一看她的礼物是中看不中用的玫瑰花，说道："你的怎么是玫瑰花呀？"

唐溪知道苏栀和自己的礼物都是秦骁准备的，也跟着服务员一本正经地胡扯："这就是盲盒呀，随机的。"

苏栀道："我知道是随机的，我的意思是餐厅怎么准备这种礼物，这花顶多几天就枯萎了，要这个也没什么用啊，就一枝。"

苏栀把她单身人士的特征暴露得淋漓尽致。

唐溪本来没打算跟她说这是秦骁准备的，但是听她吐槽玫瑰花没什么用，忍不住拿起纸条，把上面的字给她看。

"花会枯萎，爱不会。"

苏栀："……"

虽然便利贴上没署名，只有"爱你"两个字，但苏栀看唐溪这一脸甜蜜的样子，再看自己的礼品盒里，就孤零零地躺着一个充电宝，也没用便利贴写一些'给你的手机充上电'之类的话，往别人的桌子上扫一眼，也没有其他收到小礼品的人，瞬间反应过来是怎么回事。

"这不会是你老公准备的吧？"

唐溪点了点头："是他准备的，这上面的字也是他亲手写的。"

苏栀无语地吹了一下垂在脸前的一缕头发："我收回我刚刚说的话，是我没见过世面，你们俩可真是会谈恋爱，吃个饭都要传小纸条。"

唐溪感觉有点儿热，用皮筋把披散在身后的头发扎起来，笑着说："这不是今天刚好碰上了吗？都在一个商场里，他不能陪我一起吃饭，肯定是要表示一下的。"

苏栀说："你说这话亏不亏心，什么叫'刚好碰上'？明明就是你知道他在这里，故意拉着我过来找他的。"

唐溪讨好地把一道甜品推到她的面前："给你，你爱吃的。"

苏栀拿勺子吃了一口甜品。

唐溪放在桌子上的手机"嗡嗡"地振动，是秦骁给她回消息了。

唐溪看了一眼苏栀。

苏栀立刻懂了她的意思："聊吧，聊吧，不用顾忌我。"

唐溪道："我就看看他给我发了什么过来，看完这条消息我就不回了。"

她拿起手机看秦骁给她发的消息。

亲亲老公："想亲你。"

亲亲老公："想抱你。"

亲亲老公："想你的身体。"

唐溪："……"

他这脑子里都在想些什么东西，就不能想点儿健康的吗？

唐溪没回秦骁，放下手机，专心和苏栀吃饭聊天。

吃完饭，唐溪和苏栀在商场里又逛了会儿，见时间还早，就从蛋糕店里买了点儿甜品回工作室分给林简、陈恺他们吃。

秦骁晚上有应酬，不回家吃饭，唐溪傍晚的时候吃了点儿蛋糕，也不怎么饿，回到家后就上楼，找了个花瓶把秦骁今天送自己的那朵玫瑰花插进去，放在床头柜上，然后去浴室里洗澡。

洗完澡，她拿了条毯子盖着腿，在沙发上坐着，边玩手机边等秦骁回来。

她最近晚上都是和秦骁一起睡，早上秦骁起床后，她也就醒了，虽然躺在床上没起来，但也没再睡，就在床上玩手机，睡眠时长和秦骁的差不多。

秦骁常年如此，对他来说还算充足的睡眠时间对唐溪来说远远不够，这会儿她躺在沙发上，还不到九点，困得眼皮子都有点儿睁不开了。

她半眯着眼，努力抵挡着困意给秦骁发了条消息，问他大概几点回来，问完后不等秦骁回复，就把手机放在一边，闭上眼睛向后躺在沙发上，准备眯一会儿。

秦骁将近晚上十一点回到家，看到唐溪在沙发上睡着了，走到她的面前，正准备抱她，想到自己从外面回来，晚上喝了点儿酒，衣服也穿了一天，在饭桌上沾染了些酒味，把外套脱了才俯身把她从沙发上抱起来，往床边走。

唐溪在他的怀里迷迷糊糊地睁开眼，问道："回来啦？"

"嗯。"

秦骁把她放到床上。

唐溪揉了揉眼睛问："几点了？"

秦骁说："十一点。"

唐溪侧身躺在床上，右手搭在他的手臂上，闻到他的身上有淡淡的酒味，问道："喝酒了？"

秦骁"嗯"了一声，说："一点点。"

他用手指在她红扑扑的脸颊上摸了摸，说："你先睡，我去洗澡。"

唐溪向后伸着懒腰，说："我都睡过一觉了，你把我的手机拿过来，我玩会儿手机。"

秦骁只把她抱到了床上，她的手机还在沙发上。

秦骁转身，从沙发上把她的手机拿过来递给她。

唐溪拿起手机，看见她问秦骁几点回来后，秦骁回复了十一点半，然后又补了一句说尽快，让她先睡。

秦骁去衣帽间里拿睡衣，唐溪躺在床上，等他走进浴室里，关上门，里面响起水声，往浴室的方向探了一下头，伸手打开床头柜的抽屉，从里面拿出一个耳机，插在手机上。

她随意地在手机上打开一首歌，加大音量，没戴耳机，测试耳机有没有插好，手机里的声音有没有外漏。

检查了一遍后，她像做贼一样戴上耳机，打开了手机录音。

秦骁醉酒那晚在一楼的客厅里闹腾，说了很多话，一会儿让她爱他，一会儿嘀嘀咕咕地说她不记得他了，一会儿控诉她是骗子，就知道对他说一些不走心的情话，其实心里一点儿都不在意他，还抱怨她只有周五才会想他。

唐溪刚开始面对酒醉回家，又很委屈地控诉她敷衍他的男人还有点儿不知所措，被他说得羞愧万分，被巨大的内疚感包裹，忍不住想哭，觉得自己对不起他，对他说那些情话，撩拨他对自己动了心思，又不想承担爱情中的风险。

后来他倒在沙发上，抱着她蹭来蹭去，那几句话说得多了，她看着本不应该出现在他的那张冷峻脸庞上的委屈表情，又觉得好笑。

大概她那时心里就已经放下了长久以来的执念，下定决心要给他回应，浓烈的欺骗他感情的愧疚感逐渐消失，她如释重负，于是悄悄地摸出手机，把他说的话录了音。

原本她是想录一段视频的，但即便是在醉酒耍酒疯，秦骁也是个机警的男人，只要她把手机摄像头对着他的脸，他就把脑袋凑过来问她在录什么。

为了不打草惊蛇，她只好退而求其次，没录视频，只录了音。

这段录音，她这两天背着他重复播放，听一次笑一次，明明已经能把他的话倒背如流，但每次听到他那醉醺醺的、带着委屈的声音，就忍不住想笑。

她戴着耳机，躲在被子里听录音。

过了一会儿，秦骁洗完澡，从浴室里出来，没穿睡衣，就在身上裹了一件浴袍，浴袍的腰带也没系，领口敞开着，被热气蒸得微红的胸膛袒露在外面，头发也没怎么干。他拿着吹风机在浴室门口看了一眼唐溪，见她还没睡，就把吹风机拿过来，插在床头柜上的插座上，站在床头吹。

唐溪的一只耳朵戴着耳机，另一只耳朵空着，防止他跟自己说话自己听不见。

她听着耳机里他抱怨自己不记得他的声音，抬眸看向站在床头的高大挺拔的男人。

秦骁面对着她，见她抿着唇，嘴角上扬，眼睛也弯得像月牙一样，时不时地眨一眨，睫毛扑闪扑闪的，心里痒痒的，关掉吹风机，垂着眸子，有点儿自恋地低声问："你是不是想亲我？"

唐溪的眼睛转了一圈，脸颊鼓了一下，耳机里秦骁可怜巴巴的声音还在继续播放，唐溪没忍住，哈哈大笑。

秦骁："……"

秦骁见唐溪笑得有点儿不对劲，问道："你在听什么？"

原本他只是随口一问，觉得唐溪可能在听什么有趣的音频，没有多想，但唐溪做贼心虚，听他问自己在听什么，下意识地把耳机从耳朵上拿下来，双手把手机按在胸口上，摇了摇头，音调微扬："没什么。"

一整套操作下来，任谁都能看出来有问题。

唐溪抬眸，对上秦骁审视的目光，向下缩了缩，小半张脸埋在被子里，只露出一双水汪汪的眼睛，假装犯困地耷拉着眼皮，佯装淡定地说："都十一点半了，你快点儿把头发吹干，我困了。"

秦骁把吹风机搁在床头柜上，朝她伸手："把你的手机给我。"

唐溪的心里"咯噔"一声，心跳得有点儿快，握在手机上的手指抓紧，淡淡地道："你要我的手机干吗？"

秦骁道："我听听你在听什么。"

唐溪翻了个身，背对着他，敷衍道："就是普通的音乐，我随便放的。你别磨蹭了，赶紧吹头发吧。"

手机里正在播放的录音还没关，手机被放在被子里看不见屏幕，没法操作，唐溪怕秦骁会抢手机，一直将它按在胸口上也不敢拿出来。

她说完背后的人就没了声音，但是她能感觉到秦骁还在盯着自己。

她不理他，闭着眼睛装睡。

秦骁站在床边，盯着她的后脑勺儿看了片刻，正准备放弃看她手机的想法，忽然发现她纤瘦的肩膀轻轻地颤动，白嫩的耳根也因为激动，微微泛红——她在克制着偷笑。

秦骁喊道："溪溪。"

唐溪不理他。

秦骁又喊："溪溪。"

唐溪调整了一下呼吸，嘟囔道："干吗呀，我要睡了。"

秦骁又没声了。

唐溪闭着眼睛静静地等了一会儿，没听见秦骁继续吹头发的声音，房间里一点儿动静都没有。

他不会准备一直这样一声不吭地站在床头盯着她吧？

唐溪没忍住，睁开眼睛，悄悄地把脸往外面转了些，准备看他现在是什么表情，刚瞥到他的脸，就见他忽然单膝跪在床上，俯下身，手钻入被子中，摸索她的手机。

唐溪被吓了一跳，反应过来，急忙挣扎着转过身趴在床上，双手握紧手机压在胸前，一面躲他的手，一面指责他："秦骁，你干吗抢我的手机！"

她这样趴着，秦骁俯身在她的上方，将她娇小的身躯完全罩在身下，她的脸颊因为激动而微微泛红，半张脸埋在枕头里，头发蹭得有点儿乱，眼眸微挑，娇嗔地睨了他一眼。

秦骁被她看得呼吸微乱，低头吻上她的唇。

唐溪故意摆出柔弱的姿势撩拨他，就是希望让他暂时忘记抢她手机的事，见他上钩了，连忙腾出一只胳膊钩住他的脖颈，仰着头回应他的吻，另一只手拿着手机，缓缓地把手机送到枕头下，转过身，双手攀在他的后背上。

他在她的唇上亲了会儿，细细密密的吻落在她的颈边，半湿的头发扫过她的锁骨，唐溪缩着脖子微微战栗，闭上眼睛，手臂在他的腰上环得更紧……

她的耳边突然传来秦骁委屈的声音："你不记得我了，你连我的名字都不知道。"

"……"

"你为什么对我这么好？你是不是只打算跟我过日子，没打算好好地爱我？"

"……"

唐溪猛地睁开眼睛，就见秦骁还撑在她的上方，单手拿着她的手机，抿着唇，脸色又僵又黑，仿佛被雷劈过了一样。

录音还在播放。

"不爱我为什么对我笑？"

"……"

"溪溪，你真好。"

"……"

录音的内容一点点地勾起了秦骁脑子里对于醉酒那晚的零星记忆，他的脸上现出一抹想自闭的神情，目光幽幽地转向唐溪。

唐溪心虚地看着他，恶人先告状："都跟你说了别抢我的手机，你不听，非要抢，看，生气了吧？"

秦骁沉默着盯了她一会儿，放下她的手机，翻身从她的身上下去，仰面躺在床上，双目盯着天花板，不看她，也不跟她说话。

他真的生气了。

唐溪连忙拿起手机把录音关了，凑到他的身边，抬手搂着他的腰，轻声哄他："别生气好不好？"

秦骁脸色阴沉，不理她。

唐溪主动在他的唇上亲了一下，趴在他的身上冲着他笑。

秦骁闭上了眼睛。

唐溪："……"

她这回大概是踩到他的底线了，不然他不会连她主动献吻都不理她。

唐溪只好拿出女人的撒手锏："你不爱我了。"

秦骁："……"

秦骁慢悠悠地睁开眼睛，看着她那委屈巴巴的样子，开口道："删了。"

唐溪知道他的意思是让她把录音删了，有点儿舍不得，讨价还价："不删好不好？"

秦骁态度坚定："不行，必须删，现在，立刻。"

他虽然这么说，但也没有强行拿着她的手机删录音，如果不是顾虑到她的想法，他大可以直接删了，所以唐溪觉得这件事还有商量的余地。

唐溪将脸颊贴在他的胸口上,小声说:"没经过你的同意就录音,是我不对,可我当时想着,你是我的老公,你整个人都是我的,我录个音应该也没什么,而且这是我第一次听到你的心里话,我特别感动,才想着录下来,留作纪念,想听的时候就可以听了。我真的很喜欢你当时的样子,不想删,不删好不好?"

秦骁的面色有些松动。

"好不好吗?"唐溪推了推他的胳膊。

秦骁还是不说话。

唐溪抬手摸了摸他的头发,关心道:"你的头发还是湿的,我帮你把头发吹干吧。"

她从他的身上抬起身,跪在床上,伸手去摸吹风机。

秦骁突然抓住她的手腕,把她拉到怀里,声音无奈地妥协:"不可以让别人听见。"

唐溪立马欢喜地点头:"嗯,只有我自己听,我决不让别人听见!"

秦骁看着她粉嫩的脸蛋儿,想到刚刚半途停止的事,喉结滚了两下,声音低哑地道:"趴到我的身上来。"

唐溪见他的心思已经歪到了亲密接触上,却又躺在那里一动不动,目光灼灼地盯着她,察觉到他的意图,有点儿羞耻。

但她想到他这么要面子的一个人,自己录下那种录音,他都让自己留下来了,心里存了想要补偿讨好他的想法,乖乖地趴到了他的身上,在他肆无忌惮的目光下,脸颊红得发烫。

秦骁跟个大爷似的继续下命令:"开始吧。"

唐溪咬了咬唇,凑过去亲他。

翌日,秦骁神清气爽地掀开被子下床,去浴室里洗漱完,回到床边,俯身在唐溪的耳朵上亲了一下,低声喊:"溪溪。"

唐溪蜷缩在被子里不理他。

秦骁讪讪地自己把手表和领带戴好,又凑到她的耳边说:"我去上班了,今天要去出差。"

唐溪本来不想理他,此时听他说要去出差,问道:"多久?"

秦骁说:"一个星期。"

唐溪"嗯"了一声,说:"知道了。"

秦骁听她的声音平静,心里有些失落。

他要走这么久，她都不说些什么。

他在她的耳朵上捏了捏，正准备转身走，唐溪的手突然从被子里伸出来，拉住他，小声嘟囔："怎么这么久？"

秦骁没听清，问道："什么？"

唐溪想了想，说："一个星期的时间太长啦。"

唐溪想着一个星期见不到他的面，心里就有些不是滋味。

秦骁摸摸她的头发，坐在床边说："我不走了。"

唐溪听着他带着几分任性的话，笑着说："你不走了，那工作怎么办？"

再过不久就要过年了，年底正是最忙的时候，她心里清楚，他这些日子陪在她身边的时间已经不算少了，没等秦骁说话，唐溪就推了一下他的胳膊，说："快别磨蹭了，司机都在楼底下等着你了吧？赶紧去吧。"

秦骁垂眸看她，说："我会尽快回来。"

唐溪"嗯"了一声："我会想你。"

她说完，想起以前自己总爱在他去出差的时候骗他说会想他，笑着补充道："这次不骗你。"

唐溪上午没去上班，在家里慢腾腾地浇花，楼上楼下地溜达，顺手换了好几样小件家具的摆放位置。

下午去工作室，林简他们正在讨论放假的事，唐溪一进门，林简就迫不及待地问她："溪溪姐，今年过年我们什么时候放假啊，放多少天？"

他们工作室每年放假都比较早，时间还很长，苏栀声称要让大家工作了也能体会到上大学的快乐，每次过年的时候放假都快赶上大学生放寒假了。

唐溪道："我不知道呀，这事都是你栀子姐决定的，你们问问她，不过现在时间还早吧，这都还没过元旦呢。"

唐溪扫视了一圈，没看见苏栀，问道："她今天没来吗？"

林简道："上午的时候来了，有个客户约她出去谈事情。"

话音刚落，苏栀拎着一杯奶茶从外面走进来，看到唐溪来了，意味不明地道："哟，今天居然舍得来上班。"

唐溪假装听不懂她的打趣，一本正经地道："工作日当然要上班。"

林简又开始问苏栀："栀子姐，今年过年我们什么时候放假呀？"

苏栀说："我还没看日历呢，这不还早着呢吗？我来看看去年放了多少天。"

林简说:"去年放了二十五天。"

苏栀爽快地道:"那咱们今年还放二十五天,你们自己算算,想从年前什么时候放。"

一工作室的人凑到一起算日子。

林简惊喜地道:"哎呀,还有五天就是圣诞节了,栀子姐,咱们圣诞节也要放假吧?"

苏栀说:"圣诞节是法定节假日吗?好像不是吧。"

林简说:"不是法定节假日,但这个节日现在也挺热闹的。"

苏栀感觉她不对劲:"你今天怎么一直想着放假啊,以前也没见你那么在乎假期啊?"

林简的脸有点儿红,她娇羞地道:"因为我谈恋爱了,男朋友不在南城,异地恋,他们放假少,所以我想过去陪陪他。"

"……"

苏栀在她和唐溪的身上来回看了看,笑着说:"你们最近是商量好的,要一起秀恩爱是吧?不放,圣诞节都给我老老实实地在工作室里待着,哪儿也不许去,假也不准请,谁不来工作室我就扣谁工资。"

林简求助地看向唐溪。

唐溪正在专心研究圣诞节,还有五天就是圣诞节了,秦骁要出差一个星期,似乎来不及回来。

"情侣过圣诞节吗?"唐溪问。

林简点头:"情侣什么节都过,只要是节日,情侣都能过的。"

唐溪看向苏栀,说:"那这个节得放假呀,你不放,小简怎么去找她男朋友?"

苏栀:"……"我看是你想去找你老公吧。

唐溪打算在圣诞节前一天去找秦骁,机票都买好了,就等着去给他一个惊喜,等到了他工作的城市后,像他上次从外地赶回来一样,给他发个共享位置,让他看看自己和他之间的距离。

出发前一晚,她正在衣帽间里收拾行李,突然收到了秦骁的消息。

亲亲老公:"溪溪,开共享位置。"

唐溪看到这条消息,心突地跳了一下,猜到他可能是提前回来了,点开他发的共享位置,上面显示距离56米。

她放下手中准备放进行李箱里的衣服,转身就朝外面跑,才跑到一楼客厅,刚好看见秦骁推着行李箱,从门外进来。

脚步顿了一下,她站在沙发前,眉眼含笑地看着他,没再往他的跟前走。

秦骁站在玄关处,换了拖鞋,走到她的面前,视线在她的身上上下打量一遍,像是在看她身上有没有少块肉。

"怎么没穿鞋?"

秦骁的目光落在她白嫩的脚上,他微微俯身,正准备把她抱起来。

唐溪突然伸出胳膊搂在他的脖子上,身体轻盈地向上一跳,整个人就挂在了他的身上,略歪着脑袋,声音甜甜地说:"我的爱人回来啦。"

秦骁被她的新称呼喊得通体舒畅,唇角上扬,笑着重复她的称呼:"我是你的爱人。"

二人相视一笑,秦骁迫不及待地想亲她,抱着她坐到沙发上,解开大衣纽扣,将她的一双脚盖在衣服底下,手掌捧着她的后脑勺儿,吻住她的嘴唇。

唐溪坐在他的怀里,双臂挂在他的脖子上,配合着回应他。

小别胜新婚,两个人这次才算是两情相悦后的第一次分别,不仅是秦骁,连唐溪都十分想念他的亲吻。

唐溪放任他先是把她抱在怀里吻了一会儿,然后又压在沙发上亲,房间里的温度仿佛在不停地攀升,唐溪被他亲得嘴巴都快麻了,内衣扣子也被他用手指挑开了,才伸手在他的肩膀上轻轻地拍了拍,提醒道:"你还没洗澡。"

虽然她很想他,但有些事还是要等他洗干净才可以做。

她刚刚给他亲那么久,是因为在他的嘴巴里闻到了淡淡的清香,应该是他到家前,在车上就用漱口水漱了口。

秦骁坐起身,手臂环过她的腰,把她搂抱起来,没有立刻上楼,想先和她说说话,用下巴贴着她的耳郭问:"想我了吗?"

唐溪点头说:"想了。"

她拉起他的手,捏了捏他中指上的茧子,语气埋怨但更多是撒娇:"你怎么回来也不提前跟我说一声呢?我还打算去找你呢。原本我打算今天就去的,又怕去得太早打扰你工作,才改了明天,幸好我改时间了,不然我们俩就要错过了。"

秦骁惊喜地道:"你打算去找我?"

"对啊,我机票都买好了,你要看吗?我拿给你看。"

她伸手要去拿手机,秦骁又在她的唇上亲了一下,说:"不用看,我信你。溪溪，你怎么这么好？"

他又这么问了，幽深的目光定在她的脸上，边看边在她的脸上亲吻。

唐溪的脸逐渐发烫，她被他看得很害羞，小声地说："哎呀，我哪有那么好，你别总是这样问我啦……"

"溪溪。"秦骁在她的右边耳朵上亲完，看她缩着脖子、两颊绯红的样子，又凑到她的左边耳朵上亲了亲，声音低哑，"小溪。"

"老婆。"

"宝贝。"

秦骁亲一下换一个称呼。

"我的……爱人。"

他喊一声，她就把脸转到另一边，笑着避开他的视线，他也跟着换一边亲。

唐溪被他弄得心脏"怦怦"直跳，指腹摸着他手指上的茧子，想要转移注意力："你中指上的茧子这么厚，是不是因为你写字的时候拿笔的姿势不对呀？你看我。"

唐溪把自己的手伸出来给他看："我的手上就没有茧子。"

秦骁笑着握住她纤细的小手："改天你教教我，怎么正确拿笔写字。"

"就是这样呀。"唐溪直接把他的中指当作笔，手指捏着他的中指比画，"你的拇指和食指轻轻地捏住笔杆，中指放在笔的后面，不要太用力，太用力就会有茧。"

秦骁"嗯"了一声，说："知道了。"

唐溪看着他修长的手指，说："你的手真大，都能把我的手包进你的手心了。"

秦骁由着她在自己的手上捏来捏去，说："这样可以保护你。"

唐溪笑着把脸靠在他的胸口上。

秦骁抱着她上楼。

到了楼上，唐溪去衣帽间里把装进行李箱的衣服一件件地放回去，行李箱里还有她给秦骁准备的圣诞礼物，她想圣诞节当天再送给他，趁着他下楼拿行李箱上来的工夫，把圣诞礼物拿出来藏进一个包里。

秦骁洗完澡出来，唐溪坐在床上问他："你明天有空吗？"

明天是周末，她这么问，就是有事要让他陪。

秦骁道："有空。"

"明天是平安夜，要吃苹果，代表平平安安，我想早上起来买点儿苹果，给栀子和初夏送过去，陪她们俩过平安夜，晚上也想和她们俩一起在外面玩，所以明天午饭后就不在家了。"

秦骁听完，沉默片刻，改口道："嗯，我明天刚好有点儿事。"

唐溪打量着他的脸色，说："我后天陪你一起过圣诞节。"

秦骁掀开被子上床，很大度地说："知道，她们俩是你的闺密。"

唐溪跟他打完招呼，笑着在他的脸上亲了一下，拿起手机在她和苏栀、叶初夏的三个人好友群里发消息。

唐溪："姐妹们，明天要不要一起出去玩呀？"

苏栀立即回复："你不是要去找你老公吗？"

唐溪："他今天提前回来了。"

苏栀："他回来了，你不陪他，找我们干吗？"

唐溪："明天是平安夜啊，我想和你们俩一起过。"

苏栀："啧啧啧，天上下红雨了啊，你这次不会是想把我和初夏两个人拉着一起去找你老公，让我们俩看着你们秀恩爱吧？"

鉴于之前唐溪把她当"工具人"的秀恩爱行为，苏栀对唐溪的邀约非常警惕。

唐溪："放心吧，我这次绝对不会那么做了。"

苏栀："你发誓。"

唐溪："我发誓我不会。"

苏栀："你还记得你之前跟我相约逛街，发誓你不会爽约那次是用什么发誓的吗？你得跟那次发一样的誓我才信你。"

唐溪瞬间想起那次发的誓，心虚地看了一眼秦骁。

秦骁倚靠在床头，面色平淡，脸上没什么表情。

虽然这个誓很对不起秦骁，但她也不会违背誓言，所以发了也无所谓。

唐溪："我以秦骁的下半身起誓，如果我明天再像上次一样故意把你和初夏拉出去找秦骁，就让秦骁不举。"

苏栀："好吧，我信你了，明天去哪儿？初夏呢，看到消息的话'吱'一声。"

唐溪："初夏估计还在忙工作。"

叶初夏："吱——"

苏栀："你真就'吱'一声啊。"

叶初夏："我在加班呢，我爱工作，工作爱我。"

她后面那句"我爱工作，工作爱我"也不知是在给谁洗脑。

苏栀："明天有空出来玩吗？"

叶初夏："明天也要加班，估计要到晚上才有空，你们选个距离我公司近的地方吧。"

苏栀："你对你公司附近好玩的地方比较熟悉，你选吧。"

叶初夏："那就还去我们上回去的那家酒吧，明天平安夜，那里会很热闹。"

唐溪："就是那家叫'嚣张'的酒吧吗？"

叶初夏："对，就是这家，OK吗？"

唐溪："OK。"

苏栀："OK。"

第二天，唐溪一大早就起床和秦骁一起去超市里买苹果，为了迎接平安夜，超市的水果区都是包装精美的苹果和橙子。

唐溪没拿包装好的水果，买了点儿苹果、橙子、彩色包装纸和香槟色丝带回家，坐在客厅的沙发上自己包。

秦骁在她的身侧坐着，看着她灵巧的手指，估计自己学不会，没有尝试，手里拿着丝带，等她包好一个水果之后，递给她。

她的手很巧，很快就包了很多苹果、橙子，放在茶几上。

"你们有几个人，这些够分吗？不够我再包点儿。"

唐溪抬眸问秦骁。

秦骁道："只有两个人，够了。"

昨晚唐溪跟他说了要陪苏栀和叶初夏过平安夜后，刚好言寻给他发消息，问他平安夜的晚上要不要出去聚一聚，唐溪不在家，他就同意了。

唐溪知道他晚上要去见朋友，特意多包了些水果，让他拿去给朋友。

秦骁拿手机拍了张照片，想发到群里给季正琛他们看一看，结果发现自己被季正琛移出了群，到现在都没被加回去。

他放下手机，想着等到晚上见面的时候，让言寻把自己拉回群里，这样太不方便了。

吃完午饭，唐溪用包拎了几个包好的苹果、橙子，先去酒吧附近的一个商场里跟苏栀会合。

商场里到处都是为庆祝平安夜和圣诞节做的活动展台，唐溪和苏栀没什么事，在商场一楼慢悠悠地逛着，参加了好几个活动，拿了不少免费的小礼品。

下午六点多叶初夏才忙完工作，赶到吃饭的餐厅，唐溪和苏栀已经提前取票排队，并且买好了奶茶。

叶初夏坐下后，低头喝了口奶茶，感慨道："爽！"

唐溪从包里拿出一个苹果和一个橙子递给她："祝美丽的初夏小姐平安夜快乐，平平安安，吉祥如意。"

"谢谢溪溪仙女！"叶初夏把苹果和橙子接过去，也从包里拿出准备好的苹果和橙子给唐溪和苏栀，"祝溪溪仙女平安健康，爱情甜甜蜜蜜。祝栀子仙女平安健康，如意顺心。"

三个人互送了苹果和橙子，苏栀看着自己面前多出来的一枝玫瑰花，问叶初夏："为什么单独送我一枝玫瑰花？"

叶初夏说："我刚刚从办公大楼里出来的时候，看到广场上很多小情侣的手里都拿着花，想着别人都有男朋友送的花，溪溪也有老公送花，只有你没有，我就特意给你买了一枝。怎么样，姐妹我是不是很贴心？"

苏栀："……"这不是贴心，这是扎心。

苏栀没好气地道："有人送你花吗？"

"没有啊，所以我也送了我自己一枝花。看，"叶初夏从包里又拿出了一枝玫瑰花，"这是我自己送给我自己的。放心，我陪你一起单身，以后情人节我就订两束花，你一束我一束，咱们俩一起过情人节，不带溪溪，让她跟她老公玩去，怎么样？"她冲苏栀抛了个媚眼。

苏栀噘嘴道："来，小妞，给大爷亲一个。"

叶初夏隔空给了她一个飞吻。

今天餐厅里人多，服务员上菜很慢。

叶初夏问唐溪："哎，你老公暗恋你十年是怎么回事啊？"

唐溪道："栀子不是都跟你说了吗？"

"微信上说得不是很清楚，而且故事经过栀子转述，就不原汁原味了，我想听你说原始的故事版本。"

于是唐溪又给叶初夏说了一遍十年前自己和秦骁相识的经过，以及秦骁暗恋自己的事。

叶初夏虽然已经看过苏栀给自己发的消息，但再听唐溪说这件事，还是觉得很好笑。

"你老公现在知道你的比心和飞吻不是给他的了吗？"

唐溪点头："他知道了。"

叶初夏问："他有什么反应？"

他当时一脸被雷劈过的表情，唐溪没好意思说，给他留点儿面子："也没什么反应，我说改天得请栀子吃顿大餐，他同意了。"

叶初夏说："那你们可真得请栀子吃顿大餐，栀子这简直就是月老手中的红绳转世啊！"

苏栀摆手道："别，可别往我身上戴高帽儿，溪溪老公这一看就是对溪溪一见钟情了，所以才会在茫茫人海中，一眼就看到她，眼里只有她。"

叶初夏附和道："我也觉得是这样。"

唐溪听着她们俩的分析，觉得有道理，不过秦骁只跟她提了十年前误把她给苏栀的比心和飞吻当成是给他的，说了十年前喜欢她，具体的也没说。她觉得他是一见钟情，还是因为误会才暗恋她都不重要，重要的是他现在喜欢她。

三个人边吃边聊，一顿饭吃了两个多小时。

将近晚上九点，三个人走进酒吧。

平安夜，酒吧里比平时更热闹，舞台中央有个年轻男人正在激情热舞，头顶在地板上，倒立着旋转，到处都坐满了人，三个人扫了一圈，没看到空出来的卡座。

苏栀站在叶初夏和唐溪的中间，一手挽着一个，停下来看了几秒钟，继续往里面走，找位置。

酒吧最里面的沙发上，秦骁姿态慵懒地靠坐在沙发上，言寻看他的旁边放了两个礼品盒，问道："骁哥，你那盒子里装的是什么？"

秦骁终于等到有人主动问了，抬了一下眼皮，把盒子提到桌子上，漫不经心地道："平安夜，给你们俩的。"

"给我们俩的？"言寻打开礼品盒，看到里面包装漂亮的苹果和橙子，"啧"了一声，"骁哥什么时候这么贴心了，平安夜居然送苹果、橙子？"

旁边的季正琛冷哼一声，一双漆黑的眼眸仿佛看透了一切："又要开始秀了。"

秦骁瞥了他一眼，并没有因为他看透了一切就停止炫耀，眉头微挑，声音里带着掩饰不住的得意："这是唐溪包的，她让我送给你们。"

言寻受宠若惊："这是嫂子亲手包的？"

秦骁微抬下巴，"嗯"了一声。

言寻看着包装纸外面那朵用丝带折成的花，问道："这花也是嫂子折的？"

秦骁点头："嗯。"

言寻赞叹道："嫂子手真巧。"

季正琛听说这些苹果和橙子是唐溪亲手包了送给他们的，很给面子地坐了起来。

言寻捧场道："包得这么好看，都舍不得拆了。"

秦骁心满意足地看着他们俩那没见过世面的样子，不以为意地道："拆吧，这个花唐溪几秒钟就折好了，她今天眨眼的工夫就包了很多，我这里有照片，要看吗？"

言寻和季正琛并不是很想看。

秦骁不在乎他们俩的沉默，对言寻说："把我拉回群里。"

言寻道："是琛子把你移出群的，你干吗找我把你拉回群里啊，找琛子去。"

季正琛幽幽地道："我不是他的好友。"

言寻好笑地道："不是吧，你们俩还没加回好友啊？这都多久了还不加回来，为了这么点儿事不至于。"

季正琛侧头看向秦骁，冷哼一声："是他删了我，他不求我，我这辈子都不加他。"

秦骁没理他。

言寻无语地道："你们俩几岁？"

秦骁淡淡地道："把我拉回群里。"

言寻垂头，把秦骁拉进群。

秦骁进群后就开始发图片，第一张是唐溪今天包的一堆苹果和橙子，第二张是唐溪做的早饭，第三张是唐溪做的午饭，第四张是唐溪做的晚饭，第五张是唐溪给他买的衣服……

第十八张图片旁边显示了一个感叹号，发送未成功——秦骁被季正琛移出了群聊。

秦骁抬眸，目光冷飕飕地扫向季正琛。

季正琛淡淡地道："你违反群规了。"他拿起手机，把手机屏幕给秦骁看："群公告里已经通知了，禁止秀恩爱，这是群成员投票一致通过的规定，你进群不看公告？"

言寻打圆场道："这规定制定的时候骁哥不在群里。来，骁哥，我再把你拉进来，你这次注意点儿，别秀了。"

秦骁冷声道："不用。"

不能秀恩爱的群，他进去有什么用？

367

言寻只好说:"来来来,喝酒。"

秦骁端起面前的水杯:"唐溪说了,让我少喝点儿酒,对身体不好。"

言寻:"……"

秦骁仰头抿了一口水,余光瞥见唐溪从外面走了进来。

他挑了一下眉头,拿起手机给唐溪发消息:"看到你了。"

唐溪感觉到手机在振动,还没把手机拿出来看就察觉到一道熟悉的视线落在自己的身上,抬起头就看到了坐在沙发上的秦骁。

唐溪怔了一下,没想到秦骁今天也在这里聚会。

"里面有一个空位子,我们去里面吧。"

苏栀指着里面的一个位子,正要拉着唐溪和叶初夏走过去,突然看见唐溪的老公坐在最里面的一排沙发上,而且正在往这边看。

她转过身,看着和秦骁对视的唐溪,深吸一口气,松开唐溪的手,单手叉腰,无语地对着唐溪说:"唐溪,你昨天约我和初夏出来的时候是怎么说的?"

唐溪无辜地道:"我……我不知道他在这里啊,这就是巧合。"

苏栀不信:"有这么巧的事情?"

唐溪说:"真的是巧合,我真不知道他今天也会和朋友在这里聚。"

叶初夏道:"我们先过去坐下聊吧。"

三个人走到空卡座那里坐下,这个卡座距离秦骁的座位很近,唐溪坐下后,拿起手机给秦骁回消息。

唐溪:"你们也在这里聚呀?"

亲亲老公:"你不知道我在这里?"

唐溪:"我不知道呀,这个酒吧是我闺密选的。"

看来这真是巧合,她刚刚有一瞬间还以为秦骁知道她今天在这里聚会,故意来这里找她呢。

亲亲老公:"过来一起?"

唐溪:"不要,你们聚你们的,我们聚我们的,你别过来找我。"

亲亲老公:"嗯。"

唐溪放下手机,挽着苏栀的胳膊,往她的身上靠:"我真不是故意的,他应该也是经常来这家酒吧,我们上次来这家酒吧不就刚好跟他们碰上了吗?"

苏栀道:"好了好了,我相信你,毕竟你都用你下半辈子的'幸福'发誓了。"

想到那个誓言，唐溪心虚地抬头看了一眼一直往这边看的秦骁，压低声音说："嘘，小点儿声，别让他听见了。"

另一边，背对着唐溪她们坐的言寻见秦骁一直往他的身后看，好奇地道："骁哥，看什么呢？"

秦骁语气平淡地道："你嫂子。"

季正琛调侃道："秀老婆秀疯了吧，这里哪来的嫂子？"

秦骁冲着唐溪的方向抬了抬下巴。

季正琛和言寻见他说得像煞有介事，转过身，顺着他的视线看过去，没想到还真看到了唐溪。

言寻微微扬起唇角，说："真是嫂子啊，骁哥，怎么不把嫂子叫过来一起？"

"她喜欢给我制造偶遇的惊喜，这是情趣。"秦骁将身体微微后仰，露出一个"你没老婆你不懂"的表情。

言寻："……"

"骁哥，咱俩加个微信好友。"

一直对被秦骁删好友耿耿于怀，不愿意把秦骁的微信加回来的季正琛突然主动求和。

秦骁淡淡地瞥了他一眼，没说话。

季正琛道："骁哥，我刚刚把禁止秀恩爱的群规改掉了，你加我好友，我把你拉进群里，你回来就可以继续秀恩爱了。"

秦骁以审视的目光看着他。

季正琛打开几个人的小群，点到群公告的页面，把手机屏幕举到秦骁的面前。

群公告现在已经变成了："欢迎已婚人士，已婚人士最光荣。"

言寻："……"

是什么让琛子一秒钟换了一副面孔，说好的骁哥不求他，他这辈子都不加骁哥的好友呢？

秦骁拿起手机，通过了季正琛的好友申请。

季正琛装作漫不经心地道："骁哥，坐在嫂子对面的那个姑娘是嫂子的闺密吗？"

言寻："……"

哦，他是因为姑娘。

唐溪坐在沙发上，点了一杯酒，感觉秦骁一直盯着自己，怕苏栀说她是故意和秦骁约好了一起来这家酒吧,眼睛都不敢往秦骁那边瞟,微微侧身,避开秦骁的视线。

过了一会儿,唐溪被秦骁用直勾勾的目光看得受不了了,拿起手机给秦骁发消息。

唐溪:"你跟你的朋友们聊天,别看我啦……"

亲亲老公:"想看。"

唐溪悄悄地抬眼,对上他的视线,瞥了一眼正在聊天的苏栀和叶初夏,勾唇笑了一下。

唐溪:"回家再看。"

亲亲老公:"今晚回家?"

昨天唐溪跟他说了,晚上不回家。

唐溪:"回家。"

原本她打算晚上不回家,和初夏、栀子一起住一晚,但初夏明天还要上班,她们三个人一起睡容易聊一整晚不睡觉,为了初夏能休息好,她就改了主意。

她发完这条消息,抬眸,瞥见秦骁的唇角轻轻上扬。

昨天她说完今天晚上不回家住以后,他虽然没说什么,但一直抿着唇,情绪不怎么高,浑身萦绕着一股淡淡的落寞气息,像是她做了什么对不起他的事情一样。现在她说晚上回家住,他就笑了,这心思还真是都摆在脸上,一点儿都没藏着掖着。

唐溪:"好了,就这样啦,你别再看我了,你再看我,栀子和初夏要说我见色忘友了。"

亲亲老公:"季正琛向我打听你朋友,坐在你对面的那个。"

季正琛?

唐溪记得这个名字,是上次打电话来指责秦骁删他好友的那个人。

唐溪探头往秦骁那边看了一眼,言寻和季正琛都是背对着她坐的,她看不见他们俩长什么样。

一个男人打听一个女人,不用问都知道有什么用意。

作为闺密,唐溪当然是要先把把关,不能什么男人都给闺密介绍。

唐溪:"我看不见他的脸,你让他转过脸给我看看,或者你发一张他的照片过来。"

秦骁抬腿踢了一下季正琛,淡淡地道:"你嫂子让你转过脸去给她看看。"

季正琛从位子上站起来,坐到秦骁这边,正对着唐溪,抬手冲她挥了挥,打招呼说:"嫂子好。"

酒吧里太吵,唐溪听不见他的声音,但是能从他的口形和表情中猜出他的大概意思,微微颔首,仔细打量着他的五官。

季正琛桃花眼,高鼻梁,眉毛很浓,头发很多,是个帅哥,符合初夏的择偶标准。

唐溪在心里下了结论,转过脸看着叶初夏说:"初夏,秦骁有一个朋友向他打听你。"

"打听我?在哪儿?"

叶初夏抬起头,顺着唐溪的视线看过去,看到在秦骁的身边坐着的季正琛时,目光一滞。

苏栀也转脸往那边看,问唐溪:"谁啊,就是坐在你老公左边的那个吗?"

叶初夏直接回答:"是他。"

唐溪看她好像认识季正琛的样子,问道:"你和他认识?"

叶初夏小声地道:"我上次跟你们说的就是他。"

唐溪和苏栀惊愕地对视一眼。

苏栀问:"你上次不是说是个服务生吗?你还给了他五百块钱。"

虽然她们还不知道秦骁身边的男人具体是干什么的,但他既然是秦骁的朋友,肯定是有正经职业的。

叶初夏端起面前的杯子,喝了一口果汁,看起来和唐溪、苏栀一样蒙:"我不知道呀,我以为他是当时身上就五百块钱,全给他了。既然他不是,那五百块钱我得找他要回来。"

唐溪:"……"

现在的重点是五百块钱吗?

唐溪问道:"他现在找秦骁打听你,应该是记得你的,你打算怎么办?"

苏栀是个急脾气,说:"直接把那男人叫过来问问他是什么情况吧。"

叶初夏阻止道:"不行,别把他叫过来,我跟他只交流过一晚上,还不熟悉,之前跟他商量好了分道扬镳,以后还是不要有来往的好。"

唐溪和苏栀无条件支持她的想法,毕竟一夜情这种事情,叶初夏不可能真的像在她们俩面前表现的那么无所谓。

唐溪正准备跟秦骁说不方便透露叶初夏的消息,叶初夏突然又改了主

· 371 ·

意:"溪溪,我觉得他挺帅的,你跟你老公打听一下他,回头把他的信息发给我。"她拎起包,对苏栀和唐溪说,"我现在得走了,女人不能太主动,要保持神秘感。我先走了啊。"

苏栀:"……"

女人不能太主动,要保持神秘感?听初夏这话的意思,好像是跟一夜情的对象看对眼,打算在一起了?晚上吃饭的时候叶初夏还跟她说好了要一起单身,以后每年情人节订两束花,一人一束呢,现在的女人果然都很善变。

不过叶初夏走了,唐溪的老公也在酒吧里,她还在这里干吗?苏栀站起来对叶初夏说:"你等等,我跟你一起走。"

唐溪拎起包准备和两个人一起走,苏栀抬手按在她的肩膀上,说:"你就别一起走了吧,你留下来,去你老公那里看看那个男人的人品怎么样,而且你老公的朋友都看见你了,你这样走了不太好。"

唐溪想了想,觉得跟秦骁的朋友在这里碰上了,不过去打个招呼确实不太好,晃了晃手机,说:"那有什么事情,我们在微信上联系。"

唐溪目送叶初夏和苏栀离开,转过脸就看到秦骁走了过来。

"你闺密走了?"秦骁走到唐溪的身侧,挨着她坐下。

唐溪"嗯"了一声,没跟他解释理由。

秦骁也没多问:"要不要让季正琛和言寻过来跟你打个招呼?"

唐溪道:"我过去跟他们打招呼吧。"

秦骁抬手搂住她的肩膀,说:"不用,让他们过来。"

秦骁用另一只手向季正琛和言寻招了一下,示意他们俩过来。

季正琛和言寻走过来,笑着打招呼:"嫂子好。"

唐溪微微含笑,说:"你们好。"

两个人在秦骁和唐溪的对面坐下,唐溪被秦骁搂着肩膀,有点儿不好意思,把桌子下的手放到秦骁的大腿上,手指在他的腿上拍了拍,示意他把手拿开。

也不知秦骁是没领会到她的意思,还是故意装作不懂她的意思,对她的暗示无动于衷,唐溪只好凑到他的耳边,用只有他们俩能听见的音量小声说:"别这样一直搂着我。"

秦骁闻言,搭在她肩膀上的手向下,搁在她的腰侧。

这样的姿势在别人的眼里应该是好一点儿的,亲昵又不过分,只是唐溪的腰部敏感,她怕他使坏,抬手按在他的手上,不让他的手指在她的腰上乱动。

言寻道:"早就听骁哥提起过嫂子了,说嫂子是仙女,他一直藏着掖着舍不得带出来让我们见见。"

唐溪被他夸得有些害羞,笑着侧脸看向秦骁。

言寻接着道:"骁哥给我们带了嫂子包的苹果和橙子,嫂子您真是心灵手巧。"

唐溪笑着说:"今天是平安夜,吃苹果和橙子讨个吉利。"

唐溪看了一眼没说话的季正琛。

季正琛大概是因为叶初夏走了,看起来有点儿心不在焉的,不过在唐溪面前还是维持着风度,说:"谢谢嫂子的苹果和橙子。"

唐溪说:"不客气。"

心里想着季正琛和叶初夏的事,唐溪对他的关注就更多,秦骁见她一直往季正琛那里看,眉头微皱,不满地捏了一下她的腰。

唐溪的腰部轻颤,吓得她赶紧用力地按住他的手,扭头瞪他。

秦骁若无其事地端起水杯喝了口水,唐溪气得在他的手背上掐了一下。

"嫂子,上回我给骁哥打电话,不知道是您接的电话。"季正琛担心给唐溪留下不好的印象,强行拖秦骁一起下水,"我跟骁哥平时打电话就是那样,他冲我吼,我冲他吼,嗓门儿大了点儿,吓到您了,在这里我给您赔个罪。"

秦骁平时打电话嗓门儿不大,唐溪没有戳穿季正琛,很给面子地说:"没事,你们兄弟的感情好才这样。"

季正琛道:"您和骁哥的感情真让人羡慕,上回您和骁哥约好了一起发朋友圈……"

季正琛的话说到一半,秦骁抬腿踢了他一脚。

他顿了一下,无视秦骁警告的眼神,继续说:"我不小心在您和骁哥之间发了一条朋友圈……"

秦骁又踢了他一脚。

"骁哥为了让自己发的朋友圈和您发的朋友圈贴在一起,把我好友都删了。"

唐溪:"……"

他就因为这个把季正琛的好友给删了?她瞬间能理解那天季正琛为什么嗓门儿那么大地在电话里吼了。而且,她什么时候和他约好一起发朋友圈了?

373

当着他兄弟的面，唐溪也不好说秦骁什么，就笑了笑。

一起聊了没多大会儿，秦骁就跟季正琛和言寻敷衍地说了声有事，带着唐溪回家。

车上有司机在，唐溪也没问秦骁什么，就说了些明天计划去哪里过圣诞节的事。

回到家，唐溪坐在沙发上，笑眯眯地问秦骁："你把季正琛的微信删了，就为了让你的朋友圈和我的朋友圈贴在一起啊？"

秦骁理所当然地道："这个理由不充分？"

这理由确实不够充分。

唐溪违心地点头："充分。"

唐溪说完，想到季正琛和言寻后来说他经常在群里秀恩爱的事，笑着说："我想看看你平时在群里发了些什么。"

秦骁抿着唇，摇头拒绝。

他居然还会拒绝她？

唐溪凑近他，眨巴眨巴眼，满脸期待地看着他。

秦骁沉默片刻，忽地道："一起洗澡。"

唐溪瞬间明白了他的意思：她要想看他在群里发的东西，就要和他一起洗澡。

他倒真是会做生意。

她跟他在正经地聊天呢，也不知他的思路是怎么歪到这上面的，流氓。

唐溪抿着唇，对着他眼底泛着细碎光芒的黑眸，学着他刚刚的样子摇头拒绝。

唐溪最后还是被秦骁哄着一起去浴室里洗了澡，因为她在意乱情迷时，根本拒绝不了他的任何要求。

两个人晚上折腾了很久，唐溪翌日醒来时，已经快到中午，窗帘将大半阳光挡在外面，卧室里有点儿暗，秦骁也还没起，闭着眼睛，还在睡觉。

唐溪被他搂在怀里，稍微动了动身体，感觉到腰和肩膀都有点儿酸。

秦骁昨晚刚开始还很温柔，后来不知怎么的，动作突然变得很凶，而且在她迷迷糊糊地快睡着的时候又把她弄醒，不论她怎么求他哄他都没用。

她在心里骂了一声"秦骁是禽兽"，在他的怀里转个身，拿起手机看时间。

上午十一点半了，手机微信上收到了很多祝福圣诞节快乐的信息，唐溪从上向下点开，一一回复"圣诞节快乐"。

点进和苏栀的聊天页面时，唐溪愣了一下。

昨晚睡觉前，她把从秦骁这里打听到的有关季正琛的信息发到了她和苏栀、叶初夏的三个人小群里。

苏栀问叶初夏有什么想法，叶初夏说目前还没有什么想法，因为和季正琛不熟。

大概是因为"不熟"这两个字格外耳熟，放在唐溪的身上就是一部"打脸"文学，凌晨一点多的时候，苏栀故意发了条消息过去调侃唐溪。

苏栀："你跟你老公现在熟了吗？"

这个时间，她应该还没睡，但也确定自己没有回复苏栀的这条消息，可是现在她的微信上有一条回复，"她睡熟了。"

这条回复，不用想都知道是秦骁干的。

苏栀后来没再回复。

唐溪盯着"睡熟了"这三个暧昧不明、充满歧义、可以有不同理解的字，想象苏栀看到这条消息时那尴尬又不失礼貌的微笑，窘迫至极，也不管秦骁还在睡觉，转过脸，羞愤地质问他："谁让你碰我手机了？"

秦骁被她吵醒，睁开眼睛，看到她手里拿着手机，幽深的眼眸危险地眯了眯："我们俩不熟？"

唐溪本来是要找他算账的，没想到被他反将一军。

他高大的身躯凑近，环着她腰的手臂收紧，手掌覆在她的腰后，把她往自己的怀里按了按。

两个人的身体紧紧地贴在一起，秦骁凑近她白里透红的耳朵，嗓音低沉地道："再熟悉熟悉？"

唐溪捕捉到他说"熟悉"这两个字时眼底一闪而过的幽怨，反应过来他昨晚反常地不顾她的挣扎求饶，强势地开发了新地点，把她抱到衣帽间的镜子前，捏着她的下巴让她正脸对着镜子，还问她一些羞耻的话，就是因为他看到了苏栀发的那条消息，不高兴了。

想到昨晚被他掌控，毫无抵抗之力的情景，唐溪瞬间夭了，脑袋向下缩了缩，用乌黑的眸子看着他，神色委屈地控诉："你不经过我同意看我手机，还欺负我，你是禽兽。"

秦骁看她整张脸都快埋到被子里去了，好笑地跟着她一起向下缩，和她平视，目光幽幽地盯着她，声音里夹杂着委屈："我们不熟？"

哎，这男人怎么也会装可怜呢？

唐溪将两只手从被子里伸出来，在他的两个耳尖上捏了捏，解释道：

"这是栀子跟我开玩笑,故意调侃我的。"

"你不跟她说我们不熟,她会这么调侃你?"

唐溪被噎了一下。

这男人的思路还真是清晰。

唐溪打量着他的脸色,讪讪地笑了一下,说:"那都是很久以前说的了,我们俩刚领证那会儿确实不熟啊。哎呀,好了,不是什么大事,我不追究你昨晚偷看我手机还欺负我的事了。"她一脸大度地说,"咱们扯平了。快点儿起床吧,咱们下午还要出门过圣诞节呢,再不起一天都要过去了。"她推了推他,催促道,"快点儿,你先起。"

秦骁看她快要不耐烦了,见好就收,掀开被子先起床去浴室里。

唐溪又在床上躺了片刻,慢腾腾地从床上爬起来,穿着拖鞋走到他的身边,跟他一起站在洗手池前洗漱。

吃完午饭,唐溪上楼化妆换衣服。

这还是她和秦骁第一次以约会为目的出去玩,秦骁买了两张附近影城的电影票,电影晚上七点半开场,时间很充裕,他们不着急。

唐溪穿好衣服,站在试衣镜前照了照,脑子里又浮现出昨晚的画面,脸颊开始发烫,回头瞪了一眼坐在旁边沙发上看着她的秦骁。

这怨气因何而起秦骁再清楚不过了,转移话题说:"你穿这身很好看。"

唐溪的身上是一件米白色的风衣,里面搭配一条白色的长裙,风衣的领口上点缀了一圈小珍珠,精致又优雅。

虽然无论她穿什么秦骁都说好看,但唐溪还是被他夸得很开心。

"那我就穿这身了。"

她不想再面对这面试衣镜了,明天就让人来把这面镜子拉走,换一面新的。

两个人出门时,已经是下午四点半了。

影城距离家不远,步行大概半小时,他们没有开车,手牵着手慢悠悠地步行到电影院所在的商场。

今天商场里比昨天更热闹,到处都是成双成对的小情侣,圣诞节的气氛很浓。

唐溪和秦骁吃完晚饭,见时间差不多了,才往电影院走去,到电影院时,电影还有几分钟开场,等候区坐满了人,一个空位子都没有。

唐溪刚刚跟秦骁说了一句看电影时要吃爆米花,秦骁一进电影院就走到卖爆米花的柜台前排队,看着长长的队伍,才意识到自己疏忽了。

活了二十多年,第一次陪心爱的姑娘来电影院看电影的男人,完全没预料到会有这么多人买爆米花,电影还有几分钟开始,他们这个影厅已经开始检票,现在排队已经来不及了。

他抬手看了一眼时间,眸中闪过一丝懊恼。

唐溪站在不远处,看着他长手长脚地站在一群大学生模样的小姑娘之间,有些焦急的样子,心里泛起一股暖意,唇角轻轻上扬。

唐溪走到他的面前,挽住他的胳膊轻轻晃了晃,说:"我不想吃爆米花了,我们进去吧。"

秦骁瞥了一眼旁边一个小姑娘手里的爆米花,垂头对唐溪说:"溪溪,再等我两分钟。"

他该不会是盯上了人家小姑娘的爆米花,要去买小姑娘手里的吧?

虽然很感动,但唐溪觉得没这必要。

她牵住他的手说:"我不吃了,电影要开始了。"

秦骁在她的手背上拍了拍,说:"等我。"

他说完就大步走向排在柜台最前面的一个小姑娘。

小姑娘突然被帅哥搭讪,笑着捂嘴向后退了一步,眼睛下意识地往四周瞥了一下,又向前靠近他。

唐溪看着秦骁微微向后退,和那个小姑娘保持了一个礼貌的距离,不知道说了什么,小姑娘笑着摆了摆手,回复了一句,走到旁边,把位置让给他。

排在前面距离他近的一群人应该都听见他说的话了,笑眯眯地看着他,和身边的小伙伴交头接耳的不知在感慨什么。

片刻后,秦骁买好爆米花,对着刚刚让位置的女生微微颔首道谢,那个小姑娘再次摆手,走到队伍的最后面。

秦骁端着爆米花朝唐溪走过来,伸手搂住她,挑了一下眉,眼底隐隐透着得意:"买好了,进去吧。"

唐溪察觉到好多道目光随着他走过来,落在他们的身上,有欣赏,也有羡慕。

唐溪被看得有些不好意思,刚刚排第一个的小姑娘给他让了位置,现在站在队伍的最后面,也在回头看他们俩,唐溪感激地冲她笑了笑。

小姑娘笑着提醒:"电影要开场了。"

唐溪再次道谢,和秦骁一起往影厅里面走。

影厅里的观众基本上已经到齐了,秦骁一手拿着爆米花,一手牵着唐溪，带着她找到座位。

他们的座位在第五排，比较靠前，买票的时候就只剩下这一排有挨着的座位了。

坐下后，秦骁把手里的爆米花递给唐溪，唐溪接过去，怕说话打扰到其他人，凑到他耳边小声问道："你刚刚跟那个小姑娘说什么了，这么长的队，人家都愿意把最前面的位置让给你，去后面重新排队？"

秦骁说："没什么。"

唐溪抬手在他大腿上打了一下，声音带着命令的意味："快说。"

秦骁垂头，把嘴唇凑到她的耳边，不知是故意的还是不小心，嘴唇在她耳朵上碰了一下。唐溪微微把脑袋歪向一边，睨了他一眼，提醒他不要犯规。

唐溪以前和苏栀、叶初夏一起来电影院看电影，碰到过不少在电影院里接吻的小情侣，鉴于之前秦骁也有过在公共场合亲她的行为，唐溪来之前就给他立了规矩，在电影院里不可以亲她，不然晚上就要睡在书房。

秦骁使坏被发现，唇角轻扬，老老实实地回答问题："我跟她说，我是第一次陪女孩来电影院看电影，没有经验，不知道买爆米花要排那么久的队，我要看的电影要开场了，我的女孩在等我。"

昏暗的影厅内，唐溪的心随着他的最后那句"我的女孩在等我"彻底飘了起来，像飘浮在云端一样。

一整场电影下来，电影剧情是什么唐溪一点儿也没看进去，只在来之前看了一眼剧情简介，大概知道这是一部爱情片。

唐溪在心里默默地给她和秦骁一起看的第一场电影点评：无效看电影，有效谈恋爱。

从电影院里出来，秦骁牵着唐溪的手慢悠悠地随着人流走在街道上，经过一家花店时，拉着唐溪走进去。

老板娘见客人来了，迎出来问道："帅哥美女要买什么花？"

秦骁看向唐溪。

唐溪笑着对他说："我喜欢你送我百合花。"

秦骁毫不犹豫地转过脸对老板娘说："我们要百合花。"

老板娘笑着说："你们来得刚好，我刚包了一束百合花，平时店里都没有包好的百合花，都是要等的。"

秦骁付了钱，从老板娘的怀里接过百合花束，牵着唐溪的手走到外面，松开唐溪的手，双手捧着百合花，郑重地将花递给她。

唐溪伸手接住花。

秦骁没放手,将手一点点地挪到她的手背上,眸底藏着璀璨的光:"这是我第一次送你百合花,你接住了,以后要接一辈子。"

唐溪勾起唇角,眉眼含笑:"好,你这么多个'第一次'都送给我了,我会负责你一辈子的。"

圣诞节后,日子过得好像快了些,不知不觉就来到了年底。

唐溪的工作室和往年一样,早早地就放了假,唐溪闲着在家没事,秦骁依旧很忙碌,一直到除夕前一天还在工作。

早上秦骁出门后,唐溪接到秦母的电话,问他们今天什么时候能回去。

秦骁走的时候跟唐溪说了,下午会尽快回来,然后带她一起回老宅,但具体时间不确定,她把秦骁的话复述了一遍给秦母听。

秦母担心秦骁晚上下班太晚,会以"不方便回来"为借口拖到明天再回去,怂恿唐溪先回老宅,别等秦骁,让秦骁下班后直接回去。

唐溪一个人在家里待着也无聊,轻而易举地就被说服了,给秦骁发了条消息说她先回老宅了,没等他回复就收拾收拾回老宅了。

秦骁当时正在开会,一个小时后看到这条消息给唐溪回复的时候,唐溪人已经快到老宅了。

秦家从昨天开始就给用人们放了假,秦姝一家三口今天没回来,唐溪到老宅时,客厅里一个人都没有。

唐溪循着切菜的声音走进厨房里,笑着和秦母、秦二婶打招呼:"妈,二婶。"

"小溪回来啦。"

秦母放下手中的菜刀,转身把刚洗好的草莓端给她吃。

秦二婶往外面的客厅里看了一眼,见秦媛还没下来,说道:"媛媛估计还没起床,小溪先去客厅里坐一会儿,我打个电话给媛媛,让她下来陪你玩。"

唐溪道:"不用,我自己坐着就可以了。爸和二叔呢?"

秦母道:"买年货去了,半天了都没回来。这兄弟俩干什么都慢悠悠的,走在路上跟要睡着了一样,真急死人。"

秦二婶附和道:"也不知他们是不是走到半路又为了比什么吵起来了。"

唐溪笑了笑,没有跟着调侃秦父和秦二叔,用牙签插了一块草莓递到秦母的唇边:"妈,吃草莓。"

秦母笑着张嘴吃了下去。

唐溪又喂了一块草莓给秦二婶吃,然后就被两个长辈轰出了厨房。

唐溪端着草莓盘到客厅,坐在沙发上打开电视,拿起手机对着桌子上的草莓拍了一张照片,发给秦骁。

唐溪:"我到家啦,看,妈妈给我洗的草莓,又大又甜。"

以前她怕打扰到秦骁工作,在他工作的时候基本上不会给他发消息,不知从什么时候开始,她变得越来越喜欢主动和他分享生活中的事情,早饭吃什么,午饭吃什么,晚饭吃什么,遇到了什么新鲜事,只要是觉得有趣的,不分时间,都会直接给他发过去。

秦骁有时候很快回复,有时候隔了很久才回复。她给他发完消息,也不会一直等着他回复,可能前一秒发完,后一秒就忙去了,再回复的时候也是很久以后。一天时间,他们断断续续地能聊很多次。

她发完这条消息,大概过了五分钟,收到了秦骁的回复。

奶黄包:"没有我老婆的唇甜。"

他的语气里充满不屑。

唐溪:"流氓呀。"

唐溪看着自己给秦骁的备注,觉得给秦骁起的这个昵称真是太合适了,这人就是外表看起来很正经,脑子里总是在想一些乱七八糟的东西。

备注是前两天唐溪当着秦骁的面从"亲亲老公"改成"奶黄包"的,当时秦骁看见她给他的这个备注,并没有生气,脸色还隐隐地透着愉悦,随后跟着把她的备注改成了"棉花糖",说是为了跟她给他的备注配套。

奶黄包:"我想自己老婆,不叫流氓。"

唐溪:"你不忙了吗?"

奶黄包:"在忙。"

唐溪:"那你去忙吧。"

奶黄包:"忙着想你。"

唐溪:"……"

唐溪:"秦先生,你最近情话说得越来越厉害了啊,都跟谁学的呀?"

奶黄包:"跟你。"

紧接着秦骁发过来一张截图,截图上是她刚和秦骁领证那会儿的聊天记录。

那时候,秦骁还是个傲娇的、对她爱搭不理的冷面老公,为了让他周六跟她回老宅,她基本上是在自说自话。

棉花糖："我今天一整天都在忙。"

秦骁没回复。

棉花糖："知道我在忙什么吗？"

秦骁还是没回复。

棉花糖："我在忙着想你。"

唐溪看着这段尴尬到让她脚趾抠地的聊天记录，觉得自己刚吐槽完秦骁说的情话就被"打脸"很没面子，把手机丢在一边，不回他了。

没多大会儿，秦媛穿着拖鞋过来，看见唐溪一个人坐在沙发上，问道："我哥又一个人去楼上了？"

唐溪道："他还在公司，要晚点儿回来。"

秦媛"哦"了一声，坐在唐溪的旁边，和她一起吃草莓聊天。

秦骁是在下午六点到家的，刚好赶上吃晚饭。

吃完晚饭，唐溪在楼下坐着，和秦母、秦二婶、秦媛一起看电视讨论剧情。

电视里播放着婆婆妈妈的苦情剧，秦骁在楼下坐了会儿，实在没什么兴趣，也没上楼，就坐在一旁默默地盯着唐溪。

他的眼神直白又明显，不仅唐溪，客厅里的其他人都看见了。

唐溪被他盯得有些害羞，趁其他人不注意，手指悄悄地在他的腰上戳了一下，暗示他不要再看自己了，秦骁顺势握住她的手指，把她的手拉到自己的腿上把玩。

坐在二人旁边的秦媛侧过脸，唇角上扬，笑眯眯地看着他俩，揶揄的眼神毫不掩饰。

唐溪的脸颊一点点地泛红，拿起手机给秦骁发消息，让他先上楼。

秦骁上楼后，唐溪在楼下坐到十一点多才回卧室。此时距离秦骁上楼已经过去两个多小时了，他早就洗好了澡，在床上等着她。

唐溪推门进去，心虚地冲他笑了笑，说："电视剧挺有趣的，看入迷了。"

秦骁"嗯"了一声，也没多说什么。

唐溪洗完澡出来，掀开被子，刚上床就被他抱住了，他在她唇上亲了亲，问道："跟妈妈、二婶聊天开心吗？"

唐溪点头"嗯"了一声。

秦骁捏了一下她的耳朵，语气幽怨地道："开心得把老公都忘了？"

"谁让你在楼下那么看着我，媛媛都笑话我了。"

秦骁目光深邃地看着她，说："就是想看你，看不够。"

他一脸认真地问她："溪溪，你怎么这么好看？"

唐溪害羞地垂下头，秦骁捏着她的下巴，把她的头抬起来。

唐溪的脸颊又红又烫，她受不了这男人的调戏，抬手在他的胸口上打了一下。

秦骁握住她的手，把她的手放在唇边亲了一口。

唐溪把脸埋到他的胸口处，说："我就是喜欢这样，一家人坐在一起看电视、聊天。"她抬起头，笑着看他，"然后房间里还有个老公在等我，等我回来的时候，他会因为等着急了，阴阳怪气地对我说：'玩得开心了吧，把老公都忘了吧？'"

秦骁："……"

她说完，看见秦骁微垂眼帘，目光幽深地看着她，尽分尽地缩着脖子向后躲，脑袋刚从他的胸口上移开，就被他握着腰拉了回去。

他将唇附在她的耳边，含住她的耳垂轻轻地咬了一口，嗓音磁性低沉："既然知道冷落了老公，你打算怎么补偿我？"

温热的手指从她的领口钻进去，带着薄茧的中指在她的锁骨处轻轻地画了个圈，唐溪的呼吸微乱，突然想到这是在老宅，她抬手按住胸口，气息不匀地阻止他："不要，这里是老宅，回去，回去……"

秦骁吻住她的唇瓣，声音有点儿哑，带着诱惑地哄她："没事，房间隔音很好，其他人听不见。"

"不行，不行。"唐溪坚持道，"明天就过年了，还要早起的，我回去……回去再补偿你……"

还没等秦骁提什么要求，唐溪就主动让步了。

秦骁从喉间发出一声闷笑，把手收回来，摸了摸她泛红的脸颊，说："那我们说好了，回去后，我想做什么就做什么。"

唐溪："……"

她说的是补偿，不是他想做什么就做什么，这男人也太会曲解她的意思了吧？

她抬眸，看着他光彩熠熠的眼眸，脸都快红透了。

"可以吗？"他还看起来很纯情地问了一句。

唐溪笑着骂了一声："流氓！"

房间里突然响起一阵闹铃声，唐溪回头看了一眼，对秦骁说："你手机响了，定了闹钟？"

秦骁说:"十二点的闹钟,现在是大年三十了,溪溪。"

他喊了一声她的名字。

"嗯。"唐溪的眼帘轻轻挑了一下,她向他凑近一些,乌黑的眼眸认真专注地看着他,等着他说话。

秦骁说:"过年好。"

唐溪笑着说:"过年好。"

清晨,唐溪被外面的鞭炮声吵醒,睁开眼,伸手往旁边摸了摸,秦骁没在床上,枕头都凉了,看起来起床很久了。

唐溪掀开被子下床,去浴室里洗漱。

秦骁从外面走进来,走到她的身后,默默地看着她。

唐溪正在刷牙,嘴巴里都是泡沫,回头看了他一眼,没跟他打招呼。

等她刷完牙,秦骁立刻就掰过她的脸,低头吻住她的唇。

唐溪抬手搂在他的脖子上,配合着他亲了会儿。

"爸妈他们都起了吗?"

秦骁"嗯"了一声。

唐溪从他的怀里转过身,打开水龙头用温水洗脸:"你出去等我吧,我得洗快点儿了,不能让爸妈等。"

秦骁说:"不着急,早饭还没做好,你慢慢洗,时间还早。"

"那也得快点儿呀,总不能让妈和二婶做好早饭了,亲自来喊我我才下去。哎呀,你快出去吧,在这儿磨磨蹭蹭的,我要是下去晚了就怪你。"

她把秦骁撵出卧室,洗脸化妆的效率果然高了不少。

换了一身衣服,唐溪打开卧室的门,看到房门外摆满了百合花,楼梯两侧也布满了百合花,一路向下蔓延。

她怔了一下,隐约察觉到了什么,心跳加快,手指捏了捏衣服,深吸一口气,沿着铺满百合花的楼梯缓缓走到楼下。

别墅里一个人都没有,都在院子里。

秦家的院子里,入目皆是百合花,宛如一片花海。

秦骁手里捧着一束百合花站在院子中间,阳光下,他的轮廓仿佛被洒了一层柔和的光,他用幽深的目光凝视着她的脸,抬腿走到她的面前,单膝下跪。

唐溪的目光微闪,她垂头看着他。

"溪溪,首先要向你道歉,跟你结婚那么久才向你求婚。"

他深吸了一口气,像是怕她会不满意他的求婚,有点儿紧张。

"我思来想去,还是决定在家里向你求婚。

"今天是我们在一起过的第一个新年,以后的每一年,我都会陪在你的身边。溪溪,过年好,我有计划我们的婚礼,请你跟我一起出席,可以吗?"

秦骁的目光灼灼,唐溪直视着他的眼睛,放任泪水打湿了眼眶,笑着说:"可以。"

第十二章
热恋中

　　唐溪和秦骁在秦家老宅住了两天，大年初一的下午，秦骁开车带唐溪返回两个人的小家。
　　唐溪一上车就把脸转向车窗外，羞恼地不看他，跟他赌气。
　　车子驶离秦家老宅两三公里，秦骁瞥了一眼一直不搭理自己，用后脑勺儿对着自己的唐溪，小声喊她："溪溪。"
　　唐溪头也不回地说："你专心开车，开车时不要分神同我说话。"
　　秦骁把车停在路边，俯身用双手扶住她的肩膀，想把她的脸转过来，唐溪垂着头，手握成拳，在他的胸口上打了一下，没好气地说："走开，别碰我。"
　　她微垂着头，脸颊微微发烫。
　　秦骁凑到她的耳边，温声哄她："我知道错了，不生气了好不好？"
　　唐溪抿着唇不理他。
　　秦骁的脸一直凑在她的面前，漆黑的眸子盯着她白里透红的脸颊看了会儿，他突然把头靠到她的肩膀上蹭了蹭，用撒娇的语气说："溪溪，我知道错了，别不理我。"
　　唐溪没想到他还会来这一招，瞥见他抱住自己的胳膊蹭来蹭去，发丝微微凌乱，还微抬着黑黢黢的眼睛往自己的脸上看，打量自己的神色，顿时哭笑不得，推着他的肩膀说："干吗呀你，一个大男人还撒娇。"

秦骁挑眉笑了一下，抬起头，用正脸对着她，眼睫微垂，伏低做小道："别生我的气，我下次会注意，嗯？"

他说下次会注意？

跟秦骁相处这么久，唐溪清楚地知道，他口中的"注意"两个字就代表敷衍，代表不真诚，就是在为下次再犯同样的错误留后路，因为他只说了注意，没说一定不会再犯。

唐溪冷哼一声，再次把脸转向窗外。

"溪溪。"秦骁贴着唐溪的耳郭喊了一声，闻到她身上淡淡的香味，觑着她微红的耳垂，想凑上去亲一亲，但现在人还没哄好，耍流氓肯定更惹她生气，身体稍向后移了些，低声道歉，"都是我的错，溪溪，你就看在我二十多年，好不容易把老婆带回家过年，心情太过激动才没把持住的分儿上，原谅我这次吧。"

唐溪："……"

秦骁的声音小了些，语气逐渐委屈："我们在老宅两天，你一直不许我亲近你，晚上也不许我碰，我忍得实在辛苦。"

唐溪："……"

这男人简直是不要脸了，这种话他都说得出来。

因为在老宅，人多眼杂，两个人不能像独处时那么随意，唐溪特意提醒过秦骁不要在卧室以外的地方对她动手动脚。她数次叮嘱，秦骁都一脸认真地表示他知道了，唐溪以为他说知道了，就代表他会严格遵守。

而且她只是禁止他在卧室以外的地方做出接吻这种过于亲密的行为，在卧室里是可以亲的。晚上她怕动静太大，会被秦父秦母听见，不让他亲近，第一个晚上他是听话地没做什么，可是昨天晚上他就抱着她又是卖惨又是使用美男计，最后她没抵挡住诱惑，同意他做，但是动作要轻一点儿，不能发出太大的声响被秦父秦母听见，结果全程都只有她忍着不发出声音，他还故意使坏，比平时更恶劣。

床上的事她都不矫情地跟他算账了。

午饭前媛媛上楼喊他们俩吃饭，他们从卧室里出来，走到走廊上，他突然把她按在走廊的墙壁上亲。已经下楼的媛媛见他们俩没下楼，又返回来喊他们，结果就看到哥嫂抱在一起热吻的画面，她站在楼梯口看得津津有味，也没出声提醒。

唐溪都不知道她在那里看了多久，只知道吃饭的时候，她时不时地抬眸看着自己和秦骁，嘴角勾起暧昧不明的笑。

唐溪当时恨不得找个地洞钻进去,到现在心情都没平复,脸颊仍旧发烫。

秦骁还好意思说得像是她给他好大委屈受了一样。

唐溪忍不住反驳他:"你忍什么了,我不让你做,你听了吗?"

秦骁理直气壮地道:"第一晚我忍住了,第二晚你同意了,我不算没听你的话。"

唐溪噎了一下。

很好,很行,这个男人简直太有理了,她不跟他讲道理。

她冷哼一声,转脸看向窗外,不理他。

秦骁见势不妙,赶紧忏悔:"是我不讲道理,我撤回我上一句话。"

唐溪:"……"

说出来的话还能撤回吗?

秦骁揽住唐溪的肩膀,手掌放到她泛红的脸颊上摸了摸,说:"好了,别害羞了,我们是夫妻,接吻很正常。"

唐溪终于抵挡不住汹涌的羞耻感,向他抱怨:"可是媛媛看见了呀。"

秦骁道:"看见就看见了,这又没什么,我姐和姐夫经常在家里接吻,媛媛都习惯了。"

"真的吗?姐姐姐夫接吻也被媛媛撞见过?"唐溪不太信,怀疑他是为了哄她故意乱说的。

秦骁说:"可能是媛媛的运气的问题,姐和姐夫接吻十次,她能碰上九次,我们只在外面亲了一次,就被她看见了。"

听他这么说,唐溪觉得有姐姐和姐夫一起陪自己尴尬,心理平衡了不少。

大概人的心理都是如此,本来唐溪还担心自己和秦骁接吻被秦媛看见了,秦媛会笑话自己,这会儿突然开始替秦媛尴尬了。

秦媛这是什么体质,怎么经常碰到人家夫妻接吻?

唐溪理直气壮地把锅甩到秦媛的身上,瞬间就不尴尬了。

秦骁捏着她的脸颊,在她的脸上亲了一下,问:"还生气吗?"

唐溪睨了他一眼,说:"赶紧开车吧,家里还没贴春联呢。"

秦骁没动,直勾勾地看着她的脸。

唐溪看着他那冷峻的脸顶着一头被蹭得乱糟糟的头发,没忍住笑,抬手给他整理头发。

秦骁唇角勾起一抹笑,盯着她的眼睛又黑又亮。

唐溪温声道:"晚上吃什么呀?咱们这边的习俗是大年初一晚上吃饺子、汤圆,可是饺子和汤圆你都不太爱吃。"

唐溪以前做什么秦骁都吃,加上唐溪那会儿对他不怎么走心,所以一直没发现秦骁很挑食,菜市场里百分之八十的菜他都不爱吃。好在这人虽然挑食,但遇见他不爱吃的菜也不会说什么,就是吃得少一些,还算好养活。

秦骁道:"随便,你做什么我吃什么。"他不会做饭,也没什么资格挑食。

唐溪笑着说:"这怎么能随便呢,在自己家里做饭,肯定要做喜欢吃的呀。"

秦骁说:"你做什么我都喜欢吃。"

他嘴倒是很甜,就是往饭桌边一坐这道菜也吃不下,那道菜也吃不下。

唐溪说:"你先开车吧,我再想想,看看做什么菜好,过年了,饭菜不能太敷衍。"

秦骁"嗯"了一声,启动车子继续往家里开。

车子经过菜市场时,唐溪已经想好了要做什么菜,下车买了点儿菜。

菜市场最外面菜摊子的老板娘看到唐溪又带着老公一起来买菜,心里暗想唐溪这个姑娘看着挺软和的,没想到是个厉害的,这么快就把老公收拾服帖了。

她心里一直惦记着唐溪老公暗恋对象的事,之前一直想问唐溪有没有找那个李壮壮调查清楚,"小三"是谁,又怕真出了事,自己戳到唐溪的伤心事,好几次唐溪来菜市场买菜,她都憋着没问。

这会儿看唐溪把老公带来了,两口子走路肩膀都挨着肩膀,身体快贴到一起去了,如胶似漆的,她给唐溪使了个眼色,把唐溪拉到一边问:"之前那事你问清楚了吗?你老公到底有没有外遇?这男人有时候会为了挽留住你假意妥协,私底下可能还要做些小动作的。"

唐溪笑了一下,说:"弄清楚了,他没别的喜欢的女人,那是场误会。"

老板娘见唐溪如此笃定,笑笑说:"是误会就好,是误会就好。"

她看了一眼秦骁,说道:"我看你老公一表人才,也不像不正经的人。"

秦骁站在不远处,看着唐溪和老板娘嘀嘀咕咕的,时不时地瞥自己一眼,不知道在说什么,回到家后,他先把菜拎进厨房里,又从唐溪的手里接过春联,边往外走边问:"你和卖菜的老板娘是在聊我?"

唐溪坦诚地道："对呀，在聊你。"

秦骁问："聊我什么？"

唐溪开玩笑说："聊你长得这么帅，又这么有钱，会不会出轨把我甩了，在外面找别的女人。"

秦骁停下脚步，目光幽幽地看着她。

唐溪哈哈大笑："开玩笑啦。上次李壮壮不是在菜市场里说你有暗恋对象的事吗？老板娘以为你的暗恋对象是别人，就提醒我说初恋对象在男人心里的地位很重要，让我注意点儿。"

秦骁怔了一下："李壮壮在菜市场里说过我有暗恋对象的事？"

唐溪说："对啊，你难道不是因为他在菜市场里到处宣扬你以前对我爱而不得的事，才把他的猪肉摊子买下来，把他弄到别的菜市场去的吗？"

秦骁："……"

唐溪见他脸色僵硬，好奇地道："你不知道这事吗？整个菜市场的人都知道你少年时暗恋一个女孩，但是因为贫穷，没敢告白的事呀。"

秦骁："……"

好吧，看他这想自闭的表情，他确实不像知道的样子。

早知道他不知道，她就不说了。

唐溪走到门外，抬头往门上看了一眼，对秦骁说："门太高了，要搬个椅子过来踩着才能贴上去。"

秦骁还站在原地，手里拿着春联，面无表情，像是被人点了定身穴道，一动不动。

唐溪看他这样子就忍不住想笑。不过考虑到这件事已经给他的心理造成了严重的伤害，她不能再给他的伤口上撒盐让他留下更严重的心理阴影，咬了咬舌尖，拼命憋住笑，若无其事地转移话题："秦骁，快点儿搬把椅子来贴春联了，起风了，我在这儿站着有点儿冷。"

秦骁听见她说冷，终于从巨大的羞耻感中回神，把春联放在玄关的柜子上，抬腿走到她的面前，伸手握住她微凉的手，把她的手放进自己的衣服里，问："还冷吗？"

唐溪的体质偏寒，到了冬天容易手脚发凉，衣服穿得很多，手上摸起来还是凉的，其实她并不觉得冷，只是故意卖惨转移他的注意力。

她把下巴靠在他的胸口上，仰头看着他的脸，笑着摇了摇头，说："不冷。秦骁，为什么你衣服穿得比我少这么多，身上却比我身上热？"

秦骁垂眸，目光幽深地看着她，问道："你想做？"

唐溪："……"

她什么时候说想做了？她只是为了抚平他心灵遭到的创伤，随便找个借口吹捧吹捧他罢了，居然能被他曲解成这个意思，这男人的脑子到底是怎么构成的？

她赶紧把手从他的怀里拿出来，向后退了一步，摇了摇头说："还是先把春联贴好吧。"

秦骁的语气听起来略显遗憾："不做为什么撩拨我？"

唐溪："……"

她真不应该同情他，这男人自己的心思歪了，还想把锅甩到她的身上。

刚刚心里对他涌起的那股怜爱之意消失殆尽，她没好气地催促他："快点儿贴春联，别磨蹭了，贴完春联我还要做晚饭呢。"

秦骁看了她一眼，转过身，去餐厅里搬了一把椅子出来放在门前，唐溪扶住椅子，防止他上去时椅子被踩倒。

秦骁手里拿着要贴在门的正上方的横批，对唐溪说："不用你扶，我一个人贴，你进去吧。"

唐溪道："我不扶椅子容易倒。"

秦骁抬腿爬上椅子，站在上面，低头看着她说："你松开，不会倒。"

唐溪不想再跟他争椅子会不会倒这个问题，抬着头对他说："你快贴吧，贴完就能进去了。"

秦骁也没再说什么，目测着距离，把横批贴到门框上方正中央的位置。

唐溪见他贴好了横批，把手里的"福"字递上去。

两个人配合着给家里的门都贴上了对联和"福"字，时间已经不早了，唐溪去厨房里准备晚饭，秦骁把能洗的菜都洗了，闲下来，站在旁边看着唐溪做饭，脑子里又开始想唐溪刚刚回来时说的事。

整个菜市场的人都知道了他少年时暗恋一个女孩，因为贫穷，没敢告白的事？

李壮壮在菜市场里是这么说的？

他在遇到李壮壮的当晚就让李瑛把李壮壮弄到别的菜市场去，李瑛第二天就告诉他事情办妥了，现在他从唐溪的口中听到这种事情，这就是李瑛说的"办妥了"？

秦骁眉头微皱，转身走出厨房。

唐溪听到客厅的房门被打开的声音，往门外看了一眼，见秦骁拿着手机出去了，猜他心里肯定还没把菜市场那事揭过去，想着他那极其别扭的心思，趁他不在，偷偷地笑了一下。

秦骁走到院子里，站在秋千架旁，给李瑛打电话。

李瑛最近日子过得不错，老板和老板娘的感情甜蜜，心情好，虽然会时不时地给他撒"狗粮"，但只要他的"狗盆"端得稳，老板在撒"狗粮"的同时，也会出手阔绰地给他撒红包奖金。

这两天放假，老板和老板娘一起过年，也没有事情找他，早上他看见老板发了条秀恩爱的朋友圈，在底下拍了两句马屁，老板还私下对他说要送他一辆车，让他自己去选。

老板豪气送车，他当然不会客气，只是他今天在老家过年，大年初一，还没来得及选车，这会儿看到老板的电话，下意识地就以为老板是要问他车有没有选好，也没多想，欢天喜地地接了起来。

"秦总。"

秦骁冷声问道："李壮壮的猪肉摊，你用了几天时间买下来？"

李瑛听到他这么问，心里"咯噔"一下，瞬间想起自己当初瞒下的事，小心翼翼地道："一天。"

"一天？"

李瑛极快地镇定了下来，回复道："是的，秦总，一天。"

从他的工作效率来看，他的工作是没有失误的，秦总当初是晚上吩咐他去办这件事的，他接到这个任务时，李壮壮就已经把这件事传得尽人皆知了，与他无关。

秦骁问："你没有别的事要告诉我？"

果然，老板还是知道了那件事。

时间过去这么久，菜市场里的人谈论这事的新鲜劲儿应该过去了，老板也不会经常去菜市场，发现这件事的概率很小，他还以为这件事就这么过去了，没想到会在大年初一合家团圆的时候被发现。老板不是带着老板娘回老宅过年了吗？为什么会在这种时候发现这件事？

大脑急速运转一圈，李瑛决定装傻："还有其他事情吗？秦总，您指的是什么事？"

秦骁抿着唇，以沉默试探李瑛。

他不确定李瑛是否知道这件事，这件事只是在这边的菜市场里面传播，李瑛不住这边，不会去这个菜市场，所以不一定知道。如果李瑛不知道，他自然不会告诉李瑛这件事。

李瑛得不到老板的回复，想象着平时跟在老板身边时，老板用那双高深莫测、仿佛看透了一切的眼睛盯着他的样子,没撑住这场心理战的压力,主动坦白:"秦总,您说的是李壮壮造谣您少年时暗恋一个小姑娘的事吧?这事一听就是假的。"

李瑛言之凿凿,愤愤不平:"我当时听说这件事的时候就没当真,像秦总您这样才貌双全、家世又好的男人,怎么可能会因为自卑,暗恋一个小姑娘却不敢告白?您就是往那儿一站,多看哪个姑娘一眼,就能迷得小姑娘主动追求您,哪里需要暗恋?那个李壮壮就是在造谣。"

继从唐溪的口中听到"贫穷"两个字后,秦骁又在李瑛这里听到了另一个词语——自卑。

秦骁面色凝重地冷声问:"自卑?"

李瑛说:"这是李壮壮说的,秦总您当然不自卑。"

老实说,李壮壮说老板少年时有暗恋对象,结合老板立马让他把李壮壮的猪肉摊买下来的事情,李瑛还能信,但说老板自卑,李瑛是真不信。他老板分明很自恋,跟"自卑"这两个字一点儿都挂不上钩。

秦骁质问道:"你知道这件事,没告诉我?"

李瑛:"……"

所以老板打电话过来,不是确认了他已经知道这件事,而是在试探他?

他赶紧解释:"秦总,我当时是要向您汇报的,但太太给您做了晚饭,您说您要回家吃晚饭,让我暂停汇报,我见您和太太的感情那么好,觉得这种谣言太荒唐,就没浪费您宝贵的时间。您的时间都是用来工作和陪太太的,怎么能浪费在这种可笑的事情上?"

秦骁淡淡地道:"李瑛,车选了吗?"

李瑛敏锐地察觉到,他的车可能要没了。

"秦总,您朋友圈里发的照片上的草莓是太太给您洗的吧?太太对您真好。

"您和太太的合照真是完美,你们就是天作之合。

"看见您和太太在一起时的样子,我觉得我这辈子都不可能结婚了,因为我不可能拥有像秦总您这样完美的婚姻。"

贪财的本能让李瑛疯狂拍马屁。

秦骁沉默片刻,打断他:"慢慢选。"

"慢慢选"这三个字简直是天籁之音,李瑛松了口气:"好的,秦总,祝您和太太新年愉快,万事如意。"

秦骁没再听他的花式吹捧，挂断电话，心情复杂地回到屋里，在沙发上坐了片刻，抬头瞥了一眼厨房里的唐溪，站起来走到厨房的门前，静静地盯着唐溪。

唐溪感受到他的视线，哭笑不得地安慰道："没事，他们也就当个笑话听一听，听过就忘了，现在都没人提这事了。老板娘是因为跟我熟，才提醒我要注意，她是觉得像你这样优秀的男人，我得抓住了，不能让别的女人抢走了，不然我哭都没地方哭。"

秦骁幽幽地道："你觉得这是笑话？"

唐溪："……"他怎么每次都抓这种重点？

"我的意思是，他们觉得李壮壮是在说笑，没人信他的。"如果他不心虚地把李壮壮的猪肉摊买下来的话，菜市场里的人都会觉得李壮壮是吹牛，为了跟他攀关系才故意这么说的，没人会信一个在菜市场里卖猪肉的摊贩会和益远集团的总裁是兄弟，但是他现在把李壮壮弄走了，反而证实了李壮壮跟他认识。

后面一句话唐溪憋在心里，没说。

秦骁走到唐溪的身后，从背后抱住她，小声说："溪溪，咱们搬家吧。"

唐溪："……"他真的不必如此要面子。

"搬家多麻烦呀，我很喜欢这边的环境，不想搬。"唐溪直接拒绝了秦骁要搬家的提议，"你如果不想听到别人议论你，以后我一个人去菜市场，你不跟着去就行了。"

唐溪想去拿调料，但秦骁抱着她，她不方便拿，伸手拍了一下秦骁的胳膊："帮我把酱油瓶子拿过来。"

秦骁松开她，把旁边的酱油瓶子递给她，唐溪接过去，边往锅里倒酱油边说："这是最后一道菜了，做完这道菜就可以吃晚饭了。"

秦骁抿着唇，神色颓然，整个人像是被抽去了精气神，麻木地站在一边。

唐溪没理他，继续做饭。

最后一道菜做好，她走到洗手池旁洗了洗手，这才转身看着又朝她贴过来的秦骁，抬手在他没有一点儿弧度的唇上比画了一下，笑着说："好了，真的没什么，菜市场里每天人来人往的，八卦的消息很多，他们就是听李壮壮这么说，跟着议论了一下，连你长什么样子都不知道。今天过年，开心一点儿呀。"

秦骁半垂着眼眸，"嗯"了一声，不知道是看开了，还是事情已经发生，无法改变，破罐子破摔了。

两个人把饭菜端进餐厅里，唐溪拿了一瓶红酒过来，秦骁问道："要喝酒？"

唐溪点头："喝一点儿，我们俩一人一杯，不多喝。"她把酒瓶递给秦骁，"你来开。"

秦骁打开红酒，倒了两杯。

唐溪端起酒杯，秦骁默契地端起自己的酒杯跟她的碰了一下，说："溪溪，新年快乐。"

"哎，你怎么抢我台词呀？这句话是我要先说的，你撤回，让我先说。"

秦骁笑了一下："不能撤回，你换一句台词。"

唐溪说："秦先生，新年开心。"

秦骁暗示道："你可以换句三个字的。"

三个字的？我爱你？

唐溪领会到他想听的话，故意装作听不懂："三个字的新年祝福有什么？"她歪头想了想，"好像没有三个字的新年祝福呀，你想的三个字是什么？"

秦骁看到她眸中闪过的狡黠，俯身凑过去吻住她的唇瓣，在她的下嘴唇上轻轻地咬了一下。

唐溪轻哼了一声，抬手在他的肩膀上打了一下，瞪了他一眼。

秦骁将嘴唇移到她的耳边，嗓音低沉地道："我爱你。"

唐溪瞬间笑了起来，学着他的样子，微微侧脸，嘴唇凑到他的耳边，在他的耳郭上亲了一下，轻声说："我爱你。"

吃完饭，两个人去客厅里坐在沙发上看电视，这会儿电视的各个频道都在播放联欢晚会，相较于昨天秦家一大家子人一起坐在客厅里看电视，两个人看稍显冷清。

秦骁把唐溪抱到怀里，让她坐在自己的腿上，摸了摸她的脸，问："觉得无聊？"

"没有呀。"唐溪知道他想表达的是什么，抬手搂住他的脖子，说，"我喜欢一大家子坐在一起热闹地聊天，更喜欢这样跟你静静地待在一起。"

秦骁低头，用额头贴着她的额头蹭了蹭，视线落到她的唇上，正准备亲上去，唐溪突然从他的怀里下来，说："我去楼上拿个东西，你坐在这里等我。"

"拿什么？"秦骁问。

"暂时保密。"

秦骁看她神神秘秘的样子，笑着说："你不是要拿给我看吗？还保密？"

"所以是暂时保密呀。我拿来你就知道了，你别跟上来。"

在家里秦骁总喜欢跟着她，她走到哪儿他就跟到哪儿，有时候她就是从客厅去厨房里倒个水他都要跟着。

唐溪特意叮嘱了秦骁不要跟着她，小跑着上楼拿东西。

秦骁看着她脚步轻快的背影，提醒道："走楼梯慢点儿。"

"好的。"唐溪应了一声，放慢脚步，一步一级台阶，稳稳当当地走上楼。

片刻后，唐溪从楼上下来，双手背在身后，不让秦骁看见她手里拿的东西。

秦骁挑了下眉，问："要我闭上眼睛吗？"

唐溪笑了笑，说："不用。"

她把刚从书房里拿来的许愿瓶放到茶几上，手里还拿着一沓彩色小纸条和两支笔。

秦骁看着那只瓶口系着彩色丝带，装饰得挺漂亮的玻璃瓶，不知道是做什么用的，转脸看她。

唐溪解释道："这是许愿瓶，今天过年，我们可以写下新年愿望放在里面，等以后拿出来看看愿望有没有实现。"

她递了一张纸条和一支笔给秦骁，说："给你，把你的新年愿望写在上面吧。"

秦骁把纸接过去后，唐溪自己也拿了一张纸条，趴在茶几上正准备写，发现秦骁正在看她的纸条。她用手挡住纸条，说："不许偷看，你写你的，我写我的。"

秦骁道："我不看怎么知道你的愿望是什么？"

唐溪："你不需要知道呀，这是我的愿望。"

秦骁："我不知道，怎么帮你实现？"

唐溪的嘴角轻扬："愿望就是一种美好的寄托，是……"

唐溪对上他深沉的目光，心里甜丝丝的，抬手挡了一下嘴角的笑容，把自己的纸条往旁边移了移，背对着他说："反正你就是不许偷看。"

她低头，上身趴得很低，左手挡在纸条上，把他的视线挡得严严实实的。写好后，她把纸条卷起来，转过脸，看见秦骁还在写，悄悄地抬眼想偷看他在写什么。

秦骁察觉到她的视线，抬起头，正对上她的眼睛。

四目相对，唐溪偷看被发现，毫不心虚，光明正大地问道："你写了什么？"

秦骁用手挡住自己写的字，用她的话拒绝她："不许偷看，你写你的，我写我的。"

唐溪说："我可以看你的。"

秦骁挑了一下眉。

唐溪笑着去掰他的手："你给我看看。"

她有点儿好奇秦骁写了什么。

秦骁用手捂住纸条，他的力气大，不主动松手，唐溪完全掰不动他的手，她抬眸望着他，嘬了一下嘴，撒娇说："给我看看吧，我想看。"

秦骁好笑地道："你的怎么不给我看？"

"因为我不想给你看，你也不想给我看吗？"唐溪可怜巴巴地望着秦骁。

秦骁："……"

秦骁一脸无奈地道："溪溪，你不能这么双重标准。"

唐溪凑到他的唇上亲了一口，用水汪汪的眼睛望着他，睫毛扑扇扑扇的。

秦骁语气妥协地问她："你为什么想看我的愿望？"

唐溪学着他刚刚的话哄他："我不看怎么帮你实现？"

秦骁似乎就等着她的这句话呢，说："好，给你看，你来帮我实现愿望。"

唐溪听他这么说，意识到自己可能进了他的套了，但秦骁已经松开了手，把写了字的纸条给她看，她又抵挡不住好奇心，转过脸，看他在纸条上写的愿望。

目光落在纸条上时，她的嘴角抽了一下——他的那张小纸条上密密麻麻地写满了字，他写了不止一条愿望，列了好多条。

这个男人，未免有点儿贪心不足。

因为纸条很小，所以他的字也很小，唐溪有点儿看不清，把纸条拿起来凑近看。

"愿望一：唐溪一直爱我。"

唐溪正想说"我一直爱你呀"，就看到下面一条愿望。

"愿望二：搬家。"

他还没忘了搬家的事呢，唐溪忍不住想笑，继续往下看。

"愿望三：明天就搬家。"

"愿望四：立刻搬家。"

"愿望五：唐溪同意搬家。"

唐溪："……"他的世界，只剩下搬家了吗？

唐溪回过头，笑着看他："秦骁，你能不能认真点儿？"

秦骁从她的手中把自己写的字条接过去，问道："我怎么不认真了？"

"你这写得也太多了吧？"虽然他后面写的愿望都是一样的。

秦骁说："你又没说只能写一条。上楼收拾一下，明天就搬家。"

唐溪坐着不动："为什么明天就搬家？"

秦骁指着第三条愿望："你要帮我实现愿望。"

唐溪说："我可没说看了就一定帮你实现愿望。"

秦骁抿着唇，漆黑的眼睛静静地盯着她的脸，不说话，脸上透着淡淡的忧郁，像是她做了什么对不起他的事一样。

唐溪被他这眼神看得有些心虚，瞥了一眼他手上的纸条，说："我只能帮你实现一条愿望，你写了那么多条，我不知道要帮你实现哪一条。"

秦骁重新拿了一张纸条，在她的目光下，一笔一画地认真写下自己的愿望，"唐溪一直爱我。"

他写完，把纸条卷起来，放进许愿瓶里。

唐溪笑了笑，跟着把自己写好的纸条放进许愿瓶里，突然想到小时候玩的一个游戏，笑着对秦骁说："我们来玩个游戏吧。"

秦骁问："什么游戏？"

唐溪说："就是我说一句话，你要在五秒钟内把我说的话倒过来念一遍，输了的人就要答应赢的人一件事情，可以吗？"

秦骁"嗯"了一声，说："可以。"

唐溪道："你先说。"

秦骁说："我亲来上马。"

唐溪在心里默念了一遍他说的话，迅速地回道："马上来亲我。"

话音刚落，秦骁低头在她的唇上亲了一口。

唐溪："……"

这游戏是这么玩的？他也太会玩了吧？

秦骁看着唐溪错愕的表情，唇角勾起一抹弧度，说："到你了。"

唐溪微抬眼睫，目光认真地看着他，说："骁秦爱溪唐。"

秦骁盯着唐溪的眼眸，看着她故意哄自己开心的样子，整颗心都是软的。

他搂着她的腰，把她压倒在沙发上，低头亲她的唇。

唐溪将手搭在他的肩膀上，轻轻地推了一下，说："你还没把我的话倒过来说一遍呢，嗯……"

唐溪说完这句话，就被他钩住舌尖缠绵、逗弄。

她被他亲得眼神迷离，察觉他的手指从她的领口钻了进去，按住他的手，喘息着说："不行，不要在这里，回……回卧室。"

秦骁拉住她的手，一根一根地亲她的手指，嗓音低沉地说："秦骁爱唐溪。"

他漆黑的眼眸看着她，眼底藏着无尽情意，唐溪没法拒绝这个样子的他，抬手搂住他的脖颈，说："你说错了，倒过来是，唐溪爱秦骁，你输了。"

秦骁"嗯"了一声，埋首在她的颈边，含住她的耳尖，声音像带着电流般钻入她的耳中："我输了，你可以向我提任何要求。"

夜色深浓，唐溪映着水晶吊灯的眸中的眼神逐渐涣散，她不知在何时睡了过去。

再次醒来时，已经是第二天，床上已经没了秦骁的身影，唐溪往浴室的方向看了一眼，里面也没什么动静，看来他已经洗漱好出去了。

最近秦骁不上班的时候早上都会和唐溪在床上多待一会儿，一起起床。唐溪看了一眼手机上的时间，才早上八点多，这么早就一个人先起床了，他不会又有工作要忙了吧？

唐溪从床上坐起来，正准备起床，看到昨晚她拿下楼的那个许愿瓶被摆在了床头柜上。

昨晚她和秦骁玩的那个小游戏一个回合就结束了，之后他们就在沙发上胡闹，最后自己是怎么上来的她都不知道，这个许愿瓶肯定是被秦骁拿上来的。

她抬手在许愿瓶上摸了摸，笑了一下，去浴室里洗漱，洗漱完下楼前，特意去秦骁的书房里看了一眼，他不在书房里。

她慢悠悠地下楼，走到楼梯口，听到厨房里传来切菜的声音，以为是秦骁把白姨叫过来做饭了，没有多想，转身走向厨房，准备和白姨打招呼。

走到厨房门口时,她怔了一下,因为此刻在厨房里忙碌着做饭的不是白姨,而是她那位从来都没做过饭的老公。

她停在厨房门口,笑着说:"早上好呀。"

秦骁听见唐溪的声音,转过身面对着唐溪,手上还拿着菜刀,脸上闪过一抹不自然。

"早上好。"

"早饭做了什么?"唐溪抬腿走到他的身边,瞥见旁边的垃圾桶里有不少煎煳了的鸡蛋和火腿,看这样子,他应该是准备做手抓饼的,但很显然,还没有成功。

秦骁见她往垃圾桶里看,微微侧身,挡住她的视线。

唐溪问道:"做手抓饼呀?"

秦骁"嗯"了一声,说:"试试,还没好,你去客厅里坐一会儿。"

唐溪看他还想继续弄,没打算放弃的样子,没嘲笑他,也没打击他的自信心:"鸡蛋不太好煎,第一次煎,没有人在旁边看着的话,很容易煳的。你来煎,我在旁边看着,指点指点你。"

她冲秦骁挑了一下眉,一脸嘚瑟。

秦骁笑了笑,说:"那就辛苦唐老师指教了。"

唐老师?这又是什么奇怪的称呼?

唐溪拍了拍胸口,顺着他的话说:"包在唐老师的身上。唐老师厨艺培训班,一对一教学,包教包会。"

秦骁听她的声音有点儿哑,倒了一杯温水递给她:"先喝点儿水。"

唐溪接过水杯,抬头喝了一口水,把水杯放在一边,看着切菜板上切得比小拇指还粗的黄瓜丝,转过身找了一个多功能切菜器给他。

秦骁看着那个切菜器,不知道是干什么用的。

唐溪示范给他看:"你把这个黄瓜放在这上面向下滑一下,就能弄出黄瓜丝了,不仅是黄瓜丝,土豆丝、胡萝卜丝都可以用这个弄。"

秦骁道:"没见你用过这个。"

他经常站在唐溪的旁边看唐溪做饭,唐溪把菜切成丝都是用刀切的。

唐溪道:"我以前刚学做菜的时候也用这个,现在做饭做久了,自己切得也很快,就不用了。你之前没做过饭,就用这个吧,别用刀切,我怕你切到手。"

秦骁听着她关心的话,唇角勾起一抹弧度,说:"好。"

既然说了指点他做早餐,唐溪也就没有上手,就在旁边教他怎么做,提醒他放多少材料,什么时候该把火关掉。

做手抓饼不难,有唐溪在旁边提醒,这次秦骁没有再把鸡蛋煎煳。

两个手抓饼很快就做好了,唐溪看着他说:"你吃一个应该不够吧?再弄一个。"

秦骁把手抓饼放进餐盘里,说:"够吃。"

这两个手抓饼看起来做得很简单,其实他做的时候心里一点儿都不轻松,唐溪在旁边看着,他每做一个步骤都像闯关一样,怕没做好丢脸。

他终于做到最后一步,两个手抓饼顺利出锅,卖相还行,鸡蛋的油盐都是按照唐溪的指点放的,味道应该不至于太差,这就算闯关成功了。再做第三个,万一失败了,面子上就不好看了,他还是等唐溪不在的时候再练习吧。

他把手抓饼端到餐厅里,唐溪端了两杯温水跟在他的后面走进餐厅里,拿起手机对着餐桌上的手抓饼拍照。

秦骁见她在拍照,问道:"拍照做什么?"

"纪念一下,我老公第一次给我做早饭。"

秦骁意味不明地道:"不发朋友圈吧?"

唐溪观察着他的脸色,问道:"你是想让我发朋友圈吗?"

"不是,别发。"秦骁回答得很快。

唐溪听他回答得那么快,懂了,他这是觉得这手抓饼的卖相不怎么好看,不好意思让她发。

傲娇鬼。

唐溪在心里吐槽了一句,看着他,开玩笑说:"为什么不发呀,这可是我老公第一次做早餐,做得这么棒,我真的好想发到朋友圈里炫耀一下,让我朋友圈里的好友们都看看我老公有多棒。"

"溪溪。"秦骁眯了眯眼睛,抬手捏住她的下巴。

"好了好了,我不乱说了,我饿了,吃饭吧。"唐溪拍了拍他的胳膊撒娇。

秦骁低头在她的唇上亲了一下,动作有点儿凶。

吃完早餐,唐溪问秦骁:"有工作吗?"

"没有,陪你。"秦骁搂住她的腰,说,"又想到什么游戏要和我玩吗?"

两个人独处的时候,唐溪经常拉着他玩一些小朋友玩的游戏,秦骁每次都很配合,但这些小朋友的游戏最后都会被他玩成成年人的游戏。

"出去走走吧,带你感受一下咱们附近这一片居住区的人的生活有多安逸舒适。"

刚刚吃饭的时候唐溪已经跟秦骁商量好了,不搬家,因为唐溪确实很喜欢这里的生活氛围。

他们这个别墅区后面有一个公园,一位音乐学院的老师退休后天天到公园里免费教其他人唱歌跳舞,渐渐地就形成了一个业余的表演团队,每天在那边敲锣打鼓,周围的居民都习惯了在公园里聚,唐溪每天清晨起来路过那边就能看见很多人,很热闹。

秦骁对唐溪的提议没什么意见,两个人换好衣服,挽着胳膊慢悠悠地往公园里走去。

公园就在别墅区后面,二人出了门左转,没几分钟就到了。

因为过年放假,公园里比平时更热闹,到处都是人,有一家人带着孩子玩的,也有一个人在散步,享受好晨光的。

"怎么样,这边是不是很热闹,你是不是从来都没注意过这边?"唐溪问秦骁。

秦骁平时上班不经过这边,也不是有闲心停下来欣赏附近风景的人,听了她的话微微颔首。突然迎面吹过一阵风,唐溪把脸埋在秦骁的胸口,往前走了几步,感觉风没那么大了,才抬眸看向他。

秦骁抬手整理了一下她被风吹乱的头发,问:"冷不冷?"

唐溪摇头:"不冷,我们去那边。"唐溪抬手指了一下右边,"那边有人表演挑花篮,还有人打太极拳。"

她不知道想到了什么,"扑哧"笑了一声。

秦骁看她傻笑,问道:"笑什么?"

唐溪说:"突然想到以后我们老了,会不会也在这个公园里,我跟着她们一起挑花篮,你在另一边打太极拳。"

她停下来,盯着秦骁的脸,想着等会儿要不要让他跟着大爷们学两招太极拳打给自己看,他这气势,打太极拳肯定也很酷。

秦骁看她盯着自己,眼睛滴溜溜地转着,嘴角抑制不住地上扬,一眼就看透她此刻正在想什么,抬手在她的额头上敲了一下:"别想了,我今天不会打太极拳给你看。"

唐溪:"……"他也太敏锐了吧?

没等她说什么,秦骁又补充了一句:"你撒娇也没用。"他是不可能在大庭广众之下学太极拳的。

唐溪咬了咬嘴唇,抬起眼睛,神色无辜又委屈地看着他,声音娇滴滴的:"真的吗?撒娇也没用吗?"

秦骁看她这样子,赶紧揽着她的腰,把她的脸往自己的胸口上按,目光往四周扫了一圈,低头凑到她的耳边说:"以后不许在外面露出这种表情,你这个样子只能给我看。"

唐溪听着他醋味很浓的话,乖巧地点了点头,说:"好。"

两个人在公园里逛了一圈,正准备回去,突然听到背后传来一道洪亮的声音。

"秦骁!哈哈哈,兄弟,可算让我碰着你了!"

唐溪听到有人喊秦骁,转过脸,看到一个面庞熟悉的男人笑眯眯地走了过来。

唐溪认出走过来的人,心里"咯噔"一下,下意识地看向身侧的男人。

秦骁抿着唇,嘴角微微僵硬,眼神冰冷地看着跟他们打招呼的人。

唐溪叹了口气:怎么这么不幸,她才说服秦骁不搬家,就在这里碰到了李壮壮。

李壮壮大步流星,径直走到秦骁的面前,朝秦骁伸手:"兄弟,自从你给我换了个摊位,我这生意比以前好多了,你那天也没给我留个电话,过年了,我想送点儿猪肉感谢感谢你都找不到你的人。幸好我机智,想着你既然去那个菜市场买菜,肯定就住在这附近,我没事就在这边转悠,说不定能碰上你,没想到还真就碰上你了。"

李壮壮"噼里啪啦"地说了一大堆话,嗓门儿又大,瞬间吸引了周围不少人的目光。

秦骁蹙眉,拉着唐溪往后面退了一步。

李壮壮的手悬在半空中,没被握住,他丝毫不觉得尴尬,两只小眼睛笑得只剩一条缝,像是没察觉到自己并不受欢迎,对着秦骁热切地道:"兄弟,你家住在哪儿啊,我给你送点儿猪肉过去。"

秦骁冷声道:"不用。"

秦骁拉着唐溪转身准备走,李壮壮这才注意到唐溪,目光一亮:"哎,这不是唐溪吗?你怎么和秦骁……"他在秦骁和唐溪的身上打量一圈,激动地道,"你们俩这是在一起了?"

唐溪和李壮壮也有十年没见过面了,但李壮壮的语气听起来一点儿也不见外,仿佛经常见面的朋友一样,唐溪看到他这个样子,心里也多了一抹熟悉的感觉,大大方方地朝他笑了一下,把自己和秦骁的手牵起来,给他看他们的婚戒:"是啊,我们俩结婚了。"

相较于秦骁，李壮壮和唐溪更熟悉，认出唐溪后，视线就从秦骁的身上移到了唐溪的身上："真的啊，你们俩在一起了啊？哎，你不是和那个叫宋宁远的是一对吗？怎么和秦骁结婚了，你不会没抢过你妹妹吧？"

唐溪："……"

李壮壮这嘴，不会说话可以闭上不说吗？

察觉到秦骁握着自己手的手指收紧了些，唐溪赶紧拍拍秦骁的手背，无声地安抚他，防止他和李壮壮打起来。

对于十年前秦骁和李壮壮打架的事，唐溪至今心有余悸。

她搂住秦骁的腰，笑容灿烂地说："你误会了，我和你说的那个人不熟，我先生是我的初恋，是我唯一喜欢过的人，我当然要嫁给他啦。"

她都这么说了，如果李壮壮还乱说话，别说是秦骁，连她都想打他了。

秦骁听到唐溪这么说，面色缓和了不少，盯着李壮壮，没什么语气地说："有事？"

李壮壮就是嘴快，说完后也反应过来自己刚刚说的话不中听了，讪讪地笑了一下，拣着好听的说："我就说嘛，宋宁远哪里配得上你，当年我还遗憾你和秦骁不是一对呢，觉得你们俩才是天造地设的一对。"

李壮壮找补了一句，转脸回答秦骁的话："这不是你之前去我那猪肉摊买猪肉，为了照顾我，特意送了我一个更好的摊位吗？虽然你没跟我说，但我一下就猜到是你了，这都过去多少年了，你怎么还跟以前一样，做好事不留名呢？兄弟，我真是羞愧。"李壮壮说着，叹了口气，垂着头懊恼地道，"你那天去我那里买猪肉，没和我说话，我还以小人之心度君子之腹，觉得你是发达了就瞧不起我们这些没出息的朋友了，连话都不跟我说，没想到你第二天就送了我一个那么好的猪肉摊。我现在想想，你应该是担心我现在卖猪肉会自卑才不和我说话的，只在背地里偷偷地照顾我。兄弟，你真是个好人啊，我真的不知道要怎么感谢你。"

唐溪："……"

李壮壮，你的想法有点儿多，他不是为了你的面子才背地里给你换了个猪肉摊的，是为了他自己的面子。

不过李壮壮要是这么想的话，秦骁的形象似乎就高大了起来。

秦骁淡淡地道："不必感谢，只是举手之劳。"

唐溪抬眸看向"做好事不留名的好人"秦骁，挑眉笑了一下——这男人倒是会顺着杆子往上爬啊。

李壮壮摆手道："那不行，一定要感谢的。我李壮壮虽然没什么大出息,现在也不能跟你这种大老板比,可也不能白占人便宜。"

说到这里,李壮壮想到自己当年当小混混儿,被唐渺收买去找唐溪的麻烦,又被唐溪收买配合她拍视频敷衍唐渺,两头拿钱的事,尴尬地挠了挠头,对唐溪说:"以前年少不懂事,觉得混日子打架很酷,对不住你了啊,唐溪。"

唐溪笑了笑,说:"没事,你也没对我怎么样,我还要谢谢你和蔡勇呢,谢谢你们一直罩着我。"

如果不是李壮壮和蔡勇一直配合她演戏,当年她也不会那么轻易地把唐渺忽悠住。

幸好唐渺找的是李壮壮和蔡勇,他们俩的内心是善良的,愿意听她说话,没有做出伤害她的事,如果是真正恶劣的混混儿,她可能都不知道会遇到什么事情,可能会跟混混儿拼得头破血流,可能……根本就等不到秦骁了。

她都想不起来自己第一次被李壮壮和蔡勇堵住时的心情了,但现在回想起来,她那时似乎挺冷静的,一点儿都不害怕。

唐溪突然有点儿佩服从前的自己了,她那时候的胆子真的很大。

李壮壮被唐溪的道谢弄得更羞愧了,不知道要怎么弥补自己年少时犯下的错误,说道:"把你们家的地址给我吧,我给你们送点儿猪肉过去,给你们送最好的,一般人那里你们都买不到。"

李壮壮改不了自己说大话的习惯,说着说着又吹起牛来。

唐溪笑着拒绝:"不用了,我们家里已经买了很多肉,只有两个人,吃不完浪费。"

李壮壮说:"你们可以拿回去送给亲戚朋友啊,我卖的猪肉保真。你们把地址给我就行了,我送货上门,不用你们麻烦。"

唐溪道:"真的不用,你太客气了。"

"就在前面。"秦骁突然开口说道,"我们现在正要回去,你要去吃顿饭吗?"

唐溪愣了一下,诧异地看着秦骁。她本来以为他肯定会想尽办法不让李壮壮知道他们家在哪里的,没想到他居然会主动邀请李壮壮去家里吃饭。

其实刚刚唐溪也想邀请李壮壮去家里吃顿饭的,毕竟现在能遇到以前认识的人,也挺有缘分的,只是顾及秦骁那拉不下来的面子才没邀请,既然秦骁都主动邀请了,唐溪就顺着他的话说:"是啊,去我们那里吃顿饭吧。"

"好啊，刚好我去看看你们俩现在住什么地方，改天给你们送猪肉。"李壮壮毫不犹豫地答应，突然又想到今天是大年初二，"哎哟，今天好像不行，等会儿我小舅子要去我家里接我媳妇回娘家，我中午要陪我小舅子喝酒，不能去你们家吃饭。"

唐溪笑着说："那就改天吧，改天你有空了再去我们家吃饭。"

李壮壮点头答应："好。我们加个微信吧，方便联系。"

他拿起手机要加唐溪微信，秦骁把唐溪拉到自己身后，淡淡地道："加我的。"

李壮壮没有多想，加谁的微信都一样，他就是想给秦骁和唐溪送点儿猪肉，感谢秦骁在背地里偷偷地帮了自己那么大一个忙。

加完微信，李壮壮接着感慨："唐溪，你高一后来去哪了，我怎么找不到你了？"

唐溪道："我转学了。"

李壮壮问："那你们俩是什么时候在一起的？你转学后，和秦骁还有联系吗？"

唐溪一本正经地道："李壮壮，别那么八卦。"

李壮壮"哦"了一声，点点头，笑着说："好，不该问的不问，对吧？你看，这么多年过去了，我都差点儿忘记规矩了。"

以前李壮壮就非常好奇唐溪和宋宁远、唐渺三个人之间到底是怎么回事，但每次问唐溪，唐溪都懒得搭理他，让他不该问的别问。他就只能通过唐渺透露的和从其他人那里打听到的消息，和蔡勇两个人发挥想象力，想象出了姐妹俩争一个未婚夫的戏码，并且把自己揣测出来的故事告诉了秦骁，苦口婆心地劝秦骁不要再打唐溪的主意，说唐溪一个娇滴滴的大小姐，肯定不会和秦骁这种穷得只能骑电动车的穷小子在一起的。

现在看唐溪和秦骁在一起，唐溪还说秦骁是她的初恋对象，是她唯一喜欢过的人，李壮壮隐约察觉到自己之前可能想错了。

如果唐溪当年没有喜欢过宋宁远，自己劝秦骁放手不就是好心办坏事了吗？

李壮壮心虚地打量着秦骁和唐溪，既按捺不住自己心里的愧疚感，又忍不住好奇地对秦骁说："兄弟，我以前跟你说唐溪和宋宁远是一对，你不会信了吧？"

秦骁抿着唇，面无表情地看着他。

李壮壮继续说："你不会因为这事，没跟唐溪表白吧？"

话音刚落,秦骁搂着唐溪往旁边站了站,转过身,一拳砸在了李壮壮的眼睛上。

唐溪惊愕地看着突然动手的秦骁。

虽然从李壮壮跟他们打招呼开始,她就感觉到秦骁有想打李壮壮的冲动,但刚刚李壮壮把秦骁背地里给他换猪肉摊的目的说得那么伟大,秦骁也接受了李壮壮臆想出来的光辉形象,并且主动开口邀请李壮壮去家里吃饭,她还以为秦骁是被李壮壮吹捧得开心了,不记恨李壮壮在菜市场里诋毁自己形象的事了。

眼看着这次"仇人"见面即将以秦骁单方面放下仇恨,单方面和李壮壮和解,客气地邀请李壮壮去家里做客的温馨画面收场,秦骁出其不意地挥出的这一拳,瞬间打破了相识十年的老友会面的"和谐"氛围。

李壮壮也没想到秦骁会给自己来这么一拳,完全没有防备,脸上的笑还没收回来,就被秦骁这带着怒意的一拳打得向旁边跟跄了两步,歪了一下脖子,泪花都快冒出来了。

他抬手捂住眼睛,条件反射般的想要还手,视线撞上秦骁阴沉的脸时,想起秦骁背地里照顾自己的事,茫然又激动:"兄弟,你打我干什么?"

秦骁将手握成拳,气势凛然,看起来是个稳重矜贵、不会打架的人,但李壮壮已经在秦骁的手底下吃了两回亏,秦骁对他来说就像炸弹一样,指不定什么时候就爆炸。他向后面退了退,和秦骁拉开距离,转脸向唐溪告状:"唐溪,你看秦骁,这聊得好好的,他打我干吗?"

唐溪赶紧上前拦住秦骁,双手攥住秦骁的胳膊,劝道:"别打了,这里人太多了,大家都往这边看了,有话好好说。"

李壮壮道:"就是嘛,有话好好说,还是唐溪讲道理。秦骁你今天要是不给我一个说法,我这一拳可是要还回去的,不能白挨你这一拳。"

李壮壮想不明白自己是哪里得罪了这位背地里偷偷帮助自己,对自己"情深义重"的好友了,他刚刚还好好的,怎么说动手就动手,一点儿征兆都没有。

秦骁听到李壮壮说话就上火,冷声道:"十年前你是怎么跟我说的?"

十年前?

唐溪听秦骁说"十年前",反应过来秦骁突然动手打李壮壮,可能不仅仅是为了李壮壮在菜市场里造谣的事,看他的样子,难道是十年前还发生了什么自己不知道的事情?

李壮壮被秦骁看得心虚,隐约也知道自己为什么会被打了,十年前他跟秦骁具体说了什么，他都记不清了，但他依稀记得自己后来为了让秦骁对唐溪死心，不遗余力地在秦骁的面前编造了很多唐溪和宋宁远感情好的事情，骗秦骁说是自己亲眼所见。

他讪讪地笑了一声，说：“兄弟，这时间太久远了，我也不记得说过什么了，不过我知道有些事是我对不住你，我向你道歉，你要是不解气，我今天任由你打，绝不还手。”

唐溪不解地问秦骁：“十年前李壮壮对你说过什么？”

"没什么。"秦骁收回放在李壮壮身上的冷冰冰的视线，垂眸，温柔地看着唐溪，"没吓着你吧？"

唐溪摇了摇头：“没有。”

李壮壮："……"挨打的是他，唐溪怎么会被吓到？

秦骁搂住唐溪的腰说：“回家吧。”

唐溪猜测十年前可能还发生了什么，不然秦骁不会这么气不过，当众对李壮壮动手，不过现在也不是追忆往昔的时候，等到没人的时候她再问问秦骁吧。

"嗯，回家吧。"

李壮壮见秦骁和唐溪要走了，正想着开口跟秦骁道个歉，再问问秦骁以前到底有没有因为自己胡乱编造的那些事误会唐溪，就被秦骁的目光凌厉地扫了一眼。

唐溪也怕李壮壮一张嘴就精准地踩在秦骁的导火索上，适时地提醒他："李壮壮，别再问以前的事了，都过去了。以后你也别再跟别人乱说我和我先生的事了，你上次在菜市场里说的话，已经引起别人对我先生的误会了。还有，我先生打了你，我替他向你道歉。"

虽然她不知道李壮壮当时在菜市场里具体说了什么，但看卖菜的老板娘后来提起秦骁时那一脸害怕的表情，也知道李壮壮没说什么好话。

李壮壮道："你不用道歉，确实是我对不住秦骁，不过我在菜市场里说秦骁的事，你们怎么知道？"

唐溪反问道："你说呢？"就李壮壮那大喇叭一样的嘴巴，编派秦骁的话说得整个菜市场的人都知道了，还问她是怎么知道的。

李壮壮尴尬地挠了挠头，坦诚地道："我当时觉得秦骁发达了，就狗眼……不是，就瞧不起我了，所以气得胡乱说话，你们别往心里去，我回头去菜市场里找他们解释解释。"

李壮壮把"狗眼看人低"这句话憋了回去。

唐溪道："不用解释，这事就到此为止了。"

就李壮壮这嘴，去解释还不知道会解释成什么样子，而且菜市场里的人已经把这事给忘得差不多了，他再去解释，只会让这件事的热度回升。

"好，以后我不乱跟别人说你们俩的事了。"李壮壮点了点头，还没忘要给秦骁和唐溪送猪肉的事，对秦骁说，"回头别忘了把你们家的地址给我啊，我给你们送猪肉。"

秦骁没理他。唐溪转过脸，看着一只眼被打得瘀青的李壮壮，好心地道："你的眼睛肿了，去我们家上点儿药吧。"

李壮壮正想说好，瞥见秦骁微微侧过脸，眼神冷飕飕地盯着自己，吓得吞了吞口水，说："不去了，我家也就在附近，我回去让我媳妇给我上药。"他怕去秦骁和唐溪的家，会被这两口子关在屋里毒打。

虽然这场架没打起来，但周围还是围了不少人，唐溪和秦骁在众人打量的目光中走出公园，唐溪瞥了一眼秦骁紧绷着的脸，没忍住笑，这一笑就有点儿收不住，对着秦骁笑了好几秒钟。

秦骁垂眸，手掌在她的腰上捏了一下，说："别笑了。"

唐溪的腰部敏感怕痒，这一招在夏天的时候对唐溪特别有用，但冬天衣服穿得厚，隔着衣服也感觉不到痒，唐溪被他警告后，看着他别扭的脸色，笑得更欢。

秦骁眯了眯眼，说："回去收拾你。"

唐溪赶紧抿住嘴唇忍笑，憋了好几秒钟才彻底忍住，一脸无辜地说："我不是在笑你，我是想起了昨晚看的一个小品，觉得很好笑。你不觉得今年联欢晚会上的小品都很好笑吗？"

秦骁淡淡地说"不好笑"，因为他知道，这是唐溪信口胡诌哄他的，她就是在笑他。

唐溪将手握成拳，假装自己是拿着话筒采访的记者，将"话筒"举到秦骁的面前："秦总，能不能回答一下你为什么会在友好地邀请李壮壮回家吃饭，看似已经放下过往的恩怨后，又突然出手打他呢？十年前到底发生了什么我不知道的事情，可以告诉我吗？"

秦骁道："不能。"

唐溪晃了晃秦骁的手臂："哎呀，你不要这么冷漠嘛，配合我一下呀，我特别好奇十年前发生了什么，快点儿。"

秦骁配合地说："我不是突然出手打他，是有计划地打他，但十年前的事不能告诉你。"

当年，李壮壮跟他说亲眼看见唐溪和宋宁远经常一起约会，他后来给李壮壮送钱，让李壮壮把唐溪的钱还给唐溪的时候，李壮壮还跟他说，唐溪让自己转告他，让他这种穷小子离她远点儿。

原本，他都没打算找李壮壮算账，但李壮壮还敢在他的面前提宋宁远，说当年遗憾他和唐溪不是一对，觉得他和唐溪才是天造地设的一对。

李壮壮不说这句话，他都快想不起来了，十年前，李壮壮每次看到他就要跟他感慨，唐溪和宋宁远是天造地设的一对。

唐溪不解地道："可是你不都要请他到家里吃饭了吗？"

秦骁说："所以是有计划地打他，不然你以为我为什么要请他去家里吃饭？"

唐溪难以置信地道："你不会是想把他带到家里打吧？"

秦骁挑了挑眉，不置可否。

唐溪："……"

天哪，这个男人也太狡猾了吧？

她看他面色温和地请李壮壮去家里吃饭，还以为他大度地原谅李壮壮了呢，没想到他是顾忌在公园里人太多，当众下手不太好看，想把人骗到家里揍啊。

唐溪装出一副弱小又无辜的样子，缩了缩脖子："秦总，你出招总是又快又准，让人意料不到，如果我哪句话不小心惹到了你，你会不会当时不跟我计较，然后默默地记在心里，秋后算账？"

秦骁看着她，似笑非笑地道："当然。"

"……"唐溪问，"那我能问问，我现在在你的心里有没有等着秋后算账的事？应该没有吧？"

秦骁跟她的账都是在床上算的，昨天之前如果有账，都已经清算过了，今天才过去小半天，她觉得自己没有哪里对不起秦骁。

秦骁摇了摇头，说："有。"

唐溪撇了撇嘴，不服气地哼了一声："肯定没有，你就是想找借口耍流氓。"

秦骁抬手捏了捏她的脸，一本正经地道："不是找借口耍流氓，是真的有。"

唐溪道："那你说说，我哪里惹你不开心了？"

秦骁道："你叫我秦总，我很不开心。"

"……"就这个？

唐溪无语地道:"那是我跟你开玩笑的话,这样你都不开心,你也太小气了吧?"

秦骁继续罗列她的"罪行":"你说我小气,我很不开心。"

唐溪:"……"

"好吧,看来我说什么你都不开心,既然这样的话,从现在开始,我就不跟你说话了,你开心了吧?"唐溪说完,闭上嘴,把脸往另一边转,不理他了。

两个人沉默了不到一分钟,秦骁将身体往唐溪这边靠了靠。唐溪被他挤得往里面走了走,还是故意不理他,和他拉开距离。

秦骁继续往她的身上贴,唐溪没好气地推了他一下,说:"走开,我不是惹你不开心了吗?你还往我身上靠干吗?"

秦总的脸在老婆面前早就丢得一干二净了,能屈能伸,他改口道:"我没不开心,我跟你开玩笑的。"

唐溪冷哼一声:"谁知道你这句话是不是为了哄我,假装大度,其实心里在小气地给我记账,等着回去跟我算账。你这张严肃的脸,可一点儿都不像是在开玩笑。"

秦骁勾起唇角笑了一下,问:"现在像了吗?"

唐溪看着他垂眸哄自己开心,咧开嘴,露出一口白牙,莫名地觉得他有点儿像自己之前拍过的一只哈士奇,福至心灵,说:"秦骁,你有没有觉得我的脾气很好?"

秦骁"嗯"了一声,说:"是的,我老婆最温柔。"

唐溪说:"我感觉我们家的其他夫妻老公好像都挺怕老婆的,爸爸怕妈妈,二叔怕二婶,姐夫怕姐姐,怎么你就不怕我呢?"

秦骁听她暗示了一圈,以为她想说的是他们家的财政大权都归女人管的事,压抑着上扬的唇角。

她终于要管他的钱了。她终于怕她老公身上钱太多,在外面容易招惹不必要的麻烦,要开始为了拴住他,管他的钱了。

沈故以后再也不能在他面前炫耀他姐管钱是在乎老公,而唐溪不管他了。

哼,他等会儿就给沈故打电话。

秦骁看着唐溪:"想说什么就说吧。"

唐溪说:"我觉得我要给你立一个规矩。"

秦骁说:"可以。"

唐溪打量着他的神色,见他的心情不错,夸着胆子道:"那你以后要是再在床上故意欺负我,事后你就学狗的表情,让我拍照片。"

秦骁:"……"学狗?

"不行。"秦骁毫不犹豫地拒绝。

唐溪撒娇说:"可是我特别想看你学狗的表情,我觉得你学狗狗肯定很像,很可爱。"

秦骁眯了眯眼:"我像狗?"

挺像的。唐溪盯着他的脸,在心里回答了一句,摇了摇头,口是心非地说:"当然不像,所以才要学啊,要是像的话就不用学了。你就答应我吧,我拍了照片后只自己看,不给别人看,你看你经常去外面出差,我一个人在家,想你的时候,就可以看看你的照片,缓解缓解相思之苦。"

秦骁淡淡地道:"你想我的时候可以和我视频,或者看其他照片。"

"……"他说得好有道理啊。

唐溪继续撒娇:"哎呀,我就是想看你学狗狗的照片,好不好呀?"

秦骁抿着唇不说话。

"好不好呀?"

秦骁垂眸盯着她满脸讨好的样子,沉默片刻,伸手摸了摸她的头发,说:"我要考虑考虑。"

唐溪听他说要考虑,觉得有戏,笑眯眯地说:"好的,你考虑考虑。"

虽然他没有当场答应,但能让他说考虑就已经不容易了,毕竟学狗的表情并被拍照这种事情对他这种要面子的男人来说,是一个极大的挑战。

唐溪脑子里开始想象要让秦骁摆什么动作,迫不及待地问:"那你要考虑几天啊?"

秦骁没什么表情地说:"你觉得呢?"

唐溪听着他这不情愿的语气,顿时生出一种被宠溺的骄纵感:"五分钟可以吗?"

五分钟后他们差不多到家了,她就可以直接拿着相机给他拍照了。

秦骁道:"一天。"

这意思就是说五分钟不可以,他要考虑一天,一天就一天吧,他们明天也不用上班,她明天拍也一样。

回到家后唐溪就兴冲冲地去网上找各种狗狗的照片素材,还拉着秦骁一起看照片,询问他的意见,很体贴地让他自己选自己觉得好模仿的表情。

秦骁被迫看着那些照片,一点儿给她提意见的兴趣都没有——照片上都是狗，有什么好选的？

不过他对做饭的热情倒是并没有因为要学狗的表情拍照这种糟心事减少，中午和晚上都积极地去厨房，让唐溪教他做饭。

唐溪在旁边看着，全程都是他动手，唐溪的手连水都没沾到。

因为材料都是按照唐溪的指示放的，秦骁做出来的饭菜味道倒也不差，跟唐溪平时做的差不多，就是不知道他自己做时会是什么味道。

晚上唐溪洗完澡，抱着笔记本电脑坐在沙发上继续选照片，等秦骁从浴室里出来，就喊秦骁过去看："你看看，这些怎么样？"

她选了一百多张照片，一张张地翻给秦骁看，秦骁耐心地陪她看完，听到她问："怎么样，是不是都很可爱？"

秦骁用深沉的目光盯着她白皙的脸颊，意味不明地道："嗯，可爱。"

他俯身凑到唐溪的颈边，含住她白嫩的耳垂，轻咬了一下，抽走她手里的笔记本电脑，直接丢到另一边的沙发上。

唐溪刚刚一直盯着屏幕，直到耳垂被他含住，笔记本电脑被他拿走，视线才从电脑屏幕上移到他的脸上。注意到他的面色不悦，她察觉到了危险，"噌"的一下从他的怀里起来想跑，被他一把拉回去按在沙发上，他的手指从她的衣服里钻进去，握住她纤细的腰身。

唐溪的两条腿在沙发上挣扎了几下，脚丫子往他的身上蹬，被他一手握住，恶劣地在脚心上挠了两下。

唐溪怕痒，吓得赶紧蜷缩脚趾，缩回脚，被他弄得面色泛红，挣也挣不开，只能用含着水汽的眼睛可怜巴巴地看着他，向他求饶："秦骁……"

秦骁狠狠地吻住她的唇，问道："我像狗吗？"

唐溪听着他这一句带着强烈不满的话，反应过来自己这是被秋后算账了。

唐溪还被他压制着，受不了他的手掌在她的腰上摩挲，腰部轻颤，想哄他开心放了自己，但目光对上他那双漆黑的眼睛，耳朵里回荡着他那句幽幽的"我像狗吗？"，没忍住笑。

秦骁的手指在她的腰上重重地捏了一下。

唐溪拼命往后面躲，抖着声音说："不像，不像。"

"还想看我学狗的表情吗？"

"想。"

"想？"秦骁凑近她的耳朵，低声警告，"真想假想？"

唐溪听出了威胁的味道，咬了咬嘴唇，睁着水汪汪的眼睛娇嗔道："你不能这样欺负我。"

秦骁挑起她的下巴，让她直视着自己，一本正经地道："溪溪不喜欢我这样吗？不舒服吗？"

唐溪羞愤地瞪他。

秦骁发出一声轻笑，把她从沙发上抱起来，放到床上。

....

唐溪最终也没能让秦骁同意配合她拍照片，不过在她故意跟他赌气，半个小时没和他说话后，两个人各退一步，他学狗的表情给她看，但是她不能拍照。

秦骁也没再提搬家的事，大概是因为连李壮壮本人都碰上了，就不在乎他在菜市场里说的那些话了。

悠闲的春节假期后，秦骁又忙了起来。

唐溪有时会在工作日空闲的时候悄悄地去公司看他，给他制造一点儿浪漫的惊喜，每次过去秦骁都挺开心的。

两个人的婚礼日期已经定好了，是秦骁选的，7月8日。

原本秦母和秦二婶都建议他们俩把婚礼定在五月份，天气不冷不热，穿婚纱正合适，当初秦姝和沈故的婚礼就是选在了五月份。但秦骁说想把婚礼日期定在7月8日，唐溪没什么意见，婚礼是她和秦骁的，秦家人自然也尊重他们本人的意见。

不过秦家人实在看不出来7月8日是什么特殊的日子，毕竟是婚礼这么隆重的事，秦母就问了一句为什么想把婚礼日期定在7月8日。

秦骁说7月8日是他和唐溪初次相遇的时间，唐溪当时就愣住了，没想到他居然连他们俩初次相遇的时间都记得。

她只能记得他们俩第一次相遇是在暑假，如果不是因为记得自己是在舞蹈补习班回来的路上遇到他的，可能连暑假这个时间节点都不记得。

那时候的秦骁对她来说就是个和她擦肩而过的过客，她根本没有想过在很多年后自己会成为他的妻子，而他却连他们俩第一次见面的日子都记得。

那天商量好婚礼的日期，从秦家回来，唐溪就没忍住抱住秦骁，对他说了一堆好听的话。

晚上秦骁在书房里工作，唐溪拿着手机坐在他书房里的沙发上，在微信上和自己觉得最满意的那家婚庆公司的负责人沟通婚礼的问题。

自从秦骁向唐溪求婚后，秦母和秦二婶就一直在张罗着婚礼。举办婚礼的酒店、婚庆公司和跟妆团队都准备了好几种方案给唐溪和秦骁，让他们俩自己选最喜欢哪一个。

对于这场婚礼，唐溪和秦骁都很期待，所以挑选举办婚礼的酒店、婚庆公司很慎重，距离婚礼还有段时间，不用急着做决定，可以慢慢考虑。

负责人问她婚礼日期有没有确定的时候，唐溪想到秦骁把婚礼定在 7 月 8 日的原因，抬头看了一眼正在认真工作的秦骁，犹豫片刻，还是从沙发上站起来，走到他的身边，俯身在他的脸上亲了一口。

通常情况下，唐溪是不会在秦骁工作的时候打扰他的，但她只要一想到秦骁暗恋自己这么多年，就忍不住爱意泛滥，想要让他知道她也很爱他。

亲完一口，心里舒服多了，她转过身正准备走回沙发旁坐下继续和婚庆公司负责人咨询婚礼的事，秦骁把她抱坐在腿上，揉了揉她的头发，满眼笑意地凑近她，问道："怎么突然亲我？"

唐溪歪了一下脑袋，笑着对他说："就是想亲你呀。"

秦骁听着她甜甜的声音，整颗心都是软的："再亲一口。"

唐溪把嘴唇凑到他的脸颊上，又亲了一口。

秦骁俯身亲她的嘴唇，说："真乖。"

唐溪听他跟哄孩子一样的语气，莫名地有点儿害羞，推了一下他的肩膀，想从他的怀里下来，被他紧紧地抱住不放。

"干吗呀，别抱了，你的工作做完了吗？"

秦骁道："没有。"

"没做完你就赶紧做啊，让我下去。"

秦骁把下巴放在她的肩膀上，说："再抱会儿。"

唐溪乖巧地坐在他的怀里，秦骁一手握住她的手，另一只手搭在鼠标上，滚动鼠标滚轮浏览页面。

唐溪看电脑上的时间过去了三分钟，拍拍他的手背说："好了，让我下去吧。"

秦骁还是不放，说："就这样抱着也可以工作。"

唐溪好笑地道："哪有人工作腿上还坐着个人的，你能不能对工作尊重点儿？"

秦骁理直气壮地道："工作怎么不尊重我？我想抱老婆，为什么有那么多工作？"

唐溪："……"

唐溪被秦骁略带委屈的话逗笑了，这男人对工作一向是孜孜不倦的，在家里也一有空闲就工作，仿佛工作是件很快乐的事情，让他陶醉其中，不可自拔，没想到他也会像被资本家压榨的员工一样抱怨工作多。

唐溪抬手在他的太阳穴上按了按，说："那就不工作了，反正你是老板，也没人管你。"

秦骁听不得这种没人管他的话，把她的手拉下来，捏了捏她的手指，反驳道："怎么没人管我，你不管我？"

唐溪笑着点头："我当然要管你啦，你可是我老公，我不管你管谁？"

秦骁的语气里夹杂着一丝怨气地说："就会说好听的话哄我。"

唐溪莫名其妙，不知道他这突如其来的怨气又是从哪里来的，鉴于他跳跃的思维，唐溪觉得自己不太能跟上他的思路，问道："我怎么只会说好听的话哄你了，难道我没有付出实际行动对你好吗？"

如果是以前，他这么说她，她也就认了，因为之前她对他确实很敷衍，只嘴上说一些关心他的话，并不走心，但是她现在整颗心都是他的，他这么说她可就不乐意了。

秦骁"嗯"了一声，说："有。"

"那你干吗说我是在哄你？"唐溪越说越觉得不服气，哼了一声，说，"我对你不好你还抱着我干吗？放我下去。"

她抽出自己的手，搭在办公桌上，借着力，想站起来。

秦骁见她生气了，赶紧哄她："没有，你对我很好。"

唐溪不吃他这套，掰他放在自己腰上的手指："你刚刚还觉得我只会哄你呢，谁知道你是不是嘴上说我对你好，其实心里在怪我对你不够好。"

秦骁亲亲她的脸蛋儿，说："你很好，溪溪最好。"

"少敷衍我。"唐溪佯怒着逼问他，"你刚刚那话到底是什么意思？"

秦骁抿着唇，漆黑的眼睛直勾勾地看着她，一副弱小又无辜的样子。这样的表情出现在他冷峻的脸上，看起来还真挺委屈。

唐溪忍住笑，说："你有话就直说，别憋在心里让我猜，你今天要是不给我说清楚，等会儿就不用回卧室了。"

秦骁问："不回卧室回哪儿？"

唐溪说："你爱去哪儿去哪儿。你不是觉得我不关心你吗？"

秦骁沉默着看了她片刻，抬起下巴，避开她直视的目光，只用余光瞥她，轻咳一声："你怎么从来都不问问我有多少钱？"

"我问你有多少钱干吗？我又不缺钱，而且你不是给了我卡吗？"

"我只给了你一张卡,我还有更多钱。"

"我知道你有更多钱啊,然后呢?"

唐溪看不懂秦骁想表达什么意思,他作为益远集团的总裁,唐溪当然知道他很有钱,他不说她也知道。

秦骁微垂眼睫,瞥向她的眼神变得有些无奈。

唐溪看他欲言又止的样子,想了想,他特意跟自己说他很有钱,难道是为了向她展示他的赚钱能力很厉害,让她崇拜他、夸夸他?

唐溪想到这点,觉得还真有可能是这样,似乎很多男人很享受女人崇拜的目光,喜欢向女人炫耀自己的成就。

这男人这么要面子,应该也是想要让她崇拜他,来满足他男人的自尊心吧,这么看他憋着不说,话里话外地暗示她,也情有可原。

毕竟他这种"傲娇鬼",在没喝醉的情况下,也不可能直接跟她说"唐溪,快点儿崇拜我吧"。

确实是她疏忽了,他每天工作这么辛苦,经常在别人都在睡觉的深夜,还一个人孤零零地在书房里工作,还没人重视他努力的成果,他辛辛苦苦赚钱也没人问问,想想也确实很委屈。

唐溪抬手鼓了鼓掌,夸赞道:"你好棒哦,长得帅还这么会赚钱,又努力勤奋,真是难得的好老公!"

秦骁"嗯"了一声,赞同她夸他的话。

唐溪以为自己猜对了,挑眉笑了一下,然后就听见秦骁道:"我是想听你夸我?"

唐溪:"……"

他不是想听她夸他?她猜错了?

唐溪立刻改正错误:"好的,那我以后不夸你了。"

秦骁:"……"

秦骁目光幽幽地盯了她半响,说:"我没让你不夸我。"

这虽然跟他想达到的目的不一样,但夸奖还是要的。

唐溪看他那一脸别扭样儿,好笑地道:"那你到底想干吗呀?"

她瞥了一眼电脑上的时间:"都快十点了,快说,别磨蹭了,要赶紧工作,今天早点儿休息,明天还要早起去拍婚纱照呢。今晚不休息好,明天拍照的状态也不好。"

两个人还没有拍过婚纱照,按照秦骁表白时的说法,他一开始没打算和她做真夫妻,他们在那种状态下自然也想不起来要去拍婚纱照。

两个人正式确认彼此的心意在一起后，天气一直很冷，怕外景拍摄的时候穿婚纱不太方便，所以等到最近天气暖和些了才准备去拍婚纱照。

摄影师就用林简和陈恺，他们俩的拍照技术都很好，平时也会接婚纱摄影的订单。

秦骁装作漫不经心地说："我身上有那么多钱，你能放心？"

唐溪说："我放心啊，为什么不放心？"

秦骁问："你不怕我有钱在外面乱来？"

唐溪看他一脸严肃的样子，"扑哧"笑了一声。

秦骁的眼睛微眯："别笑，认真点儿。"

唐溪抿了抿唇，忍住笑说："我当然不怕你在外面乱来，因为我相信你不会在外面乱来，难道你自己不相信自己吗？"

话已经说到这种程度，秦骁也就不憋着了："我洁身自好是我的事，不是你不管我的理由。"

唐溪："……"

这男人真是绝了，委屈了这么久，觉得她不管他，居然是觉得她不管他的钱。

她不管他的钱，他不是应该开心吗？

她看很多被老婆管钱的男人，都千方百计地背着老婆藏私房钱，这男人怎么这么独特，简直是男人里的一股清流！

唐溪问："所以你是想要让我管着你的钱，然后每个月给你发点儿生活费？"

秦骁抬着下巴，从嗓子里"嗯"了一声。

唐溪说："可是你的钱太多了，给我管着的话，我不会理财啊。"

秦骁道："你不需要会理财，我会请专业人士为你打理资产，你想投资什么直接问我。"

"这不是和你自己管一样吗？"

秦骁气笑了："秦太太，你可不可以对你老公上点儿心？"

"好好好，我管你的钱可以了吧？"

秦骁满意了，说："可以。"

唐溪说："那这件事咱们等明天拍完婚纱照回来再说，你现在先工作。"

唐溪从他的身上起来，这回秦骁没再拦着她，心情颇好地说："你先上床休息，我大概还要半小时结束工作。"

唐溪点了点头，从沙发上拿起手机回卧室。

翌日上午，唐溪和秦骁去唐溪的工作室拍婚纱照。

因为想要内景、外景的照片在一天内拍完，所以他们七点多就到了工作室，先拍内景。

秦姝是服装设计师，拍摄用的婚纱和其他衣服都是她给唐溪和秦骁设计和准备的。

他们俩到工作室时，林简、陈恺和化妆师都已经到了，苏栀也起了个大早跑过来看他们俩拍婚纱照。

两个人先去化妆间里化妆。

化妆师也都是唐溪工作室里的同事，唐溪笑着和她们打了招呼，走到左边的化妆台前坐下。

负责给她化妆的化妆师许梦看着她素颜时的皮肤，夸赞道："溪溪姐，你的皮肤真好，平时都是怎么保养的？"

唐溪道："你的皮肤也很好呀，保养皮肤这方面，你才是专业的吧？"

许梦说："你的皮肤比我的好，你都没有黑眼圈，我最近都有眼袋了。"

"你有眼袋吗？我没看见啊。"唐溪转过脸去看她，"你给我看看。"

许梦把脸往她的跟前凑了凑，说："你看，左眼有眼袋了。"

唐溪道："还好，不是很明显，你最近是不是没睡好？"

许梦"嗯"了一声，说："最近晚上有点儿失眠。"

她们都很熟了，有说有笑地开始化妆，另一边给秦骁准备的化妆台前的椅子还是空的。

唐溪从镜子里看到在自己身后站着的秦骁，转过脸看着他，用手指了指旁边的椅子，说："你过去坐呀。"

秦骁瞥了一眼唐溪指着的椅子，见唐溪的一个女同事站在那里，走过去，把椅子往唐溪的身边拉了点儿，坐在唐溪的旁边。

负责给他化妆的化妆师王语琪早就在工作室的群聊里知道了溪溪姐的老公喜欢黏着溪溪姐，看他把椅子拉到唐溪的身旁，也没说什么，跟着往他的身边走了一步，拿了一个小夹子，想要把他前面的头发夹起来。

秦骁察觉到她朝自己伸手，侧头躲开，从椅子上站起来，走到唐溪的另一边。

王语琪的手在空中顿了一下，见他走了，她也不敢问他怎么了，默默地把夹子放回去，用眼神询问地看向唐溪。

唐溪侧头看他，问道："怎么了？"

秦骁淡淡地道："没什么。"

唐溪看他的脸色不对劲，扫了一眼工作室里的其他人，猜测他可能是有什么话不好当着她同事的面说，回头对许梦说："稍等我一会儿。"

她站起来往外面走，秦骁跟在她的身后，走出化妆间。

两个人走到一个没人的房间，唐溪问秦骁："你怎么了？"

秦骁冷声道："你看见了。"

唐溪茫然地道："我看见什么了？"

秦骁小声说："她摸我。"

唐溪："……"

秦骁见她不以为意的样子，目光微沉，严肃地道："唐溪，你的同事想摸我。"

他的脸色这么臭，是因为他觉得人家王语琪要占他便宜？

唐溪尽量克制着自己不笑出声："她是化妆师，要给你化妆啊。"

秦骁怔了一下："我也要化妆？"

原来他还不知道自己也要化妆，怪不得会误会。

唐溪说："对啊，拍婚纱照时新郎也要化妆，不然上镜气色不好。"

秦骁沉默片刻，"嗯"了一声，说："没事了。"

第十三章
婚 礼

婚纱照拍了整整一天，中间唐溪和苏栀也一起拍了几张闺密婚纱照，拍摄结束后，秦骁和唐溪请工作室的同事吃了顿饭，回到家时已经十点多了。

唐溪换了鞋上楼，浑身疲倦，累得妆都没卸就靠坐在沙发上，先玩会儿手机休息休息。

片刻后，秦骁拎着她的包上来，手里还端了一杯温水，走到她的面前递给她。

唐溪抬手接过去，仰头喝了口水，把水杯还给他。

秦骁接过去，问："不喝了？"

唐溪道："先放着，等会儿喝。"

"嗯。"

秦骁把水杯放到床头柜上，问道："包要不要放到衣帽间里？"

唐溪点了一下头，说："先把里面的东西拿出来，再把空包放回去。"

她出门时会在包里装一些补妆用的化妆品和面巾纸一类的小东西。

秦骁说："我知道。"

他经常和唐溪一起出门，回来时包都是他拎的。

他走到化妆台前，熟练地从包里拿出化妆品摆上去，把包放进衣帽间里。

"溪溪，你现在洗澡吗？"

唐溪听见他的声音，抬起头，往衣帽间的方向看了一眼，见他站在自己的睡衣衣柜前，知道他是想帮自己把睡衣拿出来，笑着夸他："你真是个贤惠的好老公！我现在不洗，有点儿累，要歇一会儿，你先洗。"

秦骁抿了一下嘴唇，侧身看着她，缓缓地道："别用'贤惠'夸我。"

唐溪笑得更欢："那我要用什么词语夸你？你自己说，你喜欢什么词？"

秦骁淡淡地道："自己想。"

他抬手从衣柜里拿了一身自己的睡衣，从衣帽间里出来，立在门旁静静地看着她，没说话。

唐溪现在虽然还是不太能跟上他的思路，但大部分时候还是能看懂他是什么意思的，此刻他的心里想的肯定是她夸他都不走心，不自己认真想词。

唐溪故意不搭理他，垂下头看手机，刚好苏栀给她发了条消息。

苏栀："溪溪，我在朋友圈里发了我们俩今天的合照，快去给我点赞呀。"

唐溪看到她的消息，先回复了一句"好的"，然后点开朋友圈，最新的一条动态就是苏栀发的，内容是四张今天唐溪和苏栀穿着婚纱拍的照片，配文是"我们要一起白头到老"。

唐溪点了赞，在评论区里评论："好的，我们一起白头到老。"

秦骁在门旁站了片刻，见唐溪低着头，手指在手机屏幕上不知道在编辑什么内容，注意力全被手机吸引，他默默地转身去浴室里洗澡。

评论完苏栀的朋友圈，唐溪把苏栀发的几张照片保存下来，也用这几张照片发了一条朋友圈，配文："最幸福的事是，你陪我一起长大，往后余生都有你。"

唐溪返回和苏栀的聊天页面。

唐溪："我点赞啦！我也发朋友圈啦，快去给我点赞。"

苏栀很快回复："点好啦，比心！"

唐溪："你突然肉麻得我快受不了了。"

苏栀："你不肉麻？你看你朋友圈配的文字，把我感动得都快哭了。"

唐溪发了个"擦擦眼泪"的表情包过去。

苏栀："只是快哭了，我还没哭。"

唐溪："照片是小简发给你的吗？"她们俩的合照都是林简拍的。

苏栀："我跟她要的，她就简单修了四张照片给我。"

唐溪："我们俩一起穿婚纱拍的照片真美好呀。"

苏栀："美好有什么用？你又不嫁给我，还不是跟你老公跑了。"

唐溪："哈哈哈，你最近不是有人追了吗？"

苏栀："什么叫'最近不是有人追了吗'？姑娘我一直都有人追的好吗？"

唐溪："这不是之前的人你都懒得搭理吗？"

苏栀："现在这个我也懒得搭理，上天赐我这张美丽的脸，就是要让我藐视一切男人的，我这辈子是只能单身到老了。"

唐溪："追你的人这么多，我都没说是谁，你怎么知道我说的是哪一个？"

苏栀："……"

苏栀："是谁我都懒得搭理。"

唐溪："好，他们都配不上我们栀子，都不搭理。"

唐溪："伴娘的衣服已经做好了，这周末一起去试试吧。"

苏栀："我什么时候去都无所谓，小简和语琪肯定也有时间，你问问初夏这周末加不加班。"

唐溪之前和秦骁商量过婚礼伴郎伴娘人数的问题，他那边请四个伴郎，她请四个伴娘，伴郎伴娘的衣服也都是秦姝的工作室定做的，他们之前一起过去量过尺寸。

唐溪："好的，我现在去群里问。"

秦骁的伴郎是季正琛、言寻、霍远霖还有李瑛四个人，他们有一个大群，秦骁、唐溪和所有的伴郎伴娘都在里面，唐溪自己又建了一个伴娘的小群。

唐溪想了想，还是只在小群里问了大家有没有时间，伴郎那边等会儿让秦骁自己问。

消息一发到群里，群里就热闹了起来。

唐溪跟她们几个聊了一会儿，秦骁洗完澡，从浴室里出来，唐溪在群里说了句"不聊了，要去洗澡了"，抬起头，秦骁已经走到了她的面前，俯身想把她抱到怀里。

唐溪将手搭在他的肩膀上推了一下，说："别抱我，我身上脏，你洗完澡了，我还没洗澡呢。"

秦骁听话地收手，手掌在她的头发上揉了揉，说："不脏。还累吗？"

唐溪道："好多了。"

她从沙发上站起来，往衣帽间里走去，秦骁跟在她的身后。

唐溪真佩服他的精力，为了养足精神拍婚纱照，她昨天特意没去上班，在家里休息，今天拍完都累得不想动；他之前连续工作很多天，昨晚还在加班，这会儿还跟个没事人一样，生龙活虎的。

唐溪侧头对他说："别跟着我了，你问问你的伴郎，是你把衣服拿给他们，还是他们自己去姝姝姐的工作室里试穿。"

尺寸有了，衣服应该不会不合身，她让苏栀她们一起去，主要是想带她们逛逛街，给她们买买东西。

秦骁的几个伴郎工作都挺忙的，不会像她这边的伴娘这么悠闲，特意跑去试衣服逛街。

秦骁"嗯"了一声，转身去拿手机。

唐溪没再管他，拿着衣服去浴室里洗澡。

秦骁坐在沙发上，在伴郎的小群里问季正琛他们要不要去试衣服。

言寻："这周没空，直接送到我家。"

霍远霖："没空，送过来。"

季正琛："刚刚我女朋友跟我说了，她这周末要去试伴娘服，刚好，我陪她一起去。"

李瑛："秦总周一上班帮我把衣服带过来。"

言寻："骁哥怎么突然做人了，拍婚纱照都没发到群里秀恩爱？"

秦骁："今天刚拍，照片没出来。"

言寻："今天才拍吗？我看嫂子发的朋友圈，她和她朋友拍的婚纱照都有了。"

言寻截了一张唐溪朋友圈的图片发到群里，秦骁点开截图，看清楚唐溪朋友圈上配的文案，眉头微皱。

她跟她朋友说：最幸福的事是往后余生都有你。

他呢？她把他放在哪里？

季正琛阴阳怪气地说："啧，嫂子和她闺密看起来感情好好哦，'最幸福的事是你陪我一起长大，往后余生都有你'，从小一起长大的朋友感情就是不一般，这种友情应该超越爱情了吧。"

秦骁紧绷着脸，点开唐溪的朋友圈，刻意忽略最新的一条朋友圈，往前面翻，找到一张苏栀和叶初夏脸贴脸的照片发到群里，成功地让季正琛闭了嘴。

唐溪洗完澡，从浴室里出来，看见秦骁正拿着手机站在窗户旁，不知道在和谁打电话。

她没管他，走到床边，掀开被子上床，听到秦骁跟那边的人说："郑总，这事我得跟我太太商量商量。"

唐溪原本没在意他在聊什么，听到他说要和自己商量后，抬起头看他。

秦骁挂断电话，对她说："溪溪，郑总想当我们婚礼的伴郎。"

郑总？

"是远鼎集团的郑总吗？"

秦骁"嗯"了一声，说："是他。"

唐溪懂了，委婉地拒绝："可是伴郎不是已经有四个人了吗？再请一个都五个了，有点儿多了，我这边也没有合适的伴娘人选了。"

秦骁道："把李瑛换成他。"

唐溪说："这样是不是对李瑛不太礼貌？人家好心给你当伴郎，你还把人家换掉，这样不太合适。"

秦骁低头打开手机，找到自己和李瑛的聊天记录给唐溪看。

李瑛："秦总，刚刚远鼎集团的郑总找我，想要跟我竞争您伴郎的位置。能做您的伴郎，我李瑛三生有幸，但是鉴于对方是我们公司长期的友好合作伙伴，为了公司，我愿意让出这个神圣的位置。"

唐溪看着秦骁的手机屏幕上的那一段话，哭笑不得："这是咱们的婚礼，办婚礼是为了开心，没必要考虑那么多。李瑛跟在你的身边这么久，工作上尽心尽力，私底下，你是拿他当朋友看的，他可能是习惯了事事以公司为先，但咱们不能这么做。你跟他说，咱们公司又不比远鼎集团差，不用担心合作的问题。"

"他不会听的，他会不遗余力地推拒。"

"为什么？"

秦骁见她一脸不解，直接道："据我对他的了解，他应该是收了郑总的红包了。"

唐溪愣了一下，看秦骁不像说假话的样子，想到自己刚刚怕委屈李瑛说的那一堆话，觉得被打脸了。

"他怎么这样呀，为了点儿红包就把你伴郎的位置让出去了？"

秦骁不以为意："他一直都是这样的。"

唐溪难以置信："你给他的薪水不低吧，一个集团总裁助理，不至于缺钱缺到为了点儿红包连总裁的伴郎都不当了吧？你还是他工作上的老板呢，你这个老板在他的心里这么没分量吗？你是不是误会他了？"

秦骁很有自知之明地说："不然他说这么多好话，图我什么？"

唐溪："……"

秦骁的手机振动了一下，秦骁低头看了一眼手机屏幕，说："郑总又给我发消息了。"

唐溪问道："你跟这个郑总关系怎么样？"

之前她听秦骁和郑总打电话，语气似乎就是正常的合作伙伴，不像和季正琛他们那样，可以随意开玩笑。

秦骁道："我跟他合作三年多了，之前一直都是工作上的来往，偶尔也有饭局应酬，不算深交。前段时间，他突然开始约我吃饭，吃饭的时候一直盯着我看。"

唐溪道："他一直盯着你看？"

秦骁解释道："你别误会。"

唐溪看他紧张得好像自己会误会什么一样，笑着说："这有什么好误会的，你们两个男人一起吃饭能干什么？他请你吃饭，想做你的伴郎，有可能是想追栀子。"

秦骁"嗯"了一声，看起来也知道点儿什么，说："他和你闺密挺配的。"

唐溪愣了一下，没想到秦骁会说出这种话。

秦骁说："有一次在餐厅里吃饭，我看见他和你闺密在一起，画面挺和谐。"

唐溪看着他的表情，有些诧异：他平时看上去对什么事都不关心，每次见到栀子都不怎么热情，没想到背地里是这样的。

唐溪把郑霆想当秦骁的伴郎并且花钱买通李瑛的事跟苏栀说了，询问苏栀的意见。

苏栀听到郑霆居然为了当秦骁的伴郎给李瑛发红包，心情复杂地吐槽了郑霆几句，最后表示无所谓，她是当伴娘的，谁当伴郎都跟她没关系，郑霆想当就让他当吧。

于是在郑霆的积极争取以及李瑛的大力谦让下，郑霆成功地当上了秦骁的伴郎。

换伴郎这个小插曲对秦骁和唐溪的婚礼并没有什么影响，婚礼的筹备过程在秦家人的用心对待下，有条不紊地进行着。

婚礼的场地选在英冠酒店，南城最大的酒店，很多新人喜欢在这里举行婚礼,当初秦姝和沈故的婚礼就是在这里举行的。

唐溪和秦骁带着伴郎伴娘前一天下午就到了酒店,和婚礼策划师大致商量了明天迎亲的流程。

两个月前伴郎伴娘的群里就热闹了起来,经过两个月的聊天,各位伴郎伴娘之间都不算陌生。知道这几个伴郎私底下没有外表看起来这么严肃,几个伴娘商量好,明天秦骁带着伴郎过来接新娘的时候,要好好为难为难他们,不能让他们轻而易举地就把新娘接走。

这会儿伴郎伴娘们都在新房的套房里,几个伴郎不动声色地观察着房间里能够藏鞋的地方,方便明天接新娘的时候找鞋。

婚礼策划师站在房间的中央,把流程说了一遍,问道:"你们有什么建议吗?"

苏栀挽着叶初夏的胳膊,对婚礼策划师说:"我们这边建议新郎和伴郎过来接新娘的时间要长一点儿,我们准备了很多游戏,时间太短的话来不及做完。"

婚礼策划师问道:"大概需要提前多久?"

苏栀侧头看向叶初夏,询问道:"你觉得要多久?"

叶初夏想了想,说:"最少也要延长半个小时。"

婚礼策划师原本给新郎伴郎喊门到进屋找鞋预留了四十分钟时间,再加半小时就是一个多小时了,但既然伴娘提了意见,婚礼策划师自然要按照她们的心意,把时间延长了半个小时。

季正琛走到叶初夏的旁边,笑着问道:"你们这是准备了多少游戏,要玩一个多小时?"

叶初夏道:"明天你们就知道了。"

季正琛凑到她的耳边小声说:"夏夏,你给我透露透露,你们的游戏是要整秦骁,还是要整我们伴郎?"

叶初夏的嘴很严,什么都不透露,还是那句话:"明天你们就知道了。从现在开始你离我远点儿,别想从我的嘴里套话,不然明天我就针对你,让你脱了上衣对着镜头大喊'我是傻子'。"

季正琛:"……"

季正琛什么消息都没打听到,被叶初夏撵回其他几个伴郎旁边。

言寻问道:"弟妹跟你说什么了?有没有说她们准备把鞋藏在哪里?"

季正琛信口胡诌:"没说鞋藏在哪里,就说让我放心,我是她们伴娘自己人,她们不会整我,估计你们几个要惨了,做好准备吧。"

他一脸他有人罩着的表情,言寻一个字都不信。

婚礼策划师走后,秦骁和伴郎们在新房里待了没多久就被撵到其他房间,伴娘这边还没想好鞋子要藏在哪里,明天接亲时要问的问题也没准备好。

秦骁他们出去后,为了防止他们作弊,突然跑过来打探消息,叶初夏把门反锁上。

苏栀手里拿着一只高跟鞋,问唐溪:"你觉得藏在哪里比较好?"

唐溪在屋里扫视了一圈,没看到有什么特别隐蔽的地方可以藏鞋,叶初夏的手里拿着笔和一沓红色的卡片,说:"鞋子先放那里等会儿再藏吧,以秦骁和他那几个伴郎的智商,他们刚刚在屋里待的那一会儿肯定就已经把我们能藏鞋的地方都记好了,藏哪里他们都能很快找到,我们还是先研究研究明天要给他们出什么题目和惩罚吧。"

苏栀觉得她说得有道理,放下鞋,先商量明天要问的问题。

"溪溪,你有什么问题要问秦骁?"

唐溪道:"问题不是你们几个伴娘准备的吗?哪有新娘自己问问题的。你们讨论,只要能把他们难住就可以了,别让他们这么容易就过关。"

"好啊。"苏栀笑着说,"既然新娘都不心疼新郎,那我可就不客气了,明天他们过来,第一个问题就让他们每人说出自己的三个缺点。"

叶初夏说:"你这个问题也太简单了吧,都没有答案,他们随便回答什么缺点都可以,季正琛一口气能说出一百个缺点,你这是在放水吧?"

唐溪附和着点头:"就是呀,栀子,要问点儿难的问题,太简单显得我好不值钱呀,我还想看他们答不上来问题被惩罚呢。"

苏栀"啧"了一声,用手挑着唐溪的下巴:"你平时不是跟你老公很恩爱吗?怎么突然这么舍得了?"

唐溪拍开她的手说:"一码归一码,我这辈子就结一次婚,当初我跟他领证就没为难过他,相亲见一面就跟他结婚了,现在不为难为难他,他还觉得娶老婆有多容易呢。你们几个都给我上点儿心啊,惩罚游戏最起码要做两个。"

苏栀信心满满地道:"放心吧,第一个问题就让新郎和伴郎每人说出自己的三个缺点,有一个人说不出来,就集体受罚。我跟你们说,伴郎里面有郑霆,他们绝对过不了这一关。"

唐溪问:"为什么?这个问题没有标准答案,他们随便说什么不都能过吗?"

苏栀笑得很欢:"因为你们别看郑霆跟个老干部似的,其实这个人特别自恋,已经自恋到极致,觉得自己完美了,别说是三个缺点,他一个缺点都说不出来。信我,他们过不了这关,要是过了,我把准备给他们吃的芥末夹心饼干全吃了。"

唐溪和叶初夏、林简几个人都听笑了。

唐溪知道她敢这么说,肯定就是很自信的:"行,听你的,就这么问。"

林简知道远鼎集团的郑总最近在追她的栀子姐,工作室的员工私底下建了一个群,在里面打赌这位郑总什么时候能"转正"。这会儿她听苏栀靠着对郑霆的了解出问题,脑子里冒出一个想法:"初夏姐,栀子姐都'对症下药'了,你肯定也很了解季医生,你也出一个季医生答不上来的问题吧。"

叶初夏更狠:"我觉得也别问什么问题了,就直接把我们的惩罚变成关卡得了。第二关,就让他们对着摄影团队的镜头大喊'我是傻子',喊不出来的,惩罚还是对着镜头大喊'我是傻子'。"

唐溪笑着对叶初夏竖了根大拇指:"初夏,你太棒了,这主意好!"

这边伴娘们绞尽脑汁地商量明天怎么为难新郎和伴郎,另一边房间里的新郎和伴郎们套不出话,也就不想着提前打探消息了,围坐一桌打麻将。他们一共五个人,只有四个位置,秦骁有作为新郎的自觉,想把位置让给几个伴郎打,但是被郑霆拒绝了,他让秦骁去打麻将,自己在旁边看了会儿牌,到十二点的时候,一个人起身去套间的一个卧室里睡觉。

自从认识苏栀后,他就不敢熬夜到太晚了,熬夜使人容易变老。

他今年三十二岁,男人三十一枝花,他自觉正值大好年华,虽然算不上多年轻,也绝对和老沾不上关系,攀岩潜水,赛车冲浪,家族里一群二十多岁的堂弟表弟没有一个人比得过他。

他的身体素质比二十多岁时完全没有退步,他只是在年龄上比苏栀那姑娘大了七岁,想到苏栀说他的年纪大,郑霆的脑壳开始"嗡嗡"作痛。

他站在浴室的镜子前,对着镜子照了照,从口袋里摸出一张助理给他买的面膜,动作熟练地贴在了脸上。

套房的客厅里,秦骁和季正琛、言寻几个打了一夜麻将。

凌晨四点半的时候,化妆师过来给新娘和伴娘化妆,摄影团队跟着一起过来拍摄,秦骁换上新郎的服装,去唐溪的房间,推开门就看到了坐在梳妆台前正在化妆的唐溪。

唐溪昨晚和苏栀她们聊天聊到两点多,也就睡了一个多小时就起床了,有点儿犯困,许梦让她闭着眼睛休息会儿。

看到秦骁进来,许梦想告诉唐溪,秦骁抬手示意她不用喊唐溪睁眼,走到屋子里面把给伴娘们准备的早餐放到茶几上。

苏栀她们也都在忙着化妆,没人有空吃早餐,秦骁走回唐溪的身旁,静静地看着她。

唐溪没睡着,察觉到身旁多了一个人,睁开眼,看见他站在旁边,问道:"你怎么过来了?"

秦骁把手里的一份早餐递给她,说:"给你送早餐。"

唐溪接过早餐,看着镜子里自己还没完成的妆容,赶他走:"我的妆还没化好呢,你不能进来,赶紧出去,等会儿迎亲的时候再进来。"

秦骁"嗯"了一声,凑到唐溪的耳边,用只有两个人能听到的声音说:"真美。"

唐溪瞥见苏栀她们打趣的眼神,心里又甜又有点儿害羞,瞪了他一眼,催促道:"赶紧出去。"

秦骁勾着唇角笑,转身走出去。

苏栀朝唐溪挑了一下眉,揶揄道:"哟,怎么还说上悄悄话了,这是说了什么,害羞得脸红成这样?"

"谁害羞了?"唐溪笑着说,"我这是热的,风扇呢?快把小风扇拿来。"

苏栀说:"这屋里开着空调呢,要什么小风扇?"

这么一说笑,唐溪就不困了,化完妆,坐在床上等秦骁带人过来接。

按照南城的婚礼习俗,秦骁要先带人过来把她接到秦家老宅去,给秦家长辈敬了茶,再回到酒店举行婚礼仪式。

新娘这边准备好了,就有人去通知秦骁他们可以过来了,没多大会儿工夫,外面就传来热闹的哄笑声。

套房一共有两道门,林简和王语琪堵着外面的一道门,苏栀和叶初夏堵里面这道门。

堵门主要是为了要红包,秦骁那边红包准备得足,塞了红包,没几分钟苏栀她们就把人放了进来。

重头戏在屋子里面,人在外面被惩罚唐溪也看不见。

伴娘们按照昨晚商议好的,问了第一个问题,让他们每人说出自己的三个缺点,在秦骁的带领下,季正琛、言寻、霍远霖三个人都胡乱地说了三个缺点,轮到郑霆的时候他果然如苏栀所料地卡了壳。

苏栀笑着给唐溪使了个眼色,转身去拿芥末夹心饼干。

季正琛看到饼干包装盒上的"芥末"二字，脸都绿了——他最讨厌吃芥末，急得教郑霆说话："郑哥，你就随便说，说你睡觉打呼噜、说梦话、梦游，这就三个了。"

郑霆看了一眼苏栀，知道这问题肯定是苏栀想出来的，淡淡地道："我没有这些缺点。"

苏栀道："快点儿说啊，一分钟内还说不出来，就接受惩罚吧。"

言寻也道："郑哥，你说啊。"他也不想吃芥末。

一分钟过去，伴郎们还想挣扎一下，新郎秦骁干脆利落地把饼干接了过去，伸手从裤子口袋里摸出一瓶漱口水，眉眼间是止不住的笑意和炫耀："难怪唐溪早上给我塞了一瓶漱口水。"

众人调侃她给秦骁放水的视线落到唐溪的身上，唐溪冤枉极了。

她压根儿就没给他塞过漱口水，那是他为了方便耍流氓，随身携带的。由于伴娘这边不按常理出牌，她们准备的几个惩罚伴郎们一个都没逃过，几个平日里在外人面前光鲜亮丽、严肃正经的男人们为了兄弟的婚礼能更热闹，也没端着架子，让做什么就做什么。

折腾了伴郎们半个多小时，直到摄影团队拍足了伴郎们穿着粉红色的小裙子唱歌跳舞的视频素材，围观的宾客们都快笑疯了，伴娘们才放过迎亲队伍，让秦骁把唐溪接走了。

这场婚礼从筹备到举行都是秦家人在安排，秦家人没有通知唐家人，只在发请柬的时候给唐兴昌发了请柬，邀请唐兴昌一个人，不邀请唐家其他人。

整个唐家只有唐兴昌一个人出席了唐溪和秦骁的婚礼，但是举行婚礼仪式时，策划团队并没有安排他上场。

他坐在宾客席位上，看着苏栀的父亲苏老师牵着唐溪的手，在众人的注视下，将唐溪交给秦骁，心里五味杂陈。

唐溪穿着白色的婚纱，和秦骁站在一起，笑容灿烂，这是他的女儿，可在今天之前，他从来没在唐溪的脸上看到过这样明媚的笑容。

她不会再认他这个父亲了，在她的心里，他都没有苏老师配做她的父亲。

唐溪和秦骁在司仪宣读完誓词后，对视着说了"我愿意"，在众人的鼓掌声中，互相为对方戴上戒指。

原本昨天和司仪商议流程的时候，苏栀和叶初夏都向司仪要了五分钟给新郎新娘送祝福的时间，都提前准备了很长的稿子，跟唐溪说今天一定要好好地给秦骁一个下马威,警告他以后不能欺负她。结果两个人从仪式刚刚开始,苏老师牵着唐溪的手走上来的时候就在哭,司仪把所有的伴郎伴娘喊上来给新郎新娘送祝福,她俩拿着话筒,哽咽着说了两句话就说不下去了,哭得秦骁都开始怀疑自己哪里做得不好,让唐溪的闺密不放心自己了,哭得那么凄惨。

他从旁边的人的手里接过两包纸巾,让唐溪递给苏栀和叶初夏,凑到唐溪的耳边小声说:"你跟你闺密说,我对你很好,让她们放心。"

苏栀和叶初夏听到他这句话才想起来要放狠话,对秦骁说如果以后他敢对唐溪不好,她们俩是不会放过他的。

秦骁态度认真地保证,一定对唐溪好。

所有的伴娘和伴郎送完祝福后,唐溪要扔捧花了。

一群未婚年轻人从席位上站起来凑热闹,准备抢捧花。

唐溪手里拿着捧花,笑着活跃气氛:"谁想要?"

人群里好多人起哄举手让她看见,说"想要"。

几个伴郎占据最佳位置,季正琛对唐溪招了一下手,说:"嫂子,我在这里,往这边扔,给我家夏夏点儿面子,扔给我!"

叶初夏嫌弃地看了他一眼,当着这么多人的面,也没直接让他闭嘴。

言寻向前走了小半步,用胳膊把季正琛往后面挤:"嫂子,扔给我!"

季正琛又把他挤回去:"扔给你干吗?你连女朋友都没有!"

两个人都不甘示弱地挤来挤去,唐溪背过身,将捧花向后面随手一抛。

身后一阵哄抢声,唐溪转过脸,看见捧花被郑霆握在了手里,他唇角轻扬,抬腿走到苏栀的旁边,低声道:"听说接到捧花的人会下一个结婚。"

苏栀歪了一下头,视线从他的身侧穿过,扫视一圈,点头赞同他的话:"这么看确实挺准的,按照年龄,下一个结婚的确实应该是你。"

郑霆:"……"

婚礼仪式结束后,唐溪要去换衣服和造型,苏栀、叶初夏她们几个伴娘等会儿吃饭穿着伴娘服也不太方便,要换自己的衣服,伴郎们先招待宾客们去另外一个厅里吃婚宴,秦骁把唐溪送回房间里,才匆匆地赶去宴厅。

苏栀和叶初夏这会儿情绪已经稳定下来,回想起刚刚抱头痛哭的画面,后知后觉地感到尴尬。

苏栀道:"我本来没想哭的,刚刚在宴会厅里也不知怎么了,那个音乐一响,我就忍不住了,拼命地咬舌头想憋住都没用啊。"

叶初夏附和道:"我也是啊,咬舌头都没用。"

431

咬舌头憋住眼泪这一招是唐溪教她们俩的。

唐溪坐在梳妆台前，好笑地道："你们俩昨晚还说今天一定不哭，不煽情，要一直笑，在我的婚礼上保持最美丽端庄的样子呢，结果我在前面笑得挺灿烂的，一转脸就看见你们俩在后面抱头痛哭了。"

叶初夏道："有个摄像机就在我旁边，对着我和栀子录，我想着自己哭得这么丑，被录下来也太丢人了，拼命咬舌头，然后一扭头就看见栀子比我哭得还厉害，就放弃挣扎了。"

唐溪换了一身红色的敬酒服，秦骁上来接她和伴娘下去。

伴郎伴娘和秦骁唐溪单独在一桌吃饭，唐溪跟着秦骁去给长辈们敬酒，目光扫了一圈，没看到唐兴昌。

他不知什么时候走了，没有参加宴席。

去年连雅波到秦家企图让秦家继续帮着唐溪，被秦姝警告后，见秦家真的不再帮助唐家，大概是被秦姝说的沈故外祖父家破产的事吓到了，怕唐溪会让秦家报复唐家的公司，最后唐家破产没落，回去后没几天便跟唐兴昌离了婚，带着分到的财产和唐渺离开了唐家。

秦骁考虑到如果唐家的公司再出现问题，唐兴昌真出了什么事，会影响到唐溪，就让沈故中止了把唐家打回原形的计划，没再管唐家的事。

唐溪和唐兴昌从那之后也没再联系过，直到这次婚礼，秦骁给他发了请柬，让他以普通宾客的身份出席，今天过后，他们应该还是像之前一样，互不打扰。

秦家的婚宴整个南城上流圈子和秦家有些交集的人家都来参加了，唐溪跟着敬了几桌长辈，剩下的宾客都由秦骁和伴郎们招待。

唐溪先回席位上吃饭，吃了大半个小时，秦骁送唐溪回房间里休息，然后下去继续陪宾客。

按照南城的习俗，中午这一场宴席后，晚上还有一场小型宴席，宴请的都是关系近些的亲戚朋友，新郎可能会被灌酒。

秦骁今天开心，中午敬酒时没被灌都喝了不少，唐溪担心他晚上喝得太多，上楼前特意拜托季正琛、言寻他们晚上帮秦骁挡挡酒。

季正琛他们向她打包票，一定不会让别人灌秦骁酒。

一回到房间里，秦骁就急匆匆地拉着唐溪去浴室漱口，把唐溪压在门上亲。

浓重的酒气萦绕在唐溪的鼻尖，唐溪被他亲得气息不匀，感觉他放在自己背后的手不老实地拉开了她裙子上的拉链，推了一下他的肩膀，提醒道:"别闹了,季正琛、言寻他们还等着你下去呢。"

秦骁"嗯"了一声,手指还是不老实地把她的衣服往下面拉了拉,露出白皙精致的锁骨,他低头,深不见底的眸子在她的锁骨上扫了一眼,喉结滚了一下,唇凑上去,在她的脖颈处吮吸了一下。

唐溪缩着脖子推他,秦骁将嘴唇移到她的耳郭上,喉间发出一声闷笑,嗓音低沉性感:"溪溪让言寻他们帮我挡酒,是怕我喝醉了,耽误洞房吗?"

"……"

唐溪的脸颊通红。关心他,怕他喝太多的话又被他曲解了意思,唐溪抬手捂在他的嘴上,迷离的眼睛瞪着他。

秦骁的眸中满是宠溺的笑,他抬手握住她纤细的手腕,探出舌尖,在她的掌心上舔了一下。

唐溪被他撩得心跳加快,再这样撩拨下去他一时半会儿可就真走不了了。

满堂宾客等着他送,他在新娘的房间里不出去,任谁都能猜到在干什么,想到那羞耻的情景,唐溪抬脚在他的鞋上踩了一下,威胁道:"你再不下去,今晚就让你睡沙发。"

秦骁目光灼灼地凝视着她的脸,说道:"你舍不得。"

唐溪看着他那恃宠而骄的样子,拿他没办法,只好换一种策略,软声哄他:"你先去陪客人,等晚上回来再亲好不好?"

秦骁在她的手指上捏了捏,捏着她中指的指腹,在他自己的唇上点了一下。

唐溪领会到他的意思,踮起脚尖,凑到他的唇上亲了一下。

秦骁的唇角勾起一抹弧度,他垂头捧着她的脸,鼻尖贴着她的鼻尖蹭了蹭,说道:"我下去了,乖乖等我。"

唐溪"嗯"了一声,叮嘱道:"少喝点儿酒,一杯酒不要一口喝完。"

秦骁:"好。"

秦骁这回没再磨蹭,利索地转身出去。

他一走,房间里瞬间陷入了安静,唐溪的眼皮发颤,有点儿抵挡不住困意,她卸了妆,都没有精神洗澡,拿了一条毯子去沙发上打算先睡一会儿。

昨晚睡觉的时间实在太少了,她在伴娘群里发消息,问她们几个现在在干吗,只有苏栀一个人回复,说在卸妆,准备睡觉,其他人估计已经睡着了。

唐溪把手机放在一边，闭上眼，没多大会儿便睡着了。

迷迷糊糊中被门铃声吵醒，她睁开眼，看了一眼时间，已经下午六点半了。

苏栀过来给她送晚饭，她还有点儿没睡醒，慵懒地倚靠在沙发上，问苏栀："你睡好了吗？"

苏栀打了个哈欠："没，怕你饿，晚上没力气洞房，等你吃完我回去接着睡。"

苏栀在这边陪唐溪说了会儿话，秦骁还没回来，唐溪给他发了条消息，问他那边大概什么时候结束，过了好几分钟秦骁才给她回复消息，是一段语音。

唐溪点开语音消息，听他醉醺醺地说等会儿就回来，背景是一阵嘈杂声，唐溪隐约还听到言寻和霍远霖在催他喝酒。

唐溪怀疑自己听错了。

言寻和霍远霖这是在灌秦骁酒吗？他们俩不是向她保证不会让别人灌秦骁酒吗？怎么他们自己还灌秦骁酒呢？

唐溪又听了一遍秦骁发过来的语音，确认里面让秦骁喝酒的声音是言寻和霍远霖的，想到秦骁上次喝醉后耍酒疯的样子，隐隐地有点儿担心，不过婚礼上新郎被灌酒很正常，大家都是为了热闹和开心。

苏栀、叶初夏现在都不在宴厅里，唐溪拿手机打电话给秦媛，问秦媛在不在宴席上，秦骁那边现在是什么情况，得知秦骁这会儿确实正被他的几个伴郎拉着喝酒，顿时哭笑不得。

秦骁的这几个兄弟怎么比秦骁还会演，信誓旦旦地保证有他们在，秦骁今天不会喝醉，扭头就灌秦骁酒。

秦媛问："嫂子，要我帮你劝劝他们，把我哥救出来吗？他们几个好像在联手整我哥。"

唐溪说："不用，他们玩得开心就好，你帮我让人弄点儿醒酒汤上来。"

"好的，我现在就让人去弄。"

秦骁回来时，已经九点多了。

唐溪一打开门，铺天盖地的酒气就向她袭来，秦骁推开架着他的言寻和季正琛，脚步虚浮，咧着嘴，露出一口白牙，向唐溪走过去。

唐溪看他涨红的脸就知道他醉得不轻，伸手扶住他，向门口站着的言寻、季正琛和霍远霖道谢："今天辛苦你们了，改天等你们有空，请你们去我家吃饭。"

言寻笑着说："不辛苦，这是我们应该做的，弟妹。"

唐溪愣了一下。

弟妹？言寻之前不是喊她"嫂子"吗？怎么变成"弟妹"了？

季正琛："不辛苦，弟妹。"

唐溪："……"

霍远霖："弟妹。"

唐溪："……"

看唐溪一脸蒙的样子，言寻看向秦骁，从牙缝里挤出一句凉飕飕的话："弟妹知道骁弟今年多大吗？"

骁弟？秦骁怎么从"骁哥"变成"骁弟"了？

唐溪茫然地看着言寻："知道。"

她都跟秦骁结婚这么久了，当然知道秦骁的年纪，结婚证上都有的。

"乱喊什么？"秦骁抬起头，神色威严地看着言寻，"我是你哥。"

"拉倒吧你，你是我们四个人里最小的。"言寻终于忍不了了，指着秦骁向唐溪告状，"弟妹，秦骁他比我还小一个月，是我们几个人里最小的，跟我们几个把年龄报大了一岁，骗我们喊他哥，他就是个弟弟！"

唐溪："……"

因为事先答应过唐溪会在宴席上帮秦骁挡酒，现在他们自己把人灌醉了，怕唐溪觉得他们几个人不守信用，向唐溪解释了灌秦骁酒的原因。

他们四个是大一时被分到同一个宿舍认识的。

那时候男生宿舍里都喜欢称兄道弟，按照年龄排老大老二，他们几个在宿舍里报年龄，季正琛、霍远霖和言寻都是同一年出生的，只是月份不同，霍远霖最大，言寻最小。

秦骁最后一个报年龄，他出生月份最靠后，刚好和其他三个人也是同年出生，按照真实年龄，他要排老四，于是他把出生年份往前面说了一年，以绝对的年龄优势成了四个人里的大哥。没人怀疑他，毕竟谁也不会想到他会那么阴，故意把年龄说大一岁。

之后他在兄弟们面前都是一副大哥的姿态，直到今天下午，秦骁一个爱给人做媒拉红线的舅妈询问他们几个伴郎现在多大了，有没有结婚，有没有女朋友。

在得知他们三个的年龄后，秦骁舅妈感慨了一句，说他们几个比秦骁还大一岁，秦骁都结婚了，他们几个也要抓紧时间了。

他们三个这才意识到被秦骁骗了。

他们当然忍不了,就趁着秦骁结婚,联起手来灌他酒。

他们三个为了灌醉秦骁,也喝了不少酒,吐字没有正常说话时那么清晰,唐溪听完几人带着酒意、愤愤不平的控诉,哭笑不得,觉得秦骁今天被灌酒真是活该,年龄小就小呗,干吗故意报大让人家喊他哥?幼稚!

唐溪温声安抚了他们几句,叮嘱他们早点儿回去休息。

临走前,三个人一人说了一句"弟妹再见",秦骁微微皱眉,身体轻晃,正要开口和他们辩驳,让他们喊唐溪"嫂子",唐溪直接把门关上,阻止他出去,秦骁垂头,将手指搭在门把手上,想把门打开。

唐溪扶着他的手臂,没好气地瞪了他一眼,说:"你想干吗?"

秦骁侧着脸对唐溪说:"让他们喊你'嫂子'。"

唐溪好笑地道:"你本来年纪就比他们小呀,人家喊我'弟妹'不是应该的吗?"

"乱说。"秦骁不赞同地道,"谁说我小了,他们一直都喊我'哥'。"

他抬手在门把手上拧了一下,把门打开,半边身体都探出去了,一副要出去和言寻他们理论清楚的架势。

他醉得厉害,力气大,唐溪拽不动他,索性松开他由着他闹:"好,你去找他们吧,出去后别忘了把门关上,我要休息了,等会儿吵完了让人给你重新开一间房,或者在他们的房间里休息,别回来打扰我。"

唐溪转身往房间里面走。

秦骁回头喊她:"老婆。"

唐溪不理他,走到沙发旁坐下,拿起手机,垂着头,假装在玩手机。

秦骁扶着门站在门旁,盯着唐溪看了会儿,见唐溪一直不看他,默默地把门关上,手在门把手上拧了拧,皱着眉喊唐溪:"溪溪,你来看,门锁坏了,门打不开。"

唐溪:"……"

他这睁眼说瞎话的本事又精进了,这样纵容他发展下去,将来还得了?

唐溪直接戳穿他:"没坏,我看见你刚刚把门打开了。你赶紧出去吧,再不出去季正琛他们就要锁门睡觉了。"

秦骁抿着唇,静默片刻,强行给自己找理由:"他们应该已经睡下了,不打扰他们了,明天再找他们。"

秦骁抬腿朝唐溪走过去,晃了一下脑袋,眸中尽是得意地向唐溪炫耀:

"溪溪，他们说我骗他们喊我'哥'，我哪骗他们了，只是把我的年龄说大了一岁，是他们主动叫我'哥'的。"

他还挺有理的。

他走到唐溪的面前，坐到唐溪的旁边，伸手抱住她，把脸埋在唐溪的颈窝里，用下巴蹭了蹭她的锁骨："老婆，你的身体真软。"

他抬起脸，鼻间呼出的热气拂过她的耳根，他含住她白嫩的耳垂。

唐溪被他的言语和行为挑逗得有些脸红，秦骁瞥见她脸上的红晕，身体里血液沸腾，伸手去剥她的衣裳，指腹上的薄茧滑过她娇嫩的皮肤。

唐溪的身体轻颤了一下，唇间发出一声轻哼，整个人软在他的怀里，一副很好欺负的样子，秦骁的动作更加急切，才将唐溪领口的衣服扯到肩膀处，他就急着把人压到了沙发上。

"不行……"

唐溪推了他几下，让他先起来，秦骁置若罔闻，手指自顾自地在她的身上游移，唐溪张嘴狠狠地咬了一下他的肩膀，用脚踹他："你还没洗澡，脏死了。"

秦骁的脸色僵了一下，他抬起头，漆黑的眸子幽幽地看着她。

唐溪知道自己嫌他脏的话碰到了他那脆弱得不堪一击的自尊心，但是他今天格外兴奋，她推不开他，跟他说话他又不好好听，只能用这一招治他。

对上他略带委屈的眼神，唐溪有些心虚，伸手把凌乱的衣服拉好，轻声安慰道："酒精果然不是好东西，你平时那么爱干净、稳重自持，一碰到酒精大脑就不受控制。其实你一定是想先洗澡，洗得干干净净再睡觉的吧。"

秦骁垂眸凝视着她的脸，静默片刻，道："不是酒精的问题。"

唐溪怔了一下。

她给他找了个台阶，他居然没有顺着下来。

"是你太美了。"秦骁那好像深不见底的眸中似泛着星光，他低头，嘴唇贴着她的耳郭，低沉的嗓音流露出无尽的迷恋，"溪溪，你在我脑子里作祟，我把持不住，怎么办？"

他用坚实的臂膀紧紧地搂着她，把她抱起来，唐溪被他呢喃的情话说得心脏狂跳，虽然他们在一起后，他经常会说一些让她面红耳赤的话，但每次听到她的心里还是觉得很甜。

这人怎么喝醉的时候比正常的时候还会说情话？

她红着脸庞,小声道:"那就不把持了。"

秦骁笑了一声,愉快地道:"听你的。"

他把她抱起来,脚步踉跄地往卧室里走,唐溪见他路都走不稳,还抱着她,有些紧张地揪住他的衣服,但还是相信他不会让她摔了,没有制止他,由着他把她抱到床上。

他俯下身,用手指捏着她的下巴,凝视着她的脸颊,想凑上去亲一下,有些混沌不清的脑子里想到她嫌自己脏,抬起身,说:"我去洗澡。"

唐溪正想劝他等会儿酒劲过了些再去洗,就见某个前一秒还说要去洗澡的人向后一倒,直挺挺地躺在床上,合上眼,像是睡着了。

唐溪:"……"

他这是喝了多少酒?

今晚的洞房该不会是各睡各的吧?

如果他就这样睡了,她倒是无所谓,毕竟都已经是老夫老妻了,就怕他明早起来会懊恼。

他是一个很注意仪式感的男人,大婚之夜因为酒醉睡过去了,什么都没做这种事情,足够他懊悔到八十岁。

想到这里,唐溪从床上坐起来,一只脚才落到地上,就听到秦骁问她:"去哪儿?"

她侧头看他,他睁开眼,上身向她靠过来,从背后环住她:"老婆。"

唐溪应了一声,推他交握在自己身前的手,说:"松手,我去给你拿醒酒汤。"

秦骁反应了一下,说:"不用,我没醉。"

唐溪说:"你醉了,要喝。"

秦骁说:"没醉。"

唐溪躺回去,翻了个身,背对着他,闭上眼睛,不再理他。

过了一会儿,唐溪听到他说:"是有点儿醉,要喝醒酒汤缓缓。"

唐溪压抑着上扬的唇角,故意不理他。

秦骁抬手拍了拍她的胳膊:"老婆,我醉了。"

唐溪忍俊不禁,"嗯"了一声,说:"我去给你弄醒酒汤。"

她从床上下来往外面走,身前落下一道阴影,秦骁也亦步亦趋地跟着她走了出来。

刚刚秦媛用保温桶送了醒酒汤上来,唐溪盛了一小碗给他喝,秦骁喝了一口就尝出这醒酒汤和平时唐溪做的味道不一样,嫌弃地说不好喝,不过还是在唐溪的督促下喝完了。

在沙发上坐了没几分钟，他不顾唐溪让他过一会儿再去洗澡的建议，急着要去洗澡，唐溪说怕他在浴室里摔倒，秦骁的思维此刻丝毫不受酒精的影响，他给出解决方案，让唐溪跟他一起进去洗澡。

大婚夜，唐溪也想早点儿休息，就半推半就地跟他进去了。

这一晚，秦骁格外变态。因为昨晚通宵打牌，白天忙碌了一天，怕晚上会挡不住困倦和酒意睡过去，让新婚夜留下遗憾，他在听到他舅妈暴露他的年龄时，就意识到了不妙，未雨绸缪地用手机定了十几个闹钟。

十点后，秦骁的手机每隔一会儿就响起劲爆的音乐闹铃声，他就抱着唐溪运动一会儿，困了就闭着眼休息一会儿，闹钟一响人被吵醒，又能精神抖擞好一阵，也不知道这损招他是怎么想出来的。

唐溪一晚上饱受他和闹钟的摧残，气得踹了他好几次，想把他踹下床，但身上软绵绵的也使不上劲，反而更激起他的兴趣，最后只能放弃挣扎，由着他尽兴。

第二天醒来时已经是中午，唐溪一睁眼就看到秦骁微抬眼睫，温柔又纯洁地冲着她笑："午安，老婆。"

唐溪忍了忍，没忍住，报复性地趴在他的肩膀上咬，牙齿才刚叼着他的肉，他就开始卖惨喊疼。

唐溪以前很吃他这一招，每次都舍不得真咬他，但昨晚再一次被他的恶劣行为刺激到了，毫不留情地在他的肩膀上咬下了一个深深的牙印。

秦骁侧头看了一眼肩膀上的椭圆牙印，开始装委屈："溪溪，疼，给我吹吹。"

"秦马尧，你要点儿脸吧。"

秦骁的嘴角一抽，眼睛眯了眯，声音带了一丝危险："不要这么喊我。"

唐溪不甘示弱地回瞪他，威胁道："秦马尧，你以后再像昨晚那么变态，我就当着其他人的面喊你这个名字。"

秦骁的脸色逐渐紧绷，他看起来要发火了。

唐溪才不怕他："你生气了吗？"

秦骁深吸了一口气，脸上浮起微笑，有恃无恐地把她捞到怀里："昨晚是我不对，我酒喝多了做事鲁莽，有没有伤着你，我看看。"

他说着就要掀开被子看，唐溪赶紧按住他的手，没好气地道："伤什么伤，你少耍流氓。"

秦骁缩回手，继续道歉："昨晚是我们的大婚夜，我担心我醉酒会睡过去，不能让你尽兴，所以才多定了几个闹钟。原谅我好不好？我就是想在你面前表现得好点儿。"

他说得还挺委屈。

他那是"多定几个"吗？他的闹钟声一整晚就没停过。

唐溪不想再和他计较这件事，好脾气地说："下次不要这样了。"

秦骁在心里衡量了一下，觉得应该不会再发生这种疲倦到需要用闹钟提神的事情了，保证道："下次一定不会这样了。"

唐溪有些意外，还以为他又要敷衍地说"下次注意"呢，没想到他居然说得这么肯定。

"好了，我饿了。"唐溪动了动肩膀，说，"起床吧。"

秦骁"嗯"了一声，问她："在房间里吃饭还是下去吃？"

"在房间里吃吧。"她好累，不想下去。

秦骁掀开被子下床，拿手机先打电话让人准备午餐送上来。

唐溪躺在床上，看着他穿好衣服，又恢复了严肃正经的模样，想到昨晚他那几个兄弟恼羞成怒的样子，怕他不记得自己暴露年龄的事，碰到他那几个兄弟，在毫无防备的情况下被人家揍，提醒道："你知道言寻他们昨晚为什么灌你酒吗？"

秦骁顿了一下，说："知道。"

昨天他是在清醒地知道自己的真实年龄被泄露后，才被灌酒的。

唐溪问道："你真的比他们年纪都要小吗？"

秦骁的声音不屑："只是小了区区一个月，不用往心里去。"

唐溪："……"那你倒是别把年龄报大呀。

唐溪这么想，就直说了："那你干吗要骗他们你比他们大一岁？"

秦骁理直气壮地道："又没人规定一定要说真实年龄，我改我自己的年龄，跟他们有什么关系？"

唐溪："……"

他说得好有道理哦。

七月份气温不断攀升，不是最适合旅游的季节，秦骁近来忙着准备婚礼，工作上也积压了些事情没处理，所以两个人商量着把蜜月旅行推迟到九月末，避开国庆假期的出行高峰期，天气也凉爽些。

度蜜月的地点选在国内的一个小众的浪漫海岛。

出发前一天，秦骁提前回家和唐溪一起去买度蜜月要用到的东西。

其实该准备的东西已经都买好了,只是每次旅行前,唐溪都习惯去超市里买点儿零食带着,防止出门在外不方便找超市。

从超市里买了一堆零食回来,两个人开始收拾行李箱。

秦骁经常出差,出远门这种事情对他来说是家常便饭,一个小行李箱就能解决,缺少什么东西都可以在外面买,从来没有遇到过想买什么东西买不到的情况。

唐溪出门就喜欢把自己能想到的东西都带上。她把自己之前给秦骁出差用的那个最大的粉红色行李箱拿出来,蹲在行李箱前,把放在一边准备带的衣服一件件地叠整齐放进去。

秦骁蹲在她旁边和她一起收拾,不一会儿就装满了两个箱子,还剩些东西没装进去。

秦骁站起来,想要再去拿一个行李箱,唐溪抬起头对他说:"别拿了,两个箱子就差不多了,再拿一个咱们路上不方便。"

她拿东西的时候预计就是装两个行李箱,没想到看着不觉得有多少的东西,两个行李箱都没装下。

"这些东西怎么办?不带了?"

秦骁的目光落在沙发上还没装进行李箱的东西上。

"这几样肯定要带。"没装进去的都是必需品,唐溪特意放在最后装,方便用的时候拿。

她看着已经装进行李箱里的东西,衡量着哪些东西不那么重要,可以不带。

秦骁看她纠结的样子,直接转身又拿了一个行李箱,把剩下的东西放进去,说道:"想带就都带着,不用想那么多,你老公有的是力气搬行李箱。"

唐溪笑着说:"你有力气搬,我也不想带这么多行李箱,两个人带三个行李箱,别人看见了还以为我们搬家呢。你别弄了,我自己来。"

唐溪从箱子里拿了些不太能派上用场的东西出来,把那些必需品放进去,让秦骁把第三个行李箱放回去。

秦骁捏着她的下巴,把她的脸转过去,在她的唇上亲了亲:"不想让我搬那么多行李箱,心疼我?"

他漆黑的眼睛凝视着她,眸中带着得意。

唐溪被他看透心思,也不狡辩,坦荡地道:"对啊,心疼你。"

二人对视,秦骁勾起一抹笑,双手穿过她的腋下,把她往沙发上抱。

"秦骁,你别闹,东西还没收拾完呢。"

"等会儿弄,让我亲亲,宝贝。"秦骁低沉的嗓音传入她的耳中,唐溪被他的那句"宝贝"喊得面色发窘,每次他这么喊她,她都觉得他跟哄孩子似的。

他压着唐溪在沙发上亲了会儿,才放她继续收拾行李。

"好了吗?"秦骁问。

"差不多了,还有一样东西没拿。"

唐溪转身往衣帽间外走,秦骁跟在她身后,问:"什么?"

唐溪没回答他这个问题,走到浴室里,打开洗手池下面的柜子,拿出几包卫生用品。

秦骁看到她手里拿的东西,问道:"你月经还没结束?"

唐溪道:"还没来呢。"

"推迟了?"

唐溪"嗯"了一声。

上个月唐溪生理期的时候,秦骁刚好在家,记得她上个月来月经的时间,按照日子,她的生理期现在都应该结束了,没想到还没开始。

秦骁神色微微凝重地往她的肚子上瞥了一眼。他们之前就商量过,等度完蜜月回来,就顺其自然地要个孩子,但是因为已经举办完婚礼,又有了要孩子的计划,对避孕就有些松懈了,之前有一次安全套用完了,忘了补,那天刚好又是唐溪的安全期,两个人也就没做避孕措施。

唐溪知道他在想什么,说道:"别看了,没怀。"

她的生理期也没那么准,有时候提前几天,有时候推迟几天,上个月就是提前了几天,如果按照上上个月的日子算,她这个月也不算推迟。

秦骁把她的生理期摸得比她自己还清楚,也知道她的生理期偶尔会不准,但大部分时候还是准的,而且这次就刚好有过没避孕的情况。秦骁搂住她的腰,谨慎地道:"我带你去医院查查。"

唐溪推开他的胳膊,说:"不用,肯定没怀。"

秦骁道:"你怎么知道没怀?还是要检查一下,不检查我不放心。"

他目光幽深地盯着她的脸,商量的语气里带了一丝强势。

唐溪被他看得有些脸红,坦白道:"我昨晚测试过了,没怀孕。"

秦骁听到她月经推迟的瞬间就想到的问题,她当然也能想到,前天就去药店买了验孕棒,自己测了,结果显示没怀孕。

虽然两个人什么亲密的事都做过了,但这种怀疑自己怀孕,没跟他说,背地里偷偷买验孕棒测试的事莫名地让她有些羞窘。

唐溪扭头走进衣帽间,把卫生用品放进行李箱里,合上行李箱,就没什么事要做了。

秦骁见她害羞了,轻笑着缓解尴尬,说:"万幸没怀上,孩子如果现在来,可就不是时候了。"

"为什么?"唐溪不懂他是什么意思。

秦骁意味深长地道:"明天我们俩去度蜜月,今天怀孕,不是耽误事?"

"秦骁!"唐溪反应过来他的意思,睨了他一眼,"能不能正经点儿?"

秦骁一脸无辜:"我说的不就是度蜜月的正经事吗?"

唐溪突然想到了什么,眸中闪过一抹狡黠:"说不定我刚好明天来例假呢。"

他们俩这次计划的蜜月时间是七天,如果她明天来例假,刚好整个蜜月期都有例假护体。

秦骁的脸一黑,唐溪看着他那宛若被人泼了一盆凉水的表情,觉得好笑,从鼻子里"哼"了一声,得意地拿着衣服去浴室里洗澡。

洗完澡,唐溪站在镜子前吹头发,目光扫过洗手池底下的抽屉,鬼使神差地伸手拉开抽屉,拿出一根验孕棒。

她除了月经稍微推迟了几天,身体和平时一样,没有出现一点儿早孕反应,没做措施的那次又是在安全期,所以买验孕棒的时候不觉得自己怀孕的概率有多大,只是抱着试试看的想法,想着既然准备要孩子了,即便这次没怀,以后肯定还是要怀的,不会只测一次,所以多买了几根。

唐溪拿着新验孕棒测试完,随意地扫了一眼,一条杠,没怀孕。

她把验孕棒扔到垃圾桶里,洗了洗手,继续吹头发,秦骁从外面推门进来,站在她的身后,鼻子微微向前凑到她的头发旁。

感觉到他的胸膛贴上了自己的后背,唐溪用胳膊向后碰了碰他,说:"你别贴我那么紧。"

秦骁"嗯"了一声,身体微动,看起来像是往后面挪了一点儿,实际上跟没挪一样,胸膛还是贴着她的后背。

"我给你吹。"秦骁伸手要拿她的吹风机给她吹头发。

"我不要。"唐溪拒绝道,"我自己吹。"

他每次帮她吹头发,都会在她的发顶上揉来揉去。

唐溪对着镜子吹头发,从镜子里看站在自己身后的秦骁,等头发差不多干了，把吹风机递给秦骁，拿梳子梳头发。

秦骁把吹风机的插头拔下来，将线整理好，放到一旁的架子上，转过身，目光刚好扫到唐溪丢在垃圾桶里的验孕棒，目光一滞，抬腿朝垃圾桶走过去。

唐溪侧头看他，就见他弯腰从垃圾桶里捡出验孕棒，目光微闪。

秦骁神色激动地捏着验孕棒朝她走过来："溪溪。"

唐溪下意识地向后退了一步，气得想骂他："你干吗去垃圾桶里翻东西？赶紧丢了，洗手，你别过来！"

秦骁置若罔闻，大步走到她的身边，抱住她，把验孕棒往她的面前放："溪溪，你怀孕了，我们有孩子了。"

唐溪看到验孕棒上的两条杠，愣了一下：怎么变成两条了？她刚刚看的时候明明是一条。

她把他手里的验孕棒接过去，仔细地盯着上面的两条杠，有些不敢相信，抬头看向秦骁，确认道："我怀孕了？"

秦骁在他们聊到要孩子的时候就做过这方面的功课，知道两条杠就是怀孕了，把唐溪打横抱到外面的沙发上，蹲在她的身前，低头在她的唇上亲了一下，目光炯炯地看着她："溪溪，你瞒着我，是想给我一个惊喜吗？"

唐溪到现在还是蒙的，对上秦骁激动的神色，心底才开始泛起异样的绵软感，低头看了一眼肚子，抬手摸上小腹，弯起眼角说："我……我不是瞒着你，我也不知道。我刚刚看的时候还是一条杠，以为我没怀孕。"

她再次垂头看着自己平坦的小腹，温声道："我怀孕了，我们有宝宝了。"

秦骁用手指轻柔地在她的小腹上摸来摸去，怎么都摸不够的样子。

激动过后，唐溪才想起来，这一次有可能是误测，毕竟她昨天、前天测了两次都没有测出怀孕，今天一开始看也是一条杠的。

她稍稍恢复些理智，对秦骁说："你起来，我得再测一遍，万一是误测。"那两个人对着空肚子激动这么久，可就尴尬了。

唐溪去浴室里把剩下的几根验孕棒全用了，结果都是怀孕了。

她打开门，看向站在门口，抿着唇，紧紧地盯着她的秦骁，笑着点了下头。

秦骁晃了一下脑袋，抑制不住喜悦地把她抱起来放到床上，再次把手放到她的小腹上，忽然大笑道："溪溪，我感觉宝宝动了，宝宝在跟我打招呼,你感觉到了吗?"

"……"她没感觉到,甚至觉得他的感觉是幻觉,刚怀上的宝宝怎么可能会动。

宝宝的到来让初为父母的秦骁和唐溪既兴奋又有些不知所措,秦骁怕唐溪会磕着碰着,从唐溪测出怀孕后,恨不得时时刻刻都抱着她走路,蜜月旅行自然也取消了。

夜里秦骁将唐溪整个人抱在怀里,神色难掩激动,手掌一直搭在她的小腹上,时不时地轻抚两下,密密麻麻的吻从她的面颊、嘴唇一点点地移动到小腹,动作小心轻缓,温柔缱绻。

他的头发蹭在她白皙的皮肤上,温热的呼吸连绵不绝地喷洒在她的小腹上,让她的体内掀起一阵酥麻的感觉。

唐溪推了推他的脑袋,小声道:"好了,别亲了。"

秦骁抬起头,见她白皙的脸颊上泛着红晕,凑过去吻了一下她的嘴唇,声音低哑:"想要?"

唐溪脸颊更红,羞窘地摇了摇头,说:"现在不可以,我听说前三个月胎儿不稳定。"

秦骁将嘴唇贴到她的耳郭上:"我可以用别的方式,要不要试试?"

唐溪不是什么不通人事的纯情小姑娘,听他这么说,瞬间懂了他的意思,脸颊烫得更厉害了:"不要,我不用。"

秦骁亲亲她的额头,目光认真又宠溺:"怎么还这么容易害羞,真不要?"

"秦骁!"唐溪瞪了他一眼,"你再说我就不让你睡卧室了。"

她不过是被他亲得有些情动,小腹本来就是她敏感的地方,她平时都不敢让他多碰,今天也是看他实在欢喜,想要跟她肚子里的宝宝亲近的样子,才强忍着让他又摸又亲这么久。

她有点儿生理反应也是正常现象,怎么让他说得像是她很饥渴似的。

"好好好,我不说了。"

秦骁没再逗她,胳膊绕过她的脖颈,让她枕在自己的胳膊上,声音里带了丝委屈地卖惨:"别赶我去睡书房。"

唐溪侧着脸在他的颈窝上蹭了蹭,说:"跟做梦似的。"

他们之前只是商量过要宝宝,并没有完全做好准备迎接小生命的到来,所以这个小生命来得让他们俩既意外又惊喜。

秦骁又将手指搭在她的小腹上,瞥到她脸上还没完全退去的红晕,手指老实地没有乱动，问唐溪："溪溪，你说咱们的宝宝会是男孩还是女孩？"

唐溪道："不知道，你喜欢男孩还是女孩？"

"我都喜欢。"秦骁的视线落在她的肚子上，他好奇地盯着她的肚子，那里和往常一样平坦，可是里面多了一个小生命，是他和唐溪的孩子。

秦骁的面庞越来越柔和，唐溪对他如此喜欢孩子是有些意外的。

之前他们聊到孩子的时候，他的反应平平，好像生孩子是件可有可无的事情，只是因为她提了，他才配合她聊了几句，且他这个人一贯口是心非，心里喜欢什么也克制着不表现出来，非要等着她发现了，戳穿他，他才会承认，没想到今天会开心得毫不收敛，笑得像个孩子。

他一定会是个很好的爸爸。

"几点了？"唐溪问。

"十点半。"

"我是不是要早点儿睡？孕妇是不是不能熬夜？"

第一次做妈妈，她什么都不懂，只知道要保养好自己的身体，宝宝在她的肚子里才会更健康。

秦骁很喜欢这种被她依赖的感觉，对上唐溪询问的目光，后知后觉自己刚刚表现得太不淡定了，作为一个丈夫和父亲，他要稳重些，才能给妻子和孩子安全感。

对于孕期要注意的事项他也不懂，但早睡对身体好是常识，于是他搂着唐溪的肩膀，一副很懂的样子："不能熬夜，要早点儿睡，睡吧。"

唐溪见他还盯着自己的脸看，抬手在他的眼皮上摸了摸，说："你也早点儿睡，明天咱们还要去医院里做检查。"

秦骁"嗯"了一声，拍了拍她的后背，说："睡吧，你睡着了我就睡。"

唐溪闭上眼，激动的心情还没平复，脑子里总是想着孩子的事情，过了好一会儿还是没有睡着，身侧的秦骁大概是怕吵着她，一点儿动静都没有，也不知道有没有睡着。

唐溪试探性地轻声喊他："秦骁？"

"嗯。"

唐溪听他没睡，睁开眼，微微侧脸看向他。

她平时睡觉喜欢侧身睡，今天怕压着肚子，一直克制着不翻身，也不知道孕妇正确的睡觉姿势是什么样的。

"怎么还不睡？"秦骁摸摸唐溪的额头。

· 446 ·

唐溪对秦骁说："明天去医院，你要记得问医生孕妇的睡觉姿势呀，我怕我明天想不起来。"

秦骁："好。"

唐溪叮嘱完，闭上眼睛，过了会儿又睁开眼睛："你记得问医生孕期需不需要忌口，哪些东西不能吃。"

"好。"

"还要问问医生孕期需不需要运动，能做哪些运动。"

"嗯，我知道了。你先睡，医生对这些很有经验，需要注意什么会主动提醒，等明天去医院确定完结果，咱们搬回老宅住一段时间，这边没有儿童房，需要重新装修一下。"

当初结婚的时候，他就没考虑过孩子的问题，家里剩余的房间都被打通做衣帽间了，连个儿童房都没有，要在宝宝出生前，把儿童房弄好。而且他妈和二婶生过孩子，对怀孕这方面很有经验，有她们在，他可以更安心些。

唐溪听到他说明天搬回老宅住，瞬间安心了大半，秦母和秦二婶对孕妇要注意的问题肯定很懂，就不用她操心了。

唐溪这回很快睡着了，秦骁在她睡着后，拿手机把唐溪让他记住的那几个问题用手机备忘录记了下来。

第二天一大早，两个人去医院里检查后，再一次证实怀孕，唐溪手里拿着检查单，边走边看单子，眉眼间是止不住的笑意。

他们从医院里出来，才到车上，秦骁就打电话给秦母告诉她这个喜讯。

秦母得知唐溪怀孕了也很激动，问秦骁和唐溪现在在哪里，她要熬补汤给唐溪送过去。

秦骁的声音里带着笑说："妈，不用过来，我和溪溪打算回去住一段时间。"

"好啊，你们几点能到？"

秦骁看了一眼唐溪，问道："坐车晕不晕？"

刚刚医生跟他们说，孕妇早期可能会出现早孕反应，容易孕吐，秦骁担心她坐车坐久了不舒服。

"不晕。"唐溪现在一点儿反应都没有，"直接回老宅吧。"

他们昨天就计划好要回老宅，早上出来的时候就将昨晚收拾的行李箱装进了车的后备厢里，不用再回去拿东西了。

秦母听到唐溪的声音，让秦骁把手机给唐溪。

"妈。"

"溪溪，妈现在去给你熬汤，你想喝什么汤？"

唐溪嘴甜地说："都可以，只要是妈熬的，我都喜欢喝。"

秦母被她说得心花怒放："那妈给你熬点儿鸡汤，鸡汤没那么腻。"

"好的，谢谢妈。"

"让骁骁路上开车慢点儿，你怀着孕，容易不舒服。"

"嗯，您放心吧，他开车很稳。"

两个人早上是直接来的医院，没有吃早餐，秦骁先带她去吃早餐，然后才车速很慢地开车回到秦家老宅。秦家人已经知道唐溪怀孕的事了，都笑逐颜开地在客厅里等着他们，连秦姝都带着莹莹回来了，只有沈故在外面出差，没跟秦姝一起回来。

秦母和秦二婶一左一右地围着唐溪，问她感觉怎么样，闻到荤腥的味道的时候有没有想吐，秦骁被挤到一边，连话都插不上。

鸡汤还要多熬一会儿，秦母问唐溪："累不累，要不要去房间里休息一会儿？"

唐溪精神很好，没有犯困，就坐在沙发上和秦家人聊天。她刚怀孕，聊天的话题围绕的都是孕期的注意事项，唐溪认真地听秦母和秦二婶分享经验，秦骁独自坐在另一边的小沙发上，打开手机备忘录，边听边记录。

莹莹跑到唐溪得到面前，问道："舅妈，你肚子里的是小弟弟还是小妹妹呀？"

唐溪笑着揉了揉她的脑袋："现在还不知道是小弟弟还是小妹妹，要等生下来才知道。莹莹想要小弟弟还是小妹妹？"

莹莹说："想要弟弟。"

"为什么想要弟弟呀？"唐溪饶有兴致地问她。

莹莹的嘴巴像抹了蜂蜜一样甜："因为我听说女孩像爸爸，男孩像妈妈，舅妈你这么温柔漂亮，我觉得生个男孩像舅妈比较好。"

这理由，仿佛在嘲讽秦骁一样。

秦姝笑着打趣道："莹莹，你舅舅人还坐在这里呢，这种话等你舅舅不在的时候再说。"

莹莹看向秦骁，一点儿也不怕她舅舅会生气："舅舅在这里也没关系，舅舅的心里舅妈最美，只要夸舅妈他就开心！"

秦骁笑道："莹莹真聪明。"

莹莹得意地晃了一下脑袋，随即想到自己这次考试只考了第二名，小跑着上楼写作业去了。

话题聊到了男孩女孩的问题，秦母问秦骁和唐溪有没有给肚子里的宝宝取名字。

唐溪道："没有。"

于是一家人开始讨论宝宝的名字。

在秦家养胎，秦母和秦二婶把唐溪照顾得很好，每天变着法子地做唐溪爱吃的菜。

唐溪的身体看起来娇娇弱弱的，秦家人都担心她孕期会很辛苦，每天吃饭前都要先问她有没有恶心想吐的感觉，之后才会把荤腥的菜端出来。

但唐溪一点儿早孕反应都没有，吃什么什么香，医生说她看着瘦弱，体质却很好，只是吃很多，肚子却不怎么显，一直到怀孕五个多月的时候才显怀。

晚上唐溪洗完澡，倚靠在床头，等着秦骁过来给宝宝做胎教。

她低头轻轻地摸了摸自己的肚子，感觉自己的肚子比其他差不多月份的孕妇的肚子小了很多。

过了一会儿，秦骁从浴室里出来，看见唐溪的手里拿着一面小镜子正仔细地照着，走过去问道："怎么了？"

"你看我是不是胖了很多，怎么每天吃那么多饭肚子都不长，是不是都吃到我自己身上来了，营养没被宝宝吸收？"

秦骁道："医生说了，我们的宝宝很健康。"

唐溪问："那我胖了吗？"

女人都很在乎自己的身材，唐溪之前没觉得自己胖了很多，今天不知道是不是心理作用，总觉得自己的脸上长了很多肉。

她微微侧躺着，抬起头，用水汪汪的眼睛望着他。

她孕期确实长了些肉，但她的骨架小，穿着衣服时并不显胖，只是这会儿穿着睡衣躺在床上，秦骁一眼就能透过她低垂的领口看到里面因为怀孕丰腴了许多的地方。

喉结滚动了一下，身体里涌起一股燥热感，他赶紧移开目光，从床头柜上拿起给宝宝胎教用的书，深吸了一口气，说道："没胖。"

自从唐溪怀孕后，他就一直克制着自己，这对他来说是个极大的挑战，他身体里的欲火轻易地就会被她挑起。

他垂着头，专心地读胎教故事，让自己冷静下来。

他的声音不高不低，唐溪习惯了听着他读故事的声音入睡，没多大会儿就有些犯困，眼睛缓缓合上。

又过了一会儿，秦骁放下书，掀开被子上床。

唐溪往里面挪了挪，和他拉开距离。

近来，为了避免勾起欲火又不能解决，他们晚上睡觉又像刚领证时一样，一个在最里面，一个在最外面，中间隔的距离很大。

唐溪迷迷糊糊地快要睡着的时候，感觉秦骁向自己靠了过来。

他沉闷的呼吸声钻入她的耳朵里，意识清醒了些，她下意识地闭紧眼睛，假装睡着了。

秦骁知道她没睡着，在她的唇上亲了亲，手掌握住她的手，声音低哑地道："溪溪，今天有些闷热，你介不介意，帮我一下？"

唐溪闭着眼仿佛都能感受到秦骁盯着自己的灼热目光，他用拇指在她的掌心上摩挲，把脸埋在她的颈侧，不停地用脸颊蹭她。唐溪的脸颊也随着他有些情难自禁的动作浮起一丝不寻常的红，她咬了咬唇，轻声说："帮你可以，但你等会儿不能乱来，必须都听我的。"

唐溪睁开眼，手向他伸过去，一点点地向下移动。

呼吸一滞，秦骁一把按住她的手，声音沙哑地道："不用。"

唐溪抬眸，不解地看他：不是他问她介不介意帮他的吗？怎么又不用了？

秦骁看着她娇美的脸蛋儿，移开视线，深呼一口气，解释道："今日我的体内有些躁动，所以问你一句，想要你拒绝我，断了我的念想。"

"……"

原来他问她介不介意帮他，不是真的想让她帮他，是因为他靠自己灭不了火，想要通过她的拒绝灭火。这男人怎么这么会"曲线救国"？

唐溪问："那你现在好点儿了吗？"

秦骁坦诚地道："没有，还是很想。"

"……"

唐溪见他额角上隐隐地冒出了一层薄汗，忍得辛苦，动了动被他按住的手，红着脸道："那还是我帮帮你吧。"

秦骁没忍住看了她一眼，说："不能让你帮我，你现在身子很敏感，万一被撩拨起来，你很难忍，又不愿意让我帮你。"他凑近她，在她的耳郭上亲了亲，声音里带着诱哄，"我先帮你。"

唐溪被他说得面红耳赤，娇羞地道："谁敏感了，你要是不让我帮你，我就睡了。"

她闭上眼睛，把脸扭到另一边，不理他了。

秦骁在她的额头上亲了一口，说道："你先睡，我身上出了汗，去浴室里洗个澡。"

他掀开被子下床，往浴室里走去。

唐溪往浴室的方向看了一眼，听着里面的水流声，垂头摸了摸自己隆起的小腹，想到他此刻在浴室里面做的事情，哑然失笑。

预产期前半个月，唐溪住进医院里，等待生产，她的产检结果很好，选择顺产。

秦骁把所有工作都安排好，一直在医院里陪着她，防止她要生的时候，他不在她的身边。

苏栀和叶初夏也一有空就往医院里跑，能不走就不走，唯恐错过了她生产。

宝宝最后的出生日期比预产期提前一个星期，晚上十点多发动，熬过漫长的一夜，在第二天上午出生，是个男宝宝，名字是早在宝宝出生前就取好的，秦骁取的，叫秦晟。

一开始秦骁跟唐溪说这个名字的时候，唐溪以为"晟"字的意义是光明，后来才知道他真正想表达的意义是胜利，直接用胜利的"胜"显得有些直白俗气，所以用了同音字"晟"。

唐溪不由自主地想到秦姝给她女儿取的名字——沈莹。

秦家两姐弟还真是把争强好胜、不服输的劲头发挥得淋漓尽致，给孩子取名字，一个用"赢"字的谐音字，一个用"胜"字的谐音字，也不知道是在和谁较劲。

唐溪本来又疼又累，但听到宝宝"哇哇"的哭声时，整个身体都放松了下来。她疲累地躺在床上，连坐起来的力气都没有，却又莫名地觉得浑身充满力量——从此以后，她就是妈妈了。

医生把小宝宝抱到一边，秦骁没顾得上去看他，站在床前，俯身亲了亲唐溪的额头："宝贝辛苦了。"

唐溪冲他露出一个如释重负的笑，微微侧脸，视线越过他的肩膀，强撑着看向一边还在被医生清理检查的小宝宝。

"溪溪，你休息一会儿吧。"秦骁出声提醒，"你刚生完孩子，不能太累，要注意身体。"

唐溪的目光舍不得从儿子的脸上移开。

秦骁道："等会儿睡醒了再看。"

唐溪也有点儿扛不住疲倦了，点了下头，凑到秦骁的耳边小声说："别让其他人不小心抱错宝宝了。"

刚生产完的妈妈总是担心很多事情，秦骁顺着她的话说："放心吧，我一直在这里陪着你，妈妈他们等会儿也会进来看宝宝，宝宝不会被别人抱错的。"他拍拍唐溪的手背，"睡吧。"

没有认真看过宝宝，唐溪睡得很不踏实，没多大会儿就醒了，累，但是想先看看宝宝。

护士把小宝宝抱到她的面前，笑着说："恭喜你们。"

秦骁扶着她坐起来，她看着儿子的小脸蛋儿，小心翼翼地垂头凑过去，快要贴到他的面颊时，抬起头问医生："我能亲亲他吗？"

医生道："可以，轻轻的没问题，不用太紧张，放松。"

唐溪在医生的安慰和鼓励下亲了亲儿子的脸蛋儿，目光柔和地看着儿子。

刚出生的小宝宝还没长开，皮肤皱巴巴的，不太好看，和唐溪想象中的粉雕玉琢的小宝宝形象差距有点儿大，但她还是怎么看都看不够。

"溪溪，你再睡会儿。"秦骁亲亲她的脸颊，说，"我来照顾他。"

宝爸宝妈的培训班，秦骁都是和唐溪一起去上课的，并且每堂课每个知识点他学得都比其他人快，看起来对照顾刚出生的宝宝已经得心应手了。

唐溪听他这么说，十分安心地躺下，闭上眼继续休息。

秦骁坐在床前，盯着躺在一起的妻儿看了一会儿，想把儿子抱到一边的小婴儿床上。他之前学习过怎么抱新生儿，但真的抱起儿子小小的身体时，发现和用模型练习时一点儿都不一样。

儿子的身体很软，秦骁轻轻一碰，他的脖子就像没骨头似的歪向一边，秦骁的手臂僵了一下，心里一阵慌乱，怕把儿子的小脖子弄断，想喊护士来抱，但瞥了一眼已经合上眼的唐溪，心想：算了，还是自己抱吧。

喊护士容易把唐溪吵醒，而且知道他连孩子都抱不好，唐溪以后肯定不放心让他照顾孩子。一回生二回熟，多练练就好了，他儿子没那么脆弱。

秦骁按照培训班老师教的抱孩子的姿势，小心翼翼地把宝宝从唐溪的床上挪到小婴儿床上，推着婴儿床去外面的房间。

怕打扰唐溪休息，秦家人都在外面的房间里等着，没进去。

秦母看着小孙子，笑逐颜开。

已经问过医生，知道唐溪和小宝宝的身体都很健康，没有再多问，一家人围在小床边，看躺在里面的小宝宝。

秦骁把小宝宝交给家里人，扭头就去里面陪唐溪。

秦二婶一看到小宝宝就说他长得像秦骁："这长胳膊长腿的，以后一定是个大高个儿，跟骁骁小时候一模一样。"

走到门旁的秦骁脚步顿了一下：宝宝像他？他有这么丑吗？

站在秦二婶旁边的秦媛发出同样的疑问："像我哥吗？看不出来呀。"

她倒是没直说小侄子丑。

秦二婶道："像啊，这鼻子、嘴巴，都是随着你哥长的，就是不知道眼睛是像你哥还是像你的嫂子。"

宝宝的眼睛是闭上的，暂时看不见是什么眼形。

唐溪出院后，在秦家老宅坐完月子，秦骁就带着她和小晟晟搬回了他们的小家，那边已经重新装修好了，有儿童房，有月嫂的房间。

唐溪在秦家坐月子时照顾宝宝的月嫂也跟着他们一起住了过来，月嫂照顾宝宝的经验很丰富，但做父母的总是忍不住操心孩子的事情，即便月嫂在秦骁的暗示下，几次三番地跟唐溪说她以前在雇主家里照顾宝宝时，晚上都是由她带着宝宝睡觉的，但唐溪还是坚持晚上自己带宝宝睡觉。

房间里有小宝宝，夫妻做起事来总是束手束脚，有时候做到一半，小宝宝突然啼哭，两个人只能停下来去给他喂奶。

就是从那时候起，秦骁对儿子的一腔父爱中多了一抹复杂的醋味，因为无论他怎么暗示唐溪，男子汉大丈夫，宝宝要从小独立，不能总是躺在妈妈的臂弯里，唐溪都不接他的话，无视他的要求。甚至在他明确地表示不想和儿子睡一间房，让唐溪只能选择其中一个人时，唐溪选择了已经有五个月大的儿子，抛下了他这个还不到三十岁的丈夫。

小晟晟刚出生时，五官还没太长开，除了秦母和秦二婶说长得像秦骁，其他人都不太能看出来长得像谁。

有"男孩会长得更像妈妈"这种先入为主的看法，好几个朋友来看完小晟晟后，都说小晟晟长得像唐溪。毕竟晟晟的小脸蛋儿长得粉雕玉琢，两颊带着小宝宝特有的婴儿肥，一双大眼睛黑白分明，亲戚朋友站在他的面前看他，他也不怯场，眼睛滴溜溜地转着，心情好时还咧嘴冲着人笑，任谁看了都忍不住想在他的脸上捏两下，所有人都觉得宝宝这么可爱、爱

· 453 ·

笑肯定是随了唐溪，要是随爸没那么可爱。

但是随着小晟晟的成长，他的五官越来越像秦骁，秦母拿了秦骁小时候的照片对着小孙子的脸比照，几乎一模一样，带出去不用介绍，别人一眼就能认出这是秦骁的儿子。

唐溪工作不忙，有了孩子后，下班的时间更早，她尽量多给予小晟晟一点儿陪伴，秦骁也是一工作完就往家里赶。

在父母悉心陪伴下的小晟晟性格活泼开朗，不怎么闹腾，还很乖，只要是相熟的人逗他，让他亲亲，他都会大方地趴在人的脸上亲。

所有人都说他这是外貌上遗传了爸爸，性格上遗传了妈妈，直到他两岁的时候，他的性格发生了天翻地覆的变化。

第一次发现小晟晟的性格发生变化的这天刚好是周六，唐溪和苏栀约好了一起逛街，秦骁一个人在家带小晟晟。

他经常一个人带孩子，唐溪对他很放心，但天底下做妈妈的人都一个样儿，出门在外总是忍不住挂念孩子。

唐溪早上出发到商场里，给秦骁打了个视频电话，视频里父子俩都坐在客厅的沙发上，大的在用笔记本电脑工作，小的在玩拼图，看起来相处得很好，气氛温馨和谐，连苏栀都说秦骁带娃很靠谱，小晟晟很乖，希望以后郑霆带孩子也能靠谱点儿，这样她就能省很多心。

苏栀前阵子刚检查出怀孕，今天唐溪出来，就是陪她买点儿小宝宝的衣服，自己也给小晟晟买了一堆玩具，怕家里那个幼稚的男人觉得自己有了儿子后就忽略了他，特意给他买了一身衣服。

傍晚的时候唐溪回到家，推开门就感觉到了客厅里的低气压。

秦骁从沙发上站起来，走到门旁把她手里的东西拎过去。

唐溪边换鞋边对他说："辛苦了。"

两岁的宝宝，就算再乖，带起来也很费精力，今天保姆不在，秦骁不仅要看着小晟晟，还要给他做饭。

秦骁抬手在她的肩膀上摸了摸，说："不辛苦。"

"妈妈。"旁边传来一道委屈巴巴的声音，奶声奶气的，唐溪看见小晟晟从沙发上下来，赶紧朝他走过去，把他抱起来，发现他浓长的睫毛湿漉漉的，刚哭过，心疼地道："宝贝，怎么了，想妈妈了吗？"

"想妈妈。"小晟晟的嘴巴向下撇了撇，眼睛往秦骁那边瞥了一下，然后把下巴搭在唐溪的肩膀上，虽没明说，但告状的意思已经很明显了——爸爸欺负他。

唐溪安抚地拍了拍他的后背，转过脸看向秦骁，问道："晟晟怎么哭了？"

秦骁的脸色也有些不好看，他说："你让他自己说。"

听起来，他也挺委屈的，也不知道在她回来前，这父子俩发生了什么。

唐溪抱着小晟晟坐到沙发上，侧脸在儿子的脸颊上蹭了蹭，柔声询问："宝贝，爸爸现在想抱抱你，可以让爸爸抱抱你吗？"

"不要。"小晟晟哽咽了一下，眼泪又开始往下掉，"爸爸……欺负宝贝，呜呜呜……"

得到小晟晟的答案，唐溪忙着哄孩子，顾不上找秦骁算账，瞪了他一眼，让他去拿小晟晟的毛巾过来。

秦骁抿着唇，脸色很臭地去给小晟晟拿毛巾，瞥了一眼坐在唐溪怀里告状的儿子，恨不得把他提下来，从窗户丢出去。

在唐溪的安抚下，小晟晟很快就不哭了，拿着妈妈给自己新买的玩具玩，但依旧不愿意搭理爸爸，还拉着妈妈一起"孤立"爸爸。

秦骁坐在沙发上，目光幽幽地盯着坐在一边的地毯上陪儿子玩游戏的唐溪。

过了一会儿，唐溪趁小晟晟不注意，给秦骁使了个眼色，让他跟自己一起去厨房。

"晟晟说你欺负他了？"

秦骁道："我没有，是他自己突然找事。"

唐溪拉住他的手，无奈地道："老公，晟晟他才两岁，你不会要和这么小的孩子计较吧？"

"我真没欺负他。"

唐溪挑了一下眉，等着他说晟晟哭的原因。

秦骁微微皱眉，神色里露出一丝嫌弃，糟心地说："他要上厕所，我带他上厕所，在他上完厕所后把马桶冲了，他让我把他的便便还给他，不还给他就又哭又闹。"东西都冲下去了自己怎么还给他？

秦骁想起下午儿子让他还便便的场面，脑仁都开始痛了。

唐溪难以置信地道："你确定他是因为这个闹？他以前上厕所都是我们给他冲的呀？"

秦骁说："我确定是因为这个。"

如果是这样，那秦骁确实挺冤枉的。

唐溪笑了一下，说："小朋友的想法总是莫名其妙，他既然因为这件事伤心了，肯定有他伤心的理由，咱们下次注意就好了。"

秦骁"嗯"了一声，当然也不会为了这种事斤斤计较。

晚饭是秦骁做的，因为小晟晟很快就过来找妈妈，让妈妈陪他玩。

吃完晚饭后，小晟晟依旧拒绝让他的爸爸带他去洗澡，要让妈妈带他一起去洗澡。

唐溪把他放在他的小洗澡盆里，拿着毛巾要帮他擦身体时，他摇着小脑袋不让唐溪碰他，要自己洗。

唐溪顺着他的意思，站在旁边，看他在澡盆里扑腾着胳膊，玩了会儿水，上半身连水都没沾到。

虽然现在也可以锻炼他自己洗澡了，但是得循序渐进，他已经有了想独立洗澡的意识，唐溪先让他自己玩，不着急让他把身上洗干净，免得小朋友不耐烦。

今天玩的时间差不多了，怕他着凉，唐溪蹲下来，打湿毛巾擦他的上半身，小晟晟立马又警惕地摇头："不要不要！"

"宝贝，水烫不烫呀？"唐溪转移他的注意力。

小晟晟说："烫烫。"他都坐在里面这么久了，水肯定不烫，小朋友的逻辑还没那么缜密，唐溪又问了一遍。

"烫吗？"

眼睛滴溜溜地转了一圈，小晟晟摇头说："不烫。"

唐溪问："晚饭吃饱了吗？"

小晟晟拍拍肚子："饱饱。"他把自己的肚子鼓起来给唐溪看，"妈妈，大西瓜熟了。"

他这样说是因为上回言寻来家里玩，吃完饭后，故意逗他，拍他圆鼓鼓的小肚子，说西瓜熟了，小朋友什么事情都喜欢学大人。

唐溪夸他："晟晟真棒！晚饭好吃吗？"

小晟晟点头："有肉肉。"

"是呀，晚饭有晟晟最喜欢吃的肉肉，是爸爸特意给晟晟做的肉，爸爸是不是很疼晟晟？"

小晟晟这会儿已经忘了自己为什么和爸爸闹别扭了，心里只记得爸爸欺负了自己，听到妈妈说爸爸特意给自己做了肉，抿着唇，不说话了。

唐溪笑着问："爸爸做的饭好吃吗？"

小晟晟点头。

"晟晟爱爸爸吗？"

小晟晟点头。

唐溪问:"那晟晟等会儿抱抱爸爸好不好?"

小晟晟晃了一下脑袋:"不好。"

"为什么呀?"

小晟晟说:"爸爸……抱我。"

这意思是说,要让爸爸主动抱他。

好家伙,以前她没发现,一直以为这孩子的性格像自己,现在才发现,这是随了秦骁呀,连谁主动抱谁都分得那么清楚。

给小晟晟洗完澡,唐溪给他穿衣服,再一次听到了"不要不要"。小晟晟拒绝她帮他穿衣服,要自己穿,不仅自己穿了衣服,连洗澡盆里的玩具也要自己收拾,不让唐溪帮他,连他洗澡的盆都要自己拖回平时放洗澡盆的地方,不让唐溪动,最后从浴室里出来时,让唐溪抱着他,由他亲自动手把灯关了。

结合他今天上完厕所,秦骁帮他冲了水,他就又哭又闹地让秦骁把便便还给他,要自己冲的行为,唐溪察觉到了儿子的反常。

回到卧室里,小晟晟香喷喷地坐在爸爸妈妈的床上玩拼图,唐溪把儿子刚刚的一系列行为告诉了秦骁。

秦骁道:"可能是进入秩序期了。"

"什么是秩序期?"唐溪问。

秦骁抬手按了一下太阳穴:"猫嫌狗厌的年纪,对自己的要求比较高,对身边人的要求也比较高,想要掌控自己能掌控的事情,其他人要顺着他的意,不顺意就会闹。"

目睹了儿子今天的反常举动,秦骁当然不愿意承认自己的儿子有喜欢便便这种怪癖,刚刚唐溪带着儿子去洗澡,秦骁冷静下来上网查了一下,发现很多宝宝两岁的时候会进入一个反常的阶段,自己的东西不想让别人碰,爸爸妈妈也不行,这个阶段对小朋友的成长很关键。

唐溪和秦骁一起坐在沙发上查看专家建议,大抵天底下的父母都是如此,第一胎照书养。

过了一会儿,唐溪去洗澡,房间里只剩下秦骁和小晟晟父子俩,一个坐在沙发上玩手机,一个坐在床上玩拼图。

小晟晟把拼图拼好,看了一眼爸爸,想喊爸爸来看,但是爸爸一直不抬头看他,也不来抱他。

拼图没意思,他想要让爸爸举高高,可是爸爸为什么不来抱他?

他用手在床上拍了拍，弄出声响，秦骁抬头看了他一眼，再次垂头看手机。

爸爸不理他。

小晟晟目光茫然地往浴室的方向看了一眼，垂头抠了抠手指，爬到床头，从床头专门给他摆的小楼梯上爬下去，拿了个小毯子裹在身上，走到爸爸的面前，见爸爸没看自己，果断地向后面一倒，"摔"在地上。

唐溪一打开浴室门，就看到儿子为博关注，碰瓷他爸，"摔"在他爸脚边的画面。

第十四章
小"傲娇"

小晟晟出生后,为了防止他磕磕碰碰伤到自己,家里到处都铺了地毯,他自己假摔前又鬼精灵地裹了条小毛毯在身上,唐溪也不担心他躺在地上着凉。

没急着冲过去把儿子抱起来,唐溪站在浴室门前,目光在丈夫和儿子那一大一小两张相似的脸上来回移动,笑眯眯地看着父子俩。

小晟晟没发现看着自己的妈妈,乌黑的大眼睛直勾勾地盯着爸爸,等着爸爸来抱他。

秦骁刚刚只是假装玩手机,目光一直没从这个小崽子的身上移开,本来以为他过来会主动爬到自己的腿上,没想到他会向后躺在地上。

怕唐溪觉得自己带孩子不专心,孩子都摔了还在玩手机,秦骁赶紧把他从地上抱起来,侧脸看向唐溪解释:"我一直地认真盯着他,他不是不小心摔倒,是故意的。"

唐溪笑了一下,说:"我看见了。"

她看见了就好,幸好他没被小崽子讹上。

小晟晟听不懂"故意的"是什么意思,不知道自己的小聪明没能瞒过爸爸妈妈的眼睛,只以为自己成功博得爸爸的关注,被爸爸抱在怀里后,兴奋地踢了踢腿。

"爸爸。"

秦骁捏了捏他肉乎乎的小脸蛋儿："不是说不理爸爸了吗？"

由于下午秦骁没有把他的便便还给他，他在哭闹无果后，豪气放话，以后再也不理爸爸了。

听到爸爸这么说，已经忘了为什么生爸爸气的小晟晟突然又想到了自己的便便。

爸爸把他的便便冲走了不还给他。爸爸是坏蛋，但他还是很想让爸爸把自己举高高。

小晟晟在心里衡量了一下，小手搂住秦骁的脖子，脸颊亲昵地在秦骁的脖子上蹭了蹭，小声说道："爸爸，把便便还给我吧，是晟晟的便便。"

看他那委屈巴巴的小可怜样儿，好像秦骁多稀罕他的便便，故意抢走他的便便不还给他一样。秦骁有点儿想把他塞进马桶里让他去找他的便便的冲动了："没有，冲走了。"

小晟晟委屈地撇了撇嘴，扭头看向唐溪："妈妈。"

唐溪这才抬腿朝他走过去，好言相劝："宝贝，爸爸不是故意冲走晟晟的便便的，爸爸以后会改的，晟晟原谅爸爸这一次好不好？"

小晟晟听话地点点头，转过脸，很大度地对秦骁说："爸爸，我原谅你了，你……你以后要改。"

秦骁抿着唇，不回他的话。

小晟晟以为爸爸不说话就是还想冲自己的便便，委屈地张张嘴，又想哭了。

唐溪用手指戳了戳秦骁，用口形示意他顺着小晟晟。

被迫承认错误的秦骁很不开心，明明就是晟晟没事找事，溪溪就知道宠他。

秦骁看着小晟晟，低声道："爸爸以后改。"

得到爸爸的保证，小晟晟"咯咯"地笑了，在秦骁的怀里扭着屁股晃了晃，秦骁用手臂搂着他的腰，稳稳地抱着他。

"爸爸，举高高。"小晟晟的眼睛炯炯有神地看着秦骁，眸中闪烁着期待。

秦骁阴阳怪气地道："我可不敢碰你。"

小晟晟听不懂爸爸是什么意思，朝他举起胳膊，眨巴眨巴眼睛："抱我吧。"

秦骁："……"我都说了不敢碰他，他听不懂话吗？

事实是，小晟晟真的听不懂，迫不及待地踢了踢腿，催促道："爸爸，

· 460 ·

举高高啦。"

秦骁看了一眼唐溪，妥协地托住他的腋窝，从沙发上站起来，把他举高。

小晟晟在空中兴奋得手舞足蹈，喊妈妈："飞高高啦！"

唐溪笑着鼓掌："晟晟真棒！"

秦骁不满地眯了一下眼睛：出力的人是他，怎么就变成这个小崽子真棒了？

唐溪瞥到他的脸色，补充了一句："老公真棒！"

秦骁轻扬唇角：这还差不多。

小晟晟胆子大，很喜欢这样被爸爸举高，这项父子游戏从他半岁多就开始了，到现在一年多了都玩不厌。

虽然相信秦骁能稳稳地举着他，但这毕竟还是一项相对危险的游戏，唐溪紧紧地盯着他，目光不敢离开。

玩了一会儿举高高，小晟晟又精力旺盛地要和爸爸妈妈玩捉迷藏，他和妈妈躲起来，让爸爸找。

小晟晟牵着爸爸的手，把爸爸送到卧室门外，仰起脑袋叮嘱爸爸："爸爸，乖乖站着，我……我和妈妈躲起来，你一天以后再进来哦。"

秦骁："……"一天以后再让他进来，这小崽子怎么不上天？

唐溪看着秦骁阴沉的脸，捂着嘴偷笑。

小晟晟见爸爸的脸色不对劲，害怕地向后面退了两步，扭头看见妈妈，瞬间又来了底气，眉头微皱，学着秦骁的表情，声音逐渐嚣张："你乖乖的，不乖，我……我打你屁股！"

秦骁蹲下来，在他的屁股上打了一下。

小晟晟瞪大眼睛看着秦骁。

秦骁又抬手在他的屁股上拍了一下，语气严肃地道："打谁屁股？"

小崽子反了天了。

小晟晟将双手背向身后，摸了摸自己被打的屁股，见爸爸好像发火了，看了一眼妈妈。唐溪抬手捂住眼睛，假装没有看见秦骁打他。

小晟晟看妈妈不帮自己，在爸爸威严的目光下怂得很快："打我屁股。"

秦骁问："刚刚你是怎么说的？"

小晟晟用软乎乎的小手拉住爸爸的手，慌不择言："爸爸……宝贝不听话，打宝贝屁股。"他在自己的屁股上拍了拍，"打了。"

唐溪再一次被儿子的小表情逗笑，走过来抱住他，对秦骁说："好了好了，我们要藏起来了，你先出去吧。"

唐溪抬手把门关上，在房门彻底合上前，小晟晟还对着看起来不太开心的爸爸摆了摆手："拜拜。"

大晚上被妻子儿子关在卧室外面，配合着玩幼稚游戏的秦骁坐在外面的沙发上，深深地吸了一口气。他上辈子肯定是欠了秦晟的，才生出这么个讨债鬼。

小晟晟精力无限，想法也多，一会儿玩玩这个，一会儿玩玩那个，快到睡觉的时间了也不愿意睡觉，要去楼下客厅里开小车。

唐溪坐在床边，拍了拍床，说："睡觉。"

小晟晟："开小车。"

唐溪："睡觉。"

小晟晟："开小车。"

唐溪："好吧，晟晟想去开小车，所以爸爸妈妈要尊重晟晟，让晟晟去开小车对不对？"

小晟晟点头，激动地拍手："开小车。"

唐溪："那爸爸妈妈想睡觉，晟晟是不是也要尊重爸爸妈妈，让爸爸妈妈睡觉？"

小晟晟点头。

唐溪温柔地拍了拍他的脑袋："好宝贝，那我们相互尊重，你自己去开小车，爸爸妈妈要睡觉了。"

唐溪给秦骁使了个眼色，秦骁积极配合，躺到床上，唐溪也转过身上床，躺在秦骁的身边，闭着眼睛，假装睡觉。

小晟晟一个人站在床下，看爸爸妈妈都不理自己了，撇了撇嘴，迈着两条小短腿，坚强地一个人往外面走。走到门旁的时候，他遇到了第一个挫折——他打不开门。

他抬手在门上拍了拍，回头看向床上的爸爸妈妈。

秦骁和唐溪还是闭着眼不看他。

他抬起小短腿晃了两下，走到沙发前，拿起自己的小毯子裹在身上，慢悠悠地坐在地上，故技重施，向后一躺。

刚刚他躺下后爸爸就抱他了，有了成功的经验，小晟晟躺着等爸爸妈妈起床来抱他，可等了好一会儿也没等到爸爸妈妈来。他睁着圆溜溜的眼睛往床上看，爸爸妈妈都闭着眼睛没看他，他们睡觉了。

晟晟可以自己起来。

他在地上翻了个身，撅着屁股爬起来，迈着小短腿从小楼梯爬上床，从秦骁的身上跨过去，躺到秦骁和唐溪中间，在唐溪的脸上亲了亲，又在秦骁的脸上亲了亲，然后转过脸，面朝着唐溪，闭上眼睛睡觉。

他折腾了这么久也累了，没多大会儿就睡着了。

唐溪睁开眼睛，看着儿子酣然熟睡的小脸蛋儿，伸出食指在他的鼻子上点了点，轻笑着说："小坏蛋。"

见他终于睡了，秦骁坐起来要把他抱到儿童房里去。

唐溪小声说："再等等吧，他刚睡着，别把他弄醒了。"

秦骁垂眸，半眯着眼看她。

唐溪将手搭在他的肩膀上，凑过去在他的唇上安抚地亲了一下。

秦骁耐着性子多等了会儿，才轻手轻脚地把小晟晟抱去儿童房里。

秦骁回到卧室里，抱住唐溪，捏着她的下巴亲了一会儿，正准备脱她的衣服，唐溪推了一下他的肩膀说："先等等，我看看晟晟睡觉有没有乱动。"

儿童房里有监控设备，唐溪怕小晟晟睡觉不老实，踢被子，每天晚上醒过来时都会从手机监控里看看他的被子有没有被踢掉。

秦骁转过身，把床头柜上的手机拿过来，打开监控视频给她看，视频里，小晟晟躺在他的小床上，睡得很香。

秦骁忍不住跟唐溪谈儿子的教育问题："男孩子也不能太娇惯，不能他要干什么都顺着他，你看他现在连我都不怕，还故意假摔。"

关于小晟晟的教育问题，秦骁每次都跟唐溪说，男孩子要严厉教导，不能太宠溺，但事实上在面对小晟晟时，他更多时候还是按照唐溪的意思来。

唐溪道："你是想说慈母多败儿吧。"

这话秦骁可不敢说。

唐溪感慨道："是啊，慈母多败儿。我这天天一下班就陪着他，按理说他这性格应该像我呀，可我从来都没教过他假摔博关注，你说他这是像谁呀？"

秦骁："……"

唐溪笑眯眯地看着秦骁。

秦骁毫不心虚，理直气壮地道："不知道像谁，可能是跟着电视里学的，以后让他少看点儿电视，睡觉。"

第二天上午，秦骁和唐溪还没起床，小晟晟就在外面喊门。

"爸爸妈妈,起床啦!"

"太阳晒屁股啦,晟晟要吃饭饭啦!"

唐溪听到儿子的声音,强撑着困意睁开眼睛,从床上坐起来。

秦骁先她一步下床,边穿衣服边对她说:"你再睡会儿,我去带他。"

秦骁穿好衣服,打开门,把站在门外的儿子抱起来,看到他的裤子穿反了,坐在沙发上,怕他讹自己,问道:"爸爸可以把你的裤子脱掉吗?"

小晟晟摇头。

秦骁指着他的裤子说:"你的裤子穿反了。"

小晟晟低头看了一眼自己的裤子,镇定地道:"没有。"

他按住裤子,警惕地看着秦骁,防止秦骁脱自己的裤子。

秦骁想到专家说进入秩序期的小朋友都想掌控自己能掌控的东西,不希望别人否定自己,也就没管他穿反的裤子,带着他去浴室里洗漱。

小晟晟拿着他的小牙刷,被秦骁抱着在洗手池前自己刷牙,刷着刷着开始向外面吐泡泡,把牙膏的泡沫弄得满嘴都是,还觉得有趣,对着镜子咧开嘴,"咯咯"地笑,秦骁要给他洗嘴他就扑腾着两条腿不愿意让秦骁碰。

"站好,站好。"

秦骁把他放到地上,双手紧握着他的胳膊,控制住他,对着满嘴都是泡沫的儿子郑重警告:"以后不要顶着这张和我很像的脸做一些幼稚的事情,别人会觉得你的幼稚行为是从我这儿遗传的。"

小晟晟就这样毫无征兆地到了对所有的事情都很好奇,有了自己的想法,想要掌控一切自己能掌控的东西的年纪。

他不许别人乱碰他的东西,能做的事情要自己做,比如家里来了客人,门铃响了,他一定要自己跑去开门,唐溪和秦骁或是保姆去开了,他就会不高兴;不经过他的同意把他的指甲剪掉,谁剪的,他就缠着谁把他的指甲接回去;家里家具的摆放位置有了变化,他察觉后,也会要求唐溪和秦骁把家具的位置换回来。

他不仅对自己的事情有要求,对唐溪和秦骁的事情也有要求,会觉得妈妈的东西是妈妈的,爸爸不能碰,爸爸的东西就是爸爸的,妈妈不能乱碰。

有一次秦骁想秀个恩爱,故意用唐溪的手机给言寻打电话,说自己的手机没电了,在充电,结果小晟晟发现爸爸居然用妈妈的手机,当即闹着要爸爸把妈妈的手机还给妈妈,还贴心地把秦骁的手机递给他,让他用自己的手机。

秦骁这时候再挂电话已经来不及了，手机另一边的言寻把小晟晟的话听得一清二楚，并且把秦骁秀恩爱遭到儿子拆穿和阻止的事发送到了好友群里，气得秦骁一天没理小晟晟。一直到晚上小晟晟想要找爸爸举高高，秦骁才在唐溪的劝说下单方面和儿子和好，因为小晟晟并不知道自己惹爸爸生气了。

小晟晟很不喜欢剪头发，大概是小朋友对自己的本能保护，每次到理发店里坐在椅子上看到理发师拿剪刀对着他，他都会闹着不愿意剪。

怕强行按着他给他剪头发会让他对剪头发这件事留下阴影，唐溪在耐心劝导依旧无法让他接受剪头发这件事以后，只能暂时先顺着他的意思，把他带回去。

小朋友的头发长得快，没多久就长得很长，都可以扎小辫子了，他还是不愿意剪。他的头发又黑又长，唐溪担心他前面的头发挡到眼睛，特意拿了两个小夹子把他前面的头发夹起来。

他的五官虽然遗传了秦骁，但因为他年纪小，脸颊两侧肉嘟嘟的，所以看起来不像秦骁那样气质冷酷，现在头发长长了，毛茸茸地垂到肩膀上，额头前面还有两个小发夹，漂亮得像个小姑娘。

唐溪把他带到工作室里去，工作室的同事都喜欢陪他玩，抢着给他拍照，路上不认识的人看到他也会多看两眼，以为这么可爱的宝宝是女娃。

小朋友也喜欢听好听的话，白天听多了别人夸他可爱，回家后就喜欢站在镜子前，用小梳子梳理他的长发，第二天主动背着他的小背包，要和妈妈一起去上班，还要提醒妈妈把小夹子给他夹上——夹上了夹子，阿姨们就会夸他可爱了。

秦骁这阵子刚好忙着在外面出差，还没见过自己儿子这么可爱的模样，季正琛和叶初夏周末一起去看小晟晟，特意把小晟晟的照片发给秦骁，调侃他说他儿子真可爱，让他也留长头发试试，说不定也很可爱，毕竟爷儿俩的脸长得一样。

第二天晚上秦骁到家时，唐溪已经把小晟晟哄睡了，秦骁去儿童房里看了一眼儿子，回到主卧问唐溪："他还是不愿意剪头发吗？你这几天有没有带他去理发店试试？"

"前天我带他去了，刚到理发店门口他就不愿意了。"

秦骁道："最近天气越来越热，他头发太长脖子那里的皮肤容易闷出疹子。"

"他现在很抵触剪头发，实在不行的话，我先用皮筋把他后面的头发扎起来。"

"不行。"秦骁坚决反对,"男孩子还是短发更好些,剪头发这件事交给我。"

他主动把这个艰巨的任务揽过去,唐溪乐得轻松:"好吧,你去解决,但是要在他清醒的时候才能剪,不能趁他睡着的时候偷偷剪。"不然小晟晟肯定要闹。

好几天没见到爸爸的小晟晟早上起床突然看到爸爸,兴奋得不得了,主动向秦骁伸胳膊:"爸爸,抱。"

秦骁把他抱起来,小晟晟抬手摸了一下自己的头发,想要吸引爸爸的注意力,让爸爸看他的头发。

这些手段都是秦骁玩剩下的,秦骁当然能看出儿子的企图,无视儿子的动作,抱他去浴室里洗漱。

唐溪走过来对秦骁说:"我来看着他吧,你先去吃饭。"

秦骁等会儿还要去上班,至于给小晟晟剪头发的事,他准备今天下班后实行。

秦骁用几分钟吃完早饭,去漱了漱口,走到唐溪的面前,趁着正在厨房里忙活的保姆不注意,俯身凑到她的耳边,嘴唇贴着她的耳朵亲了亲,轻声说:"我去上班了。"

他抬起头,看见坐在唐溪旁边的小晟晟正用明亮的眼睛盯着他和唐溪,歪着脑袋,将侧脸贴到肩膀上蹭了蹭。

爸爸在和妈妈说什么悄悄话?他也要爸爸说给他听。

唐溪没有反应过来小晟晟的意思,看他蹭耳朵,以为他的耳朵痒,伸手把儿子的小脑袋掰过来看他的侧脸上有没有起小疙瘩。

小晟晟摇了摇脑袋,眼睛往站在旁边的秦骁身上瞥。

秦骁一看他蹭耳朵就懂他什么意思了,伸手捧着他的脸蛋儿,凑到他的耳边,轻声说:"爸爸去上班了。"

达到目的的小晟晟立马眉开眼笑,对秦骁摆了摆手:"爸爸,路上注意安全。"

唐溪笑着看向秦骁,说:"我都没懂他是什么意思,你又懂了,你们父子俩这么心有灵犀,也不知道这孩子像谁。"

因为秦骁坚决不承认小晟晟的脾气像自己的,所以每次唐溪感慨小晟晟像他的时候,都会故意说成"也不知道这孩子像谁"。

秦骁站直身体,整理了一下衣摆,否认道:"没有心有灵犀,只是出门前跟他说一声,免得他在家里烦你,总是问我去哪里了。"

唐溪也不知道这人干吗嘴硬地不承认儿子像他,明明所有人都能看出来,小晟晟跟他一模一样,不仅脸像,性格也像,他偏不承认,弄得现在所有人来他们家做客,都要感慨一句:这孩子怎么一点儿都不像妈妈,也不知道像谁。

唐溪和小晟晟目送秦骁走出餐厅,小晟晟突然想到自己之前跟着妈妈去上班,阿姨们都夸他可爱,他还没跟爸爸一起去上过班呢,赶紧从他的小椅子上下来,对唐溪说:"妈妈,我要去上班啦!"

唐溪以为他是想跟自己一起去上班,想着今天不用出外景拍摄,在工作室里,可以带着他。

"你吃完饭,妈妈带你去上班。"

"我要跟爸爸一起去上班。"

他怕爸爸跑了,没等妈妈答应他,就匆匆忙忙地从桌子上抱起他的小奶瓶,迈着小短腿去追秦骁:"爸爸!爸爸!"

秦骁正站在玄关处换鞋,小晟晟跑到他的面前,仰头看着高大的爸爸:"爸爸,晟晟要去上班。"

秦骁捏了一下他的脸蛋儿说:"等你长大了再去上班,现在还是乖乖地在家里喝奶吧。"

保姆站在一边,笑眯眯地夸小晟晟:"晟晟真懂事,这么小就知道体贴爸爸妈妈,上班赚钱了。"

小晟晟被夸了,上班的兴趣更浓烈。

唐溪走过来,把扒在秦骁腿上的儿子抱过去,对秦骁说:"你走吧,我看着他。"

小晟晟着急地向秦骁伸手:"要爸爸抱,要爸爸抱!"

秦骁面色严肃地道:"不要闹妈妈。"

大概爸爸在儿子的心里天然就是有威严的,秦骁虽然没怎么对小晟晟发过脾气,也没有真的打过他,但只要秦骁冷着脸,小晟晟就会有点儿怕。

他把伸向秦骁的胳膊缩回来,搂住唐溪的脖子,眼睛急促地眨了两下,把脸搁在唐溪的肩膀上,看着秦骁怯生生地说:"想上班。"

秦骁今天上午有一场很重要的会议,抬手看了一眼时间,快来不及了,在他的脸上捏了捏,把他的怀里抱着的奶瓶塞到他的嘴里,声音带着哄劝:"乖,喝奶。"

小晟晟吸了一口奶,眼巴巴地看着爸爸走了,没带他去上班,被唐溪抱回餐厅里，坐在他的小椅子上时，有点儿绷不住了。

宝宝无心吃饭，只想上班。

他抿着唇，垂头不语，开始和妈妈闹别扭。

唐溪哄了一句就没再管他，自己吃完饭后，看小晟晟还坐在那里，漆黑的眼睛幽幽地盯着她。

"想去爸爸的公司上班是吧？"

"嗯。"小晟晟点点头。

唐溪道："上班要带包，妈妈帮你把包收拾好再去上班好吗？"

"好。"

小晟晟听说能去上班了，脸色立马转阴为晴，开心地晃了晃脑袋。

唐溪带着小晟晟去他的儿童房，把他的小背包拿出来，问他："你上班要带什么？"

小晟晟把他的奶瓶递给唐溪，又跑到他的玩具区拿玩具。

他的小书包很小，装了一个奶瓶后，只能再装一个很小的玩具小车。

"这些都装不进去了，不带了可以吗？"唐溪指着他拿过来的一堆玩具问他。

小晟晟点头。

唐溪帮他将装了奶瓶和小车玩具的小书包背在身后，牵着他的手到一楼，给他换了鞋子，打开门，把他提到门口，对他摆了摆手："拜拜，宝贝，路上注意安全。"

小晟晟伸胳膊要牵她的手。

唐溪把手背在身后，拒绝他："是晟晟一个人要去上班，妈妈不去，对不对？"

小晟晟想了想，点点头。

唐溪揉揉他的脑袋："乖宝贝，去吧，再不去就迟到了，迟到了就要被扣工资了。"

唐溪说完，合上门，把小晟晟关在外面。

保姆担心地问唐溪："晟晟一个人在外面能行吗？"

唐溪道："没事，外面院子的大门关着呢，他出不去。"

她打开旁边连着门外监控摄像头的显示屏，看到小晟晟对着门站了会儿，慢悠悠地转过身向外面走，才走了两步，就蹲下来，双手托着下巴，不知道在想什么。

唐溪耐心地等了五分钟，看见小晟晟站起来，晃晃悠悠地把书包拿下来，从里面拿出自己的小奶瓶，喝了两口奶，又把奶瓶塞了回去。

书包拿下来容易，背上去难，他的左胳膊上挂着背包肩带，转了好几个圈也没能把另一只胳膊穿过剩下的那条肩带，跺了一下小脚，安慰自己："没事没事，宝贝勇敢。"

这是他每次摔倒时，唐溪安慰他的话，唐溪看得又好笑又心疼。

小晟晟抬头看了一眼屋子的大门，抱着书包走回门边，抬手拍了拍门。

唐溪深吸了一口气，让自己保持淡定，把显示屏关了，走到门边打开门，低头看小晟晟。

小晟晟垂着头，一手扶着门，小脚在地上蹭了蹭。

唐溪问道："你不去上班了吗？"

小晟晟抬起头，一本正经地对唐溪说："我没吃饭饭呢。"

唐溪问："要吃完饭才能去上班吗？"

小晟晟点点头，眼睛滴溜溜地转着，努力组织语言："要……要吃饭饭，长高高，上班。"

"要长高了才能上班是吗？"

小晟晟抬手比画着："要爸爸那么高，才上班，宝贝，宝贝……"

唐溪替他说了接下来的话："宝贝还小呢，对不对？"

小晟晟点头："对，我还小呢，我要吃饭。"

他朝唐溪伸手。

唐溪拉住他的小手，说："哎呀，真乖，要多吃饭，长高个儿是不是？"

"是。"

唐溪把他抱回餐厅里，重新给他盛了一份饭，说："吃吧。"

小晟晟拿起勺子，看着妈妈，又解释了一遍："我吃饭饭，长高高，才能上班。"

唐溪笑眯眯地说："对，宝贝真乖。"

秦骁晚上下班回来，手里提了一个小工具箱。

唐溪在厨房里做晚饭，小晟晟一个人在客厅里玩他的玩具汽车，看到秦骁回来了，抛下他心爱的玩具，小跑到秦骁的面前。

秦骁把工具箱放到玄关柜上，俯身抱起他，小晟晟好奇地看着工具箱，用手拍了拍，问秦骁："爸爸，这是什么？"

秦骁道："等会儿告诉你。"

小晟晟现在就想知道，有点儿着急地说："不等会儿。"

"等会儿。"秦骁没理会儿子的抗议,直接抱着他去厨房里找唐溪。

小晟晟趴在秦骁的肩膀上,乌溜溜的大眼睛盯着玄关柜上的工具箱,微微歪着脑袋,想知道里面到底是什么东西,因为秦骁每次回来都会给他买礼物,他就记住了,爸爸出差回来时,箱子里会装着给他买的礼物。

秦骁这次回来确实给他买了礼物,不过昨晚秦骁回来时他都睡着了,早上起床后忙着去上班,也没时间特意去拿礼物哄儿子。

对于秦骁来说礼物早送晚送都一样,只是一件小事,但是在小晟晟小小的世界里,爸爸还没送他礼物,是件很没有秩序的事情。他吃完早饭后,突然想起来爸爸没送自己礼物,脑子里就一直惦记着,所以一看到爸爸回来时手里提着一个小箱子,就觉得里面是要送给他的礼物。

秦骁抱着他走到唐溪的面前,唐溪扭头对他们说:"再弄一个虾滑就好了。"

虾滑是她特意给小晟晟做的,小晟晟很喜欢吃这个。果然,他一听到"虾滑",就从秦骁的肩膀上抬起头,转过身,伸手指着锅里的菜,说:"这是……是晟晟的虾滑。"

秦骁握住他的手,往后面站了些,避免锅里的油溅到他的身上。

唐溪笑着说:"对,是晟晟的虾滑,晟晟最喜欢吃这个对不对?"

"嗯。"小晟晟点头。

"那咱们晟晟等会儿把妈妈做的虾滑都吃掉,让妈妈看看你是不是真的喜欢,好不好?"

"好。"

"真棒,真乖!"

唐溪夸了小晟晟一句,对秦骁说:"你把他抱出去吧。"

秦骁微微垂眸,表情有些不满地说:"我的呢?"

唐溪的眸中闪过一抹笑意,她故意装作听不懂他是什么意思:"什么你的?"

秦骁道:"做了他爱吃的虾滑,我爱吃的没做?"

唐溪看他吃醋的样子,好笑地道:"他还不到三岁,你几岁?"

秦骁抿着唇,一言不发地盯着唐溪看。

小晟晟听到妈妈的问题,主动替爸爸回答:"爸爸——一百岁啦!"

小朋友对年龄是什么意思还不太懂,最近学数数,能数到一百了,就胡乱地说了个自己知道的数字,说完还挺得意,觉得自己太厉害了,嘚瑟地在秦骁的怀里晃着脑袋。

晚上吃完饭后，唐溪先去洗澡，秦骁抱着小晟晟到他平时玩游戏的地方，把他回家时带的那个工具箱也拿了过去。

小晟晟终于可以看到自己心心念念的"礼物"了，蹲在工具箱前，等着秦骁把工具箱打开。

秦骁伸手摸了摸他毛茸茸的头发："晟晟是勇敢的男子汉吗？"

小晟晟奶声奶气地说："男子汉是什么？"

秦骁道："男子汉就是爸爸这样的人，可以保护妈妈。"

"我是我是！"小晟晟一听男子汉可以保护妈妈，当即攥紧拳头，大喝一声，"勇敢！"

秦骁道："你不是。"

小晟晟愣了一下："我是。"

秦骁道："你不是。"

"我是。"小晟晟有点儿生气了，往旁边挪了挪，跟爸爸离远点儿。

秦骁道："像爸爸这样的人才是男子汉。"

小晟晟又凑近爸爸，大眼睛盯着爸爸看了看，说："我像爸爸。"

秦骁说："你不像。"

小晟晟抿着唇，嘴角微微向下耷拉，站起来，转过身，气呼呼地要去找妈妈。

秦骁道："想变成和爸爸一样的男子汉吗？"

小晟晟的脚步顿了一下，他歪了一下脑袋，和秦骁理论："我是……男子汉！"

秦骁说："像爸爸的才是男子汉，你看爸爸的头发很短，你的很长。"

小晟晟摸了摸自己的头发，奶声奶气地说："我可爱嘛。"阿姨们都夸他可爱了。

小晟晟自觉赢了，跟秦骁炫耀："我可爱，爸爸……爸爸不可爱。"

秦骁道："男子汉不需要可爱，爸爸希望你能做一个男子汉，保护妈妈。"

小晟晟还是不懂"男子汉"是什么概念，但他知道爸爸是个很厉害的爸爸。

"爸爸。"小晟晟返回秦骁的身边，用大眼睛盯着秦骁。

秦骁揉了揉他的脑袋："想不想把头发剪成爸爸这样的？"

小晟晟一听要剪头发，吓得扑进秦骁的怀里，搂住秦骁的脖子说："怕怕。"

"不怕。"秦骁哄他,"爸爸给你剪。"

小晟晟还是说怕。

秦骁耐心地道:"不怕,爸爸给你剪。"

秦骁打开工具箱,里面是一套专业的剪头发的工具,他拿起一把小剪刀,把自己的头发剪下一点点给小晟晟看:"你看,剪掉了,爸爸都不怕。"

小晟晟伸手摸了摸秦骁的头发。

秦骁把他抱到他的小板凳上,让他坐着,拿了个小毯子围在他的身上,用自己最温和的声音哄他:"真乖,剪完头发你就变成和爸爸一样的男子汉了。"

小晟晟"嗯"了一声,说:"我是男子汉。"

秦骁打开手机录音功能,问道:"爸爸可以给你剪头发吗?"

小晟晟舍不得自己的头发,又想变成男子汉,声音带着哭腔:"可以。"

秦骁录下了儿子同意自己剪头发的证据,把儿子可以扎成小辫子的头发揽起来,毫不留情地"咔嚓"一剪刀。

唐溪洗完澡,正在吹头发,听见小晟晟的哭喊声,放下吹风机就往外面跑。

哭声是从儿童房里传出来的,她走到儿童房的门口,就看到小晟晟趴在他房间的小镜子上哭得撕心裂肺:"坏爸爸,坏爸爸,呜呜呜……再也不理你了!"

他趴在镜子上,唐溪看不见他的正脸,只能通过他那头发被剪得参差不齐的后脑勺儿判断出,他哭得这么伤心,是因为秦骁给他剪头发了。

秦骁站在一旁,讪讪地看了一眼急匆匆地跑过来的唐溪。

唐溪跑到小晟晟的面前,想把他抱起来。

小晟晟双手紧紧地抓住镜子的两边,脸贴在镜子上,不肯把脸转过来。

唐溪拍拍他的后背,安抚道:"是妈妈,宝贝,给妈妈看看。"

小晟晟还是不肯把脸转过来,哭声里带着气愤:"坏爸爸,坏爸爸!"

秦骁俯身拍了一下他的肩膀:"晟晟。"

小晟晟听到他的声音,哭得更凶:"不要爸爸,妈妈,妈妈!"

"妈妈在呢,宝贝,让妈妈亲亲你好不好?"

小晟晟:"呜呜呜……"

在唐溪的耐心安抚下,小晟晟从镜子上抬起头,顺从地被唐溪转过脸,搂在怀里。

唐溪看见儿子前面被剪得像狗啃的一样的头发,终于知道小晟晟为什么不愿意把脸转过来给她看了。

秦骁这个不干好事的家伙,把儿子的头发剪得这么丑。

小晟晟的眼圈都哭红了,腮边还挂着泪珠子,真是伤心坏了,他趴在唐溪的肩膀上啜泣着告状:"爸爸欺负我!"

不用他说,唐溪也能猜到事情的来龙去脉,但她还是要小晟晟自己说:"爸爸怎么欺负你了?"

"他……他……"小晟晟哽咽着说不出话了。

唐溪温声道:"没事,慢慢说。"

小晟晟抬手摸自己的头发,撇了撇嘴,又要哭了。

唐溪昧着良心道:"头发怎么了,这是爸爸给你剪的吗?好帅啊。"

小晟晟对美丑的概念虽然不怎么清楚,但有一套自己的审美,习惯了自己头发长的样子,会通过身边人的发型判断正常的发型应该是什么样的,更何况秦骁给他剪的这个发型,没有审美的人也能看出来丑。

小晟晟的年纪虽小,但他爸爱面子的基因在他的身上体现得淋漓尽致,他无法接受自己的头发这么丑。在小晟晟的小世界里,顶着这么丑的头发,是一件天崩地裂的事情。

他不愿意理他的爸爸了,也不再叫秦骁"爸爸"。

晚上小晟晟不愿意一个人睡觉,搂着唐溪的脖子,趴在唐溪的怀里,让她亲亲,小腿故意横在床上,占着秦骁的位置,不让秦骁有地方睡。

对于把小晟晟的头发剪得那么丑的事,秦骁在小晟晟睡着后向唐溪解释,他不是故意的,他在剪之前还特意看了理发的教学视频,没想到实际动手操作会剪成那个样子。

唐溪相信他不是故意的,因为他是个爱面子的男人,也不希望自己的儿子用和他一样的脸顶着那么傻兮兮的发型。但未经他人苦,莫劝他人善,她没办法劝被这件事严重伤害到心灵的小晟晟原谅他的爸爸。

小晟晟跟她说再也不想理爸爸了,但真正见不到爸爸时,他就开始想了。

小晟晟第二天早上起来时,秦骁已经去上班了,他在客厅里晃悠了一圈,唐溪把他抱到餐厅里吃饭,他坐在儿童椅上,不肯拿他的小勺子。

唐溪问道:"怎么了?"

小晟晟小大人一样抬手抹了把脸,别别扭扭地问:"那个谁呢?"

唐溪:"……"

为了安抚小晟晟受伤的心灵,唐溪白天没有去上班,特意留在家里陪小晟晟玩，原本她是想带小晟晟去游乐园里玩的，但平时很喜欢去游乐园的小晟晟一听妈妈说要出门，就立刻摇着脑袋拒绝，不愿意去游乐园。

唐溪见他不想去游乐园，柔声询问他的意见，让他自己做决定："那宝贝想去哪里？宝贝想去哪里，妈妈就带你去哪里。"

小晟晟动了动唇角，眼睫微垂，像是在组织语言。

唐溪以为他是有想去的地方，但是年纪太小，不知道想去的地方叫什么名字，问道："动物园？"

小晟晟摇头。

"海洋馆？"

小晟晟摇头。

"草莓园，妈妈带晟晟去摘晟晟最喜欢吃的草莓好不好？"

唐溪把能想到的、小晟晟平时喜欢让她和秦骁带他去玩的地方都说了一遍。

小晟晟伸手牵住她的手，把她拉到自己的游戏区，蹲下来拿了一个小汽车，对唐溪说："妈妈，我想在家里玩……玩车车。"

唐溪看着他那头顶头发多，两侧头发少，脑门儿前面还被剪秃一块的发型，突然反应过来，他大概不是喜欢在家里玩小车，而是觉得自己的发型丑，不好意思出门。

自从小晟晟萌发了意识后，他的思维就天马行空，唐溪已经从最开始的完全猜不透儿子在想什么，到现在能猜到七七八八，偶尔有想不通的就发消息给秦骁，让秦骁给她解释。

相较于她这个陪伴小晟晟时间更多的妈妈，还是秦骁这个基因强大的爸爸更懂小晟晟的心。

虽然已经猜到了小晟晟不愿意出门的原因，唐溪还是发了条消息给秦骁，确认自己猜得对不对，以及这件事情会不会对小晟晟的心理造成什么影响。

小晟晟的年纪太小了，唐溪跟随育儿专家上课时，听专家说过，小朋友小的时候，一些在父母看来不值一提的事情，对小朋友来说却很严重，很可能造成心理阴影。

唐溪有点儿担心小晟晟会因为昨晚的事，以后再也不愿意剪头发。

唐溪："我今天想带晟晟出去玩，晟晟不愿意出去，说喜欢在家里玩，他平时很喜欢跟我出门的。"

秦骁很快回复："他是觉得发型不好看，不想出门被别人看见。"

果然，知子莫若父，秦骁都没在小晟晟的身边，仅凭唐溪的描述就看出了小晟晟的想法。

唐溪："他的头发一时半会儿也长不好，如果他一直不愿意出门，性格会不会变得很内向？"

奶黄包："放心，没事，等他的头发长长，他会迫不及待地出门炫耀他可爱的脸蛋儿。"

小崽子人不大，性格倒是很自恋。

得到秦骁"没事"的回复，唐溪松了口气，放下手机陪小晟晟玩玩具。

早上起床就没见到爸爸的小晟晟对爸爸很是想念，玩游戏的时候嘴里时不时地会蹦出一句"爸爸"，在反应过来自己喊了"爸爸"后，又会心虚地看一眼唐溪，故意加大声音，"叽里咕噜"地说一堆唐溪听不懂的话，假装自己是在模仿电视剧里的演员演戏，不是在喊"爸爸"。

唐溪就笑眯眯地看着他，给他鼓掌，说"宝贝真棒"，也不拆穿他。

小朋友的脾气来得快，去得也快，小晟晟除了照镜子时看到自己的发型会想到爸爸是个坏爸爸，其他时候对爸爸的思念大于怨气，只是面子上还有些下不来台。

秦骁今天加班，回来得有点儿晚，到了吃晚饭时，小晟晟看外面的天都黑了，爸爸还没回来，对爸爸的思念如潮水般涌动，再也克制不住。他向唐溪伸手："妈妈，抱。"

唐溪把他抱到腿上，揉了揉他的脑袋，把他的勺子递给他，说："妈妈抱着晟晟，晟晟自己吃饭好不好？"

小晟晟接过勺子，再一次问到他的爸爸："那个谁呢？"

唐溪哭笑不得："'那个谁'是谁？"

小晟晟把脸靠到唐溪的怀里蹭了蹭，小声说："爸爸。"

"晟晟想爸爸了吗？"唐溪摸摸他的脸蛋儿。

"嗯。"小晟晟点头，声音里带着委屈，"他……他是爸爸。"

他喊出"爸爸"后，表达思念变得名正言顺："妈妈，我想爸爸。"

"乖，先吃饭，吃完饭妈妈带你洗澡澡，洗完澡爸爸就回来了。"

小晟晟听说洗完澡爸爸就回来了，放下勺子，搂住唐溪的脖子说："晟晟要洗澡。"

唐溪用勺子舀了一勺粥喂到他的唇边，说："先吃饭。"

小晟晟扭开头，晃了一下小脚，要从唐溪的腿上下去："晟晟要先洗澡。"

唐溪说:"要先吃饭再洗澡,爸爸才会回来,不吃饭爸爸是不会回来的。"

"我不乖吗?"

唐溪愣了一下,不知道小晟晟为什么会这么说。

小晟晟撇了撇嘴,拍拍自己的胸口:"我是乖宝宝,爸爸快点儿回来。"

"好,我们宝贝是乖宝宝,爸爸马上就回来,咱们现在就给爸爸打电话好不好?"

唐溪拿出手机,给秦骁打了个电话,让小晟晟听听他的声音,缓解缓解对爸爸的思念。电话拨通后,那边传来秦骁的声音:"溪溪。"

唐溪说:"晟晟想你了,你跟他说两句话,告诉他你现在到哪里了,什么时候能回来。"

唐溪把手机放到小晟晟的耳边,小晟晟抱住手机,听到爸爸在喊自己的名字,兴奋地晃了晃小腿,开心了起来,抬头看着唐溪,奶声奶气地说:"妈妈,妈妈想爸爸了。"

唐溪:"……"

明明就是他想秦骁了,这小不点儿,人不大,怎么就这么鬼精灵?

小晟晟给秦骁打完电话,心情好了不少,乖乖地自己吃了饭。

秦骁是在他洗澡的时候回来的,看到推开浴室门走进来的爸爸,小晟晟激动地挥着胳膊拍了一下澡盆里的水,水花溅到唐溪的身上。秦骁走到他的面前蹲下,捏了捏他肉嘟嘟的脸蛋儿:"小坏蛋,你把水弄到妈妈的身上去了,向妈妈道歉。"

小晟晟"哦"了一声,听话地侧过脸,正对着唐溪,点了点头,做出鞠躬的样子:"妈妈对不起。"然后他又歪着脑袋,和秦骁争辩:"我不是坏蛋,爸爸是……爸爸是坏蛋!"

提到爸爸是坏蛋,他就想到了自己的头发。

他抬手一摸自己的头发就想哭,撇了撇嘴,冲着秦骁吼:"爸爸是坏蛋!"

秦骁的眉头微皱:"再说一遍。"

小晟晟说:"爸爸……哼!"

他一扭头,不看爸爸了。

秦骁转身走出浴室。

小晟晟用漆黑的大眼睛盯着爸爸离开的背影,以为自己把爸爸惹生气了,平静的脸色维持了三秒钟,开始委屈,眼睛一眨一眨地强撑了几秒钟,泪花开始从眼底向外冒。

唐溪心疼坏了，赶紧用手轻轻地拍他的后背安抚他，在心里骂秦骁的臭脾气，他跟孩子较什么劲，也不知道让让孩子。

小晟晟又伤心又觉得没面子，他那么想爸爸，爸爸居然不理他，走了。

他转过身，哽咽着对唐溪说："再也……呜呜……再也不理爸爸了。"

他眨了一下眼睛，两滴眼泪滑下来，"啪嗒"一声砸进澡盆里。

话音刚落，秦骁从外面走进来，手里拿着一个盒子，这是他出差回来买给小晟晟的礼物，一直没有拿给小晟晟。

"以后都不理爸爸了？"

秦骁站在小晟晟的面前，低头看着他。

小晟晟抬起头，看着他高大的爸爸，眼里还噙着泪，吸了吸鼻子，没说话。

"真的不理爸爸了？"秦骁又问了一遍。

小晟晟抠了抠手指。

"不想理爸爸，爸爸走了。"秦骁转过身，假装要走。

"不要。"小晟晟从水里站起来，光着屁股蹦跶出澡盆，抱住秦骁的小腿，"假的，爸爸。"

秦骁俯身，单手把他抱起来，问："什么是假的？"

小晟晟垂头，揪住秦骁的衬衣纽扣，小声说："不理爸爸，是……是假的，晟晟……晟晟跟你开玩笑呢。"

唐溪："……"

他这也太会给自己找借口了吧，刚刚明明哭得鼻涕一把泪一把的，一副要和他爸爸断绝父子关系的样子，转眼就变成开玩笑了？

算了，这爷儿俩之间的事让这爷儿俩自己解决吧，反正他们已经达成了灵魂的相通，她今天陪晟晟玩了一整天，需要休息了。

她站起来对秦骁说："他身上还没用沐浴露，你帮他洗吧。"

秦骁"嗯"了一声，把小晟晟放进澡盆里，说："坐好，爸爸给你洗澡。"

小晟晟对唐溪摆手："妈妈待会儿见。"

唐溪也摆手："晟晟待会儿见。"

小晟晟说完，把目光从唐溪的身上移到秦骁的身上，问道："爸爸，待会儿是多大会儿？"

他这些话都是跟大人学的，但他并不懂是什么意思。

秦骁也不知道要怎么跟他解释，高深莫测地道："等你长大就懂了。"

小晟晟也面色认真地点头，一副已经听懂了的样子。

秦骁打开刚刚拿过来的盒子，小晟晟将小手搭在他的胳膊上，低头往盒子里看："爸爸，这是什么？"

"水枪。"

秦骁这次送给小晟晟的礼物是三把小水枪，一家三口一人一把，但唐溪不在这里，只有他们父子俩玩。

秦骁往小晟晟的澡盆里加了点儿热水，父子俩开始玩小水枪，对着滋水。

小晟晟兴奋得"哇哇"大叫，整栋别墅里充斥着孩子洪亮的声音。

洗完澡，秦骁用毯子把儿子裹住，从澡盆里抱出来。

大概是因为经历了关系破裂又和好的过程，这份之前摇摇欲坠的父子情反而牢固了几分，小晟晟乖巧地让爸爸抱着，经过儿童房的小镜子前，他又看到了自己的头发，想起了自己的辛酸事，伸手摸了摸头发。

秦骁立马看穿他在想什么，安慰道："过几天就长长了。"

小晟晟钩住秦骁的脖子："爸爸，我不想做男子汉了，做男子汉好痛苦。"

秦骁乐道："这么点儿挫折就打倒你了？"

小晟晟歪着脑袋问："什么是挫折？"

秦骁说："等你长大就知道了。"

"哦，我要多吃饭饭，长大大。"小晟晟对着镜子，用小手摸了摸头发，哭丧着脸，再次向爸爸倾诉自己的心事，"爸爸，我好痛苦。"

秦骁安抚他："爸爸懂你。"

因为头发被剪得很难看，一向喜欢跟着爸爸妈妈出门玩的小晟晟好几天都不愿意出门，周末秦骁和唐溪想带他回老宅也不愿意，不仅不愿意回老宅，连秦母亲自给他打电话，在电话里说奶奶很想他，想要到家里来看他，也被他拒绝了。

知道小晟晟不愿意回老宅的原因的秦母还是克制不住对小孙子的想念，假装很伤心地问小晟晟："奶奶很想晟晟宝宝，晟晟宝宝不想奶奶吗？"

小晟晟捧着手机，嘴很甜地哄奶奶："我想奶奶了。"

秦母说："那奶奶明天去看看宝宝好不好？"

"不行。"小晟晟摸了摸自己的头发，眼睛转了一圈，找好了借口，"我很忙的。"

秦母被小孙子成熟的口吻逗笑了，问道："宝宝在忙什么？"

唐溪在小晟晟的旁边坐着，笑眯眯地看着他，在心里替他回答：忙着长头发。

小晟晟挠了挠头，说："早上起床，先刷牙，洗脸脸，吃饭，喝水，玩车车，还有……还有拼图，数数，睡觉。"

小晟晟把自己一天里做的事情全都说了一遍，最后补充了一句："奶奶，我太忙了，等我忙完这阵子就去看你，你乖乖的。"

唐溪："……"

秦母："……"

每天有这么多事情要做，这么看，他确实挺忙的。

为了证明自己真的挺忙，小晟晟从床上爬起来，对电话那边的秦母说："奶奶，晟晟要去看书了。"

这就是在暗示秦母，他现在没空跟她聊天了。

秦母道："好的宝宝，你去看书，把手机给妈妈吧。"

小晟晟把手机递给唐溪，唐溪接过去说："妈，等过阵子他的头发长长了，我带他回去多住些日子。"

秦母道："骁骁也真是的，没事剪晟晟的头发干什么？"

唐溪替秦骁说话："晟晟的头发太长了，天气热，他担心晟晟脖子后面会被头发闷出疹子。"

"他那哪儿是担心晟晟会闷出疹子。"秦母吐槽道，"他是担心晟晟的头发太长了，会被别人误以为是小姑娘，晟晟长得又那么像他，有损他的形象。"

唐溪哈哈大笑。

秦骁从浴室里出来，看见唐溪笑得那么开心，朝她走过去。

唐溪看见他，忍了忍笑，弯着眼睛道："妈，看破不说破。"

秦骁见她的眼睛瞥向自己时，唇角向上勾了一下，直觉她和他妈是聊到他笑的，眯了眯眼，问："笑什么？"

唐溪道："没什么。"

"没什么"这三个字最开始是秦骁常说的，后来唐溪喜欢学他，这三个字渐渐地也就变成了唐溪敷衍他时回答的话。

秦骁眯了眯眼，审视着她。

唐溪镇定自若地继续跟秦母说话："妈，秦骁现在在我身边，你要跟他说两句吗？"

秦母道:"行,你把电话给他。"

都是因为秦骁把小晟晟的发型剪丑了,她现在不能见到可爱的小孙子,她要好好地说说他。

秦骁把手机接过去:"妈。"

秦母劈头盖脸地训道:"你看看你,多大人了,能不能有个当爸爸的样儿?你又不会剪头发,给晟晟剪头发干什么?"

秦骁理直气壮地解释:"陌生人拿剪刀对着他,他害怕,只能我给他剪。"

秦母说:"你就不能认真点儿,给他剪得好看点儿,剪成这样,晟晟连门都不愿意出了,以后也不知道还愿不愿意再剪头发。"

秦骁没说话,由着秦母抱怨他。

秦母说完儿子,又开始聊小孙子:"晟晟这脾气真是跟你一模一样。"

秦骁这才出声反驳:"怎么就像我了?他哪里像我?"

唐溪心想:哪里都像。

秦母:"他不像你像谁?"

秦骁:"不知道像谁。"

"……"

唐溪看着他听到秦母说小晟晟像他时那极力否认的别扭样儿,笑得眼泪都快出来了。

小晟晟拿着唐溪和秦骁每晚哄他睡觉时读的故事书跑过来,对唐溪说:"妈妈,我看书啦。"

唐溪拍拍他的脑袋:"真棒,宝贝。"

秦骁和秦母隔着手机沉默了几秒钟,秦母没什么话跟他说了:"挂了吧。"

秦骁想了想,没忍住说:"妈,你有没有想过,我像谁?"

秦母被问得愣了一下。

"你谁都不像,你像你自己。"

她和秦父没有一个脾气是秦骁这样的,她原本以为是秦骁小时候,家里人更宠他姐,疏忽了他,才会把他的性格养成那样,现在看唐溪每天宝贝一样地把小晟晟捧在手心里,小晟晟的脾气还是跟秦骁的一样,才发现这性格可能是先天的。

秦骁看着一直憋笑不成功的唐溪,伸手抬起她的下巴,让她直视自己的眼睛,一本正经地道:"你们没发现吗?我像我爸。"

唐溪:"……"

秦母:"……"

她们还真没发现。

秦骁又说:"晟晟不是像我,是像他爷爷,隔代遗传。"

唐溪:"……"

他可真会甩锅,从发现小晟晟的性格也像他到现在都大半年了,总算是找到一个合适的背锅人选了。

唐溪笑眯眯地看着秦骁,一脸"你编,你继续编"的表情。

秦骁看她不信,为了把锅甩给他爸,分析道:"我爸和我二叔,钓鱼要比谁钓的鱼大,包饺子要比谁包的饺子好看,就是觉得赢了我二叔有面子。小晟晟这么小就这么爱面子,不是像我,是像他爷爷。"

秦骁越说底气越足。

秦母原本不觉得秦骁随秦父,毕竟秦父只是喜欢和秦二叔攀比,秦骁这么一分析,她突然觉得他的话挺有道理。

"还真是,我就说你这性格不随我,到底随了谁,原来问题出在你爸身上。"

这话秦骁可就不爱听了,他的性格挺好的,怎么就叫出问题了?

他正想说什么,秦母直接挂断电话,找秦父算账去了。

秦骁挑了一下眉,把通话结束的页面给唐溪看,说话更有底气了:"看,晟晟随他爷爷。"

不管小晟晟随谁,都改变不了小晟晟像他的事实,唐溪无语地道:"是,晟晟像爷爷。"

小晟晟听到爸爸妈妈说他的名字,爬到秦骁的怀里,把脸往秦骁的脸上贴,说:"晟晟像爸爸,不像爷爷。"

刚把锅甩出去就遭到儿子亲自拆台的秦骁脸色一僵,他用大手在小晟晟的屁股上轻拍了一下:"重新说一遍,你像爷爷。"

小晟晟用双手向后护住屁股,转脸要去找唐溪告状。

秦骁把他按在腿上不让他跑:"说你像爷爷。"

他打得不疼,小晟晟知道爸爸不是真的在打自己,抬起脚丫子在秦骁的肩膀上蹬了蹬,"咯咯"地笑:"像爸爸。"

秦骁捏了捏他的小脸蛋儿:"像爷爷。"

小晟晟说:"我像爸爸,我是男子汉。"

秦骁威胁道:"像爸爸就要剪头发。"

"啊。"小晟晟被剪头发吓得"哇哇"大叫，双手抱头嚷嚷道，"坏爸爸！坏爸爸！"

唐溪把小晟晟抱过去，瞪了秦骁一眼："你别吓唬他。"

她本来就担心剪头发的事会让小晟晟有阴影，以后不愿意剪头发，他还拿这事吓唬孩子，唐溪气得抬手在他的胳膊上打了一下。

小晟晟拍手鼓掌："妈妈打得好！"

秦骁伸手握住儿子的小脚："你说什么？"

小晟晟尖叫着踢了踢腿，力量悬殊，他挣不开秦骁，扭头在唐溪的脸上亲了亲："妈妈，我知道你爱我，别为了我打爸爸了。"

唐溪哭笑不得。

秦骁伸手把他从唐溪的怀里抱出来，丢在一边，搂住唐溪，在唐溪的唇上亲了一口，对着小晟晟挑了一下眉。

小晟晟不服气地爬过来，攀着唐溪的胳膊，正准备凑上去亲唐溪，秦骁提着他的后衣领把他放到了床的另一边。

腿一落到床上，他就迅速地向唐溪爬，每次都刚爬到唐溪的身边，就被秦骁拎回去。

反复试了几次，他又生气又沮丧，大眼睛望着秦骁，无能为力地跺了一下脚，一屁股向后坐在床上，双手一抱，把头扭向另一边，"哼"了一声，生气了。

秦骁没理他，挑着唐溪的下巴继续亲。

唐溪推了他一下没推开，秦骁凑到她的耳边，小声说："别动，在小崽子的面前，给我留点儿面子。"

唐溪无语地道："你幼稚不幼稚，他才多大？"

秦骁说："这么小就想爬到我的头上，将来还得了？"

小晟晟乜了爸爸妈妈一眼，见爸爸妈妈居然在说悄悄话，更生气了，转过身，面朝墙壁，用后脑勺儿对着他们。

唐溪给秦骁使了个眼色，让他赶紧哄人。

秦骁抿着唇，双手抱胸，静静地盯着唐溪。

唐溪看看倚靠在床头的秦大傲娇，再扭头看看面壁生气的秦小傲娇，无奈地摇了摇头，谁都不帮，淡定地低头看手机。

小晟晟时不时地往爸爸和妈妈那边瞥一眼，好几次都被秦骁的视线抓个正着，垂头开始假装看书。

片刻后，趁爸爸没注意，他转过身，飞速地爬到唐溪的身边，搂住唐溪的脖子,在唐溪的脸上亲了一口,站起来,得意地冲着秦骁晃了晃脑袋,咧开嘴笑,露出两排洁白的小奶牙,嘚瑟得不行。

秦骁冲他勾手:"过来。"

他自觉赢了爸爸,蹦蹦跳跳地来到秦骁的身边,凑到秦骁的额头上亲了亲:"爸爸,晟晟也爱爸爸。"

刚刚还针锋相对的父子俩突然又变得父慈子孝起来,画面温馨又和谐。

秦骁捏了捏他的小脸蛋儿,告诉他一个现实的问题:"爸爸也爱你,但是爸爸更爱妈妈。"

小晟晟想了想,转过脸抱住唐溪,说:"晟晟爱爸爸,但是晟晟更爱妈妈。"

其实他分不出来更爱爸爸还是更爱妈妈,但是爸爸说了更爱妈妈,他也要更爱妈妈。

唐溪担心的问题没有发生,小晟晟不仅没有因为秦骁给他剪头发就产生阴影不愿意再剪头发,反而愿意去理发店里剪头发了,大概是因为相比陌生人拿剪刀对着他,更害怕爸爸拿剪刀对着他。

小晟晟到了上幼儿园的年纪,唐溪和秦骁商量着帮他选好了学校。鉴于很多小朋友刚开始上幼儿园时会哭闹着不愿意去上学,夫妻俩在幼儿园开学前就开始培养小晟晟对幼儿园的兴趣。

这个任务主要是秦骁在做,他之前升了李瑛的职,将公司里的很多事情交给了李瑛,清闲了很多,有时候下班比唐溪还早,回家后就陪着小晟晟玩游戏,或是带他到附近的公园里转一转。

他们一家三口经常出去散步,附近很多人都认识他们,尤其是家里有和小晟晟差不多大的小朋友的,路上碰到喜欢和唐溪、秦骁交流交流养小朋友的经验,一来二去不仅大人相熟,小晟晟也交到了几个关系不错的小伙伴。

小晟晟很喜欢跟他的小伙伴们一起玩,每次出门去玩,都会让爸爸妈妈给他带一个他喜欢的玩具,碰到小伙伴就拿出来分享,和小伙伴一起玩。因为这样不仅可以快速地吸引很多小朋友过来跟他一起玩,还能获得小朋友的家长的夸赞,说他性格好,从小就懂得分享。

秦骁下午四点多回到家中,小晟晟看到大半天没见到的爸爸,迈着小短腿朝秦骁跑过去,等他换完鞋子,朝他伸胳膊。

秦骁把他抱起来,问:"今天在家里有没有听白奶奶的话?"

小晟晟点头："有，我听话。"

站在一边的白姨笑道："晟晟可乖了，今天中午还剥橘子给我吃呢。"

小晟晟被夸了，得意地晃了晃脑袋："爸爸，妈妈什么时候回来？"

秦骁说："妈妈还有一个多小时回来。"

小晟晟不懂一个多小时是多久，搂住秦骁的脖子说："爸爸带我去公园玩。"

秦骁问："晟晟喜欢公园？"

小晟晟点点头。

秦骁明知故问："为什么喜欢去公园？"

"公园里有人和晟晟一起玩，很多人。"小晟晟想了想，掰着手指数给秦骁听，"涛涛、跳跳、瓜瓜。"

他说的都是平时跟他一起玩得次数多的小朋友的名字。

秦骁语气有些遗憾地说："可惜你不能去幼儿园。"

小晟晟好奇地问道："幼儿园是什么？"

秦骁说："幼儿园是有很多小朋友的地方，涛涛、跳跳、瓜瓜以后都会去幼儿园。"

小晟晟一听幼儿园里有很多小朋友，他的小伙伴们也会去，立马道："爸爸，我要去幼儿园！"

秦骁道："你现在还不能去。"

"为什么？"小晟晟用清澈的大眼睛盯着秦骁看。

秦骁说："你还太小，要长大了才能去。"

小晟晟反驳道："我不小了，爸爸，我想去幼儿园。"

秦骁装模作样地摇头："不行。"

小晟晟不愿意了，踢着小腿和秦骁闹："我要去幼儿园！我要去幼儿园！"

秦骁的脸色一沉，他把小晟晟放下来，严肃地说："不要闹，好好说话。"

小晟晟见爸爸发火了，向后面退了一小步，有些胆怯地说："我要去幼儿园。"

秦骁微微皱眉，沉思片刻，说："但是去幼儿园的小朋友必须是坚强勇敢的小朋友，你是吗？"

"我是。"小晟晟攥紧拳头，举起胳膊，"我勇敢，坚强。"

秦骁微微颔首，满意地在他的头上拍了拍，说："乖孩子。"

小晟晟惦记着幼儿园，看秦骁不生气了，抱住他的腿，抬起头问道："爸爸，我可以去幼儿园了吗？"

秦骁道："这件事不太好办，不过既然你想去，爸爸会为你努力争取。"

小晟晟被爸爸伟大的父爱感动到了："爸爸，抱！"

秦骁再次把他抱起来。

小晟晟在秦骁的额头上亲了亲："爸爸，晟晟爱你，你是全世界最厉害的爸爸！"

为了能去幼儿园，小晟晟努力地讨好他的爸爸。

此后他每天早上起来，看到秦骁后的第一件事就是问秦骁他可不可以去幼儿园了，为了让小晟晟知道去幼儿园是一件很不容易的事情，秦骁每次都告诉他再等等，自己正在给他找学校。

为了能快点儿长大去幼儿园，小晟晟吃饭特别积极，因为他觉得多吃饭就能快点儿长大。

在小晟晟迫切地期望了一个月后，秦骁终于告诉他一个好消息，幼儿园的老师觉得他是个勇敢又坚强的宝宝，决定收他做学生了。

小晟晟得知自己可以去幼儿园后，兴奋得在客厅里蹦跶了好几圈。

唐溪看着兴奋得仿佛站在人生巅峰的儿子，不知道等他真的去了幼儿园，发现真相后，还会不会这么开心。

晚上睡觉前，小晟晟告诉唐溪，他想奶奶了，让唐溪给奶奶打电话。

"奶奶，晟晟想你了，晟晟明天就要去幼儿园上学啦，晟晟长大啦！"

和奶奶聊了十几分钟，挂断电话，他又开始想大姑姑、莹莹姐姐、小姑姑、栀子姨、初夏姨、言叔叔、季叔叔。

"大姑姑，晟晟想你了，晟晟明天就要去幼儿园上学啦，晟晟长大啦！"

"小姑姑，晟晟想你了，晟晟明天就要去幼儿园上学啦，晟晟长大啦！"

"栀子姨姨，晟晟想你了，晟晟明天就要去幼儿园上学啦，晟晟长大啦！"

…………

他把他能想到的叔叔阿姨全都想了一遍，挨个儿让唐溪和秦骁打了电话。

打完电话，他捏着秦骁的手机，歪着脑袋，努力想着还有谁没通知到。

秦骁"推己及人"，向小晟晟提议："晟晟，爸爸可以帮你发个朋友圈。"

小晟晟问:"朋友圈是什么?"

秦骁说:"把晟晟要上学的事发在朋友圈里,爸爸所有的朋友就都会知道晟晟明天要上学了。"

小晟晟兴奋地道:"好呀好呀!"

唐溪看着天真无邪的儿子,伸手扶额:宝贝你现在这么招摇,将来会后悔的。

晚上,小晟晟怀着明天就能去幼儿园的激动心情,美美地进入了梦乡。

翌日一早,秦骁和唐溪两个人都推了工作,送小晟晟去幼儿园。

小晟晟背着他的小书包,坐在儿童座椅上,开心得不停地晃着脑袋。

相比他这个要上幼儿园的当事人,唐溪紧张多了,攥紧拳头,担心小晟晟在幼儿园里看不到爸爸妈妈的时候会哭闹。

她昨晚和秦骁一起看了很多小朋友刚上幼儿园的时候的视频,大部分小朋友哭得让人心疼。

秦骁看见她攥紧的手指,握住她的手,安抚地在她的手背上拍了拍,看向小晟晟。

"晟晟,等会儿到了幼儿园,会有老师带着你和其他小朋友一起玩。老师就像白奶奶一样,会照顾你,但是白奶奶只照顾你一个小朋友,老师要照顾很多个小朋友,很辛苦,你在幼儿园里要像在家里一样乖,不能哭闹,不然就不能去幼儿园了。"

小晟晟赶紧保证:"我不会哭。"

秦骁说:"男子汉,说不哭就不能哭。"

小晟晟拍拍胸口:"我是男子汉,我不哭。"

秦骁道:"万一你哭了呢?"

"'万一'是什么?"

秦骁换了一种问法:"如果你哭了呢?"

小晟晟摆摆手:"我不会哭。"他说完又拍了一下秦骁的肩膀,学着秦骁的语气说,"放心吧,我会乖乖地听老师的话,如果我哭了,我就是小狗。"

小晟晟对着自己的爸爸毫无戒心地立下了誓言。

车子停在幼儿园门口,从车上下来就能看到很多家长送小朋友来上学,小晟晟看到这么多小朋友,被爸爸妈妈牵着,兴奋得蹦蹦跳跳。

一个跟唐溪年龄差不多大的女老师从幼儿园的大门里面走出来,蹲在小晟晟的面前，笑着问："你就是秦晟小朋友吧？"

小晟晟看到陌生人和自己说话，拉着妈妈的手，往爸爸的身边挪了挪，寻求保护，因为爸爸妈妈说了，不能和陌生人说话。

唐溪低头对小晟晟说："晟晟，这就是你的老师，快跟老师问好。"

小晟晟听妈妈的话，乖乖地问好："老师好。"

老师的声音很温柔："真乖，跟老师进去吧。"

老师朝他伸手。

小晟晟看向唐溪，唐溪松开他的手，说："快跟老师进去上课吧。"

面对陌生的老师，即便她很温柔，小晟晟还是有点儿怕，重新抓住唐溪的手，奶声奶气地说："爸爸妈妈陪我一起去。"

唐溪看了一眼秦骁，不知道秦骁有没有跟小晟晟说过，爸爸妈妈不能跟着他一起上幼儿园。

秦骁垂头对小晟晟说："晟晟，这里是小朋友上课的地方，爸爸妈妈不能进去，爸爸跟你说过的，老师带着你做游戏，爸爸妈妈要去上班。"

小晟晟开始慌了："不要，我要跟爸爸妈妈一起。"

他拽着唐溪和秦骁往大门里面走。

秦骁道："晟晟，你是勇敢坚强的男子汉吗？"

小晟晟撇了撇嘴："我是。"

秦骁问："你要哭了吗？"

小晟晟带着哭腔说："没有，我勇敢坚强，我不哭。"

秦骁摸摸他的脑袋："好宝贝，跟老师去学习吧，学习以后就可以去上班了。"

"好。"小晟晟憋着眼泪，把小手放到老师的手上，跟着老师走进教室里。

小晟晟进去后，唐溪和秦骁被幼儿园的工作人员领到另外一间教室里，教室里坐了很多小朋友的家长。

今天幼儿园开学，小班的小朋友都是第一天上学，家长们不放心，针对家长的这种心理，刚开学这几天，家长们可以在小朋友不知道的情况下，在这边的教室里观看他们上课。教室里有摄像头，会把小朋友们的表现同步到这边的大屏幕上播放，家长们也能听到小朋友们说话的声音。

每个家长的视线都是随着自己家里的孩子移动的。

唐溪和秦骁一走进教室里，就听见屏幕里传来的此起彼伏的儿童的哭声，整个小班教室里的小朋友正一个接一个地哭。

老师牵着小晟晟到一个空座位上坐下，温声询问他有没有带玩具过来。

小晟晟本来就因为爸爸妈妈走了很伤心，受到教室里其他小朋友哭声的感染，更想哭了，吸了吸鼻子，努力憋住眼泪："有，在书包里。"

老师想帮他把书包打开，小晟晟摇了一下头，哽咽着说："老师，我自己打开。"

他一副要哭不哭的样子，既可爱又让人心疼，老师和他聊天转移他的注意力："晟晟小朋友今年几岁啦？"

"三岁半。"

"三岁半啦，真棒。"

老师和他聊了两句，看他没哭，就让他自己玩，去哄其他哭了的小朋友。

第一天上学的小朋友在陌生的环境中很没有安全感，情绪时不时地就要崩溃，整整一上午教室里小朋友的哭声基本没断过，大家都闹着要找爸爸妈妈。

小晟晟一直忍着眼泪没哭，眼睛巴巴地看着窗外，等着爸爸妈妈来接自己回家。

他不想上幼儿园了，幼儿园一点儿也不好玩。

中午是在学校里吃饭，他强忍悲痛地吃完老师给他盛的饭，躺在他的小床上，拽起他的小被子挡住脸，偷偷地抹眼泪，本来哭得好好的，都没人发现，睡在他旁边的小朋友突然从被子里探出小半个身体，趴过来和他倾诉："我想爸爸，呜呜呜。"

"我想爸爸，呜呜呜。"

小晟晟眨了眨眼，憋着泪说："我不想爸爸，我爸爸是坏蛋。"

"我想爸爸，呜呜呜。"

小晟晟强调："我不想爸爸。"

"我想爸爸，呜呜呜。"

小晟晟气得砸了一下他的小床，双手捂脸："别哭了，我……我马上要忍不住了，老师，老师。"

老师一直注意着他们，听到他喊她，小跑到他的床前，蹲下来问道："晟晟小朋友怎么了？"

小晟晟憋着泪，哽咽着说："老师，有没有……有没有单独的房间？"

老师问："晟晟要单独的房间干什么？"

小晟晟捂着脸，眼泪从指缝里流出来："我想一个人哭一会儿，要单独的房间，只有我自己，呜呜呜。"

小晟晟没忍到老师带他去单独的房间就崩溃地大哭了，维持了一上午的沉稳形象瞬间崩塌，大概是因为忍得太久，他居然成了房间里哭声最洪亮、最惨烈的一个。

哭到一半，他还不忘叮嘱老师："老师，别……别告诉我爸爸妈妈……我哭了，我没哭。"

小晟晟并不知道他的爸爸妈妈此刻就在另外一间教室里相拥着看他号啕大哭。

他大哭了一场后有些累，躺在小床上哽咽着，没多大会儿就睡着了。

下午教室里的情况比上午好了很多，幼儿园的老师带着小朋友们做游戏，他们也渐渐地开始能听进去老师说的话，认真地跟老师玩游戏。

为了让班级里的小朋友们尽快熟悉起来，老师让小朋友们手拉手转圈圈，做自我介绍。

班级里座位的次序和午睡时小床的次序是一样的，小晟晟的旁边依旧是那位向小晟晟倾诉对爸爸的思念的小朋友，他叫高泽辰，在记住小晟晟的名字后，时不时地就要探头过来和小晟晟说悄悄话。

"秦晟，我想爸爸，你想爸爸吗？"

小晟晟抿着唇，不理他。

高泽辰小朋友非常有毅力："秦晟，我想爸爸。"

小晟晟想到中午就是因为他不停地跟自己哭诉想爸爸，自己才会忍不住哭的，心里生他的气，想离他远点儿，但老师说了，同学间要互相友爱，小晟晟只能忍着他，板着小脸说："我不想爸爸，我想妈妈。"

高泽辰像棵墙头草一样，喊了一上午想爸爸，突然跟着小晟晟一起把思念的心转向妈妈："我想妈妈，呜呜呜。"

他又开始哭了，撇着小嘴，眼泪不停地往下掉。

老师连忙跑过来安慰他，看了一眼旁边的小晟晟，怕小晟晟像中午一样跟着高泽辰一起哭，转过头对小晟晟说："晟晟小朋友，老师发现你是个聪明的宝宝，可以帮老师一个忙吗？"

小晟晟点头："可以。"

老师说："高泽辰小朋友想妈妈了，你能不能帮老师安慰安慰他，陪他一起做游戏，让他不要哭了？"

在老师询问的目光中，小晟晟点了点头，说："可以。"

老师的这一招对小晟晟很有用，他自觉担负着哄高泽辰不哭的任务，加上老师夸他是个聪明的宝宝，为了对得起老师的夸奖，他绞尽脑汁，把自己所有的玩具都分享给高泽辰，成功地把高泽辰从思念爸爸妈妈的情绪中拯救了出来。

临近下课的时候，老师奖励了小晟晟一朵小红花，小晟晟开心地把小红花接过去，准备下课后拿给爸爸妈妈看，然后就发现，老师给班级里的每个小朋友都奖励了小红花，那朵刚刚还爱不释手的小红花突然就不稀罕了。他随意地把小红花塞进书包里，背起书包，眼睛往门外看爸爸妈妈有没有过来接自己。

终于熬到了下课，不仅是班级里的小朋友们欢呼雀跃，另一间教室里的家长们也迫不及待地跑到这边接小朋友们回家。

小晟晟看见爸爸妈妈出现在教室的门口，激动地尖叫了一声，从小椅子上站起来，朝唐溪和秦骁飞奔过去："妈妈！爸爸！"

秦骁俯身把儿子抱起来，小晟晟把脸埋到他的颈侧，撅着屁股在他的怀里拱了拱，确认自己回到了爸爸妈妈的身边，把头从秦骁的怀里抬起来，甩了一下胳膊，冲着秦骁很凶地哼了一声。

秦骁明知故问："怎么了？"

小晟晟垂着头没说话，瞪着漆黑明亮的大眼睛，气鼓鼓的，像小包子一样。

唐溪笑着摸了摸他的脑袋："老师跟妈妈说，宝贝今天表现得很好，很乖，还帮老师一起照顾其他小朋友了呢。"

小晟晟从嗓子里"嗯"了一声，虽然还在生气，但自己的光辉事迹不能不告诉爸爸妈妈。

他一脸骄傲地说："他一直哭，我帮老师哄他，他就不哭了。"

唐溪夸奖道："宝贝真棒。"

秦骁问道："你哭了吗？"

小晟晟抿着唇，不说话了。他也哭了，但是不想告诉爸爸妈妈。

秦骁说："我们晟晟肯定没哭，晟晟说过，哭了就是小狗。"

唐溪无奈地睨了秦骁一眼：这人怎么这么幼稚，小晟晟已经因为幼儿园和想象中的不一样不开心了，他还逗孩子。不过小晟晟一向爱憎分明，他要是把小晟晟惹生气了，小晟晟也只会生他的气，不会牵连到自己这个妈妈。

小晟晟果然开始生秦骁的气了，不愿意让秦骁抱他，要下去自己走。

秦骁把他放到地上，他拉住唐溪的手，拽着她往旁边走，和秦骁拉开距离。

他每次和秦骁闹脾气,都会拉着唐溪一起孤立秦骁。鉴于小崽子今天第一天上幼儿园,中午又哭得惨兮兮的,秦骁没跟他计较,故意放慢脚步,走在娘儿俩的后面。

小晟晟一路都没有和秦骁说话。

回到家后,唐溪和秦骁先带着他把他的小书包送回他的小房间里。

打开小房间的门,小晟晟就看到里面摆了很多礼品盒。

小晟晟的目光被礼品盒吸引,但他现在的心情正低落着,所以看见了也假装没看见。

"哇,好多礼物呀,都是谁送的啊?我们过去看看。"唐溪拉着小晟晟的手走到礼品盒前,随意地拿了一个起来,让小晟晟拆。

小晟晟蹲下来,把礼品盒拆开,里面是一个模型玩具,最上面还有一张贺卡。

唐溪把贺卡拿起来,读上面的字给小晟晟听:"祝可爱的晟晟小朋友在幼儿园里过得快乐,天天开心,你的栀子姨。"她看向小晟晟,"晟晟,这是你栀子姨送给你,祝贺你上幼儿园的礼物,咱们等会儿要给栀子姨打电话,你要谢谢栀子姨,好吗?"

小晟晟心事重重地"嗯"了一声。

唐溪又拆了两个礼品盒,里面分别是言寻和霍远霖送给小晟晟的礼物。

唐溪准备继续拆礼物的时候,小晟晟叹了口气。

"怎么了,宝贝?"唐溪问。

小晟晟看了一眼旁边的秦骁,又把脸转向唐溪,说道:"妈妈,我明天不去幼儿园了。"

唐溪看着他天真的脸蛋儿,他似乎还没意识到,去不去幼儿园已经由不得他自己做主了。

唐溪在心里同情了他一把,觉得既然之前骗小晟晟去幼儿园的事都是秦骁做的,小晟晟已经怨上秦骁了,那么这个坏人就由他做到底吧。

她给秦骁使了个眼神,秦骁配合地道:"明天要去幼儿园。"

小晟晟任性地说:"我不去。"

秦骁跟他讲道理:"晟晟,你是不是答应过爸爸,要做个勇敢坚强的孩子?爸爸辛辛苦苦地给你找幼儿园,你只去了一天就不去了,对得起爸爸吗?"

"对不起爸爸,对不起,我不去幼儿园了。"小晟晟能屈能伸,向秦骁道歉。

秦骁道德绑架失败,直接拿出撒手锏:"爸爸发了朋友圈,爸爸所有的朋友都知道你上幼儿园了,还给你送了礼物。他们都知道,上幼儿园的是勇敢坚强的小朋友,你确定你明天不去幼儿园?"

小晟晟沉默了。

秦骁接着说:"如果你确定明天不去幼儿园,爸爸现在就发朋友圈,告诉你的那些叔叔阿姨,你只上了一天幼儿园就不愿意去了,把礼物退给他们。"

秦骁作势要拿手机。

"啊,不要,不要!"小晟晟抱住秦骁的胳膊,不让他发朋友圈。

秦骁冲唐溪挑了一下眉,唇角勾起自信的笑。

"那你明天去幼儿园吗?"

小晟晟撇了撇嘴,想哭。

秦骁用大手揉了揉他的头顶,说:"晟晟要做勇敢的孩子吗?"

"嗯。"小晟晟点头。

秦骁又问:"明天去幼儿园吗?"

小晟晟露出崩溃的表情,哼哼唧唧地说:"去,但是……但是我想让爸爸妈妈陪我一起去上幼儿园。"

秦骁说:"幼儿园里都是小朋友,爸爸妈妈不能陪着,其他小朋友去幼儿园都没有爸爸妈妈陪着。"

小晟晟抬手揉了揉眼睛:"可是……可是我想爸爸妈妈。"

"晟晟,你勇敢吗?"

小晟晟捏紧拳头,小脚在地上跺了一下,给自己打气:"我勇敢。"

"真棒,真棒宝贝。"秦骁和唐溪一起为他鼓掌。

在爸爸妈妈的夸赞下,小晟晟痛苦地做下了明天继续去幼儿园的决定。

为了不去幼儿园,他"聪明"地想了一个办法,决定今晚不睡觉了,只要不睡觉,天就不会亮,他就不用去上幼儿园。

他让唐溪给他讲故事,听故事他就不困了。

唐溪很羡慕儿子的良好心态,也没有提醒他即使不睡觉,明天依旧会天亮,他还是要去上幼儿园,因为她相信他不可能坚持一晚上不睡。

"妈妈,为什么要去上幼儿园?"小晟晟还是不死心。

唐溪说:"因为在幼儿园里可以认识很多小朋友,晟晟今天是不是看到很多小朋友了?"

小晟晟想了想,说:"妈妈,游乐园里也有很多小朋友,我可以去游乐园,爸爸妈妈也可以去,不用去幼儿园的。"

"……"晟晟说得好有道理。

唐溪问:"晟晟想变得和爸爸一样厉害吗?"

"想。"

"那晟晟要去上幼儿园才可以,爸爸小时候也上过幼儿园。"

小晟晟见自己怎么都摆脱不了上幼儿园的命运,抬手揉了揉脸,不得不面对现实,转过头,在唐溪的怀里蹭了蹭,说:"妈妈,我很想哭。"

唐溪亲了亲他的小脸蛋儿:"哭吧,宝贝,没关系,想哭就哭。"

小晟晟说:"可是我跟爸爸说了,哭了就是小狗。"

唐溪听他这么说,以为他是要强忍着不哭了,结果小晟晟突然趴在她的耳朵旁,"汪汪汪"地学了几声狗叫,然后开始号啕大哭。

小晟晟哭着哭着就趴在唐溪的怀里睡着了,浓长的睫毛湿漉漉的,眼皮泛着红。

唐溪垂头看着他肉嘟嘟的小脸蛋儿,腾出一只手轻轻地擦了擦他的眼泪。睡梦中的小孩咂巴咂巴嘴,哽咽着哼唧了一声。

唐溪看着怀里小小的孩子,心疼地凑到他的脸上亲了亲。

秦骁从外面推门进来,轻手轻脚地走到床前,看小晟晟睡着了,压低声音问唐溪:"睡着多久了?"

唐溪道:"刚睡着。你先回去睡吧,我今天要在这里陪晟晟。"

秦骁微垂眼睫,半眯着眼看她,无声地和她抗议。

唐溪扭头避开他的视线,他俯下身,手指在儿子的鼻尖上轻点了一下,说:"小白眼儿狼,抢我老婆。"

唐溪瞪了他一眼,秦骁收回手,用深邃的目光凝视着她的脸,抿着唇,浑身散发着被抛弃的幽怨气息。

唐溪不理他,他凑到唐溪的耳边轻声说:"你偏心,把他哄睡着了不哄我,我很伤心。"

唐溪:"……"这男人的脸呢?三十岁的人了居然能说出这种话。

"你要哄什么?"

秦骁继续不要脸地说:"我最近失眠,睡不着,你哄我睡觉。"

他最近都没有出差,每天睡在她的旁边,她怎么不知道他失眠?唐溪没好气地白了他一眼。秦骁坐到床头,肩膀挨着她的肩膀,往她的身上挤:"哄我。"

唐溪无奈地点了点头："好好好，等会儿哄你。你先回房间里等我，我过一会儿回去。"

秦骁满意地挑了一下眉，唇角微扬，没先回卧室，一声不吭地坐在旁边，目光落在她怀里的小崽子身上。

这小崽子睡觉时也很警觉，是趴在唐溪的怀里的，如果在他刚睡着时把他放下来，很容易就会把他弄醒，唐溪得等他睡熟后才能把他从怀里放下去。

夫妻俩静静地等了十多分钟，小晟晟已经停止了时不时地啜泣，空气里传来他均匀的呼吸声，唐溪和秦骁对视一眼，默契地分工合作，秦骁去浴室里弄温热的湿毛巾，唐溪小心翼翼地把小孩放到床上，从床上下来，俯身给他盖好被子。

他脸上的眼泪已经干了，秦骁拿着温热的湿毛巾过来给他擦了擦脸，正准备和唐溪回卧室，小晟晟突然又翻了个身，一脚把被子踹开。

唐溪以为他醒了，赶紧拍了拍他的小肚子哄他，仔细一看小孩还合着眼，睡得很香。

秦骁道："没醒。"

他把小晟晟身上的被子重新盖好，见唐溪的脸上露出犹豫的表情，猜到她是想留在小晟晟这里睡，直接把她打横抱起来，往外面走。

唐溪正想跟他说今晚要带着小晟晟一起睡，结果被他强势地抱在了怀里，怕吵到小晟晟，没敢挣扎，等出了小晟晟的房间才抬手在他的胸口上打了两下。

她这拳头对他来说不痛不痒的，秦骁连眼睛都没眨一下，把她抱回卧室里，放在床上。

唐溪想到他刚刚在小晟晟房间里说的那些话，打趣道："秦先生，你还要不要脸了？"

秦骁拉起她的手，放在自己的脸上："想摸我的脸就直说，给你摸。"

唐溪好笑地道："你以为我是你呀，一句话能拐十八个弯，想说什么不直接说，非得让别人猜，跟自己三岁的儿子都争宠，幼稚！"

秦骁理直气壮地道："明明就是你偏心，每次那小崽子跟我闹脾气，你都向着他，跟他一起孤立我。我的老婆凭什么让别的男人霸占着，我委屈还不能说了？"

唐溪："……"

秦骁一脸委屈地说："老婆，在你的心里，我和小崽子谁更重要？"

唐溪不理他。

秦骁不依不饶，催促道："快说，谁更重要？"

唐溪不说，掀开被子躺到里面，背对着他。

秦骁紧跟着上床，从背后搂住她，把她整个人圈在怀里，将脸凑到她的颈边，含住她白嫩的耳垂吮了一下，一边跟她做着亲密的事情，一边没皮没脸地发出委屈的感慨："你就是不疼我，此刻我在你的面前，小崽子不在，我问你谁更重要，你连敷衍地说一句我更重要都不愿意，可见在你的心里，是那小崽子更重要。"

唐溪敷衍地道："你更重要。"

秦骁更委屈了，手掌在她的腰上捏了一下："你就知道敷衍我。"

唐溪轻哼了一声，气得推他的肩膀，撵他下床。

她不回答他，他说她连敷衍都不敷衍一下，她敷衍了，他又说她太敷衍，简直是没事找事。

"走开。"她扭头躲他的吻，不给他亲。

秦骁紧紧地搂着他，说："这大晚上的，你让我走哪儿去？"

唐溪说："去地上睡。"

"你舍得？"

唐溪舍不得，但知道他肯定不会到地上睡，冷哼一声："我有什么舍不得的，你不是说了吗？我不疼你。"

秦骁抓住她抵在自己胸前的手亲了亲，说："你这样对我，有没有想过你的宝贝子将来长大了，娶了老婆，也可能会被他的老婆赶下床，你心疼不心疼？"

唐溪："……"

小晟晟才三岁，她还真没考虑过这个问题。不过秦骁这么一说，唐溪想到以后脾气秉性都随爸的小晟晟如果娶了媳妇，也跟他爸一样在媳妇的面前这么幼稚，别说是被赶下床了，被赶出家门都有可能。

唐溪觉得自己的脾气算是好的了，一般的姑娘可没自己这么好的脾气。

这人平时不承认儿子跟他像，这会儿倒是把儿子拉出来跟他一起卖惨了。

她本来也只是虚张声势地赶他下床，就算他不提小晟晟，他睡地上她也心疼呀。

唐溪没留心这个问题里的陷阱，大晚上的也不想折腾，收回手说："赶紧睡吧，明天还要送小晟晟去上学呢。"

秦骁感慨道："果然小崽子在你的心里更重要，一提他你就心疼了。"

唐溪被气笑了，语气里带着警告："你还有完没完了？"

他再多说一句，她今晚就去晟晟的房里睡。

秦骁目光幽幽地看着唐溪，说："完了。"

第二天早上，唐溪和秦骁洗漱好后也没看到小晟晟过来找他们。

小晟晟平时早上醒得很早，经常秦骁和唐溪还没起床，他就自己穿好衣服，跑过来喊门了，今天到现在都没过来，也不知道是没醒，还是沉浸在要上幼儿园的悲痛中不想起。

因为小晟晟昨天睡觉前都还在生秦骁的气，没跟秦骁和好，为免他有借口闹脾气不去幼儿园，秦骁没往他的房间里去，喊他起床的事由唐溪来做。

唐溪走到他的房门前，敲了敲门："宝贝，醒了吗？"

话音刚落，她就听到了小晟晟的回应："妈妈，我醒了。"

看来他是早就醒了。

唐溪问道："妈妈可以进来吗？"

小晟晟说："可以。"

唐溪推开门，看到小晟晟平躺在床上，缩在被子里，只露出一个小脑袋枕在枕头上，一双水汪汪的大眼睛看着她，嘴唇微微地抿着，看起来很不开心。

唐溪走到床前，微微地俯身看着他，温声细语地道："哎呀，这是谁家的宝贝啊，怎么这么可爱呀？"

小晟晟还在懊恼自己昨晚没坚持住睡着了，现在天亮了，他要去幼儿园了，心里难受，但是听到妈妈夸自己可爱，还是附和道："我是你的宝贝呀。"

唐溪的心都要化了，她问道："我的宝贝，妈妈可以亲亲你吗？"

小晟晟将脑袋从枕头上抬起来，坐起身，把脸凑到唐溪的面前，给她亲。

唐溪在他的脸上亲了亲，说："宝贝，起床啦。"

小晟晟听到唐溪让他起床，立马躺回去，拉了拉被子，企图逃避去上幼儿园的命运。

"妈妈，我可以不去幼儿园吗？"

唐溪说："可是晟晟昨晚都答应爸爸妈妈今天要去上幼儿园了。"

小晟晟说："妈妈，我觉得幼儿园不好。"

唐溪笑着问："你觉得哪里好？"

小晟晟答道："家里。"

唐溪："……"

小晟晟说："妈妈，幼儿园是我去过的最不喜欢的地方。"

唐溪安慰他："妈妈以前刚上幼儿园的时候，也不喜欢去幼儿园，但是多去几次就想去了。"

"为什么？"唐溪成功地引起了小晟晟的好奇心。

唐溪说："因为妈妈在幼儿园里认识了你栀子姨呀，如果不去幼儿园的话，妈妈就交不到你栀子姨这个好朋友了。晟晟想不想多认识几个小伙伴一起玩？"

小晟晟权衡利弊，说："我不想多认识几个小伙伴，我可以不去幼儿园吗？"

唐溪道："不可以哦。"

小晟晟抬手捂住脸，小小年纪，语气里突然多了一抹沧桑感，仿佛饱受岁月摧残："我又想哭了。"

唐溪说："没关系，宝贝，可以哭。"

小晟晟放下手，眼中含着泪花："我今天还会变小狗吗？"

他不会以为他昨天叫那几声，就是变成小狗了吧？

"不会的，宝贝。"

小晟晟松了口气，眼里刚滑下来两滴眼泪，突然看见他爸爸站在房间门口，赶紧抹掉眼泪。

秦骁走到他的面前，捏捏他的脸蛋儿，说："不是要哭吗？看见我就不哭了，怕我嘲笑你？"

小晟晟"哼"了一声，微抬下巴，说："坏蛋爸爸，我才不是怕你嘲笑。"

他揉了揉眼睛，憋着眼泪，要哭不哭地说："我的眼泪是珍珠，很宝贵的，我要留着到幼儿园里哭，不能随便哭。"

唐溪听到小晟晟说眼泪是珍珠，倒抽了一口凉气。

她有罪，昨晚不应该跟他讲小美人鱼哭泣时，眼泪会变成珍珠的故事。

小晟晟就这样不情不愿地开启了上幼儿园的生活。刚开始，他对去幼儿园很抵触，每天回来都会问唐溪和秦骁可不可以不去幼儿园了，被拒绝后就会回到他的小房间里，不许旁人进去，一个人在里面悲痛。

大概过了半个月，他对去幼儿园突然变得积极了起来，每天去幼儿园的路上，在车里都是兴致高昂的，有时候不知道想到了什么，还会激动地在他的座位上蹦跶两下。

唐溪很好奇是什么改变了她的儿子，有一天她把儿子送到幼儿园后没走，躲在教室后面的窗户旁偷偷地观察他。

小晟晟走进教室里，把书包往他的桌子上一放，教室里的其他小朋友立马朝他簇拥过去，跟他打招呼。

"晟晟哥哥。"

"晟晟哥哥。"

一群"小萝卜头"围着小晟晟喊"哥哥"，邀请他一起玩，小晟晟一脸嘚瑟地道："你们要排队。你们谁想找我玩，要排队，老师说了，不可以插队。"

唐溪："……"

好家伙，她家小晟晟好跩哦，小朋友跟他玩还要排队。

番外一
自恋的男人

深冬时节，寒风凛冽。

苏栀把车停在酒店停车场内，从后备厢里拿出行李箱，拉着行李箱去酒店前台办理入住手续。

距离过年还有二十多天，她给工作室的员工放了假，一个人在家里待着无聊，怕回老家会被她妈唠叨找对象的事，索性就收拾行李自己开车出来旅游。

她是个吃货，上回和唐溪到东城出差，发现东城的美食比南城的美食更合她的口味，刚好昨晚和温卿聊天，温卿前几天又到东城影视基地进组拍戏，问苏栀要不要到东城玩，苏栀想都没想就把这次旅行的目的地定在了东城。

她上身穿着一件纯白色的小香风皮草，搭配铅笔裤、黑色长靴，长发披散在身后，不说话的时候气质优雅又淑女。

酒店依旧是她上次出差时住的那家酒店，订的房间也是她上回住的那间总统套房。

她早上起得晚，这会儿已经下午六点多了，肚子早就饿了，把行李箱放进房间里，坐在梳妆台前补了个妆，拿着手机出门，准备去楼下的餐厅里吃饭。

温卿今天要拍戏，到晚上十点多才收工，她开了一天车，有点儿累，不等温卿回来一起吃饭,时间那么晚了,为了保持身材,温卿也不会吃东西。

苏栀走到电梯旁,正想按电梯,手机响起来电铃声,是她妈打过来的。她预感不会是什么好事,接听后,果然听到她妈"噼里啪啦"地说了一堆话,总结起来就是让她去相亲。

林老师说:"这小伙子真不错,长得文质彬彬的,比你大三岁,是你爸他们单位新入职的老师。你爸跟他相处过一段时间,觉得他的人品不错,性格好,能包容你的坏脾气,还没有女朋友,听说从来没有谈过恋爱,人很单纯。你不是一直跟我说现在的男人都不老实,喜欢乱来,不干净吗?这个就很干净,刚好你现在没事,明天就去见见。"

林老师说了一堆,苏栀就用两个字回答:"不去。"

林老师难得温柔,哄她说:"乖,听话。"

苏栀鸡皮疙瘩都快起来了。

林老师威胁道:"明天周末,我和你爸都没事,你如果不回来,我和你爸就去你住的地方找你。"

林老师果然温柔不过三秒钟,苏栀笑着说:"我现在不在南城,你去我住的地方也找不到我呀。"

去她住的地方堵她,把她逮回去相亲这种事她爸妈还真干得出来,幸好她未雨绸缪,今天就来东城了。

"你不在南城在哪儿?"

苏栀说:"在东城玩呢。"

林老师不信,觉得她这是为了躲避相亲在找借口:"大冷的天,东城少你是不是?南城都容不下你了,你跑到东城去。"

苏栀说:"林老师,我真在东城,不信我等会儿把定位发给你。"

林老师说:"你就算在天上明天也得给我回来相亲,这可是你一辈子的大事,你都二十五岁了,过了年又要添一岁,还不找男朋友是要拖到什么时候?"

苏栀本来想说自己这辈子都不找对象,但这么说林老师和苏老师肯定要焦虑得睡不着觉了,只能找借口先敷衍着,能拖一天是一天:"我没有男朋友能怪我吗?你说你把我生得那么漂亮,一般男人哪里配得上我?我长这么大,就没遇到过一个能配得上我的男人,如果遇到喜欢的、优秀的,不用你说,我肯定自己就扑上去了呀,我又不傻,没谈不就是因为没遇到喜欢的吗?"

林老师说:"这个就很优秀,说不定你会喜欢,你回来看看再说,你要相信妈的眼光,长得丑的妈肯定不会让你看。"

苏栀看无法说服她妈,只能鸡蛋里挑骨头:"不行啊,我都二十五了,他比我还大三岁,再过不久就到三十岁了,我想找一个年轻点儿的。你就别操心了,我这几天在外面玩,说不定就遇到喜欢的了呢。"

林老师听着她不着调的话,训斥道:"什么年轻点儿的?小姑娘家家在外面说话注意点儿,被别人听见像什么样子?"

苏栀"嘿嘿"笑:"又没外人,我不就是在您面前才这么说的吗?"

话音刚落,她身后传来一道低咳声,冷不丁地吓得她的手抖了一下,手机差点儿没拿稳掉下去。

她微微侧身,一个戴着黑框眼镜的男人走上前,按了一下电梯,又退了回去。

这个戴眼镜的男人的旁边还站着一个男人,瞬间吸引了苏栀的全部注意力,男人的身形高大挺拔,他穿了一身黑色长风衣,五官棱角分明,目光深沉,鼻梁高挺,面色冷峻威严,看起来应该是戴黑框眼镜的男人的上司。

她刚刚只顾着和她妈打电话,没注意身后什么时候来了人,想到自己说的"想找一个年轻点儿的"话,苏栀的心里直打鼓,也不知道这两个人在这里站了多久,有没有听见自己说的这句话。

她只是故意找个借口不去相亲,无意嘲讽萍水相逢的路人,如果这两个人听见了她说的话,又刚好过了三十岁,那她真是对不住他俩了。

她目测两个人的年纪,戴眼镜的男人很明显不到三十岁,另外一位皮肤看起来很紧致,但这个强大的气场似乎是要经历些岁月的磨砺才能拥有的。

电梯门打开,还差一个月才到三十岁,刚好没被"诬蔑"的陈释看了一眼已过三十岁,面上毫无波澜,但内心不知道在想什么的老板,恭敬地请他上去。

苏栀见两个人进了电梯,才想起来自己是要下楼吃饭的,赶紧对电话那边还在滔滔不绝地说话,问她怎么不应声的林老师说:"妈,先不聊了,我要进电梯了,电梯里信号不好,挂了啊。"

没等林老师回话,苏栀挂断电话,走进电梯里。

电梯里很宽敞,站三个人绰绰有余,但她走进电梯后,总感觉电梯里的气氛很怪异。

不过电梯很快就到了一楼，苏栀抢先从电梯上下去，往餐厅里走，随意地找了一张餐桌坐下，正要点餐，发现电梯里那两个男人也走了进来，看来他们也是下来吃饭的。

餐厅的领班认识郑霆，看到这位郑总进来，连忙亲自迎上去，领着他往里面的包间走。

苏栀遇到长得帅的男人总是忍不住多看两眼，扭头看向郑霆，那男人就像背后长了眼睛一样，突然转过脸，目光凌厉地扫了她一眼。

苏栀的目光下意识地闪躲了一下，她转念一想，自己干吗要躲，显得跟干了什么亏心事一样，于是不甘示弱地同他对视。

男人收回目光，没理她，背影很快消失在拐角处。

苏栀回过头，开始点菜，点完菜，看到餐厅的领班从包间里面走出来，苏栀忍不住好奇地对他招了招手。

领班朝她走过去，问道："你好，小姐，请问有什么需要？"

苏栀问道："刚刚过去的是什么人啊？"

领班面带微笑，说："不好意思，小姐，我们不能透露客人的隐私。"

"好的，谢谢。"

苏栀没有再问，拿起手机刷微博。

领班看了她一眼，想了想，转身返回郑霆的包间。

"有人向你打听我？"郑霆听到领班的话，眉头微皱。

他这次过来是要谈收购这家酒店的事情，酒店上下对他的事情特别上心，不敢有半分怠慢，唯恐出了什么岔子，影响到收购。

领班说："是的，郑总，她刚刚在您之前进餐厅，穿着白色的衣服，长头发。"

是那个说"想找一个年轻点儿"的女人。

郑霆淡淡地道："我知道了，出去吧。"

领班偷偷地瞥了一眼郑霆的脸色，看不出喜怒，也不知道他有没有生气。

那位小姐也是酒店的客人，打听郑总不知是何目的，但是他已经在第一时间警觉地把这件事告诉了郑总，这应该不算他们酒店的问题。

苏栀慢悠悠地吃完饭，起身准备回房间的时候，刚好看见那两个男人也吃完饭走了出来。

郑霆大步流星地走在前面，经过苏栀的身边时，脚步顿了一下，轻飘飘地扫了她一眼，不动声色地继续向前走。

苏栀："……"

他这是什么眼神？难道自己和林老师说的话真的被他听见了？

苏栀虽然嘴毒，但只会对看不惯的事情挑刺儿，不会平白无故地讥讽别人。

虽然她和她妈打电话跟他们俩也没关系，是他们俩自己很不巧地听到了她的话，但这种事情涉及男人的尊严问题，很戳男人的肺管子，究其原因，还是她在公众场合乱说话。

想了想，苏栀觉得万一真的不小心误伤了这两位，她还是需要解释一下，道个歉的。

她抬腿跟上去："先生。"

郑霆听到她的声音，停下来，看看她想要什么花样。

"有事？"

苏栀笑了笑，说："先生，冒昧地问一句，您的年龄？"

郑霆审视地看了她片刻，说："想用这种方式吸引我的注意力？"

苏栀愣住了。

"放弃吧，你没机会。"

苏栀："……"

苏栀的脑子转了好几个圈，才反应过来这男人是什么意思。

他是觉得自己问他多大年龄，是要吸引他的注意力？可去他的吧，这人怎么这么自恋？

苏栀长这么大，还从来没遇到过这么自恋的男人。

平心而论，这男人的颜值确实很高，看餐厅领班对他的态度和他身上散发出的气势，他应该来头不小。

他有颜有钱，自然很容易俘获女人的心，估计平时有不少女人在他面前用些小心思，想要吸引他的注意力，这才惯出他这种别人多看他两眼，就觉得别人喜欢他，对他有意思的毛病，她也能理解。

但他说她没机会吸引他的注意力，苏栀可就不乐意了。

林老师和苏老师给她的这张脸可是老天爷的杰作，从小到大她的追求者就没断过，她这么一个大美人如果真喜欢他，怎么就没机会了？

他这是嫌弃她，觉得她配不上他，不仅自恋，还自负！

被人当面嫌弃，苏栀这直脾气当然不会忍，面色淡定，心里憋着骂他的冲动，维持着优雅的气质，问道："这位先生，你是从哪里看出来，我问你的年龄，是想吸引你的注意力的？"

郑霆垂眸看着苏栀明艳的脸蛋儿，眼底闪过一抹讽刺，没再理她，抬腿走向电梯。

苏栀被他无视，瞬间来了火气，跟上去和他理论："先生，请你回答我的问题。"

郑霆无视一路跟着他的苏栀，不搭她的话，在电梯门打开时走进电梯。

郑霆一直都知道自己对女人的吸引力，从上学起，他就收到过无数异性的示好，接管远鼎集团后，更是不断有女人为了吸引他的注意力，使尽各种手段。她们扮柔弱，装无辜，在他面前崴脚往他身上靠，花样层出不穷，但他还是第一次遇到这样故意嫌弃三十岁以上的男人年纪大，质疑他的能力，企图用激将法引起他的兴趣的。

这个主意倒是新鲜，但在他这里都上不了台面，他不会把时间浪费在和这种女人纠缠上。

郑霆神色淡然地站在电梯里，面朝着苏栀，目光却半点儿没落在她的身上，把"视若无睹"这四个字发挥得淋漓尽致。

他不理她，很好。

苏栀的礼貌到此为止，她觉得自己今天已经够有耐心的了，如果不是看他长得帅，她早在他以为自己想吸引他的注意力，还阴阳怪气地表示看不上她的时候，就反击了。

苏栀勾起唇角，冷笑一声，抬手撩了一下头发，跟着走进了电梯。

电梯门合上，苏栀看了一眼已经被按亮的二十楼的电梯按键，又瞥了一眼从始至终都没有看过她的郑霆，拿起手机，打开微信，点进和唐溪的聊天页面，给唐溪发语音消息。

"今天出门没看皇历，倒霉死了，遇到了一个奇葩的男人。我跟我妈打电话聊天，开玩笑说觉得三十岁以上的男人不行了，没注意身后什么时候站了两个男人，也不知道他们有没有听见我说的话。怕扎到他们男人脆弱的自尊心，我就想解释一下，问其中一个多大年龄了，结果他觉得我是故意用这种方式吸引他的注意力，让我放弃。

"他简直是有'被恋妄想症'，估计病得不轻。"

他奇葩？有"被恋妄想症"？病得不轻？

郑霆目光微沉，面色无波，继续无视这种"勾引"自己的手段。

站在后面的陈释嘴角微抽，瞥了一眼疯狂嘲讽郑霆的苏栀。

这位姑娘，你想跟朋友吐槽，能不能在背后吐槽？你这当着当事人的面，说得这么明显，声音这么大，未免有点儿嚣张了吧？

苏栀就是要当面让这个自恋的男人认清现实:"我问他从哪里看出来我是想要吸引他的注意力的,他又说不出来,一声不吭,跟哑巴了似的,也不知道是不是看上我了,觉得我美,怕直接搭讪会被拒绝,才用这种小学生才会用的方式吸引我的注意力。"

陈释:"……"看来这姑娘的自恋程度,也不比他老板差到哪里去啊。

郑霆微微蹙眉,瞥了一眼电梯显示屏上面的数字,眼中有些不耐烦。

电梯里信号不好,苏栀捏着手机,看着聊天页面上自己一连发的三条语音消息都还没有发送到唐溪那边。

不过没关系,她的目的已经达到了,她主要是说给这个自恋的男人听的。

电梯里的气氛十分微妙,陈释跟在郑霆身边这么久,知道他对纠缠不休的女人一向是无视的,只是以前那些女人在郑霆的面前营造的一向是大家闺秀、端庄贤淑、温柔懂事的形象。今天这个姑娘,看起来不像是为了讨好郑总,陈释听到现在,感觉这姑娘的每一句话都能透露出对郑总的嫌弃。如果这也是一种手段的话,陈释只能说这姑娘胆子太大了,不走寻常路,不知是什么来头,嘴巴就跟刀子似的。

电梯缓缓上升,中间停了几次,都没人上来。

为了让这嘴毒的姑娘知道用这种方式引起他的注意,只是白费工夫,他不会在意,郑霆给陈释使了个眼色。

陈释瞬间会意,向郑霆汇报他的行程:"郑总,明天上午九点钟,您跟林总有个会议。"

郑霆:"嗯。"

陈释:"下午三点,有个视频会议。"

郑霆:"嗯。"

陈释:"晚上林导那边想请您吃个饭。"

郑霆:"嗯。"

陈释和郑霆一个汇报行程,一个回答,看样子是彻底无视了苏栀。

一般在外面遇到这种争分夺秒的工作狂,苏栀都会自觉地噤声不打扰,但此刻她还没从这个姓郑的自恋男人这里要到一个说法,自然不能罢休。

她嗤笑一声,按住微信的说话按键,继续嘲讽:"这人真有意思,说话都一个字一个字地往外蹦,也不知道当他的助理有多心累。"

陈释:"……"

这位姑娘,你吐槽郑总就吐槽郑总,别给我在郑总这里拉仇恨啊。

陈释继续兢兢业业地汇报行程。

郑霆等他说完，脑子里莫名其妙地就想到苏栀刚刚说他说话一个字一个字地往外蹦，不由自主地回复道："嗯嗯。"

"……"

苏栀这回是真笑了，对着手机听筒说："这人真的好有意思，他开始两个字两个字地往外蹦了。"

她说完，抬眸看着郑霆，挑眉笑了一下，眼睛弯成两道月牙，得意地道："这位先生，你不是不会被我吸引注意力吗？怎么我刚说完有人一个字一个字地往外蹦，你就开始'嗯'两声了？看来你这是身在工作，心思在我这边啊。"

郑霆沉默片刻，微微抬眼瞥向她，淡淡地道："不要妄想我会被你吸引，不可能。"

苏栀："……"

合着她说了这么多都白说了，他觉得自己吐槽他也是为了吸引他的注意力？

真是绝了，她跟他说话简直是对牛弹琴。

电梯到达二十楼，郑霆率先跨出电梯，迈着长腿往房间的方向走，不欲理会苏栀。苏栀紧跟着从电梯上下来，看向陈释，问道："请问你真的是他的下属吗？"

陈释小心翼翼地看了一眼前面的郑总，不知道这姑娘这么问是想干什么，可别乱说话让郑总迁怒于他啊。

看这姑娘刚刚那滔滔不绝的架势，他不回她，她肯定能说更多，陈释微微颔首，表示自己是郑霆的下属。

苏栀"啧"了一声："你跟我说实话，你的真实身份是不是心理医生或者是精神病院的医生，假扮成下属，是为了给病人治病。"

陈释："……"

这个"病人"是谁，不言而喻。

郑霆被气笑了，抬手揉了揉太阳穴。

他很不喜欢跟这种千方百计地接近他的女人多费口舌，没意思，她做那些小动作有什么目的他们彼此心知肚明。

比起以前那些女人，她的手段不算高明，却是最难缠的一个，她不依不饶，不承认是想勾引他，装傻充愣的本领很强。

郑霆转过身，朝苏栀走过去。

陈释看见郑霆转身，连忙和苏栀拉开距离。

郑霆三两步走到苏栀的面前，站定，眉眼冷厉地看着苏栀，脸色冷淡。

苏栀看着他有些阴郁的表情，后知后觉地有些怕。

她刚刚只顾着嘲讽，都没想起来这两个人对她来说是陌生人，她完全不知道对方的人品如何，万一他们的脾气不好，被她惹怒，对她使用暴力，她一点儿还手之力都没有。

她抬头瞥了一眼走廊上方的摄像头，捏紧手机，向后退了一步："你……你想干吗？"

郑霆看她一脸紧张，一副怕他对她做什么的样子，喉中发出一声轻嗤："你想让我做什么？"

苏栀听着他暧昧不明的话，手心开始向外冒汗，怕他真对自己做什么，深吸一口气，尽量保持淡定："现在是法治社会，我看你也是有头有脸的人，应该不会做出自毁前程的事吧？"

郑霆的眉头皱了皱。

苏栀想到有些出身显赫的人会仗着家里的庇佑胡作非为，虚张声势道："你不要觉得有钱就可以胡作非为，什么都能摆平，我们家在南城也是有些地位的，你敢对我做什么，我爸不会放过你。"

她家在南城有些地位？

郑霆更确定了自己心里的想法。

这个女人的家族大概是想要和郑家联姻，知道他一向不喜欢这些，才把她派过来和自己"偶遇"。

"令尊是……？"

苏栀愣了一下。她故意这么说只是为了让他有所忌惮，不敢伤害她，没想到之前还一副高傲之态，不屑跟她说话的男人会突然问她爸是谁。

看来他这种人也是看人下菜碟的啊，她看起来越嚣张他越会忌惮。

"你管我爸是谁，说出来怕吓死你。"

郑霆淡笑一声："我不管你爸是谁，对你是谁家的女儿没兴趣，你最好不要再招惹我。"

这人的脑子不会是被驴踢了吧？苏栀无语地道："我到底干了什么让你觉得我是在勾引你的事？你说，你说出来我一定改。"

郑霆懒得跟她拐弯抹角，直接戳穿她："你知道我每天下午六点半会下楼吃饭，提前到电梯这里等着，以打电话为由不按电梯，看到我到了，故意讽刺三十岁以上的男人，然后又假装不知道我的年龄，用怕不小心冒犯到我为借口，询问我的年龄，和我搭话。"

苏栀听完他"有理有据"的分析，都快忍不住给他鼓掌了，这男人可真会做梦。

"这位先生，首先，我今天刚到这里，把行李箱放到房间里就出来吃饭了，并不知道你每天下午六点半会下楼吃饭，也不知道你是谁，你只是在我和我妈正常通话的时候，刚好过来了。

"其次，我不是假装不知道你的年龄，我是真的不知道你的年龄。

"最重要的是，我对你一丁点儿兴趣都没有，你不是我的菜，就算是你求我嫁给你，我都不会嫁给你，请你不要再妄想我喜欢你了。"

苏栀郑重地强调完最后一条，从他的身边绕过去，走向自己的房间。

郑霆站在原地，看她进了在自己的房间隔壁的房间，嘴角勾起一抹冷笑："陈释。"

陈释应道："郑总。"

郑霆道："去查查这是谁家的女儿，是谁给她办的入住手续，谁泄露了我的房间号。"

"是，郑总。"

心里骂骂咧咧地回到房间里，苏栀往沙发上一坐，拿起手机，看到自己刚刚给唐溪发的消息已经全部发了出去，她还给自己回了消息。

唐溪："不会吧，你就问了他的年龄，他就觉得你对他有意思？"

苏栀把刚刚发生的事跟唐溪说了一遍。

苏栀："他觉得我在电梯间打电话都是精心设计好，掐着点儿等他的，你说他是不是有什么毛病，我压根儿都不知道他是谁。"

唐溪："这人听起来是有点儿病。"

苏栀："他不只有病，还有眼疾，我长得这么美他都看不见，居然觉得我配不上他。"

唐溪："我有点儿好奇，这么自恋的人长什么样儿？"

苏栀："他个子很高，目测一米八五以上，双眼皮，眼睛很好看，貌似还是桃花眼，睫毛又长又浓，高鼻梁，面部线条棱角分明，嘴巴说不上来，挺性感的，气质也不错，挺帅的。"

唐溪很少能从苏栀的嘴里听到她评价一个男人的颜值为"挺帅"。

唐溪："你观察得还挺仔细。"

苏栀："那当然啊，他的颜值确实挺高的，很符合我的审美，可惜脑子似乎不太好，问个年龄都觉得我对他有意思，估计在他的心里，全世界未婚的女人对他都有意思。"

唐溪："会不会是你看他的眼神太直白了，才让他误会的？"

毕竟苏栀描述人家的脸描述得那么细致，肯定是仔细地打量人家了。

苏栀："不知道，不过长得帅的人走在路上被别人多看两眼不是很正常吗？我平时在大街上也会被别人盯着看，我也从来没跑到人家的面前跟人家说别看了，你没戏啊。"

苏栀："你说他会不会每天出门，碰到谁多看他两眼，就跑过去说人家配不上他？"

唐溪："哈哈哈，还真有可能。"

苏栀："气死我了。"

唐溪："别生气了，你不都解释清楚了吗？"

苏栀："可我解释了他不听啊，估计他现在还觉得我喜欢他，说这么多是为了勾引他呢。"

苏栀突然感觉到一股深深的无力感。

苏栀："你说，我到底做什么，他才会相信，我对他没意思？"

苏栀越想越气："烦死了，我怎么就配不上他了？"

唐溪："他有病，你别理他就好了，不要为了这种人跟自己过不去，在我的心里，你是最美的，无论是哪个男人，你都配得上。"

苏栀："还是我的溪溪好，秦骁上辈子是积了什么德，娶到你这么好的老婆？"

唐溪："他大概是拯救了世界吧。"

唐溪："你怎么住到酒店里去了？"

苏栀还没跟唐溪说自己来东城的事。

苏栀："我在家里无聊，来东城玩了，住的还是上回我俩过来时住的那家酒店。"

唐溪："干吗不回家，怕林老师和苏老师催你找对象？"

苏栀："我要是回家了，他俩可不得天天在我的面前唠叨，我一点儿都不想找对象，今天碰到个这么自恋的男人，更不想找对象了。现在这种莫名其妙的男人太多了，我决定了，这辈子都不结婚，就一个人过。"

唐溪："话不要说得太早，当心被打脸。"

苏栀："那是你，我肯定不会。"

苏栀和唐溪聊了会儿天，手机没电了，把手机放到床头柜上充电，转身去浴室里洗漱。

苏栀隔壁的房间里，陈释很快就查到了苏栀的信息。

"她爸是大学老师，她今天才办的入住手续，刚到，房间是昨晚在网上订的。她半年前刚好入住过这个房间，不像是有人泄露您的房间号，让她故意把房间订在您的隔壁的。"

郑霆微微皱眉，没有说话。

陈释不知道他在想什么，不过一个大学老师，应该不会像郑总猜测的那样，想让女儿和郑家联姻。

这姑娘的人生经历简单得像张白纸，唯一厉害的地方就是她的那张嘴，说出的话字字带刺，她真的不太像对郑总有意思的样子，他查也不可能再查出什么，反而会弄得酒店里的工作人员人心惶惶。

陈释委婉地表示："郑总，今天的事可能确实像苏小姐说的那样，是个巧合。"

郑霆沉吟片刻，淡淡地道："不是巧合，她一直在看我的脸。"

陈释说："那她就是看上了您的脸，不是奔着您的家世来的。"

郑霆"嗯"了一声，说："是这样。"

苏栀对这个斥巨资入住的总统套房最满意的地方就是浴室，这里面有个超级大的按摩浴缸。

套房管家给她送了一份水果甜点上来，她把身体泡在浴缸里，用叉子叉了一块草莓放在嘴里，开始美美地享受生活。

不知不觉地泡了一个多小时，苏栀裹着浴巾从浴缸里出来，浑身舒畅。她站在镜子前看着镜子里的自己，她的脸颊上的皮肤被热气蒸得白里透红，五官精致，唇红齿白，素颜都很明艳，腰细腿长，该瘦的地方瘦，该有肉的地方有肉，简直就是天生丽质。

苏老师和林老师遗传给她的外貌基因堪称完美，那个自恋的男人居然觉得她配不上他，苏栀想起他对自己轻蔑的样子就生气。

就那种臭男人，她还看不上呢，他上赶着追她她都不要，上天赐给她这样完美的脸蛋儿和身材，是让她享受生活，做美美的仙女的，可不是为了便宜臭男人。

他还说什么她没机会吸引他的注意力，自大狂。

苏栀往脸上敷了一张面膜，躺在沙发上，想着明天要干什么。

她这次来东城完全是说走就走，事先一点儿计划都没有，虽然在酒店的房间里躺着也很舒服，但来都来了，总得出去走走。

上回她和唐溪一起过来出差,把这附近能转的地方都转了一遍,似乎也没什么好玩的地方没去过了。

苏栀想起唐溪和秦骁之前一起去玩的地方好像不错,不知道是什么地方。

她拿起手机给唐溪发消息:"你和秦骁在东城时一起出去玩的地方叫什么名字?"

唐溪很快回复:"太桥古镇。"

苏栀:"好玩吗?"

唐溪:"我和他去的时候风景不错,适合拍照,不过现在是冬天,景色应该没那时候好看。"

苏栀:"美食多吗?"

唐溪:"还行,挺多的,味道都不错,应该符合你的口味。"

唐溪了解苏栀的口味。

苏栀:"有吃的就行了,那我明天就去这里了。"

唐溪:"从你住的地方到那边的路不太好,坑坑洼洼的,你过去的话开车小心点儿。"

苏栀:"好的。"

唐溪:"好的。"

敷完面膜,苏栀坐到梳妆台前,从爽肤水到面霜,一个步骤不落地做完整套护肤流程,觉得自己更美了,皮肤都快嫩出水了。

她托着下巴看了一会儿自己的脸,脑子里又想到那个男人警告自己不要招惹他的样子,心里很不爽。

虽然她并没有想要吸引那个男人的注意力,一切都是那个男人的想象,但那个男人很明显就是瞧不上她。

她苏大美人长这么大,什么时候被男人嫌弃过?他自大、奇葩,倒追她她都不要。

苏栀骂着骂着脑子里突然冒出一个不着调的想法:要不然就试试看能不能吸引他的注意力,等他上钩了再把他给甩了?

不行不行,这个行为好像挺渣的,而且她跑去撩他,他更觉得她一开始的行为是为了吸引他的注意力了,到时候万一再撩不到,被他冷嘲热讽,真是有嘴都说不清了。

可是就这么算了,她又挺憋屈的。

想起那个男人狂妄的样子,她就想看他被"打脸"。

苏栀的脑子里天人交战，在去撩他，把他撩到手再甩了他让他"打脸"和无视他之间来回徘徊，最后她还是气不过，咽不下这口气。

她今天就问了个年龄，那个自恋的男人都觉得自己是为了吸引他的注意力，估计平时没少误会别的女人，觉得人家是想勾引他。横竖她最近没事干，就为广大女性同胞出一口气，让这些自以为是的男人知道，做人不能太自信。

苏栀是个行动派，想到什么就做什么，既然打定主意要先把那个自恋的男人撩到手，再甩了他，就要计划一下要怎么撩。

想想还蛮刺激的，她还从来没撩过男人呢。

不过她连恋爱都没谈过，长的这张嘴除了损人还是损人，一点儿勾引男人的经验都没有，还是问问唐溪吧，唐溪应该有经验。

苏栀再次给唐溪发消息："我气不过，想把那个男人撩到手再甩了。"

唐溪："倒也不必如此，感情的事情，容易一不小心挖坑把自己埋了。"

苏栀："你是没看到那个男人自大的嘴脸，不打他的脸，出了这口气，我可能到八十岁都会记得曾经有个男人瞧不上我。"

唐溪："可是万一他的人品不行，你招惹他，容易惹上麻烦。"

苏栀："那我再观望观望吧，打探打探他的底细，你放心，我聪明着呢，不会乱来，不过你先教教我怎么撩男人。"

唐溪："我不会撩呀。"

苏栀："你还不会撩？上回是谁把我拉到商场里，让我站在中间当'电灯泡'，给她老公比心，把她老公哄得心花怒放？"

唐溪："哎呀，情况不一样啊，我和秦骁都是老夫老妻了，你和那个男人还不熟呢。而且我听你的描述，他对女人应该挺警惕的，如果你表现得像喜欢他一样，他应该会对你冷嘲热讽吧。"

苏栀："他肯定会冷嘲热讽。"

她今天就差指着他的鼻子直接骂了，他都能警告她不要招惹他，如果她像唐溪撩秦骁那样对他比心，估计他都要报警说自己性骚扰他了。

看来她在唐溪这里取不到经了。

苏栀在脑子里回想今天和自恋男人的全部对话，思索着怎么才能撩到这种唯我独尊的男人。

手机振动一下，她低头看，是唐溪给她分享了一个链接。

她点进链接，唐溪分享的是一本书——《如何征服英俊少男》。

苏栀："……"

少男？

那男人后来跟她说觉得她是故意讽刺三十岁以上的男人，那他应该超过三十岁了。

三十多岁的男人，不算少男了吧？

苏栀随意地翻看了一会儿这本书，开始犯困，直接把手机丢在一边，上床睡觉。

第二天没什么事，苏栀没定闹钟，准备一觉睡到自然醒，不过因为晚上睡得早，早上睁开眼时才六点多。

苏栀在床上又躺了会儿，想到自己昨晚要撩男人的计划，有点儿不知道要怎么撩，从哪里撩起。

她只知道那个男人和自己住同一楼层，但是酒店在保护客人的隐私方面做得很好，她也不可能直接去敲男人的房门。

还有就是他自己说的，每天下午六点半下楼吃饭，既然他晚上下楼吃饭，那早饭应该也会下楼吃吧？

不管了，她去餐厅里吃饭，总比在房间里吃碰上他的概率大。

苏栀掀开被子下床，洗漱后，化了个精致的妆容，从行李箱里重新拿了一身衣服换了，看着镜子里自己的脸，嘴角勾起一抹冷笑：自大的男人，给我等着，我来打你的脸了。

手机收到套房管家的消息，询问她需不需要把早饭送到房间里吃，苏栀回复了"不需要"，拿着手机去餐厅。

这会儿正是吃早餐的时间，餐厅里坐了很多人，苏栀看了一眼自己昨天坐的座位，那里已经有人了。

她往里面走了走，选了一个空座位，面朝着餐厅大门的方向坐下，以便万一人进来了，她能看见。

早上没什么胃口，她随意地点了一份套餐。

服务员很快就把早餐送了过来，苏栀吃得很慢，平时十几分钟就能吃完的早餐今天半个多小时才吃完。

看了一眼时间，已经快九点了，她隐隐约约地记得昨天在电梯里，戴黑框眼镜的男人汇报行程时好像说了，自恋男人今天早上九点钟有个会议。

酒店总统套房里有个小型会议室，不知道他是直接在房间里开会，还是约在了别的场所，看来她这会儿在餐厅里是等不到他了。

有了想要撩自恋男人的想法，苏栀就不想再去太桥古镇了。

她可以在这边待很久，但那个男人指不定什么时候走，去太桥古镇的计划可以向后面拖一拖，这几天她要试试，能不能再碰上那个男人。

今天天气不错，酒店后面有个娱乐休闲区，很多客人在那边打发时间。

苏栀从餐厅里出去，走到娱乐休闲区，绕着人工湖慢悠悠地散步，经过一张椅子时，想起从自己的房间的阳台向下看，刚好可以看到这张椅子。

昨天自恋男从电梯上下来，走的方向和她的一样，看起来他的房间和她的房间隔得不远，如果他站在阳台上往下看的话，应该也可以看到这边，就是他的眼神不太好，楼层有点儿高，不一定能看到她。

苏栀在心里暗暗地挤对了他一句，走到椅子旁，撩了一下头发，姿势优雅地坐下。

管他能不能看见，一切能在他的面前提高存在感的机会，她都不会放过。

她坐在椅子上，打开手机，继续看昨天唐溪给她分享的那本《如何征服英俊少男》，才坐下没多久，一阵风吹过来，把苏栀的头发吹得有点儿乱。

苏栀果断地放弃坐在这里漫无目的地吸引自恋男人的方法，起身回房间。

算了，男人不值得她遭这种罪。

从电梯上下来，走到房间门口，正拿房卡开门，余光突然瞥见电梯里走出一道熟悉的身影，她的眼眸微动，想到了什么，唇角勾起一抹笑，把房卡塞回包里，拿起了手机。

郑霆从电梯里出来，刚走两步就看到站在不远处的女人正举着手机，对着他拍照。

他皱了皱眉头，大步走过去，冷声警告苏栀："把照片删了。"

苏栀抬眸，一脸无语地看着眼前的男人："你有病吧？"

郑霆淡淡地道："我说过，不要企图吸引我的注意力，删了。"

苏栀好笑地道："我自拍跟你有什么关系，你凭什么让我删？"

她说完，把手机举起来给他看，屏幕里显示的是前置摄像头拍到的画面，清楚地证明她是在自拍，而不是在偷拍他。

郑霆的神色稍怔。

苏栀的眸中闪过一抹狡黠："需要我把相册打开给你看看里面有没有你的照片吗？"

她的相册里当然不可能有他的照片，苏栀就是故意把手机对着他，让他误以为她在拍他，好让他过来打他的脸。

郑霆抿着唇没说话。

苏栀一脸诚恳地对郑霆说："我真的建议你去医院看看吧，你的'被恋妄想症'真的不轻了。"

苏栀说完话，转身推开房门，心情愉悦地走了进去。

郑霆站在原地，沉默片刻，问陈释："是我的问题吗？"

陈释哪敢说是他的问题："当然不是您的问题，是苏小姐的行为容易引起误会。"

郑霆说："我没病。"

陈释道："您当然没病。"

郑霆淡淡地道："一个企图吸引我的注意力的女人，我为什么要理她？"

郑霆觉得自己刚刚不应该搭理苏栀，这种纠缠不休的女人，他越给眼神越容易让她觉得有机会。

陈释道："谁知道呢？"

恶作剧成功的苏栀被郑霆吃瘪的表情爽到了，看来对付这种自恋的男人，就是要打破他的自以为是。

苏栀窝在套房客厅的沙发上，打开电视，手里拿了一包薯片，悠闲地享受度假时光。

中午苏栀没下楼吃饭，让套房的管家把饭送上来吃。

午后阳光灿烂，光线透过巨大的落地窗洒进室内，落在苏栀的身侧，暖洋洋的。冬天难得有这样好的太阳，苏栀躺在房间里的阳台上的椅子上，惬意地边晒太阳，边欣赏外面的风景，从这里看下去，不仅能看见酒店内部大大小小的花园，附近影视城里的建筑也尽收眼底，观景体验很好。

空气中飘浮着淡淡的香味，苏栀在阳台上坐了一会儿，有些犯困，垂下眼睫，快要睡着的时候，手机响起了来电铃声，是温卿打过来的。

"宝贝，想我了吗？"电话一接通，苏栀的耳边就响起了温卿热情甜美的声音，她爽朗的性格跟她在荧幕上的那张温婉典雅、仿佛不食人间烟火的脸反差感很大。

苏栀同样热情地回复："都快想死你了。"

两个人上次见面还是半年前。

昨晚温卿收工的时间延迟，回酒店时已经夜里十二点多了，今天她凌晨四点多就起床做妆造，中间休息的时间很少，就没和苏栀见面。

温卿说："那咱们晚上见，有一家私人茶室，里面的菜精致可口，你上次过来的时候还没开业,晚上我请你去那里吃饭。"

一说到美食苏栀就来精神了:"好呀好呀,地址在哪里?"

温卿说:"下午我收工后回酒店接你一起过去。"

苏栀道:"不用这么麻烦,你把地址给我,我直接过去就可以了。"

温卿身为一个当红女演员,跑来跑去万一被粉丝发现了,不太好。

"好吧,我等会儿把地址发到你的微信上。"

温卿说完就把电话挂断,在微信上发了私人茶室的定位给她。

温卿:"我快收工的时候给你发消息,你看到我的消息后再过去,不要提前过去,这个私人茶室不对外开放,需要熟客带进去才可以。"

私人茶室的私密性都很强,尤其是高端的茶室,能进去的都是些上流人士。

苏栀:"好的。"

"对了,你昨天不是说今天没空吗?怎么突然又有空和我一起吃饭了,难道你是为了我特意请假了?"

温卿:"宝贝,虽然我很爱你,但是像我这种敬业的女演员,是不可能为了陪朋友吃顿饭就请假的。"

苏栀:"那你怎么突然又有空了?"

温卿:"今天是林导的生日,晚上没有事,我本来打算和剧组的其他演员一起给林导过生日的,但是有个大佬最近在这边,今晚要参加林导的生日宴,像我这种身份的人就没资格去参加了。"

温卿和林导已经合作三部剧了,关系很好,前两年林导的生日宴她都有参加,今年情况特殊,林导也没跟她拐弯抹角,就直说了,林导这次生日宴好不容易邀请到的大人物是他们剧组的投资方大老板,对方不太喜欢私底下参加这种小型宴会时,有不熟悉的女人在场。

林导这么说温卿就懂了,要参加林导生日宴的那位大人物是远鼎集团的郑总。

温卿在娱乐圈里混了这么多年,如今跻身一线演员行列,消息还是很灵通的,关于那位郑总的消息,她也是知道一些的。

苏栀觉得不可思议,道:"什么大佬这么霸道,去参加别人的生日宴,主家就不能邀请别的客人了?而且你都是一线演员了,在圈子里的地位应该也很高了,不至于连参加导演的生日宴的资格都没有吧?"

温卿:"我在演员圈子里暂时地位不低,但是在资本圈的大佬的眼里,渺小得连只蚂蚁都算不上。"

苏栀："我要安慰你一下吗？"

温卿："那倒不必，我可比你有钱多了。"

苏栀："这话过分了，姐妹。"

温卿："先不聊了，工作人员喊我了。"

苏栀："好的。"

结束和温卿的聊天，苏栀点开温卿发过来的私人茶室定位看了一眼，距离酒店十公里左右的路程，开车大概不到半小时就到了。

她上午回房间后，本来打算在房间里待一天，不准备再出门，脸上的妆都卸掉了，既然晚上要出去和温卿一起吃饭，那必须得化一个精致的妆容。

为了让妆容更服帖，苏栀在化妆前敷了张面膜，化好妆后，拿着手机在房间里找角度自拍。

这种花大价钱入住的总统套房最适合拍照，套房的管家在送下午茶上来时，看到她在拍照，主动提出可以帮她拍照。

女孩子拍照时时间总是过得很快，不知不觉就到了下午六点多，苏栀收到了温卿的消息。

"我收工换好衣服啦，你现在可以过去了，提前到了的话在车上等我，不要下来，外面很冷。"

苏栀回复："好的。"

温卿："发一张你的车的照片给我。"

苏栀："还是以前那辆，白色的，车后面贴了两个实习标志。"

事实上她早就过了实习期，只是觉得挂上实习标志会更安全。

温卿哪里还记得她的车是什么样子的，不过她说车后面有两个实习标志就好认了。

温卿："OK，待会儿见。"

苏栀："待会儿见。"

收起手机，苏栀拎着包出门。

晚上的风很大，苏栀一只脚刚迈出酒店大门，一阵风就向她袭来，她整理了一下被风吹乱的头发，往前走了两步，头发又被吹乱了。

算了，等她到车里再整理吧。

她随意地把凌乱地挡住脸的头发撩到耳后，往车停放的位置小跑过去，跑到车门前，从包中摸出车钥匙打开车锁，正准备打开车门进去，和她的车隔着一个车位的车缓缓地从车位里驶出来。

这是一辆豪车，一般看到这种豪车，苏栀都会习惯性地多看两眼，感慨一声"有钱人"。

然而就在她朝着那辆车看，"有钱人"三个字还没感慨出来的时候，那辆车停了下来，后座的车窗在她的面前缓缓地降下。

苏栀下意识地向后座看去，和车后座上坐着的男人四目相对。

男人双腿交叠，修长的手指搭在膝上，上身微微向后靠着，薄唇轻抿，目光定定地看着苏栀，他似笑非笑，仿佛在说：我就知道你对我有意思。

苏栀看着他那自信从容的神色就能大概猜到他的心里在想什么。

他此刻肯定觉得她这次接近他是有备而来，知道这辆车是他的，所以故意把自己的车停在这里，以便跟踪他。

一猜到他内心的想法，苏栀就觉得憋屈：谁要暗恋他，千方百计地吸引他的注意力啊？世界上的男人那么多，她一个大美女，何愁找不到帅哥，怎么可能会吊死在他这一棵树上？

苏栀在脑子里思索着等一下要怎么反击这个男人，站在原地等着他说一些让自己不要白费心机的话，然而不知道是不是因为上午在她这里吃了瘪，不想搭理她了，视线只是在她的身上稍做停留，男人便移开目光，吩咐司机开车，一句话都没对她说，但苏栀还是没错过他扭开头时，面上那一闪而逝的不耐烦。

也不知道他想象了多少她对他纠缠不休的戏码，才会露出这种被她纠缠烦了的表情。

苏栀没时间思考这男人的心里是怎么想的，温卿还在等她，她赶紧上车，启动发动机，脚踩油门，按照导航开向茶室。

驾驶车子经过几个路口，苏栀停下来等红灯，突然发现右边车道上停在最前方的就是自恋男的车，心中隐隐地有了一个不好的猜想。

自恋男说了，他每天下午六点半会下楼吃饭，现在刚好下午六点多，他不在酒店的餐厅里吃饭，出来多半就是要吃饭。他这种有钱人特意开车出来吃饭，去的必定是高端场所。温卿请自己去的这个私人茶室听起来就挺高端的，自恋男去的该不会和自己去的是一个地方吧？

如果他们去的是同一家茶室，以他的"功力"，肯定觉得自己是跟踪他去的。

应该不会那么巧，因为影视城里常年都有很多剧组在这边拍戏，所以附近有很多高档餐厅，他们不至于那么巧去的是同一家私人茶室。

路越来越偏，那辆豪车始终在她的车前面，苏栀看了一眼导航，还有三公里就到目的地了,看来他们大概率去的就是同一家私人茶室了。

苏栀在心里骂了一声"倒霉",脚踩油门加速,准备超车那辆豪车的前面去,免得他说自己是跟踪他过来的。

刚一加速,她就发现前面的车也在加速,这更证实了苏栀心里的想法。自恋男这是觉得她在跟踪他,所以让司机加速甩开她。

苏栀蹙了一下眉,继续加速。

前面的车见她加速,速度又开始往上加。

苏栀铁了心要超过去,眼看着就要飙起车,茶室到了。

从外面只能看见茶室的建筑是古色古香的徽派建筑,大门口站了两个迎接宾客的服务人员,苏栀记得温卿说的话,私人茶室,没有熟客带,进不去,便把车停在茶室前的停车位上,给温卿发消息:"我到了。"

温卿:"你好快呀,我还有差不多五分钟到,等我。"

苏栀回了句"好的",抬起头,看见自恋男的助理朝她走了过来。

陈释走到苏栀的车门前,敲了敲车窗。

苏栀降下车窗,不耐烦地道:"干吗?"

陈释俯身,从车窗往车厢里面看,对苏栀说:"苏小姐,不好意思,您的车估计不能停在这里。"

苏栀没好气地道:"凭什么,这茶室是你家开的呀?"

陈释说:"茶室不是我家开的,是我老板开的,所以您不能进去,还有,我老板让我给您带话,不要再浪费时间了。"

苏栀:"……"

苏栀深吸了一口气,没想到会这么巧,温卿请自己吃饭的私人茶室是自恋男开的,而自恋男以为自己是尾随他过来的,不让自己进茶室。

看来如果不和他说清楚自己真的对他没意思,她今天想在这里吃顿饭比登天还难。

她虽然是个吃货,但在老板很明显不欢迎自己的情况下,也犯不着为了一顿饭死乞白赖地求他让自己进去吃饭。

可她这么大老远地开车过来,就因为男人误会她是跟踪他过来的,就被拒之门外,想想就憋屈。

如果她真的进不去,那最起码也要骂他几句再走,不能就这么灰溜溜地被赶走。

苏栀冷笑一声,对陈释说:"那你也帮我给你的老板带句话,我对他一丁点儿意思都没有,今天来这里是和朋友有约,如果事先知道这里是他开的，他就是用八抬大轿抬我我都不过来。"

郑霆的车停放的位置与苏栀的车只隔了两个停车位，中间没有停车，苏栀的声音清脆，掷地有声，不用陈释传话，郑霆也能听见苏栀说了些什么。

苏栀说她是跟朋友有约，这话郑霆半点儿都不信。

他遇到过太多制造偶遇的女人，还要美其名曰缘分。

这么巧她和朋友约在他的餐厅，她又很巧地和他同一时间从酒店里出来，一路跟在他的车后，他加速她也加速。

种种巧合叠加在一起，就是有意为之。

他坐在车里，不欲理会苏栀。

陈释微微侧身，扫了一眼身后毫无动静的车窗，回过头，面上带着礼貌的微笑："苏小姐，您的话我会替您带给郑总。您看时间也不早了，您是不是现在离开，另寻一家餐厅，早点儿吃上晚饭？"

苏栀的视线越过陈释的肩膀，她愤愤地瞪向他身后的那辆车的后排车窗，看不见自恋男的脸，但能想象他此刻坐在车里面，目空一切的样子。

她在心里骂了姓郑的自恋男好几句，到底气不过，没憋住火，话是朝着陈释说的，目光却对着郑霆的方向："还要你带话吗？我的声音这么大，你的老板听不见吗？他聋了吗？"

陈释的嘴角抽了两下，他知道她这火不是冲着自己，也不生气。这姑娘的脾气太烈了，胆子又大，什么话都敢说，确实没有以前那些想要接近老板的女人好沟通，不过这种事情一向是由他和这些女人交涉，老板是不会出面的。

他正想着要怎么把苏栀哄走，身后的车窗降了下来。

苏栀抬手对陈释示意了一下，让他往边上站站，手指搭在车窗上，眼梢微吊，一双明亮的眼眸不满地瞪着对面面色淡漠的男人，冷哼一声："看来你能听见啊，我再跟你说一遍，我不是跟着你过来的，是我朋友把我约在这里，我压根儿就不知道这里是你开的。"

郑霆神色淡淡，平静地开口："你想说这是我们俩有缘分？"

"谁跟你有缘分？"苏栀嫌弃地道，"是我倒霉还差不多。我最讨厌和你这种脑子有问题的男人说话了，好不容易出来旅一次游，就想开开心心的，今天我和很久没见的朋友见面，应该度过一个愉快的晚上，就因为碰上你，这大晚上的，这么冷的天，我出来一趟多不容易，还要饿着肚子重新找餐厅，真是一点儿心情和胃口都没有了。"

苏栀越说越生气,对着郑霆劈头盖脸地骂:"真是倒胃口的男人,果然碰到男人就会变得不幸,遇到你我真是倒了八辈子霉。你以为你是谁啊,别人都稀罕你?追我的人多了去了,你在我这里排号都排不上。我看你的样子得有三十多岁了吧,一把年纪的人了,还觉得我这棵嫩草能给你这头老牛啃呢?都不知道被多少女人泡过了,听到我说三十岁以上的男人不行了,就急赤白脸地诬赖我想引起你的注意,说我是故意讽刺三十岁以上的男人,怎么,你就那么自信我说的是你,急着对号入座呀?"

苏栀这一张嘴说话又快又毒。

郑霆凭借着强大的自信力,目光沉静地看着苏栀,好像苏栀骂的人不是他一样。

在一旁站着的陈释瞠目结舌,以前他还不明白,他老板为什么对女人这么抗拒,女人明明甜美又可爱,又不会吃人,今天他总算明白了,他的老板果然很有远见,女人太可怕了。

郑霆盯着苏栀的脸,面上云淡风轻,实则内心也掀起了不小的波澜。

他从未想过会从别人的口中听到对自己如此不堪的评价。

苏栀说的话,他完全不认同。

他静静地等苏栀说完,垂头看了一眼腕表上的时间。他已经在这个女人的身上浪费了太多时间,不想和她再纠缠下去,想让陈释赶紧把她劝走。

他抬眸看向陈释时,余光瞥见苏栀趴在车窗上,脸一直露在外面,被刺骨的寒风吹得鼻子红通通的,嗓子被风呛得咳了一下,头发微微凌乱,忽略那张嘴说出的话,竟然有一股子楚楚可怜的味道。

算了,他不欺负女人,这私人茶室开在半山腰上,有些偏僻,附近没有其他餐厅,确实如她所说,大晚上的,一个小姑娘出来一趟不容易,就让她进去吃顿饭再走吧。

他一把年纪的人了,犯不着和一个小姑娘计较……等等,他怎么就一把年纪了?他才三十一岁半!

郑霆抬手按了按眉心。

他还年轻,为什么要听苏栀这个丫头的话?他不老。

"栀子!"温卿看见后面贴着两个实习标志的车,还没看见苏栀的人,就降下车窗冲着那边喊。

苏栀听见温卿的声音,瞪了郑霆一眼:"看见没有?约我的朋友来了。"

苏栀推开车门,从车上下来,对着温卿挥手,顾及温卿的身份,没喊她的名字,抬腿向她走过去。

温卿从车上下来，戴着口罩和帽子的脸只露出一双水汪汪的眼睛，眼尾上扬，走到苏梔的面前，热情地和她抱了一下。

许久没见的小姐妹亲得不行，苏梔暂时忘记了刚刚的不愉快，胳膊环过温卿的后背时，感觉她裹着厚厚羽绒服的身体很单薄，捏了捏她的胳膊，说："你是不是又瘦了？"

温卿说："角色需要，瘦了一点点。"

温卿被风吹得把头上的帽子压低了些，挽着苏梔的胳膊说："这里风大，咱们快点儿进去吧。"

视线被帽子挡住，她没看见坐在车里的郑霆。

二人胳膊挽着胳膊走到茶室的大门口，温卿递给门口的服务员一张卡。

服务员看了一眼苏梔，将视线投向不远处的陈释。刚刚他们可都目睹了这个凶悍的女人是怎么骂他们的老板的，不敢直接放人进去。

陈释在郑霆的示意下微微颔首，服务员侧身放行，一个长相甜美的女孩领着她们俩去温卿提前预订的包间。

茶室大门后就是一座中式的庭院，古朴典雅，水声"潺潺"，四处游廊小路都用灯笼照明，苏梔边走边欣赏风景，暗暗地感慨这家茶室的老板有品位，突然想到这家茶室的老板是那个自恋男，顿感晦气的同时后知后觉地反应过来，她进来了。

她是怎么进来的？自恋男不是让助理跟她说，不让她进来吗？

她停住脚步，温卿看见她茫然的神色，问道："怎么了？"

苏梔问："刚刚有人拦我吗？"

"没有啊，拦你干吗？你是跟着我进来的。"

领路的服务员见她们俩停了，也停下来等着她们。

苏梔看了服务员一眼，说："等会儿到包间里跟你说。"

走过一座石桥，两个人就到了温卿订的包间，这是一栋临水的两层小楼，一楼是顾客在这里办私人宴会的待客场所，吃饭的地方在二楼。

苏梔出生在小镇，对这种书香文艺的装修风格很喜欢，以前也去过一些这种风格的餐厅，但是没遇到过这么高端的。

这么高雅的地儿是自恋男开的？他不会是诓自己的吧？如果这里是他开的，他怎么没让服务员拦着自己？

两个人踩着楼梯到了二楼，温卿摘下口罩和帽子，长舒了一口气："终于可以摘掉了，热。"

她很不喜欢戴口罩和帽子，觉得捂人，做动作都不畅快，但是在外面怕遇到粉丝被认出来，所以出门就要全副武装。

服务员给她们俩倒了茶，就退了出去。

温卿坐在椅子上，端起茶杯喝了口茶，抬眸问苏栀："你刚刚说到包间里要跟我说什么？"

想起那个自恋男，苏栀咬牙切齿地道："我这两天倒霉，遇到一个自恋又奇葩的男人。"苏栀把这两天的遭遇跟温卿说了一遍，"他还说他是这家茶室的老板，不让我进来，我都打算跟你去别的地方吃饭了，没想到就这么进来了，看来他应该不是这里的老板，我被他骗了。"

温卿听着她的描述，眼泪都快笑出来了，和她一起吐槽自恋男："怎么会有这么自恋的人，你知道他叫什么吗？"

苏栀一直用"自恋男"称呼郑霆，温卿听到现在，就对"自恋"这两个字印象最深刻。

苏栀摇头："不知道，就听他的助理喊他郑总。"

"郑总？"温卿脸上的笑容收敛了些，"这家茶室的老板就是姓郑，你遇到的那个自恋男应该就是这家茶室的老板。不过我没听别人说过郑总自恋啊？"

"你知道这个郑总？"

温卿点头："知道啊，我现在拍的这部剧的最大的投资方就是他。你骂他了？"

"骂了呀，刚才不是都跟你说了吗？"苏栀给温卿复述了一遍自己是怎么骂他的。

温卿对她肃然起敬，竖了根大拇指："你真牛，你赶紧收拾收拾东西，准备明天回南城吧。"

"为什么？"

温卿说："因为我们俩住的酒店马上也是他家的了，如果你大晚上被人家从酒店里轰出去，别指望我能救你，我还要拍戏呢。对了，以后你再遇到他，不要说我认识你，你就当没有我这个朋友。"

苏栀："……"

苏栀坐在温卿对面，手捧着一杯热茶，听温卿八卦郑霆的背景。

"郑总是远鼎集团的总裁，郑霆，这个名字你听说过吗？"

苏栀摇头："没听过郑霆这个名字，但是知道远鼎集团。"

远鼎集团成立于二十世纪八十年代，旗下分公司遍布各地，南城经济中心最繁华的地段有一栋大楼，顶上就是"远鼎集团"四个大字。

说起远鼎集团，苏栀第一次知道这个很厉害的企业还是在上高中的时候，学校为了激励学生学习，把他们学校的优秀毕业生请回来给他们做演讲，演讲的内容基本是高考考了多少分，进了哪所名牌大学，大学毕业后顺利地找到了什么满意的工作。

其中一个学长是省高考状元，"状元"这个词无论在什么年代都是优秀的代名词，主持人介绍了他的身份后，一群坐在大太阳下被晒得昏昏欲睡的学生瞬间来了精神，昂首挺胸地望着台上的高考状元，听他分享通过高考改变命运的故事。

那天那位省状元的演讲时间大概有三十分钟，讲高中时如何刻苦学习只占了三分钟，剩下二十多分钟全部用来介绍他是如何从一群顶尖高校毕业生中脱颖而出，竞争到了远鼎集团的 offer（录用通知书），以及进入远鼎集团实习，想要通过考核留下，到底有多难。

所以从高中时代起，"远鼎集团"这四个字在苏栀的心里就是高攀不上的代名词，不过她虽然知道这个集团，但并没有关注过集团的老板是谁。

郑霆平时行事低调，苏栀又不是娱乐圈里的人，温卿对她不知道郑霆也不意外。

"那你知道郑霖吗？"

这个名字……苏栀想了想，隐约想起好像在微博上看到过，但具体内容一时想不太起来了。

"他是不是某个女演员的男朋友？"

包间里没外人，温卿往门的方向看了一眼，正准备说些娱乐圈内的隐秘八卦，外面传来敲门声。

温卿噤了声，等服务员进来上菜。

片刻的工夫，桌上摆满了精致的菜肴，苏栀对美食没有抵抗力，等服务员出去后就拿着筷子从摆在自己面前的盘子里夹了一块肉放在嘴里。

温卿指着旁边的薄饼皮提醒她："这个有点儿辣，你夹在饼里一起吃。"

"不辣，好吃。"苏栀的口味重，她很能吃辣，"这是什么肉啊，怎么吃着不太像鸡肉？"

看这道菜的样子，她还以为是辣子鸡呢。

温卿说："这是羊肉。"

"羊肉吗？"苏栀愣了一下，又夹了一块肉放在嘴里尝了尝，"我平时不吃羊肉的，觉得太膻了，这个居然一点儿都尝不出膻味来。"

温卿笑着说："香吧？"

苏栀点头："真香。"

苏栀在温卿的推荐下又尝了几道菜，见温卿都没怎么动筷，知道她这是在拍摄期间，晚上不敢乱吃东西，问道："你刚刚说到郑霖，郑霖怎么了？"

话题重新回到八卦上。

"我说郑霖你也不知道，说个你知道的，林宛，这你总该知道了吧？"

苏栀说："林宛我肯定知道呀，前几年刚出道时势头比较猛，一个初出茅庐的新人，拿到的角色都是大制作的女主角，一群一线演员给她做配角。据说她男朋友很厉害，不过这两年资源不行了，听说是和男朋友分手了。"

结合几年前看过的八卦，苏栀对郑霖有了点儿印象："郑霖就是她的前男友？"

温卿点头："捧她的就是郑霖，郑霆的亲弟弟。"

怪不得温卿会突然提到郑霖，原来他是自恋男的弟弟。

"郑霖当年在林宛的身上砸了不少钱，林宛跟他交往了不到两年，不算拿到的那些资源，最后的分手费是一栋别墅。"

苏栀感叹道："好大的手笔。"

温卿说："我再说一个你知道的，许湘倩。"

"她怎么了？她男朋友不会也是郑霖吧？"

上回来东城出差时苏栀就知道许湘倩的背后有人捧，只是不知道是谁。

"对，就是郑霖，不过他之前大手笔地捧林宛也没捧起来，这次吸取了之前的教训，没直接给许湘倩女主角，让她先在能扛收视率的女演员那里做配角刷存在感。"

苏栀嗅到了温卿自夸的味道："你说的能扛收视率的女演员，不会就是你自己吧？"

温卿撩了一下头发，叹了口气说："太红了就是没办法，我已经带许湘倩两部剧了。"

"那郑霆呢，他有没有捧女演员？"苏栀问。

苏栀不认识郑霖，对这种有钱人的八卦也就是听一听，但她现在算是认识郑霆了，想到郑霆一副瞧不上她的样子，她就不服气，倒要瞧瞧他看上的女人长什么样。

因为他弟弟郑霖不靠谱，苏栀先入为主地觉得他肯定也不怎么样。

温卿道："你别打岔，听我慢慢跟你说。"

"好好好，你慢慢说。"

温卿说："郑总有七个弟弟、四个妹妹，加上他，他爸一共有十二个孩子，除了郑总是原配生的，其他孩子基本来自不同的妈。"

十二个孩子，基本来自不同的妈？

苏栀吐槽道："怪不得郑霆那么自恋，我问他的年龄他都觉得我是对他有意思，看来是受他爸的影响，觉得全天下的女人都想嫁进他们家。"

温卿不赞同地道："这你可就误会郑总了。"

"怎么说？"苏栀好奇地看着温卿。

"郑总他爸为了不让自己的孩子沦落成私生子，谁怀了他的孩子他就让谁上位，这些年不停地结婚离婚。不过他出手阔绰，每一位太太都能从他这里拿到高额离婚费，生的孩子还能被接进郑家，就是那些跟他交往，没生孩子的，分手费也很高，比起那些给大家族生了私生子，孩子不被承认的女人，攀上郑总他爸的女人的出路明显好太多。

"再看看郑总的弟弟郑霖给女演员砸钱的架势，圈子里知道些郑家底细的女人都喜欢搭上郑家的男人，郑家的男人对女人大方。作为远鼎集团的总裁，郑总自然就成了她们眼里的香饽饽，总有女人想方设法地勾引郑总，我还亲眼看到过一次，当时是在慈善晚会上，一个女人把红酒泼在郑总的身上，郑总气得脸都绿了。"

苏栀吐槽："泼红酒这种搭讪方法也太老套了吧？"

温卿耸耸肩："方法不重要，这都是大家心照不宣的事情，可惜她遇到的是郑霆，不是郑霖。郑霆跟他爸和他弟弟一点儿都不一样，我从来没听说过圈子里有哪个女人靠这种手段成功了的，但还是不停地有女人往上扑。"

温卿说了那么多话，嘴巴都干了，低头喝了口水，说："我估计郑总也是被女人纠缠得有PTSD（创伤后应激障碍）了，只要遇到有一点点不对劲的女人，就会提高警惕。"

"那也不能跟他说句话就觉得我对他有意思吧？我都解释很多遍了对他没想法，他就是不听。"苏栀烦躁地说道，"我这张嘴你也是知道的，谁要是惹我不痛快，我就能说出让他更不痛快的话。可是我已经把话说得很难听了，还是不能让他相信我对他没想法，是不是非得扇他两巴掌才行？"

温卿道："你扇他两巴掌估计会被他送去拘留，郑总的律师团队很厉害的。"

苏栀："……"

"其实你不用太在意郑总觉得你对他有想法的事，反正你们俩以后也不太会见面,不要为了这种事影响旅游的心情。"

"我在乎的不是他觉得我对他有想法,而是他觉得我配不上他。"苏栀气愤地说道,"我苏栀要脸蛋儿有脸蛋儿,要身材有身材,追我的人数都数不过来,他凭什么说我配不上他?他不就是长得帅、个子高又有钱吗?"

温卿:"……"

苏栀莫名地燃起一股胜负欲,胸腔里升腾起一股怒火,抬手在耳边扇了扇风,对温卿说:"我有点儿热,得去外面的阳台上透透风。"

二楼外面有个小观景台,刚好可以欣赏欣赏风景。

温卿劝她:"外面风有点儿大,你小心着凉。"

"没事,我体质好,扛冻。"

苏栀指着一盘绿豆糕说:"这个你吃吗?"

温卿摇头:"不吃。"

"那我端到外面去吃了。"苏栀端起那盘绿豆糕,转身往观景台走去。

观景台上只有两个古朴的灯笼,没有房间里亮,但是在朦朦胧胧的夜色下,景色看起来更有韵味。

苏栀一手端着盘子,一手拿着绿豆糕往嘴里放。

皎洁的月亮倒映在水面上,苏栀低头看了一眼水中的月亮,绿豆糕含在嘴里,清香绵软,苏栀正吃得开心,突然看见对面小楼的房间里走出一个高大的人影。

男人手里捏着手机,眼睫微垂,走出来后,侧身把观景台和房间中间的门关上,转过头来,说了句什么,余光瞥见站在对面小楼观景台上的苏栀,抬眸朝她看了过来。

她怎么又遇到他了?扫兴。

苏栀狠狠地咬了一口绿豆糕,转身准备走回去的时候突然想到,是自己先来的,要走也是他走,凭什么自己走?

她回过头,毫不避讳地站着看他打电话。

郑霆匆匆地和电话另一端的人说了两句话就挂了电话。

苏栀和他对视,见他挂了电话,在他开口跟自己说话前先发制人:"怎么我到哪儿你就到哪儿啊,你是不是看见我在这里,故意上来的呀?你是不是喜欢我,对我有意思啊?我劝你趁早收了心思,你没机会,因为你配不上我。"

不就是自恋吗?谁不会呀?

苏栀以其人之道还治其人之身,让他也体验一下这种有嘴说不清的感受。

她都想好了,如果他解释不是看到她才上来的,她就装听不见,坚持说他是看见她才上来的,他就是喜欢她。

她微抬下巴,不屑地看着他。

郑霆半眯着眼,神情复杂地看着她,片刻后道:"我配。"

苏栀:"……"

他说什么?他说他配?

苏栀:"你不配。"

郑霆:"我哪里配不上你?"

苏栀:"你哪里都配不上我。"

郑霆:"无论从哪方面,我都能配得上你。"

苏栀想了想,确实,他各方面都挺优秀的,但她苏栀是谁,鸡蛋里她都能挑出骨头,何况郑霆还有一个硬伤。

"你年纪大了,配不上我。"

郑霆的脸色一僵,苏栀总算在他的脸上看到了吃瘪的表情,得意地晃了晃头,一扭身,往屋子里面走去。

包间里的陈释隐约听到老板在外面和人争执了起来,小心翼翼地拉开观景台的门,正好看见苏栀离开的背影,也听见了她跟老板说的那句"配不上我"。

陈释赶紧关门准备装作没看见,郑霆听见身后的动静,回过头,问他:"我为什么要配她?"

陈释抬头看了看天空:"谁知道呢?"

番外二
栽进去了

苏栀回到包间里时，温卿正垂头捏着手机，不知道在和谁打电话，见她春风满面地走进来，挂了电话，抬眸冲她笑着说："怎么出去吹个风，乐成这样？"

苏栀勾起唇角，把手里的盘子放在桌子上，笑弯了眼："我刚刚在外面看到郑霆了，我比他先去观景台，就故意学他自恋的样儿，说他是看到我过去了，故意出去吸引我的注意力，我让他少费心思，他配不上我，总之就是把他说过的话原封不动地还给他了。"

苏栀低头喝了口水，想到郑霆被自己讽刺得没话说的样子，好笑地道："你都不知道郑霆这个人多有意思，我说他配不上我，他居然说他配，简直是绝了。"

她从来没见过这种被女人嫌弃了，不是问自己哪里配不上，而是自我感觉优秀，直接说自己能配得上的男人。

"你也太厉害了吧？"温卿鼓了鼓掌，"优秀！"

苏栀一脸骄傲地道："那可不是吗？从小到大，我就没吃过嘴上的亏。"

温卿突然想到什么，问道："郑总是在哪个包间？"

苏栀道："就咱们正对面那个。"

茶室的两排小楼都是临水而建，观景台是正对着的，中间只隔了一条七八米宽的小河，距离很近。

"那估计林导的包间就在我们对面了,我给林导打个电话,跟他打声招呼。"

温卿拿起手机,给林导打电话,跟林导说了自己在对面,林导立马从包间里走出来,站在观景台上,问她在哪儿。

温卿道:"我现在出去。"

《靖宁传》的导演就是林导,苏栀后来去剧组里探温卿的班,闲着没事,和林导也说了不少话,林导看她活泼开朗,还想让她在剧里客串一个角色,被她委婉地拒绝后,居然又操起了红娘的心,说他认识不少年轻帅气的小伙子,问她要不要他帮忙介绍对象。

苏栀不是演员,不用在林导的手底下讨生活,所以在很多演员的眼里严肃的林导在她眼里就是一个和气的老头儿,她和林导聊得还挺愉快的。

来都来了,又恰巧碰到林导生日,她就跟着温卿一起出去和林导打了声招呼,祝林导生日快乐。

"林导好,生日快乐。"

苏栀和温卿站在观景台上,冲着林导招了招手。

林导今天看起来挺开心的,满脸慈祥地挥了挥手,回应道:"你们俩好好玩。"

"好的,林导。"

两个人没在外面站太久,和林导打了招呼就回包间了。

林导回到屋里,让服务员切了两块蛋糕送到对面的包间去。

坐在沙发上的郑霆听到林导送蛋糕的地方是苏栀在的包间,眼睫微抬,看向林导。

林导察觉到他的视线,回头看着他,说道:"碰巧遇到熟人在对面的包间。"

郑霆漫不经心地道:"林导生日,怎么不叫过来一起?"

包间里的人听到郑霆居然主动开口邀请不认识的人过来,都有些惊讶地看向他。

林导道:"两个小姑娘的感情好,很久没见面,要单独说说话,不爱凑我这边的热闹。"

这是场面话,真实原因在他说出"小姑娘"这三个字的时候在场的人就懂了——今天这包间里一群大老爷们儿,一个姑娘都没有。

旁边有个人问道:"是林导合作过的女演员吗?"

"一个是温卿,你们都认识吧?"

温卿演技好，在剧组里又肯吃苦，不耍大牌，林导很喜欢她，平时跟朋友提起她时都像是提起自家女儿一样骄傲。

"另一个丫头不是演员，不过长相是可以做演员的，挺漂亮的，说话也有趣。我之前让她给我的戏客串一个角色，说她要是转行做演员，以后我拍戏都能给她安排角色，人家不干。"

"林导亲自邀戏，承诺给安排角色，这是多少演员的梦想，她就这么拒绝了？"

林导笑着说："她说我导戏的时候太凶了，怕我骂她。"

旁边的人道："这小姑娘挺有趣，我还真想见见了，要不然叫过来见见吧。"

他说完，想起来郑霆在这里，侧身看了一眼郑霆。

郑霆抿着唇，上身微微向后靠在沙发上，没说话。

林导道："还是不叫了，免得叫不过来，我这老脸就没处放了。这小姑娘说话挺直，想到什么就说什么，可不会给我留面子。"

话题没在苏栀的身上停留太久，很快就转移到了别的地方，包间里闹哄哄的，本来想跟郑霆搭话的人见郑霆坐在那里，兴致不太高的样子，识趣地没有打扰他。

郑霆微垂着眼睫，想着林导刚刚对苏栀的评价。

林导说她说话很直，想到什么就说什么，所以她说自己的年纪大，配不上她，是真心的？

心情好，菜肴精致可口，苏栀这顿饭吃得津津有味。本来她还想在院子里转一转，欣赏欣赏院子里的风景，但是看温卿拍了一天的戏，精神头不太足，估计明天还有工作，不像她闲着没事干，可以一觉睡到中午，就放弃了这个想法，准备开车带温卿回去。

她们走到停车场时，停在苏栀的车旁边的那辆豪车已经不见了，看来郑霆并未在林导的生日宴上待多久就回去了。

车厢内静悄悄的，气氛有些压抑。

陈释回头看向面色淡漠的老板，开口劝慰："郑总不必把苏小姐的话放在心上，苏小姐是不了解您，不清楚您的魅力。"

郑霆冷飕飕地看了他一眼："我的魅力需要了解才能发现？"

陈释道："您的魅力当然是一目了然的，只是苏小姐毕竟年纪小。"

郑霆的目光一沉。

陈释立马意识到自己说错话了，此刻不能提年龄这种话题。

可是人家苏小姐本来就比他老板的年纪小很多，而且他老板不是说不会被苏小姐吸引注意力吗？现在这是怎么了？

"苏小姐这是对三十岁以上的男人有偏见，可是普通的三十岁以上的男人怎么能跟您比？苏小姐如果和您多接触接触，一定会发现您的好，到时候就不会觉得您配不上她了。"

郑霆皱了皱眉："我不认为我配不上她。"

陈释附和道："我也不认为您配不上苏小姐。"

郑霆抿了抿唇，问道："你能看出来我多大年龄？"

陈释："……"

他不用看啊，他本来就知道老板的年龄。

陈释道："您的外表看起来也就二十岁出头，但是您的气势很强。"

郑霆说："你直说我看上去像多大年龄的人，不要分外表和气势。"

这陈释可不敢直说。

"二十七八岁。"

郑霆抬了一下眼皮："有那么老？"

陈释："……"郑总，您都快三十二岁了呀，怎么有脸嫌弃二十七八岁老？

"郑总，您自己觉得呢？"

郑霆不答反问："我跟苏栀站在一起，能看出来我比她的年纪大吗？"

陈释违心地道："看不出来，你们看起来就像是同龄人。"

郑霆将目光移向司机，司机赶紧附和："看起来像是同龄人。"

郑霆的面色稍霁，他打开手机相机的前置摄像头，对着自己的脸照了照，觉得自己和二十岁的时候一样，甚至更帅了。

苏栀回到酒店后，去浴室里舒服地享受了最后一晚总统套房的按摩浴缸。

明天她就不能住在这里了。这当然不是因为酒店即将成为郑霆那个自恋男的，她怕他让人把自己从酒店里赶出去，要灰溜溜地回南城，而是因为一个更现实的问题：总统套房太贵，她的经济能力不允许她这么奢侈地住到年前，所以要换到普通客房去。

第二天上午，苏栀睡到十点多，起床收拾东西，准备吃完午饭后换房间。

酒店的退房时间最晚到一点，午饭也可以继续享受套房的管家把饭送到房间里吃的服务，不知道是昨天晚上吃得太多，还是昨晚茶室里的饭太美味，今天中午在酒店的这顿饭苏栀吃得一点儿感觉都没有。

吃完午饭，苏栀先去前台办理换房手续，然后才回到房间里拿自己的行李箱。

新房间就在楼下，苏栀推着行李箱站在电梯间里等电梯。

电梯从下面升上来，墙壁上显示的电梯楼层数跳到二十时，苏栀把箱子拉到身前，准备进电梯。

电梯门缓缓地打开，苏栀先看到一双笔直的长腿，视线向上移，又看到郑霆那张熟悉的脸。

郑霆站在电梯里面，瞥了一眼她的行李箱，苏栀往旁边避开，让出些位置，示意他出来。

郑霆抬腿从电梯里面出来，苏栀昨天在茶室里已经把心里憋的气发泄出来了，自觉认为之前他说自己配不上他的事一笔勾销，不想再搭理他，正想绕过他进电梯，耳边突然传来一道温和的声音："你要回南城？"

苏栀愣了一下，目光往周围扫了一圈。

这么温柔和煦、平易近人的声音是郑霆发出来的？

"这跟你有关系吗？"苏栀想都没想就怼了回去。

话音刚落，她就听见郑霆问："是因为我吗？"

苏栀："……"她换个房，怎么又因为他了，他在想什么？

她抬眸，一脸无语地看着他。

郑霆唇角微扬，郑霆笑着说："之前的事就算我误会你了，我向你道歉。"

苏栀看着彬彬有礼的郑霆，被他笑得瘆得慌。

"你别笑得那么慈祥，跟我妈似的。"林老师每次笑得这么温柔都没好事。

郑霆："……"

他像她妈？

郑霆被苏栀的这句笑得像她妈说得变了脸色，倒不是生气了，而是一时之间面上不知作何反应，笑也不是，不笑也不是。

他是有心改变苏栀对自己的看法，昨晚他结合陈释说的话，寻找了一下苏栀觉得自己老的原因，大概是自己不笑的时候显得太严肃稳重了。

他常年和商场上的一群老狐狸打交道，身上的气质看起来难免老成了些，但本人是年轻的，只是商业谈判桌上，不好像那些涉世未深的少年似的肆意笑闹。

他原想着笑能拉近和她之间的距离，没想到她会是这么个反应。

郑霆微垂着眸子，调整了一下面部表情，盯着她精致的脸蛋儿，朝她靠近一步，微微俯身，冷峻的脸庞贴近她，黑眸直勾勾地盯着她的眼睛，修长的手指轻搭在她的行李箱的拉杆上，嘴角噙着一丝笑，问道："需要帮忙吗？"

男人身上的气息钻入鼻腔，苏栀猝不及防地撞上他深不见底的眸子，视线无意识地被他英俊的脸吸引，眼睫微垂，目光从他浓长的睫毛移到高挺的鼻梁，最后落在淡红色的唇上。

郑霆扬起唇角，笑了一下。

苏栀被他的笑声惊醒，看着他脸上意味不明的笑，怔了一下。

他这是……勾引她？

浪荡的男人。

苏栀在心里骂了一句，弯着眼角，嘴唇勾起明媚的笑，不躲不闪地和他对视，眼波微转，突然倾身凑近他，压低嗓音，柔和又甜美地说："好呀，那就麻烦叔叔帮忙了。"

郑霆脸上游刃有余的笑瞬间被这一声"叔叔"击溃。

苏栀看着他逐渐僵硬的嘴角，面上笑得更灿烂，向后退了一步，放下握在行李箱拉杆上的手，对着电梯比了个"请"的手势。

郑霆盯着她，不知道在想什么，片刻后，眼中浮起波澜不惊的笑，不知是破罐子破摔了，还是在调侃她："大侄女要去哪儿？"

苏栀："……"

大侄女？谁是他的大侄女！狗男人占她的便宜！

苏栀捏了捏拳，憋着气道："送到1908号房。"

她也不介意他知道自己住哪个房间，反正如果他有兴趣，她也瞒不住他。

原来她不是要回南城，而是要换房。

郑霆问道："为什么换房间，现在的房间住得不满意？"

苏栀微笑着说："这应该跟你没关系吧？"

苏栀说完，想到他那个自恋的毛病，保不齐他还真以为自己换房间是因为他呢，于是直接道："跟你没关系。"

郑霆好脾气地道："如果房间哪里有让你不满意的地方，跟我说，我让他们改。"

她差点儿忘了，这家酒店即将成为他的产业，也可能已经是他的了。

"不必。"苏栀坦诚地道，"房间很好，但是楼下的房间更便宜。"

郑霆懂了，她这是没钱了。

"昨天你说遇到我让你很不幸，我很抱歉，误会了你，作为赔罪，你可以免费入住之前的房间。"

"无事献殷勤，非奸即盗。"苏栀挑了一下眉，"郑总，你想干吗呀？"

怕他叫自己"大侄女"，苏栀没敢再喊他"叔叔"。

郑霆神情间带了一抹倨傲，语气淡淡地道："只是一间房而已，算不得殷勤。"

只是一间房而已？总统套房一晚上的费用就是普通工薪族一两个月的工资，她也是难得出来一次，才放纵自己住了两天，这在他的嘴里居然只是"一间房"而已。

人与人之间的差距真大。

苏栀不想再和他浪费时间，伸手要把行李箱拿回来："你如果不是真心想帮我拿行李，就把行李还给我。"

"走吧。"郑霆推着行李箱进了电梯。

只是一层楼的距离，电梯门合上后，眨眼的工夫就到了。

苏栀率先从电梯里走出来，毫无心理负担地享受他的拿行李服务。

走到1908号房间的门口，苏栀看着郑霆，道了声谢，把行李箱拿过去："好了，你可以回去了。"

郑霆看了她一眼，没有多说什么，转身往回走。

苏栀看着他的背影，若有所思。她原本以为他把自己送到房间后，会找借口到自己的房间里看一看，毕竟他从刚刚跟自己在电梯间里偶遇起，浑身上下就写满了要撩她。

从她前两天冲动之下想要跑去撩他，等上手后再甩了他的想法可以推断出，他大概也是因为她说他配不上她，被伤到了男人的自尊心，所以要来撩她，等撩到手后再把她给甩了。

男人撩妹也就那么几招，最经典的套路就是把女孩送到房间门口，然后问女孩：不请我进去喝口水吗？最终顺理成章地到女孩的房间里去。

苏栀都预判好了他的套路，没想到他居然真的只是送个行李箱，送到后就这么走了。

苏栀摸着下巴，总觉得这男人今天的表现就是想撩自己。

郑霆走到电梯前,抬手按了一下电梯的按钮,余光瞥见苏栀还站在门口,没有进房间。他看着大理石地面上从窗户斜射进来的光线,向后退了一步,让光线刚好穿过自己额前的碎发,微微侧脸,找好角度,让半张脸隐没在光线中,单手插入口袋。

苏栀拿着房卡打开门,侧脸往电梯那边看郑霆有没有走,视线触及电梯旁身形高大的男人时顿了一下。

男人的下巴微抬,金色的阳光洒在他的身上,他整个人沐浴在阳光中,面庞看起来温润了许多。

苏栀看得微微出神,也不知过了多久,男人像是察觉到了她的视线,转过脸,面上浮起一抹笑,刚硬的轮廓更加柔和。

有什么好笑的?

苏栀扭开脸,避开他的视线,推着行李箱走进房间。

新的房间是个标准的大床房,跟总统套房没法比,但条件还不错,就在她住的那间总统套房的正下面,所以阳台外的风景没变,只是视野稍微小了些。

她放下行李箱,先走到阳台上往下面看了一眼。今天降温,外面没什么人,太冷了,苏栀也不打算出去玩了,在沙发上坐着玩手机歇了一会儿,打开行李箱,把衣服拿出来,挂在衣柜里。

手机响起了来电铃声,苏栀看了一眼,是林老师打过来的,有些犹豫,怕又是打过来催自己回家相亲的,不想接。

手机铃声很快停止,紧接着又响了起来,苏栀拿起手机按了接听键。

"喂,妈。"

林老师单刀直入:"把你住的酒店的地址给我。"

苏栀吓了一跳:"干吗?"

"干吗?你说干吗?我让你回来和小赵见一见,你说你跑到外面这么多天不回来,是不是故意气我?"

小赵就是那个要跟苏栀相亲的大学老师。

"哎呀,妈,我不都说了吗?他不符合我的标准,我想找个年纪小的。"

林老师说:"小的也有呀,我让你陈阿姨帮忙介绍了,她说她认识很多年轻人,从二十岁到三十五岁,应有尽有。"

苏栀:"……"

林老师疯了吧?还二十岁到三十五岁应有尽有。

"林老师,我不喜欢相亲,您就别操心了。"

"我不操心你倒是给我带一个回来呀！之前你是怎么说的，说在认真找，在认真找，到现在连个男朋友的影子都没有，合着你是觉得你妈我好糊弄，就糊弄我是吧？！"

"妈……"

"你别叫我妈。"林老师语气严厉地道，"如果你不回来相亲，今年又不给我带个男朋友回来，你就不用回来过年了。"

"妈，你怎么这样啊，不带男朋友回去我就不是你女儿了吗？"

"我也没要求你今年一定要找到男朋友，你就回来看看，看看你又不少一块肉。"

"那可不一定，万一遇到倒胃口的男人，恶心得我饭都吃不下去，肉不就少了吗？"

林老师绝情地道："好，我不是你妈了。"

苏栀："……"母女关系断绝得这么草率吗？

虽然她知道林老师就是开开玩笑，不过看林老师这架势，除非自己今年真的不回家，不然肯定会被拉去相亲。

苏栀的大脑急速运转，脑子里突然冒出一个人影，福至心灵。

"妈，不瞒你说，其实我有喜欢的人了。"

林老师不信："你又骗我。"

"没有，是真的，我这次来东城其实就是为了追他，只是他太优秀了，瞧不上我。"

林老师斩钉截铁地道："不可能，我不信有人瞧不上你。"

"妈，我真没骗你，不然你说，我大冬天的跑到东城来干吗，还不就是为了赶紧把人追到，过年时把你女婿带回去吗？"

林老师将信将疑："他长什么样？把照片发给我。"

"我没有他的照片。"

林老师冷哼一声："我不是你妈了。"

苏栀道："不过他现在和我住同一家酒店，我找机会看看能不能偷拍一张。"

林老师听她这么说，暂时信她了。

"行，如果你真有喜欢的人了，那就认真追。"林老师鼓励她，"女追男隔层纱，很容易就追到了。"

苏栀乖巧地道："好的妈妈，我会努力把握住这次机会的。"

跟林老师打电话的工夫，苏栀就有了一个完美的计划。

她打算找机会偷拍一张郑霆的照片发给林老师,告诉林老师自己在追郑霆,然后假装没追上,心理受到严重的打击,一蹶不振,从此更不想谈恋爱了。

郑霆回到房间后就给陈释打了个电话,让他把十九楼走廊上的监控录像调出来给他。

他刚刚摆着造型,距离太远,没看清苏栀具体是什么反应,要看监控录像分析一下。

郑霆很快就收到了陈释发过来的监控视频。

视频截取的是他回到房间前十分钟的内容,郑霆在电脑上打开视频,鼠标点在进度条上缓缓地向后移动,在第三分钟的时候,视频画面上出现了他和苏栀从电梯里走出来的身影。

郑霆把视频的播放速度调慢,紧盯着苏栀的脸,审视她面上的表情。

从电梯里出来往她的房间走时,她始终走在他的前面,面上带笑,高仰着下巴,眉眼间尽是得意,笑容明媚动人。

她有这样的好心情,自然是因为之前发生了让她开心的事情。

郑霆的脑海里浮现出方才在电梯前的画面,她把脸凑到自己的面前,笑意盈盈,嗓音轻快明亮,戏称他是叔叔,像只狡猾的小狐狸。

叔叔?

想到这个称呼,郑霆眯了眯眼睛,拿起手机给陈释打电话:"把二十楼走廊的监控录像也调过来。"

"好的,郑总。"陈释立刻应声,在郑霆挂电话前问道,"您是要追苏小姐吗?"

郑霆毫不犹豫地回答:"没有。"

陈释问:"那您为什么要调视频看苏小姐?"

监控录像是陈释亲自去监控室调看的,他老板在电梯前摆造型吸引苏小姐注意的画面他看得清清楚楚,这回不等老板问他为什么要摆造型了,他先问了。

郑霆瞥了一眼电脑屏幕上那张精致漂亮的脸蛋儿,交叠着腿,上身向后倚靠在沙发靠背上,淡淡地道:"她不承认是想吸引我的注意力,但是自从遇见她后,她的一举一动都在吸引我,我要看看她到底是不是故意的。"

"郑总,您不是说不给她机会吸引您的注意力吗?"陈释分析道,"如果苏小姐是故意吸引您的注意力,您现在这样,就是已经被她套住了。"

郑霆沉默片刻,大度地道:"没关系,给她一个机会。"

陈释:"……"

老板给人家机会,然后自己精心摆出英俊迷人的造型让人家注意他,那不还是要追人家苏小姐吗?

"我会让她亲口承认,我配得上她。"郑霆补充道。

陈释:"……"您又忘了您之前是怎么问我的了吗?您为什么要配她?

完了,老板这就是被套住了。看来老板不是不喜欢女人,是以前那些女人吸引老板注意力的方式不对,老板喜欢苏小姐这个风格的。

郑霆挂断电话,继续播放监控视频。

画面里,他把行李箱送到她的房间门口,转身走的时候,她抬头盯着他的背影看了。

郑霆挑了一下眉,唇角勾起一抹弧度。

普通客房没有管家上门的服务,苏栀在房间里待了一下午,晚上五点半的时候下楼吃饭,坐在餐桌前,用手机扫了二维码,查看菜单。

这里所有的菜她都尝过一遍,但之前觉得美味的菜这会儿瞧着也不觉得好吃,脑子里想着昨晚温卿请自己吃的那顿饭。

烤得色泽焦黄的锅巴,外酥里嫩、不腻不膻的羊肉,肉质鲜美的鲈鱼,软糯香甜的蜜汁藕片……苏栀想着想着嘴里居然泛起了口水,她对美食真是一点儿抵抗力都没有,面前的这份酒店菜单上的菜此刻在她的眼里变得寡淡无味起来。

如果是寻常餐厅,就算是大晚上,路途遥远,她只要想吃,也会不嫌麻烦地开车前去,可惜这家私人茶室不对外开放,她没资格进去。

茶室是郑霆开的,这家酒店也被郑霆收购了,不知道他之后会不会整改一番,把茶室的菜搬到酒店来。

如果能让这里的厨师跟着茶室的厨师学学厨艺,那她以后每年都到这边来旅游。

她兴致缺缺地随意点了两道菜,玩着手机等服务员上菜。

饭菜很快上来,苏栀腾出一只手拿起筷子,夹起一块肉末藕夹咬了一口。

吃完一块藕夹,苏栀放下筷子,手指在手机屏幕上点了两下,进入一个视频平台,准备找一部下饭剧看。

"菜不合胃口?"

旁边传来一道低沉悦耳的声音，苏栀抬起头，看见站在餐厅中间的郑霆。

外面的天已经黑了，餐厅里的水晶吊灯散发着暖黄色的光，营造出浪漫温馨的氛围。

一束光刚好洒在他的身上，在他的脚下投出一道光圈，他英俊的脸庞被笼罩在灯光下，眸子沉静地凝视着她。

苏栀的目光落在他的身上时，她只觉得周遭的人和声音仿佛全部消失，天地间只剩下他一个人。

她看得有些出神，郑霆走到她的对面，拉开椅子坐下，似笑非笑地看着她。

苏栀也没反对他坐在自己对面，看了一眼时间，不答反问："你不是每天下午六点半下来吃饭吗？今天怎么这么早就下来了？"

郑霆挑眉笑了一下，说："你连这个都记得？"

苏栀："……"

看他这表情，听他这语气，她怎么感觉他又认定了她是故意记着他吃饭的时间呢？

苏栀冷哼一声，笑声比他还意味不明："我的记性好呀，只要是别人跟我说过的话，我都能记得，就比如前天吧，某人跟我说过，不要试图吸引他的注意力。"

"误会。"郑霆微笑着解释，"那天在苏小姐之前，刚好有人想要吸引我的注意，故意剐蹭了我的车。"

"哦？还有这种事，可我看你的车不是好好的吗？"

郑霆说："那辆车被开去维修了，苏小姐看到的是另外一辆。"

好吧，他是有钱人。

"您确定对方是故意的吗？不会也是个误会吧？"没等郑霆回答，苏栀笑笑说，"当然了，这是郑先生您的私事，跟我没关系。"

被苏栀这么挤对，郑霆也没生气，抿着唇，目光柔和地看着她，神色间夹杂着一丝纵容。

苏栀没理会他，低头吃饭。

空气中突然飘来一股熟悉的香气，餐厅的领班带着好几个端着菜的服务员走过来："郑总，您要在这一桌用餐吗？"

苏栀的目光瞬间被这几个服务员手里的菜吸引。

那些菜，都是昨晚她在茶室里吃过的，领头那个服务员手里端着的，就是她觉得最好吃的羊肉。

她刚想这家酒店也是郑霆的，郑霆能把茶室的菜搬过来就好了，他这就弄过来了。

苏栀惊喜地对领班说："麻烦你，帮我也上一份他点的这些菜。"

领班看了郑霆一眼，面带歉意地对苏栀说："小姐，不好意思，这是郑总带过来的私人厨师做的菜，我们酒店暂时还没有这些菜。"

苏栀愣了一下，眼里的失望之色毫不掩饰，回头看向郑霆，想到这家酒店和那个茶室都是郑霆的，眼珠转了一下，笑着问郑霆："茶室的菜品做得更好，郑总有没有打算把酒店的菜品改成茶室那样的？"

郑霆言简意赅地道："没有。"

"为什么？您收购酒店，应该是想要酒店的生意更好吧，口味更好的菜品肯定能吸引更多的顾客。"

郑霆说："茶室和酒店的经营理念完全不同，如果用一样的菜品，客人在酒店就能吃到茶室的菜，我的茶室怕是没人去了吧。"

苏栀被噎了一下，反应过来自己的想法有多愚蠢，当然了，她又不是商人，思虑得没他周全也是应该的。

郑霆的眼底浮现一丝笑意："你很担心我的生意？"

谁担心你的生意？我只担心不能吃到好吃的。苏栀扫了那盘冒着热气的羊肉一眼，很有骨气地垂下头，吃了一口自己盘子里的藕夹，没有为了一顿美食主动开口求他。

郑霆招了一下手，端着绿豆糕的服务员走过来，把绿豆糕放在桌子上。

郑霆用手指在餐桌上敲了一下，漫不经心地说："你昨晚吃的就是这道点心吧？"

他说的是在观景台上。

苏栀想起自己昨晚在观景台上说他配不上自己，他不会是记仇，把这些菜端到自己的面前，让自己看得着，吃不着，故意馋自己的吧？不过他今天对自己的态度一百八十度大转弯，还主动道歉说是误会了自己，有没有可能是他要请自己吃？

"是啊，怎么了？"

郑霆笑了一下，说："之前误会了苏小姐，我很抱歉，所以想请苏小姐吃顿饭。"

他还真是要向她赔罪，请她吃饭。

"行吧，我原谅你了。"苏栀迫不及待地冲着领班身后的服务员招手，

"快放上来放上来。"

她这么轻易地就说出了"原谅"两个字，让郑霆有些诧异。

而苏栀已经愉快地吃了起来。

郑霆坐在她的对面，轻轻地挪着椅子，将自己的脸调整了一个完美的角度对着她，微垂着眸子，深情款款地看着她。

五分钟过去，苏栀没有抬头，手上戴着一次性手套，在啃大棒骨。

十分钟过去，苏栀依旧没有看他一眼，闷头喝着碗里的鸡汤。

她早上没起床吃饭，午饭吃得也不多，这会儿美食当前，哪里还顾得上对面坐着人，吃得酣畅淋漓。

郑霆从最开始的微微含笑，保持最完美矜持的面部表情，一点点地变得无奈，最后自己也不知道是什么时候被她豪爽的吃相吸引，居然觉得她的吃相很诱人。

苏栀用双手捧起面前的碗，浓长的睫毛微垂着，喝光了碗里的最后一口汤，抬起头就对上了郑霆宠溺的目光。

"吃好了。"苏栀抽了一张纸巾，擦了擦嘴，吃饱喝足心情好，冲他笑了一下，"多谢款待。"

她站起身，拍拍屁股准备走人。

郑霆喊住她："吃这么多，不出去走走，运动一下，消消食吗？"

他准备带苏栀去健身房，让苏栀看看自己的体力。

"多吗？"

郑霆看了一眼桌子上的空盘子。

苏栀也反应过来自己吃得有点儿多，不过这还在她的正常饭量之内。

"是有点儿多，我要回去躺着消消食了。"

郑霆："……"

苏栀的消食方法让郑霆一时间不知说什么好了。

在商场上磨砺这么多年，他早已习惯一切在自己的掌控之中的感觉，苏栀这姑娘却总是在他的意料之外，不按他设想的方式出牌，长了一张明艳动人的脸，却生了一张带刺的嘴。

郑霆想起第一次见她时，她跟她妈妈打电话时说的话，那意思，似乎是家里人在催她相亲结婚。

被家里人催相亲、爱吃，通过这几次的接触，郑霆仅仅找到这两个接近她的突破口，不过应该够了。

他坐在椅子上，双腿交叠，微微侧身，手指在膝盖上敲了敲，上下打量着她。

苏梔被他审视货物一样的眼神看得很不自在，眉头轻蹙，瞪了他一眼，视线刚好扫过餐桌上那些被她扫荡一空，还没收起的餐盘，想到自己刚刚吃了他一顿饭。

吃人家的嘴软，而且说不定对他态度好点儿，她能从他这里弄到可以去他的茶室吃饭的资格。

苏梔的眼眸微动，紧抿的嘴唇一点点地勾起，表情由怒转喜，在郑霆的眼皮子底下表演了一出变脸，她看着郑霆，语气轻快地道："你这么看着我做什么？我的脸上有什么东西吗？"

郑霆沉吟片刻，直截了当地道："不瞒你说，我有件事情想请你帮忙。"

天底下果然没有白吃的晚餐，她吃之前他说是要向她赔罪，吃完他就说有事要请她帮忙，这饭都吃完了，也不好问都不问，一口回绝。

这种老狐狸资本家，自己以后要离他远点儿。

"什么忙？"她倒要看看他想打什么主意。

苏梔返回座位，坐到他的对面。

刚刚不觉得有什么，这一坐下就觉得有点儿撑了，苏梔伸手轻抚了一下肚子，在郑霆开口前说道："咱们先说好啊，我吃你这顿饭前，你说的是要用这顿饭向我赔罪，我们俩现在是两清的状态，你这个忙，我会酌情处理，不是听了就一定会帮。"

她还挺谨慎。

郑霆笑了笑，说："当然，帮不帮忙的决定权在你，我不会强人所难。"

苏梔见他的态度还不错，点点头说："行，你说吧。"

郑霆语调平稳地道："想必你也清楚，像我这种单身高质量男性，很容易受到异性骚扰。"

郑霆抬起眼皮看着苏梔。

苏梔蒙了：他这种单身高质量男性？好吧，他有这个颜值和身家，确实可以被称为"高质量男性"，可自己这么形容自己，脸皮未免太厚了点儿。还有，他说容易受到异性骚扰的时候看她干什么？她又不骚扰他。

"所以，我需要一个女朋友。"

苏梔歪了一下头："你的意思不会是要我做你的女朋友吧？"

郑霆的脸上微微含笑，不置可否。

"不可能。"苏梔毫不犹豫地拒绝，"郑先生，你不会以为一顿饭就能追到我吧？"

"自然不会。"郑霆的手里不知何时多了一张卡,他将卡递给苏梔。

苏梔没有细看那张卡的样子,下意识地以为这是张银行卡,想到温卿跟自己说的话,觉得郑霆这是跟他爸和他弟弟对女人的态度一样,心中顿时涌起一股怒火,冷哼一声:"郑霆,你有钱还是去治治脑子吧,不要以为女人都会贪图你的钱。"

苏梔从座位上站起来,一脸鄙夷地对郑霆说:"我原本看你人模狗样的像个体面人才愿意同你说话,现在看来你更不堪,我现在跟你说话都觉得恶心,你简直就是垃圾中的垃圾。"

苏梔越说火越大。

她以前虽然也遇到过很多令她作呕的追求者,但还是第一次碰到上来就给她塞卡的。

他把她苏梔当什么人了?

两个人是在敞亮的大厅里说话的,四周不少人的目光被苏梔激愤的声音吸引。

郑霆的心中波澜不惊,面上刻意地浮起一丝尴尬,他左顾右盼,轻咳一声:"苏小姐,你坐下来慢慢说。"

坐他个大头鬼,苏梔恨不得一拳打烂他的头。

他还说自己是高质量男性,其实就是见到美女就走不动路的垃圾。

苏梔转身欲走,郑霆道:"这是茶室的VIP卡,你拿着这张卡过去,报我的名,可以进去免费用餐。"

苏梔愣了一下,回头看向郑霆。

这是茶室的VIP卡,不是银行卡?

郑霆用指尖把玩着那张卡,端起手边的水杯喝了口水,抬眸对站着的苏梔说:"我见你很喜欢茶室里的菜,所以想送你一张卡,刚好我在南城也开了一家私人茶室,你回南城也可以去吃,你不要,也不能这么羞辱人。"

郑霆垂下眼眸,一脸备受打击的表情。

他在南城也有一家私人茶室?

"我要我要!"美食当前,苏梔激动得暂时没想那么多,伸手去拿他夹在指缝中的卡。

郑霆手指微动,把卡收回去,装进自己的上衣胸前的口袋里。

苏梔盯着他的口袋里露出的卡边,弯起眼角,笑眯眯地说:"误会,都是误会。"

郑霆看着她近乎谄媚的样子,难以置信自己就这么轻而易举地抓住了她的命脉。

他的手指在餐桌上敲了敲。

苏栀领会到他的意思,乖巧地坐了回去。

郑霆挑了下眉,问道:"你以为我想干什么?"

苏栀撩了一下头发,把锅甩到他的身上:"郑总,你看你递卡前不说清楚这是什么卡,我没见过世面,还以为你给我的是什么高端的银行卡,能不误会吗?"

郑霆淡淡地道:"苏小姐,你真应该多了解了解我,你对我的误会有点儿多。"

苏栀道:"误会嘛,说清楚就可以了。那个卡?"

苏栀的下巴往他胸前的口袋那里抬了一下,郑霆假装没看见,不紧不慢地回到之前的话题:"我刚刚说的,需要一个女朋友,希望苏小姐考虑一下。"

苏栀听到"女朋友"这三个字,被茶室的VIP卡蒙蔽的大脑恢复理智,道:"没什么好考虑的,我暂时没有交男朋友的打算,郑先生如果缺女朋友,可以找其他人。"

郑霆笑着说:"我不是缺女朋友,是最近有太多女人想要接近我。刚好马上要过年了,如果不能在年前找到一个女朋友,家里长辈就会逼着我相亲,所以我需要一个名义上的女朋友陪我过完这个年。"

他被长辈逼着相亲这点可真是和她同病相怜了。

"你也会被家里人逼着相亲啊?"

郑霆道:"平时在外面工作不回家,每年过年长辈就会催婚,给我安排相亲对象。"

"我爸妈也是,每年过年就会催我相亲,帮我安排相亲对象。"

郑霆诧异地问道:"苏小姐年纪这么小,家里就给你安排相亲了?"

"是呀。因为我从来不找男朋友,我爸妈怕我靠自己找不到男朋友,所以就发动一群亲戚朋友给我介绍对象。我都不明白,我那么年轻,他们干吗这么着急给我找男朋友。"

被催婚是近年来唯一会让苏栀头痛的事,提起来她就恨不得和朋友吐槽个三天三夜。但是随着年龄的增长,她身边的朋友结婚的结婚,恋爱的恋爱,虽然会听她唠叨,但是并不能感同身受。

她没想到会在这里碰到同病相怜的人,这个人还是郑霆。

郑霆静坐在她的对面,目光认真地看着她,听她说对找对象的看法,拎起餐桌上的水壶倒了杯水递给她。

苏栀接过去说了声"谢谢",喝了口水,继续说:"我就是为了躲相亲才会来这里旅游的……我……"

苏栀的话说到一半,突然发现对方只是安静地听着,一直都是自己在说,她望着郑霆英俊的眉眼,嘀咕道:"我跟你说这么多干吗?"

郑霆笑笑,说:"我跟你的情况差不多。"

苏栀问道:"你爸妈是从什么时候开始催婚的?"他这个年纪,应该被催得更厉害。

郑霆道:"不记得具体时间了。"因为在郑家,压根儿就没人催他结婚。

苏栀却以为他这是被催婚的时间太久了,久到已经不记得时间了。

"你刚刚说的名义上的女朋友,是像电视剧里那样,租个女朋友回家过年吗?"

郑霆说:"差不多,但是我不需要女朋友陪我回家过年,只是最近这段时间,有时候出门吃饭都会遇到晕倒在我身边的女人,所以想找个不会纠缠我的人暂时陪在我身边,让别人知道我有女朋友就够了,我家里人自会打探到我的消息。"

苏栀懂了,他这就是想要用自己挡挡外面的桃花运,再在过年的时候应付应付家里人,一举两得。

不过这个办法确实不错,她之前还想着偷拍他的照片给林老师看,假装自己在追他呢。

如果他需要自己假装成他的女朋友应付家里人,那她也可以用他应付林老师和苏老师啊,等过完年再说分手,以后林老师和苏老师再让自己找男朋友,她就说还没从和前男友分手的打击里走出来,无心恋爱。

最重要的是,他还有一张可以让自己进入私人茶室的卡。反正现在距离过年也没几天了,她到东城来就是为了吃美食,有这种蹭饭的机会,不要白不要。

如果他说的被家里催婚是真的,她就当是帮他一个小忙。如果他这样是为了耍自己,那她就更要陪他玩玩了。

苏栀勾唇一笑,上身前倾,凑近他,眼梢微挑,直勾勾地盯着郑霆漆黑的眸子,笑容肆意:"好呀,这个忙我可以帮。不过'女朋友'这个称呼太亲密了,我怕你万一对我起了歹念,别人都以为你是我的男朋友,我被你占了便宜都没人帮我。不如你把方案改成你在追求我,我是你的'女神',你为了讨你的'女神'的欢心,自然不能多看别的女人一眼,这样也可以挡你的桃花,应付你家里人,你觉得怎么样?"

"不行。"郑霆拒绝道,"女朋友的名义只需要维持到春节后,说我在追求你,春节后解除关系,难道是我没追到吗?"

"对啊,就是你没追到,不可以?"

"当然不可以。"郑霆道,"怎么可能有我追不到的女人?"

他追女人没追到这事传出去,他的面子往哪儿搁?

苏栀挑了一下眉:"那你就试试呀,把我当成你的'女神'追追看不就知道了,你那么有信心,应该不介意试试吧?"

一股淡淡的香味从她的身上飘到郑霆的鼻间,郑霆盯着她精致的脸蛋儿,眼眸深处都是她眉眼含笑、妩媚撩人的样子。

顷刻间,郑霆觉得自己仿佛失去了理智,心间泛起一股微妙的感觉,目光落在她红润的唇上,鬼使神差般想要贴上去品尝一番。

是她主动凑过来的,两个人的唇距离很近,只要他稍稍前倾身体就能碰上,郑霆刚冒出这个想法,胸口生起一丝燥热。

本来还一副天不怕地不怕的模样故意撩拨他的苏栀隐约地察觉到了危险,被他直勾勾的眼神看得忐忑,以为他这是被别人追捧习惯了,没有这样被女人挑衅过,被惹恼了,又或是在怀疑这是自己勾引他的一种手段。

只要一想到他怀疑自己接近他别有目的,苏栀的好胜心就被燃起,她有信心不沦陷在男人编织的任何花言巧语中。

"郑总,你不会怕追不上吧?"苏栀坐直身体,端起手边的水杯喝了口水,继续挑衅他。

郑霆看着她弯得像月牙儿似的双眼,喉结滚了两下,眼中也浮起笑意:"我不是怕追不上,而是要做我的'女神',你总得有过人之处,不然如何能迷倒我?"

总得有过人之处?什么意思?他这是在说她没有过人之处,迷不倒他?

苏栀撩了一下头发:"我美呀,这还不够吗?"

"不够。"郑霆的眼中笑意更浓,"我喜欢声音甜的,会喊哥哥的。"

喊哥哥?呵呵,老男人真不要脸,想让她喊哥哥,门儿都没有。

"你喜欢什么样的女人跟我有什么关系,我为什么要按照你的喜好来?"苏栀不上他的当,"郑先生,请你搞清楚现在的情况,是你请我帮忙,不是我请你帮忙,所以你要满足我提的条件,而不是让我配合你的喜好。"

郑霆道:"我不是要你配合我的喜好,我这些年拒绝过很多女人,所有人都知道我对另一半的要求很高，我的身边突然冒出一个令我着迷的女人，我的家人肯定会询问我喜欢你什么，他们都知道我喜欢声音甜的。"

"怎么解释能让他们相信，这是你的事情，计划是你提出来的，别人不信，自然也要由你解决。我帮你这个忙，是因为同情你一把年纪，找不到女朋友，还要饱受家人催婚的折磨，这是我善良，你不能因为我善良就得寸进尺，什么事都麻烦我吧？"

郑霆妥协道："不叫哥哥也行，但是我请你帮忙扮演我的女朋友的原因是我出门在外容易受到女性骚扰，所以我需要出门的时候，你得陪着我。"

"叫哥哥"本来就是他一时兴起，怕她使坏喊自己"叔叔"才提出的要求，她不叫就不叫吧，他早晚能听到她主动喊他哥哥。

"这可不好说，谁知道你每天什么时候出门。"苏栀身体后仰靠在椅背上，姿态摆得高高的，"帮你的前提是不能打扰到我的正常生活，如果你出门的时候我还在睡觉，我肯定不能跟你出去。"

这个郑霆可以理解。

"这是自然，我不会打扰到你的正常作息，你可以把你平时的休息时间告诉我，我会避开你休息的时间找你。"郑霆顺理成章地打探她的作息习惯。

"什么正常作息？"

"你每天几点睡觉，几点起床。"

"我没有正常作息呀。"苏栀眨眨眼，"这不是想几点睡就几点睡，想几点醒就几点醒，不固定的吗？"

"大概的时间段。"

苏栀说："我现在没有工作，除了一日三餐，大概都在床上，困了就睡，不困就玩手机。"

郑霆："……"这到底是个什么女人？

"那你准备怎么帮我？"

苏栀道："我没有准备呀，你追我，该怎么追，你自己准备就可以了，我需要准备什么吗？"

郑霆气笑了："我不是要追你，是要请你帮忙。"

"哦。"苏栀点了点头，"你是要请我做你的'女神'，行了，你也别多说什么了，我答应了，从现在开始，我就是你的'女神'了。"

苏栀的目光再次落到郑霆胸前的口袋上，她笑眯眯地说："郑先生，既然我是你的'女神'，你是不是应该投我所好？"

苏栀暗示他把茶室的 VIP 卡给她。

郑霆跟她谈了这么半天，提出的要求她一个没答应，最后还绕回了原点，她要把"女朋友"这个称呼改成"女神"。

他从来没有过一场像今天这样只有自己妥协，对方寸步不让的谈判。

她什么都不答应，还想要他的卡。

看她这个样子，估计拿到卡以后会扭头就走，话都不会跟他说，别说女朋友了，连追求的机会都不给他。

算了，他的初衷就是让她多接触了解自己，女朋友还是"女神"，称呼不重要，反正最后她会变成女朋友。

他暂时退一步，从胸前的口袋里拿出茶室的 VIP 卡，苏栀目光炯炯地盯着那张卡，伸手准备去接。

郑霆把玩着卡片，视线落在她的手机上，说："加个微信好友吧。"

这个要求不过分。

"好。"苏栀点了点头，打开手机微信的二维码让他扫。

两个人加上好友后，苏栀直接朝他伸手："给我吧。"

郑霆本来是要直接把卡给她的，但是一番交流下来，他发现自己唯一能让她和颜悦色，好好说话的，就是这张卡了，于是改了主意。

"我突然想起来茶室的卡只有本人能用，你拿了我的卡也没什么用处。"

这张卡她拿着没用？

苏栀瞬间翻脸，火气"噌噌"地往上涌："你要我是吧？"

"当然不是，我怎么可能耍我的'女神'？"郑霆笑着说，"你如果想去茶室用餐，何须用卡，只要叫上我，我直接带你进去。"

苏栀看着他脸上游刃有余的笑，懂了，他这是因为自己没有向他承诺什么时候陪他出门，所以要利用自己喜欢茶室的美食这一点，让自己有求于他。

这男人不会真的看上她了，想追她吧？苏栀警惕地看着他。

不会不会，这么自大的男人，怎么可能是真心想追她？他肯定是因为她说他配不上她，面子上过不去，才跑过来勾引自己。

这种男人就是欠收拾。

她冲他笑了一下，说："行啊，那我以后想去的时候就给你发消息。"

郑霆微微颔首："我尽量随叫随到。"

第二天中午郑霆就给苏栀发消息，让苏栀陪他吃饭，因为他一个人在外面吃饭不安全，会受到异性骚扰。

苏栀对着手机屏幕上他发过来的消息吐槽了几句，理直气壮地要求他把吃饭的地点换成茶室。她那天晚上没有来得及欣赏茶室里的风景，趁此机会要好好地看一看。

郑霆欣然应允，亲自带她去茶室里吃饭。

这次的包间比上次她吃饭的那间装修更精美，房间里还有一个小戏台，用屏风隔开，十几个年轻男女带着各自的乐器在戏台后的另外一间房里候着，等着表演。

苏栀随意地点了一首古琴曲，屏风后很快就出现一个窈窕的身影，开始弹奏古琴。

苏栀不懂古琴，只知道曲子好听。

吃顿饭还有那么多的讲究，都快赶上古代皇帝的排场了，也不知道郑霆是怎么想出这种高雅的吃饭方式的。

一曲毕，苏栀忍不住问道："郑先生，您听得懂古琴吗？"

郑霆毫不在意她语气里的揶揄，淡笑着说："刚刚那首曲子叫《阳春白雪》，'阳春白雪'的典故出自《楚辞》。"

郑霆语气平和地给她讲述了这首曲子背后的故事。

苏栀没想到他不仅懂，还知道得这么多。

郑霆又给她说了几首古琴曲的典故，苏栀虽然不懂古琴，但听着这些小故事觉得很有趣，郑霆的语速不急不缓，他谈吐得当，看起来很有耐心。

苏栀不自觉地露出崇拜的目光。

郑霆察觉到她眼神的变化，唇角轻扬，正想给她多讲几个典故，苏栀道："先吃饭吧。"

相较于这些文艺的故事，苏栀还是对吃饭更感兴趣。

郑霆叫来服务员点单，苏栀拿着菜单，毫不客气地点了一大桌子菜。

吃饱喝足，郑霆带苏栀去院子里散步。

"你这院子里的建筑有没有什么讲究？"

郑家产业众多，这个茶室在他的产业里只能算是微不足道的一个，把这个园子买来，重新改造，他只需要动动嘴皮子，没有亲力亲为，自然也不知道其中有什么讲究，何况这些园林建筑没有历史，也没什么好说的。

不过国内的古典园林他基本游览过一遍，见多识广，信口胡诌了一些风水问题说给苏栀听。

苏栀以前出门旅游都是随便转一转，拍拍照，这会儿有人讲解，她也听不出来他是瞎编的，就觉得这样听着故事看风景比一个人瞎溜达有趣多了。

"发财,你是说这几棵树的寓意是发财吗?"苏梔听郑霆提到"发财"两个字,出声打断他。

郑霆对上苏梔异常认真的目光,以为她发现自己在乱说了,面上波澜不惊,心里慌乱地想着怎么挽救自己的形象。然而还没等他想好怎么说,苏梔已经兴高采烈地转脸对着那几棵树双手合十,闭上眼,嘴里念念有词。

郑霆听不清她说了什么,但大概也能猜出来,她是在祈祷那几棵树保佑她发财。

"哎,郑总,你不来拜拜?"

郑霆避开她真挚地邀请他一起把握发财机会的目光,淡淡地道:"不用。"

"对哦,你不用,你本来就很有钱。"

她说到钱时语气坦坦荡荡,不夹杂一点儿算计,也不会因为两个人之间的财富差距而像其他人那样小心翼翼地奉承他。

"这个不灵,我知道一个求财很灵的地方,改天带你去。"

"好呀。"

二人就这样开始了频繁的交集。

郑霆对东城很熟悉,对各个旅游景点和美食餐厅如数家珍,苏梔总算有了点儿出门旅游的样子,不再待在酒店里一整天不出门,每天早上七点之前准时起床化妆,跟着郑霆一起出门。

刚开始的两天她还等着郑霆主动给她发消息才会去找他,之后和他熟悉了,玩疯了,开始主动给他发消息。

"郑老板,咱们今天晚上去吃牛骨火锅呀?"

"郑老板,咱们今天中午去吃你说的那家牛排吧。"

"郑老板,我在网上看到一家餐厅,有一道蟹油蒸龙虾的评价很不错,晚上一起去吃?这顿我请你。"

"郑老板,你还有没有什么好吃的地方推荐?"

"有一家印度菜不错,要吃吗?"

"吃。"

…………

一连好几天,苏梔和郑霆的微信聊天页面的内容除了吃还是吃。

郑霆就像一个美食博主一样,每天开车带苏梔出去找美食。

刚开始,陈释见自家老板和苏梔的关系突飞猛进,以为老板的计划成功了,后来发现情况越来越不对劲,直到苏栀当着他的面说她是他老板的"女神",他老板也没否认的时候,他才确定,这就是不对劲。

这哪里是给人家下套,让人家露出想要吸引他老板注意力的真面目?人家都成"女神"了,他老板可别把自己玩进去了。

"郑总,有个会议需要您回南城。"

郑霆直接道:"往后推两天。"

"您上次也是说推两天,还要继续推吗?"陈释委婉地提醒郑霆,"郑总,您有没有发现,您最近的心思有点儿不在工作上了?"

何止是有点儿,他老板的心思简直都快全飞了。

郑霆道:"推。"

这个会议到底没有继续推,倒不是公司里谁有能耐管住郑霆,而是苏栀自己跑回南城了,事先没给郑霆打招呼,等郑霆发现时,人已经回到老家躺在床上呼呼大睡了,连微信好友都给他删了。

郑霆站在苏栀住过的房间里,看着空荡荡的房间,阴沉着脸一言不发,地上的影子被拉得很长,活像被人家吃干抹净后抛弃的怨夫。

苏栀回南城后,在自己的小房子里宅了两天,到腊月二十七下午才带着从东城给苏老师和林老师买的礼物回家过年。

她前阵子在东城每天和郑霆待在一起都会拍些照片发给林老师,告诉林老师郑霆是自己的男朋友,他们俩已经交往了。林老师看了郑霆的照片,对郑霆这个女婿特别满意,没再提过让她相亲的事,但是改成让她把郑霆带回家给他们见见了。

苏栀原本只是想以有男朋友为借口避免被强行拉去相亲,先把这个年应付过去,让她爸妈开开心心地过完这个年,等年后再跟家里人说自己分手了。可是听到她妈让她过年把郑霆带回家时,她就有点儿后悔了,万一被她爸妈发现她撒谎,后果会比她不找男朋友更糟糕。

以她对她爸妈的了解,如果她爸妈发现自己是撒谎敷衍他们,他们就会紧紧地抓住她的这个错处,滔滔不绝地劝说她去相亲,而她就会因为犯了错,为了忏悔她的错误,哄爸妈开心,顺着她爸妈的意思去见相亲对象。

一个谎言需要更多的谎言来遮掩,苏栀纠结过要不要及时止损,跟爸妈说自己已经分手了,但还有几天就过年了,这时候说自己分手了,可能会影响家人过年的心情,她最后还是决定等过完年再找个合适的时机"分手"。为了避免在她爸妈的面前露馅儿,她都没敢早回家,而她妈以为她和郑霆在谈恋爱,也就没催她赶紧回去。

这个时候苏栀的爸妈各自任职的学校早就放了假,苏栀傍晚到家,她爸妈都在厨房里忙着做饭。

苏栀从车上拎出一堆东西,冲着厨房的方向喊:"爸妈,我回来了!"

林老师从厨房里走出来,看她买了那么多东西,伸手接过去一部分:"我不是跟你说了,不要乱买东西。"

"哎呀,我哪里乱买东西了,这不是过年了吗?"

她提着东西往里面走,发现她妈站着没动,目光越过她,往她身后的车里看。

"看什么呢?"

林老师问道:"怎么不带郑霆一起回来?妍妍前几天都把男朋友带回来了。"

苏栀有点儿心虚地说:"妍妍和她的男朋友在一起都好几年了,感情稳定,马上要谈婚论嫁了,我这才谈几天,感情不稳定,指不定哪天就分手了,现在带回来不合适。"

苏妍是苏栀三叔家的女儿,比苏栀还小两岁,大一的时候就和她男朋友交往,到现在都好几年了,苏栀上回在群里看到三婶说过完年就要筹备苏妍和她男朋友的婚礼了。

林老师不悦地道:"什么叫'指不定哪天就分手了'?你认真点儿,不要总是嬉皮笑脸的,谈恋爱的时候不能总把分手挂在嘴边,伤感情。我看郑霆这小伙子挺好的,对你也好。"

"您都没见过他,怎么知道他对我好?"

林老师道:"我没见过他本人,那照片不是见着了吗?长得一表人才,还天天带你去吃东西,你爸也觉得他不错,我和你爸都看中他了。"

提起郑霆,林老师满脸笑意。

都说丈母娘看女婿,越看越满意,苏栀看她妈开心的样儿,暗叹还真是。

晚上吃饭的时候,林老师和苏老师又时不时地把话题往郑霆的身上引,苏栀怕露馅儿,不敢聊太多,每次都敷衍地附和两声。

苏老师突然说道:"马上过年了,郑霆管理那么大一个公司,应该挺忙的吧?"

苏栀愣了一下,放下筷子看向苏老师:"您怎么知道他要管理公司?"

她只跟她妈说过郑霆的名字,发了照片,其他信息一点儿都没透露过。

苏老师骄傲地抬了抬下巴:"你爸我什么不知道?他不就是远鼎集团的总裁吗?他爸十个老婆,好几个都是演员,他有个弟弟,也交往了好几个女演员,那个什么……什么宛来着……"

苏老师看向林老师。

林老师提醒道:"林宛。"

"对,就是那个林宛,郑霆他弟弟捧她花了好几个亿。"

苏栀:"……"

郑家这些隐私她都是从温卿那里听来的,网上根本查不到,她爸妈这都是在哪儿听说的呀,怎么知道得这么详细?

苏老师笑着说:"怎么样,知道爸爸的厉害了吧?你爸我也是有些人脉的,我的宝贝女儿第一次谈恋爱,我当然得弄清楚对方是什么人,免得你被他给骗了。"

苏栀道:"我和他……才交往没多久,以后还不一定在一起呢,您别扒拉人家的隐私。"

苏老师看女儿好像生气了,赶紧道:"我也不是故意去调查你男朋友的背景的,是郑霆之前受我们学校校长的邀请,到学校开讲座,我刚好去听了,受益匪浅,当时对这个年轻人就有很深的印象。你妈那天把他的照片拿给我看,我一眼就认出了他,像他这种人,家庭背景都不简单,一般的小姑娘很容易上当受骗,我就和同事们聊了聊,这一聊就出问题了,他爸和他弟弟都那么花心。"

苏老师说着说着就摆起了岳父的谱:"郑霆倒是没什么绯闻,我有两个在远鼎集团高层任职的朋友说他人品很不错,从来都不接受别人给他安排的'特殊服务'。以后你如果打算和他长久交往,一定要带他回来给我看看,老爸要当面给你把把关,想娶我的女儿可不是那么容易的。"

苏栀一直觉得她爸就是普通的大学老师,和郑霆应该不会有一丝交集,才敢谎称郑霆是自己的男朋友,没想到她爸还有在远鼎集团工作的朋友,现在后悔也晚了,还是过完年尽快找个机会跟家里人宣布自己和郑霆"分手"了吧。

人果然不能撒谎,苏栀回到家的第一晚就惴惴不安,好在第二天开始她爸妈就忙着置办年货,带着她拜访亲戚朋友,也没再多聊郑霆的事。

苏栀家的亲戚不少,除了除夕夜和大年初一这两天是他们一家三口一起吃的饭,其他时候不是在亲戚家里吃饭,就是请亲戚来家吃饭,等到空闲下来的时候,已经是大年初七了,一家三口约好晚上去看今年新上映的一部喜剧电影。

初七大部分人已经重新回到工作岗位上，路上的人少了很多，但电影院里依旧是人山人海。

进入电影院后，苏老师就要去给苏栀和林老师买爆米花，苏栀拉住他的胳膊说："爸，你和妈在这里坐着，我去买。"

刚好他们旁边有一对小情侣站起来，空出了两个座位，苏栀指着座位说："你们坐在这里等我。"

她转脸跑去排队买爆米花，卖爆米花的柜台前面排了很长的队，她拿起手机玩，微信页面突然收到一条好友添加请求。

苏栀看到那个熟悉的微信头像，直接忽略掉这条好友添加请求。

几秒钟后，她的手机收到一条新的好友添加申请，还附带了申请消息："我是郑霆，加我，有话跟你说。"

苏栀看到这条消息，无语地翻了个白眼。

这人怎么这么不识趣，她又不是认不出他的微信，第一遍不加，他自我介绍后她就会加了吗？

苏栀继续忽略他的好友请求，垂着头，随着队伍往前面挪了挪位置，旁边突然传来一道低沉的声音："苏栀。"

苏栀一滞，缓缓地抬眼，侧身看向声音传来的方向。

郑霆穿着一身长风衣，黑眸直勾勾地凝视着她，迈着两条长腿朝她走过来。

苏栀被他盯得有些心虚，下意识地向后退了一步，随后想到她爸妈还在旁边等着她，往她爸妈的方向看了一眼。

林老师和苏老师这会儿正凑在一起不知道在聊什么，没往这边看。

苏栀怕她爸妈看见郑霆，慌乱地道："你怎么在这里？"

郑霆抿着唇，漆黑的眸子静静地看着她，不说话。

苏栀自己做过什么，自己心里清楚，大概也能猜到他找自己是想问什么，但这里并不是说话的地方，她也并不想和他说话。

"你走开，别站在我旁边。"

郑霆淡声道："电影院是你家开的？"

苏栀被噎了一下。

郑霆往前走了一步，向她靠近一些，俯身贴近她的脸颊："心虚了？"

两个人的颜值高，走在人群里本就容易吸引他人的目光，这会儿做出这种"暧昧"的举动，落在他们俩身上的目光更多了。

要是平时，苏栀早就反击了，但这会儿情况特殊，她不敢吸引她爸妈的注意力，被他逼得向后退了两步，瞪着他说："郑先生，请你自重。"

"自重？"郑霆看向苏老师和林老师，唇角勾起一抹弧度，似笑非笑地说，"我是不是应该去拜访一下你的父母？我记得你给他们发过我的照片，他们应该认识我吧。"

威胁，这是赤裸裸的威胁。

苏栀瞪着他说："你敢。"

郑霆挑了一下眉，抬腿往苏老师和林老师那边走去。

苏栀吓了一跳，赶紧拽住他的胳膊把他往回拉到一根柱子后面，认怂道："别去别去。"

郑霆把她的手从自己的胳膊上拿开，双手插兜，淡声道："向我道歉。"

苏栀看了一眼她爸妈，能屈能伸："对不起。"

郑霆道："叫哥哥。"

苏栀憋住骂人的脏话，咬牙切齿地道："哥哥。"

"声音不甜。"

苏栀捏住嗓子喊："哥哥。"

郑霆瞥了她一眼，苏栀捏着拳头，警告道："郑霆，你别逼我打你。"

郑霆有恃无恐："我得去拜访一下你父母。"

苏栀深吸了一口气，冲他抛了个媚眼，娇滴滴地喊："哥哥。"

郑霆笑了一下，伸手在她的头发上揉了揉，塞了一张电影票给她："等会儿陪哥哥一起看电影。"

臭不要脸的老男人。怕郑霆真去找她爸妈揭穿她撒谎他是她男朋友的事，苏栀敢怒不敢言，在心里骂了他一句，咬了咬唇，低头看了一眼他塞给自己的电影票。电影的开场时间只比她和她爸妈要看的电影晚十五分钟，苏栀理直气壮地拒绝："我和我爸妈的电影等会儿就开场了，没空。"

郑霆淡声道："我看叔叔阿姨都是通情达理的人，我帮你去跟他们说一声，他们应该不介意你跟我一起去约会。"

他又拿她爸妈威胁她。

苏栀气得夺毛："郑霆你能不能别那么卑鄙？"

郑霆眯了眯眼，垂头盯着她，语气危险地道："喊我什么？"

"哥哥。"苏栀咬了咬牙，愤恨地瞪着他，"我现在要去给我爸妈买爆米花，等会儿他们进场了再去找你，你给我躲好，要是让我爸妈看见，我跟你没完。"

这就是同意陪他看电影了。

苏栀爸妈要看的电影快检票了,郑霆没再和她多说什么,满意地转身走到苏栀爸妈看不见的墙边,回过头,目光沉静地看着她。

苏栀用力地捏了捏拳头。

郑霆挑了一下眉头,视线落在她的拳头上,唇角浮起一丝笑。

苏栀没好气地白了他一眼,收回视线,没再看他,走到刚刚排队的位置,询问之前站在她后面的人:"你好,我之前是排在这里的,有事走开了一下,请问你记得吗?"

排在她后面的是个看起来年纪跟她差不多大的男人,看了她一眼,点头道:"记得记得,你还站我前面吧。"

他往后面稍稍挪了挪。

苏栀笑着说了声"谢谢",等前面的人走了,才站进去。

她和郑霆说了这么半天话,前面已经没多少人了,很快就排到她,苏栀原本准备买两桶爆米花,她爸妈一桶,她一桶,走到柜台前时,偏头瞥了一眼站在墙边等她的郑霆,对服务员说:"要一桶爆米花。"

老男人不是让她陪他看电影吗?等会儿就让他排队给她买爆米花。

苏栀付完钱,拿着爆米花走向苏老师和林老师。

"妈。"苏栀把爆米花递给林老师。

"怎么只有一桶?"林老师没接,"我不吃了,你吃吧。"

苏栀笑着说:"那不行,这可是我特意给您买的,您不吃可就辜负我的一番孝心了。"

"你就贫吧,就买一桶爆米花就是有孝心了?"

林老师嘴上嫌弃,眼中却止不住笑意,伸手把爆米花接了过去,举起来,对苏栀说:"拿一点儿。"

苏栀摇了摇头,说:"这个您和我爸看电影无聊了吃,我等会儿就不跟你们俩一起进去了。"

"不是买了三张票吗?你怎么不进去?"

苏栀道:"这不是不想打扰您和我爸的二人世界吗?你们俩去看就好了,我就不跟去做电灯泡了。"

"瞎说,什么电灯泡不电灯泡的?我和你爸都多大年纪了,过什么二人世界。"

刚好广播里播报他们要去的影厅开始检票的消息,苏老师站起来招呼林老师和苏栀:"走走走,进去了。"

林老师伸手要挽苏栀的胳膊,苏栀把她往苏老师的身边推:"你们俩进去吧,别管我了,我今天也约了朋友的。"

"什么朋友?"林老师问完,突然想到了什么,神色有些激动地道,"你跟郑霆约了?"

苏栀的眼角抽了一下。

她妈也太敏锐了吧?

她还没回话,林老师已经断定了她今晚是要和郑霆约会,往四周打量了一圈,问道:"人在哪呢,怎么不叫过来跟我和你爸见见?"

"哎呀,见什么见呀?"苏栀知道自己等会儿要和郑霆一起看电影这事肯定瞒不住她爸妈了,索性坦白自己就是和郑霆有约,"我和他现在刚处没多久,还没到见家长的时候呢。"

苏老师见苏栀不高兴了,拉住林老师的胳膊说:"行了行了,他们年轻人有他们年轻人的安排,我们就别跟着瞎掺和了,让他们自己玩吧。"

林老师对苏栀道:"那你晚上跟我们一起回家吗?"

苏栀也不知道郑霆今天会发什么疯,想了想,说:"你们等会儿看完电影直接回家吧,别等我了。"

"行,不过不管多晚你今天都得回家,别在外面过夜。"

林老师担心她晚上会被郑霆哄骗在外面过夜。

苏栀听到"过夜"两个字,整个人都不太好了,她妈想什么呢,她当然不可能和郑霆在外面过夜。

不过在她爸妈的眼里她和郑霆是男女朋友,她如果说太多会引起怀疑。

她点了点头,说:"好的,您放心吧,我晚上会回家。"

苏栀陪林老师和苏老师走到检票的地方,看着二人进去后,转过身,看着往这边走的郑霆,往旁边走到没人的角落,语气不善地对郑霆道:"别告诉我你在这里碰到我是巧合。"

郑霆坦诚道:"不是巧合,但是我想知道你在哪里并不难,所以,别想躲我。"

"我什么时候躲你了?"

"没躲你删我微信好友,招呼不打一声就走?"

苏栀双手环胸,冷笑一声:"我想走就走,为什么要跟你打招呼?我跟你有关系吗?"

她跟他没关系?

郑霆淡声道:"既然跟我没关系,怎么不敢让我见你爸妈?"

苏栀梗着脖子道："你凭什么见我爸妈？"

"凭你跟你爸妈说我是你男朋友。"

苏栀噎了一下。

郑霆似笑非笑地道："你都交男朋友了，过年的时候，你爸妈没让你把男朋友带回家给他们见见？"

这个郑霆怎么那么了解她爸妈的心理？

苏栀道："跟你有什么关系？"

"当然有关系，我是你男朋友，过年都没上门拜访你爸妈，会让你爸妈觉得我没有礼数。"

苏栀气急败坏地道："你什么时候是我男朋友了？你别给我耍无赖，你比我大那么多，我才不要跟你谈恋爱，我是单身！"

郑霆抿着唇，表情很淡，一言不发地看着她，不知道在想什么。

苏栀刚刚被他威胁得心情烦躁，只想着尽力跟他撇清关系，思绪有点儿乱，完全没搞清楚现在是什么状况，每一句话语气都很冲。这会儿他突然不说话了，一双深不见底的眸子幽幽地盯着她，苏栀被他略带忧郁的眼神看得有些心虚，像是她对他做了什么亏心事一样。

"你这么看着我干什么？"

郑霆依旧不说话，面色紧绷。

苏栀跟他对视片刻，无奈地道："郑霆，你到底想干吗？"

郑霆用黑眸紧盯着她，意味深长地道："我想干什么你不清楚？"

苏栀被他灼热得近乎直白的眼神看得有些慌乱，眼睫颤了一下，避开他的视线："我们的年龄差那么多，隔了好几个代沟，我怎么知道你想干什么？"

话音刚落，面前的男人突然俯身凑过来，低声问："需要我做点儿什么提醒你，让你知道我想干什么吗？"

男人呼出的热气喷洒在苏栀的脸上，苏栀吓了一跳，向后退了一步，呼吸有些不稳，手攥成拳抬起来挡在胸前，警告道："这里大庭广众的，都是人，你可别乱来啊。"

郑霆好整以暇地盯着她的脸，轻笑一声，问："电影快开场了，要吃爆米花吗？"

苏栀的脑海里还停留着他刚刚将脸颊贴到自己面前的画面，那扑面而来的男性气息萦绕在她的鼻尖，他的嘴唇像是下一刻就要亲到她的唇上一样，她也就是嘴巴厉害些，到底没跟男人这么亲近过，又羞又气，想着如果他敢强吻她,她就使劲咬他的舌头。

他像没事人一样转移话题,苏栀一时有点儿没反应过来,愣怔地看着他。

郑霆看她一脸茫然不解的样子,勾起唇角:"这样看着我,是等着我亲你吗?"

"谁等着你亲我了?"苏栀被他看穿心里的想法,恼羞成怒,呛毛道,"我是等着把你的舌头咬掉。"

"我不亲你,你怎么咬我的舌头?"

"……"苏栀噎了一下,脸颊一点点地泛红。

郑霆原本也只是随口逗她一下,没想到她还真以为他会亲她,连怎么对付他都想好了。

他亲她,她只是咬他的舌头?

郑霆的目光落在她的红唇上,眸色微暗,苏栀被他直勾勾的眼神盯得心脏"怦怦"跳,抬起眼睛瞪他。

郑霆收回在她唇上的视线,又问了一遍:"吃不吃爆米花?"

他的眼神在老流氓和温柔绅士之间来回切换,苏栀拿他一点儿办法都没有,眼珠子转了转,觉得从他在电影院里出现到现在,自己在他的面前一直处于下风。她这张嘴还从来没在打嘴仗上输过,心里有点儿气自己没发挥好。

不过她爸妈还在电影院里,郑霆拿捏着她的把柄,继续在这里僵持下去,她也讨不着什么好处,还是等等看这男人到底是怎么想的再说吧。

她深吸了一口气,调整了一下心情,对郑霆说:"吃。"

郑霆"嗯"了一声,说:"我去给你买。"

郑霆排队买了两桶爆米花,一桶递给苏栀,另一桶自己拿着。

这个时间,影厅里基本坐满了人,苏栀和郑霆的位置在最后一排。

苏栀坐在郑霆给她的那张电影票上写的座位上,电影还没正式开始播放,她一只手拿着爆米花吃,另一只手随意地摆弄着手机,理都不理郑霆。

郑霆凑到她的耳边,低声道:"听说情侣看电影位置要选最后一排。"

他们的位置就是最后一排。

苏栀没好气地道:"谁跟你是情侣。"

郑霆道:"你答应过我。"

苏栀嘴巴里嚼着爆米花,冷哼一声:"我从来都没答应过做你的女朋友,我只答应过做你的'女神',让你追我。"

郑霆淡声道:"那说好了让我追,你把我的微信删了是什么意思?"

苏栀被郑霆质问得莫名其妙。

他追她,她怎么就不能删他的微信?他一个追求者,是怎么做到在她的面前一副正牌男友的姿态的?

虽然她在东城时跟在他的后面蹭吃蹭喝,最后招呼都不打一声就跑回南城这事办得是有点儿不厚道,可归根结底是他先招惹她的。

是他先说她配不上他,也是他主动找她,让她帮忙挡桃花,就算她提前回南城了,没有把他们之间的关系维持到春节后,可她一开始就没承诺过会帮他多久,更何况他一开始要求她扮演他的女朋友,动机就不太纯的样子。

她当时就知道不能招惹这样的男人,可那会儿没按捺住好奇心,也没有抵挡住他的美食诱惑,就这么和他牵扯到了一起,之后几天玩疯了,也没想那么多。

回南城的前一晚,她跟他一起去他开的那家私人茶室吃饭,发现了他的酒柜,里面存了很多好酒,她没忍住,多喝了几杯。她平时酒量不小,没想到他酒柜里的酒后劲那么大,上车后就睡了过去,醒来后人就躺在酒店的床上了,脑子里完全没有自己走回房间的记忆。

那天是他开车带她回酒店的,车上就他们两个人,大概率是他把她抱回房间的,虽然他很正人君子地没对她做什么,但她还是头一回单独醉倒在一个男人的面前,太没有防备心了。

孤男寡女,她醉得不省人事是件很危险的事,她当即决定不能再和他纠缠下去,他看她的眼神也并不怎么清白,即便他做了一回柳下惠,可谁又知道这不是他诱哄小姑娘的一种手段呢?

他毕竟比她大几岁,家里还有娶了十个老婆的爸爸以及情史丰富的弟弟,她不信他会是什么纯情男人。

在她这里,男人就代表危险,长得好看的男人更危险。

"把你的微信删了就是没意思啊,我对你没意思,当然要把你删了。"

郑霆沉默几秒钟,面色平静地道:"先看电影,等会儿再聊。"

苏栀看着他从容的样子,是真的佩服这个男人的自信,像是一切都在他的掌控之中。

郑霆选的电影是一部爱情喜剧,笑点密集,包袱一个接一个地抛出来,影厅里笑声不断。

苏栀很快就被电影剧情吸引,目光专注地看着大屏幕。

笑声中，郑霆侧过头看向苏栀。

苏栀怀里抱着爆米花，微抬着下巴，嘴角挂着笑，弯着眼角，眼眸明亮，浓长的睫毛随着她眨眼的动作微微颤动，就是个会笑会闹的小姑娘，喜怒都表现在脸上。

他就这么静静地盯着苏栀，苏栀察觉到他的目光，脸上的笑还没收回去，声音清脆地道："看电影呀。"

她是个话很多的人，轻松的剧情让她暂时忘了和郑霆之间的不愉快："这电影挺好看的。"

郑霆"嗯"了一声，视线从她的脸上移到电影银幕上，没多大会儿又落回了她的脸上。

苏栀再次察觉到他的视线，没再管他，只是这么被他盯着，注意力难免被他吸引，时不时地瞥他一眼，每次都会撞上他幽深的眸子，里面的情绪深沉又浓烈，看得苏栀的心尖微微颤动，忍不住想，他是不是爱上她了。

随即她又在心里嗤笑一声：他都三十多岁了，出生在那样的家庭里，怎么可能那么容易喜欢上一个女人？何况他之前明明白白地说过，她没机会吸引他的注意力。

虽然那是他自己自恋地误以为她对他有意思，但也足以代表他的态度，她的脸并不能吸引他。现在他主动跑过来跟她纠缠不休，也不过是男人的自尊心作祟，不允许有女人瞧不上他罢了。

她如果真的如他所愿，被他追到手，说不定第二天就会被他抛弃。

她才不会被男人的花言巧语和温柔攻势哄骗。

她将手伸进爆米花的桶里摸了摸，什么都没摸到，低头一看，爆米花没了。

她的面前突然又多了一桶爆米花，是郑霆递过来的，他那桶一点儿也没动。

苏栀摇头道："我不吃你的。"

她这会儿倒是分得很清楚了，之前蹲在他的酒柜前，眼巴巴地看着他，馋他的酒时，也没见她那么客气。

郑霆道："这就是买给你的，我不吃爆米花。"

怪不得他到现在一口都没动过，原来是特意买给她的。苏栀笑着伸手抓了几颗爆米花塞进嘴里嚼了嚼，见郑霆的眼底浮起一丝笑，后知后觉地反应过来自己刚刚听到他说这就是买给她的时，居然心里一暖。

套路套路，这就是老男人哄骗小姑娘的套路，她不能上他的当。

不过爆米花她还是吃了,已经接过来了,也不能浪费。

电影结束后,等前排的人走得差不多了,苏栀和郑霆才起身往外走。

外面比影厅里敞亮许多,苏栀拿起手机,发现十几分钟前她爸给她打了几个电话,她没接到。

外面大厅里等着电影开场的人还是很多,声音很嘈杂,苏栀拿着手机,快步走向电影院外面给她爸回电话。

"爸。"

苏老师说:"闺女啊。"

这一声"闺女"听着不太对劲,有点儿像从手机听筒里传过来的,又像是直接传进耳朵里的。

苏栀转过脸,看到苏老师和林老师迎面走过来,心里"咯噔"一下,侧头看了一眼站在自己身侧的郑霆,顿时从头顶凉到脚底。

她爸妈怎么还在这里,他们看的电影不是十几分钟前就结束了吗?

完了完了,她刚刚在影厅里对郑霆那态度,也不知道他会不会配合她在她爸妈的面前给她打掩护。

她来不及交代郑霆什么,苏老师和林老师已经走到了面前。

"爸、妈,你们怎么还没走?"

苏老师抬起胳膊,把胳膊上搭着的围巾给她看:"已经到地下停车场了,发现你妈的围巾落在这里了,回来拿围巾。"

林老师和苏老师看向郑霆。

苏栀紧张地碰了一下他的胳膊,冲他眨了眨眼,讨好地笑了一下,也不知道他能不能感受到她这个微笑中饱含的善意。

郑霆微微俯身,凑到她的耳边小声问:"我跟你有关系吗?"

苏栀暗叹了一声"倒霉",听天由命地向苏老师和林老师介绍:"爸、妈,这是我的男朋友,郑霆。"

郑霆朝苏老师和林老师微微颔首,礼貌地道:"叔叔阿姨好,我是栀栀的男朋友。"

苏栀听到他这么说,松了口气。

林老师满脸堆笑,眉眼间是抑制不住的开心:"你好你好,栀子跟我提过你。"

苏老师板着脸,单手叉腰,上下地打量郑霆,摆着岳父的谱,面色有些嫌弃地说:"你家里是干什么的?"

苏栀:"……"

苏老师,你的戏是不是演得有点儿过,他的家里是干什么的,你不是打听得一清二楚吗?

林老师用胳膊碰了碰苏老师,示意他别太过。

苏老师上前一步,把苏栀从郑霆的身边拉过去,一副要棒打鸳鸯的架势。

郑霆刚刚说要拜访苏栀的父母也只是吓唬吓唬她,没想到这样猝不及防地真的见了苏栀的父母,一点儿准备都没有。

他本来就没追到苏栀,这会儿苏栀爸爸对他又一脸不满意,他隐约感觉到大腿在不受控制地颤抖,深吸一口气,维持着从容的面色:"家里是做生意的。"

苏老师问:"你今年多大了?"

郑霆听到他问年龄,半边身子都凉了,腿抖得更厉害了:"叔叔您看我像多大年龄的?"

苏老师都不用看,郑霆多大年龄他心里儿清。这人家世显赫,各方面都出挑,他也只能从年龄上找找碴儿,给个下马威了。

苏老师正准备说他看起来比自家栀子大很多,林老师伸手掐了一下他的胳膊,笑着说:"你看起来应该比我们家栀子大两三岁吧。"

郑霆腿抖的频率小了些:"阿姨,我今年三十二岁,比栀栀大七岁。"

林老师点头道:"大七岁啊。"

苏老师看向林老师,眉头微皱,像是在和林老师商议这个女婿能不能要:"七岁有点儿大。"

林老师道:"七岁也还行。"

苏老师说:"我们家栀子出生的时候,他都上小学了。"

苏栀看着她爸妈在那儿演,觉得奥斯卡都可以来给她爸妈颁影帝影后的奖了。

郑霆瞥了一眼苏栀,见苏栀一副事不关己,高高挂起的样子,也不指望她能帮自己说话。

这姑娘这会儿估计巴不得她爸能说一句他们俩不合适,让他们俩分手呢。

"叔叔阿姨。"郑霆态度谦和地说,"我虽然年纪大,但是长得年轻。"

"……"

苏栀被他这句"长得年轻"逗笑了,从来没见过人这么夸自己的,偏偏郑霆语调平稳,说得认真,一点儿开玩笑的意思都没有。

她看着郑霆一本正经的脸色，顾不上自己还需要郑霆帮忙打掩护，当着林老师和苏老师的面恣意地笑。

郑霆抬眸，将目光投向她，抿着唇，露出一脸无可奈何的表情。

这个样子落在苏老师和林老师的眼里就是宠溺包容，女儿的性子他们了解，大大咧咧的，就得找这种年纪大点儿、成熟稳重、脾气好的男朋友。

"栀子。"林老师给苏栀使了个眼色，示意她别笑了，又捏了一下苏老师的胳膊，让他别说话，下马威也立得差不多了，女儿好不容易找到一个男朋友，可别把人气跑了。

"长得是年轻，你不说，我还真看不出来你有三十岁了。"

林老师说话比苏老师说话好听多了，但再好听也摆脱不了他比苏栀大七岁的事实，郑霆不想再讨论年纪，转移话题道："叔叔阿姨吃晚饭了吗？栀栀饿了，我和她准备去吃点儿东西，一起过去吧。"

"吃过了，你和栀子去吃吧，我跟你叔叔就先回去了。"他们不仅吃过了，还是一家三口一起去吃的。

林老师看了一眼苏栀。这孩子，晚饭吃那么多，怎么又饿了？

苏栀正想说她也不去吃饭了，要跟她爸妈一起回家，郑霆先她一步开口："今天时间是不早了，叔叔阿姨回去的路上注意安全，早点儿休息，等会儿我陪栀栀吃完饭就送她回去，改天再上门拜访您二位。"

不给苏栀以时间太晚为借口拒绝的机会，郑霆直接把事情安排好，甚至连下次上门拜访都说了。

苏栀不好说什么，只能在心里怒骂郑霆不要脸，谁要跟他一起去吃饭了。

林老师和苏老师对郑霆倒是很满意，原本还担心他这种家世的人对他们会有一种高高在上的优越感，没想到他这么客气。

"行，改天你和栀子到家里来，咱们再慢慢聊。"

郑霆问："叔叔阿姨的车在哪儿？"

林老师道："地下停车场。"

郑霆客气地道："我和栀栀送你们过去。"

"不用那么麻烦，你们玩你们的。"

"不麻烦，应该的。"

郑霆礼数周到，坚持把林老师和苏老师送到地下停车场，苏老师还强撑着摆岳父的谱，林老师早就被哄得满面笑容，越看这个"女婿"越满意。

"叔叔阿姨，加个微信吧，以后方便联系。"郑霆顺势要林老师和苏老师的微信。

苏栀阻止道:"哎,微信就不用加了吧,你们有什么事直接告诉我就可以了。"

"怎么加,你扫我还是我扫你?"林老师没理苏栀,直接拿出手机加郑霆的微信。

"我扫您。"

郑霆扫了林老师的二维码,加上微信,又看向苏老师。

苏老师抬起下巴,眼睛往别处看。

郑霆也不生气:"叔叔。"

他一口一个"叔叔",喊得苏老师通体舒畅,苏老师也拿够了架子,低头点开微信的二维码让他扫。

目送苏老师和林老师离开,苏栀扭头就跟郑霆翻了脸:"我什么时候说我饿了,要跟你一起去吃晚饭了?"

郑霆淡声道:"你求我在你爸妈的面前扮恩爱,却连顿饭都不请我吃,过河拆桥?"

"……"

苏栀被噎住了,想到自己刚刚当着他的面向她爸妈介绍他是她的男朋友,脸颊有点儿发烫,想了想,理直气壮地把锅甩到他的头上:"你不来这里找我,被我爸妈碰到,我至于让你帮忙在我爸妈的面前演戏吗?"

郑霆轻笑:"你不跟你爸妈说我是你男朋友,应该也用不着演戏吧?"

苏栀:"……"

郑霆上下地打量她,目光带着探究,又是这样一副高深莫测的表情,也不知道在想什么。

苏栀被他看得发毛:"能不能别这样看我?"

郑霆面带不解地说:"你嘴上说着我配不上你,私底下却跟你爸妈说我是你的男朋友,苏栀,你这是不是喜欢我,欲擒故纵?"

"谁欲擒故纵了?!"

"你呀。"

"胡说八道!"苏栀真不知道这男人是怎么做到如此厚颜无耻的,气得都不知道骂什么好,脑子里冒出很多骂他的话,但张口只说出两个字,"无耻!"

这不是她正常的骂人水平。

她补充道:"谁要对你欲擒故纵,大把的男人排队等着追我呢。"

"别给他们追。"

苏栀愣了一下,郑霆收敛住脸上的笑,抬腿靠近苏栀,语气温柔得能溺死人:"苏栀,我不胡说了,你别生气,咱们好好聊聊。"

他一会儿嬉皮笑脸的没个正行,一会儿又老成持重,苏栀都快被他弄得精神分裂了。

聊聊?苏栀皱了皱眉,行吧,那就聊聊。

"去上面聊?"郑霆提议道,"五楼有家火锅店。"

"不用,我吃不下了,去车上聊吧。"苏栀在地下停车场里扫视了一圈,没看见郑霆的车,"你没开车来吗?"

"开了。"

郑霆将手伸进大衣口袋里,摸出一把车钥匙。

苏栀瞥了一眼,他今天开的和之前开的不是同一辆车。

郑霆的车就停在不远处,苏栀跟着郑霆走到他的车前,上了副驾驶座。

怕被郑霆牵着鼻子走,苏栀道:"我先说。"

郑霆"嗯"了一声,转过头看着她。

苏栀抬眸,对上他幽深的目光,突然不知道说什么好了。

车厢里一阵静默,两个人之间莫名地流淌着一种温馨的气氛。

郑霆也不催她,静静地等着她组织语言。

苏栀斟酌片刻,开口道:"不管你信不信,我确实没有吸引你的注意力的想法。之前你让我帮你挡桃花,应付家里人,说的也是帮到春节后,我只是提前几天回南城而已,现在春节已经过了,我们也没什么关系了。至于我爸妈那里,过段时间,我会找个合适的时机说我们分手了,你放心,从今以后,我不会再出现在你的世界里。"

她说完话,车里再次陷入沉默。

郑霆直勾勾地盯着她,看得苏栀心里发虚。

明明他们俩认识没多久,不过短短一个月,却像是过了很久一样,大概相较于她一日又一日地宅在家里虚度光阴,她跟他相处的那些天过得很充实,但他们俩终究不是一个世界的人,还是不要牵扯过多。

良久,郑霆才扯了一下嘴角,脸上一点儿笑意也没有。

"你的意思是要跟我彻底断绝来往?"

苏栀点了点头。

郑霆的目光沉静:"为什么?"

苏栀道:"没有为什么,你本来就是我在假期旅行中认识的朋友,现在旅程结束了,不来往不是很正常吗?"

"不正常。"郑霆反驳她,"就算是普通朋友,也不至于前一天还一起吃饭,第二天就把联系方式删了,断绝来往。"

"这就是我的处事风格,我对不想再来往的人向来如此,如果你很难理解我的做法,那恰好证明我们俩的三观不同,不适合做朋友。"

郑霆问:"你跟我相处的时候不开心?"

"开心啊。"

"那为什么不想跟我来往?"

苏栀耸了耸肩:"不想就不想喽,都说了没有为什么。你看,你总是问我为什么为什么,说明你一点儿都不了解我。交朋友要找三观一致、思想一致的人,这样才会相处得轻松愉快。"

"苏栀,"郑霆的目光深沉,"你很渣。"

苏栀呆住了:他说什么?她很渣?

苏栀怀疑自己听错了,一个大男人是怎么说出这种话的,听起来还这么委屈。

"我怎么渣了?"

郑霆道:"你说你对我没有欲擒故纵,我就当你没有欲擒故纵,但你敢说,你在东城和我相处的时候,没有故意引诱我?"

"我怎么引诱你了?我……"对上郑霆看透一切的眼神,苏栀的心里微乱,她咬了咬唇,索性跟他开诚布公,"一开始,你说我想吸引你的注意力,还说我没机会,我确实心里不服气,想着要教训教训你,可我并没有真的想跟你在一起。"

郑霆冷哼一声:"引诱我又不想跟我在一起,不是更渣?"

"……"

"不以谈恋爱为目的的勾引,都是耍流氓。"

苏栀被郑霆说得词穷,半晌才憋出一句话:"郑霆,你不要偷换概念,这件事没那么复杂,就算是我存心引诱你,想看你被打脸,可也并没有真的对你做什么,我们只是一起吃了几天饭而已。你身处的圈子鱼龙混杂,什么样的女人都见过,短短几天,也不至于上了我的钩。"

"不至于上了你的钩?"郑霆扯了一下嘴角,盯着她的眼睛,认真地说,"苏栀,我还就是上了你的钩,你得对我负责。"

苏栀愣了一下,直视着郑霆的眼睛,企图从里面看到一丝玩笑的意味。但郑霆的眼神直白坚定,一点儿开玩笑的意思都没有,深情款款的目光让苏栀有些喘不过气。

她伸手降下车窗，侧头对着外面呼吸了一口新鲜空气，忽然笑了一下，肩膀随着她的笑声颤抖："郑霆，你是认真的吗？"

郑霆注视着她："认真的。"

苏栀摇了摇头："我不信你，郑霆。我觉得你或许对我有点儿兴趣，但这都是来源于你从小到大想要什么东西都轻而易举，从来都没有受到过挫折，所有人都捧着你，突然遇到我这样不仅不捧着你，还要踩你两脚的，你觉得没面子，所以很不甘心，想要证明没有你追不到的女人，我说得对吗？"

"所以你要跟我断绝来往，是怕我不认真？"郑霆不答反问。

苏栀挑了挑眉，笑盈盈地看着他，不置可否。

"我不认真，你怕什么？"郑霆微微前倾，凑近她，语气低沉，"怕自己会爱上我。"

"谁怕会爱上你了？"

"那为什么不敢让我继续追你？"

"谁说我不敢了？"

话音刚落，苏栀就看见郑霆的眼底泛起笑意。

她上当了，他这是激将法。

苏栀闭眼，暗恨自己嘴快，明明思路很清晰，也下定决心不跟他这种人搅和在一起，结果还是没忍住受了他的激将法。

郑霆看着她满脸懊恼的样子，喉间发出一声闷笑："苏栀，你刚刚说得不对，我从小到大，并非如外人所想，想要什么东西都能轻而易举地得到。"

苏栀睁开眼睛看他。

"我的父亲生了十二个孩子，和我年龄差距最小的，只比我小一岁。我出生没多久，父母就离婚了，从小跟在我母亲的身边长大，一直到成年才回到郑家，虽是长子，却并不是我父亲最属意的继承人。"但现在远鼎集团在他的手里。

这种大家庭，兄弟之间为了争权夺利，钩心斗角的事苏栀没少听，他虽然只是简述了一下在郑家的经历，苏栀却能想到他应该也是吃了不少苦的。

"我的时间很宝贵，不会因为不甘心就随意浪费，我只会把时间用在我觉得值得的人的身上，苏栀——"

"别说了。"隐约地猜到郑霆接下来要说什么,苏栀打断他,伸手推他的肩膀,"时间不早了,送我回家吧。"

"你刚刚说了,敢让我继续追。"

什么时候该进,什么时候该退,郑霆把握得很精准。他现在连苏栀的微信好友都没加上,也不指望她今晚就跟他相亲相爱,这种事情得慢慢来,前提是他有这个机会。

他紧紧地盯着她,抛出筹码:"你父母现在以为我们在一起,如果你跟他们说你分手了,他们还会操心你的事情,不如试着跟我相处,我会配合你,在你父母的面前扮演好男朋友的角色,但是在你答应我之前,绝对不占你便宜。"

免费的假男朋友,这个诱饵很有吸引力,不过他这样精明的商人,会做赔本的买卖?

苏栀冷哼一声:"你这会儿说得这么好听,只怕将来我不答应你的追求,你又要说我是'渣女',利用你在我爸妈的面前演戏,却不对你负责。"

郑霆斩钉截铁地道:"不会。"

他一定会追到她。

苏栀的目光微动。

这男人啰啰唆唆地说了这么多,就是要追她,又卖惨,又动之以情晓之以理,她今天如果不答应他,他估计还是会纠缠不休。

其实追不追的选择权压根儿都不在她这里,他想追她,她也阻止不了。

算了,既然他主动贴过来追她,纠缠不休,就别怪她不愿意做他的女朋友还吊着他了,她可是一心要快刀斩乱麻的。

"你想追就追吧,不过我要跟你先申明,我这辈子是不打算跟男人结婚生子的,删你微信是不想让你误入歧途,你执意要把时间浪费在我的身上,我没意见,但如果最后白白地浪费时间和金钱,可不要把责任推到我的头上。"

"原来你删我的微信是为我好啊。"郑霆的嘴角勾起意味深长的笑,也不知道他的脑子里又在转什么他在她的心里很特殊的想法。

"你少自作多情,我对所有的追求者一视同仁,微信列表里只要有男人对我露出想追求我的意思,我都会立马删掉。"

"为什么?"

苏栀道:"你是猪吗?这都要问为什么,当然是不想浪费对方的时间。"

苏栀对他说话毫不客气,态度恶劣,希望他赶紧回头是岸。

"我要是对你说话太难听,你会不会气得想打我?"

苏栀突然想起来她本来说话就不好听,再故意找碴儿,可别把人惹急了揍她一顿。

郑霆微笑着说:"我不会生你的气,你说什么我都爱听。"

这人变态了。

苏栀打开手机微信通过他的微信好友申请:"微信加上了,现在可以送我回家了吧?"

郑霆勾了一下唇角,倾身靠过去。

苏栀的身体自然地微微后仰,由着他帮自己系安全带,这是在东城那几天养成的习惯。

车子缓缓地驶出地下停车场,回去的路上,苏栀一直低头看手机,没跟他说话。

到家时已经晚上十一点半,苏栀的爸妈特意留了门口的灯,苏栀解开安全带,从车上下来,看见郑霆也跟着她从车上下来,双手背在身后。

"你下来干吗?"他该不会是想以时间太晚为由,要在她的家里留宿吧?

"这个送给你。"郑霆突然从身后拿出一束花,暖黄色的灯光洒在他的身上,他微微俯身,凑到苏栀的耳边低声说,"鲜花配美人,苏栀小姐,你今天真美。"

温热的气息拂过她的耳郭,苏栀缩了一下脖子,目光对上他带笑的眼眸,心跳突然不受控地加快。

她深吸了一口气,在心里提醒自己,这是老男人哄骗小姑娘的套路,她不上当。

番外三
相逢恨晚

郑霆说要追苏栀,就真的认认真真地追了起来,每天早晚早安晚安的消息从不落下,中间逮着机会就说一堆甜言蜜语,脸皮厚得很,每天都大张旗鼓地让人往苏栀的工作室里送花,在卡片上署名郑霆。

他得了空便亲自开车到苏栀的工作室外等她下班,苏栀身边的朋友同事都知道她有这样一位帅气多金的追求者,每次他去等苏栀下班,都会引起工作室里的员工的骚动,一群人趴在窗户口偷偷地看他。他也不嫌尴尬,从车上下来,光明正大地给他们看。

他这种身份的人,看上哪个人,都是私底下悄悄地约饭,等人到手了再介绍出去,免得追不上人丢了面子。

他这样追人追得轰轰烈烈,人还没追上,圈里人就都知道他在追人的八卦了,不像是商场上沉着稳重的人物,倒像是游手好闲的富家子弟。

他也不嫌丢人,带苏栀出去吃饭时,偶尔遇到相熟的人,就直接给人家介绍:这位是苏小姐。

苏小姐是谁?剩下的话他没说,懂的人就都懂了,这就是郑总看上的那个姑娘,还没追上。

他"铁树开花"的消息传到郑霖的耳朵里,郑霖难以置信地给郑霆打电话:"大哥,我听说你最近看上一个姑娘,真的假的啊?"

郑霆这一辈兄弟姐妹十二人,就数郑霖跟郑霆的关系最好,他在家里排行第四，比郑霆小三岁，小时候一直跟在郑霆这个大哥的屁股后面转。

郑霆"嗯"了一声，说："真的，我在追她。"

郑霖跟他爸一样，生性风流，女朋友一个接一个地换，凭借着家世样貌，勾勾手指头就有一堆女人往他的身上扑，看上哪个女人基本见一面就成了，还从来没为追女人费过心思。他听人说他哥从年前就开始追人了，到现在还在追，觉得这简直就是天上下红雨了。

"大哥，还没追上吗？你这不行啊，你不会是学人家装穷隐瞒身份玩真爱那一套吧？我跟你说，追女人其实挺简单，她喜欢什么你给她买什么就得了。"

知道自己的大哥没谈过恋爱，情史丰富的郑霖特别热心："大哥，我昨晚在慈善晚会上拍了一套珠宝，你把那姑娘的地址给我，我以你的名义送过去，女人就喜欢这些。"

郑霆沉着脸道："这事你少跟着掺和，你大嫂最讨厌的就是你这种男人，我追人不容易，你别给我添乱。"

郑霖一脸蒙："我怎么了我？我跟大嫂都没见过面，她怎么就讨厌我？"

郑霆想到苏栀跟自己吐槽的不想结婚的原因，想起她当时还用他爸和郑霖做了反面教材，觉得自己的形象受到了郑霖的影响，冷声道："对感情不专一，三心二意，'渣男'。"

"……"郑霖喊冤，"我对我的女朋友都挺好的，要什么给什么，算不上'渣男'吧？"

郑霆淡淡地道："她说这样的就是'渣男'。最近没什么事，我们不要见面，你也不要给我打电话，免得被她看见了，觉得物以类聚，说我跟你一样。"

"大哥，你这么说也太伤我的心了，我可是你的亲弟弟，你最清楚我是个什么人。大嫂对我有误解，你帮我跟大嫂解释解释，要不你看哪天方便，你把大嫂带出来，我做东，请你们吃顿饭，让我在大嫂面前表现表现。"

郑霆嫌弃地警告："别瞎打听你大嫂的事，要是让我知道你背着我接近她，决不轻饶。"

郑霖笑嘻嘻地说："大哥，之前别人跟我说你追大嫂很久都没追上，我还不信，像我哥这样的男人，追女人还不是手到擒来，怎么可能追不上？但我给你打了这个电话，就知道你为什么追不上了。"

"大哥，想听听我的意见吗？做生意我没你在行，可论起对女人心思的了解，你肯定不如我。"

郑霆正准备挂电话，闻言皱了皱眉："别给我想馊主意。"

他嘴上嫌弃，电话却没挂。

"大哥，我看你就是太听大嫂的话了，大嫂说什么就是什么。这女人啊，都是嘴硬心软，别的事你听她的也就算了，但有些亲密的事情，得靠男人主动，比如拥抱接吻，你得胆子大点儿，直接来啊。有时候，女人就是嘴上说不喜欢、不让碰，其实都是害羞，你真听了她的，什么都不做，指不定她的心里觉得你像根木头呢。"

"郑霖，你活腻了。"

郑霖冒着被他哥打断腿的风险，苦口婆心地说道："大哥，我说的是真的，不信你试试。"

郑霆直接把电话挂了，拿手机给苏栀发消息："栀栀，我到你的工作室楼下了。"

郑霆抬眸，透过挡风玻璃往二楼苏栀的办公室的窗户看去。

天空阴云密布，淅淅沥沥地下起了雨，雨点砸在车上，发出"啪嗒啪嗒"的响声。

玻璃被雨水模糊，他打开雨刷器，没多大一会儿，二楼的窗户那里出现了一个熟悉的身影。

他唇角轻扬，拨通苏栀的电话："栀栀，我看见你了，你在看我。"

对面传来苏栀恼怒的声音："跟你说多少遍了，别这么喊我，喊我的大名，苏栀。"

栀栀，栀栀，她什么时候跟他那么亲了，他喊得那么亲昵。

郑霆笑了一声，还是喊："栀栀。"

磁性的声音传进苏栀的耳朵里，不急不缓，温柔舒缓。

苏栀其实很喜欢听郑霆的声音，低沉浑厚，很性感。有一回苏栀在他的面前不小心说漏了嘴，说他低声说话的时候很温柔，从那之后郑霆在她面前说话都会刻意地压低些声音，女人都很敏感，这种细节她当然能注意到。

胸口忍不住泛起甜蜜的感觉，苏栀烦闷地拍拍自己的脸颊，让自己理智，"哼"了一声，自己都没注意到自己说话有点儿像在撒娇。

"厚脸皮，谁让你来我工作室了？不是跟你说了别来。"

郑霆道："来接你下班。"

"谁让你接，我可以自己打车回去。"

"下雨了，打车不方便，我舍不得。"

苏栀嫌弃地道："郑霆，你总是说这种矫情兮兮的话，油腻死了。"

郑霆微笑着说："我在这里等你。"他抬手看了一眼时间，"现在是四点十分，距离你下班还有五十分钟，你工作室里有热水吗？"

工作室里当然有热水，他这就是故意找借口想到里面来。

苏栀道："有，不过都是给员工准备的，工作时间，闲人勿扰。"

"我有个项目需要摄影宣传，可以给客户一杯水喝吗？"

"我不接你的单，你就老老实实地在外面待着吧，少找借口进来。"

"下雨了，栀栀，外面冷，你不担心我？"

"冷你就回去，别等我，我忙得很。"

苏栀有点儿孛毛了，郑霆没再逗她。

"好好好，你工作吧，不打扰你了。"

苏栀刚挂断电话就看到工作室的微信群里一堆提到她的消息。

林简@苏栀："栀子姐，郑总来啦，你快看啊。"

陈恺@苏栀："栀子姐，郑总来啦，你快看啊。"

…………

每次郑霆过来，他们都在群里起哄，连没来工作室的人也会跟着复制粘贴，在群里排队形。

苏栀："看什么看，工作时间玩手机，这个月的奖金每人罚两百，再有说话的就罚五百。"

群里瞬间安静了下来，没人说话了，不过大家都知道她说扣奖金的话是开玩笑的，不可能真扣的。

苏栀发完消息，坐在办公桌前，关闭电脑桌面上的文档，把文档发送到自己的微信上去，准备回去后晚上再处理没做完的工作。

鼠标点在关机键上，点了"关机"，她才后知后觉地想起来，现在还没到下班时间，下班前把工作做完时间也绰绰有余，干吗要带回家做？郑霆要在楼下等就让他等好了，是他自己愿意等的。

她正犹豫着要不要打开电脑继续工作，坐在她对面的唐溪抬起头，笑着对她说："这位郑霆还挺执着的，不像是为了面子追你。"

这个男人现在已经完全不要脸面了。

苏栀冷哼一声："得不到的永远在骚动，男人，就是越吃不到越心动，到手以后就没那么珍惜了。当然了，你老公那种深情专一的男人也有，只是碰上的概率太小了。"

唐溪将下巴朝窗外楼下郑霆的方向抬了一下："那你通过相处，觉得他怎么样？"

苏栀摇了摇头："不能全凭感觉，有一种男人，在追人的时候什么海誓山盟都说得出来，但那不过是哄女人上床的把戏。女人的心天生比男人的心柔软，很容易被花言巧语哄骗，等真动了心以后，男人潇洒转身，女人可就深陷其中了，很多女人在结婚前都觉得自己遇到了真爱，婚后生完孩子，男人的态度就一百八十度大转变，这种渣男多得是。"

苏栀用两根手指给唐溪比画了一个十字："郑霆他爸，娶过十个老婆，他这种家庭，简直是不拿婚姻当回事。"

唐溪跟她一起吐槽郑霆他爸："花心大萝卜。"

苏栀点头："就是。"

唐溪和苏栀聊了两句就继续忙着修图了，苏栀心不在焉地往窗外看了一眼。

雨越下越大，才下午四点多，外面的天就黑压压的，云层里传出雷声，像是要下暴雨。

苏栀垂眸，视线落在郑霆的车上。

外面整条街上都看不到人影，只有他的那辆车，在风雨中，孤零零的，苏栀的脑海里猛然浮现出郑霆说的那句"外面冷，你不担心我？"。

他在车里坐着呢，冷什么冷？她就没见过这么会卖惨的大男人。

苏栀在心里吐槽了他一句，手不由自主地拿起手机，在编辑框里打字："有没有人看了今天的天气预报，今天有暴雨吗？"

消息发到工作群里，林简立刻回复："我早上看天气预报说是小雨，不过看这天估计有大暴雨，等会儿下班高峰期要堵车了。栀子姐，距离下班也就半个多小时了，不如提前下班吧？"

林简这姑娘就是会说话，会给人找台阶。

苏栀："行吧，现在下班，大家回去的路上注意安全。"

苏栀在群里通知了下班，边收拾东西边往外面看，不到一分钟楼下的员工就一个接一个地蹿出去了。

苏栀收拾好东西，抬头对闷头修图的唐溪说："天气不好，我让他们提前下班了，你的图修完了吗？"

"还差一点儿，你先回去吧。"

她们俩的家在两个方向，都不顺路。

"那我先走了，你等会儿开车注意安全。"

"嗯。"

苏栀提着包下楼，走出工作室的大门，一阵风吹过来，从领口灌进衣服里，苏栀打了个哆嗦，擦了一下被风吹乱的头发，低头打开包的拉链，伸手进去摸了摸，发现自己忘记拿伞了。

她正想着要不要回办公室里拿伞，郑霆的车缓慢地驶到她的正前方停下，驾驶座的车门打开，郑霆撑着伞从车里下来，三两步走到她的面前，把伞遮在她的头顶上："上车吧。"

天气不好，苏栀也没多说什么，跟着他绕过车头，走向副驾驶座。

郑霆替她拉开车门，微微躬身，用手挡着车门上方，侧过身让出位置。

苏栀弯腰坐进去，整理了一下头发和衣服，在郑霆上车前自己系好安全带。

片刻后，男人带着一身寒气坐进来，苏栀侧头看他，见他大半个肩膀都湿了，白色的衬衫沾水就变得透明，贴在身体上，她能清楚地看见他小麦色的皮肤。

他的手还伸在车外面，抖了抖伞上的水，然后他坐正身体，侧头和她对视。

"要吃零食吗？"

他从旁边拿出一个小盒子递给她，额前有一小撮头发被雨水打湿，饱满的额头上有几道湿痕，但看起来并不狼狈。

苏栀接过他手上的小盒子，嘟囔道："怎么打伞的啊。"

她刚刚看他的伞也不小，两个人打虽然有点儿挤，但这么短的距离，他也不至于淋成这样。

郑霆跟没看见自己身上的水似的，温声问道："怎么了？"

苏栀用手在自己的头上比画了一下："你这里有水，擦擦。"

郑霆抽了一张纸巾，随意地在自己的额头上擦了一把，把纸丢进车上的小垃圾桶里，双手撑在方向盘上启动车子，准备出发。

苏栀看他擦了和没擦一样，额头上的水一点儿都没擦掉，皱了一下眉头，用手继续比画："水都在右边，你擦的是左边。"

郑霆无所谓地道："开车了，不方便擦，等会儿自然就干了。"

苏栀看了一眼他搭在方向盘上的手，抽了张纸巾，道："我帮你擦吧。"

郑霆压下上扬的唇角，平淡地"嗯"了一声。

苏栀抬手擦掉他额头上的水珠，视线投向他湿透了的肩膀，问道："你车上有备用的衣服吗？"

"后备厢里有两身衣服,你冷吗?"

不是她冷,是他的衣服湿了,不过她如果开口让他换衣服,他指不定又要自恋地说她喜欢他。

算了,反正他的衣服薄,等会儿就干了。

"没事,不冷。"

郑霆将车子掉头,来到亮着红色信号灯的路口,停下来问她:"晚上想去哪家餐厅?"

苏栀下午吃了一个小蛋糕,这会儿还不怎么饿,而且雨这么大,上车下车都不方便,就说:"不去餐厅了,直接送我回家。"

郑霆问:"吃外卖?"

苏栀挑了下眉:"不行?"

郑霆哪敢说不行,何况说了她也不会听。

"你家附近有一家新开的餐厅,我等会儿让人打包几道菜送到你家去。"

苏栀爱吃,郑霆为了讨好她,投其所好,把南城这一片不错的餐厅全都摸了个遍,他自己是没时间探店考察的,就在公司里找了几个试吃员,每天的工作就是到处给未来老板娘试吃菜。

苏栀家离工作室不远,没多大工夫车就停在了苏栀家的楼下。

雨还没停,郑霆先下车,打着伞,走到副驾驶座的门前,替苏栀拉开车门,把苏栀护送到电梯间。

"再见。"苏栀站在电梯间的入口处,直接下逐客令。

郑霆用漆黑的眸子看着她,挑了一下眉:"雨这么大,不请我上去坐坐?"

苏栀道:"雨这么大,你应该早点儿回家。"

郑霆问:"打雷了,你不担心我?"

苏栀听着他暧昧的话,翻了一个白眼,敷衍道:"路上注意安全。"

她说完转身往里面走。

"等等。"郑霆在背后喊住她。

"又怎么了?"

郑霆问道:"你的工作室平时五点下班,今天提前下班,是不想让我等吗?"

苏栀猝不及防地被他戳穿那点儿小心思,脸颊"噌"地一红,否认道:"谁不想让你等了,少自作多情,今天天气不好,我工作室的同事怕晚高峰回家堵车,提出想提前半小时下班,我才让他们提前下班的。"

郑霆的眉梢微扬:"不是就不是,你那么着急干什么?我自作多情又不是一次两次了。"

他还知道他自作多情不是一次两次了,厚脸皮。

"谁着急了?"

郑霆道:"谁脸红谁就着急了。"

苏栀梗着脖子冲他吼:"谁脸红了?!"

郑霆轻笑:"你呀,我都看见了。"

"胡说八道,我才没脸红!我的脸是白的,是白的,你是色盲吧,白的都能看成红的!"

苏栀吼得有点儿热了,觉得最近郑霆这男人简直蹬鼻子上脸了。

"明天你不用来接我上班了。"

她的车上周突然抛锚,被送去维修,到现在都一个星期了还没修好,也不知道现在的汽车修理店是怎么回事,一个汽车轮胎修补一周。

这一周郑霆每天都以她没车为由,接送她上下班。

"好好好,你的脸是白的,别生气,我明天还来接你。"

苏栀撩了一下头发,手指抚过侧脸,感觉脸颊确实比手指热很多。

想到自己今天鬼使神差地为了不让他多等,找借口让员工提前下班,苏栀隐隐地感觉到不妙:她不会要在老男人的温柔攻势里沦陷了吧?

不可以这样,她要理智,男人很少有好东西。

她深吸了一口气,抬眸看向郑霆:"你这样追我,身边的人都知道了,以后追不上,不会觉得丢脸吗?"

郑霆叹了口气,眉宇间弥漫着淡淡的忧伤:"我都三十多岁了,连个小姑娘都追不上,是很丢脸,郑霖刚刚还打电话嘲笑我。"

"你弟弟嘲笑你吗?"

郑霆点头。

"他有什么资格嘲笑你?"苏栀替他打抱不平,"他那种不停换女朋友、对感情不专一的男人,怎么有脸嘲笑你这种正人君子?"

郑霆怔了一下:她说他是正人君子?

苏栀是个护短的人,虽然平日里一直吐槽郑霆是老男人,但这是她和郑霆之间的事,别人凭什么嘲笑他。

"你别听他的,他就是自己从心底里不拿感情当回事,还意识不到自己的错误,这种人就是没救了。你要是他那样的,我早一脚把你踹飞了。"

"你这样挺好的。"

苏栀喋喋不休地安慰着郑霆,都没察觉郑霆的脸什么时候凑到了自己的面前。

"你觉得我好?"

郑霆幽深的眸子凝视着她的脸,苏栀看着他那近在咫尺的脸庞,呼吸一紧,睫毛急促地颤动,都忘了躲。

她的身体被他搂进怀里,他的手臂环住她纤细的腰,嘴唇贴上了她的唇,二人的呼吸声融到一起,苏栀的目光微滞,正对上他炽热的眸。

她愣怔了几秒钟,回过神,抬手推他的肩膀。

"别躲。"

苏栀张嘴在他的唇上狠狠地咬了一口,郑霆吃痛,松开她的唇。

苏栀满面通红,转脸就往电梯间里跑,身后的人跟过来,苏栀仓皇地跑了两步,气不过,回过头,挥着包往他的身上打。

"郑霆你这个流氓,王八蛋,你占我便宜!"

"栀栀。"

郑霆刚刚鬼迷心窍没忍住,耍完流氓后还沉浸在绵软的触感里,打不还手,抬手摸自己的唇。

他还有脸摸?!

苏栀气得手脚并用地把他推入雨里,雨点"噼里啪啦"地砸在他的身上,苏栀没再管他,转身疾步走向电梯间。

郑霆看着她气势汹汹的背影,在心里暗骂郑霖出的这是什么馊主意。

她气成这样,估计回去后就要把他拉黑了。

雨落进眼睛里,他有点儿看不清,旁边突然蹿出一辆送外卖的电动车,从他的身侧撞过去。

郑霆没防备,被撞得跟跄一下,脑子里迅速地转了个圈,倒在地上。

外卖小哥被吓了一跳,急忙停下来扶他:"先生,你没事吧?"

他的声音里带着惊惶。

郑霆推开他的手臂,不让他扶,小声道:"没事,你走吧,快点儿走。"

外卖小哥:"……"

郑霆目光凌厉地扫向他:"快点儿离开,不然让你赔到倾家荡产。"

外卖小哥六神无主,被他的"赔到倾家荡产"威胁到了,赶紧骑上电动车离开。

苏栀转过脸就看到郑霆蜷缩在地上捂着腿,顿时顾不上这人刚刚对自己耍流氓了,小跑到他的身边,拉着他的手臂搭在自己的肩膀上,问道:

"郑霆，你还好吗？"

郑霆闷哼一声，低声说："快进去，雨太大了，当心着凉。"

苏栀弯腰让郑霆靠在自己的肩上，扶着他往电梯那边走。

郑霆的胳膊揽过她的后背，大半个身体斜靠在她身上，他没使劲，只虚虚地搂着人，没舍得真往她的身上压。

苏栀感觉不到他的重量，垂眸看了一眼他"步履蹒跚"的样子，不放心地问道："你这样走路疼不疼？你靠在我的身上吧。"

郑霆小声道："没事。"

他身上被雨淋得湿透了，满脸水，苏栀按了电梯楼层的按键，腾出一只手从包里抽出一张纸，侧身给他擦脸。

她的手上拿着纸巾，从他的额头一点点地向下擦拭，手指拂过他的嘴唇时，郑霆突然伸手捏住她纤细的手腕。

他的眼睫微垂，一滴水刚好从他额前的头发上滑下，落在他浓长的睫毛上，湿漉漉的，让他冷淡的脸庞添了一抹柔和之色。

苏栀望着他漆黑的眼睛，瞥到自己的手指还按在他的唇上，缩回手指，手握成拳，手腕在他的手中动了动。

郑霆专注地看着她的脸，抓住她手腕的手没放，眸底浮起笑意："你在干什么？"

苏栀道："给你擦脸。"

郑霆的唇角上扬，眼眸深处的笑容更加荡漾。

苏栀本来只是随手给他擦脸上的水，没想那么多，被他这么一笑，突然反应过来，这男人才刚对自己耍过流氓，她应该狠狠地扇他几个大嘴巴才是。

她这样贴心地给他擦脸，这男人的心里指不定怎么想呢。

"笑什么笑。"苏栀冲他瞪眼。

"咯。"郑霆虚弱地咳了一声。

苏栀立马紧张起来："怎么了怎么了？那摩托车撞到你哪里了？"

郑霆摆摆手道："没事。"

"叮"的一声，电梯到了，苏栀扶着他从电梯里出来。这房子是她毕业后买的，一梯两户的两居室，她住进来几年对门也没人搬进来，现在这层只有她一个住户。

她走到房门前，输入指纹开锁，推门进去。

郑霆就这样进了苏栀的家门，这也是他第一次被允许进她家。

客厅不大，但收拾得干净整洁，装修得很温馨，一看就是小姑娘住的地方。

苏栀瞥了一眼玄关处的鞋柜，她爸妈偶尔会过来看她，所以家里有男士拖鞋，郑霆的脚应该比她爸的大一些，不过也能凑合穿，就是他现在还受着伤，她也顾不得家里的卫生了。

苏栀直接扶着他往沙发上走去，郑霆道："我把鞋脱了。"

"不用。"苏栀把沙发中间的抱枕丢到一边，"坐这里吧。"

郑霆看着她干净的沙发，说道："我身上都是水，不坐了，我站着，没事。你的衣服都湿了，赶紧去换身衣服，穿湿衣服容易着凉。"

苏栀的声音里夹杂着担忧："有沙发套，清洗很方便，坐吧，我先看看你身上的伤。"

郑霆这才慢悠悠地坐下，抬眸看她，问道："你要看我的伤？"

"对啊。"

苏栀嘴上说要检查他的伤，真正坐在他的身侧和他对视的时候才反应过来，要看他身上的伤，需要他脱衣服。

她转了转眼珠，一时不知要怎么办了。

郑霆直勾勾地看着她的脸，语气中带着调侃："不是要看我的伤吗？怎么坐着不动了？"

苏栀咬咬唇，问："你哪里不舒服？"

郑霆抬手按了一下胸口。

"胸口？我看看。"

她伸手就要解郑霆胸口前的衬衫纽扣，郑霆按住她的手，挑了一下眉，声音暧昧："这么关心我？"

苏栀无语地道："谁关心你了，我是担心万一你出了什么事，我要负责任。"

郑霆轻笑着说："别紧张，电动车而已，只是摔了一跤，休息休息就好了，没什么大碍。"

"电动车？"苏栀愣了一下，从郑霆的手中抽回手。

她刚刚在楼下转过身就看见外卖小哥骑着车跑了，速度很快，还以为是摩托车呢，既然是电动车，他确实不会摔得太严重，那他刚刚干吗一副爬不起来的样子。

苏栀眯了眯眼，怀疑这人故意卖惨。

她正这么想着，就见郑霆抬手解身上的纽扣。

苏栀瞪大眼睛，向旁边挪了挪，和他拉开距离，语调微扬："你干什么？"

郑霆停下动作，淡声道："衣服贴着身体不太舒服。"

"那你也不能脱啊，我这里没有你的衣服，你脱了……"

苏栀说到一半，想起来他刚刚说的穿着湿衣服容易着凉，虽然男人的身体素质强，但这么一直穿着湿衣服确实不太好，而且他摔在地上，身上的衣服都脏了。

"你等等，先别脱。"苏栀从沙发上站起来，小跑到卧室里，拿了一条小毯子出来递给他，"把这个披在身上，我先去换衣服，等会儿下去帮你拿衣服。"他的车的后备厢里有衣服。

小毯子是平时苏栀躺在沙发上时用的，郑霆接过去，隐隐地闻到了属于苏栀的香味，勾了一下唇角。

"笑笑笑，都淋成落汤鸡了还笑。"苏栀吐槽了他一句，看他不像有什么大事，松了口气，去卧室里换衣服。

走到卧室门前，苏栀不放心地转脸叮嘱："我要换衣服了，你坐在这里别动，不许偷看。"

郑霆在她的客厅里扫视一圈："你这儿哪里有窗户可以偷看吗？"

苏栀："……"

"你想得美！"苏栀"砰"的一声把门甩上，反锁。

她一个人住习惯了，家里突然多出一个男人，即便房门反锁，还是觉得不安全，总怕反锁没用，门能从外面打开。

她从衣柜里拿出一身衣服，对着外面喊道："郑霆！"

"什么事？"

听声音人应该是在沙发那里，苏栀稍稍放心："没事，你就坐在那里，不要乱走。"

"嗯。"

苏栀快速地脱下身上的湿衣服，换上干净的衣服。

客厅里，郑霆弯腰卷起湿透了的裤腿，左腿小腿处有几处明显的擦伤，破了皮，其中有一道手指长短的伤口，不知道蹭到了电动车的哪里，伤口稍微有点儿深，正在流血。

这点儿小伤对他来说不算什么，他都没感觉到疼，本来还担心她会发现自己是装的，没想到左腿如此争气，流血了。

苏栀换好衣服，整理了一下头发，打开卧室门，看见郑霆在擦腿上的血,小跑过去:"你的腿流血了!"苏栀手足无措,不知道要怎么办,"我家里没有医药箱,你要不要去医院?"

"不用,小伤。"

"万一伤到骨头了呢!"他刚刚都爬不起来了。

单看这点儿外伤,苏栀也不觉得很严重,只是他那会儿倒在地上以及外卖小哥火速逃离现场的画面,让她有一种眼前的人可能身体的内部受到重创的感觉。

郑霆看着她紧张的样子,抑制住上扬的唇角,说:"不是要去帮我拿衣服吗?我等会儿洗个澡,换身衣服,把伤口简单地处理一下就可以了,创可贴有吧?"

苏栀点头:"创可贴有。"

郑霆的声音低沉,很有信服力:"有创可贴就可以了。"

"我去拿。"

苏栀扭头就要去卧室里拿创可贴,郑霆抬手拉住她的胳膊:"先去拿衣服,我身上都是水,洗完澡再贴创可贴。"

这种情况下,苏栀也想不起来留一个男人在家里洗澡安不安全的问题,他说什么她就做什么了。

怕他这样待久了着凉,她还贴心地道:"要不你先进去洗吧,我等会儿把衣服递给你。"

这个提议,郑霆自然不会拒绝。

浴室里,苏栀给郑霆介绍洗浴用品的摆放位置:"洗发水、护发素、沐浴乳都在这个架子上,这条粉色的新毛巾我给你放在这里了,你别用错了,挂起来的那条是我的,水龙头往左边是凉水,往右边是温水。"苏栀打开水龙头试了试水温,"好了,你洗吧,我下去拿衣服了。"

"嗯。"

苏栀走到浴室门口,想起来什么,转过身对郑霆说:"你等会儿洗完了不要随便开浴室门,我把你的衣服放在门口,跟你说可以开门拿你再开门拿了。"

她怕他到时候大大咧咧地开门,她在卧室里不小心看到他没穿衣服的样子。

苏栀觉得自己从来没有哪天像今天这么耐心过。

那个送外卖的小哥在小区里骑车也不注意些,撞了人不道歉,居然还逃跑了,也不知道物业能不能调监控录像查到他是谁。

苏栀下楼从郑霆的车的后备厢里随便拿了一身衣服回来，郑霆还在洗澡，听着浴室里"哗啦啦"的流水声，苏栀搬了一把椅子放到浴室的门口，把郑霆的衣服放在椅子上，对着浴室里面喊："郑霆，衣服我给你放在门口的椅子上了。"

"嗯。"

听到郑霆的声音，苏栀转身去卧室里，关上门，躺在沙发上看了一眼时间。

五点多了，她可以点外卖了。

苏栀打开手机外卖软件，看了几分钟都没看到想吃的，突然想到郑霆送自己回来时好像说了等会儿让人打包几道菜送过来，不知道他点没点。

外面刚好传来郑霆的声音："栀栀。"

苏栀抬起头来，问道："你洗好了？"

"嗯。"

"衣服穿好了吗？"

"穿好了。"

苏栀从沙发上起来，拿着创可贴打开卧室的门走出去。

"给你。"苏栀把创可贴递给郑霆。

郑霆坐到沙发上，把裤腿卷到膝盖处，弯腰贴创可贴。

苏栀站在一旁看着他，见他一连两个创可贴都贴得皱巴巴的，皱眉道："你到底会不会贴啊？"

郑霆抬眸看着她，虚心请教："不是这么贴的？"

"你这都没贴平，算了，我来贴。"

苏栀蹲在他的面前，从旁边拿了一个创可贴，撕开，对准他的伤口贴上去。

窗外的雨越下越大，伴随着呼啸的风声。

室内一阵静默，暖黄色的灯光洒在两个人的身上，气氛格外温馨。

郑霆坐在沙发上，垂着眸，视线落在她精致的脸蛋儿上，脑海里又跳出两个人亲吻的画面。

苏栀很快就在郑霆的伤口上贴满了创可贴。

"好了。"

苏栀抬眸，刚好撞上郑霆温情脉脉的眼神。

他的睫毛低垂着，一动不动，眼神像是猎人锁定了猎物一样。

苏栀抿了抿唇，从他的面前站起来，转身去厨房里倒了杯水，仰头喝了一口。

客厅里,男人的目光如影随形,穿过玻璃门,落在她的身上,苏梔被他看得有些心慌,侧身躲避他的视线。

这男人现在对她的心思已经是摆明了的,连掩饰都不掩饰,要不是看他受伤了,她早就一脚把他踢飞了,他耍流氓都耍到她家里来了。

一杯水喝完,苏梔回过头,郑霆还在看她。

"郑霆,你能别一直看我吗?"

郑霆说:"不能。"

苏梔瞪他。

郑霆轻笑着说:"好看。"

"好看"是夸她的,这还真是一个让人无法反驳的理由。

女孩子被夸好看就没有不开心的,苏梔没忍住笑了一下,抬手摸了摸自己的脸:"那是,我这张脸可是老天爷的杰作,当然好看,你想看就看吧,反正你也只能看看了,我这种仙女是绝对不可能便宜你们男人的。"

"仙女不会便宜男人"这种话郑霆听苏梔说的次数多了,早就免疫了,她说她的,他追他的。

郑霖平时做事混账,有句话倒是没说错,女人就是嘴硬心软,尤其是苏梔,牙尖嘴利地嫌弃他,但他刚刚亲了她,她也没怎么样,看到他受伤了还那么紧张。

她该不会真像郑霖说的那样,其实心里喜欢他,只是嘴上不承认,害羞吧?

"梔梔,过来。"

苏梔心情好,听到他喊她,她想都没想,抬腿朝他走过去:"怎么了?"

郑霆很少见到这么乖的苏梔,让她过来就过来。

郑霆对心底的想法更加肯定,低声问道:"初吻?"

他没头没脑地说了两个字,但苏梔瞬间就听懂了。

她僵了一下,又羞又气,抬手打他:"郑霆,你这个流氓,你还有脸提……"

郑霆轻笑着抓住她的手腕,把她往怀里一拉,苏梔整个人就撞到了他的胸膛上。

苏梔单手撑在他的胸口上,想要爬起来,郑霆的另一只手揽住她的腰,把她禁锢在自己的怀抱里。

"别闹。"他一副纵容的语气,好像她是在无理取闹一样。

苏栀气得大骂他不要脸。

郑霆压低声音凑到她的耳边说了什么她也没注意,挣不开他的怀抱她就骂,但骂来骂去也就那几句:流氓,不要脸。

最后她骂累了,气喘吁吁地趴在郑霆的怀里,猛然想起他刚才说的话:"你说什么?你也是初吻?"

郑霆的眸中含着笑意,低声说:"我的初吻给你了,开心吗?"

苏栀瞪圆了眼,好半响才从震惊中回过神:"你都老成这样了,还有初吻呢?"

"……"郑霆深吸一口气,伸手捏住她的下巴,沉声道,"我得和你好好聊聊。"

苏栀没有察觉到丝毫危险,满脸逞了口舌之快后的得意:"聊什么?"

"聊聊怎么让你的嘴巴软一点儿。"

郑霆说完话,搂着她的腰的手臂微微用力,抱着她翻了个身。

两个人的位置调换,苏栀被他压在沙发上,手腕被禁锢住动弹不得,对上郑霆那一双幽深的眸子,总算知道怕了。

郑霆专注地看着她的脸,英俊的脸庞越靠越近,苏栀反应过来这男人说的聊聊怎么让她的嘴巴软一点儿是什么意思,眼睫微颤,慌了神地瞪他,佯装淡定:"你要干什么……你放开我……"

苏栀双脚在沙发上乱踢,进行了一番无谓的挣扎后,她气得又开始骂他:"郑霆你这个老流氓,欺负我一个小姑娘,你不要脸!"

老流氓?

郑霆的脸一黑,高大的身体在苏栀的头顶投下一道阴影,他被戳到痛处,嘴角却勾了一下,嘴唇贴在她的面颊边,嗓音低沉:"栀栀,叫哥哥。"

苏栀:"……"

他又要她叫哥哥。

苏栀没好气地道:"你是不是有病?!"

"不叫哥哥就亲你。"

"你敢……嗯……"苏栀还没说完威胁的话,就被郑霆捏着下巴堵住了嘴。

他还真敢亲!这流氓!

苏栀气得想一口咬掉他的舌头,咬了咬牙,逐渐感觉到不对劲。

这男人的态度强势,一副要把她生吞活剥了的样子,怎么这嘴唇只知道在她的唇上亲来亲去，舌头都不探进来，他该不会真是初吻，不会亲吧？

她睁着水汪汪的眼睛，难以置信地看着他，连挣扎都忘了：真是世界之大无奇不有，三十二岁的男人，连接吻都不会。

郑霆头一回和她这样亲近，吻着她的唇瓣，贪恋她温软的唇，亲上了就舍不得放开，只是心里惴惴，怕她生气以后再也不愿意跟他联系，强忍着不敢吻得更深，只是贴着她的唇轻轻磨蹭，眸子紧盯着她的脸，观察她的神色。

身下的人挣扎的动作越来越小，郑霆见苏栀脸颊泛红，一双大眼睛眨巴眨巴地看着他，一副乖乖任他亲的样子，不像是生气了。

郑霆将嘴唇微微地从她的唇上移开，手指在她白里透红的脸颊上轻轻抚了一下，低声哄她："乖，叫哥哥。"

苏栀冷哼一声，挑衅道："郑叔叔。"

"栀栀……"郑霆捏着她下巴的手微微用力。

苏栀比力气比不过他，就绞尽脑汁地挑战他的尊严："你连接吻都不会，威胁谁呢？"

郑霆怔了一下，把嘴唇凑到她的唇上亲了一下："这样不是接吻？"

苏栀一脸不屑地道："你不会以为这就叫接吻了吧？"

苏栀下巴微抬，语气里充满奚落。

郑霆好笑地看着她，又在她的唇上亲了亲，占尽了便宜："那什么样的是接吻，你教教我。"

苏栀偏头躲开他的吻，故意打击他的自信心，嫌弃地道："别碰我了，跟小鸡啄米似的，你不会接吻还这样，丢不丢人！"

小鸡啄米？她这张嘴还真是会气人。

今天不让这丫头服气，以后她指不定怎么拿这事笑话他呢。

他是怕她生气才没敢太放肆，她居然觉得他不会接吻，太天真了，男人在这方面都是无师自通，哪有不会的。

郑霆松开她的手腕，把她往上面抱了些，额头在她的额头上蹭了蹭，语气懊丧地道："栀栀，教教我吧。"

苏栀一巴掌拍在他的肩膀上："起开。"

郑霆将唇凑到她的唇上，含住她的下唇吮了一下，询问道："这样？"

他的嗓音暧昧低沉，心跳加快的苏栀嘴硬道："不是。"

"这样？"郑霆在她温热的唇上咬了一下。

苏栀的呼吸一滞,她摇了摇头,皱着眉推他的肩膀。

"那这样呢?"郑霆再次抓住她的手腕,舌尖抵住她的唇,探了进去。

苏栀的脑袋"嗡"的一声,她对上他含笑的眼,目光微跳,心尖发颤——她被耍了。

"放……放开……"

郑霆钩着她的舌尖,肆意逗弄。

吻越来越深,郑霆的目光愈发深沉,他揽着她的腰,往自己的怀里按了按。

舌尖突然一痛,他从她的唇上移开,拇指在自己的唇上轻轻地抚了一下,看着一脸羞恼地瞪他的苏栀,笑了一下,执着于"哥哥"这个称呼:"喊我哥哥。"

苏栀气急败坏地拿脚踹他。

郑霆由着她踹,嘴唇又凑了上去。

不知被吻了多久,被咬了几口,苏栀从牙缝里挤出了一句:"哥哥。"

"什么?没听清,大点儿声。"郑霆挑起她的下巴,让她看着自己。

苏栀满面通红,一巴掌扇在他的脸上:"臭不要脸的老男人,滚蛋吧你!"

苏栀的这一巴掌一点儿力道也没收,郑霆的脸上瞬间浮起一个巴掌印。

郑霆抬手摸了一下脸,唇角轻勾,作势又要吻她。

"哥哥。"

郑霆"嗯"了一声,摸着她的头发:"乖。"

"我想喝水。"苏栀抿了抿红肿的唇瓣,头发被蹭得有点儿乱,看起来楚楚可怜。

郑霆这会儿恨不得把心都掏出来给她,何况是一杯水。

"等着,我给你倒去。"

郑霆起身去厨房里倒水,身后传来苏栀委屈巴巴的声音:"喂,警察哥哥,我这里有个男人强吻我,我要报警,麻烦警察哥哥赶紧过来。"

郑霆顿了一下,回过头,看见苏栀拿着手机,似乎正在报警。

苏栀抬眸,放下手机,冲着他冷哼一声。

郑霆的唇角轻翘,他端着水杯走到她的面前,将杯子递给她,面色从容地问道:"报警了?"

苏栀翻了个白眼,没理他,把水接过去,一口气喝了大半杯。

郑霆坐在她的身旁,侧头看着她红肿的嘴唇,问道:"疼吗?"

他脸上的巴掌印还没消，左腿的裤子被卷到膝盖处，露出满是创可贴的小腿，看起来有些滑稽。

臭流氓。苏栀在心里骂了一句，说不上来自己是什么感受，她似乎并不反感他的亲吻，只是心里有些烦闷。

"我已经报警了，你还不赶紧滚，等着警察哥哥来抓你吗？"

郑霆眯了眯眼，纠正她："叫什么警察哥哥，叫警察叔叔。"

"……"她都报警抓他了，他还有心情纠结哥哥和叔叔的称呼？

"我就叫警察哥哥，人家警察哥哥听声音还没你的年纪大呢。"

"那就叫警察，不许叫哥哥。"郑霆的语气沉了些，脸色铁青。

苏栀感觉他好像吃醋了，简直有病。

她提醒道："我报警了。"

郑霆淡定地坐在沙发上，眸色深沉地看着她，无动于衷。

苏栀看着他有恃无恐的样子，警告道："你不要仗着有钱就觉得可以为所欲为，现在法律很严谨，不会放过一个坏人，你作为远鼎集团的总裁，如果传出这种丑闻，肯定会影响你们公司的名誉，你还不赶紧跑？"

郑霆道："这么着急让我跑，担心我被警察抓走？"

苏栀无语地道："谁担心你，是我报的警。"

郑霆"嗯"了一声，说："你报的警，我不走。"

苏栀强调道："你会被抓起来。"

郑霆道："我走了就不会被抓了？你不供出我？"

"你现在立刻走，我不供出你。"

郑霆笑了笑："你都报警了，警察来了找不到人，你不供出我，就是报假警，浪费警力资源，是要受到处罚。你这细皮嫩肉的，我可舍不得你受罪。"

他深情地望着她："栀栀，如果我进去了，情况允许的话，你会去看我吗？"

苏栀目光闪了闪，不知道气氛怎么突然变得沉重起来。

她抓起旁边的抱枕砸在他的身上："谁会去看你？你肉麻死了，赶紧给我滚，我现在不想看到你！"

郑霆接住抱枕，将它摆回原处，挑了一下眉，似乎看穿了她，低声道："我知道，你没报警，你才舍不得我被警察抓。"

苏栀被他戳穿，脸上更烫，扭开脸说："谁舍不得你了，我没报警是因为天气不好，不想让警察冒雨奔波，你以后再这样耍流氓，我一定会报警。"

"以后？"

郑霆凑到她的面前："你以后还愿意理我？不跟我断绝来往？"

苏栀被噎了一下，看他意味不明的眼神，赌气道："没有以后了，从今天开始，咱俩断绝来往，你现在立刻滚出我家！"

郑霆眉眼含笑，身体向后靠在沙发靠背上，不走。

苏栀拿脚踹他："你怎么还不滚！"

郑霆道："哪有刚亲完就留小姑娘一个人在家的，我不是那种不负责任的男人。"

"……"苏栀闭了闭眼，收回在他身上的视线，不理他了。

郑霆看着她气鼓鼓的脸蛋儿，倾身凑到她的侧脸上极快地亲了一下，在苏栀转脸看向他前坐正身体，目不斜视地看着前方，好像刚刚亲她的人不是他一样。

苏栀抬手在脸上擦了擦，咬牙切齿地道："郑霆。"

郑霆侧头，眸中含笑，明知故问："怎么了？"

"厚脸皮。"

"栀栀，知道口是心非是什么意思吗？"

苏栀没懂他问这个干吗。

郑霆凑到她的耳边小声说："口是心非的意思就是，你心里喜欢我，嘴上却说不喜欢。"

"谁喜欢你了？"

"栀栀。"郑霆的语气突然变得正经起来，"如你所说，我三十二岁，不年轻了，相逢恨晚，遇见你后，每一个不能拥有你的日子都是虚度时光。我想把最年轻的自己献给你，但我每等一天，就会更老一点儿，我不怕等，只怕你嫌弃我。"

相逢恨晚。

因为郑霆的这番话和在沙发上那个内心并不排斥的吻，苏栀晚上失眠了很久，满脑子都是和郑霆接吻的画面。

两个人唇齿交缠，呼吸交融到一起，耳边都是剧烈的心跳声。

她想着想着脸颊又烫了起来，伸手摸了摸自己的唇，脑子里莫名其妙地蹦出一句话——

莫要辜负好时光，趁着年轻，痛痛快快地谈一场恋爱吧，哪怕失败了，也还有重来的机会。

这个危险的想法冒出来后，苏栀抱着被子在床上翻了个身，把脸埋在枕头里，既烦闷又甜蜜地叹了口气，抬手在脑袋上拍了拍，让自己清醒点儿。

男人是很危险的物种，为了得到一个女人，什么情话都能说得出来，真正在一起时间久了，大多数都会变心。

郑霆虽然现在很好，但是谁知道他以后会不会变心？

男人太危险了，尤其是郑霆，这男人简直无孔不入，悄无声息地就钻入了她的脑子里，她居然有一种想要立刻爬起来跟他确认关系的冲动。

可是他晚上深情告白了一通，最后也没问问她愿不愿意做他的女朋友就走了。

他不问她愿不愿意做他的女朋友，她怎么答应他？他那会儿要是问了，说不定她头脑发热就答应了，现在就不用为了纠结这种事情而失眠了。

苏栀握拳在被子上捶了一下，怒其不争。

不对，他就算问了她也不能答应他啊，她下定决心要单身一辈子的。

冷静，冷静，她要三思而后行。苏栀闭着眼，在床上翻来覆去，也不知道过了多久，才抵挡不住沉重的困意，陷入沉睡。

第二天苏栀一觉醒来，已经到了中午。

雨停了，灿烂的阳光透过窗帘的缝隙钻进来，在光洁的地板上落下一道光影。

苏栀躺在床上，拿起手机，看到微信上有好几条未读消息，点开微信列表，最上面的就是郑霆发来的"早安"。

昨晚他在跟她说完那番蛊惑人心的话后，就接到了助理陈释的电话，有事走了。

苏栀盯着"早安"两个字，手指在手机屏幕上滑了滑，没回复，退出来，点开下一条未读消息。

"美女，你的车修好了，今天可以过来取了。"

这是汽车维修店发来的消息，修了一个多星期的车胎总算是修好了。

苏栀下意识地就给郑霆发消息："我的车修好了。"

她在床上坐着等了十几分钟，没收到郑霆的回复，他应该是在忙。

苏栀丢开手机，掀开被子下床，打开卧室门，一眼就看到了客厅的沙发，昨晚和郑霆在沙发上接吻的羞耻画面强势地浮现在脑海中，她抿了抿唇，脸颊又热了起来。

空气中仿佛飘浮着他身上的味道，苏栀吸了吸鼻子，觉得自己肯定是疯了。

他就在她家里待了那么一会儿，都过了一晚上了，这里怎么可能还有他身上的味道？

她深吸了一口气，抬手看了看自己的手腕，右手在左手腕上圈了一下，一只手刚好可以抓住一只手腕。

他昨晚好像一只手就把她的两只手的手腕都按住了，他的手掌真大。

她怎么又开始想他了？

苏栀闭着眼，晃了晃脑袋，企图清除昨晚的那段记忆。

她转身走进浴室里，看见衣架上的衣服，刚被赶出脑海的男人又冒了出来。

昨晚郑霆在她家里洗澡，湿衣服脱在这里，没拿走。这男人怎么这么不自觉，人走了，衣服居然不拿走，把这里当他自己家了啊？

湿衣服放久了会臭的，苏栀把他的衣服从浴室里拿出来，直接丢到洗衣机里。

听着洗衣机转动的声音，苏栀突然想到，这男人之前一直找借口想到她家里来，现在把衣服放在她这里不拿走，该不会是想以过来拿衣服为由，再到她家里来吧？

他真是诡计多端的男人。

苏栀到浴室里迅速地洗漱完，返回卧室里拿起手机。

五分钟前，郑霆回了她消息。

郑霆："好的。"

苏栀编辑消息试探他："你的衣服怎么没拿走？"

郑霆："我忘了，你帮我丢了吧。"

她帮他丢了？苏栀有些意外，他居然不找借口到她家里来拿。

苏栀突然感觉到自作多情的羞耻感，看来他真是忘了，或者压根儿就没拿衣服当回事，她却在这边想这么多，还帮他把衣服洗了。

苏栀："好的。"

既然他都说要丢了，她当然不能告诉他自己已经帮他洗了，不然这男人肯定会嘚瑟得上天。

苏栀赶紧小跑到阳台上，关了洗衣机，把他的衣服从洗衣机里拿出来，丢到垃圾桶里，然后就看到郑霆又发了一条消息过来。

郑霆："突然想到那身衣服不能丢。"

苏栀："……"

这男人有病吧，刚跟她说让她丢了，她都已经把衣服塞到垃圾桶里了，他又说不能丢。

苏栀："你刚才不是说要丢？为什么又不能丢了？"

郑霆："我穿那身衣服的时候你很喜欢，要留着穿给你看，那样你就会多看我几眼。"

苏栀头皮一麻，胸口似有电流经过，酥酥麻麻的感觉向四肢蔓延。

苏栀："谁喜欢了，你少自作多情了，那衣服我已经扔进垃圾桶里了。"

她对着垃圾桶拍了一张照片，发给他看。

对面沉默几秒钟，打来了视频通话。

苏栀按了接通键，手机屏幕上跳出郑霆的脸。

他坐在办公桌前，高挺的鼻梁上架着一副金丝框眼镜，镜片后的眼眸中似乎蕴藏着星火，流动着灼灼的光，下嘴唇上破了一小块皮，破坏了他脸上冷峻的感觉，让人忍不住想象他的那张嘴经历过什么。

苏栀看到他的脸的瞬间目光微滞，呼出的气息都开始发烫。

对面的男人轻翘唇角，似笑非笑看着她，嘴唇上的伤口暧昧至极。

苏栀深吸了一口气，佯装镇定，声音不自觉地拔高："打什么视频？"

郑霆情话张口就来："想看看你。"

苏栀抿了抿唇，觉得这样调情的话和他这张脸也太不搭了，这样的他简直就是斯文禽兽。

不过他什么时候近视了？她平时也没见他戴过眼镜。

苏栀垂着眸子斟酌了很久，也不知道怎么回他的话。

要是以前她早就不让他看了，但是今天也不知道怎么了，觉得他说话肉麻，心里却又泛着甜。

"你近视多少度？以前好像没看你戴过眼镜。"

郑霆抬手推了一下镜框，眼梢微挑，说："我不近视。"

"你不近视干吗戴眼镜？"

"有人喜欢看。"

"谁喜欢看了？"

郑霆从喉咙里发出一声轻笑，明明两个人隔得很远，那声音经过手机听筒，却像是他站在她的身边发出的一样："栀栀，我好像没说你喜欢看。"

苏栀被噎了一下，睨了他一眼，冷嗤道："那你这是特意戴给谁看？"

"别吃醋，只给你看。"

"谁吃醋了？郑霆，多久了，你这自恋的毛病怎么还没改？"苏栀移开视线，"我才没工夫吃男人的醋呢，要是有其他人喜欢你，你就赶紧跟她好吧，我可不想把时间浪费在抢男人上面。"

郑霆见势不妙，赶紧哄她："哪有什么别人，我只有你。"

苏栀冷哼一声："乱说什么，我可不是你的。"

"栀栀，我今天帅吗？"

苏栀无语地道："这种问题你怎么好意思问？"

"为什么不好意思？"

"你不嫌丢人啊，一个大男人问女人自己帅不帅，从来都是女人问男人自己美不美。"

郑霆道："一家人，丢什么人？"

苏栀道："厚脸皮。"

郑霆笑着说："我以为你要说厚颜无耻。"

苏栀服了他了："你有没有事，没事我挂了。"

"先别挂，给我看看那身衣服。"

"什么衣服？"苏栀问完才想起来他说的是她丢在垃圾桶里的衣服，"都丢到垃圾桶里了还看什么，里面装了什么重要的东西吗？"

郑霆道："你把镜头对着垃圾桶让我看一眼。"

苏栀不懂他想干吗，依言照做，切换镜头，让他看垃圾桶里的衣服。

"看到了吗？"

"看到了，把镜头调回来吧。"

苏栀把镜头转到自己这边，说道："这回知道你有多自恋了吧？还说我喜欢你穿这身衣服。"

郑霆的黑眸含笑，直勾勾地看着她。

苏栀被他笑得莫名其妙："你笑什么？"

"衣服上有泡沫。"郑霆顿了一下，看着苏栀的脸颊一点点地爬满红晕，还是补充了后半句话，"你是帮我洗了，看到我让你丢了，又从洗衣机里把衣服捞出来的吧。"

苏栀羞耻得脚趾蜷缩在一起，解释道："你别想太多，我是怕衣服臭了，才丢到洗衣机里洗的。"

郑霆揶揄道："姑娘，还会洗衣服呢？"

"不是我洗的，是洗衣机洗的！"

郑霆看她快急眼了，轻笑着转移话题："我昨晚没睡着觉，一直在想你。你呢，有没有为我失眠？"

苏栀的心重重地跳了一下，她怀疑这男人在自己的身上安监控了，不然怎么她干什么他都知道。

"挂了吧，我要吃饭了。"苏栀没回答他这个问题，逃避地挂断了视频，手机屏幕上紧接着跳出一条新消息。

郑霆："你喜欢上我了，我知道。"

苏栀目光微跳，心中有一种被别人掌控的无力感。

何止他知道她喜欢他，她自己也感觉到了。

经过一晚上的挣扎，苏栀自己都骗不过自己了。

这回她可真是栽了，还栽在这样一个危险系数很高的男人身上。

她郁闷地把手机在床上摔了一下，静默片刻，把手机捡起来，编辑了一条消息发到自己和唐溪、叶初夏三个人的小群里。

苏栀："你们俩感觉郑霆怎么样？"

没多大会儿工夫，唐溪回复："怎么了，你们俩是有什么进展了吗？"

这是亲闺密，嗅觉果然很灵敏。

苏栀也不瞒她们："接吻了。"

叶初夏："哇哦！"

叶初夏："栀子这是你的初吻吧？"

苏栀："废话，当然是初吻。"

唐溪："他还活着吗？进医院了吗？"

"……"在她姐妹的眼里，她是有多暴力？

苏栀："活着，没进医院。"

唐溪："那就别问我们的意见了啊，你自己心里都有想法了。"

叶初夏："仙女这是要下凡了吗？"

苏栀："溪溪，你接受你老公的时候，心里是怎么想的？我记得你前一天还说不想爱他，后一天就说爱上他了。"

唐溪："我也不是一天就喜欢他了，其实心里早就接受他了，只是自己骗自己，不想承认。"

苏栀："唉。"

叶初夏："叹什么气，别叹气，跟着自己的心走，不过就是个男人，喜欢就上，以后发现不合适再踹了他。男人就像商场里的衣服，不拿下来试试，谁也不知道合不合适，这件不合适就换下一件，总能选到合身的。"

苏栀："我跟他认识的事你们俩也都知道，我有点儿担心他是因为被我挑衅了男性的自尊心才来追我的，万一我答应他了，他原形毕露，羞辱我怎么办？"

叶初夏："那你就羞辱回去呀！"

苏栀："夏夏，你克制一点儿。"

叶初夏："如果他真的为了几句话就追你这么久，你随便羞辱他几句，他估计就要惦记好久。凭你的口才，相互羞辱，你还怕他？"

这话有道理。

苏栀："那我试试？"

苏栀决定在下次跟郑霆见面的时候，如果郑霆开口问她愿不愿意做他的女朋友，她就答应他。

他们俩最近基本天天见面，按照规律，他大概晚上或者明天就会来找她。但之后的一整个星期，苏栀都没见到郑霆的人影，每天的早安晚安虽然依旧发送，但除了早安晚安，他基本就没什么话了。

刚开始苏栀还不觉得有什么，但好几天不见面，她的心里开始觉得不是滋味。

往上翻翻和郑霆的聊天记录，看到他那天自信满满地说他知道她喜欢他的话，苏栀忍不住想：是不是因为他们俩接吻了，他看出来她喜欢他了，所以对她没有以前那么殷勤了？他这是吃定她了吗？

男人果然都不是东西，得到了就不珍惜。想到这里，苏栀气得把他的微信拉进了黑名单。

郑霆最近忙得脚不沾地，对于苏栀的这番心路历程，一点儿都不清楚，自然也不知道他的微信已经在苏栀的黑名单里几进几出。

不过他也不是一点儿时间都挤不出来，好几次他想打电话给苏栀，但想到苏栀那天逃避的态度，又放下了手机。

他倒不是要放弃了，而是前段时间追得太紧，苏栀那丫头太嘴硬，他要适度地给她一点儿时间，让她意识到他的重要性。

刚好这段时间他忙，等忙完这阵子，再专心陪她。

陈释觉得他老板最近有点儿不对劲，以前他老板有点儿时间就恨不得立刻飞到苏栀的身边，最近虽然很忙，但人没离开南城，这么久不去找苏栀，显然不太正常。

他老板这是觉得自己没戏，放弃了？也不对，以他老板的性格，不会这样放弃。

午休时间，陈释忍不住问郑霆："您最近似乎很少去找苏小姐。"

郑霆看出他心里的想法，淡淡地道："你懂什么。"

陈释确实不懂他这回答是什么意思，不过看他这信心满满的样子，猜到他可能是追人追不到，换套路了。

苏梔再次看到郑霆是在自家楼道里。

郑霆不请自来，手里捧着一束花，站在电梯旁冲着她笑。

苏梔的目光从他的身上掠过，没再多看他一眼，她径直走到门前，输入指纹开门，本想把郑霆关在门外，但郑霆早有准备，她前脚进门，他后脚就挤了进来。

苏梔瞪着他说："出去。"

郑霆满脸无辜："怎么了，不想我？"

"谁想你？你赶紧给我滚出去，再不走我报警了。"

郑霆勾了一下唇，眸中带笑："梔梔，不想我为什么要发脾气？"

苏梔被他戳破心思，气得抬腿踹了他一脚。

郑霆把花放在一边的玄关柜上，伸手揽住她的腰，把她搂进怀里。

"郑霆，王八蛋，放开我！"苏梔挣扎了几下没挣开，气得跺脚，在他的鞋上乱踩一通。

郑霆由着她发泄，崭新的皮鞋上被她踩得全是鞋印。

苏梔汗都出来了，他还没事人一样地站着。

苏梔抬眸看见他还在笑，愤愤地瞪他："你松不松开？！"

郑霆抱着她没动。

苏梔磨了磨牙，张开嘴，趴在他的肩膀上狠狠地咬了一口，隔着一层薄薄的布料，她的牙齿在他的肩膀上留下一圈深深的牙印。

郑霆吭都没吭一声，苏梔顿觉有一种拳头打在棉花上的无力感。

她从他的肩膀上抬起头，直视着他："郑霆，你到底想干什么？"

郑霆伸手去挑她的下巴，苏梔摇头避开。

郑霆笑了一下，夸赞道："小牙挺利，还有两颗小虎牙呢。"

苏梔皱了皱眉："郑霆，你是不是有病？"

"别动，让我再抱一会儿。"郑霆低头，把下巴放在她的肩膀上，姿势亲昵，仿佛他们是一对恋人一样。

苏梔将手掌抵在他的胸口上推他。

"梔梔，九天没见，你想我了吗？"

苏栀听到他说"九天没见",手顿了一下。

郑霆微微侧脸,将嘴唇凑到她的耳边:"栀栀想我了,我知道。"

"谁想你了。"

"想知道这九天我在干什么吗?"

苏栀听他这么说,以为他消失好几天是有原因的,心里的气消了些:"你干什么去了?"

郑霆看着她这口是心非的样子笑了一下,说:"让你想我。"

苏栀气得瞪眼:"你是听不懂人话吗?我说了我没想你,你能不能别发疯?"

郑霆轻轻地叹了一口气,手臂松开她的腰。

苏栀立马从他的怀里出来,转身跑进卧室,关上门,从里面反锁。

"郑霆,从一开始我就跟你说过,我不想结婚不想谈恋爱,你以后不要再在我身上浪费时间了,就当我们从来没有认识过吧。"

"好吧,栀栀,我马上就走,以后不会再打扰你的生活。"

苏栀的呼吸轻了些,她抬起下巴,梗着脖子说:"好,我们以后互不打扰。"

"离开前,我有些话想跟你说,说完立刻就走。"

苏栀没说话。

"很抱歉,打扰你那么长时间,你一直说你不想谈恋爱,我却一直违背你的意愿,强行地待在你的身边。那天跟你说的话都是真心的,我想和你在一起,一刻也等不及。

"我能感觉到,你对我并非你口中的'毫无意思',但你总说我自作多情,我也在反思,是不是我想多了,如果你真的不喜欢我,我这样纠缠不休,确实很影响你的生活。

"我不想逼你太紧,所以给你九天,让你有足够的时间思考你对我的感觉,如果这九天你有想我,在意我在做什么,就说明你的心里有我,从此以后,我们长长久久。

"栀栀,如果你确定你对我没感觉,我现在立刻离开。"

苏栀听完郑霆的话,反应过来,原来他这么多天不找她是故意的,他是算准了她的心里有他,故意避而不见,让她胡思乱想,意识到他的重要性,逼她承认喜欢他。

苏栀抿着唇,心乱如麻,一时不知道说什么好。

门外的郑霆等不到她回话,声音有些低落:"我知道了。"

苏栀听到一阵越来越远的脚步声，目光微闪。

走了？他还真走了？他说喜欢她，相逢恨晚，结果这么轻而易举地就走了，也就嘴上说得好听了。

他消失这么长时间，和她见面后哄都不哄她，撂下一大段话就走了。行，走就走，他走了她扭头就把他忘得一干二净。

苏栀打开卧室的门，走到客厅中央，往大门外看了一眼。

玄关柜上还放着他拿过来的玫瑰花，苏栀气势汹汹地把花束抱起来，狠狠地摔在地上，正准备把花当成郑霆的脸，踩个稀巴烂，面前的地上突然投下一道高大的人影。

苏栀愣了一下，还没回头，就落入一个怀抱里。

男人身上独特的气味钻入她的鼻间，苏栀的身体有些僵硬：这人不是走了吗？从哪儿冒出来的？

她身后的人笑了一声，手托着她的下巴，把她的脸转过去，漆黑的眸中满是笑意："我走了你不是应该开心吗？以后没人再纠缠你了，为什么生气了？"

苏栀咬了咬牙说："谁生气了？"

郑霆贴近她的脸，压低嗓音说："别生气了，我不走。"

"你想走就走，跟我有什么关系？"

"怎么没关系，我是你的男朋友，说不定再过不久，我就是你的老公了。"

苏栀无语地道："你什么时候是我的男朋友了？我可没答应你，你自封的啊。"

郑霆笑着说："自封的不行吗？"

"当然……""不行"两个字苏栀还没说出来，嘴唇就被郑霆亲了一下。

"别生气，给你赔罪。"

苏栀瞪了他一眼，看他打不还手骂不还口的样子，觉得自己的情绪这样激动，算是被他拿捏了。

她深吸了一口气，让自己平静下来。

不就是搞对象吗？有什么好矫情的？凭什么他看好戏似的看着她？她也得淡定从容点儿。

她调整了一下面部表情，深沉地看着他，拍拍他的手臂。

"郑霆，我们俩聊聊。"

"聊什么？"

"聊我们俩谈恋爱的事。"

郑霆见她一本正经的样子，哭笑不得："好，我们聊聊谈恋爱的事。"

两个人坐到沙发上，苏栀问道："你是喜欢我的吧？"

郑霆露出无奈的表情："我说了多少遍了，爱你。"

苏栀"哦"了一声，心情越来越好："是你追我的吧？"

郑霆道："是。"

苏栀点点头，挑了一下眉，说："行了，我问完了，你有什么想问我的？"

这就完了？

郑霆坐直身体，神情认真地问道："做我女朋友？"

苏栀一巴掌打在他的肩膀上："你还知道问这个问题呀！"

郑霆被她这一句话说蒙了。

"我九天前就等着你问这个问题了，你现在才问我。

"你是不是觉得你很厉害，故意吊着我，让我意识到自己有多喜欢你？我告诉你，我这几天确实是在想你，在想怎么忘了你，怎么跟你断得一干二净！"

苏栀越说越气，又不理智了，骂骂咧咧地说："你还是赶紧走吧，我觉得我们不合适，你的心机太深了。"

郑霆既欢喜又自责，恨不得抽自己几巴掌，伸手抱住她，激动得都不知道说什么了，平时情话张口就来，这会儿什么都说不出来了。

苏栀抬眸看他："说话啊，你怎么不说了，哑巴了吗？"

郑霆一脸懊丧地道："我在忏悔。"

苏栀冷哼一声："知道错了？"

郑霆点头："请你原谅我。"

苏栀道："怎么原谅？这种事情能原谅吗？我这次原谅了你，你下次肯定还会再犯，我不会原谅你。"

心一凉，郑霆问道："我还有挽救的机会吗？"

苏栀想了想说："首先，这种心理战术，以后不能再对我用。"

郑霆点头："这是一定的。"

"其次，要听我的话。"

"这是必须的。"

"那我还是不能原谅你。"

郑霆："……"

"我同意了。"

嘴上说不原谅他，却同意做他的女朋友，她还真是个口是心非的姑娘。

郑霆好笑地揉揉她的头发。

苏栀有些别扭地摇了摇头："别摸我的头发。"

郑霆看着她白里透红的脸蛋儿，手指从她的头发上移到嘴唇上摩挲着，目光也落到她的唇上。

苏栀被他炽热的眼神看得有些受不了，忽然想到什么，问道："你的肩膀疼不疼？"

那一口用了多大力气，她心里清楚，一点儿都没留情。

郑霆问道："你要看吗？"

苏栀心虚地道："看看吧。"

郑霆解开衬衣上面的几颗纽扣，扒开衣服，把肩膀露给她看，那里有一圈椭圆形的牙印，到现在还没消。

"疼吗？"

郑霆看她盯着自己的肩膀，问道："心疼了？"

苏栀静默片刻，伸手在他的肩膀上的那个牙印上掐了一下，凶巴巴地说："你以后再敢这样，我比这次咬得还厉害。"

"以后不会这样。"郑霆一点点地凑近她，呼吸灼热，把嘴唇贴到她的唇上，"以后只这样。"

苏栀的眼睛还瞪得很大，一副很凶的样子，她突然被他吻住，神情有些呆滞。

郑霆在她的唇上轻轻地咬了一下，提醒道："别走神。"

苏栀回过神，羞恼地斥责他："你怎么咬我？"

"栀栀，叫我哥哥。"

"呜……"苏栀没说话。

郑霆又在她的唇上咬了一口："叫哥哥。"

"哥哥。"